증편 한국구비문학대계

6-17

전라남도 담양군

이 저서는 2008년 정부(교육과학기술부)의 재원으로 한국학중앙연구원(한국학진흥사업단)의 지원을 받아 수행된 연구임.(AKS-2008-AIA-3101)

증편 한국구비문학대계

6-17

전라남도 담양군

나경수 · 서해숙 · 이옥희 · 편성철 · 김자현

한국학중앙연구원

역락

발간사

민간의 이야기와 백성들의 노래는 민족의 문화적 자산이다. 삶의 현장에서 이러한 이야기와 노래를 창작하고 음미해 온 것은, 어떠한 권력이나 제도도, 넉넉한 금전적 자원도, 확실한 유통 체계도 가지지 못한 평범한 사람들이었다. 이야기와 노래들은 각각의 삶의 현장에서 공동체의 경험에 부합하였으며, 사람들의 정신과 기억 속에 각인되었다. 문자라는 기록 매체를 사용하지 못하였지만, 그 이야기와 노래가 이처럼 면면히 전승될 수 있었던 것은 그것이 바로 우리 민족의 유전형질의 일부분이 되었기 때문이며, 결국 이러한 이야기와 노래가 우리 민족을 하나의 공동체로 묶어 주고 있는 것이다.

사회와 매체 환경의 급격한 변화 가운데서 이러한 민족 공동체의 DNA는 날로 희석되어 가고 있다. 사랑방의 이야기들은 대중매체의 내러티브로 대체되어 버렸고, 생활의 현장에서 구가되던 민요들은 기계화에 밀려 버리고 말았다. 기억에만 의존하여 구전되던 이야기와 노래는 점차 잊히고 있다. 한국학중앙연구원이 1970년대 말에 개원함과 동시에, 시급하고도 중요한 연구사업으로 한국구비문학대계의 편찬 사업을 채택한 것은 바로 이러한 시대적 상황에 대한 우려와 잊혀 가는 민족적 자산에 대한 안타까움 때문이었다.

당시 전국의 거의 모든 구비문학 연구자들이 참여하였는데, 어려운 조사 환경에서도 80여 권의 자료집과 3권의 분류집을 출판한 것은 그들의 헌신적 활동에 기인한다. 당초 10년을 계획하고 추진하였으나 여러 사정으로 5년간만 추진되었으며, 결과적으로 한반도 남쪽의 삼분의 일에 해당

하는 부분만 조사하게 되었다. 그럼에도 불구하고 한국구비문학대계는 주관기관인 한국학중앙연구원의 대표 사업으로 각광 받았을 뿐 아니라, 해방 이후 한국의 국가적 문화 사업의 하나로 꼽히게 되었다.

21세기에 들어서면서 한국학중앙연구원에서는 미완성인 채로 남아 있는 구비문학대계의 마무리를 더 이상 미룰 수 없다는 생각으로 이를 증보하고 개정할 계획을 세웠다. 20년 전의 첫 조사 때보다 환경이 더 나빠졌고, 이야기와 노래를 기억하고 있는 제보자들이 점점 줄어들고 있었던 것이다. 때마침 한국학 진흥에 대한 한국 정부의 의지와 맞물려 구비문학대계의 개정·증보사업이 출범하게 되었다.

이번 조사사업에서도 전국의 구비문학 연구자들이 거의 다 참여하여 충분하지 않은 재정적 여건에서도 충실히 조사연구에 임해 주었다. 전국 각지의 제보자들은 우리의 취지에 동의하여 최선으로 조사에 응해 주었다. 그 결과로 조사사업의 결과물은 '구비누리'라는 이름의 데이터베이스에 탑재가 되었고, 또 조사 자료의 텍스트와 음성 및 동영상까지 탑재 즉시 온라인으로 접근할 수 있는 시스템을 갖추었다. 특히 조사 단계부터 모든 과정을 디지털화함으로써 외국의 관련 학자와 기관의 선망의 대상이 되고 있다.

이제 조사사업의 결과물을 이처럼 책으로도 출판하게 된다. 당연히 1980년대의 일차 조사사업을 이어받음으로써 한편으로는 선배 연구자들의 업적을 계승하고, 한편으로는 민족문화사적으로 지고 있던 빚을 갚게 된 것이다. 이 사업의 연구책임자로서 현장조사단의 수고와 제보자의 고귀한 뜻에 감사를 표하지 않을 수 없다. 아울러 출판 기획과 편집을 담당한 한국학중앙연구원의 디지털편찬팀과 출판을 기꺼이 맡아준 역락출판사에 감사를 드린다.

2013년 10월 4일

한국구비문학대계 개정·증보사업 연구책임자 김병선

책머리에

구비문학조사는 늦었다고 생각하는 지금이 가장 빠른 때이다. 왜냐하면 자료의 전승 환경이 나날이 달라지고 있기 때문이다. 전승 환경이 훨씬 좋은 시기에 구비문학 자료를 진작 조사하지 못한 것이 안타깝게 여겨질수록, 지금 바로 현지조사에 착수하는 것이 최상의 대안이자 최선의 실천이다. 실제로 30여 년 전 제1차 한국구비문학대계 사업을 하면서 더 이른 시기에 조사를 했더라면 하는 아쉬움이 컸는데, 이번에 개정·증보를 위한 2차 현장조사를 다시 시작하면서 아직도 늦지 않았다는 사실을 실감했다.

구비문학 자료는 구비문학 연구와 함께 간다. 자료의 양과 질이 연구의 수준을 결정하고 연구수준에 따라 자료조사의 과학성이 결정되기 때문이다. 실제로 1차 조사사업 결과로 구비문학 연구가 눈에 띄게 성장했고, 그에 따라 조사방법도 크게 발전되었다. 그러나 연구의 수명과 유용성은 서로 반비례 관계를 이룬다. 구비문학 연구의 수명은 짧고 갈수록 빛이 바래지만, 자료의 수명은 매우 길 뿐 아니라 갈수록 그 가치는 더 빛난다. 그러므로 연구 활동 못지않게 자료를 수집하고 보고하는 일이 긴요하다.

교육부에서 구비문학조사 2차 사업을 새로 시작한 것은 구비문학이 문학작품이자 전승지식으로서 귀중한 문화유산일 뿐 아니라, 미래의 문화산업 자원이라는 사실을 실감한 까닭이다. 따라서 학계뿐만 아니라 문화계의 폭넓은 구비문학 자료 활용을 위하여 조사와 보고 방법도 인터넷 체제와 디지털 방식에 맞게 전환하였다. 조사환경은 많이 나빠졌지만 조사보고는 더 바람직하게 체계화함으로써 누구든지 쉽게 접속하여 이용할 수 있는 데이터베이스를 구축했다. 그러느라 조사결과를 보고서로 간행하는 일은 상대적으로 늦어지게 되었다.

2차 조사는 1차 사업에서 조사되지 않은 시군지역과 교포들이 거주하는 외국지역까지 포함하는 중장기 계획(2008~2018년)으로 진행되고 있다. 한국학중앙연구원 어문생활연구소와 안동대학교 민속학연구소가 공동으로 조사사업을 추진하되, 현장조사 및 보고 작업은 민속학연구소에서 담당하고 데이터베이스 구축 작업은 한국학중앙연구원에서 담당한다. 가장 중요한 일은 현장에서 발품 팔며 땀내 나는 조사활동을 벌인 조사자들의 몫이다. 마을에서 주민들과 날밤을 새우면서 자료를 조사하고 채록하여 보고서를 작성한 조사위원들과 조사원 여러분들의 수고를 기리지 않을 수 없다. 조사의 중요성을 알아차리고 적극 협력해 준 이야기꾼과 소리꾼 여러분께도 고마운 말씀을 올린다.

구비문학 조사를 전국적으로 실시하여 체계적으로 갈무리하고 방대한 분량으로 보고서를 간행한 업적은 아시아에서 유일하며 세계적으로도 그 보기를 찾기 힘든 일이다. 특히 2차 사업결과는 '구비누리'로 채록한 자료와 함께 원음도 청취할 수 있는 데이터베이스를 구축해서 세계에서 처음으로 인터넷과 스마트폰으로 이용할 수 있는 디지털 체계를 마련했다. '구슬이 서 말이라도 꿰어야 보배'인 것처럼, 아무리 귀한 자료를 모아두어도 이용하지 않으면 소용이 없다. 그러므로 이 보고서가 새로운 상상력과 문화적 창조력을 발휘하는 문화자산으로 널리 활용되기를 바란다. 한류의 신바람을 부추기는 노래방이자, 문화창조의 발상을 제공하는 이야기 주머니가 바로 한국구비문학대계이다.

2013년 10월 4일

한국구비문학대계 개정·증보사업 현장조사단장 임재해

한국구비문학대계 개정·증보사업 참여자(참여자 명단은 가나다 순)

연구책임자

김병선

공동연구원

강등학 강진옥 김익두 김헌선 나경수 박경수 박경신 송진한 신동흔
이건식 이경엽 이인경 이창식 임재해 임철호 임치균 조현설 천혜숙
허남춘 황인덕 황루시

전임연구원

이균옥 최원오

박사급연구원

강정식 권은영 김구한 김기옥 김영희 김월덕 김형근 노영근 서해숙
유명희 이영식 이윤선 장노현 정규식 조정현 최명환 최자운 한미옥

연구보조원

강소전 구미진 권희주 김보라 김옥숙 김자현 김혜정 마소연 박선미
백민정 변진섭 송정희 이옥희 이홍우 이화영 편성철 한지현 한유진
허정주

주관 연구기관 : 한국학중앙연구원 어문생활사연구소
공동 연구기관 : 안동대학교 민속학연구소

일러두기

- 『증편 한국구비문학대계』는 한국학중앙연구원과 안동대학교에서 3단계 10개년 계획으로 진행하는 "한국구비문학대계 개정·증보사업"의 조사보고서이다.
- 『증편 한국구비문학대계』는 시군별 조사자료를 각각 별권으로 간행하는 것을 원칙으로 한다. 서울 및 경기는 1-, 강원은 2-, 충북은 3-, 충남은 4-, 전북은 5-, 전남은 6-, 경북은 7-, 경남은 8-, 제주는 9-으로 고유번호를 정하고, -선 다음에는 1980년대 출판된 『한국구비문학대계』의 지역 번호를 이어서 일련번호를 붙인다. 이에 따라 『증편 한국구비문학대계』는 서울 및 경기는 1-10, 강원은 2-10, 충북은 3-5, 충남은 4-6, 전북은 5-8, 전남은 6-13, 경북은 7-19, 경남은 8-15, 제주는 9-4권부터 시작한다.
- 각 권 서두에는 시군 개관을 수록해서, 해당 시·군의 역사적 유래, 사회·문화적 상황, 민속 및 구비 문학상의 특징 등을 제시한다.
- 조사마을에 대한 설명은 읍면동 별로 모아서 가나다 순으로 수록한다. 행정상의 위치, 조사일시, 조사자 등을 밝힌 후, 마을의 역사적 유래, 사회·문화적 상황, 민속 및 구비문학상의 특징 등을 중심으로 설명하고, 마을 전경 사진을 첨부한다.
- 제보자에 관한 설명은 읍면동 단위로 모아서 가나다 순으로 수록한다. 각 제보자의 성별, 태어난 해, 주소지, 제보일시, 조사자 등을 밝힌 후, 생애와 직업, 성격, 태도 등을 중심으로 서술하고, 제공 자료 목록과 사진을 함께 제시한다.

- 조사 자료는 읍면동 단위로 모은 후 설화(FOT), 현대 구전설화(MPN), 민요(FOS), 근현대 구전민요(MFS), 무가(SRS), 기타(ETC) 순으로 수록한다. 각 조사 자료는 제목, 자료코드, 조사장소, 조사일시, 조사자, 제보자, 구연상황, 줄거리(설화일 경우) 등을 먼저 밝히고, 본문을 제시한다. 자료코드는 대지역 번호, 소지역 번호, 자료 종류, 조사 연월일, 조사자 영문 이니셜, 제보자 영문 이니셜, 일련번호 등을 '_'로 구분하여 순서대로 나열한다.
- 자료 본문은 방언을 그대로 표기하되, 어려운 어휘나 구절은 ( ) 안에 풀이말을 넣고 복잡한 설명이 필요할 경우는 각주로 처리한다. 한자 병기나 조사자와 청중의 말 등도 ( ) 안에 기록한다.
- 구연이 시작된 다음에 일어난 상황 변화, 제보자의 동작과 태도, 억양 변화, 웃음 등은 [ ] 안에 기록한다.
- 잘 알아들을 수 없는 내용이 있을 경우, 청취 불능 음절수만큼 '○○○'와 같이 표시한다. 제보자의 이름 일부를 밝힐 수 없는 경우도 '홍길○'과 같이 표시한다.
- 『증편 한국구비문학대계』에 수록된 모든 자료는 웹(gubi.aks.ac.kr/web)과 모바일(mgubi.aks.ac.kr)에서 텍스트와 동기화된 실제 구연 음성파일을 들을 수 있다.

차례

● 현대 구전설화

● 민요

● 근현대 구전민요

2. 금성면

▌조사마을

▌제보자

설화

현대 구전설화

민요

4. 봉산면

▌조사마을

▌제보자

설화

현대 구전설화

민요

현대 구전설화

7. 월산면

■ 조사마을

■ 제보자

설화

현대 구전설화

담양군 개관

지금의 담양군은 조선시대의 담양도호부와 창평현이 1914년 병합된 곳이다. 봉산면·무정면 이북지역은 대체로 옛 담양도호부 영역이고, 창평면·고서면·대덕면·남면·수북면 등 남부는 옛 창평현 지역에 해당한다. 1895년 지방제도 개정으로 담양과 창평은 군이 되어 남원부 관할이 되었다가 1896년 13도제 실시로 전라남도에 속했다. 1906년 월경지 정리에 의해 창평군의 두입지(斗入地)인 갑향면이 장성군에 편입되었다. 1914년 군면 폐합 때 창평군이 폐지되고 군내 12개 면이 5개 면으로 폐합되어 담양군에 병합되었다. 이때 광주군의 갈전면·대치면과 장성군 갑향면이 대전면으로 개칭되어 이관됨으로써 담양군은 13개 면으로 조정되었다. 조선시대에 송순·정철·유희춘 등 많은 인물을 배출했던 담양은 일제강점기에도 송진우 등의 활약이 있었다. 1931년 구암면을 봉산면으로, 1932년 무면과 정면을 합하여 무정면으로 개칭했으며, 1943년 담양면이 읍으로 승격되었다. 1976년에는 담양호와 광주호가 건설되어 용면 및 남면의 일부가 수몰되었다.

전체적으로 볼 때 군의 지형은 북쪽이 높고 남쪽이 낮다. 추월산(秋月山 : 731m)·산성산(山城山 : 573m)·광덕산(廣德山 : 584m) 등은 전라북도와의 도계를 이루며, 서쪽에는 군의 최고봉인 병풍산(屛風山 : 822m)을 비롯하여 장군봉(將軍峰 : 558m) · 불다산(685m) 등이 연이어 있다. 추월산의 용추봉에서 발원한 담양천(潭陽川)이 군의 중앙을 흐르고, 무등산에서 발원한 증암강(甑巖江)과 오례강(五禮江)이 합류하여 영산강의 본류를 이룬다. 담양천이 군의 중앙에서 서남부에 이르는 지역에 봉산들 · 수북들 · 고서들 · 대전들 등 비옥한 충적평야를 이루었으며, 그 면적은 군 전체면적의 1/4이 넘는다. 또한 영산강 유역의 농업개발사업이 진행됨에 따라 담양호가 용면에 광주호가 남면에 완공됨으로써 총경지면적의 80%가 수리안전답으로 바뀌었다.

기후는 한서의 차가 심한 대륙성기후의 특징을 보인다. 연평균기온 12.7℃ 내외, 1월평균기온 －0.6℃ 내외, 8월평균기온 25.4℃ 내외이다. 연평균강수량은 1,295mm 정도이다. 아열대성 식물인 대나무 · 팽나무 · 느티나무 · 이팝나무 · 엄나무 등이 자란다. 특히 대나무가 많아 예로부터 죽세공품이 유명하다.

전체적으로 인구유출지역이다. 인구증감추세를 보면 1960년 11만 7,118명을 정점으로 1970년 11만 2,661명, 1980년 9만 1,740명, 1996년 6만 59명, 2006년 5만 865명으로 나타나 46년간 약 57%의 절대인구가 감소했다. 이는 인구 자연증가 억제책과 농촌지역의 이촌향도에 따라 나타나는 현상이다. 가구수와 가구당 인구도 각각 1960년 2만 298가구, 5.8명에서 1996년 1만 8,966가구, 3.2명으로 2006년에는 2만 294가구, 2.5명으로 가구수는 증가 추세이고 가구당 인구는 앞으로도 계속 감소될 것으로 보인다.

총경지 면적 112.58km² 가운데 논이 85.88km², 밭이 26.70km²로 논이 밭보다 많고 경지율은 24.7%이다(2006). 주요농산물은 쌀 · 보리 · 콩 등이며, 특용작물로 참깨 · 들깨 · 땅콩 등이 생산된다. 시설원예농업으로 담양읍 · 봉산면에는 배추, 창평면 · 수북면에서는 오이를 대량 생산하고 있다. 그밖에 담양댐이 완공되면서 많은 경지가 수몰된 용면에서는 추월산을 중심으로 양봉을 한다. 임산물로는 대나무 생산이 전국에서 가장 많으며, 이를 기반으로 한 죽세공업이 활발하다. 대바구니류를 비롯하여 대발, 부채, 쟁반, 소형 장식용 공예품 등 다양한 죽제품이 생산되어 전국적으로 판매되는 것은 물론 해외로도 수출된다. 공업으로는 고서면 동운리에 메리야스를 생산하는 전방군제공장과 남일피혁공장, 벽돌·돗자리를 생산하는 새마을공장과 정미소 등이 있을 뿐이다. 담양·창평·대덕·대전 등 4개의 5일 정기시장이 있다. 특히 향교다리 옆 천변고수부지에서 열리는 담양 죽물시장에는 특산물인 대나무 제품을 구입하기 위해 다른 지방에서도 상인과 구매자가 찾아와 활기를 띤다. 죽물박물관도 가까이에 있다.

호남고속도로가 군의 동남부지역을 통과하며, 88올림픽 고속도로가 군의 중앙부를 지나고 있다. 또한 담양읍을 중심으로 광주·남원·정주 등을 잇는 국도와, 고창·곡성 등을 잇는 지방도가 나 있어 교통의 요지를 이루고 있다. 도로총길이 318.6km, 도로포장률 80.7%이다(2006).

군내에는 국가지정문화재 11점(보물 5, 천연기념물 2, 사적 2, 중요무형문화재 2), 도지정문화재 21점(유형문화재 8, 기념물 9, 민속자료 1, 무형문화재 3), 문화재자료 11점이 있다. 청동기시대의 생활상을 알려주는 유물인 석촉·석검·토기 등이 제월리에서 출토되었고 가산리·오봉리 일대에서 고인돌이 발견되었다. 불교문화재로는 학선리의 개선사지석등(開仙寺址石燈 : 보물 제111호), 담양읍 내리 석당간(보물 제505호), 담양읍 내리 오층 석탑(보물 제506호) 등이 있다. 유교문화재로는 목조건물인 담양향교·창평향교·수남학구당·수북학구당이 있다. 장산리 모현관에 소장되어 있는 미암일기(眉巖日記 : 보물 제260호)는 조선시대의 사회문화사를 살펴볼 수 있는 중요 사료이다.

주요 관광지로는 추월산, 담양호, 광주호, 관방제의 임수 등을 들 수 있으며, 노령산맥의 높은 산과 영산강 상류 및 그 지류들이 어우러져 절경을 이룬다. 전라남도 5대 명산 가운데 하나인 추월산은 시범야영장으로 지정된 곳이며, 사계절 경관이 모두 다르다. 특히 주봉인 용추봉 남쪽 기슭의 기암절벽 사이로 계곡을 이룬 가마골이 유명하고, 용연 제1·2폭포, 용소 등의 명소가 있다. 담양호는 농업용수원이면서 주변의 추월산과 전라북도 순창군의 강천사(剛泉寺)·연대정(蓮臺亭)의 관광명소와 연계되는 호반유원지로 자리 잡고 있다. 한편 담양천을 따라 조성된 관방제는 200년 이상 자란 팽나무·느티나무·이팝나무 등이 풍치림을 이루어 여름철 피서지로 각광을 받고 있으며, 고수부지는 경기장으로 이용될 만큼 큰 규모를 갖추고 있다. 1984년에 이 지역을 찾은 관광객은 8만 명에 지나지 않았으나 호남고속도로와 88올림픽 고속도로, 서해안고속도로의 완공으로 교통이 편리하게 되어 2006년에는 372만 명으로 증가했다.

전통 교육기관으로 담양향교·창평향교·의암서원·대치서원이 있다. 최초의 근대교육기관은 1908년에 개교한 창흥학숙과 영학숙(지금의 창평초등학교)이며, 1907년에는 광명학숙(지금의 담양동초등학교)이 개교했다. 2007년 현재 유치원 18개소, 초등학교 16개교(분교 2개교 포함), 중학교 7개교, 고등학교 4개교와 남도대학이 있다. 담양공공도서관은 군민의 교육·문화 발전에 공헌하고 있으며 수북면에 있는 성암청소년야영장, 무정면의 충의교육원은 국민정신교육장으로 이용되고 있다.

〈참고문헌〉

담양군청 홈페이지(http://www.damyang.go.kr/)

1. 고서면

▌조사마을

전라남도 담양군 고서면 원강리 원유동

조사일시 : 2011.3.19

조 사 자 : 나경수, 서해숙, 이옥희, 편성철, 김자현

원유동마을 전경

원유동은 1500년경 이천서씨에 의해 개척되었다 하며, 그 후 창녕조씨가 1700년경 이어 이거하여 오고 경주정씨가 차례로 입주하였다. 마을명이 한자로 여러 차례 바뀌었다. 마을 형성은 삼각산 줄기가 서북으로 줄기차게 뻗어내려 원유동 옥녀봉을 만들과 창강으로 병풍같이 둘러내려 전원같은 마을을 이루고 있다.

마을 입구에 조두적각(鳥頭赤脚)으로 꾸며진 애일각은 정재기선생의 효

행비가 있으며, 마을 서북 옥녀봉 맞은편에 위치한 옥천재는 이천서씨의 제각이며, 송강정은 본래 죽연정이라 하였으며, 이곳에서 정철선생이 사미인곡, 속미인곡을 지었다.

원유동은 주로 논농사를 주업으로 하고 있으며, 현재 60여 호의 300여 명이 살고 있다.

제보자

김옥순, 여, 1932년생

주 소 지 : 전라남도 담양군 고서면 원강리 원유동
제보일시 : 2011.3.19
조 사 자 : 나경수, 서해숙, 이옥희, 편성철, 김자현

김옥순 제보자의 친정은 전라북도 정읍이다. 18살에 시집왔다. 이야기판과 노래판이 활성화되도록 분위기를 띄워주고 주민들에게 적극적으로 구연을 권유하였다. 조사팀이 김옥순 제보자의 도움을 많이 받았다. 나물바구니 가져다 준 호랑이 이야기를 들려주었고 아리랑타령도 구연하였다.

제공 자료 목록
06_06_FOT_20110319_NKS_KOS_0001 며느리의 말대답
06_06_FOT_20110319_NKS_KOS_0002 나물바구니 가져다 놓은 호랑이
06_06_FOT_20110319_NKS_KOS_0003 달린 사람과 노래 좋아하는 도깨비
06_06_FOT_20110319_NKS_KOS_0004 업이 보인 꿈
06_06_MPN_20110319_NKS_KOS_0001 고사를 끊으러 갔다가 본 호랑이굴
06_06_MPN_20110319_NKS_KOS_0002 돼지가 보인 태몽
06_06_FOS_20110319_NKS_KOS_0001 아라린가 지랄인가
06_06_FOS_20110319_NKS_KOS_0002 딸아딸아 막내딸아

노복임, 여, 1926년생

주 소 지 : 전라남도 담양군 고서면 원강리 원유동
제보일시 : 2011.3.19

조 사 자 : 나경수, 서해숙, 이옥희, 편성철, 김자현

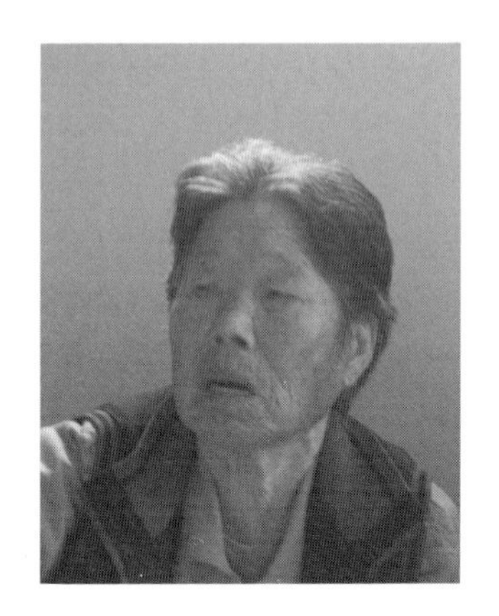

노복임 제보자의 친정은 광주시 북구 지산동 수곡마을이다. 성품이 온화하고 조용하여 사람들 앞에서 말하기를 꺼려하였다. 이야기판, 노래판 분위기가 무르익자 마지막에 자장가를 구연하였다.

제공 자료 목록
06_06_FOT_20110319_NKS_NBY_0001
　업이 보여 비손한 귀동덕
06_06_FOS_20110319_NKS_NBY_0001 자장가

정만자, 여, 1940년생

주 소 지 : 전라남도 담양군 고서면 원강리 원유동
제보일시 : 2011.3.19
조 사 자 : 나경수, 서해숙, 이옥희, 편성철, 김자현

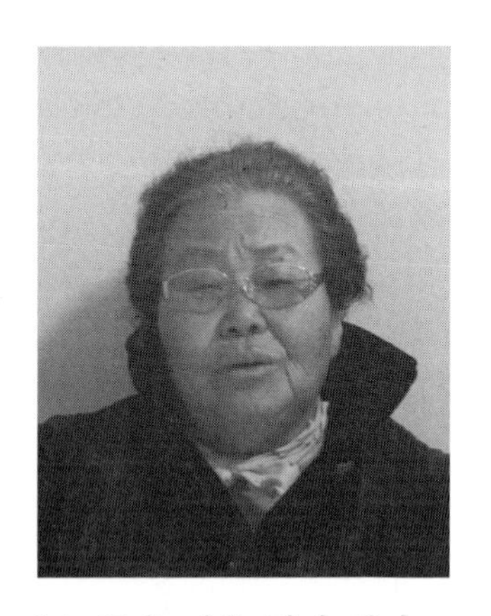

정만자 제보자의 친정은 담양군 봉산면 양지리이다. 19살에 시집와서 농사를 주업으로 생활하고 있다. 조사팀의 방문을 달가워하지 않았으며 이야기판에도 참여하지 않았다. 그런데 주민들의 권유로 노래를 했는데 목청이 매우 좋고 민요를 잘 불렀다. 정만자 제보자가 구연한 노들강변, 물레타령, 종지종지돌려라 등은 어렸을 때 언니들한테 배운 노래라고 한다. 담양문화원에서 농악과 민요 등을 배운 적이 있다고 한다.

제공 자료 목록
06_06_FOS_20110319_NKS_JMJ_0001 물레야 물레야
06_06_FOS_20110319_NKS_JMJ_0002 종지종지 돌려라
06_06_MFS_20110319_NKS_JMJ_0001 노들강변

정애순, 여, 1921년생

주 소 지 : 전라남도 담양군 고서면 원강리 원유동
제보일시 : 2011.3.19
조 사 자 : 나경수, 서해숙, 이옥희, 편성철, 김자현

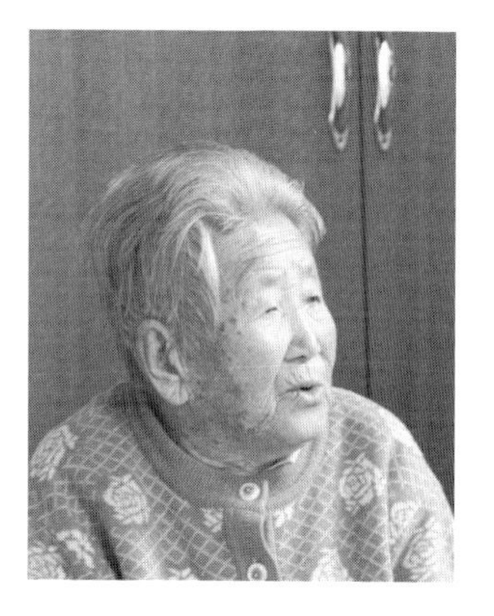

정애순 제보자의 친정은 담양군 대전면 갑양리이다. 16살에 시집왔다. 글을 배우지 못한 것을 한으로 생각한다. 91세인데도 기억력이 총총하다. 조사팀이 찾아올 줄 알았으면 미리 이야기를 알아놓을 것을 그랬다며 농담을 할 만큼 유쾌하다. 방구쟁이 며느리, 우투리, 한석봉, 김덕령, 도깨비이야기 등 귀중한 설화를 여러 편 구연하였으며 노들 강변 등 신민요를 구연하기도 하고 예전에 마을에서 활장구 장단에 놀았던 경험을 들려주었다.

제공 자료 목록
06_06_FOT_20110319_NKS_JAS_0001 방구쟁이 며느리
06_06_FOT_20110319_NKS_JAS_0002 게으른 삼형제와 새끼 서발
06_06_FOT_20110319_NKS_JAS_0003 우투리와 동지죽
06_06_FOT_20110319_NKS_JAS_0004 한석봉과 어머니의 내기
06_06_FOT_20110319_NKS_JAS_0005 김덕령과 누이의 내기
06_06_FOT_20110319_NKS_JAS_0006 김덕령의 죽음
06_06_FOT_20110319_NKS_JAS_0007 혹이 난 사람과 도깨비
06_06_FOT_20110319_NKS_JAS_0008 방천의 도깨비불

06_06_MPN_20110319_NKS_JAS_0001 고된 시집살이
06_06_MPN_20110319_NKS_JAS_0002 도깨비에 홀린 이야기
06_06_MPN_20110319_NKS_JAS_0003 뱀은 함부로 죽이지 않는다
06_06_FOS_20110319_NKS_JAS_0001 거북 거북
06_06_FOS_20110319_NKS_JAS_0002 활장구장단에 노래하기
06_06_MFS_20110319_NKS_JAS_0002 노들강변

최삼순, 여, 1930년생

주 소 지 : 전라남도 담양군 고서면 원강리 원유동
제보일시 : 2011.3.19
조 사 자 : 나경수, 서해숙, 이옥희, 편성철, 김자현

최삼순 제보자의 친정은 담양군 봉산면 와우리이다. 17살에 시집왔다. 며느리 버릇 고친 시아버지, 도깨비 이야기를 구연하였고, 아리랑타령, 화전놀이 노래 등도 구연하였다.

제공 자료 목록
06_06_FOT_20110319_NKS_CSS_0001 며느리 버릇고친 시아버지
06_06_FOT_20110319_NKS_CSS_0002 도깨비에 홀리다
06_06_MPN_20110319_NKS_CSS_0001 대낮에도 도깨비에 홀리다
06_06_FOS_20110319_NKS_CSS_0001 아리롱스리롱
06_06_FOS_20110319_NKS_CSS_0002 화전놀이 노래
06_06_FOS_20110319_NKS_CSS_0003 강강술래 구술
06_06_MFS_20110319_NKS_CSS_0001 도라지타령

며느리의 말대답

자료코드 : 06_06_FOT_20110319_NKS_KOS_0001
조사장소 : 전라남도 담양군 고서면 원강1리 원유동 마을회관
조사일시 : 2011.3.19
조 사 자 : 나경수, 서해숙, 이옥희, 편성철, 김자현
제 보 자 : 김옥순, 여, 80세
청 중 : 7인
구연상황 : 최삼순 제보자가 도라지타령을 구연한 뒤에 다과를 드시면서 휴식시간을 가졌다. 잠시 후에 조사자가 며느리와 시부모에 관한 노래가 있는지를 묻자 다음의 이야기를 구연했다.
줄 거 리 : 옛날에 말을 잘하는 며느리가 있었는데, 시부모님과 이야기할 때 한마디를 지지 않고 비유적으로 표현하여 대꾸한 이야기이다.

옛날 며느리를 얻었는디. 며느리가 하~도 말을 잘헌게.

"니가 어쩌 그러고 말을 잘허냐?"

"[빠른 속도로 말한다.] 삼베 치매에다 비단말 다요."[전원 웃는다.]

"어쩌 그러고 달랑달랑하냐?"

"[빠른 속도로 말한다.] 대롱에다 폴안 넣어라."[전원 웃는다.]

(조사자 : [웃으면서] 그 말이 뭔 말일까요?)

"한 마디만 져봐라."

그랬어. 말을 잘 헌것이 아니라.

"한 마디만 져봐라."

"어덕(언덕) 짚고 지게 짊아 열마지사 못짓가라?"[말 뜻을 알아듣는 할머니들만 웃는다.]

미느리가(며느리가) 고로고 대답을 했어.

(조사자 : 다시 한 번 해주세요. 할머니. 그 이야기를 처음부터. 할머니 말이 빨라. 그러니까. 그 며느리가 안 지니까 시어 시부모가 한 마디만 져봐라 그랬어요?)

예. 미느리가~ 인자 미느리가 뭔 말을 잘헌게

"뭔 말을 잘 허냐?"

그런께로,

"어째 그리 말도 좋다!"

그랬어. 그런게로,

"삼베 치매 비단말타요! 삼베 치매 비단말다요!"

그런게.

"한 마디만 져봐라!"

"쫌 어덕 좋고 지게 좋으믄 열말이싹 못 짓드라."

그래.

(조사자 : 열 말이라고.)

지게를 지게를 어디 어덕 우에다가 딱 놓고 요로고 지믄 언능(빨리) 뽈각 인난다고(일어나다) 합디다.

(청중 : 마포치매에다 비단말 달았다고.)

근게

"너는 말도 좋다."

그런게로.

"삼보 치매에 비단말 다요."[조사자 전원 이해하듯이 : 아~]

삼베 치매. 옛날에 거 삼도 모를 것이요. 시방. 삼을 갈았어. 삼이. 시방 삼 갈면 큰일난다 합디다.

근디 삼을 갈아서 요로고 다 불에다 구워서 겯을 빗기서(벗겨내고) 요로고 째서 베를 놨어. 베를 놔.

[청중들과 목소리가 겹친다] 그래서 여름에는 그 베 놔갖고 옷 입고 또

미영 따다가 미영 거시기서 씨앗에다 미영 앗아갖고 미영 바서 갖고 그래 갖고 겨울에는 옷 입고 그래 아 살았소.

옛날에는 고러고 살았어. 그런게로.

"말도 좋다."

그런게로.

"말도 좋다."

그런게로.

"삼베치매가 뭐시 그리 좋것소. 삼베 치매가 비단 말 단다."고 잉~.

(청중 : "왜 달랑달랑 하냐?" 그런게로. "대롱 폴안 있는 ○○라." 그러드랍마. "왜 달랑달랑하냐?" 그런게로. "대롱에다 폴 안 넣는 것 같냐.")

며느리가 하~도 달랑달랑한게.

"아 왜 달랑달랑하냐?"

헌게.

"때롱에다 폴 안 넣는가치라."

그래요. 때롱이다 폴 안 너면 달랑달랑 안허요.

(청중 : 때롱에다가 폴을 넣으면 달랑달랑혀.)

그러드라여.

(청중 : 팥을 넣으면 요 흔들면 달랑달랑 이래 안하요.[전원 웃는다.])

나물바구니 가져다 놓은 호랑이

자료코드 : 06_06_FOT_20110319_NKS_KOS_0002
조사장소 : 전라남도 담양군 고서면 원강1리 원유동 마을회관
조사일시 : 2011.3.19
조 사 자 : 나경수, 서해숙, 이옥희, 편성철, 김자현
제 보 자 : 김옥순, 여, 80세

청　　중 : 7인

구연상황 : 앞서 며느리 말대답에 관한 이야기가 끝나자 조사자가 다른 이야기를 물으려 했으나 제보자가 큰소리로 다음의 이야기를 구연했다.

줄 거 리 : 나물 캐러간 처녀들이 호랑이 새끼를 보고 예쁘다 하고 있는데, 갑자기 호랑이 어미가 나타나자 바구니를 두고 집으로 도망을 왔다. 그랬더니 그날 저녁에 호랑이 어미가 바구니를 가져다 놓았다는 이야기이다.

호랭이가…… 나물 캐러 갔는디 굴 속 안 새끼가 있더냐. 어디가 있어서,

"아이고 새끼 이쁘다."

그런게.

"허~엉[호랑이 울음소리를 낸다]"

그런게 기냥 바구니를 다 냅치고 도망갔더만 그날 밤에 집집마다 그 바구니를 갖다 놓았더라.

호랭이가 글더라여. 지 새끼 이쁘다고 헌게. [웃는다.]

(청중 : 이삐다고 해야지. 미웁다고 허믄 쓰것시라(그러면 안된다) 사람도 미웁다고 허믄 심정이 안~허것소.(마음이 좋지 않겠소) [웃는다.])

혹 달린 사람과 노래 좋아하는 도깨비

자료코드 : 06_06_FOT_20110319_NKS_KOS_0003

조사장소 : 전라남도 담양군 고서면 원강1리 원유동 마을회관

조사일시 : 2011.3.19

조 사 자 : 나경수, 서해숙, 이옥희, 편성철, 김자현

제 보 자 : 김옥순, 여, 80세

청　　중 : 7인

구연상황 : 앞서 정애순 제보자의 게으른 삼형제와 새끼서발에 관한 이야기가 끝나자 옆에서 듣고 있던 제보자가 나서서 다음의 이야기를 구연했다. 조사자들이 마을회관에 들어가서 처음 조사를 시작할 때와는 달리 점차 분위기가 진지해지면

서 청중들이 서로 나서서 이야기를 구연하기 시작했다.

줄 거 리 : 혹이 달린 사람이 나무를 하러 갔다가 우렁차게 노래를 부르고 있었다. 이를 듣고 있던 도깨비가 혹값으로 금방망이, 은방망이를 주고서 떼어갔으나 혹을 아무리 두드려도 노래가 나오지 않았다. 마침 또 다른 혹 달린 사람이 혹값을 받았다는 사실을 알고 그곳으로 갔으나 도깨비가 오히려 그 사람에게 혹을 붙여버렸다는 이야기이다.

나는 혹쟁이 애기 하나 할께. 또 잉~.

[청중과 말소리가 겹친다.] 혹쟁이가 혹이 붙은 사램이 나무를 허러 갔어.

나무를 갔는디. 혹쟁이 영감이 갔는디. 나무를 한~ 짐 해서 짊어지고 오다가 노래를 새~드러지게 분게(우렁차게 부르다) 도채비들이 기냥 판작판작 나와서는 그 혹을 띠어갔어.

혹을 띠다가 도채비 된 집이 가서 노래 혹을,

"노래 나오라."

아무리 뚜드려도 노래가 안나와.[전원 웃음] [웃으면서] 노래가 안나온게.

또 딴 혹쟁이가 쏭~. 나는 거 그 혹 띠어간 사람을 은방맹이 하나, 금방맹이 하나 줬어.

근게 동네 들어감서,

"나는 은방맹이 금방맹이 혹 값이다."

고 그렇게 노래를 부르고 들어간게 혹쟁이 하나가 쏙~ 나서서,

"어쩌고 해서 은방맹이 금방맹이를 탔냐?"

고 근게.

"혹을 띠어가더니 그 혹 값으로 줬다."고.

"아 그러믄 나도 그럴라네."

하고 혹쟁이가 또 이런 놈이 갔어.

아 근디 그 혹일 띠다 놓고 은방맹이 금방맹이 준 도채비는 아~무리 뚜드려도 노래가 안 나와.

[웃으면서] 혹에서 노래 나온다고 뚜드려 자친디.

아 근게 한 사람은 가서 혹을 ○○가서 붙여갖고 왔어.[전원 웃는다.]

그런 애기도 있더란게.

업이 보인 꿈

자료코드 : 06_06_FOT_20110319_NKS_KOS_0004
조사장소 : 전라남도 담양군 고서면 원강1리 원유동 마을회관
조사일시 : 2011.3.19
조 사 자 : 나경수, 서해숙, 이옥희, 편성철, 김자현
제 보 자 : 김옥순, 여, 80세
청 중 : 7인
구연상황 : 앞서 노복림 제보자가 업이 보여 비손한 이야기를 끝마치자, 제보자가 이어서 다음의 이야기를 구연했다.
줄 거 리 : 업이 신작로를 건너 다른 집으로 가는 꿈을 꾸었는데, 이후로 집안이 망했다는 이야기이다.

요 집이 이사간디 어그 살다가

요 집을 뜯어버렸어. 거 거 안동댁 여그 집을 여 여 이사할라고 근디 그 그 꿈에 신작로 기냥 신작로 넘어가드라. 그 집이로.

그 집을 뜯은게. 비단능금이 이렇게 있더라여.

비단능금이 여그다 여 그때 시집가면 웃저고리 얻어다 여그다 걸어노면 없고 없고 그러데. 근디 거가 다~ 있더랴.

다~ 있더라여.

(청중 : 그런 것이 나오면 좋들 못해.)

[청중과 말이 겹친다] 두투리 방석~만허니.

(청중 : 우환찌고 안좋아라.)

근디 이상 이사간 뒤로 신작로로 발~딱 넘어가더래. 꿈에.

어. 어. 꿈에. 글더라고.

그래갖고 사람이 산디 큰 아들이 사고를 내갖고 살림이 없어졌어.

(조사자 : 큰 아들이 사고를 내서.)

업이 보여 비손한 귀동덕

자료코드 : 06_06_FOT_20110319_NKS_NBY_0001
조사장소 : 전라남도 담양군 고서면 원강1리 원유동 마을회관
조사일시 : 2011.3.19
조 사 자 : 나경수, 서해숙, 이옥희, 편성철, 김자현
제 보 자 : 노복임, 여, 86세
청 중 : 7인
구연상황 : 앞서 도깨비에 관한 이야기가 끝나자 제보자가 다음의 이야기를 구연했다. 조사자들이 마을회관에 들어가서 처음 조사를 시작할 때와는 달리 점차 분위기가 진지해지면서 청중들이 서로 나서서 이야기를 구연하기 시작했다.
줄 거 리 : 귀동덕이 집안에 업이 보여 흰죽을 쑤어 바치고서 비손했다는 이야기이다.

(청중 : [여러사람 말이 겹친다] 업을 잘 안 빈다.(보이지 않는다) 살림이 없어질라믄 눈에가 비제. 업은 안 벼. 없은 안 비쳐. 사람 눈에.)

(조사자 : 업이 나가가지고 집이 망한 이야기! 혹시...[말끝을 흐리면서] 들어보셨어요? 업이 나가서 집이 망했더라 그런 이야기.)

(청중 : 업이 나가서 집이 망했다 소리도 어서 들었긴 들었는디 나는 몰라.)

거 누가 업나가서 망했단 소리는... 저 업은 나와서 업이 나와서 저녁에 뒤안에가 있어갖고 아침에 일어나서 귀동덕이가 그랬다고. 귀동덕이.

귀동덕이가 그랬어. 이 동네. 그래가지고 흰 죽을 쒀갖고 반데기에다

한~나 갖다준게 고걸 다 묵고 가부렀댜.

여그 여 공장에 귀동덕이가 귀동덕이 뒤안에서 업나왔다고 그래. 그때 한번 그랬어라.

(조사자 : 언제적 이야기예요?)

언제적 이야기여?

한~ 한 삼십년 되았것소. 한 사십년 되았것어.

(청중 : 이십년이나 삼십년 되았것소.)

이십년 더 되야. 아 그런 말 있었어라. 귀동덕이 뒤안에서.

(조사자 : 그래가지고 귀동덕 재산이 줄었어요?)

그 양반 돌아가셨어.

(청중 : 업 나오믄 대차 흰 죽 쒀서 갖다 논단 말은 들었어. 나도.[여러 사람 말이 겹친다] 근디 쪼끔 냉긴다더만. 그 질을 볼라고. 냉기믄 그 놈을 먹어야제. 안 묵으믄 또 집구석이 망한다 그러더만.)

그 놈을 묵어야 한댜. 내가 묵고.

방구쟁이 며느리

자료코드 : 06_06_FOT_20110319_NKS_JAS_0001
조사장소 : 전라남도 담양군 고서면 원강1리 원유동 마을회관
조사일시 : 2011.3.19
조 사 자 : 나경수, 서해숙, 이옥희, 편성철, 김자현
제 보 자 : 정애순, 여, 91세
구연상황 : 마을회관에 모인 청중들이 민요를 몇 편 구연한 뒤에 잠시 다과를 먹으며 휴식시간을 가졌다. 그 사이에 조사자가 인적사항을 조사하였고, 이어서 방구를 잘 뀌는 며느리 이야기를 들어보았는지를 묻자 다음의 이야기를 구연했다.
줄 거 리 : 시집 온 며느리가 방귀를 뀌지 못하고 있었는데, 어느 날 시아버지가 방귀를 뀌라 해서 뀌었더니 집안의 문이 떨어져 나갔다는 이야기이다.

들어봤어. 들어봐.

(조사자 : 근게 그 이야기 좀 해봐요.)

들어봤는디. 뭔 고 얘기 [주변을 보면서]들어봤소.

아 방귀를 뀔라헌께로,

"앞문 잡으쇼. 뒷문 잡으쇼."

하고, 막 방구를 뀐께로 그냥 뭐 문짝이 떨어졌다는가 어쩐다든가 고론 소리는 들어봤어.

뭐 뭐 고론 얘기도 쨰까(조금) 들어봤어.

얘기도 헐라허믄 쭉 해야허고 노래도 부를라믄 쭉 불러야헌디. 어중간히 헌 것은 안해야혀.

(조사자 : 괜찬해요. 어중간해도 괜찬해요.)

아 고것 풀어 봤자. 근디 고대로 히요. 고대로.

(조사자 : 그니까 다시 한 번 해보실래요. 고대로 하지 말고. 어렸을 때 누구한테서 들으셨어요?)

(청중 : 어른들한테.)

어렸을 때도 근게로 이를테면 며느리가 방구를 잘 뀐다 해서 거식했는디. 방귀를 안 뀐게.

아 미늘이가(며느리가) 참니라고 방구를 안꼈제. 참니라고 근께로 시아바지가,

"너 왜그냐?"

고,

"방구를 뀌봐라."

그런께. 방구를.

"문을 잡으라."

뀐께로 문이 막 떨어졌다는 고 소리만 들어봤어라.

게으른 삼형제와 새끼 서발

자료코드 : 06_06_FOT_20110319_NKS_JAS_0002
조사장소 : 전라남도 담양군 고서면 원강1리 원유동 마을회관
조사일시 : 2011.3.19
조 사 자 : 나경수, 서해숙, 이옥희, 편성철, 김자현
제 보 자 : 정애순, 여, 91세
구연상황 : 제보자가 앞서 뱀에 관한 이야기를 청중과 주거니 받거니 하였다. 이어서 제보자가 생각난듯 다음의 이야기를 구연했다.
줄 거 리 : 게으른 삼형제가 각자 세끼 서발을 꼬아서 그것을 가지고 각자의 길을 갔다. 형제 가운데 막내가 길을 가다가 쉬기 위해 어느 집에 들어갔는데, 한밤중에 그 집주인이 여우임을 알아차렸다. 그리하여 그 여우로부터 무엇이든지 나오는 책을 얻어가지고 형제들과 집으로 돌아왔고, 꾀를 부려서 윤부잣집 딸과 결혼하여 행복하게 잘 살았다는 이야기이다.

옛날에 거시기 가난한께로 저 아들을 서이를(셋을) 키웠어. 홀어매가.

홀어매가 아들을 서이를 키웠는디.

통~ 베를 매러 댕겨. 베. 베 맹긴 것을 모를 것이요.

(조사자 : 베 짜는 거?)

미영 베를 요로고 풀칠 해갖고 요로고 올려갖고 도톰허게 감아갖고. 그래서 베를 매러 댕긴디.

머시매들이 바보여. 바보. 서이가. 서이가 바보여.

즈그 어머니가 밥 한 그릇씀(한그릇씩) 얻어다 주믄 서이 묵고. 통~ 머헐지를 몰라.

그런께로. 인자. 하~도 애가 터진게로 즈그 어매가 윤부자 집이 가서,

"우리 애기들이 암~것도 모른디 어찌까 모르것다."

고 그랬다고. 그랬드리로. 그 소리를 지기 막둥이 아들이 들었던가. 한번은 즈그 어머이가 온게로.

짚퉁어리를 놓고 사챙이를 싹~싹 비벼서 꼬드라. 서이.

"그래 서발 석만 꽈라. 사챙이. 많이 꼬진 말고. 서발석만 꽈라."

그런 애기만 한 번 들어봤어. 나도 들었어.

근게 서발석만 꽈갖고 인자 거 윤부잣집이라고 헌데로 베를 매러 댕겼어.

인자 거가서,

“우리 애기들이 인자 사챙이를 서발썩 서발썩만 꼬라고. [청중이 휴대폰에서 울리는 자명종 소리를 흉내낸다.] 어쩔라고 서발썩만 꼬라 그런다고.”

그런께로 인자 그 사챙이를 서발썩을 꼬아갖고 질로 막둥이가 똑똑허던가 막둥이 동생이,

“성은 삼거래 난 질로 가갖고(형은 삼거리로 난 길로 가서), 성은 여 요짝 질로 가고, 또 가운데 성은 가운데 질로 가고, 저는 질로 가상으로 간다.”고. 가(가장자리) 질로.

세 명이 나갔어.

인자 나가갖고 그 동생 시킨데로 성은 요짝 질로 가라하고,

(청중 : 말도 못헌담서 말을 허드라?)

말을 혔어. 인자. 그래갖고 또 가운데 둘째 성은 가운데 질로 가라허고, 저는(막둥이) 가상으로 가라하고 갔는디.

한~허고 간께로 저 거시기 동생이 인자. 고것이 제일로 동생인지 모르것습디다.

동생이 인자 어디 오두막집이 있어서 들어갔어. 저녁에 잘라고. 들어간게. 헉언(하얀) 노인이 반갑게 맞이함서 와서,

“자고 가라.”

고 그래서 가만~히 잔디로 인자. 이상헌게 근께 인자 가~만히 인자 치매를 떠든게로(들어올리니) 헉~언 꼬리가 사름사름허니 하고 있은께로 [청중들이 여우인지를 알아채면서 놀랜다]

(청중 : 무서워서. 여시여.)

기냥 이 사챙이갖고는 못헌께 산으로 올라가서 그 칡 칡넝쿨을 막 뜯어갖고 와서 거 거 여시를 쨈맸다고 합디다. [조사자 전원 : 아~]

쨈맨게 막~ 걍~

"살려도라."고,

"한 번만 살려도라."고,

"그러믄 생전 묵을 보화를 주마."

고 그래서 그 대차 살려준게로 그 지기 여 새끼를 까서 새끼들이 움질 움질 나와. 나온께. 그 새끼들 보고 가서,

"책을 가져오라."

께 안갖고 온께. 그 새끼들을 때려 죽이드람시라. 여시가.

(조사자 : 여시가.)

예. 그래갖고는 책을 한나 갖고 와서,

"요 책을 거시기 밥 나오라 하믄 밥 나오고, 돈 나오라 하믄 돈 나오고. 그런 책이다."

고 그럼선,

"이것을 또 말을 나오라."고,

"말 타고 갈란다."고,

"말을 나오라고 말도 나온다."

고 그런께로 야 지기 동생이 동생이 인자 두 사램이 알던가벼. 근게 즈기 동생이 그러던게 아니라 그 책 갖고 간 사램이 가서 큰 질에 가서 또 만났어라.

그 형제간이 또 그 오던 질에 가서 삼가래 난 질에 가서 딱 만났어. 그 시간에. 만나갖고 어 저 성은 [성이 아닌 동생이라고 말하려고 목소리를 높이면서] 동생은 동생이 주루막대기 끄집고 오재. 짜~락 짜~락 주루막대기 끄집은 소리가 나고 또 거시기 둘째 성은 기냥 쿵 쿵 잃고 지고와. 넘의 집 살아갖고 쌀을 많이 지고 오고.

그러고 또 한나는 그 책을 갖고 갔어라. 책을 갖고 가서 쩌~그 즈그 동생이,

"책 내놓으라."고,

"우리가 말을 타고 들어가야 안 쓰것냐!"

고. 근께로 책을 내놓아갖고 말을 불렀어.

"나오라."

고 근게 말이 튀어 나오더라. 그래서 그 삼 삼형제가 말을 타고 동네 들어간게 놀랠껏 아니요. 그 바보들이 들어가서 놀래갖고는 인자 그 윤부잣집이 가서 큰 애기가 있던가벼. 큰 애기가.

큰 애기가 이쁜 큰 애기가 있는디. 인제 그 윤부잣집 큰 애기를 돌라올라고 돌라올라고 그런것이 아니라.

인자 윤부잣집 한 애가,

"기냥 우리 집이서 통~ 밥 얻어묵고 고러고 댕긴 놈들이 저로고 잘 되갖고 왔다."

고 시기를 내. 시기를 낸께.

그~ 일내 치므는 그 총각 한나가 나서서,

"그지 마라고. 왜 그러고 시기를 내냐!"

그럼선 그런께로.

"거시기 싹 돌라와불란다."

고 그런게 저 거시기 머심을 얼매나 부잔던고 머심을 거시기 일곱은 일곱보고 지키라 했는디 마당에서 한나 지키고 문 앞 문 앞에서 한나 지키고.

또 다섯이는 인자 어디 헛청에서 지킨디.

"가만이 가며는 집이 딸 돌라온다."

고 그랬어.

"딸을 돌라와분다."

고.

"딸을 돌라와분다.(훔쳐가다)"

했는디. 인자 그 윤부잣집이 그 한 애가,

'저런 놈들이 딸을 돌라갈라디야.'

허고는 와서,

"어째서 우리 딸을 돌라간다더니 안돌라갔냐?" [청중 웃음]

"안직은 안직은 못허고. 우리 형이 아퍼서 그랬소. 우리 어머니가 아퍼서 그랬소."

핑계 대고 안 돌라갔어.

가서 여~러날을 저녁을 잠을 좀 못자게 잠을 못자게 지키게 맨들어갖고 인자.

그 사람들이 잠이 곤~허게 들때게 [청중들이 이야기 뒷부분을 상상하면서 웃는다] 곤~허니 들때게 인자 큰 애기를 돌으러 갔어.

돌으러 가갖고. 근게 큰 애기는 고 것을 알고 잠을 못자고 있제.

남자는 나오라 허고. 하꼬(그래가지고) 큰 애기는 디리꼬 오고.

영감 수염에다 황을 볼라놨어. 황을. 그 수염에다가. 황을 볼라놓고. 또 것따가 숯불을 들여놓고.

또 저 지기 인자 큰 애기 오빠 옛날에는 여 창옷을 입고 자게. 도포 달렀제. 도포. 여그다 자갈을 주서다가 고 도포에다 너놨어(넣어놨어).

너놓고 인자 그래놓고는 인자,

"도둑이야!"

허고 나오지라 인자. 큰 애기 훔쳐갖고,

"도둑이야!"

하고 나온게로. [조사자가 웃으니까] 고 고 거시 우스와(웃기는 것이야). 이 애기가.

(조사자 : 우스운 이야기네. 예.)

나온게로 인자 거 허청에 있는 놈 있는 사람들이. 옛날에는 상투를 꼽은게. 상투를 전부 풀어서 다섯 놈을 한테다 꽉 짬매부렀어. [전원 웃음]

(청중 : 상투 모르지라.)

(조사자 : 알아요.)

근께 서로,

"이놈 놔라. 놔라. 왜 나를 틀어잡냐? 놔라. 놔라."

하고. 거 저 마당에 있는 사람은 큰~ 대실이를 갖다가 딱 씨놔붓어. 대실이를. 근게 마당에 있는 사람은,

"하늘은 껌었어도(까맣다) 별은 총총났네. 총총났네." 그러고.

"도둑이야!"

헌게 그러고.

그러고 헛청에서 잔 사람들은,

"니가 잡았냐? 내가 잡았제."

"니가 잡았냐? 내가 잡았제."

막 그러고 놓으라 그러고. 막~ 서로 안 잡았다 그러고. 그러고 그 영감 방에 가서는 인제 다급헌게 불을 불어. 영감이.

불을 분께 수염에가 불이 댕겨붓어. [전원 웃음] 화로를 놔놨으니. 그런게로 그 아들이 여 인자 즈그 아버지 불을 끌거 아니요!

그런게 창옷으로 막 때리여. 불 꺼지라고. [화자와 더불어 모두 웃음] 허허. 그래갖고 요런데가 막 깨져붓다.

(조사자 : 어. 그러제. 자갈이 있어서.)

그래갖고 큰 애기는 돌라다가 잘~ 살아붓다. 그런 애기 한번 들어봤어. [전원 큰 소리로 웃는다.]

(조사자 : 바보가 아니라 천재네. 천재.)

우투리와 동지죽

자료코드 : 06_06_FOT_20110319_NKS_JAS_0003
조사장소 : 전라남도 담양군 고서면 원강1리 원유동 마을회관
조사일시 : 2011.3.19
조 사 자 : 나경수, 서해숙, 이옥희, 편성철, 김자현
제 보 자 : 정애순, 여, 91세
구연상황 : 앞서 시집살이 이야기가 끝나자 이어서 조사자는 날개 달린 아기장수 이야기를 들어보았는지를 물었더니 다음의 이야기를 구연했다.
줄 거 리 : 겨드랑이에 날개가 달려 날아다니는 우투리가 있는데, 동지날에 동지죽을 뿌리는 것은 그 우투리에게 주는 것이라는 이야기이다.

(청중 : 워매 그런 애기가 있다.)[조사자 전원 웃음]

아니여. 그런 애기가 있는 것이 아니라.

옛날에 동지죽을 쒀갖고 핑긴 것이(던진 것이) 어쩌서 고로 동지죽 쒀갖고 동지 때 핑긴 것이 고.

애기가 날아댕김서 고놈을 떠 묵으라고 고로고 핑긴다해라~.

(조사자 : 그 애기가 어떤 애긴데요?)

근게 고건 먼 애긴간 몰라도 먼 애긴간 몰라도 요 요 [어깨를 들고] 겨드랑 밑에가 났어. 근디.

(조사자 : 날개가. 겨드랑이에 날개가. 그래가지고요.)

고론 소리만 들어봤어.

(조사자 : 어. 그래서 동지죽을 쒀서 뿌리는 이유가 그 애기 먹으라고?)

우 우토리 우토리라 그런다고.

(조사자 : [놀라면서] 우투리. 오메. 우토리예요?)

예. 이름이 우토리.

(조사자 : 어째서 우토리예요? 우토리라 하든가요?)

근께 우에. 겨드랑이 밑에가 날개가 달려갖고 날아댕긴다고 우토리라 했는가 우토리라 그래.

(조사자 : 그래갖고 그 그 엄마가 엄마가 있었죠? 우토리 엄마가?)

예?

(조사자 : 우토리 엄매.)

우토리 엄마가~.

(조사자 : 으응. 엄마가 뭐 어쨌대요? 우토리가 그렇게 날개를...)

엄마 있단 소리는 안들었어.

(조사자 : 안들었어요.)

(청중 : 아 낳은께 엄마가 있제이.)

(조사자 : 그럼 우토리가 난중에 죽었어요? 안죽었어요?)

우토리가 죽었는지 안 죽었는지 몰란디.

한석봉과 어머니의 내기

자료코드 : 06_06_FOT_20110319_NKS_JAS_0004
조사장소 : 전라남도 담양군 고서면 원강1리 원유동 마을회관
조사일시 : 2011.3.19
조 사 자 : 나경수, 서해숙, 이옥희, 편성철, 김자현
제 보 자 : 정애순, 여, 91세
구연상황 : 앞서 우투리 이야기가 끝나자 제보자가 생각난 듯 다음의 이야기를 구연했다. 제보자가 이야기를 구연하는 동안 청중들은 진지하게 경청하고 있었다.
줄 거 리 : 한석봉 어머니가 한석봉을 가르치기 위해 깜깜한 밤에 떡 썰기와 글쓰기 내기를 겨루었는데, 결국 어머니가 이겼다는 이야기이다.

거 옛날에 또 한석봉이. 한석봉이 저 거 어머니허고 한석봉이허고.

한석봉이 어머니는 떡장시를 허고 한석봉이는 공부를 했는디.

저녁에 불을 꺼부리고 한석봉이도 글씨를 쓰고 지기 어머니도 떡을 썰었어. 한석봉이 어머니가.

인제 즈그 아들이 더 공부를 잘했는가 즈그 어머니가 떡장시를 했어.

갈친디.

즈그 어머니는 즈그 어머니는 또 인자 아들을 갈치기 위해서 그런 내기를 했는갑디다. 아들을 갈치기 위해서.

한석봉이는 캄캄한 밤에 불을 꺼버리고 글을 글씨를 쓰고 한석봉이 어머니는 캄캄한 밤에 떡을 썰어. 떡장시여. 떡을.

그래갖고 그래갖고 고것을 어머니가 이겼단 말이 있습디다. 어머니가. 한석봉이 어머니가 떡을 똑같이 썰었어. 아조.

고론 캄캄한 밤에라도 머 아들은 글씨를 쓴디 쪼까 틀릿다던가 어쩌다던가 그런 얘기는 들어봤어.

(조사자 : 음. 그래가지고 어쨌어요. 아들이 그러게(그렇게) 똑바로 글씨를 못쓰니까 엄마가 어떻게 했어요?)

엄마가 이겼다 그러잖아요. [웃으면서] 캄캄한데 떡을 썰어갖고.

김덕령과 누이의 내기

자료코드 : 06_06_FOT_20110319_NKS_JAS_0005
조사장소 : 전라남도 담양군 고서면 원강1리 원유동 마을회관
조사일시 : 2011.3.19
조 사 자 : 나경수, 서해숙, 이옥희, 편성철, 김자현
제 보 자 : 정애순, 여, 91세
구연상황 : 앞서 제보자가 한석봉과 어머니의 내기 이야기가 끝나자 이어서 조사자가 김덕령에 관한 이야기를 물었더니 다음의 이야기를 구연했다.
줄 거 리 : 김덕령은 나막신을 신고 무등산을 한 바퀴 돌고, 김덕령의 누나는 도포를 짓는 내기를 했다. 그러나 누나가 동생을 위해 일부러 도포의 옷고름을 달지 않아서 졌다는 이야기이다.

아 여 시방 여 김덕령 장군. 김덕령 장군 그 양반도 ○○치믄 누나허고 김덕령 장군허고 거시기 서로 내기를 했어.

김덕령 장군은 무등산을 군나막개(나막신) 신고 한 바퀴 돌아오고.

(조사자 : 뭐 뭐 신고?)

(청중 : 군나막개. 되내 군나막개.)

[청중과 말이 겹친다]군나막개 신고 돌아오고. 즈그 누나는 도포를 지었어. 도복. 옷 입고 댕기는 도복.

그갖고(그래서) 즈기 누나가 옷고름을 속옷고름을 한나 안달았더라. 동생한테 져줄라고. 그런 얘기도 있었어.

(조사자 : 그래가지고 옷고름을 하나 안달아가지고.)

예. 속옷고름을 한나 안달았어.

달수가 있는디 동생한티 져줄라고 안달았어.

김덕령의 죽음

자료코드 : 06_06_FOT_20110319_NKS_JAS_0006
조사장소 : 전라남도 담양군 고서면 원강1리 원유동 마을회관
조사일시 : 2011.3.19
조 사 자 : 나경수, 서해숙, 이옥희, 편성철, 김자현
제 보 자 : 정애순, 여, 91세
구연상황 : 제보자가 앞서 김덕령과 누이의 내기에 관한 이야기가 끝나자 김덕령사당인 충장사를 방문한 이야기를 했다. 조사자가 이어서 김덕령이 어떻게 태어났는지를 묻자 잘 모른다고 하였다. 이어 조사자가 김덕령은 어떻게 죽었는지를 묻자 다음의 이야기를 간략하게 구연했다.
줄 거 리 : 김덕령이 목이 떨어진 채 죽자 말이 장군의 머리를 물고 왔다는 이야기이다.

김덕령 장군이 저 거시기 말 타고 댕기다가 죽었는가 몰라도. 일루치므는 그 장군을 쌈싸우다가 목을 쳐분게.

목이 떨어진께 말이 물어왔단 소린 들어봤어. 목을.

(조사자 : 아~ 그 목을 말이 물어왔어요?)

예. 말이 죽은 것이 아니라 장군이 죽었어. 죽은께로 그 말이 그 장군 머리를 물어왔다.

(조사자 : 진짜 좋은 이야기시네.)

쫌~ 말만 조깨 들었어라. 어려서 들었어.

(조사자 : 아니. 좋은 이야기십니다.)

혹이 난 사람과 도깨비

자료코드 : 06_06_FOT_20110319_NKS_JAS_0007
조사장소 : 전라남도 담양군 고서면 원강1리 원유동 마을회관
조사일시 : 2011.3.19
조 사 자 : 나경수, 서해숙, 이옥희, 편성철, 김자현
제 보 자 : 정애순, 여, 91세
구연상황 : 앞서 김덕령 이야기가 끝나자 조사자가 보름날 때 찰밥을 하는 이유를 묻자 잘 모른다고 했다. 이어 호랑이 애기를 물으니 이 역시도 잘 모르겠다고 했다. 잠시 후에 조사자가 도깨비 이야기를 아는지를 묻자 다음의 이야기를 들려주었다.
줄 거 리 : 혹이 난 사람이 노래를 잘하자 도깨비는 혹에서 노래가 나온 줄 알고 그것을 떼어달라고 했다. 그러나 그렇지 않다는 것을 알게 되어 다른 사람에게 그 혹을 붙였다는 이야기이다.

도깨비? 도깨비도 잊어부렀네. 고 혹 혹난 사람이[웃으면서] 어디가서 노래를 부른게로 줬다 안합디여이.

고 도깨비들이 거 혹에서 노래가 나온지 알고 도깨비들이 와서 듣고 긍께로 혹을 띠어 도라 했어.

혹을. 혹을 띠어 도라 헌께로. 인자 혹을 갖고 가서 저헌테 부쳐갖고 해도 혹에서 노래가 안나와.

노래가 안나온게 또 그 사람. 그 사람이 또 거그를 갔어.

그래갖고 혹 떼러 갔다 혹 붙여갖고 왔단 소리를 들었어.

도채비들헌테. 혹 떼러 갔다가 붙이고 붙이고 왔다. 혹이 혹이 둘 되었단 소릴 들었어.

(조사자 : 아~ 그러면 그 사람은 다른 사람이겠네. 두 번째 간 사람은?)

예?

(조사자 : [목소리를 높이면서] 두 번째 혹 떼러 간 사람은 첫 번째 혹 떼러 간 사람이 아니라 다른 사람이겠다고.)

예. 다른 사람이지. 다른 사람.

방천의 도깨비불

자료코드 : 06_06_FOT_20110319_NKS_JAS_0008
조사장소 : 전라남도 담양군 고서면 원강1리 원유동 마을회관
조사일시 : 2011.3.19
조 사 자 : 나경수, 서해숙, 이옥희, 편성철, 김자현
제 보 자 : 정애순, 여, 91세
구연상황 : 앞서 도깨비 이야기가 끝나자 바로 이어서 제보자가 다음의 이야기를 구연했다. 청중들은 조용히 제보자의 이야기를 경청하고 있었다.
줄 거 리 : 예전에는 방천에 도깨비불이 많았는데, 한국전쟁 이후로 보이지 않는다는 이야기이다.

도깨비가 도깨비가 이 앞에도 이 앞에도 그 강천이 기~다란 신작로 안 났을 적에.

방천에가 도깨비불이 써지며는 앞에서 판닥 써지며는 줄줄줄줄 써지고 판닥 써지면 탁탁탁탁 써지고 그랬어라.

(청중 : 비가 올라믄 요런디로 나와.)

(조사자 : 지금도?)

(청중 : 인제는 안나와. 인제는 안나와.)

인공 지내가고는 없어. 도채비도 없어져불었어. 귀신도 없어져부렀어.

(조사자 : 다 어디 가버렸을까요?)

몰라.

(조사자 : 다 어디로 가버렸을까요? 인공 지나서는?)

(청중 : 다 어디로 가버렸다나고?)

왜 놀래서 가부렀는가 어디로 가부렀어.

(청중 : 졸매았고 저녁내 끌고 댕기고. 점이야 굿도 하고 막 그래. 전엔 도깨비가 많애갖고.)

(조사자 : 굿을 해요?)

(청중 : 막 굿해여. 손비비고.)

며느리 버릇 고친 시아버지

자료코드 : 06_06_FOT_20110319_NKS_CSS_0001
조사장소 : 전라남도 담양군 고서면 원강1리 원유동 마을회관
조사일시 : 2011.3.19
조 사 자 : 나경수, 서해숙, 이옥희, 편성철, 김자현
제 보 자 : 최삼순, 여, 82세
구연상황 : 앞서 정애순 제보자가 방구쟁이 며느리 이야기를 끝내자 옆에서 듣고 있던 제보자가 다음의 이야기를 이어서 구연했다.
줄 거 리 : 며느리가 시아버지 밥상을 내면서 자꾸 방구를 뀌기에, 버릇을 고치려고 기둥에 바늘을 거꾸로 꽂아 두었다. 밥상을 두고 화장실로 간 며느리를 시아버지가 부르자, 급히 나오다 똥구멍이 찢어졌다는 이야기이다.

옛날에 며느리가 시아바지(시아버지) 밥상만 갖고 오면 똥을 뿡뿡 껴. 버릇없이.

긍게 인자 시아바지가 아~따~ 하도 무색할께미(무안할까봐),

"우리 며느리가 방구 잘 뀐께 아들 낳것따."

궁게 좋은 짓꺼린(짓인) 줄 알고 아버지 정재서도(부엌에서도) [웃으면서] 들면서 또 한번 꼈어. [청중 전원 웃음]

"아따 우리 손주 둘 낳것다."

그랬어라. 근디 말은 그려.

(조사자 : 아~ 그랬었데요.)

어. 아~ 그래갖고 아 시아바지 밥상만 가지믄 통~ 변소를 가.

근게로. 아 추허제. 암만 똥을 싸도. 궁게.

'아이고메. 버릇을 잡을레. 어떻게 잡을꼬.'

연구를 해. 바늘을. 인자 그래갖고 인자

"아 미늘아가(며느리야), 물 떠오니라."

아 글믄 닦도 덜하믄서 딱은 동 마는 동 허고 물 뜨러 와. 시아바지가 부른게. 근게.

아 버릇을 잡어야 쓰것어. 비우돌고(비위가 상하고). 끄니(끼니)마다 궁게.

(조사자 : 비 비우가 돌고 그래서.)

응. 그래서 기둥 나무에다 모도 바늘을 꺼꾸로 꼽아놨드라여.

아 그랬더니. 또,

"미늘아가, 아 물 떠오니라."

고로꼬 호롱을(호통을) 지른게.

아 지둥 나무에다 문댄디 한 동네가 두 동네 되었다고[청중 전원 웃음]

"아버님~"

(청중 : 뭐 바늘 찔러 놨어.)

바늘 찔러 놨데. 얘기 들어봐. [웃으면서]

"아버님~ 한 동네가 두 동네 되아서 물 뜰 뜰 정(정신) 없어요." [전원 웃음]

(조사자 : 한 한 동네가 두 동네 됐다는…)

얼매나 우습겄소.

아 똥구넝이 찢어졌다 그 말이여. 바늘로.

(조사자 : [이해를 하면서] 어~ 옛날에는 기둥에다 문대고 그랬나보죠?)

아 전엔 다 그제. 전엔 다 그래.

얘기는 거짓말. 노래는 참말 그런다.

(조사자 : 얘기는 거짓말 노래는 참말. 그러죠. 그러죠.)

도깨비에 홀리다

자료코드 : 06_06_FOT_20110319_NKS_CSS_0002
조사장소 : 전라남도 담양군 고서면 원강1리 원유동 마을회관
조사일시 : 2011.3.19
조 사 자 : 나경수, 서해숙, 이옥희, 편성철, 김자현
제 보 자 : 최삼순, 여, 82세
구연상황 : 앞서 정애순 제보자가 도깨비 홀린 이야기를 끝마치자 이어서 제보자가 다음의 이야기를 들려주었다. 청중들은 이야기를 구연하는 동안 조사자들이 준비한 다과를 드시면서 진지하게 경청하고 있었다.
줄 거 리 : 황금리에 사는 일꾼이 방앗간에서 나락을 찧어가지고 마을로 돌아가는데 도중에 홀려 쌀 한가마니를 모두 쏟아버렸다는 이야기이다.

여 황금리라 헌디. 일꾼이 나락방이를 찧어갖고 쌀을 이~빠이 한~가마니를 지워(어깨에 매고). 한 번 올 때가 됐는데 안오길래 내~ 주인네가 찾으러 댕기고 없더니.

아 새벽인데 방엣간에서 솔찬히 가갖고 아까시○에서 옷은 카~알 갈바닥에 찢어불고 쌀은 가까시 쪽에 다 쌀 한가마니를 다 허쳤버렸댜.

전엔 도깨비가 많애갖고 쌀은 잊어불고.

(조사자 : 쌀은 갖고 다니면요?)

응. 밤에 머 쌀 갖고 대니고, 돼아지 갖고 돼지 갖고 대니면 ○아 묵고

둘려 묶고 정신을 빼부러.

시방은 거시기가 고런 것이 없어.

나도 한번 둘려갖고 혼났단게. 땀을 펄펄(뻘뻘) 흘리고. 동짓달이었는디.

고사리 끊으러 갔다가 본 호랑이굴

자료코드 : 06_06_MPN_20110319_NKS_KOS_0001
조사장소 : 전라남도 담양군 고서면 원강1리 원유동 마을회관
조사일시 : 2011.3.19
조 사 자 : 나경수, 서해숙, 이옥희, 편성철, 김자현
제 보 자 : 김옥순, 여, 80세
구연상황 : 앞서 나물바구니 가져다 놓은 호랑이 이야기를 끝마치고 이어서 다음의 이야기를 구연했다. 조사자들이 마을회관에 들어가서 처음 조사를 시작할 때와는 달리 점차 분위기가 진지해지면서 청중들이 서로 나서서 이야기를 구연하기 시작했다.
줄 거 리 : 제보자가 처녀시절에 고사리를 끊으러 갔다가 굴에서 호랑이가 우르렁 거리는 소리를 들었다는 이야기이다.

옛날에 너물 캐러가갖고 그득 매온디. 여자 한나하고 나하고 둘이 갔더니. 꼬~사리가(고사리) 한~하고 있어서 한~하고 올라갔어.

둘이 그~득 매어 온디. 안개가 져 온디. 아 글드만 어디까지 올라갔던가 먼 굴에서,

"어그럭 팍!" 그런 소리가 나.

근디 그냥 둘이 땀을 펄펄 흘리며 내려왔어.

근디 집이 와서 그 이야기를 헌게 거가 호랭이 굴이다. [조사자들이 모두 놀란다]

호랭이 굴이 있은게 꼬사리를 안 끊었던가 꼬사리가 가믄 있고 가믄 있고 [목소리를 낮추며] 가믄 있고

그러고도 해봤어. 그래 나중에는 꼬사리 끊으러 안갔어. 무서워서.

(조사자 : 무서워서.)

돼지가 보인 태몽

자료코드 : 06_06_MPN_20110319_NKS_KOS_0002
조사장소 : 전라남도 담양군 고서면 원강1리 원유동 마을회관
조사일시 : 2011.3.19
조 사 자 : 나경수, 서해숙, 이옥희, 편성철, 김자현
제 보 자 : 김옥순, 여, 80세
구연상황 : 앞서 업이 보인 꿈에 관한 이야기가 끝나자 조사자가 꿈에 무엇을 보면 좋은지를 물었다. 그러자 제보자가 다시 다음의 이야기를 구연했다. 조사자들이 마을회관에 들어가서 처음 조사를 시작할 때와는 달리 점차 분위기가 진지해지면서 청중들이 서로 나서서 이야기를 구연하기 시작했다.
줄 거 리 : 꿈에서 돼지를 본 뒤에 손주를 보았다는 이야기이다.

(조사자 : 꿈에 뭘 보믄 좋아요?)

(청중 : 꿈이 뭔 꿈이 좋냐고.)

돼야지 꿈. 돼야지 꿈꾸며는 그 그시기 산다고 안했소. 복권 산다고.

(조사자 : 맞아요.)

꿈에 돼야지 꿈꾸며는 복권 산다고.

(청중 : 불이 바~싹 나서 타불며는 좋다. [청중이 웃는다.] 불나믄.)

돼야지 꿈을 꾸며는 복권 산다믄 좋다만.

(청중 : 그래. 그 말은 들었어. 돼야지. 그런 사람도 있소. 저녁에 돼야지 꿈 꿔어갖고 복권 산사람 있어. 그것이 맞아 갔는가? 안 맞아 갔는가? 몰라. 그런 사람 있어.)

(조사자 : 아이고매. 그 이야기 한께 생각나네요. 저 엊그저께 꿈을 꿨는데 돼지꿈을 꿨는데요. 안 좋은 일이 있데요. 되려 안좋은 일이 있어가지고.)

(청중 : 좋단디.)

꿈에 나는 우리 손지를 돼야지 태몽이 있어. 그 강우집서 잔디. 상하방에서 산디. 문을 푹~들어와서 여정 막~ 꾸물데. 잠자리에.

"오머 돼야지가 막 꾸물대네."

"몇 마리요?" 아 한 마리가 꾸물거려. 근게 손주 태몽 꿈이더란께.

(청중 : 돼야지는 딸인디.)

돼야지. 밤에

(청중 : 태몽 꿈까정 다 이야기를 하네.)

고된 시집살이

자료코드 : 06_06_MPN_20110319_NKS_JAS_0001
조사장소 : 전라남도 담양군 고서면 원강1리 원유동 마을회관
조사일시 : 2011.3.19
조 사 자 : 나경수, 서해숙, 이옥희, 편성철, 김자현
제 보 자 : 정애순, 여, 91세
구연상황 : 앞서 방귀 뀌는 며느리 이야기가 끝나자 조사자가 시집살이가 어떠했는지를 묻자 제보자가 다음의 이야기를 들려주었다.
줄 거 리 : 옛날에는 시집살이가 힘들어 잠도 제대로 자지 못했다. 그래서 잠을 자기 위해 화장실을 가서 잠깐이라도 졸고 오면 그나마 나아져서 일을 했다는 이야기이다.

옛날에는 시집살이를 어찌 강하고 밤에는 일을 시키싼게. 일을 시켜. 잠은 와서 죽것는디 일을 시킨게로.

자울라고 변소를 갔다. 변소를.

자울고 오면 조깨 나은께. 근께로 변소에다 끈타발 달아놓으며는 그 끈타발 잡고 변소도 안봄서 거짓깔로 변소를 봐.

[센소리를 내면서] 내~ 잡고 자울고 자울고 조깨(조금) 오므는 조깨 낫드라. 와서 일을 허믄.

고로게 시집살이를 했어. 옛날에는.

(청중 : 우리 때만 해도 고생이다. 저녁에 잠도 못자게 하고.)

도깨비에 홀린 이야기

자료코드 : 06_06_MPN_20110319_NKS_JAS_0002
조사장소 : 전라남도 담양군 고서면 원강1리 원유동 마을회관
조사일시 : 2011.3.19
조 사 자 : 나경수, 서해숙, 이옥희, 편성철, 김자현
제 보 자 : 정애순, 여, 91세
구연상황 : 앞서 방천의 도깨비불 이야기에 이어서 다음의 이야기를 구연했다. 도깨비 이야기는 청중들도 공감하는 부분이 많아서인지 모두가 제법 진지하게 경청하고 있었다.
줄 거 리 : 도깨비에 홀려 집을 찾지를 못하고 있을 때 주기도문을 외우자 길을 보였다는 이야기이다. 이외에도 세 번이나 도깨비에 홀려 집을 찾지 못해 헤맸다고 한다.

아니 또 머시냐며는 나도 나도 질을 막아 막아버리고 대낮에도 둘렸어라.(홀리다) 대낮에도.

대낮에도 둘렸어.

질이 없어. 질이. 질이.

(조사자 : 그 이야기 좀 한 번 해보세요. 예. 어떻게 둘리셨어요?)

아 여 어디로 갔다가 아 요 뒷뫼에서도 둘렸단게라.

뒷뫼 요. 내가 우리 우리 요 뒷뫼 금방 왔다갔다헌 길인디.

아 거그를 갔다 온게로 아~무리 봐도 질을 못찾아가겄어. 우리 집을.

우리 집을 못찾아가것길레.

‘어째서 내가 요로고 못찾아갈까?’

금방 내가 본 대나무랑 소나무랑 금방 봤는디. 어먼 나무 같으고 어째서 못찾어갈까? 그러고.

내가 좀 교회를 다녔어라.

교회를 다녀갔고 그 자리에서 폭 주저 앉어부렀어. 폭 주저 앉거서 주기도문을 했어.

그랬더니 환허니 뵈부러라.

(조사자 : 어. 주기도문을 외우니까 환~히 보여요!)

예. 주기도문을 외웠더니 환~히 보여요. 긍께.

“워매 요리 쉽게 나온 질을 못찾었네.” 허고. 주기도문을 해봤어.

(조사자 : 언제적? 언제 그리 해봤어요? 몇 살 때?)

아 요. 저 저 시방 한 삼년 되요. [전원 놀라면서] 늙어서 그랬단게라. 늙어서. 한 삼년 되야.

(청중 : 예전엔 도깨비가 많은게. 남자나 여자나 [다른 청중들과 소리가 섞여 명확히 들리지 않는다])

도깨비인가 뭐인가 몰라 질을 막아분게 질을. 질을 못찾어가. 질을 절대 못찾어가. 내가 시번이나(세 번이나) 그랬단게라.

저~그 친정에 감서 친정에 감서 해름판인디 비가 으실으실온디 아금~방 졸졸졸졸 간 질인디.

아 저리 갈란게로 질을 딱 막아부러. 없어.

아~무리 찾아봐도 질이 없어.

아 그래서는 아 요 요 어먼디로 어디로 내려서 한~없이 간게 거그는 얼토당토 않는 길이여. 내가 그때 그래 생각을 했어.

‘아 여가 머 도채비 난다 그러더니. 내가 도채비가 나를 요로고 끌고 댕긴갑다.’

그러고는 도로 오던 길로 와갖고 그 황금리라고 있어라. 황금리.

황금리 그 시전을 가서 딱 요로고 앉었어. 앉어갖고,

‘내가 요로고 끗고(홀려서 끌려) 댕기느니 그 우 동네 사람 산디 들어가서 자고 가도, 끗고 댕길 것이 아니다.’

그러고는 그가(거기서) 따~악 눈을 감고 따~~악~ 감고 요로고 지대고 있은께로 [갑자기 언성을 높이면서] 아~ 눈을 뜬께로 질이 조르르 있어라.

(조사자 : 어머나.)

질이 조르르 금방 있어. 그 뒤로 개린게 못 찾읍시다.

거그서 한번 둘렸제.

저그 산에 가서 뭔 약뿌리 캐갖고 오다가 그 ○○집 할매허고 둘이 온디 아! 또 질이 없어. 질이.

질이 없어갖고는 인제 괴기집 할매허고,

"아 여 거 집이도(당신도) 질을 못찾것소?" 그런께.

"아~ 왜? 아~ ○○댁은 통 아조 산에서 살대끼 허고 나무 댕기고 그런 양반이 질을 못찾은디. 내가 이사온지도 얼매안됐는디 어찌고 내가 질을 찾어라우."

그래. 그래서는,

"그러믄 우리가 요로고 댕길것이 아니라 나는 절~때 질을 못찾것도. 머시 시방 개리요."

쩌그 송광정 정이 하나 있소. 송광정. 송광정 그 정에서 근데 송광정 정으로 내리갈라고 인자 내리가.

내리간게로 [언성이 높아지면서] 송광정 정으로 내리가는디 그래도 그게 거식헌건가 아~ 어디 대밭 속으로 가.

대밭 속으로 들어가 그래.

'아~ 저 담양서 온. 담양서 온 그 질을 신작로를 찾어 갖고 나가야쓰것다.'

그러고 담양서 온 신작로를 찾어 갖고.

근게로 호랭이를 열 두 번 물어가도 내 정신을 채리라 소리가 그 소리여.

그래서 담양서 온 신작로를 찾어. 거그서 떨어져라. 내 몸에 붙은 것이 거그서 떨어져. 그래갖고 질이 훤허니 나부렀어.

그러고 둘렀단게라. 황금 황 황둥리에서 한 번 둘렸제. 그리고 산에서 한 번 둘렀제. 뒷뫼에서 한 번 둘렀제. 고로고 시번 둘렀어.

(조사자 : 예. 재미있네요.)

뱀은 함부로 죽이지 않는다

자료코드 : 06_06_MPN_20110319_NKS_JAS_0003
조사장소 : 전라남도 담양군 고서면 원강1리 원유동 마을회관
조사일시 : 2011.3.19
조 사 자 : 나경수, 서해숙, 이옥희, 편성철, 김자현
제 보 자 : 정애순, 여, 91세
구연상황 : 앞서 호랑이 이야기가 끝나자 조사자가 뱀에 관한 이야기를 묻자 제보자가 다음의 이야기를 구연했다.
줄 거 리 : 옛날에 집안에 뱀이 보여서 죽이지 않고 멀리 버렸더니 그 뱀이 돌아와 그 자리에 있더라는 이야기이다. 그리고 뱀이 예전과 같이 않으나 지금도 많으며, 이웃집에 뱀이 쑥 들어가는 것을 목격했다고 한다.

(조사자 : 옛날에 집안에 뱀 나왔고 쫓아냈다가 망했다는 그런 사람도 있어요? 여기?)

(청중 : 야. 아니 여 동네는 없어도 고것은 누가 함부로 안죽이라.)

거 비암이란 짐승은요 꼭~ 산디서만 살아요.

쫓아내서 저~리~ 떠다 갖다 내부러도 그 자리로 도라 와서 있어.

(조사자 : 왜 그래요? 왜 그래요? 할머니.)

왜 그런가 모르것습디다. 내가 거 저 삼동서 살 때게 아 뱀이 거 작은 집 불 땐디 가서 뱀이 딱 거식한 거기서 살고 있어.

그래서 우리 시아바이가,

"아 이 거 저 뱀이 저러고 있다."

고 놀래갖고 달아나뿐게로,

"가만도라.(가만 두어라) 떠다 내불란다."

떠다 내불었어. 하루 갖다가.

"인자 애기를 낳고. 애기 있은께로 죽이면 못슨다."

고 떠다가 갖다가 쩌~ 건너에다가 내부렀습니다.

도로 와서 있어라. 도로 와서 그 놈이 도로 왔어.

(청중 1 : 저~ 먼데다 내불어도 도로 찾어옵니다. 찾어와. 고것이. 이상혀.)

(조사자 : 이상하네요.)

(청중 1 : 고 죽이면 집이가 안좋고 누가 고놈도 죽일라 안해.)

(청중 2 : 지금은 뱀도 없어라.)

(청중 : 약들 헌게.)

(조사자 : [청중들이 뱀이 없음을 이야기 하고 있다. 목소리가 여러 개여서 명확히 서술하기 어렵다.] 여기도 집안에 있는 뱀을 업이라고 해요?)

(청중 3 : 옛날에는 논에만 갈라도 비암 있어.)

(조사자 : 업구렁이 나와가지고 망한 집안도 있죠?)

옛날에는 뱀이 없으믄 요 들에 가서 흙내 단지 못산다고 뱀 있어야 한다고 했는디. 뱀 있어도 흙내도 안납디다.

(청중 2 : 아 시방도 있어라. 있기는. 정이(전혀) 없던 안해요.)

난 안 봤어.

(청중 2 : 있어. 전에 같이는 없어도.)

인자 저 거 외암댁이 며느리 그 잿덜뫼 가서 머슬 찾았던가? 호박을 따려고 돌아댕겼던가?

"거 배암 없냐?"

고 헌께.

"배암이 흰 점 찍어진 껌헌 놈. 몸에가 흰 점 찍어진 놈 한 마리가 거가 있다."

고. 인제 거가 까치독사 산다요.

(청중 : 먼 풀잎도 배암 다 먹어야 사램이 병이 들제. 배암 아니면 사람이 맨 병이다고 허더마. 근디 나 여기 목산덕 집이 홍경이 집이로 이만헌 놈이 들어가는디 봤어. 여그오다가. 쑥~ 들어가데.)

요 요암덕도 봤답디다.

(청중 : 시방도 비암 있어.)

(조사자 : 지금도.)

전~혀 없던 안허더란게.

(조사자 : 지금도. 어~. 여기 이 동네에도요.)

대낮에도 도깨비에 홀리다

자료코드 : 06_06_MPN_20110319_NKS_CSS_0001
조사장소 : 전라남도 담양군 고서면 원강1리 원유동 마을회관
조사일시 : 2011.3.19
조 사 자 : 나경수, 서해숙, 이옥희, 편성철, 김자현
제 보 자 : 최삼순, 여, 82세
구연상황 : 앞서 정애순 제보자가 도깨비 홀린 이야기를 끝마치자 이어서 제보자가 다음의 이야기를 들려주었다. 청중들은 이야기를 구연하는 동안 조사자들이 준비한 다과를 드시면서 진지하게 경청하고 있었다.
줄 거 리 : 마을사람이 대낮에 단지동을 가는데 갑자기 길이 보이지 않아 헤매었다는 이야기이다.

나는 유지사람이(이웃사람이) 중매헌다고 우리 동네 사람이 큰 애기 존 놈(좋은 사람) 있다고 가보라 했는디.

갈 때는 재너머 훤헌디. 온께 질이 캄캄 질이 뭣도 없어.

[청중들이 사탕을 나눈다.] 그래도 아까 기억에 저~짝 넘어간게 단지동이라고 나와라.

아 그랬더니 요짝으로 하~나고(계속) 간게 학교가 나와.

그래 내~(계속) 거기서 쉬었다가, 에~ 앉거서 먼 도깨비에게 둘렸는가 그래갖고는 인자.

낮에. 또 인자 요짝으로 와본께 몇 바꾸를 돌고 본게 질이 환히 벼서(뵈어서) 낮에 왔어. 그래더니 아퍼라. 아퍼.

(조사자 : 아퍼요.)

응. 그러고 낮게 둘루고 댕겨갖고 아프더라고.

그때는 머시 몹쓸 것이 눈에가 뵌 갑습디다.

시방은 도깨비 없어. 전에는 도깨비헌티 둘린(홀린) 사람이 많허고.

아라린가 지랄인가

자료코드 : 06_06_FOS_20110319_NKS_KOS_0001
조사장소 : 전라남도 담양군 고서면 원강1리 원유동 마을회관
조사일시 : 2011.3.19
조 사 자 : 나경수, 서해숙, 이옥희, 편성철, 김자현
제 보 자 : 김옥순, 여, 80세
구연상황 : 최삼순 제보자의 노래가 끝난 후 청중들이 김옥순 제보자에게 정만자 제보자가 물레야 물레야를 부른 뒤 최삼순 제보자에게 노래를 권하자 다음의 내용을 구연했다. 제보자가 가사를 기억하지 못해 노래가 비교적 짧다. 후렴부분은 청중들이 박수를 치면서 함께 했다.

아라린가 지랄인가 얼마나 좋아서 저 지랄을 한다냐[웃음]
아리아리랑 스리스리랑 아라리가 났네~
아리랑 응응응 아라리가 났네

딸아 딸아 막내딸아

자료코드 : 06_06_FOS_20110319_NKS_KOS_0002
조사장소 : 전라남도 담양군 고서면 원강1리 원유동 마을회관
조사일시 : 2011.3.19
조 사 자 : 나경수, 서해숙, 이옥희, 편성철, 김자현
제 보 자 : 김옥순, 여, 80세
구연상황 : 노복임 제보자가 자장가를 부른 후 조사팀이 딸아 딸아 막내딸아 노래도 있는지 묻자 여러 사람이 말로만 구술하였다. 조사팀이 노래로 불러줄 것을 부탁하였고, 김옥순 제보자가 다음의 노래를 불렀다.

[조사팀이 딸아 딸아 막내딸아 노래를 부탁하자 여러 사람이 사설만 읊

조렸다. 조사팀이 노래로 부탁하였다.]

딸아 딸아 막내딸아
어서 어서 크거라
오동나무 농에다가 붕애장석(붕어장식) 걸어주마

근다요.

[조사팀이 정만자 제보자에게 한 번 불러주라고 하였으나 모른다고 하였다.]

자장가

자료코드 : 06_06_FOS_20110319_NKS_NBY_0001
조사장소 : 전라남도 담양군 고서면 원강1리 원유동 마을회관
조사일시 : 2011.3.19
조 사 자 : 나경수, 서해숙, 이옥희, 편성철, 김자현
제 보 자 : 노복임, 여, 86세
구연상황 : 김옥순 제보자가 태몽을 이야기 한 후 조사팀이 자장가를 부탁하자 노복임 제보자가 구연하였다.

자장 자장 우리 애기 잘도 잔다
잘도 잔다 우리 애기 꽃밭에다 재와주고
놈 애기는 개똥밭에 재와주고
잘도 잔다 잘도나 잔다[웃음]

물레야 물레야

자료코드 : 06_06_FOS_20110319_NKS_JMJ_0001

조사장소 : 전라남도 담양군 고서면 원강1리 원유동 마을회관
조사일시 : 2011.3.19
조 사 자 : 나경수, 서해숙, 이옥희, 편성철, 김자현
제 보 자 : 정만자, 여, 72세
구연상황 : 노들강변을 부르고 나자 청중들은 노래를 잘 부른다며 다른 노래도 해보라며 호응을 해주었다. 조사팀이 물레야를 권하자 다음을 구연하였다.

물레야 물레야 빙빙빙 돌아라
뒷집의 김도령 밤이슬을 맞는다
에야~ 디야 에헤헤 헤야 어이야라 디여라 사랑이로고나

인자 그만 불러 인자.
(조사자 : 너무 잘하신다)
고만해 인자.

종지 종지 돌려라

자료코드 : 06_06_FOS_20110319_NKS_JMJ_0002
조사장소 : 전라남도 담양군 고서면 원강1리 원유동 마을회관
조사일시 : 2011.3.19
조 사 자 : 나경수, 서해숙, 이옥희, 편성철, 김자현
제 보 자 : 정만자, 여, 72세
구연상황 : 조사팀이 방안에서 하는 종재기 돌리기를 해보았느냐고 묻자 여러 사람이 경험을 이야기했다. 방에 빙 둘러 앉아 종재기 돌리기를 하면서 놀았는데 치마를 입고 놀이를 하면 잘 찾지 못 했다고 한다.

(조사자 : 옛날에 날씨가 좋으면 밖에서 강강술래 하고 놀았지만 날씨가 안 좋으면 방안에서 놀면서 종재기 돌리고 그러면서 놀았죠?)
(청중 : 그러지라.)
(조사자 : 그때 노래있죠? 돌려라 돌려라 그런가.)

돌려라 돌려라 오종지 돌려라 막 그럼서 돌리제.

고것이 끝이여 오종지 돌려라 그것이 끝이여.

(조사자 : 그것을 반복해서 하죠? 노래처럼 한 번 해주시겠어요.)

(청중 : 종지 돌린 것은 요러고 싹 빵돌려 앉아갖고 종지를 요리 밑으로 걍 놈서 종지 찾은 사람이 노래를 불러라. 종지 찾은 사람이. 못 찾어. 시방은 몸빼 있어서 잘 찾겄소. 그 전에는 전부 치마 입고 돌리면 못 찾어라. 못 찾아.)

고것은 질도 안 하고 짤롸(짧아) 갖고 서너자리 밖에 안 되.

(조사자 : 우리는 고렇게 짧은 것도 좋아요.)

> 종지 종지 돌려라 오종지 돌려라
> 돌려라 돌려라 오종지 돌려라

고곳이여.

(조사자 : 그것을 계속 반복해요?)

고것만 해요. 고것은.

(조사자 : 그러면 인자 걸렸어요. 그러면 벌칙이 주어진가요?)

(청중 : 찾으면은, 찾으면은 인자 거시기 저 노래 불러.)

(조사자 : 그때 사람들이 주로 어떤 노래를 불렀어요?)

(청중 1 : 몰라. 종지 돌린 것은 우리 각시 때 했어. 밎(몇) 대가 흘러가 불렀는데 알겄어.

(청중 2 : 저쪽 방에서 놀 때도 했어. 해남댁이랑.)

거북 거북

자료코드 : 06_06_FOS_20110319_NKS_JAS_0001

조사장소 : 전라남도 담양군 고서면 원강1리 원유동 마을회관
조사일시 : 2011.3.19
조 사 자 : 나경수, 서해숙, 이옥희, 편성철, 김자현
제 보 자 : 정애순, 여, 91세
구연상황 : 조사팀이 마을회관을 방문하니 할머니 다섯 분이 모여 계셨다. 옛날 이야기나 옛날 노래를 듣고 싶어 찾아왔다고 말씀드렸더니 우리는 그런 것 할 줄 모른다고 하시면서도 다른 사람에게 한 번 해보라고 하셨다. 조사팀이 "어매 어매 우리 어매 뭣할라고 나를 낳는가" 이렇게 노래해 본 적이 없냐고 묻자 정애순 제보자가 그런 노래는 안 들어봤지만 이런 노래는 기억한다며 다음 노래를 구연하였다. 음을 얹지 않고 가사만 들려주었다.

거북 거북
저와 같이 네 발 가지고
저와 같이 느린 걸음 처음 보아라
이산닭(의미 불명) 그대 걸음 어찌 그런가

고런 것은 들어봤어. 이를테면 토끼하고 거북이하고 서로 거시기 한 것.

활장구 장단에 노래하기

자료코드 : 06_06_FOS_20110319_NKS_JAS_0002
조사장소 : 전라남도 담양군 고서면 원강1리 원유동 마을회관
조사일시 : 2011.3.19
조 사 자 : 나경수, 서해숙, 이옥희, 편성철, 김자현
제 보 자 : 정애순, 여, 91세
구연상황 : 종지 종지 돌려라 노래 후에 조사팀이 그렇게 방안에서 놀때 물장구치고 활장구 치고 놀았던 경험이 있는지를 물었다. 제보자는 그때는 장구 대신 주로 그렇게 활장구를 치며 놀았지만 그때 불렀던 노래는 기억나지 않는다고 하였다. 여러 사람이 한꺼번에 그때 경험을 쏟아놓았다. 단골들이 푸념할 때 물장구를 치면서 비손하던 사연을 들려주기도 했다.

(조사자 : 그렇게 놀다보면 물방구도 치고 활방구도 치고 놀았던가요? 함박지에다 바가지 담아놓고 둥당둥당 치면서 노래도 부르고 그랬을까요?)

(청중 1 : 예 저 할머니 때 그랬어라.)

(청중 2 : 우리는 그런 것은 안 했어라.)

옛날에는 장구가 없은께 물 떠다 바가지 요렇게 엎어놓고. 거그다 활을 나라 활. 옛날에는 잡아댕기면서 명 타는 활이 있어. 그라믄 인자 활을 놓고 활로 손으로 치면 잘 나와 장구소리맨이로 나와. 고런 짓하고 놀았어. 옛날에는.

(청중 : 그전에는 단골애미들이 애기 이레때 푸념하러 오면 옴박지에다 물떠다 놓고 바가지 엎어놓고 두듬서.)

그것은 단골들 푸념하느라고 그랬고.

(조사자 : 단골들도 그렇게 했지만 사람들이 놀 때도 그렇게 했다는 거죠?)

그래 놀때도 그래. 장구가 그때는 없으니까.

(청중 : 옛날에는 애기들이 많이 죽었어. 그렇게 푸념하고 뭣하고 해도 시방은 안 죽어 병원 있응께 우리 어려서는 애기들이 많이 죽더랑께 봄마둥.)

(조사자 : 그것 치면서 했던 것 생각나세요 둥당애타령. 해보기는 하셨어요?)

(청중 : 해보도 안 했어라. 집이들이 다 알구만. 집이들이 하쇼.)

[웃음]

(청중 : 다암서 집이들이 해봐 둥당애타령이나 뭐나 하라고 안 하요?)

도라지 타령 하라고? 도라지타령 이 할매가 잘한디 원체 못 알아먹어서.

아리롱 스리롱

자료코드 : 06_06_FOS_20110319_NKS_CSS_0001
조사장소 : 전라남도 담양군 고서면 원강1리 원유동 마을회관
조사일시 : 2011.3.19
조 사 자 : 나경수, 서해숙, 이옥희, 편성철, 김자현
제 보 자 : 최삼순, 여, 82세
구연상황 : 정만자 제보자가 물레야 물레야를 부른 뒤 최삼순 제보자에게 노래를 권하자 구연하였다. 노래가 잘 생각이 나지 않는다는 내용의 노래이다. 후렴부분은 청중들이 박수를 치면서 함께 했다.

노래불지를 알아놨으면 노래~ 줌치를 갖고나 올것을
이지미 어디서 내가도나 잊었네
아리아리롱 스리스리롱 아나리가 났네에헤헤
아리롱 응응응 아라리가 났네

[조사자가 계속 이라고 부추기자 "한번 허믄 한하고 하라고 하네"라고 하였다.]

화전놀이 노래

자료코드 : 06_06_FOS_20110319_NKS_CSS_0002
조사장소 : 전라남도 담양군 고서면 원강1리 원유동 마을회관
조사일시 : 2011.3.19
조 사 자 : 나경수, 서해숙, 이옥희, 편성철, 김자현
제 보 자 : 최삼순, 여, 82세
구연상황 : 김옥순 제보자가 아리랑타령을 부른 뒤 바로 이어서 최삼순 제보자가 이 노래를 구연하였다. 제보자는 이 노래를 모여서 놀 때나 화전놀이 하면서 많이 불렀다고 한다. 원유동 마을에서는 예전에 음력으로 4월달에 보리가 노릇 노릇 할 때 화전놀이를 많이 갔다고 한다. 여자들끼리 음식을 장만해서 산으로 가서 자리를 잡고 노래 부르고 장구 치며 하루를 신나게 놀았다고 한다. 청중

들도 박수를 치며 함께 노래했다.

내천 당세 높이나 남기(나무)
높다랗게 그네나 매어
임이 타면 내가~ 밀~어
내가나 타~면 임이나 밀어
임아 야야 줄 밀지 마라
줄 떨어지믄 정이 떨어진다
사경 배를 넘어
말은 가자고 소리를 허는데
임은 잡고서 놓지를 않네
임아 임아 날 잡지 말고
지는 해만 붙잡아라

나도 젊어서 노래를 잘 불렀소만은 인자는 모르겄소.

강강술래 구술

자료코드 : 06_06_FOS_20110319_NKS_CSS_0003
조사장소 : 전라남도 담양군 고서면 원강1리 원유동 마을회관
조사일시 : 2011.3.19
조 사 자 : 나경수, 서해숙, 이옥희, 편성철, 김자현
제 보 자 : 최삼순, 여, 82세
구연상황 : 화전놀이 하면서 부르던 노래가 끝난 후 조사팀이 화전놀이 가서 강강술래는 안 해봤는지를 묻자 강강술래는 화전놀이 할 때는 안 했지만 추석이나 보름 같은 명절에는 했다고 한다. 지금은 강강술래 안 한지가 50년이 넘었다고 한다. 청중들도 박수를 치며 함께 노래했다.

(조사자 : 또 옛날에 강강술래도 하고 놀았어요? 그 화전놀이 가서. 강

강술래 같은 것.)

(청중 : 강강술래 그런 것도 안 했어라.)

(조사자 : 화전놀이 때는 안 했도 추석에는 하죠? 설날에나.)

인자 어렸을 때 했제. 각시 때나 강강술래를 한 지가 언제레사, 50년 60년 되가요. 그란디 어찌게 알겄소.

(조사자 : 여기서 팔월보름에 강강술래 할 때 뭐뭐 했어요 지와볿기도 했던가?)

지와볿기도 하고 외땜이도 하고 다 했지라

(청중 : 외땜이)

외따먹기

(조사자 : 덕석몰이는요?)

덕석몰이도 하고 다 했제라. 그때는 클 때 했지 어른 돼서는 안 했지라.

(조사자 : 문지기 문지기 문 열어주소도 했나요?)

고것도 하고 별것 다 했는데.

(조사자 : 청어엮자도 했나요.)

청어엮자도 하고 다 해. 아는데 잊어불어라우 고것 했을 때는 어렸을 땐데. 아이구 열 서너섯살 먹었을 때 했는데.

노들강변

자료코드 : 06_06_MFS_20110319_NKS_JMJ_0001
조사장소 : 전라남도 담양군 고서면 원강1리 원유동 마을회관
조사일시 : 2011.3.19
조 사 자 : 나경수, 서해숙, 이옥희, 편성철, 김자현
제 보 자 : 정만자, 여, 72세
구연상황 : 정애순 제보자가 노들강변을 마친 후에 청중들은 정만자 제보자가 소리가 영판 좋다며 노래 부르기를 권하였다. 앞서서 노래한 정애순 제보자도 본인은 91세인데도 노래했다며 권하였다. 처음에는 계속 망설이던 정만자 제보자는 앞서 1차, 2차를 불렀으니 자신은 3차를 하겠다며 구연하였다. 청중들은 박수를 치며 호응하였다.

(조사자 : 자~ 박수)

노들 강변에 백사장~ 모래 마다 밟은 자축(자취)
만고풍상 비바람에 몇몇이나 지나갈까~
에헤요~ 백사장도나 못 믿으~리로다~
흐르는 저기 저 물만 흘러 흘러서 가노라

(청중 : 얼매나 좋소 안 좋소?)
(조사자 1 : 좋아요)
(조사자 2 : 저 할머니가 하신 1차 2차도 다시 한 번 불러주세요.)
뭐?
석자리는 불러야 돼
(조사자 : 실력이 좋으시니까요.)

노들 강변에 봄 버들
휘휘 늘어진 가지에다가
무정 세월 한 허리요 칭칭 돌려서 맺어나 볼까
에헤~요 봄버들도 못 믿으~리로다~
흐르는 저기 저 물만 흘러 흘러~서 가노라

인자 됐지?
(조사자 : 잘하요.)

노들강변

자료코드 : 06_06_MFS_20110319_NKS_JAS_0001
조사장소 : 전라남도 담양군 고서면 원강1리 원유동 마을회관
조사일시 : 2011.3.19
조 사 자 : 나경수, 서해숙, 이옥희, 편성철, 김자현
제 보 자 : 정애순, 여, 91세
구연상황 : 도깨비 홀린 이야기가 끝난 후 다른 이야기가 나오지 않자 조사팀이 노래를 권하였다. 밭노래나 베짜면서 불렀던 해주시라고 권했다. 정애순 제보자는 밭 매는 소리도 잊어버렸고 베틀노래도 참 듣기 좋은 노래인데 배우지 못했다고 하셨다. 아무도 노래를 부르지 않자 정애순 제보자는 노들강변은 다 아는 노래이니 한 번 불러보자고 하시며 노래를 시작하셨다. 노래를 시작하자 청중들도 박수를 치며 함께 부르기 시작했다. 박자가 서로 맞지 않았고 중간 중간 가사가 끊겼지만 모두 함께 참여하는 분위기였다.

노들 강변에 봄 버들
휘휘 늘어진 가지에다가
무정 세월 한 허리를 칭칭 돌려서 매여나 볼까
에헤요 봄버들도 못 믿으리로다
푸르른 저기 저 물만 흘러 흘러서 가노라

노들 강변에 백사장

모래마당(모래마다) 밟은 자죽

만고풍상 비바람에 몇몇이나 쉬어가냐

에헤요 백사장도 못 믿으리로다

우리는 저기 저 물만 흘러 흘러서 가노라[청중 박수]

도라지타령

자료코드 : 06_06_MFS_20110319_NKS_CSS_0001

조사장소 : 전라남도 담양군 고서면 원강1리 원유동 마을회관

조사일시 : 2011.3.19

조 사 자 : 나경수, 서해숙, 이옥희, 편성철, 김자현

제 보 자 : 최삼순, 여, 82세

구연상황 : 조사팀이 둥당애타령을 아는지 묻자 도라지타령으로 착각하여 이 노래를 구연하였다. 최삼순 제보자가 먼저 시작하였지만 모든 청중들이 박수를 치며 한꺼번에 참여하였다. 여러 사람이 음과 박자가 조금씩 다르게 노래하다보니 음성이 겹쳐져서 분별이 안 되는 부분이 있다.

도라지 도라지 백도라지

심심 삼천에 백도라지

한 두 뿌리만 캐어도

대바구니 반실만 되누나

에헤이옹 에헤이용

어와라 난다 지화자자 좋다

니가 내 간장 서리 살살 다 녹인다

도라지 날 때가 그리나 없어서

양바우 새에서 나느냐

도라지 도라지 백도라지

심심산천에 백도라지
한 두 뿌리만 캐어도
대바구니 반실이 되노라

그라고 놀았어.
(청중 : 도라지 캐러 가라면은 엉덩이 춤만 추느요.)
[여러 사람의 목소리가 겹쳐서 한 소절 채록이 불가능함]

2. 금성면

▌조사마을

전라남도 담양군 금성면 금성리 하성마을

조사일시 : 2017.2.19
조 사 자 : 나경수, 서해숙, 이옥희, 편성철, 김자현

하성마을은 1590년경(조선 선조)에 이천서씨와 밀양박씨가 난을 피하여 이곳에 터를 잡았고, 그 후 평산신씨는 조선조 말에 남원군 대강면에서 이주해 왔으며 남원윤씨 등도 그 때 입향하여 살았다고 전한다.

지형이 나룻배 형국이리 하여 마을 이름을 '주진리'라 불러오다가 철종 때 이르러 어느 선비가 산성산 밑에 있는 마을이니 '하성리'리 하면 더 좋겠다 하여 하성리라 했다 한다.

마을 앞에 배의 돛대를 상징하는 당산나무를 심어 모든 재앙과 질병을 막고 육축이 번성하며 그 해 풍년을 기원하는 당산제를 매년 음력 정월 대보름에 모셔오고 있다. 마을 팡 150여 미터 지점 좌우에 동자비를 세우고 옆에 괴목을 심어 이곳에도 당산제를 지내왔으나 일제강점기 당시 나무를 베어가고 지금은 마을 우편에 당산나무와 동자비만이 남아 있다. 마을 뒤에 위치한 연동사지에는 미륵불 옆에 파괴된 삼층석탑과 벽화가 남아 있어 고려 말이나 조선 초에 대사찰이 있었음을 말해주고 있다.

또한 하성마을은 금성산성의 의병들이 매년 춘추에 걸쳐 대군사 훈련을 실시한 훈련장으로 알려져 있다. 담양부, 순창부, 창평현, 옥과현, 동복현 등 2부 3현에서 자원 또는 차출된 의병들이 연 2회에 걸쳐 훈련한 곳으로 전해 오고 있다.

현재 하성마을은 30여 호의 50여 명이 살고 있으며, 마을사람들은 논농사를 주업으로 하고 있다.

하성마을 전경

하성마을회관에서의 조사 장면

전라남도 담양군 금성면 대곡리 대곡마을

조사일시 : 2017.2.19
조 사 자 : 나경수, 서해숙, 이옥희, 편성철, 김자현

대곡마을은 고려 명종 때(1170년경)에 형성되었다. 마을 형성 당시 '대곡'이라 불리어 왔으며 고려 원종 때(1270년경)에 지형이 동남북 원형으로 산이 둘러싸여 있어 마치 비단으로 띠를 두른 듯 하다 하여 '대곡'이라 불리어왔다. 조선 영조 34년(1758년)에 편찬된 추성지에 의하면 당시 고지산면에 속하였으며, 서기 1914년 3월 행정구역 개편 대곡리에 소속토록 하여 대실마을이라 불리운 이래 현재에 이르고 있다.

마을 지형이 동남북 원형으로 산이 둘러 감싸여 있어 마치 비단으로 띠를 두른 듯하여 '대곡리'했다고 전하며, 1984년 88올림픽 고속도로가 마을 앞 서남쪽 원형으로 통과하게 되니 전 마을이 띠를 두른 듯 사방을 에워싸고 있어 옛 조상께서 수백년 앞을 미리 점친 듯 하다.

마을에는 언제 심었는지 알 수 없는 느티나무가 있었는데, 1943년경 일제강점기 당시 조선목으로 베어갔다. 마침 이듬해인 1944년 봄에 마을에 큰불이 나서 30여 호가 소실되었는데, 마을사람들은 당산나무인 느티나무를 베어버려서 그리 된 것이라 믿고 있다. 그리하여 1945년 해방을 맞아 느티나무 벤 곳에 표석을 세우고 마을 앞에 다시 나무를 심어 당산제를 지내오다가 88올림픽 고속도로가 그곳으로 지나가자 다시 베어냈다.

면 소재지에서 동남방 2km 지점에 위치하며 마을 뒤로 고지산맥을 이어받고 서북쪽 안산에 지당산이 있다. 그러나 마을 앞으로는 띠를 두른 듯 고가교가 가로 놓여 많은 차량이 통행하므로, 옛 마을의 정취를 점차 잃어가고 있다.

마을사람들은 주로 농업을 주업으로 하면서 축산, 딸기 원예 등을 부업으로 하고 있다. 현재 40여 호의 80여 명이 살고 있다.

대곡마을 전경

대곡마을회관에서의 조사 장면

▌제보자

강재님, 여, 1930년생

주 소 지 : 전라남도 담양군 금성면 금성리 하성마을
제보일시 : 2011.2.19
조 사 자 : 나경수, 서해숙, 이옥희, 편성철, 김자현

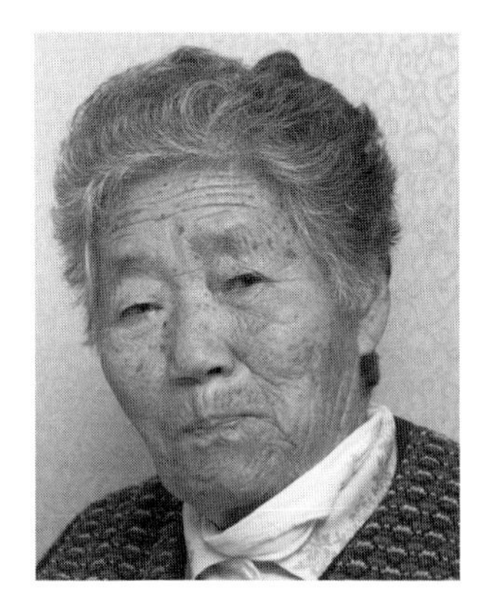

강재님 제보자의 친정은 전남 곡성군 옥과면이다. 15살에 시집와서 슬하에 3남 2녀를 두었다. 조사팀이 마을을 찾았을 때 송효님 제보자와 함께 이야기판을 열어준 제보자이다. 호랑이 이야기, 빈대 때문에 폐사한 연동사, 업구렁이 이야기 등을 들려주었다. 제보자가 구렁덩덩 시시비오빠 이야기를 구연하였을 때 모두들 어떻게 그런 이야기를 알고 있느냐며 감탄하였다. 민요의 경우에도 밭 맬 때 부르는 민요 등 다른 사람이 이미 잊어버린 옛 기억을 끌어내셨다.

제공 자료 목록

06_06_FOT_20110219_NKS_KJN_0001 나물 보따리 가져다 놓은 호랑이
06_06_FOT_20110219_NKS_KJN_0002 당산 영험담
06_06_FOT_20110219_NKS_KJN_0003 불을 무서워하는 호랑이
06_06_FOT_20110219_NKS_KJN_0004 빈대 때문에 폐사한 연동사
06_06_FOT_20110219_NKS_KJN_0005 시원하게 방귀 뀌는 며느리
06_06_FOT_20110219_NKS_KJN_0006 노래는 참말 이야기는 거짓말
06_06_FOT_20110219_NKS_KJN_0007 업이 보여 망하다
06_06_FOT_20110219_NKS_KJN_0008 구렁덩덩 시시비오빠
06_06_FOT_20110219_NKS_KJN_0009 칼은 줍지 않고 호미는 줍는다
06_06_MPN_20110219_NKS_KJN_0001 산에서 내려온 호랑이

06_06_MPN_20110219_NKS_KJN_0002 복당골에서 생긴 일
06_06_MPN_20110219_NKS_KJN_0003 구렁이의 복수
06_06_FOS_20110219_NKS_KJN_0001 옹고동고 수집이는
06_06_FOS_20110219_NKS_KJN_0002 물레야 자세야
06_06_FOS_20110219_NKS_KJN_0003 질쭉잘쭉 고사리는
06_06_FOS_20110219_NKS_KJN_0004 못다멜 밭 다메다가(금봉채)

박금순, 여, 1937년생

주 소 지 : 전라남도 담양군 금성면 금성리 하성마을
제보일시 : 2011.2.19
조 사 자 : 나경수, 서해숙, 이옥희, 편성철, 김자현

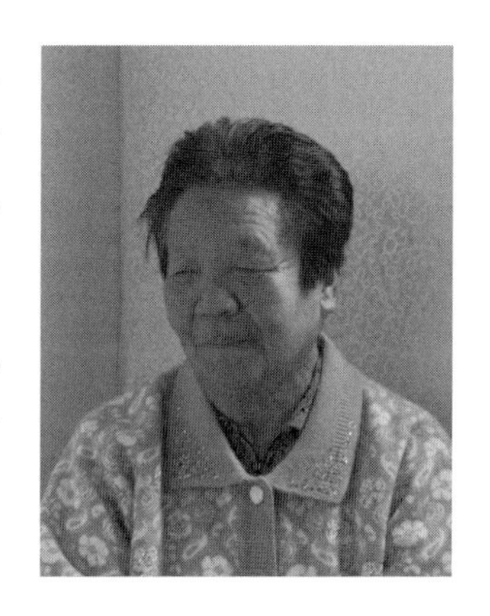

박금순 제보자의 친정은 바로 한동네인 하성마을이다. 20살에 시집와서 슬하에 2남을 두었다. 이야기판에는 참여하지 않고 듣기만 하였다. 민요판에서 조사자가 성님성님 사촌성님 노래를 아는 지 묻자 알고 있다며 구연하였다. 그 후부터 진도아리랑, 다리세기, 꼬댁각시 노래 등 민요를 여러 편 구연하였다.

제공 자료 목록
06_06_FOS_20110219_NKS_PGS_0001 성님성님 사촌성님
06_06_FOS_20110219_NKS_PGS_0002 간밤에라 꿈좋더니
06_06_FOS_20110219_NKS_PGS_0003 진도아리랑
06_06_FOS_20110219_NKS_PGS_0004 다리세기
06_06_FOS_20110219_NKS_PGS_0005 꼬댁각시

송효님, 여, 1939년생

주 소 지 : 전라남도 담양군 금성면 금성리 하성마을

제보일시 : 2011.2.19

조 사 자 : 나경수, 서해숙, 이옥희, 편성철, 김자현

송효님 제보자의 친정은 금성면 원율리이다. 20살에 시집와서 슬하에 2남 4녀를 두었다. 조사팀이 마을을 찾았을 때 이야기판을 열어준 제보자이다. 호랑이 이야기, 도깨비 이야기, 산삼 이야기, 전우치이야기 등을 들려주었고 아리랑타령도 한 곡 구연하였다.

제공 자료 목록

06_06_FOT_20110219_NKS_SHN_0001 나물 보따리 가져다 놓은 호랑이

06_06_FOT_20110219_NKS_SHN_0002 호랑이는 곶감을 무서워하다

06_06_FOT_20110219_NKS_SHN_0003 돼지고기를 가지고 가다 길을 잃다

06_06_FOT_20110219_NKS_SHN_0004 원율리에 묻힌 전우치의 큰솥

06_06_FOT_20110219_NKS_SHN_0005 동삼의 둔갑

06_06_MPN_20110219_NKS_SHN_0001 도깨비불보다 큰 호랑이불

06_06_FOS_20110219_NKS_SHN_0001 진도아리랑

신길자, 여, 1938년생

주 소 지 : 전라남도 담양군 금성면 금성리 하성마을

제보일시 : 2011.2.19

조 사 자 : 나경수, 서해숙, 이옥희, 편성철, 김자현

신길자 제보자의 친정은 바로 한동네인 담양군 금성면 금성리 하성마을이다. 19살에 혼인하여 슬하에 2남 1녀를 두었다. 신길자 제보자는 하성마을에서 가장 돋보이는 제보자였다. 적극적인 성격에 목청이 좋고 기억력, 구연능력이 뛰어나서 많은 민요와 설화를 들려주었다. 신길자 제보

자 구연한 목록은 설화 19편, 경험담 9편, 향토민요 9편, 신민요 1편으로 총 38편을 구연하였다.

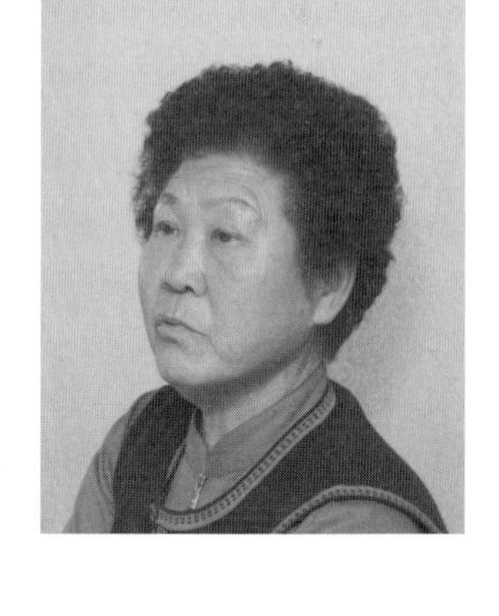

제공 자료 목록

06_06_FOT_20110219_NKS_SGJ_0001
자고 있는 아이를 물어간 호랑이
06_06_FOT_20110219_NKS_SGJ_0002
곶감이 무서워 도망간 호랑이
06_06_FOT_20110219_NKS_SGJ_0003
사람 따라 온 호랑이

06_06_FOT_20110219_NKS_SGJ_0004 담양댐의 도깨비다리
06_06_FOT_20110219_NKS_SGJ_0005 호랑이 목격담
06_06_FOT_20110219_NKS_SGJ_0006 소변 한방울도 집에 가서 보다
06_06_FOT_20110219_NKS_SGJ_0007 전우치가 공부하던 호랭이굴
06_06_FOT_20110219_NKS_SGJ_0008 공방이 드는 이유
06_06_FOT_20110219_NKS_SGJ_0009 도깨비에 홀려 죽은 사람
06_06_FOT_20110219_NKS_SGJ_0010 꾀를 부려 처녀를 얻은 중
06_06_FOT_20110219_NKS_SGJ_0011 자린고비 며느리와 시아버지
06_06_FOT_20110219_NKS_SGJ_0012 자라 먹고 공방 든 작은 마누라
06_06_FOT_20110219_NKS_SGJ_0013 임신한 사람이 결혼식에 가지 않은 이유
06_06_FOT_20110219_NKS_SGJ_0014 황새봉의 바람바우
06_06_FOT_20110219_NKS_SGJ_0015 용이 승천한 밀너매
06_06_FOT_20110219_NKS_SGJ_0016 업이 나가는 꿈
06_06_FOT_20110219_NKS_SGJ_0017 부잣집 딸과 결혼한 머슴
06_06_FOT_20110219_NKS_SGJ_0018 내 복에 산다
06_06_FOT_20110219_NKS_SGJ_0019 함부로 꿈을 팔지 말아라
06_06_FOT_20110219_NKS_SGJ_0020 자신의 몸이라도 함부로 팔지 말아라
06_06_MPN_20110219_NKS_SGJ_0001 술 빚는 과정
06_06_MPN_20110219_NKS_SGJ_0002 도깨비는 사람 손 사이에 끼여서 다닌다
06_06_MPN_20110219_NKS_SGJ_0003 젖이 마른 이유
06_06_MPN_20110219_NKS_SGJ_0004 시집 가는 신부가 아이 낳은 집에 큰절하기
06_06_MPN_20110219_NKS_SGJ_0005 춘향내리기 놀이하다가 미쳐버린 사람

06_06_MPN_20110219_NKS_SGJ_0006 개를 잡자 아이가 죽다
06_06_MPN_20110219_NKS_SGJ_0007 소변 받기 위해 손님 초청하기
06_06_MPN_20110219_NKS_SGJ_0008 여우소리와 도깨비비소리
06_06_MPN_20110219_NKS_SGJ_0009 자기 복대로 살아간다
06_06_FOS_20110219_NKS_SGJ_0001 언니언니 사천언니
06_06_FOS_20110219_NKS_SGJ_0002 강강수월래
06_06_FOS_20110219_NKS_SGJ_0003 간밤에라 꿈좋더니
06_06_FOS_20110219_NKS_SGJ_0004 종지기 돌리기
06_06_FOS_20110219_NKS_SGJ_0005 춘향이 내리기
06_06_FOS_20110219_NKS_SGJ_0006 노래 권하기
06_06_FOS_20110219_NKS_SGJ_0007 아리랑 타령
06_06_FOS_20110219_NKS_SGJ_0008 사래 질고 장찬 밭에
06_06_FOS_20110219_NKS_SGJ_0009 아라린가 지랄인가
06_06_MFS_20110219_NKS_SGJ_0001 해방가

신영길, 남, 1941년생

주 소 지 : 전라남도 담양군 금성면 금성리 하성마을
제보일시 : 2011.2.19
조 사 자 : 나경수, 서해숙, 이옥희, 편성철, 김자현

신영길 제보자는 1941년 담양군 금성면 금성리 하성마을에서 태어나 자란 이 마을의 토박이이다. 벼농사와 양봉을 주업으로 하고 있다. 하성마을의 형국과 전우치에 관한 이야기를 여러 편 구연하였다.

제공 자료 목록
06_06_FOT_20110219_NKS_SYG_0001 하성마을은 배형국
06_06_FOT_20110219_NKS_SYG_0002 성 아래에 위치한 하성마을
06_06_FOT_20110219_NKS_SYG_0003 전우치가 축지법을 다 배우지 못한 이유
06_06_FOT_20110219_NKS_SYG_0004 전우치의 금대들보와 변신 그리고 큰솥

06_06_FOT_20110219_NKS_SYG_0005 금대들보와 담양댐
06_06_FOT_20110219_NKS_SYG_0006 배형국과 짐대거리

윤병민, 남, 1929년생

주 소 지 : 전라남도 담양군 금성면 대곡리 252번지
제보일시 : 2011.2.19
조 사 자 : 나경수, 서해숙, 이옥희, 편성철, 김자현

윤병민 제보자는 1929년 담양군 금성면 대곡리에서 태어나 자란 이 마을의 토박이이다. 마을의 노인회장을 맡고 있으며 조사팀이 마을을 찾았을 때 여러 모로 도움을 주신 분이다. 22살에 결혼하여 슬하에 4남 3녀를 두었다고 한다. 금성산성의 배고리에 대한 이야기를 해주었고, 도깨비 목격담, 주인을 지킨 충견과 부부싸움 하는 이유 등 민담도 몇 편 구연하였다. 윤병민 제보자는 고령이지만 목청이 좋고 마을에서 전승되던 들노래를 기억하고 있어서 구연하였다. 들노래를 안 부른 지가 오래 되어 온전한 내용을 기억하지 못하지만 부분 부분 기억해서 들려주었다. 이외에도 집터닦는 소리와 상여소리도 들려주었고 전선의 달밤 등 젊었을 때 즐겨불렀던 옛노래도 구연하였다.

제공 자료 목록

06_06_FOT_20110209_NKS_YBM_0001 금성산 배고리
06_06_FOT_20110209_NKS_YBM_0002 주인을 지킨 충견
06_06_MPN_20110209_NKS_YBM_0001 직접 목격한 도깨비불
06_06_MPN_20110209_NKS_YBM_0002 그 옛날 부부싸움 하는 이유
06_06_FOS_20110209_NKS_YBM_0001 모심는 소리
06_06_FOS_20110209_NKS_YBM_0002 논매기 소리(맘들이 소리)

06_06_FOS_20110209_NKS_YBM_0003 물품는 소리
06_06_FOS_20110209_NKS_YBM_0004 상여소리
06_06_FOS_20110209_NKS_YBM_0005 아리랑타령
06_06_FOS_20110209_NKS_YBM_0006 집터 잡는 소리
06_06_MFS_20110209_NKS_YBM_0001 전선의 달밤
06_06_MFS_20110209_NKS_YBM_0002 고향이 그리워도

윤태복, 남, 1929년생

주 소 지 : 전라남도 담양군 금성면 대곡리 255번지
제보일시 : 2011.2.19
조 사 자 : 나경수, 서해숙, 이옥희, 편성철, 김자현

윤태복 제보자는 1929년 담양군 금성면 대곡리에서 태어나 자란 이 마을의 토박이이다. 경찰 생활을 하면서 이현상 체포 작전에 참가하여 태극훈장을 받은 경험이 있다. 23살에 노부모를 가까이서 봉양하기 위해 경찰을 퇴직하였다고 한다. 슬하에 4남 2녀를 두었다. 대곡마을에 큰 불이 났었던 이야기, 김덕령의 썩지 않는 시신, 이현상 체포 작전에 관한 이야기를 들려주었고, 진용섭 제보자가 남원진씨 시조에 대한 이야기를 들려주자 이어서 파평 윤씨 시조와 중시조 윤관에 대한 이야기를 구연하였다. 또한 윤병민 제보자와 함께 들노래를 구연하였고 고추가 등 유행가도 구연하였다.

제공 자료 목록
06_06_FOT_20110209_NKS_YTB_0001 썩지 않는 김덕령시신
06_06_FOT_20110209_NKS_YTB_0002 윤씨시조 탄생담
06_06_FOT_20110209_NKS_YTB_0003 파평윤씨 중시조 윤관

06_06_MPN_20110209_NKS_YTB_0001 대곡마을의천불
06_06_MPN_20110209_NKS_YTB_0002 이현상 체포와 훈장
06_06_MFS_20110209_NKS_YTB_0001 고추가

임순옥, 여, 1944년생

주 소 지 : 전라남도 담양군 금성면 금성리 하성마을
제보일시 : 2011.2.19
조 사 자 : 나경수, 서해숙, 이옥희, 편성철, 김자현

임순옥 제보자의 친정은 순창군 팔덕면 덕천리이다. 21살에 시집와서 슬하에 2남 1녀를 두었다. 이야기판이 활성화 된 후 신길자 제보자가 도깨비 이야기를 여러 편 구연하자 임순옥 제보자가 이어서 도깨비의 정체는 빗자루라는 이야기를 구연하였다. 민요판에서는 산아지타령을 구연하였다.

제공 자료 목록
06_06_FOT_20110219_NKS_YSO_0001 도깨비의 정체는 빗자루
06_06_FOT_20110219_NKS_YSO_0002 피 묻은 빗자루가 도깨비가 된다
06_06_FOS_20110219_NKS_YSO_0001 산아지타령

전순례, 여, 1937년생

주 소 지 : 전라남도 담양군 금성면 금성리 하성마을
제보일시 : 2011.2.19
조 사 자 : 나경수, 서해숙, 이옥희, 편성철, 김자현

전순례 제보자의 친정은 담양군 금성면 봉황리이다. 13살 이른 나이에 시집와서 슬하에 4남 2녀를 두었다. 이야기판과 노래판에 참여하지 않고

다소곳이 듣기만 하다가 맨 마지막에 꽃아 꽃아라는 민요 한 편을 구연하였다. 나이 가르쳐 주는 것도 꺼려할 만큼 부끄러움이 많은 제보자였다.

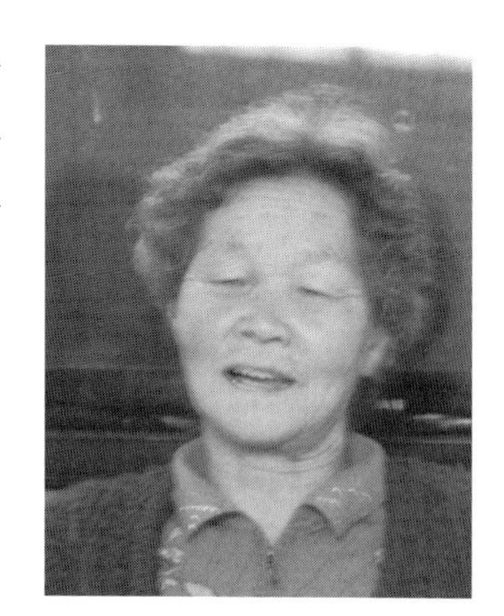

제공 자료 목록
06_06_FOS_20110219_NKS_JSR_0001 꽃아 꽃아

정병삼, 남, 1935년생

주 소 지 : 전라남도 담양군 금성면 대곡리 183번지
제보일시 : 2011.2.19
조 사 자 : 나경수, 서해숙, 이옥희, 편성철, 김자현

정병삼 제보자는 1935년 담양군 금성면 대곡리에서 태어나 자란 이 마을의 토박이이다. 벼농사를 주로 하며 슬하에 3남 2녀를 두었다. 마을에서 농악을 치면 상쇠를 맡기도 하며 들노래 일부를 기억하고 있다. 다른 사람이 본인이 알고 있는 것과 다르게 이야기하면 중간에 끼어들어 제동을 걸기도 했다. 마을에 큰 불이 났었던 이야기, 금성산성의 승전바위, 전우치가 세운 담양 짐대, 송진우의 항일정신 등 대곡마을의 역사와 담양지역에 관련된 이야기를 여러 편 들려주었으며 도깨비 이야기, 백여우의 구슬 등 민담도 구연하였다.

제공 자료 목록
06_06_FOT_20110209_NKS_JBS_0001 쇠말뚝을 박아 혈맥자른 일본
06_06_FOT_20110209_NKS_JBS_0002 금성산성의 승전바우

06_06_FOT_20110209_NKS_JBS_0003 승전바우의 말발자국
06_06_FOT_20110209_NKS_JBS_0004 전우치가 세운 담양 짐대
06_06_FOT_20110209_NKS_JBS_0005 송진우의 항일정신
06_06_FOT_20110209_NKS_JBS_0006 마을 앞이 바다였다
06_06_FOT_20110209_NKS_JBS_0007 도깨비에 홀린 어머니
06_06_FOT_20110209_NKS_JBS_0008 도깨비에 홀린 송우실 사람
06_06_FOT_20110209_NKS_JBS_0009 백여우의 구술

진용섭, 남, 1927년생

주 소 지 : 전라남도 담양군 금성면 대곡리 대곡마을
제보일시 : 2011.2.19
조 사 자 : 나경수, 서해숙, 이옥희, 편성철, 김자현

진용섭 제보자는 1927년 담양군 금성면 대곡리에서 태어나 자란 이 마을의 토박이이다. 주민등록에는 1928년생으로 기록되어 있다. 가정형편이 넉넉하지 못했기 때문에 정식학교는 다니지 못했고 간이학교를 2년 다녔으며 어렸을 때 조부께서 서당선생을 했기 때문에 한문을 배웠다고 한다. 이야기판에 적극적으로 참여하여 담양군과 관련된 설화를 여러 편 들려주셨다. 담양지명유래, 대곡마을 유래를 비롯하여 남원진씨 시조, 김덕령, 이성계, 전우치 등 인물 설화를 여러편 구연하였다.

제공 자료 목록
06_06_FOT_20110209_NKS_JYS_0001 담양 지명 유래
06_06_FOT_20110209_NKS_JYS_0002 대곡 마을 유래
06_06_FOT_20110209_NKS_JYS_0003 김덕령의 죽음
06_06_FOT_20110209_NKS_JYS_0004 중국 풍수가와 김덕령 할아버지의 묘자리
06_06_FOT_20110209_NKS_JYS_0005 구식법이 좋다

06_06_FOT_20110209_NKS_JYS_0006 씨름판에서 김덕령이 누나에게 지다
06_06_FOT_20110209_NKS_JYS_0007 김덕령과 용마
06_06_FOT_20110209_NKS_JYS_0008 남원진씨 시조의 탄생담
06_06_FOT_20110209_NKS_JYS_0009 보리암은 제비형국
06_06_FOT_20110209_NKS_JYS_0010 추월산의 칠장군 오한림 나올 명당자리
06_06_FOT_20110209_NKS_JYS_0011 이성계와 오백년지지
06_06_FOT_20110209_NKS_JYS_0012 삼인산에서 제를 모신 이성계
06_06_FOT_20110209_NKS_JYS_0013 무학대사와 사대문
06_06_FOT_20110209_NKS_JYS_0014 이성계와 장기겨루기
06_06_FOT_20110209_NKS_JYS_0015 전우치가 중국에서 훔쳐온 금대들보
06_06_FOT_20110209_NKS_JYS_0016 금성산성으로 걸어오다 멈춘 거북바위
06_06_FOT_20110209_NKS_JYS_0017 남원은 행주형국
06_06_FOT_20110209_NKS_JYS_0018 담양은 행주형국
06_06_FOT_20110209_NKS_JYS_0019 송진우의 독립운동
06_06_FOT_20110209_NKS_JYS_0020 담양향교는 암탉이 알을 품고 있는 형국
06_06_FOT_20110209_NKS_JYS_0021 김수로왕 왕릉터는 금거북이형국
06_06_FOT_20110209_NKS_JYS_0022 황희정승의 유언
06_06_FOS_20110209_NKS_JYS_0001 노세 노세 젊어서 노세

나물 보따리를 가져다 놓은 호랑이

자료코드 : 06_06_FOT_20110219_NKS_KJN_0001
조사장소 : 전라남도 담양군 금성면 금성리 하성마을회관
조사일시 : 2011.2.19
조 사 자 : 나경수, 서해숙, 이옥희, 편성철, 김자현
제 보 자 : 강재님, 여, 82세
구연상황 : 앞서 송효님 제보자가 호랑이불에 관한 이야기를 마치자 이를 듣고 있던 제보자가 그런 이야기가 있다고 하자 조사자가 재차 물으니 다음의 이야기를 구연했다. 제보자는 어릴 때 들은 이야기라는 것을 마지막에 언급했다.
줄 거 리 : 나물 캐러 간 사람들이 수풀 밑에 있는 호랑이 새끼를 보고 예쁘다고 어루만지자 마침 호랑이 어미가 나타나자 놀라 달아났다. 그랬더니 아침에 보니 문 앞에 나물 보따리를 가져다 놓았다는 이야기이다.

(조사자 : 거~ 나물 캐러 간 사람들 나물바구니 찾아주고 했다는 그런 이야기 혹시…)

오~ 옛날에 그런 이야기는 있어.

(조사자 : 아~ 그래요. 그 얘기 좀 해주세요.)

호랑이가 수풀 밑에다 새끼를 민마리(몇 마리) 까놨는디.

(조사자 : 뭘 까놔요?)

새끼. 아 아줌마들이 너물(나물) 캐러 가갖고 하~도 강아지가 이쁜게. 꼭 강아지 맹이거든(같거든). 호랭이 새끼가.

근게 인제 서로,

"요 놈 내야."

"요 놈 내야."

인자 아줌마들이 [팔을 감싸안듯이 구부리면서] 요로고 보듬았데.

근게 인자 저~ 우게서 보다가 호랭이가 가져갈까 무서운게로, "어~홍~" 허고 울더래야.

근게 놀래서 기냥 보따리를 다~ 내뿔고 와부렀디야. 집으로. 왔더니.

아칙에(아침에) 본게. 방으로 지기(자기들) 문 앞에다 다~ 갖다 놨더래. 호랑이가.

인 그 이야기는 들었네. 나 쬐깐해서(어릴 때에).

당산 영험담

자료코드 : 06_06_FOT_20110219_NKS_KJN_0002
조사장소 : 전라남도 담양군 금성면 금성리 하성마을회관
조사일시 : 2011.2.19
조 사 자 : 나경수, 서해숙, 이옥희, 편성철, 김자현
제 보 자 : 강재님, 여, 82세
구연상황 : 앞서 제보자의 호랑이불에 대한 이야기가 끝나자 조사자가 호랑이가 마을의 개를 잡아먹거나 하는 이야기가 있는지를 묻자 그런 이야기는 없다 했다. 마침 청중 한 분이 당산할머니가 도둑이 들어오지 못하도록 지켜준다고 하자 다음의 이야기를 구연했다.
줄 거 리 : 이 마을의 당산이 영험하여 호랑이가 들어오지 못하고, 도둑이 마을의 가마솥을 떼어갔는데, 마을을 빠져나가지 못했다는 이야기이다.

(조사자 : 머 호랑이가 동네 개 잡아먹거나. 이런 이야기는…)

없어. [다른 쪽으로 얼굴을 돌리면서] 없어.

(청중 : 우리 당산할머니가 잘 지킨디. 도둑도 오가니.(도둑조차 마을로 들어올 수 없다))

(조사자 : 당산할머니가 도둑도 지켜줘요?)

(청중 : 하. [긍정의 대답])

(조사자 : 그 얘기 좀 해주세요. 전해오는 이야기. 당산 당산…)

(청중 : 아 당산 하나부지가(할아버지가) 다 지킨디. 그런 사램이 오것어. 호랭이도 되돌아가고 그랬어.)

옛날에는 여기가 당산이 어찌나 씨던지(세던지).

도둑놈이 와갖고 솥을. 옛날에는 없은게. 가마솥을 띠어(떼어) 갔다더만. 도독놈이.

그러믄 고 놈을 띠어갖고 여기를 못 내려갔다(내려가지 못했다). 당산 밑에가 시워놓데(세워 놓았데). 그 사램을. 솥단지 짊어진채 시워놨다고 그래. 옛날에는.

나 시집온게 시어마니가,

"옛날에~ 옛날에~" [청중 기침소리에 잘 들리지 않음]

(조사자 : 그 이야기를 들으셨어요.)

불을 무서워하는 호랑이

자료코드 : 06_06_FOT_20110219_NKS_KJN_0003
조사장소 : 전라남도 담양군 금성면 금성리 하성마을회관
조사일시 : 2011.2.19
조 사 자 : 나경수, 서해숙, 이옥희, 편성철, 김자현
제 보 자 : 강재님, 여, 82세
구연상황 : 앞서 호랑이가 곶감을 무서워한다는 이야기를 계속 구연되었는데, 제보자도 나서서 다음의 이야기를 들려주었다. 이 마을은 담양에서도 산골 깊은 곳에 위치한 마을로, 과거 호랑이가 많이 있었다고 한다. 그래선지 이에 관한 이야기를 많이 들려주었다.
줄 거 리 : 호랑이는 털이 명주털처럼 가늘기 때문에 불을 가장 무서워한다는 이야기이다.

(조사자 : 뭐 불을 제일 무서워 한다구요?)

털이. 털이 명(미영) 털이라.

(청중 : 말이 곶감을 무서워한다 했지. 곶감보담 더 무섭다. 호랭이가 곶감보다 더 무섭댔어.)

털이 저. 명 털이여. 명 털. 호랭이 털이. 가늘아.

(조사자 : 아~ 가늘아. 미영 털이라는 것이 목화털처럼…)

목화털가치(목화털과 같은) 가는게 불만 다며는(닿으면) 최~고 무서워라해.

(조사자 : 불을 최~고로 무서워라해요.)

응.

빈대 때문에 폐사한 연동사

자료코드 : 06_06_FOT_20110219_NKS_KJN_0004
조사장소 : 전라남도 담양군 금성면 금성리 하성마을회관
조사일시 : 2011.2.19
조 사 자 : 나경수, 서해숙, 이옥희, 편성철, 김자현
제 보 자 : 강재님, 여, 82세
구연상황 : 앞서 송효님 제보자가 전우치에 관한 이야기를 마치자 이어서 제보자가 다음의 이야기를 구연했다.
줄 거 리 : 연동사가 빈대 때문에 망했다는 이야기이다.

연동사가 거 옛날에 절이 있었는디. 빈대땀세 없어졌다허대. 그 절이.

빈대가 어찌 만해서 [청중이 연동사는 돌 속에 지은 절이라 설명한다] 없어졌다그려.

아 근게 어칳거니 고로게 말을 허드라고.

(청중 : 빈댄가 아닌가는 몰라도.)

빈대땀시 절을 파했다고 그리여. 빈대. 옛날 빈대가 뜯어묵거든 사람을.

(청중 : [제보자가 말하는 중에도 계속 말을 이으면서] 근게 비소가 있

고, 딴데 딴데 절에서 그 빈대를 파 갈라고(파 내려고) 애를 쓰다가 못 파 가고 말았어.)

시원하게 방귀 뀌는 며느리

자료코드 : 06_06_FOT_20110219_NKS_KJN_0005
조사장소 : 전라남도 담양군 금성면 금성리 하성마을회관
조사일시 : 2011.2.19
조 사 자 : 나경수, 서해숙, 이옥희, 편성철, 김자현
제 보 자 : 강재님, 여, 82세
구연상황 : 앞서 도깨비에 관한 이야기를 마치자 조사자가 임순옥 제보자의 인적사항에 대해서 조사를 했다. 이어 조사자가 방귀 뀌는 며느리에 대한 이야기를 하자 제보자가 내가 아는 이야기라고 하면서 다음의 이야기를 구연했다. 아래 이야기 역시 많은 부분이 생략되어 있다.
줄 거 리 : 방귀를 참고 있던 며느리가 아버지는 앞문을 어머니는 뒷문을 잡게 하고 시원하게 뀌었다는 이야기이다.

"아버님은 앞 문 잡으세요. 어머님은 뒷문 잡으세요. [청중들이 웃는다] 방구를 끼것습니다." 허고,

"빵~빵 빵 빵" 끼어붓다 인자.

근게 얼굴이 뽀야 이뻐졌더라여. 너무 끼어분게. 노라니.(노랗다. 방귀를 끼지 못해서 얼굴색이 누렇게 변했으나, 방귀를 뀌자마자 다시 본래 얼굴로 돌아왔다)

(조사자 : 어~ 방귀를 참았다. 참고 참고 있었던 며느리가.)

응. 근게 방구를 뀌고 자불믄 다 뀌어부러. [조사자들을 가리키면서] 집이들도(당신들도) 여그서. [전원 웃음]

노래는 참말 이야기는 거짓말

자료코드 : 06_06_FOT_20110219_NKS_KJN_0006
조사장소 : 전라남도 담양군 금성면 금성리 하성마을회관
조사일시 : 2011.2.19
조 사 자 : 나경수, 서해숙, 이옥희, 편성철, 김자현
제 보 자 : 강재님, 여, 82세
구연상황 : 앞서 자린고비 이야기가 끝나자 조사자가 이런 이야기를 듣기 위해 왔다고 했다. 마침 청중 한 분이 우리 보고만 이야기 하지 말고 조사자들에게 노래를 하라고 했다. 그러자 제보자가 다음의 이야기를 구연했다.
줄 거 리 : 노래는 거짓말이 없고 이야기는 대개 거짓말이라는 이야기이다.

옛날 얘기가 이야기는 전~부 거짓말. 그러고 노래는 진심.

(조사자 : 아~ 노래는 진심.)

노래는 노래는 맞어. 가사를 들어보믄.

(청중 : 노래는 거짓말이 있가니.(노래는 거짓말이 없다))

(조사자 : 노래는 거짓말이 없어요.)

응. 이야기는 전부 다 거짓말. [청중들과 말이 겹친다] 참말도 조까 있기는 있는디. 대충 거짓말.

업이 보여 망하다

자료코드 : 06_06_FOT_20110219_NKS_KJN_0007
조사장소 : 전라남도 담양군 금성면 금성리 하성마을회관
조사일시 : 2011.2.19
조 사 자 : 나경수, 서해숙, 이옥희, 편성철, 김자현
제 보 자 : 강재님, 여, 82세
구연상황 : 앞서 청중들이 연이어 민요를 구연했는데, 조사자들이 욕심을 부려 더 녹음하려 했으나 잘되지 않았다. 그래서 분위기를 전환할 겸 해서 조사자가 이야기를 하자며 업에 대해서 물었더니 제보자가 나서서 다음의 이야기를 구연

했다.

줄 거 리 : 마을사람이 큰 집으로 이사를 가서 사는데 몇 해 지나지 않아 안도장에서 업이 보였다. 그래서 업맞이를 하며 비손했으나 결국 나가버렸고, 얼마 되지 않아 그 집안이 망했다는 이야기이다.

(조사자 : 뭘 보고 업이라 그래요?)

구랭이.

(조사자 : 그럼 그거 얽힌 재미난 이야기도 있죠?)

이 동네는 그런 사람 한나(하나) 있어.

(조사자 : 있어요?.)

응.

(청중 : 거 알면 혀.)

거

(청중 : 동북덕(동북댁) 집이.)

동북덕 집이가니(집인가?). 아니 구봉덕 집이.

(조사자 : 어디 한번 그 이야기 좀 들려줘보세요. 쉬어가게. 노래 계속하시니까 쉬어가시게.)

구봉덕 집이라 헌디가 그 양반이 남씬디.

여 여그서 살다 집이 쫍아서 큰~집으로 이사를 사서 갔어.

근디 거가 운이 안맞은가.

부잔디 믿해(몇해) 살다가는 큰~구랭이가 안도장에가 있더래.

(조사자 : 안도장에가?)

응. 그 그 그때는 도장이 여 배깥(바깥)도장 있고 안도장이 있거든. 부자집에는. 안도장에는 좋~은 것만 두고, 배깥도장에는 인자 허술헌 것만 두고. 그러제.

어느 날 본게 구랭이가 큰~놈이 누웠더라네. 거 안도장에가.

그리서는 저몰에다 손을 비비고. 또 쇠 발을 두 개를 사다 '업맞이' 헌다고 요렇게 소 밥이 요렇게 딛고 들어가고 그저 손을 내 비비도 산으로 가는데. 업이 나와부렀어.

업이 사람 눈에 안보여야 헌디.

근디 사람 눈에가 띄어부러서. 그 집이 더러 망한거라.

그리갖고 살림이 가부렀는디.

구렁덩덩 시시비오빠

자료코드 : 06_06_FOT_20110219_NKS_KJN_0008
조사장소 : 전라남도 담양군 금성면 금성리 하성마을회관
조사일시 : 2011.2.19
조 사 자 : 나경수, 서해숙, 이옥희, 편성철, 김자현
제 보 자 : 강재님, 여, 82세
구연상황 : 앞서 내복에 산다 이야기가 끝나자 조사자가 뱀신랑에 관한 이야기를 해주었더니 제보자가 비슷하다고 하면서 다음의 이야기를 구연했다. 제보자는 이 이야기를 어릴적에 할머니에게서 들었다고 한다.
줄 거 리 : 막내딸이 구렁덩덩 시시비오빠에게 시집을 갔는데, 첫날밤에 신랑이 허물을 벗어 멋진 사람이 되자 언니들이 샘을 내어 허물을 불태웠다는 이야기이다.

비슷해. [청중들 웃음]

(조사자 : 비슷해요? 제가 한 이야기랑?)

잉.

(조사자 : 머 그래갖고 어쩌고 저쩌고 했단 이야기.)

잉. 그런께 구렁덩덩 시신배 오빠여.

(조사자 : 아~ 신슨비 오빠?)

구렁덩덩 시시비 오빠.

(조사자 : 시시미 오빠. 오빠요?)

응. 오빠라 혀. 오빠라고.

근게 인자 딸을 싯을(셋을) 났어(낳았어).

근디. 다~ 고리 시집을 안갈라고 헌디. 가는 간다 그랬어. 막내딸.

그래갖고는 인자 신랑이 허물을 할~랑 벗어갖고서 놨는디.

언니들이 본게. 환장허것거든. 신랑이 좋은께.

근게 허물 벗인 놈을 딱 감차야(감춰야) 된디.

누가 가지갈정돌 알아.(아무도 가져가지 않을 줄 알고 감춰놓지 않았다)

언니들이 갖다 고 놈을 꼬실라부렀어.(불태워버렸다)

근게로 인자 출세를 못히야부렀어.(출세하지 못했어)

인제 고 놈을 꼬실라부러서.

(조사자 : 그 오빠가~)

잉. 그리서 그러고 끝난디가 고것백이(그것 밖에) 몰라.

(청중 : 얘기라 글제. 첫날밤에 그 방이 들어가서 주서올까~)

아 근게 첫날밤에 글는가(그랬는지) 나중에 글는가. 고 허물 벗인 놈을 놔뒀은게 고것들이 배기실어(보기싫어) 갖다 꼬실라부렀제.

(청중 : 징그라 꼬실라부렀마.)

징그라 꼬시른 것이 아니고 신랑이 인자 허물을 벗어분게로 참~ 이뿐게로 인자 지기 언니들이 샘이 난게 꼬실라부렀제. 그 놈을. [청중들이 안타까워 한다]

(청중 1 : 형제가 잘사믄 좋으련만. 지랄허고) [조사자 웃음]

(청중 2 : 형제간에 그러게 시기를 헌다네.)

그리여.

(청중 : 동생이 시집을 잘 갈라 그런게로. 막 방지를 할라고.)

칼은 줍지 않고 호미는 줍는다

자료코드 : 06_06_FOT_20110219_NKS_KJN_0009
조사장소 : 전라남도 담양군 금성면 금성리 하성마을회관
조사일시 : 2011.2.19
조 사 자 : 나경수, 서해숙, 이옥희, 편성철, 김자현
제 보 자 : 강재님, 여, 82세
구연상황 : 앞서 이야기가 끝나자 조사자가 칼을 선물 받을 때 돈을 주는지를 물었더니 다음의 이야기를 구연했다. 그 사이에 다른 조사자가 제보자의 동의서를 작성 중이었다.
줄 거 리 : 칼은 복을 썰어서 버리기 때문에 줍지 않고, 호미는 복을 긁어온다고 해서 줍는다는 이야기이다.

(조사자 : 어머니 옛날에 보면 아니 옛날이 아니라 요즘에도 그러는데. 제 아는 선생님이 고기 썰어 먹는 칼 있잖아요. 그거를 미국에 갔다 와서 선물로 사주셨어요. 그랬는데 칼은 함부로 이러게 선물한 것이 아니라 파는 거라면서요. 돈 천원이든 백원이든 주구 나한테 사가라고 그러더라구요. 그런데 왜 그래요?) [한쪽에서는 조사자가 동의서를 작성 중이다]

재수 없다 그런데요. 칼은 썰어 내분다고.

썰어 내분다고. 재수 없다고. 말이 근다고. 칼은 어디서 널어지믄 안주은다요.(줍지 않는다)

(조사자 : 아~ 칼은 안 줍고.)

(청중 : 낫은 주서가.)

칼은 안줍고 호미는 줍는데. 호미.

호미는 긁어잡어대닌다고. 복을 긁어잡어대닌다고 해서 그러고.

칼은 자꼬 복을 썰어서 내분다고 안줍는다고 말이 그래.

빗지락 안줍고. 빗지락도 복을 쓸어 내분다고.

(조사자 : 아 빗지락도 그러구요.)

그런다고 말이 그러드만.

(조사자 : 그럼 낫도 그런가요? 낫도 이러게…)

몰라. 낫은 [청중은 복을 긁어 줍는다 말한다] 내가 말을 안들어봤는디.

(청중 : [바로 앞에서 낫이 복을 긁어 줍다고 말한 것을 이어서] 말이. 칼은 안주서. 재수 없다고. 칼은 이러게 짤라서 나가잔아요. 호미는 이러게 그러(긁어) 잡는다고. [다른 청중과 말이 겹친다] 그래서 호미는 가다가 개발 둑 같은데라도 호미는 주서(주워) 가더라고.)

나물 보따리 가져다 놓은 호랑이

자료코드 : 06_06_FOT_20110219_NKS_SHN_0001

조사장소 : 전라남도 담양군 금성면 금성리 하성마을회관

조사일시 : 2011.2.19

조 사 자 : 나경수, 서해숙, 이옥희, 편성철, 김자현

제 보 자 : 송효님, 여, 73세

구연상황 : 앞서 당산 영험담에 관한 이야기가 끝나자 조사자가 송효님 제보자의 인적사항을 물었다. 조사 도중에 다른 제보자들이 일 보러 가버리시기 때문에 놓치지 않고 조사를 한 것이다. 조사를 하는 동안 할머니들은 서로 대화를 하고 있었다. 조사자가 분위기를 정리하려 했으나 잘되지 않았다. 마침 신길자 제보자가 먼저 이야기 하려 했으나 제보자가 먼저 큰소리로 친정어머니에게서 하신 이야기라 하면서 다음의 이야기를 구연했다.

줄 거 리 : 제보자 친정 어머니가 나물을 캐러 갔다가 호랑이 만나 놀래서 집으로 돌아왔는데, 아침에 보니 호랑이가 나물 보따리를 가져다 놓았다는 이야기이다.

우리 친정어머니가 애기를 허신디. 내내가 그 말 하나 해줘야것다.

친정어머니는 용대에서 살았거든.

처음에는 용대에서 살다가 내려오셨어. 분가면.

근디 용대에서 사서 너물을 캐러 가셨데야.

거 우리 어머니가 쪼깨 더 크고 할머니들이 믿(몇) 사람 갔대야.

아 갔는디. 아~ 무서와 못캔디. 할머니 중 하나가,

"아 가자. 가자." 막 글더래. 덮어놓고 말도 안허고.

그러니까 인제 호랭이가 있더래야.

근게 막 할머니가 얼~매나 다급헌고 너물 싹~ 내불고 언능 따라오라 허드래야.

아 그서 대체 집이 와서,

'내 보따리 가지러 가냐? 안가지로 가냐?'

저녁에 와서. 그랬더니 아직에(아침에) 다 갖다 놨다네. 집집이.

그서 그런 야그를 허시대.

"나 그런 꼴 한 번 봤다." 해. 그러고 우리 할머니가. 친정 할매가. 친정 할머니가. 외할머니가.

(조사자 : 친정 외할머니가.)

응. [고개를 저으며] 친정 어매다. 어매! 우리 친정 어매.

(조사자 : 진짜 호랑이가 나물 보따리 갖다놨을까?)

응. 갖다 놨드래야. 갖다 놨드래야. 그 이야기 허시데. 우리 어머니가. 그랬다해.

"산에 가믄 조심허라." 험서.

"거 무서우믄 와부러야제. 보따리 갖고 올라 욕심 부리지 마라." 그러고 허시더란게 인자.

(청중 : 산에서 살믄 그런 일이 흔했제.)

그렇다고 이 얘기를 허시데. 용~대에서 사시면서 그 양반이.

호랑이는 곶감을 무서워하다

자료코드 : 06_06_FOT_20110219_NKS_SHN_0002

조사장소 : 전라남도 담양군 금성면 금성리 하성마을회관

조사일시 : 2011.2.19

조 사 자 : 나경수, 서해숙, 이옥희, 편성철, 김자현
제 보 자 : 송효님, 여, 73세
구연상황 : 앞서 신길자 제보자의 자고 있는 아이를 물어간 호랑이에 관한 이야기를 마치자 조사자가 호랑이가 제일 무서워하는 것이 무엇인지를 묻자 다음의 이야기를 구연했다. 제보자가 구연하는 이야기는 많은 부분이 생략되어 있으나 그대로 실었다.
줄 거 리 : 엄마가 아이를 달래도 계속 울고 있었는데, 마침 밖에서 (호랑이) 소리가 들리자 애기 엄마가 곶감이나 먹어라고 소리를 질렀더니 도망갔다는 이야기이다.

(조사자 : 호랑이가 무엇을 [웃으면서] 제~일 무서워 한다더라~ 혹시 들은 이야기 있어요?)

곶감. [청중 웃음] 곶감을 무서와혀.

(조사자 : [청중들이 제보자의 말에 동의한다] 한 번 그 이야기 해주셔요.)

곶감을. [청중이 곶감보다 불을 제일 무서워한다고 말한다] 불도 무서워라 헌디.

(조사자 : 우선 곶감 무서워한 얘기부터…)

방에서 애기가 울어싼게. 전에 사람 그랬더란게. 울어싼게로 지그 어매가 아~무리 달랠라해도 안댈래고(달래지지 않고).

배깥에가 머 인정기가 있더래야. 여자가.

'쓰~ 이건 못쓰것다.'

[갑자기 큰 소리를 지르면서] "아나 곶감이나 묵어라."

그러고 애기를 그러고 힜더니 놀래 도망가불더래요. 봤다네. 그것도 애기를 해.

돼지고기를 가지고 가다 길을 잃다

자료코드 : 06_06_FOT_20110219_NKS_SHN_0003

조사장소 : 전라남도 담양군 금성면 금성리 하성마을회관
조사일시 : 2011.2.19
조 사 자 : 나경수, 서해숙, 이옥희, 편성철, 김자현
제 보 자 : 송효님, 여, 73세
구연상황 : 앞서 신길자의 술 빗는 이야기가 끝나자 이장이 조사들에게 이 마을을 찾아 온 이유에 대해서 물었다. 그래서 조사자는 재차 조사취지를 설명드리고 나서 다시 청중들에게 도깨비에 대해서 묻자 서로 이야기하려고 했다. 할 수 없이 분위기를 조정한 뒤에 제보자에게 먼저 이야기를 해달라고 하자 다음 이야기를 구연했다.
줄 거 리 : 친정아버지 제사를 모시고 나서 돼지고기 한근과 술 한병을 가지고 한밤중에 돌아오는데 길에 길을 잃어버려 겨우 술 한방만을 가지고 집으로 돌아왔다는 이야기이다.

우리 큰 집 시누가 저~ 어서 살았냐? 팔덕면 어딘디. 그새 잊어부렀네.

(청중 : 분통에.)

어?

(청중 : 분통에.)

어. 분통에.

(청중 : 분통골.)

분통골인가. 거그서 살았는디.

지기 친정 아부지 제사를 지내러 온게. 해마다 온디. 어쩌 그 날 저녁 늦게 당게(밤이 늦도록) 안오대.

근게로 돼지 한 근을 사고 갖고 왔대야.

(조사자 : 돼지고기를.)

아 그랬더니 산을 막~ 마실재 지금 환해서 들어왔담마. 저그 불산.

내~ 끗고(끌고) 댕기더래. 어떤 놈이 그냥 요리 가고 요리 가고 혼자.

글도 안나오더래야. 어쩌고 어쩌고 조깨 앉았더래야.

내~ 돌아댕기다 정신을 채린게. 나간 길이 쪼까 정신이 알것드래야.

요~리 내려와서 요 동네로 와야헌디. 저 동네로 갔어.

저 동네로 가서 그도 돼지고기 고 놈 내부렀대야.

'아 요것이 그런 갑다.' 허고 나중에는 거서 던져불고 술은 기어니 한 병 보듬고 왔더란마.

여 거시기 경찬이 집이로. 보공덕 집이로 보드러 왔어. 보듬고 왔어.

"시산덕 집이요?" 글더래야.

"아니라 보공덕 집이라. 아 어쩐 일이요?" 근게.

[힘없는 목소리로] "내가 오늘 친정 지사를(제사를) 지내러 온디. 계~속 헛돌고 오요."

"글믄 내가 데리다 줄게. 갑시다."

근데 또 마다더래요. 마다햐.

그래 와서 그 이야기를 허드란게. 고로고 혼나고 댕겼다고.

어. 그리갖고는 와서 지사지내고 가셨어.

(조사자 : 제사 지내고요?)

응. 저녁 내내 끗고 댕기고 메밥 헐 때나 들어왔는가? 안 들어왔는가? 모르지. 그때도. 너 넘으 동네로 갔제. 우리 형님이 그랬어.

원율리에 묻힌 전우치의 큰솥

자료코드 : 06_06_FOT_20110219_NKS_SHN_0004
조사장소 : 전라남도 담양군 금성면 금성리 하성마을회관
조사일시 : 2011.2.19
조 사 자 : 나경수, 서해숙, 이옥희, 편성철, 김자현
제 보 자 : 송효님, 여, 73세
구연상황 : 앞서 전우치 이야기가 끝나자 다시 조사자가 청중들에게 전우기에 관한 이야기를 묻자 서로 이야기를 하려고 했다. 조사자가 제보자를 먼저 지목하며 이야기해달라고 하자 제보자가 다음 이야기를 구연했다. 조사과정에서 청중들이 서로 이야기를 하려는 바람에 이를 조정하기가 쉽지는 않았다.

줄 거 리 : 원율리에는 전쟁할 사람들이 먹을 만한 큰솥이 묻혀 있다는 이야기이다. 신영길 제보자의 이야기에 따르면 조선사람들이 사흘동안 먹을 수 있는 큰솥이었다고 한다.

[옆에서 청중과 말이 겹친다] 솥단지 그런거 원율리 근변에가 묻혔다고 근마. 큰~놈.

논다고 한 번씩 싹 나와서 보다…

(청중 : 원율리에 묻어졌다 허대. 큰~가마솥이.)

인제 그 말만 들었어.

전장헐 사람이 통 묵고 살 솥이 거가 묻혔대.

동삼의 둔갑

자료코드 : 06_06_FOT_20110219_NKS_SHN_0005
조사장소 : 전라남도 담양군 금성면 금성리 하성마을회관
조사일시 : 2011.2.19
조 사 자 : 나경수, 서해숙, 이옥희, 편성철, 김자현
제 보 자 : 송효님, 여, 73세
구연상황 : 앞서 신길자의 구렁덩덩 시시배오빠 이야기가 끝난 뒤에 조사자가 이물교구에 관한 이야기를 묻자 제보자가 다음 이야기를 구연했다.
줄 거 리 : 모르는 아이가 집에 와서 놀고 가기에 이를 이상히 여겨 몰래 아이의 옷에 실을 꿴 바늘을 꽂아두었다. 이후에 실을 쫓아 가보니 동삼에 바늘이 꽂아져 있었다. 동삼이 둔갑하여 집을 찾아오는 것도 그 집안의 복이라는 이야기이다.

동삼굴이라고. 말이 그러더라.

(조사자 : 동삼 뿌리?)

응.

(청중 : 사람으로 변신갖고.)

말이 애기들이 낮이믄 와서 놀고 가고 가고 글믄.

모른 애기가 [청중이 기침한다] 이상해서.

"우리 집이 뭔 모른 애기가 와서 놀고 가고. 가고 헌다." 그런게.

좀 유식헌 양반이 계신가,

"명주실꾸리를 하나 내놓고 꽂아라." 그래.

그래서 하루는 안거서 기다린게. 고놈이 또 쫄래쫄래 오더래여.

와서 놀고 갔는디. 뒤에서 실을 묶었데야.

아 묶었더니 멀리도 안가고 동삼 뿌리 큰~놈이 하나 있더랴. 실쨈매져 갖고.

그래서 캐고 본께 동삼 뿌리였드래.

동삼이 둔갑히갖고 애기로 되갖고 와서 놀고 가고. 그 집 복인게 그러제.

잉. 그랬단 말이 있어.

(조사자 : 아이고 그런 이야기도 있으셨네. 혹시 우리 어머니 그 명주실 따라 가보니까 땅속에 들어 있어서 파보니까 동삼이 아니라 지렁이었다. 구렁이었다. 머 이런 이야기도 안들어 보셨…)

그것도 동삼이 자기야가 아닌게 그랬는가 모르것소. 거.

자기야야 복이 되어야 동삼복이 된갑대.

(조사자 : 아 또 그런데요.)

허리 뒤에 뒤에 옷고름에다 전에는 돌려서 쨈맨거 있어. 옛날 애기.

거그다 쨈매주라해서 쨈매줬더니 졸졸졸졸 풀고 가더니 멀리도 안갔더래야.

그래갖고 딱 요로고 무시 대그빡있는디가(머리부분에) 꽂아졌더래. [청중 기침] 그리서 뽑았다고.

자고 있는 아이를 물어간 호랑이

자료코드 : 06_06_FOT_20110219_NKS_SGJ_0001
조사장소 : 전라남도 담양군 금성면 금성리 하성마을회관
조사일시 : 2011.2.19
조 사 자 : 나경수, 서해숙, 이옥희, 편성철, 김자현
제 보 자 : 신길자, 여, 74세
구연상황 : 앞서 송효님 제보자의 나물 보따리 가져다 놓은 호랑이 이야기가 끝나자 조사자가 앞서 이야기를 하고자 했던 제보자에게 이야기하기를 권했다. 제보자가 멀리 있어서 녹음을 위해 가까이 와달라고 하자, 일어나서 송효님 제보자 옆으로 와 이야기를 시작했다. 제보자는 여느 사람과는 달리 이야기에 적극적이었으며 분위기를 주도하였다. 아래 이야기는 친정어머니가 들려준 이야기라 했다.
줄 거 리 : 옛날에 하성마을에서 일어난 일인데, 집안에 호랑이가 들어 놀라서 나갔다 오니 방에 누워있는 자식을 물어갔다는 이야기이다.

호랑이 이야기 같은 것은 실지 우리 동네서도 옛날에 동네 가운데 아 여그 여 잠우실에서 산디. 그 양반이 애기를 재와놨는디(재웠는데).

덜~컹허니 머시 어그라진 소리가 나더랴.

그래서 본게로. 아 정신없이 일어나서 본게로. 호랑이가 물어가믄 기척을 헌데요. 그러게(그렇게).

기냥은 안 물어간디야. 사람을 알리니라고.

그래서 본게 소미얌. 옛날에는 소미얌을 언다고(얼다) 요렇게 싸 놓거든.

근디 땅에다 묻어놔. 근디 그거이 어그라진 소리가 나더래요.

그래서 본게로 가운데는(가운데에 누워 있는) 애기를 빼가붓어. 호랭이가.

그래서 잊어(잃어)붓어. 그 애기를. 그거는 별로 오래된 거시 아니예요.

우리 어머니가 우리 어머니가 그것을 아신다니까. 친정어머니가.

내가 여가 친정이라. 그런 애기를 많이 들었제.

그리갖고는 그래서 그 동네 가운데 집이. 질로(제일로) 가운데 집이여. 거가. 동네로도. 근디 그래서 본게 그 소미얌 묻어 놈을 그 돌을 어게불고 가더래요. 그러게.

그래본게 애기를 가운데다 눕혀 놓고 잤는디. 애기를 고로고 물어가부렀디야.

근게 그런 일이 가~끔 흔해요.

이렇게 밭에 왔다갔다 헌디. 애기를 띠어놓고 많~이 밭들을 매러가거든요.

글안허므는 애기를 들이다가 바구니에다가 망탱이에다가 딱 담아놓고 일해. 그냥 놔두고 맨거여. 밭을.

그런거는 인자 우리 때도 그랬어요. 우리 때도 정감도 통~글안했어요. 거.

그랬는디. 그 애기가 인자 조깨 큰 게로 집이다 놔두고 댕긴게. 왔다갔다 허니까는 신적도(흔적도) 없이 가분거여. 애기도. 그 애기도.

(조사자 : 그 호랑이가 가져가불었네요.)

여우가 물어갔다고 그런 말은 만이 헌디.

여 개호랭이라고 헌게. 호랭이 같으믄 큰~일나요. 모냐는.

지금은 인자 그런 것은 잘 모르겄고. 시방은 돼지가 고렇게 만애(많아) 또. 요렇게 산 산이 지서난게.

우리 바로 집 뒤안에다가 고구마를 심어 노았는디 하~나도 없어. 뒤어물고(뒤져 먹고) 다 뒤어 묵고. 옥수수도 심어노면 다~ 묵어불고.

곶감이 무서워 도망간 호랑이

자료코드 : 06_06_FOT_20110219_NKS_SGJ_0002
조사장소 : 전라남도 담양군 금성면 금성리 하성마을회관
조사일시 : 2011.2.19

조 사 자 : 나경수, 서해숙, 이옥희, 편성철, 김자현

제 보 자 : 신길자, 여, 74세

구연상황 : 앞서 송효님 제보자가 호랑이가 곶감을 무서워한다는 이야기를 마치자 제보자가 나서서 다음의 이야기를 구연했다. 청중으로는 할머니들만 계셨는데, 조사가 처음 시작되었을 때는 이야기를 하지 않으려 했으나 막상 이야기를 하기 시작하니 서로 하려고 했다.

줄 거 리 : 아이가 울자 호랑이가 온다 해도 그치지 않았으나 곶감을 준다 하니 울음을 그쳤다. 이를 듣고 있던 호랑이가 곶감이 무서워 도망갔다는 이야기이다.

호랑이가 곶감을 저 애기가 운게.

[목소리를 낮추면서] "에 호랑이 온다. 호랑이 온다. 울지 마라."

근데 애가 울어. 더 크게. 애기가 울어 싼게.

저 아~무리 달랠래도 안댈래진게로.

"아~ 나~ 곶감이나 묵어라."

애기가 뚝그치더랴. 그래갖고,

"나보다 더 무서운 놈이 있구나."

그래갖고 호랑이가 도망갔다구만. 그래서 호랑이가 도망가서 무서워라 헌다그 러그만.

(청중 : 곶감을 무서워라 해.)

(조사자 : 예.)

(청중 : 어른들 말이 그리여. "아~나 곶감 묵어라." [웃음])

사람 따라 온 호랑이

자료코드 : 06_06_FOT_20110219_NKS_SGJ_0003

조사장소 : 전라남도 담양군 금성면 금성리 하성마을회관

조사일시 : 2011.2.19

조 사 자 : 나경수, 서해숙, 이옥희, 편성철, 김자현

제 보 자 : 신길자, 여, 74세

구연상황 : 앞서 곳감이 무서워 도망간 호랑이 이야기를 마치자 이어서 다음의 이야기를 구연했다. 청중으로는 할머니들만 계셨는데, 조사가 처음 시작되었을 때는 이야기를 하지 않으려 했으나 막상 이야기를 하기 시작하니 서로 하려고 했다.

줄 거 리 : 할아버지가 선을 보고 일곱굴을 넘어가는 길에 호랑이가 불을 켜고서 따라오자 일곱굴을 넘지 못하고 원율로 해서 친척집으로 갔다. 마을사람들이 사방으로 불을 켜놓자 호랑이가 어디로 사라졌다는 이야기이다.

전엔 호랑이가 흔히 눈에 들었어(눈에 많이 띄었어). 우리 어머니가 여그 안거(앉아) 계신 양반 장성아짐네 시누. 쩌~그 저 삽실로 가신 양반.

어머니가 선을 보러 가셨어. 거그 할머니허고 함께.

아 근디 여그 여 일곱구리 땜있는데 내려와갖고는. 그땐 걸어댕길 때라.

쩌~ 삽실로 선보러 가셨는디.

인자 총각 선을 보러 갔어. 인자. 여그서 딸 여울란디.

그랬더니 걸어갔다 거그서 걸어온디. 배고파 사람 죽것드래야.

(청중 : 그리여. 아~고.)

요~리 일곱구리 넘어온디. 아 호랭이 불이 빤딱허고 써져버리더래야.

그래 서로 호랭이만 있다허제. 말은 못허고.

기냥 시끄럽게 막~ 떠들고 왔다여. 근디 여그 일곱굴을 죽어도 못오것드래야.

할머니허고 어머니허고.

쩌~그 저 거그서 장꾼이 하나 나서더람마.

그래갖고 빗지락을 짊어지고 활로 요~리 걸오온디. 담양장으로.

아 그래서 와 오다 본게로. 꼭 옆에로 요로고 졸졸졸졸 오더래야.

근게 앞에 가로막으믄 못온디. 옆에로 오더라내.

근디 한~허고 따라 내려오드래야.

그래서 못 오시고 여그 일곱굴을 못오시고는 원율로 가버렸대야.

그래갖고 남원 할머니까정 해서 원율 그 구칠양반집이서 주무셨다네.

그랬더니 동네 마을에 들어가서는 불이 사방간 동네불이 써져분게로 어디 가불고 없드래여.

그리서 인자 그 때게는 여그 마을에서 시집간 양반이 있어. 원율리로.

그랬더니 그 구칠이 집이서 주무셨다 그러더란게. 거그서 저녁을 잡수고.

근디 생전에도 그렇게 맛있는 밥은 [웃으면서] 생전에도 못묵어봤다. 그것이여. 하 하[웃음]

절구통에다 찧어갖고. 그 세상에. 그 쌀을. 여 밥을 히서 그 오래된연에 준디. 잠도 안오고. 고 놈의 밥을 준디. 그~렇게 맛있더라네. 아조.

"그거보다 더 맛있는 밥은 통~ 묵어보덜 못했다."고 항상 말씀하셨어.

담양댐의 도깨비다리

자료코드 : 06_06_FOT_20110219_NKS_SGJ_0004
조사장소 : 전라남도 담양군 금성면 금성리 하성마을회관
조사일시 : 2011.2.19
조 사 자 : 나경수, 서해숙, 이옥희, 편성철, 김자현
제 보 자 : 신길자, 여, 74세
구연상황 : 앞서 사람 따라 온 호랑이 이야기가 끝나자 바로 이어서 다음의 이야기를 구연했다. 제보자는 조사가 처음 시작되었을 때는 이야기를 하지 않으려 했으나 막상 이야기를 시작하니 예상외로 많은 이야기를 들려주었다. 이야기 마지막 부분은 앞서 선보러 갔다 오던 길에 호랑이 만났다는 사람이 시집가서 잘 살았다는 이야기이다.
줄 거 리 : 지금 담양댐으로 수몰되었으나 예전에 사람들이 건너다니는 큰 돌을 놓아 다리를 만들었는데, 사람이 들 수 없을 만큼 너무 큰 돌이어서 사람들이 그 다리를 도깨비다리라 불렀다는 이야기이다.

근게 도깨비라 헌다라고. 돌이 어~찌 큰 게.

시방 여그 땜(댐) 막아졌잖아요. 담양땜 거~. 그 안에 가서.

(조사자 : 저~ 용면에 담양댐 말씀이시죠?)

예. 근디 사람이 이러게 움직여서 들 수가 없어. 그런 돌을 갖다 이러게. 돌로 다 놨거든요. 다리를. 그러게 그것 보고 도깨비 다리라 허거든요. 여그서는.

도깨비가 여그다 놨다고. 너~무 큰게 돌이.

근디 고~리 사램이 건너댕겼어. 다.

(청중 : 시방 못댕겨.)

인자는 고 속으로(물 속으로) 들어가불고 없은게. 고리.

(조사자 : 옛날에 그 속에 도깨비다리가 있었어요?)

예. 이러게 엄~청 다리가 넓제. 또랑도. 또랑도 엄~청 널룬디도(넓은데도) 그렇게 어떻게 된게 마차서(맞춰서) 그 높은 놈을 다리를 놔났는가 몰라.

이러게 걸어 댕겼다니까. 뽈~딱뽈딱 뛰어야 걸어가져. 글안허믄 다리로 빠져분게.

근디 그 거리를 딱 딱 재서 다 놔놨단 말이요. 근게 사람이 움직일 수 없는 돌을 놔났다고 해서 도깨비다리라고 허는 거여.

그 속으로 들어갔어. 인자. 근디 그 다리를 건네와서 건네갔다 함서 고로게 선을 보러 가신디 그랬단게.

고래갖고 그 양반은 시집가서 잘 살고. 그래도 [웃으면서] 딸은 여웠어.(시집보냈어) 고리.

호랑이 목격담

자료코드 : 06_06_FOT_20110219_NKS_SGJ_0005

조사장소 : 전라남도 담양군 금성면 금성리 하성마을회관
조사일시 : 2011.2.19
조 사 자 : 나경수, 서해숙, 이옥희, 편성철, 김자현
제 보 자 : 신길자, 여, 74세
구연상황 : 앞서 강재님 제보자가 복당골에서 겪은 일에 관한 이야기가 끝나자 제보자가 다음의 이야기를 이어갔다. 제보자는 조사가 처음 시작되었을 때는 이야기를 하지 않으려 했으나 막상 이야기를 시작하니 예상외로 많은 이야기를 들려주었다.
줄 거 리 : 호랑이가 모래를 파헤쳐서 사람에게 뿌리자 이에 놀라 도망갔는데, 이런 일이 예전에는 허다했다고 한다.

근게 그 호랑이가 인제 그 모래를 찌큰다(던진다) 그러잔아요.

모래를 찌끌잔애. 그 근게 해 햇그늘 허고 따라온다고 그러드마. 말이.

(조사자 : 예? 해? 해?)

인제 햇그늘이 지잔아요. 햇그늘하고 똑같이 따라서 호랭이가 내려온데요.

햇그늘허고 똑같이 따라서 내려온단디. 그 연동의 일곱되지기 거. 올빼미 골짜기 거그서 일을 헌디요.

머시 막~ 모래를 사람헌테 찌끈거예요.

그래서 본게. 쪼깨 있다(조금 있다가) 찌클고 쪼깨 있다 찌클고 있어본게. 이러게 막 뒷발짓을 헌거야.

막~ 뒷발짓을 사럼한테 막 모래를 찌큰거여. 그러고는 쳐다보고 있다. 또 찌클고 또 찌클고 헌게로.

우리 어머니가 바구리고 머이고 다 내불고 오시고 그랬어요. 무수와~(무서워).

예. 그런 일이 허다 해요.

(조사자 : 허다 해요?)

하. [긍정의 대답] 시골에서는 요런 산중에서는 그런 일이 허다해. 그런

디 지금은 솔이 막 지사난게(자라다) 호랑 있는디는 눈엔 안뛴디. 멧돼지는 말을 헐 수도 없게 막 댕겨.

소변 한방울도 집에서 가서 보다

자료코드 : 06_06_FOT_20110219_NKS_SGJ_0006
조사장소 : 전라남도 담양군 금성면 금성리 하성마을회관
조사일시 : 2011.2.19
조 사 자 : 나경수, 서해숙, 이옥희, 편성철, 김자현
제 보 자 : 신길자, 여, 74세
구연상황 : 앞서 호랑이 목격담에 관한 이야기가 끝나자 청중들은 노인회장을 찾아뵙는 것이 좋겠다고 했다. 그러나 조사자들은 가지 않고 청중들과 다과를 함께 하면서 조사 분위기를 만들어갔다. 다른 조사자가 앞서 이야기 한 내용 중에서 소매항아리가 무엇이냐고 물었더니 다음의 이야기를 들려주었다.
줄 거 리 : 예전에는 소변 한 방울도 자기 집에 가서 보고 왔고, 그렇게 해서 모은 것을 거름으로 사용했다는 이야기이다.

근게 소변 보는 것이 짜잔아요. 그래도.

(청중 : 부자들이 잘 산 사람은 오가리하고. 우리 둘~만히나(둘만큼이나) 커. 요~만큼 커갖고. 거그따 오줌 하~나씩 받어.)

넘의야 일을 가도. 그 소변 한 방울이 아까워갖고 그걸 집으로 소변보러 와요. 집이를.

(청중 : 고 걸 보리밭에다 주고 막 그래라. 그러믄 보리가 잘 되야.)

근게 시방인게로(지금) 글제. 옛날 할머니들은 오줌 싸러 간다고 금선(그러면서) 집이를 가 또. 하 하[웃음]

(조사자 : 그니까 옛날에는 그런 것도 자기 집에 가서 했어요.)

"오줌 싸러 간다." 허고 간단게. 집이로. 그 소매(소변) 한 방울 안내불라고.

(청중 : 어디서 쪼깨 듣기는 들었구만.)

인자 그러시제. 그럼 인자 집이 가서 새 소변을 보고 온거여. 그래갖고 고 항아리에다 부서놔.

기냥 두믄 얼어서 터져부러. 근게로 안 얼릴라고 칵~ 떼로 입히갖고는 흙으로 싸올린단게.

그런 건 집금 볼래야 없을거이여.

(조사자 : 아~ 그러네요. 그러제.)

집에 사람이 없어서 이렇게 푸덜(퍼내지를) 못해. 인제 바가지로 뚫어서 구멍을 뚫어갖고는 그렇게 해서 쓰제.

전우치가 공부하던 호랭이굴

자료코드 : 06_06_FOT_20110219_NKS_SGJ_0007
조사장소 : 전라남도 담양군 금성면 금성리 하성마을회관
조사일시 : 2011.2.19
조 사 자 : 나경수, 서해숙, 이옥희, 편성철, 김자현
제 보 자 : 신길자, 여, 74세
구연상황 : 앞서 신영길 제보자가 전우치에 관한 이야기를 끝내자 기다렸다는 듯이 제보자가 이어서 다음 이야기를 구연했다. 제보자는 친동생인 신영길 제보자의 눈치를 보면서 조심스럽게 이야기를 풀어냈다.
줄 거 리 : 제보자가 어릴 적에 자주 놀러갔던 연동사의 절터를 호랑이굴이라 했는데, 이곳에서 전우치가 공부를 했다는 이야기이다.

여그 연동사의 절터가 우리가 볼 때는 호랭이굴이라고 그랬거든요. 어렸을 때.

나물 캐러도 많이 가고 그랬어요. 거그. 근디 가보믄.

그 얼마 안되았어. 우리 여 동생댁인디. 시집온 뒤에 저~그 산 밑에서 모를 심다가 거기를 우리 한 번 가보자고 갔단 말이요.

근디 막~ 가에다가 옛~날에 환처논(환을 친) 것이 있더라고.

(조사자 : 뭐해 놓은거예요?)

(청중 : 기림(그림) 기리논 거.(그려놓은 거))

기림을 그려놨어.

(청중 : 벽 벽화.)

근디 그것이 안 없어졌어.

(청중 : 근기 옛날에 절이 있긴 있었던 것이여.)

흑(흙) 흑이로 구워갖고. 요 요런 흑이로 구워갖고 그 벽돌을 만들어서 있더라고. 요런 벽돌이 아니고.

근디 그렇게 단단해가지고 깨지들 안해.

근디 그 사이사이에다 너놓고(넣어두고) 그 것에다가 싹~ 환을 쳐놨더라니까. 그기 다 안 없어졌어.

[청중과 말이 겹친다] 근디 우리 처녀 때 고리(그곳으로) 저 오빠들은 학교를 넘어서 가거든요.

큰 집 오빠를 너물 캐서 따라 가서 본게. 열 댓살 묵었었나봐.

근디 가서 보믄 그 저 집터가 있었어요.

근게 그것 보믄 구들장이라고 허나?

방자리를. 그 돌로히서 해논거. 그거 있었어. 그러고. 거가 비석도 있었고. 근디 그게 다 없이져불고.

지금 같으므는 그거 됬을거여. 아마. 아마 저 굴 앞에다가.

근디 전우치가 그 굴에 와서 일을 공부를 힜다 인자 그런 말이 있었는디.

학실히 거 방자리가 까지 다 있어갖고 네모지기 해서 딱 집터가 있었거든요.

근디 그게 어디 어딘가 모르게 다 없어져불고 [청중 말과 겹친다] 새로 그러게 해놨더만.

[청중과 말이 겹친다] 옛날에 거 환처논 것은 어디로 가분거 같애요. 지금 보믄.

우리 저 각시 시절에 모심다가 거 밑에서 모심다가 쉴 때 거기를 올라가서 본게로 선~명하게 그게 보이더라니까. 환 처논 것이.

그런게 그런 것이 옛날에 아조 없는 것은 아니여.

'다~ 그래서 그러게 역사 이야기가 거짓말은 아닌가보구나.' 그런 걸로 봐서.

공방이 든 이유

자료코드 : 06_06_FOT_20110219_NKS_SGJ_0008
조사장소 : 전라남도 담양군 금성면 금성리 하성마을회관
조사일시 : 2011.2.19
조 사 자 : 나경수, 서해숙, 이옥희, 편성철, 김자현
제 보 자 : 신길자, 여, 74세
구연상황 : 앞서 노래는 참말, 이야기는 거짓말이라는 이야기가 끝나자 바로 이어서 제보자가 다음의 이야기를 구연했다.
줄 거 리 : 옛날에는 성에 관한 지식이 없이 결혼을 하게 되므로 밤에 남편이 가까이 오면 무서워하기 때문에 공방이 든다는 이야기이다.

옛날에는 늙은 사람들은 뽀뽀가 머신지. 머시 머신지 알고 살았가니. 근디 지금 애기들은 유치원생들 보매.

유치원생들도. 여 유치원에 가믄 하~도 애기들이 처음으로 막 가서 여기 여 신기해서, "오늘은 처음 가서 머 배왔냐?" 근게.

"할머니 할머니 내가 오늘 배운거 갈쳐(가르쳐) 드릴게."

"뭘 배왔냐?"

"사람도 [웃으면서] 씨가 있다네." [전원 웃음]

"먼 씨가 어떻게 있다냐? 아빠가 씨를 심는다네. 그러믄 씨가 나온다네.

크믄 사람이 된다네.” 그러더라니까.

요즘 애기들은 유치원에서부터 다 알아부러. 근디 우리는 시집가믄 큰~일 난줄 알고. 또 우리는 또 조깨 인자 인자 그 때 시대다 대므는.

요즘 젊은 사람들 항상 흔히 쓰는 말이 “쌍둥이도 세대차이가 있다.”고 이런 말을 많이 쓴디. 그짓말(거짓말) 아니예요. 거짓말 아녀.

근디 우리 보단 쪼끔 낫제.

근디 그 전에 옛날 어르신들은 공방이 많이 든 것이 부부간에 모르고 살기 때문에 그렇게 공방이 든 거예요.

부부를 모르고 살기 때문에. 남자가 기냥 큰~일난 줄 알고 막 악을 쓰고 바끄로(밖으로) 나오고. 기냥 동네사람이 알고. 그런 일이 허~다해요.

(조사자 : 아~ 그래서 공방이 든 거예요?)

예. 그래서 공방이 든 거예요. 남편이 무서와서.

남편이 달라든게. 큰~일난줄 알고. 그리서 공방이 많이 든 거여. 그 전에는.

(청중 : 오늘 좋은 거 많이 배우고 가쇼. [전원 웃음])

너는 너대로. 나는 나대로 딱 갈라서불제. 근디 그 전에는 멀 아무것도 모르고 살았기 때문에.

도깨비에 홀려 죽은 사람

자료코드 : 06_06_FOT_20110219_NKS_SGJ_0009
조사장소 : 전라남도 담양군 금성면 금성리 하성마을회관
조사일시 : 2011.2.19
조 사 자 : 나경수, 서해숙, 이옥희, 편성철, 김자현
제 보 자 : 신길자, 여, 74세
구연상황 : 앞서 소변을 거름으로 사용한 이야기가 끝나자 조사자가 점심을 드시기 전에 도깨비에 관한 이야기를 부탁드리자 제보자가 다시 이야기를 시작했다. 제보

자는 활달하고 적극적이며, 연세에 비해 목소리도 힘이 넘쳤다.

줄 거 리 : 담양 학동사람이 부고 심부름을 갔다가 오는 길에 죽었는데, 도깨비에 홀려서 그리 되었다는 이야기이다.

근게 담양 학동이 근게 그 마을 사람이 친정~ 아부진가 엄만가 돌아가셨대요.

그래갖고는 인자 딸내집으로 인자 그때는 사람이 직접 갔으니까.

사람을 보냈는디. 그 양반이 술을 원래 안자신다더마.

그거는 별로 오래 안됐어. 최근에 그런 것 같애요.

그래갖고는 그 양반이 딸내집서 인자 준 거를 갖고갔다가 갔다주고 왔는디. 거그서 노잣돈이라고 줬대요.

딸내집에 온다고 애쓴다고 돈을 주거든요.

저 근디 그 돈은 주머니가 들었드라요. 근디 딸은 먼저 와부렀는디. 그 양반은 안온거야. 인자.

그래서 내~ 찾았디야. 찾았는디 본게로. 온~몸에가 다 할퀴져갖고,

"요 도채비에게 홀려서 그랬다."

인자 그런 말이 있어요. 근디 그거는 그 때게 거그서 산 양반이 그 얘기를 한번 허드마.

그래갖고 그 초상난 집서 반부담 허줬대요.

자기네 땀시 부고 갖고 가서 그랬다고 해서 초상비를 반을 부담히줬다고 그러더라고.

그 양반 도채비헌테 홀린거여. [전원 "아~" 하고 놀란다]

근게 본게로 돈은 있더래요. 주머니에가.

근디 얼굴이 아조 가시댕이(가시덩쿨) 속으로 얼~마나 할퀴갖고 댕겼는지. 아조 꺼머게 생기갖고. 끌려다니서 그래. 죽었드라고.

꾀를 부려 처녀를 얻은 중

자료코드 : 06_06_FOT_20110219_NKS_SGJ_0010
조사장소 : 전라남도 담양군 금성면 금성리 하성마을회관
조사일시 : 2011.2.19
조 사 자 : 나경수, 서해숙, 이옥희, 편성철, 김자현
제 보 자 : 신길자, 여, 74세
구연상황 : 오전부터 조사를 시작해서 오후 늦게까지 계속되었다. 점차 청중들뿐만 아니라 조사자들도 지쳐가고 있었다. 그러나 이런 이야기판을 만든 것이 결코 쉽지 않은 일이기 때문에 조사자들은 힘을 내어 계속 조사를 이어갔다. 마침 마을사람 한 분이 만두를 가지고 왔기에 이를 먹으면서 잠깐 쉬게 되었다. 잠시 후에 조사자가 중에 관한 이야기를 묻자 제보자가 다음 이야기를 들려주었다. 제보자는 이야기를 더 이상 하지 않을 듯 싶으면서도 조사자가 빌미를 주면 이를 기억하여 이야기를 하곤 했다.
줄 거 리 : 여자들은 함부로 아무데나 소변을 보지 않는다고 한다. 중이 어느 집에 시주하러 갔다가 그 집의 예쁜 딸을 갖고 싶어서 딸이 소변 본 것을 찾아 깃털 세 개를 꽂아두고서 꾀(성적인 내용)를 부려 딸을 얻게 되었다는 이야기이다.

지금 저 옛날에는 어른들이 여자들이 꼬~옥 소변을 보므는 뒤돌아서 봤대. 거 소변 본디가 [웃으면서] 패이잔아요.

아이 우리 아들 같으라서 못쓰것구마이. [남자 조사자가 있어서 쑥스럽다고 하면서 웃는다]

(조사자 1 : 아니예요. 괜찮아요.)

(조사자 2 : [조사자 3 보면서] 이야기 하나 해드려. 어머니가 진가를 모르시잔아.)

그런디. 그 그러게 패인 곳 그 자리에다 침을 뱉으라 그러더라고. 어른들이. 그게 뱅이래요.

(조사자 : 아~ 뱅이예요.)

그래갖고 왼발로 덮드라고. 거그를. 패인디를.

근디 인자 그러게 우리가 어려서 습관이 배놔서 어디가 소변 보며는

여자는 안저싼게 꼭 패이잔아.

그런게 왼발로 꼭 씻어라 글고 그러더마.

근디 춤(침) 세 번을 뱉고 이러게 발로 덮는데요. 그러믄 아무 일이 없대야.

근디 근게 인자 저 스님이 와갖고 동냥을 댕긴거야. 옛날에는.

지~금은 거의 안댕기더만. 만~이(많이) 댕겼어. 모냐는(예전에는).

근기 인자 바삐 나댕기므는 가을에는 부지런히 대녔어. 스님들이 중 얻으러 댕긴다고.

(조사자 : 요즘은 안오시죠?)

그러믄 말이 꼭 바삐서믄,

“가을 중 허대던다.” 그런 말을 해요. 어르신들 보믄.

근디 인자 [웃으면서] 그 인자 중이 와서 문 앞에서 왔다고 염불을 헌거야.

근디 본게로 아가씨가 이렇게 그 집을. 옛날에는 전~부 울타리 막고 살았잔아요. 막~

근게로 그 집을 쓱~ 지내가다본게 아가씨가 뒤안에서 소변을 보거든.

눈에 쏙~ 들어오든갑대. 인자.

‘아 조 놈을(저 아가씨를) 낚아채야것다.’

스님도 못 이긴거야. 하 하[웃는다] 너무 이쁜게.

(조사자 : 그러것죠. 예.)

그래갖고는 근게 말이 그래서 그러게 침을 뱉고 그 뱅이로 거그를 절대 딴 것이 못 범허지 못허게 그러게 해불믄 아무일이 없대요.

그래서 그렇게 침뱉고 왼발로 덮는다고 글더라고. 꼭 왼발로 흙이를 덮거든. 그 자리를.

시방은 세면대로 해분게 그러지마는.

그랬는디. 그 아가씨가 오줌 싼디 패여 갖고 있은게로.

'저기를 어떻게 낚아채야 것는디.'

인자 아가씨가 뒤안에서 나와서 본게. 인제 실례를 헐라고 나온디.

너~무 이쁜게 딱 붙잡을 수가 없는 거야. 인자.

그래서 스님 인자 들고 주고 들어간게로 고 놈을 자루에다 넣고는,

[목소리를 낮추면서] "아가씨 나 여그 잠깐 좀 볼일 좀 볼 수 없냐?"고,

"이 집터가 아무리 봐도. 내가 한 번 꼭 봐야헐 디가 있다."고. 그러고는 뒤안을 돌아간거야. 인자.

가서 본디 딱 패였거든. 인자 거 새털을 세 개를 갖고 가서 앵금새. 앵금새. 진금새, 바랑새 세 개를.

앵금새틀(앵무새털), 진금새틀, 바랑새틀 세 개를 갖다 거다가 꽂아 놨대.

누가 거그다 갖다 꽂을 줄 알거요.

근디 말이 그 여우가 그런데 가서 핥고 어찌고 허므는 인자 또 머시 어찐다 그런 말이 있거든요.

그런디 그래갖고 고 놈 두 개를 세 개를 찔러논게로.

이상허니 아가씨가 자~꾸 걸어 가믄 소리가 나거든. [전원 놀란다] 근게로 고 얼매나 참말로 불편헌 일이여.

근디 걸어가므는 쬐 쬐~께만 걸어가도,

"앵금진금 바랑. 앵금진금 바랑" [박수치면서 전원 웃음] 여그서만 웃고 허지마이.

아 그런께로 그놈의 이런 것이 어뜩게 헐 도리가 없는거야 인자.

거 도저히 놔둘 수가 없은게로 별짓을 다 허고 그 중간 나을라고 했는디.

언제 잊~어불고 있다 애가 탈 때로 타고 마를 때로 말라 삐뜰어 졌는디.

한 번 또 그 집이로 시주를 간거야. 근게로.

"아 이 어쩌 여 아주머니는 이러게 고민이 담~뿍 허냐?"고 글더라여. 근디 그럼서,

"이 집이 저 이 집이 따님이 병이 들었소."

"무슨 병이. 무슨 병이 들었소."

이야기를 안헌디도. 인자 저는 알고 지가 저지른 일이라서 알제.

"무슨 병이 들었소?" 근게로.

"그거 내가 나사야제. 못나을(낳지 못할) 병이요." 글더랴. 근게.

(청중 : 지가 나사야제?)

응.

"지를 아가씨를 저를 주므는 지가 나사준다." 그랴.

근디 아~무리 별스럽게 해도 그것을 나슬 수가 없은께로 헐 수 없이 맽기놨디야.

맽기놨더니. 바랑새틀을 쏙~ 뽑아붓어 인자. 모리게 가서. 그러고는 인자 근게로 걸어간게로,

"인자 쪼끔 낫을(낳았을) 것이요." 즈기 어매헌테 걸려본게.

"앵금진금 앵금진금 앵금진금" [전원 웃음] 글더라네. 바랑새틀을 빼분게. [전원 웃음]

그래갖고 그런게로. 그래 바랑새 애기를 안한게로,

[목소리를 한껏 낮추면서] '조깨 나아 질란가?' 즈그 어매가 인자 맽기논거여. 인자.

근게로 아 또 얼~마나~ 있은께. 하루 날받아 자고 가고는 인자 고놈 하나만 빼불고는,

"인제 쫌 나아질런가." 밤~낮, "앵금앵금"고 소리는 하거든.

근게로 스님을 불렀어. 인자. 애가 타도록 놔뒀더니. 그 스님을 부른게로. 스님이 좋~아라 허고 왔제라. 인자. 와서는 본게로.

"내가 저녁에 저 병을 나사야 쓰것다."고 아 머 눈치는 챌 망정 이놈의

소리가 난다.

근게 차라리 아푸고 말제 참 괴약스럽거든.

그런게로 인자. 인자 중헌테 또 맽기놨어. 글고는 중이 가서 살~짝이 가서 저 진금새틀을 하나 빼부렀어. 또.

그러고는 앵금새틀만 딱~ 찔러놨어. 걸어간게.

"앵금앵금 앵금앵금 앵금앵금" 글더래. [전원 웃음] 그런께로 아 이 아 이놈의 것이 쫌 나아지기는 나아진다.

"앵금징금 바~랑" 헌 놈이,

"앵금징금 앵금징금" 허다가,

"앵금앵금앵금" 글더래야. 걸어간게. 근게 인자 꾀가 난게.

'아 이거 낫기만 허믄 딸은 안줘야 것다.'

그때 중에게 딸을 줄라고 허가니. 근게로 딸을 안줘야것다.

(조사자 : [청중이 방안을 청소하기에] 어머니 쪼끔 있다가 치우게요. 이게 시끄러운 소리도 녹음돼요.)

내중에 인자 얼~마나 지기 집 가서 나도 바뻐서 시방 오덜 못헌다고 좀 잔~뜩 빼고는 지기 집 가서 안와부렀어. 근게 그 소리는 계~속 나거든.

근게로 인제 지기 아버지 앞을 가덜 못혔는디. 지기 아버지 앞엘 지내 가도,

"앵금앵금 앵금앵금."

"아 저~놈의 기집애가 먼 소리가 나냐?"고 [전원 웃음] 그러고 머라 허드랴.

애즉이(애초에) 어머니허고만 알고 요렇게 인자 그 병을 나은디.

내중에 인자 스님헌티다 말을 혀갖고는,

"딸 조깨 나사도라고. 그러므는 내가 평생이라도 내가 멕애주마."

고 그러고 헌게로. 인자 스님이 와서는 인자. 그거 먼 일있것소. 말대로

라믄. 고놈을 가서 빼분께로. 아무 소리가 안나더랴.

근게로 딸을 안줄란다 했어. 인자. 꾀가 난게. 인자 욕심이 생각나 딸을 안줄란단게.

또 갖다 꼽아분게 시(세) 가지 소리가 다 나불더래야. [전원 웃음] 그런게로 꼼~짝 못허고 그 스님헌티다 딸을 여윘다요.

그런게로 그런대서 사람들이 여자들이 어디다 소변을 보며는 땅이 패이며는 그러게 함부로 그렇게 불끈 일어서서 안나온데요.

그래갖고 그 구댕이를 막거든. 여자들이. 보통 우리는 촌에서. 인자 거어렸을 때부터서.

(조사자 : 다 이유가 있네요.)

그 소리를 듣기 때문에. 근디 여우가 거가서 무슨짓을 허므는 머 거 여우새끼를 난다. 요런 말이 있거든.

그런 말이 있어요. 근게로 그래서 여자들은 어디 다 소변을 함부로 안 본다고.

지금은 머 별시럽게 다 히도 아무일이 없는디. 그런 말이 있어.

자린고비 며느리와 시아버지

자료코드 : 06_06_FOT_20110219_NKS_SGJ_0011
조사장소 : 전라남도 담양군 금성면 금성리 하성마을회관
조사일시 : 2011.2.19
조 사 자 : 나경수, 서해숙, 이옥희, 편성철, 김자현
제 보 자 : 신길자, 여, 74세
구연상황 : 앞서 방귀 뀌는 며느리 이야기가 끝나자 방귀를 잘 뀌던 마을사람들에 대한 이야기가 이어지면서 분위기가 산만해졌다. 조사자가 '옛날에 너무 꼼꼼한 시아버지가~'라고 이야기를 꺼냈더니 제보자가 '생선장수'라고 하면서 말을 끊으면서 다음 이야기를 구연했다.

줄 거 리 : 마을에 조기장사가 왔는데, 며느리가 사지는 않고 조기를 주물럭거리다가 돌아와서 장독에 손을 행구고 있었다. 마침 시아버지가 지나가자 며느리가 이 물로 우리 집 식구 일년 열두달을 먹을 수 있다고 하자 시아버지가 마을 우물에 손을 씻으면 마을 사람들 모두가 먹을 수 있었을 것이라고 했다는 이야기이다.

아 조구장사가 [청중과 말이 겹친다] 온게.

"요놈 크고 좋소. 요놈 얼마요? 돈이 쪼끔만 있으믄 보태서 요놈 사겄는디."

내~ 주무르고만 있어. 안 사더래야.

아 이 머슬 요러게 살라 하믄 얼른 사믄, 딴 디 가서 팔 것는디. 하~도 안산게.

그 놈을 내~ 주무르고 앉것다가,

"아무래도 나는 돈이 없어 못사것소."

즈그 집이로 가서 안나와. 그런게 기냥. 그래서 본게 장독아지에 가서 손을 쪼물쪼물 씻고 있더래야.

"너는 장독아지에다 먼 손을 다 씻냐?" 시아버지가 근게.

"예. 그것이 아니라 돈이 없어서 조기장시가 왔는디. 고기를 주물러다 [청중 웃음] 여그다 씻었소. 그런디 우리 식구들이 다~ 묵을 거 아니요. 일년 열두 달 묵을 거 아니요."

하 하 하[전원 웃음] 그런게로 시아버지가 허는 말이,

"애야. 너 사람이 그러게 멍청해서 쓰것냐. 우물에다 씻이믄 온 동네 사램이 다 묵을 거인디. [전원 웃음] 세상에 장독아지에다 씻이믄 우리 식구백이 더 묵것냐."

그러더란마. 하 하[웃음] [전원 웃음]

어디서 고런 애기를 듣고 와서 이야기 헌거여 지금.

(조사자 : 애기 잘하시네요.)

동네마다 그런 이야기는 옛날이야기라 다 있어. [청중과 말이 겹친다]

자라 먹고 공방 든 작은 마누라

자료코드 : 06_06_FOT_20110219_NKS_SGJ_0012
조사장소 : 전라남도 담양군 금성면 금성리 하성마을회관
조사일시 : 2011.2.19
조 사 자 : 나경수, 서해숙, 이옥희, 편성철, 김자현
제 보 자 : 신길자, 여, 74세
구연상황 : 앞서 강재님 제보자의 노래는 참말 이야기는 거짓말이라는 이야기가 끝나자 이어서 공방 든 이야기가 이어졌는데, 제보자가 계속해서 다음 이야기를 구연했다. 조사자는 청중들에게 이런 이야기를 듣기 위해 왔음을 재차 강조해서 이야기했다.
줄 거 리 : 어떤 사람이 작은 마누라를 얻어놓고 즐겁게 살다가 아들을 낳았는데 그 뒤로 작은 마누라한테서 비린내가 나서 살 수가 없었다고 한다. 알고 보니 아이를 낳은 뒤에 자라를 고아 먹여서 그리 되었다 하여 굿을 하였더니 그 뒤로 냄새가 나지 않았다는 이야기이다.

(조사자 : 그 공방 드는 것 중에 여자가 남자가 무섭기도 하지만. 남자가 여자 무섭기도 한가요?)

실지 공방든 사람도 있제. 실지 공방든 사람도 있어. 부부간에 무서와서만이 아니라. 그런 사람도 있어요.

근디 그거는 먼가 모르겠어. 미신이라고도 헐까?

근디 아~무 일없이 살다가 저~ 근게 저 작은 마누래를 얻었다근마.

인제 애기를 낳는데, 그~렇게 작은 마누래를 아조 살점이 떨어져도 안 놓라는 사램이. 아들하나 놨는디. 그렇게 비린내가 나서 못살것드래요. 작은 마누리한테서.

(조사자 : 아들을 낳은 뒤로?)

예. 아들을 놔놨는디. 얼~마나 재미지것소. 근디 비린내가 나서 못살것

드래여. 그래서 여그로와 있는디.

거 애기를 낳고는 자라를 하나 고아서 믹였대여.(먹였대요) 그거이 좋다해서. 그랬더니.

하~도 애가 터진게 어디가 물었더니, 아~ 머,

"용왕님네를 대리묵었다."

하든가 어쩐다 그래요. 그래서 얼~마나 빌고 막 그랬어요.

날을 받아서 그냥 무당 디리다가(데려와서) 빌고 그랬다 그러더라고. 근디 그러고 나서는 비린내가 안나더래여.

임신한 사람이 결혼식에 가지 않는 이유

자료코드 : 06_06_FOT_20110219_NKS_SGJ_0013
조사장소 : 전라남도 담양군 금성면 금성리 하성마을회관
조사일시 : 2011.2.19
조 사 자 : 나경수, 서해숙, 이옥희, 편성철, 김자현
제 보 자 : 신길자, 여, 74세
구연상황 : 앞서 젖이 마른 이유에 대한 이야기가 끝나자 다시 여러 사람이 동시에 같은 이야기를 반복했다. 조사자가 녹음을 위해 한 분씩 이야기 해달라고 부탁하자 제보자가 나서서 다음 이야기를 시작했다.
줄 거 리 : 임신한 사람은 공방 든다 하여 결혼식에 가지 않는다는 이야기이다.

인자 공방 든다고 그 삼신 든 사람이 오덜 안혀.

결혼헐 때는.

오덜 안혀. 공방든다고.

황새봉의 바람바우

자료코드 : 06_06_FOT_20110219_NKS_SGJ_0014
조사장소 : 전라남도 담양군 금성면 금성리 하성마을회관
조사일시 : 2011.2.19
조 사 자 : 나경수, 서해숙, 이옥희, 편성철, 김자현
제 보 자 : 신길자, 여, 74세
구연상황 : 앞서 공방 든 이야기가 끝나자 조사자가 과부에 관한 이야기를 물었으나 우리 동네에는 그런 사람이 없다고 했다. 그러면 산이동에 관한 이야기를 묻자 다음 이야기를 구연했다. 제보자는 활달하고 적극적이며, 연세에 비해 목소리도 힘이 넘쳤다.
줄 거 리 : 황새봉에 바람바우가 있는데 이 바위 때문에 여자들이 바람난다고 해서 마을 어른들이 나무를 베지 않고 감추었다는 이야기이다.

여기도 여그 여 황새봉이라고 그러거든. 여기 보고.황새같이 생긴 형국이 인자. 황새같이 생겼다고 해서 황새봉이라 합디다.

근디 그 밑에가 숲이 싹~ 지서갖고 큰 나무가 있어요. 근디 거가 바우가 있대요.

근게 헤 헤[웃음] 바우가 바람 바람바우데.

(조사자 : 바람바우.)

근다고 그걸 맥이헐라고 그렇게 감차놓고(감추고) 나무를 안빈다고(베지 않는다고) 글더라고.

근디 그걸 비어불므는(베며는) 동네서 인자 거 바람난 사람이 생기난다 그래서 그렇게.

근다고 항상 그러게 나무를 지스데요. 그런 말은 있드만.

(조사자 : 황새봉에 그 바우 이름이 뭐예요?)

그 산~봉우리를 황새봉이라 그러드마. 그런디 인자는 생태공원으로 다 팔려갖고 요것도 싸~악 파가부렀어.

저 이씨들이 거그다가 거~창허니 히놨다가.

(조사자 : 바 바람바우? 바우이름이?)

예. 여그 여 밑에 중간에 와서 있었는디. 또 요암실덕 뒤 뒤에게 있다 그러드마. 그래갖고는 거그를 애 우리 애기 때도. 애기들이 산 밑이라 놀러도 가고 더러 그래도,

"거그는 절~대 간디가 아니다. 아니다."

그러시더라고 어르신들이.

"왜 그런다냐?" 그런게.

내중에 쪼깨 우리가 여남살 묵은게 그런 이야기를 허드라고.

"거~가믄 아~조 무서운 돌이 있어갖고 바우가 있어갖고 (조사자 : 꼭 남자 그런 것처럼…) 바람난다."고.

근디 여~기는 보므는 바우가 여기 산에서 여 또랑까정 쫙~ 깔려부렀어요.

한~덩어리가 되갖고.

근게 옛날에 삼 실컷 험선. 전~부 거그 가서 많이 씻었어. 독이 근게 한덩이로 쫙~ 깔려분게 좋아갖고.

근게 물이 계속 내리가. 지금도 요리 내려가죠. 요리.

(조사자 1 : 글면 남자 모양이 아니라 여자 모양일까?)

(조사자 2 : 여자 모양이구만.)

[웃으면서] 그런데요. 그런더라구요.

(조사자 : 어~ 뭔 말인지 알것네요. 그러니까 이러게 숲으로 가려놓제. 안보이게.

근디 물이 그렇게 높은 산에서 그때는 물이 찍찍 흘러.

(조사자 : 그래. 그러니까.)

쫠쫠 흘러 나오더라. 근게로 하 하[웃음]

(조사자 : 지금도 있겠네요?)

예. 바우는 있제.

(청중 : 안뵈이고 전~부 땅으로 묻혀있제. 지금.)

쫘~악 깔려부렀어.

(조사자 : 옛날 어른들이 함부로 못가게 하시고. 바람난다고.)

예. 근디 그 또랑하고 물 내려가믄 거그 가서 씻을 것들 다 씻고 그랬어요. 씻기가 좋은게.

바우가 저러게 산으로 붙었대요. 우게까지.

근디 보믄 생~전 물을 찐적찐적허니. 근게 많이도 안나오고 그러게(그렇게) 쪼끔석 나와싸. 하 하[웃음]

(조사자 : 안 나오지도 안고?)

예.

말르도(마르지도) 안해 생전. 물이 찐~적허니 나오제.

용이 승천한 밀너매

자료코드 : 06_06_FOT_20110219_NKS_SGJ_0015
조사장소 : 전라남도 담양군 금성면 금성리 하성마을회관
조사일시 : 2011.2.19
조 사 자 : 나경수, 서해숙, 이옥희, 편성철, 김자현
제 보 자 : 신길자, 여, 74세
구연상황 : 앞서 황새봉의 바람바우 이야기가 끝나자 조사자가 재차 산이동 이야기를 물었으나 역시 모른다고 했다. 이어 조사자가 이무기가 용이 된 이야기를 해달라고 하자 친정아버지에게서 들은 이야기라면서 다음 이야기를 구연했다. 제보자는 활달하고 적극적이며, 연세에 비해 목소리도 힘이 넘쳤다.
줄 거 리 : 복흥의 밀너매에서 용이 승천했다는 이야기이다.

아니 나는 우리 아버님한테. 친정아버님한테 그런 말을 들었는데. 여기가 아니고.

(조사자 : 예. 딴 데도 괜찮아요.)

쩌~기 저 복홍으로 우리 고모님을 여의셨데요. 밀너매. 쩌~ 밀너매라고.

(조사자 : 복홍이요?)

응. 거그 가다보믄 중간에서 그러게. 요그 요 요사람도 알 건데. 그 말은 많이 들었을 건데.

소나무가 싸~악 뽑히져갖고 큰~ 소나무가 자바돌아브렀더래여.(한 방향으로 꼬아졌다)

근디 말이 인자. 거그 아조 수~도 없이 구경꾼들이 왔다그러더라고요. 거그를.

근게 이러게 구댕이가 크~게 파졌드래요. 근디 그 옆에치가 나무가 홱~잡아 돌아갔고는 꼬아졌드라그만. 큰~소나무가. 근디,

"용이 거그서 올라갔다."

그런 말이 있다고 그리갖고 거그 거 형태를 볼라고 얼~마나 거 발이 닳게그냥(발이 닿도록) 사방서 사람들이 모여 들었다고 글더라고.

근디 지금도 그런 일이 있다믄 갈꺼예요. 그런게 있다허믄.

(조사자 : 그게 언제 이야기예요?)

인제 우리 친정아버님 젊었으셨을 때.

(조사자 : 친정아버님 젊으셨을 때.)

예. 그런 이야기를.

(조사자 : 거기 지역이 어디라구요? 복홍?)

지금 밀너매 가다가 거그가는 길에가 그런 그런 것이 있었다고 그랬는디. 어딘지는 내가 확실히 모르것어. 거기가.

근게 그런 것이 더러 가끔 있나봐.

인자 여그서는 그런 일이 있는지 모르것고. 그런 이야기는 들었어. 그런게 참말로 용이 있어서 올라간 것인가? 모르지. 내 눈으로 안 봐놔서.

업이 나가는 꿈

자료코드 : 06_06_FOT_20110219_NKS_SGJ_0016
조사장소 : 전라남도 담양군 금성면 금성리 하성마을회관
조사일시 : 2011.2.19
조 사 자 : 나경수, 서해숙, 이옥희, 편성철, 김자현
제 보 자 : 신길자, 여, 74세
구연상황 : 앞서 강재님 제보자의 업이 보여 집안이 망한 이야기가 끝나자 조사자가 제보자에게 이야기가 있으면 해달라고 하자 다음 이야기를 구연했다. 이야기가 마을사람에 관한 것이라 중간 중간에 제보자의 젊은 시절에 겪은 상황도 이야기하고 있다.
줄 거 리 : 어떤 사람의 집안에 업이 보이 흰죽을 쑤어 비손했는데도 업이 나가는 꿈을 꾸었다. 그래서 업이 나간 곳을 찾아보니 인근 집이어서 그 집을 샀으나 결국은 집안이 망했다는 이야기이다.

국태민 양반은 천석을 받고, 정유관씨는 만석을 받았댜.

그 양반은 인자 그 그 우리 아버님 살아계셨을 때게. 젊으셨을 때게. 그 [청중과 말이 겹쳐 들리지 않는다] 시0을 바치고 그로고 살으셨어요. ○○ 히묵고.

그랬는디. 그 양반 정유관 셋채 집이당게. 그 집이. 셋채 마누래 집이여. 근게 아가씨를 들여왔제. 돈이 많은게. 그랬는디.

나 요런 얘기해도 된가 모르것네 요~

(조사자 : 저기~ 불편하시면 애기하면 저희들이 기록할 때 이름은 가릴께요.)

[걱정스러운듯] 아니 아니 그 근디 그 양반이. [갑자기 목소리를 낮춰서] 시방 그 양반이 지금도 살어.

근디도 그 양반이 담양 거 백동 부 분통서 살아 살았데요. 인자 나는 여그서 살고. 백동이 시댁이여.

근디 그런 얘기만 들었는디. 거그서 또 잘살았대요. 그 사램이.

(청중 : 지금도 집 있잖아. 백동리에.)

응?

(청중 : 백동에 집 있잖아.)

[목소리를 더욱 낮춰서] 아 그 양반이 셋채 마누래 집이란게. 그 집을 판 집이.

[본래 목소리 톤으로 이야기한다] 근디 너무 잘 산 거야.

근게 내가 시집을 가서 본게.

그~때는 여그 동네 마을에다가 샘을 파 놓고 떠다 먹잔아.

근데 그 집이는 가서 본게 하도 잘산게로 저 그 두루박을 요롷게 해서 도르레를 달아 갖고 쓰더라고.

그래갖고 우리 샘에 지붕을 해놓고는 근디로 끈으로 이렇게 잡아댕기만큼 도르레가 잡아 돌아가드마. 참 신기허드만. 그 때 본게.

물이 안보여. 이렇게 들여다 보믄 시암이 이러게 구토를 쩌놨는디. 딱딱허니 빤듯빤듯 허구만 허드라고.

인자 그런 좋은 집은 진짜 시골에서 시집가갖고 처음 봤어. 그런 집을.

그러게 좋드라고 그 집이. 그래갖고 이러게 토방에 올라간디. 지금 뭐라허요? 요런 토방이라고. 우리는 이런 시골에선.

(청중 : 마루.)

마루가 아니고. 인자 올라간 계단.

(조사자 : 올라간 계단. 어. 어.)

응. 그 계단 가양에다 이러게 다~ 방울을 달아놨더라고. 너무 좋게 잘 해갖고는.

'얼마나 돈만은 사람 저런데서 살고 싶더라.'고. 그래서 내가,

"아 어떤 사람은 그런 집이서 삽디다." 그런게로.

"그게 정유권 셋채 마누래 집이다네." 그려.

인자 우리집 아저씨가. 근데 인자 근다 그러더라고. 근디.

분통사램이 거그서 살다가 꿈에 선몽을 허드래요.

"나는 인자 한이 찼은게 나갈란다. 인자 니기는 니기 복대로 살아라."
글더라여.

근디 저녁에 잠을 잔디 꿈에서 그렇게 헌디.

[언성이 높아지면서] 그 꿈에 나가는 것이 꼭 곰땡이 맹이로 궁글궁글 대밭사이로 궁그러 나가더래여. 그 날 저녁에 눈이 살~짝 왔더라네.

업이 나간다며 그렇게 굴러 나가더래야. 꿈에.

근게 이상하제. 업이 들어와야 된디 나간다고 헌게 안좋제 기분이.

(조사자 : 그렇죠.)

내가 꿈 얘기만 해야 된디. 너무 말을 짚어서 한다. [웃음]

(조사자 : 예. 저희가… 걱정 마십쇼. 그거는…(제보자가 자세히 설명한 부분에서 실명이 거론되어 곤란한 부분은 알아서 삭제하겠다))

그래갖고는 그 사램이 지금 현실에 살고 있는디. 그 지기 할머니가 복이 많대요.

근디 거그도 구랭이가 한 번 눈에 띄더라네. 그래갖고 죽을 쑤다 막 힌죽(흰죽) 쌀죽을 쑤다 믹이(맥이)허고 그랬다더마.

근디 그러게 인자 별짓을 다했어도 꿈에 그렇게 굴러나간디. 아침에 일어나서 본디. 눈이 살~짝 왔더래여.

[언성을 갑자기 높이며] 근디 대밭에 곰땡이가 궁그러간 테가 있더래요.

근디 그 백동리로 넘어왔단 거야. 공 공이.

(조사자 : 백동으로?)

응. 그러고 거그 와선 흔적이 없어져분거야.

그래서 인자 찾을 길이 없제이. 그 자국이 없어져분게.

(청중 : 그렇제.)

그래서는, "아마 여그 잘사는 집이로 갔을 거시다. 큰 집을 찾아갔을 거시다."

라고 셋채 집을 셋채 집을 사갖어. 도~라는(달라는) 데로 주고 사온 거야 인자.

어 근게 생 생생한 집을 팔라고 그러니 지기 욕심것 불러부렀제. 근게 양~신 부른게 고놈 돈을 다 주고 산거여.

그때 시골에서 당나귀 키우고 저 애기들 쬐깐헌 것들 초등학생들이 하모니카 부르고 댕기고 잘~살았제.

근디 우리집 아저씨허고 친구여. 그 집 아들이 손자가. 근디,

"내 생전에 배골고 살라디야?" 하모니카 불고 댕김서.

"너같은 거 드러운게. 침 묻은게 안준다."고 그러고 그랬다 그래. 항상.

"하모니카를 쬐께 불어보자." 그때 인제 [웃으면서] 세상에 어찌게 좋아보이것소.

그러므는 그 뒤를 촐촐촐촐 따라댕겼대요. 친구들이. 불어…

(조사자 : 불어보고 싶어갖고.)

응. 고놈 그러게 불어보고 잡다고.

"그러게 부르믄 소리가 진짜 나냐? 나냐?" 금서 쫓아댕겼다여.

암~것도 모른게. 그때는. 그랬더니,

"내 생전에 저렇게 살라디야." 하고 [청중 기침]

자기 마누래한테 그랬데여. 그래갖고 당나구도 키우고 근게. 종 딜이(들여) 놓고 그러고 산게 오지게 잘 살았것소.

요리 백동으로 넘어와갖고 지기 할머니 돌아가시고 삼년상을 치렀대요. 삼년상까정 지냈대요.

그때는 저 배깥제사를 세 번을 지냈잔아요. 두 번을 돌아가실 때 그래서. 그래서 삼년상을 지낸 것인디.

[청중 기침] 삼년상 지내고는 그때까정 살림이 밑살림이 있어논게. 그러고 살았는디.

그 뒤로는 바글바글 해부렀어. 살림이. 암~것도 없어져붓어. 그래갖고

광주 가는 질목에(길목에) 정자등이라고 있거든. 백동 넘어오믄.

큰~정자나무가 민(몇) 백년 되았는가 몰라. 그래갖고 광~산~김씨들 저 열녀비도 있거든 거가.

근디 거그다가 술독 그러고 잘산 사람 아들이 술독아지 꼭 한말 든 놈을 땅에다 묻어놨어. 그때는 냉장고가 없인게.

한말든 놈 딱 거그다 부서놓고는 땅 속에다 묻어놓고는 부서 놓고는 쬐~깐 화꼬방 지어놓고 그러고 술장시를(술장사를) 했어.

그렇게 잘산 사램이. 없어불란게 고렇게 일쩌지게(일순간에) 없어져 불그마.

응. 그리갖고는 딸 하나는 잘 여웠어. 그때. [웃으면서] 헤. 근디 고것이 술장시를 헌게.

그 집 손지 딸이 거그 와서 거 인자 꼭 저러고 [조사자의 파마머리를 가리키면서] 머리를 허고 댕기더라고. 나 시집가서 본게. 그런 식으로.

인자 우리는 땋고 댕긴게 이상허니 요상허니 뵈이더라고. 그걸 본게.

근디 꼭~ 거그가서 바가지를 떠서 인자 술 조께썩 팔고 그랬어.

총각이 부잣집 총각인디. 그 총각이 그게 그 촐랑촐랑 댕기다가 인자 젓통을(일을) 저질러부렀네. 그 큰애기허고.

그래갖고 헐 수 없이 그때는 애기 배믄 꼼짝 딸삭도 못허고 결혼헌거야 인자.

근게로 인자 이 자식을 죽여야 헌디. 죽이도 못허고 기냥 때린다고 지기 어매가. 근디 고리 결혼시켰어. 헐수 없이.

그래갖고 산디. 내중에 인자 저그 대바구리 와서 산디. 손지가.

암~것도 없어져부렀어. 오도갈디가 없어갖고.

(청중 : 이천석이 하리 아침에…)

그~렇게 바글바글해불더마.

그래갖고 그 집이 너~무 좋아갖고 광주서 이게 저~ 옛날 집이다고 그걸 그~대로 뜯어갈라고 집을 인제 웃집만 산거야.

돈을 몽~땅 도란데로 주고 산거야. 그 집을 보고.

칠을 먹이놨는디. 꼭 알밤 까논거 같애. 번들번들 해갖고 빨~거니. 그리서 고 놈을 뜯어갖고 본게.

우게 흙 바끄로만 딱 번들번들. 속에는 전~부 아조 좀쳐갖고는 바글바글해분거야.

근게로 요 집산사람이.

(청중 : 손해지.)

이런 놈의 것을 뜯자니 인제 인부대는 들어가도 어쩔 수 없인께.

"니가 뜯은께. 니가 치워내라." 인제 땅임자가.

일단은 땅은 딴디다 팔았어. 치 치워야헐건디. 근다고 고놈 꼼짝을 못허고 다 뜯어냈어.

꼼짝 못허고. 그랬는디. 아조 좀 파리가 기냥 밑에가 뿌~여. 뜯어놓고 본게.

(청중 : 그것이 나무였든갑마. 좀이 묵었게.)

소나무여. 에 소나무여.

근디 그 칠 바끄로 있는 놈만 이러게 빨그제 그 안에 든 것은 전~부 좀이 쓴거야.

치~암 소나무 그러게 좀 치대요.

나 그런 일을 봤구만. 나 각시시절에.

그래서 인제 그런 일을 봤는디. 그 업이란 그 집이서 구렁이가 보이더라여.

그래갖고 죽을 쒀다 멕이고 별짓을 다 했답디다. 근디.

근게 진짜 업이란 것이 있는 것인가. 없는 것인가. 하여튼 그래갖고는 지기 손자가 그리게,

"내 생전에 배골고 살라디야."

그런 소릴 힜는디. 그러고 당나구를 타고 댕겼단디. 그 아들이 고로고 술 장시를 했댜.

그래갖고는 광주 가서 돌아댕김서 깡통 하나 차고 밥 얻어먹으러 댕기단게. 결국 고 고놈도 못지키고.

그러고 그 딸은 기냥 [갑자기 목소리를 낮춰서] 거 젖통 한 것으로 인해서 젖통한 것으로 인해서 여의갖고 잘살더래. 어째 지가 저런 저런 재주를 나서 꼼짝 못허고 장개를 갔어.

근디 인자 그 시누가 머~리 미용사를 혀. 우리가 [웃으면서] 거가서 머리를 헌디.

생~전 올케란 소리를 안해요.

"아무개야. 아무개야." 이름을 불러요. 올캐를.

(청중 : [역정내면서] 그래도 올캐를 올캐라고 해야제.)

[다른 청중이 다른 사람으로 잘못 말하자 강하게 부정하면서] 아~니 딴사람 있어. 집이는 모르는 소리여. 아니여. 큰일날 소리.

그래갖고는 없어져불더마. 근디 흔적도 없어져불고. 그 자식들 [청중의 휴대폰이 울린다] 손지들. 증손자까지 삼대가 살드마.

부잣집 딸과 결혼한 머슴

자료코드 : 06_06_FOT_20110219_NKS_SGJ_0017
조사장소 : 전라남도 담양군 금성면 금성리 하성마을회관
조사일시 : 2011.2.19
조 사 자 : 나경수, 서해숙, 이옥희, 편성철, 김자현
제 보 자 : 신길자, 여, 74세
구연상황 : 앞서 업이야기가 끝나자 잠시 휴식시간을 가졌다. 이어 조사자가 효자, 효녀 이야기를 해달라고 하자 그런 이야기는 모른다고 했다. 조사자는 청중들에게 이야기를 잘하신다고 하면서 분위기를 계속 유도했다. 그러자 제보자가 다음

이야기를 구연했다. 제보자는 연세에 비해 적극적이고 기억력이 좋은 분이여서 많은 이야기를 들을 수 있었다.

줄 거 리 : 머슴이 부잣집 딸과 결혼하고 싶어서 갖은 잔꾀(성적인 내용)를 부려 결국 결혼하게 되었다는 이야기다.

부잣집이서 머심을 대꼬 살았는데. 머심이 똑똑했는갑데요.

그래 인자 주인네. 주인네는 인자 쫌 아들이 그랬나비지.

그러고 저 옛날에는 각시는 나이가 많고 신랑은 쬐깐해서 꼬마신랑이 나왔잔아요. 영화에도 보믄.

근데 인자 그 집이 인자 미느리도 그런데다가 미느리 넘어다 볼라다가 머심이,

'아 그래도 저렇게 인자 남편 있는 여자는 말이 상상봉에 놔나도 호랭이도 무서워서 못물어간다.'는 것이여. 이야기가.

근디 그러게 남편 있는 사람 [청중이 방문을 닫는다] 무섭다는 거시야. 그래서 이 꺼적만 지고 벽을 지고 있어도 남편은 있어야 헌단 거여.

[청중 중 한 명이 자식 올 시간이 되어 집으로 간다고 일어선다] 가실라요.

(청중 : [다들 잘 들어가라고 인사를 한다] 노래 안 불러도 이쁘네.)

[집에 간다는 청중을 향해] 큰 며느리가 사갖고 온 것만 갖고 오셔. [이야기를 계속 이어간다] 그리갖고는 그게 이야기야. 요것은.

내가 필시 본 이야기는 아닌데. 그리갖고 그 집이가 딸이 하나 있었는갑데.

근디 저 [조사자 1를 가리키며] 저 양반이 있은게 못쓰것그마. [웃는다]

(조사자 1 : 괜찬해요. 괜찬해요.)

(조사자 2 : 아~ 이 양반 진짜 잘 알아요. 그런거~)

그래갖고 딸이 있는데.

'인자 고런 딸을 낚어야 쓰것다. 그래야 내가 이 집 살림을 천신허것다

(갖을 수 있겠다).'

딸을 낚을라고 연구를 헌디.

통~ 일은 안허고 그 연구만 인자 헌거야. 머심이.

머심 여럿을 디꼬(데리고) 산디.

눈이 온게로. 눈이 폴폴 내린게. 쥔네는 애가 터지제. 그런게로 인자. 쥔네는 애가 터진게.

방으로 쏘~옥 들어감서 폴짝폴짝 뜀서,

[큰소리로] "이 날 봐라. 저 날 봐라. 우리 쥔네 눈깔을 봐라."

글면서 궁뎅이를 치고 방으로 [웃으면서] 들어가더래야. 머심이.

일 못신게(못하니까) 애가 터져진게 눈이 휘둥그래 갖고 기냥 쥔네는 야단인디.

"이 날 봐라. 저 날 봐라." 눈이 온게 좋아갖고,

"이 날 봐라. 저 날 봐라. 우리 쥔네 눈깔을 봐라." 글면서 방으로 들어가더래야.

그런디 내~ 머슬 써쌌고 연구를 해쌌더래여.

글더니. 인자 믿일(몇일) 만에 한번씩 여자들이 인자 그 멘스가 있냐. 없냐 그것을 세부렀어. 인자.

그거 어떡해 물어갖고는. 인자 여자 여 큰 애기가 그거 있는 것만 여숭거야. 이놈이.

(청중 : 머심이.)

응. 머심이. [청중 웃음] 고 놈만 여수고 있다가. 허 허[웃음]

(청중 : 돌라갈라고.

[웃음을 멈추고] 그래서는 언젠가 본게. 옛날에는 저 자기 빨래는 안 빤게.

고걸 똘~똘 몰아서 갖다 어디 꾸석지에 찡겨놓고 갔던갑대.

근디 인자 어디 덕석구녕에다 인자 멍석 멍석구녕에다 갖다 콕~ 찔러논거야. 짚이(깊이).

'아따 인자 요 놈. 이쁜이 고놈을 봤다.' 인자. 그래갖고 인자 고놈을 가서 빼왔어.

그 아가씨 생리대를 그 고쟁이를. 고쟁이라 허재.

그리서는 고 놈을 빼다놓고는 갈캥이를 하나 만들었어. [웃으면서] 방에서 끄져 잡아댕기는 갈캥이를 하나 만들었어.

[언성이 높아지면서] 잠을 자믄 문구녕에다 옛날에는 댓사리로 문을 엮은게로 얼마든지 뚫고 이러게 벌릴 수도 있제. [전원 그 말에 동의한다] 이를테믄.

근디 [웃으면서] 고놈 문 문구녕을 [청중이 조사자들이 이야기에 빠져 들어 있음을 농담으로 한마디 하자 전원 웃음]

그리갖고 연구헌 것이 그 연구만 헌거야.

그래갖고 인자 콩타작을 헐라고 일꾼들을 싸~악 모아다 놓고 막걸리 통에 아무지게 받아놓고선 지가 일꾼들을 짰어.

"니가 내가 요놈 보리대질 허므는 니가 내 말을 따라서 궁작(장단)을 맞춰라. [목소리를 낮추면서] 내가 니들 얼~마든지 술을 주마."

"하~이 형님 그러 것습니다." 아 일꾼들이 좋아갖고 인자 그랬어.

그랬는디. 고놈 고쟁이를 갖다놓고 지아(자기(머슴)) 바지는 문구녕 속에다 너놓고(넣고) 고놈을(고쟁이를) 입었어. 지가. 콩타작 허믄서.

가을에 이. 고놈을 지가 입고는 머심들 보고 함께 안거서(앉아서),

"내가 내가 여그 도리깨질을 험선 '내 주물인줄 알았더니 지(자기) 주물을 입었구나.' 글믄. '에오 에오 에오 에오.'" 그러라고 시켰어. 그 도리깨질을 허믄 진짜로 그래요.

이렇게 같이 마차서(맞춰서) 허거든요.

저짝에서 허믄 탁~ 때리믄, 요짝에서 탁~ 들므는 같이 듬과 동시에 때려요.

그래 양쪽에 서서 그렇게 때린거야. 인자.

그리므는 고렇게 헌디. 인제 요렇게 인자 그것을 영리헌 사람들은 허고도 남죠. 그런 짓을.

근디 그리갖고 인자 지기 저 큰 애기 아버지 본연의 일부를 뻴~헌 고쟁이 고놈 풍채고쟁이를 입고.

옛날에는 가래고쟁이 열 두 개를 입어도 속곳 밑을 속곳 밑을 보인다고 [웃는다]

근디 여 풍채고쟁이라고. 그거는 인자 안보여. 글고 여 뒤에만 터진 거여.

근디 고놈을 일부러…

(청중 : 당직 당직 당직모가 안보이제. 풍채고쟁이도 다 보여. 뒤에가.)

[이 말에 청중들이 풍채고쟁이는 앞이 안보인다고 이야기 한다]

우리도 시집갈 때 다 히갖고 갔어.

그래갖고 일꾼이 그 이튿날 빛은 쨍쨍난디 술을 줌선. 머심들은 닭 삶아 놓고는,

"내가 도리깨질을 시작헐 텐게. 니기들이. 배가리를 끄집을 텐게. 니기들이 나 따라서 히라." 오직 연습도 히것어.

그래놓고는 지기 아버지가 얼~쩡 얼~쩡 뒷짐지고 댕김서 본게로 지기 딸 고쟁이를 입고는 삐런놈 입고는,

"간~밤에 꿈이 좋아서 내 주~물인줄도 모르고 지 주물인지도 몰랐다."

하 하[웃음] [청중 웃음] 그리험선,

"염분진 갈캥이" 갈캥이로 넣다냈다 끄집어 냈다 그 말이여.

"염분진 갈캥이 시원혔다 개구녁. 내 주물인줄 알았더니. 지 주물을 입었구나."

"에옥 에옥 에옥 에옥. [전원 웃음] 에옥 에옥 에옥 에옥."

고러고 미기더라여. 근디 아가씨는 하~나도 모르고 있는디. 그래 꼼~짝도 못허고,

[목소리를 낮춰서] "아 야 야 너 야단났다. 먼 술을 먹었냐? 너. 너 이따 좋~은 술 한 잔 주마. 사정 조께 허자. 아 내가 간밤에 깜~박 잊어불고 입고 나왔단 말이요."

그랬더니.

"그런 것이요." 말못허게 헐라 그런게.

"그런 것이요. 내가 그냥 부엌에로 목이 타서 물을 한 잔 묵으러 갔더니 나를 꽉 붙잡고 야단이어서 내가 저녁에 하~도 사정이 딱해서 내다봤더니 아 기냥 들어오라고 손목을 꽉잡아서 그랬소." [웃음]

(청중 : 오~ 그짓말도(거짓말) 아조.)

[웃으면서] 그리갖고 꼼짝 못허고 고리 딸을 여웠다요. [전원 웃음] 콩타작하믄서 노래를 부러불렀어. [손뼉을 치면서] 초 총객이. 그래서 꼼짝을 못허고 여웠다요.

그런디. 옛날에는 너~무 반상을 개리기 때문에 상놈 양반. 상놈은 사람 같이를 안봐부러서 그 머심헌테 그런다는 그 연애란 것은 이름도 몰랐제. 그전에는.

그런데도 더러 부잣집서 그런 일이 더러 벌어졌답디다. 전에도.

그런디 그런 추접 안 살라고 꼼~짝 못허고 딸을 여웠다여.

그런 말이 있어.

아이고매. 어른들이 고런 애기를 험선 품앗이 방에서 물레 뽑기를 놔두고 막 야단이믄 우수와 죽겄어.

(조사자 1 : 아~ 품앗이 방. 물레 품앗이.)

예.

내 복에 산다

자료코드 : 06_06_FOT_20110219_NKS_SGJ_0018
조사장소 : 전라남도 담양군 금성면 금성리 하성마을회관
조사일시 : 2011.2.19
조 사 자 : 나경수, 서해숙, 이옥희, 편성철, 김자현
제 보 자 : 신길자, 여, 74세
구연상황 : 앞서 부잣집 딸과 결혼한 머슴 이야기가 끝나자 조사자가 내복에 산다 이야기를 들려주었다. 그러자 제보자는 기억난 듯이 다음 이야기를 구연했다. 제보자는 연세에 비해 적극적이고 기억력이 좋은 분이여서 많은 이야기를 들을 수 있었다.
줄 거 리 : 아버지가 누구 복으로 사느냐고 물었더니 막내딸이 자기 복으로 먹고 산다고 말하자 아버지가 이를 괘심히 여겨 지나가는 숯총각과 결혼을 시켰다. 막내딸이 숯 굽는 곳을 가보니 금이 있었는데 남편은 이를 알지 못했다. 마침 부자 참봉이 금이 있음을 알고 노적봉과 바꾸는 것으로 해서 이를 얻고자 했으나 막내딸 지혜로 금과 노적봉 모두를 얻게 되었다. 이후 자신을 쫒은 아버지가 거지가 되어 찾아오자 잘 보필한 뒤에 자기 복대로 산다고 하면서 아버지를 보냈다는 이야기이다.

영감 할멈이 삼선 딸을 싯을(셋을) 놓고 산디. 딸만 싯을 디꼬(데리고) 산디. [청중이 제보자가 끊임없이 이야기 하는 것에 대해 놀랜다]

옛날에는 동냥치가 겁났어요.(많았어요) 우리 클 때도. 근디 지금은 볼리야(보려해도) 동냥치가 별로 없제.

헌게 인자 동냥을 내~ 히갖고 와서는 된게로(힘드니까). 보따리 다 부리놓고는(풀어놓고는).

큰 딸. 딸 싯을(셋을) 다~ 불러다 놓고,

"너는 누구 덕으로 먹고 사냐?"

"하~이고. 어머니 아버지 복으로 먹고 살제. 뉘 복으로 먹고 살것어요."

또 둘째 딸보고 물어본게. 둘째 딸도 역시

"어머니 아버지 복으로 먹고 살제. 뉘 복으로 먹고 살것냐(살겠는가)."

그려.

싯째 딸 보고,

"너는 뉘 복으로 먹고 사냐?"

[갑자기 언성을 높이면서] "내 복으로 묵고 살제. 뉘복으로 먹고 살아라." 그러고 덜렁대더랴.

아 요 놈 새끼가 괴씸허고 미웁거든. 그런게 인자. 동냥을 나댕기다 본게. 숯장시가 인자 쩌~기 저 언덕 밑에서 숯을 굽고 있더랴. 근게로,

'에끼 요놈 새끼를 미운게 거그다 여워불자.'

큰 딸 둘째 딸은 잘산데다 여워놓고. 잘 산데다 여웠것소. 그래도 인자 고 놈을 여웠더니. 요 놈은 숯장시한티 여워부렀어.

암~것도 없고 숯만 고로고 벌어 먹고 살더래야. 근게로,

'아 요놈의 것을…' 인자 남편이 시집을. 시집을 가고 본게 남편이 머슬 헌 줄은 알아야쓰것드래야.

근게 인자 남편을 머슬 허냐 근게로.

"오지마. 오지마." 글더래야.

그런게 한 번 따라가본게 숯을 굽고 있더래여.

숯 군디를 요 구뎅이를 파갖고 다 이마를 걸어서 허거든요. 그렇게 해놔요. 숯구뎅이를. 딱 담싸갖고 히놓거든.

근디 이마 그런 것은 앞에 아궁이 옆에 걸어논 것이 이만디. 그 돌이 금이더래야.

각시 눈에는 그렇게 보여. 신랑은 안보인디. 그래서 인자 얼~마나 좋것소 인자.

고놈 금을 띠어다 놓고 집이다 갖다 놓고.

[청중이 저녁 시간이 되어 일어나자 갑자기 큰 소리로] 하 거 인자 노래 부르고 가셔야 헌디. 노래.

(청중 : 내가 먼 노래를 하 하[웃는다])

[전원 웃음] 글믄 춤이라도 한 번 추고 가셔. 춤이라도 한 번 추고 가셔. [청중들이 한마디씩 한다]

(조사자 1 : 동네 인심이 참~ 좋으네요.)

(조사자 2 : [이야기를 이어갈 수 있게] 그래 그래가지고요?)

부잣집이가 너무 부자여. 참봉이여. 참봉 집은 아조 부잣집이여.

그리서 그 집이를 본게로 노적봉을 너~무 큰 게 세 개를 해놨드래야.

그리갖고는 아~ 옛날에는 노적봉 하나 있으믄 아조 부자지.

글는디. 그 집이 쥔이. 요 금을 인자 마누래가 금을 띠어다 갖다가 즈그 집이다 둔게 금이 인자 빛이 난게로.

고놈을 보고는 지기 나락 노적봉 하나허고 바꾸자 그랬어.

근게로 큰~놈 하나허고 바꾸자 헌게로 바보가 대답을 해부렀어. 신랑이. [청중들이 안타까워한다] 그런게로,

"가서 어디서부터 나락을 띤가 보쇼." 근디 옛날에 거 미신이제.

근디 지금도 그런 사람 그리요. 쌀을 갖다 찻독에다 부서노믄 놈을 절대 몬자 안 떠주고. 자기가 먼자 한 번 떠 묵고. 안 떠 묵으믄 떠서 내놓고 다음에 지가 묵을라고 떠서 떠서 내놓고 떠주거든요.

그런 풍습이 있어. 지금도. 더러. 인자 그러고 마지막 차대기치 마지막 독에치를 긁어서 마구 안떨어 준다요. 말이.

근단디. 요 각시가 어디서 부서다 띤디 인자 띤가 보라헌게.

그 사람 인자 그런 거를 알아갖고는 질로(제일로) 우게치 나락 한 섬을 띠어갖고 주더래야.

근게로 요 각시가 돌을 몽~땅 갖다 얹어놓고 그 우게다가 얹어놓거여. 금을. 그래놓고는,

"어디서부터 띤가 보쇼." 지기 신랑 보고. 근게로,

"우게치 한 가마니 띠어놓고 주대." 근게로.

"그리야."고. 글고는 자기도 금을 내리놓고 준거야. 인자.

(청중 : 그렇제. 하 하[웃음])

근게 요놈 똥 빠지게 짐만 뒤지게 졌제 인자.

근디 나락 고 놈을 다 져오고(지어 오고) 요 놈 돌을 다 갖다 그 집에다 앵겨준거야.

근디 본게 금이 없어. 그런게로,

"아 이 어째서 나락을 요로고 다 가져갔는디. 금을 안주고 빼부렀냐?" 그런게.

"아 당신네가 우게치…"

아 ○○ 세상이제. 옛날에는 그른 그른 이야기를 허믄 다구치믄 고지들을 정도로 어뜩케 살았은게. 하여튼 근디,

"당신네도 나락 우에치 한 가마니 띠어 놨은께. 나도 띠어놨소." 근게 헐 말이 없거든.

"그러므는 옆에 있는 놈허고 바꾸자."고. 인자 또 약속을 헌거야.

그래 놓고는 인자 신랑보고,

"돌은 고놈 놔두고 또 가서 돌을 디지게 져 오라." 했어.

근게 이를 지일(제일) 밑에다 놔둔거야 금을.

그러고 금을 갖다 돌을 싸~악 싸논게로.

"가서 어디서 띤가 보라고 그것만 잘 시어 오라." 근게로.

"지일(제일) 끝에치 하난 안주대." 그러드래야.

근게로 인자 나락만 싹 가져와붓제 인자.

요 놈은 인자 못가져갖제. 금은. 그래서 인자. 처음에 같이 그렇게 이야기를 헌게로,

"나야 요 나락 없어도 산게. 노적이 세 갠게 요 놈 마지막 주마."고.

"그러므는 나는 또 농사지어서 먹을란게. 요놈까정 바꿔불자."고. 인제 각시…

(청중 : 덤뱅이로.)

응. 덤뱅이로. 그리갖고 각시하고 약속을 했는디. 인자 각시가. [청중이 아직도 참봉은 속은 줄 모르냐 물으니] 인자 이야기라 그러제. 가운데다가 너놨대. 금을.

가운데 갖다 너놓고는,

"어디서부터 떤가 보라." 근게로.

"질~로(제일) 가운데치 하나 띠어놓고 나보고 저 이기 우아래치만 가져가라." 헌다고 그러드래야.

그러니 즈그 집이 와서 본게야. 노적봉이 세 개가 즈그 집으로 와부렀제. 금은 금대로 있제.

얼마나 부자가 되부렀것어.

그래갖고 인자 부자가 되았는디. 요 각시가 머리를 쓴 거시. 머라헌고이는 요 집을 짐선 인자 새성주를 헐란디. 집을 헌단 소리가,

"너는 뉘 복이로 먹고 사냐? 내 복으로 묵고 산다." 그렇게 대문에서 소리가 나.

거 그렇게 질라고(지으려고) 아무리 잘~헌 목수를 딜이대도(데려와도) 그 소리가 안나더래야. 대문에서.

(조사자 : 대문에서.)

응. 대문에서. 그 소리가 안나. 집은 한~없이 좋게 지도 그 소리가 안나와.

그런게로. 예 옛날에는 대문을 열므는, 찐날짤박 소리가 나잔아요. 근디 그,

"너는 뉘 복이로 묵고 사~냐? 내 복이로 묵고 산다."

그 소리를 내 놓게 히돌라고. 그 놈 목수들 보고.

"그러믄 내가 돈을 도란데로 주마." 하고. 그리고 히도 그 소리가 안나더래여.

(청중 : 날 수가 있어.(소리가 날 수 없다.))

근디 언제 한 번은 누가 와서,

"쥔 양반. 쥔 양반." 하고 찾드래야.

근디 대문을 연디. 인자 지기 아부지 귀에,

"너는 뉘 복이로 묵고 사냐? 내 복이로 묵고 살~제." 글더라네.

근디다가 이 각시가 부엌에서 일을 허다가 부엌을 치우다가. 정재문도 그렇게 달잔아요. 전에는.

정재문도 그렇게 달믄 찔박짤박 소리가 나거든.

(조사자 : 그게 다 이유가 있구나.)

두 개 딱 정재문을 연께로,

"뉘 복이로 묵고 사냐? 내 복이로 묵고 산~다." 그랴. 그게 참 이상허거든. [언성을 높이고 말을 빨리하면서] 그래서 근게 친정아버지가 차대기를 들고 동냥을 왔더래야. [청중들이 놀랜다]

그때 그 집이로. 동냥을 와.

나 어~렸을 때 참말로 듣는 이야기네. 그 소리는.

그래갖고는 그런 그래서,

'이게 참 머시 있긴 있구나.' 딸이. 지기 아부지를 맞어들였어. 인자. 맞어들이갖고.

인자 우리가 인자 이렇게 인자 우리가 상식적으로 생각했을 때는 편히 거처를 정핼성 싶은디. 일년을 믹였어(먹였어). 아부지를.

열달을 딱 믹이놓고. 옷을 한 벌 싹~히서 주고, 지기 어머니 옷 한 벌 싹~히서 주고. 그러고는 그 자루를 싸. 쌀 하~나를.

[목소리를 낮춰서] "지고 가고 싶은 만큼 갖고 가라."고 글더라네. 그래갖고 딱 돌려보낸거야. 친정아버지를.

금서 사람 인생이란 건 언젠가 빈손으로 왔다. 빈손으로 가는 것인디. 빈손으로 왔다. 빈손으로 가는 것인디.

에~ 또 복은 사람마다 지가 지 복은 타고 난 거라고. 그런게로,

"아버지 내가 아무리 많이 딜여(들여) 봐도. 이 자루면을(자루정도 밖에는) 못헐 것이요(자루 정도밖에는 유지를 못할 것이다). 나는 인자 저는 홀로 살 그런 복이다."

인자. 그래갖고는 친정아버지를 닥 보내불더라네.

그런게로 사람이란게 인자 복은 지 복은 지가 다 타고 나요.

진짜. 왜 그런고는 지~금은 사고나는 차들이 많은게. 아무리 내가 운전을 잘해도 밑이서 들이 받어분 사람, 우게서 때리 쳐분 사람, 그냥 병들어 죽은 사람, 암도 이름을 몰라. 암도 씨잔아요(많잖아요).

근디 나는 진짜 암~것도 모르고 일자 무식이요마는 나는 생각헐 때 진짜 그렇게 생각해요.

함부로 꿈을 팔지 말아라

자료코드 : 06_06_FOT_20110219_NKS_SGJ_0019
조사장소 : 전라남도 담양군 금성면 금성리 하성마을회관
조사일시 : 2011.2.19
조 사 자 : 나경수, 서해숙, 이옥희, 편성철, 김자현
제 보 자 : 신길자, 여, 74세
구연상황 : 앞서 임신할 때 개 잡아먹은 이야기가 끝나자 조사자는 며느리가 시어머니 버릇 고친 이야기를 물었다. 그러자 제보자는 그런 이야기는 모른다고 하면서 다음 이야기를 구연했다.
줄 거 리 : 옛날에 세 사람이 과거를 보러갔는데, 그 중 한사람이 자다가 꿈을 꾸었다. 그 사람이 흑룡이 자신의 몸을 휘감았다는 꿈을 꾸었다고 말하자 다른 두 사람이 그 꿈을 팔라고 해서 꿈을 팔았다. 그랬더니 모두가 과거에 합격했다는 이야기이다.

근게 옛날에 거 저 과거보러 간 사람들이 여~러이 간답니다. 여러이 간대요.

그래서 꿈 이야기를 함부로 안허는 것이 삼일까정 안헌대요.

꿈 이야기를. 실천으로 옮기진게. 말이 그래. 근디.

좋~은 꿈을 꾸머는.

[목소리를 낮추면서] “내가 거그다 돈 만원 줄텐게 팔어라. 나헌테 팔어라.”

그런데요. 글며는 그 사람이,

“그렇다.”고 그러게 돈을 받으며는 넘어간데요.

말이 그렇게 넘어간다고 그리여. 근디.

요 사람이 인자. 과거를 보러 가다가 잠을 근게 한 방에서 잠을 잔디.

그래 [조사자들을 보면서] 집이들(당신들) 그런 이야기 많이 들어봤죠.

자다 봉창 뜯는다고이.

응. 근디 요 집이들은 듣는 이야기가 어뜩케 듣는지가 나는 모른디. 나는 이런 말을 들었어.

전에 어른들이 이야기를 허신디.

그래 그래서 꿈 이야기는 함부로 안헌 것이다.

인제 우리 어르신들이 그런 이야기를 많이 하셨드라고.

글믄 자기 아들 딸헌테 허제. 넘헌테 허것어요. 근디. 인자.

인자 과거를 보러 서이(셋) 간디. 가다가 인자 잠을 잔디.

자다가 막~ 봉창을 더듬고 막 그래 쫓고 있더래요. 한 사램이.

(청중 : 그런 그런데서 자다가 봉창을 두드린다.)

“저 자식은 자다가 봉창뜯네.” 인자 근게.

자기는 소변볼로 갈라고 일어나서 뜯는디. 전부 빨아논게 봉창을 뜯는거여 인자. 쥐어 뜯고 본게로.

(청중 : 놈의 집에 잤던지.)

아니여.

(청중 : 술이나 묵었던가?)

그런데 기냥 비몽사몽 그런가보제. 그래갖고는 봉창을 쥐어뜯은게. 옆에서 자던 사램이,

"야 너 먼 자다가 봉창을 뜯으냐? 저 자식이 자다가 봉창을 뜯고있네." 요 사람이 언~능 머리를 돌렸어.

"고~런 소리 마라. 요 놈아. 내가 지금 과거를 보러 갈란디. 청룡이 여그서 막 휘감고 올라간 놈. 내가 훌어 담는다." 딱 고로고 이야기를 했어.

[목소리를 낮춰] "야 우리 서이 나눠갖자."

돈을 내논거야. 그 사람들 둘이. [목소리를 낮춰] "요것 갖고는 절대 안된다." 그런게로.

[목소리를 계속 낮추면서] "그러지 말고 우리 이 놈 꿈을 나눠갖자. 그거 참~ 검기가 조갖고 우리가 쪼금썩 덜주고 덜주라.(돈을 조금 내고 좋은 꿈을 그 돈만큼 조금만 갖고자 한다)"

말로 인자 계약을 헌거야. 그래갖고 인자 돈을 받었어.

받고 가서 서이 다 붙어붓다요. 그래서. 그래서.

그리서 요 사람이 일등을 나고. 거 봉창 뜯는 사람이 일등을 나고. 그 밑에로 둘이는 똑같이 과거를 보고 다 들었고.

그리서 자다가 봉창 뜯는단 말이 있다고. 그런 말이 있어요.

그리도 그래서 꿈 이야기는 넘 한테는 함부로 요롷고 허다가 보므는,

"야 고 놈 나헌테 팔아라." "그러라,"

고 말. 거짓말,

"그러라."고 대답을 안헌다요.

근게 삼일까정은 그게 실천이 옴겨진다~해서 말을 함부로 안헌다고 그러거든.

(조사자 : 여 그래도 셋이 다 나눠가져서 다 잘됐네요.)

예. 그랬대요.

(조사자 : 다 팔아부렀으며는 그 사람 합격 못했을 텐디.)

그리서 자다 봉창뜯는단 말이 그리서 나와가지고 그런 애기들을 허시드란마.

(조사자 : 진짜 잼있네요.)

(청중 : 진짜 좋은 이야기 다 듣고 있어.)

자신의 몸도 함부로 팔지 말아라

자료코드 : 06_06_FOT_20110219_NKS_SGJ_0020
조사장소 : 전라남도 담양군 금성면 금성리 하성마을회관
조사일시 : 2011.2.19
조 사 자 : 나경수, 서해숙, 이옥희, 편성철, 김자현
제 보 자 : 신길자, 여, 74세
구연상황 : 앞서 함부로 꿈을 팔지 말라는 이야기가 끝나자 이어서 다음 이야기를 구연했다. 제보자는 활달하고 적극적이며, 연세에 비해 목소리도 힘이 넘쳤다. 아래 이야기는 예전에 자식에게 들려주었던 이야기를 조사자에게 들려주는 방식으로 진행되었다.
줄 거 리 : 남자의 몸에 털이 새까맣게 자라자 이를 부러워하는 사람이 이를 자기에게 팔라고 해서 아무 생각 없이 팔았더니 그 뒤로 자기가 산 것이라면서 털을 함부로 뽑고 못살게 굴었다. 그래서 할 수없이 자기 털을 비싸게 주고 다시 샀다고 한다. 이는 자신의 몸이라도 남에게 함부로 팔아서는 안된다는 뜻이라 한다.

[웃으면서] 내가 또 한가지 이야기 할께요. 우리 애기가 인자 학교가거 우리 일학년 짜리 가 가.

석자리를 히갖고 오라 했는디.

“엄마 무슨 이야기를…” 또 한자리만 더 해주래.

“그래. 함부로 넘헌테다가 머 판다고 절~대 돈 받고 주는 것은 아니단다.”

머 남자들이 여가 털이 씨~커머니 난 사람들 있잖아요.

그게 부러비던갑대.

거 넘이 털이 씨~커머니 나 있인께. 안 난 사램이 부러빈게. 친구야를 맨~날 오믄 잡아댕김서는,

[부러운 말투로] "너는 좋긋다. 좋긋다." 해싼게.

(청중 : 별 것을 다 좋아했어.)

"사가거라. 이 놈아." 요 사람이.

"사가거라. 이 놈아." 그런게로.

"그래?" 지아 주머니를 다 털어갖고 주면서,

"그럼 요 놈 나 헌테 팔아라." 지 다리에 있는 것을 어쩔라디야? 그러고 줬던갑대. 돈을 받았어.

[언성을 높이면서] 받아갖고 본게. 앵기기기만 허믄. 줘 뜯는거야. 요놈이. 친구놈이. 지아다고.(자기 것이라고) [청중 웃음]

요~로고 쥐어뜯어싼게로 호 호[웃음] 성가시러갖고 못살것드래야. 아조. 그래서,

"야 이 놈아. 내 것 같고. 내 맘대로 못햐."

다리만 보믄 쥐어뜯고 호 호[웃음] 쥐어뜯고. 거 친구놈이 글더래여. 그런게로,

"아니 나 안 살란다." 돈을 믿곱(몇 곱)으로 주고 도로 사부렀대요. [조사자 웃음] 도로 팔아부렀대요. 그 사람헌테 헤 헤[웃음]

(조사자 : [웃으면서] 곱으로 주고.)

예. 못살것드래야. 고로고 못살것드래야.

근다고 고런 애기를 헌게. 선생님이 글더래요. 고 얘기를 헸더니. 그런 담선,

"선생님도 절~대 아무리 다리에 털이 좋고, 가슴에 털이 좋아도 절~대 넘한테 빈말이라도 팔지마쇼." 그더래. 그 얘기를 헌게로,

"아 이 지(저) 속에 먼 소리가 나오냐?" [웃음]

하성마을은 배형국

자료코드 : 06_06_FOT_20110219_NKS_SYG_0001
조사장소 : 전라남도 담양군 금성면 금성리 하성마을회관
조사일시 : 2011.2.19
조 사 자 : 나경수, 서해숙, 이옥희, 편성철, 김자현
제 보 자 : 신영길, 남, 71세
구연상황 : 조사자는 청중들과 함께 마을회관에서 준비한 점심을 먹었다. 점심을 먹은 뒤에 신영길 제보자가 마을회관을 찾아와서 함께 자리를 했다. 이에 조사자가 마을의 지형에 대해서 물어보자 제보자가 다음 이야기를 구연했다.
줄 거 리 : 밀양박씨와 이천서씨가 임진왜란 당시 피난 와서 마을에 터를 잡았고, 마을이 배형국이라 주진이라 불렀다고 한다.

요 앞에 지금 저 기념비에 고 내용 보셨어요?

(조사자 : 요 바로 앞에? 예.)

예. 그 기념비 내용 거 저 거기랑 똑같은 애길 거예요.

(청중 : 언제 읽어볼 시간도 없제 이 양반들은.)

[헛기침을 한다] 그래 지금 거 저 우리 마을이. 그 당 당촌.

그래 인자 우리 마을이 지금 약 사백년 전 거 임진왜란이 아 천오백구십이년인가? 나 지금 그렇게 기억허고 있는데.

그 임진왜란 당시에 거 피란터로 여기를 처음 터로 잡은게. 저 밀양박씨.

여그 사는 밀양박씨하고 이천서씨허고 양 거 두 성이 여기를 터를 잡어가지고.

피란터로 그러게 여 살다가 마을 이름을 배형국으로 생겼다 해서 인자 나룻배.

인자 나룻배라고 허며는 옛날에 거 저 강 건너는 배 있죠!

강 건너는 배. 거 쪼그만한 하여튼 거 배형국이라. 모양이 그렇게 생겼다고 히서. 거 배 주(舟) 자 나루 진(津) 자.

거 저 그러게 해서 주진이라 그러게 마을 이름을 짓고.

(조사자 : 주진.)

예. 그러고 인자 당산나무를 거 심어가지고 저 마을에 안녕과 여 연연이(해마다) 풍년을 기원하는 인자 그런 제사를 올렸다 하는 인자 그런 전설이 전해나오고 있거든요.

(청중 1 : 글고 실봉바우가 배꼴이라 허드만. 나 시집온게.)

예. 허 허[웃음]

(조사자 : 실봉?)

(청중 1 : 예. 실봉 있어.)

(청중 2 : 여그 여 황새봉도 황새것이 생깃다 해서 황새봉이여. 여가 여 산 봉우리가. 황새봉.)

(청중 1 : 나 시집 온게 저 여가 배 형국이다고. 배꼴 배꼴이. 거따 배 끈을 건다 그래서 배꼴이라 그러다마.)

(청중 2 : 지금도 거글 넘어가믄 산 거그 거 배너매라 배가 넘어댕깄다 해서 배너매라 히고. 지금도. 우리 여그서는 배너매라 부르고. 산 너매 넘어가믄 거가.)

성 아래에 위치한 하성마을

자료코드 : 06_06_FOT_20110219_NKS_SYG_0002
조사장소 : 전라남도 담양군 금성면 금성리 하성마을회관
조사일시 : 2011.2.19
조 사 자 : 나경수, 서해숙, 이옥희, 편성철, 김자현
제 보 자 : 신영길, 남, 71세
구연상황 : 제보자가 앞서 마을 형국에 대한 이야기를 마치자 모두 책에 있다고 하였다. 이에 조사자가 옛날에 웃어른들이 한 이야기를 들으러 왔다고 하면서 금성산성에 대해서 물어보자 제보자가 다음 이야기를 들려주었다.

줄 거 리 : 하성마을은 성 아래에 있는 마을이라 하여 붙여진 이름이라고 한다.

그런디 인자. 거기에 대해서는 사실상 특별히 아는게 없고요.

내 듣는 것이 없고.

그 인자 우리 마을이 거 저 지금. 지금은 주진에서 하성리로 부리고 있거든요.

하성리로. 그런데 인자 저 이조 말에 에~ 인자 아마 저 개칭이 된 거 같애요.

왜냐하며는 거 제가 어렸을 때게 그 저 웃 어르신들이 편지 오는데 우리 집에 그 저 금성면 주진리라고 편지가 한 번 왔어요.

네. 그래서 내가 인자 우리 아버지한테,

"아 주진이라 했는디. 여그 주진리가 머예요?" 허고 물어보니까.

"아 옛날에는 우리 마을이 주진리로 불리었다."는 인자. 그 얘기를 아버님한테 들었어요.

네 그랬는데. 인자 그런 걸로 봤을 때게 아마 이조 말엽에 그런 거 거 하성리로 불리웠지 않느냐.

인자 그렇게 생각이 들어가요. 그런디 아버님 말씀에 의하며는,

"에 인자 우에 우에 저 성이 있기 때문에 성 아래 마을로 히서 마을 이름을 그리 결정헌거 아니냐."

인자 그렇게 말씀을 하시구만요. 인제 지금 하성리로 부르고 있어요.

[잠시 숨을 쉬고] 그런데 나름대로 또 저 내가 추측을 해보며는 지금 여 우에가서 지금 사램이 안살고 터만 저 있는데.

우리 어렸을 때만 해도 몇 집이 살았거든요. 요 우에 가서.

그런디 거기가서 또 상성리라고 있었어요.

그러니까 우에가 성이 있는 마을이다. 아마 그런 뜻이것죠.

네. 상성리가 있는디. 그 마을이 지금 인자 점차 쫄어들고 그러고 허다

가 인자 결국은 지금 없어져 부리고. 터가 지금 터만 남아있는데.

아마 거기에 내가 인자 추측컨대. 생각해보며는 씁~ 거기에 상성리가 있기 때문에.

정말해서 저 성 아래 마을이라 해서 하성리가 아니라.

거기는 상성리가 있고. 여그 밑에 와서 터를 잡으면서 여 근방에가 커지니까.

거 우에 상성리 밑에가 있기 때문에 여그는 하성으로 이름을 부른거 아니냐.

저는 또 그리게도 생각을 해봐요.

거 우에 마을이 있었기 때문에.

(청중 : 우리 아버님이 그러드마. 윗 상(上) 자 상성리. 아래 하(下) 자 하성리 그런다고.)

야. 그런게로 지금 인자 그렇게 해서 하성리라 부른 거 아니냐. 그런 생각도 해봐요.

근게 인자 지금 요것이 인자. 더러는 대차 어르신들 의견도 가만히 보며는 일치가 안되고,

그 인자 이렇게 말씀허신 분도 있고. 저렇게 말씀허신 분도 있고.

인자 울 어른들 얘기를 들어보믄 어렸을 때.

그러믄 그렇게 얘길해요.

에~ 더러는 대처 어르신들이,

"그 성 아래 마을이라고 해서 하성리로 고쳐부르게 됐다."

인자 그렇게 말씀허신 분도 [웃으면서] 있는디.

내가 가~만히 생각해보니까,

요 우게 상성리가 있었기 때문에 여그를 하성리로 헌 거이 아니냐.

인자 그런 생각을 한 번 해보죠. 인자.

전우치가 축지법을 다 배우지 못한 이유

자료코드 : 06_06_FOT_20110219_NKS_SYG_0003
조사장소 : 전라남도 담양군 금성면 금성리 하성마을회관
조사일시 : 2011.2.19
조 사 자 : 나경수, 서해숙, 이옥희, 편성철, 김자현
제 보 자 : 신영길, 남, 71세
구연상황 : 앞서 하성마을에 대한 이야기를 마치자 조사자가 전우치에 대한 이야기를 해 달라고 부탁드렸다. 그러자 제보자가 다음 이야기를 구연했다.
줄 거 리 : 전우치가 절에서 공부하는데 여동생이 찾아와서 아버지가 돌아가셨다고 하자 놀라 집으로 갔더니 아버지가 건강하게 살아계셨다. 전우치는 여우한테 홀린 것을 알고 다시 돌아와 책을 보니 읽지 않은 부분이 없어져서 전우치는 축지법을 다 끝내지 못했다는 이야기이다.

전우치요? 예. 고 이야기를 쪼끔 들은건 있는데.

[청중들이 전우치에 대해 웅성거린다] 내 그때게 저 전우치가 요 요너매 원율리라고 거그 살았대요.

예. 원율. 근디 인자 거그서 살면서 어~ 절 밑에서 절에 와서 거그 절이 있었는데. 암자가 있은 모냥이여.

지금은 그 연동사로 하며는 그 암자보단 큰 거 아니어요. 근데 인자 거가 암자가 쪼그만게 있었던 모냥이예요.

근데 연동사 거기 와서 거 공부를 하다가. 그 저 어~ 어느 때 또 인자 거 자기 여동생인가? 갑작시래 와가지고.

"아 저 저기 아버지가 돌아가셨다."

고. 걍 그래서 공부를 하다가 딱 그 책을 놓고 바로 거시기 여 자기 집이를 가서 보니까.

자기 아버지가 여~ 건~강허시거든요.

(조사자 : 전우치 아버지.)

예. 돌아가셨다 해서 인자 부랴부랴 지 집일 가서 보니까. 건~강허고

여 저 머 돌아가시질 안해.

'아 내가 어딘가에 [생각하다가] 여우한테 홀린거다.' 가서보니까 아이가 책을 배우다 [고개를 흔들며] 읽다가 간게. 안 읽었던데.

인자 읽은 쪽은 놔두고 안 읽은 놈 똑 띠어서 가지가부렀다.

야. 그래서 인자 제대로 아무튼 거 머냐 축지법이나 이런 것을 끝을 못 내고 그랬다 허는 설이 있는데.

전우치의 금대들보와 변신 그리고 큰솥

자료코드 : 06_06_FOT_20110219_NKS_SYG_0004
조사장소 : 전라남도 담양군 금성면 금성리 하성마을회관
조사일시 : 2011.2.19
조 사 자 : 나경수, 서해숙, 이옥희, 편성철, 김자현
제 보 자 : 신영길, 남, 71세
구연상황 : 앞서 전우치 이야기에 이어서 제보자가 다음 이야기를 구연했다. 제보자가 이야기하는 동안 청중들은 조용히 경청하고 있었다.
줄 거 리 : 전우치가 원율리 강변에 금대들보를 떨어뜨리고 갔다고 한다. 그리고 전우치가 모래로 변신해 있었는데, 중국사람이 이를 알고 대동로 넣어 버렸다. 만약 여우에 홀리지 않고 공부를 계속 했더라면 중국사람을 이겼을텐데 그렇지 못했다고 한다. 또한 조선사람들이 사흘 동안 먹을 수 있는 솥이 묻혀 있다고 한다.

인자 그래서 저 전우치가 거 대국에 들어가지고 들어가가지고. 어~ 금대들보를 거 돌라가지고 오다가 인자 거기서.

거기서 또 아마 거 저 그러헌 거 그 저 도인들이 있을 거 아니여.

그러니까 뒤쫓아서 허니 오니까.

인자 머 어디 더 여 거시기 쪼깨 가다가 더 이상 버티덜 못허게 생겼으니까.

그 저 원율 앞에 원율리 앞에 그 갱변에다가 그냥 떨어뜨려버렸다고 그러거든요.

(조사자 : 원율 갱 갱변에~)

예. 그러게 인자 하니까 거기에서 저그 저 거시기 도인이 쫓아 와가지고.

인자 그래가지고 여그 저 소 발굽 사이에 모래로 변신했어요. 전우치가. [조사자 전원 놀라워한다]

모래로 [웃으면서] 변신 했는데. 인자 중국서 나온 사램이 하여튼 그걸 인자 그 보담도 전우치 보담도 더 우에 있는 사램인가 보죠.

모래로 변신한 줄 알고 고걸 때롱에다 해서 너버렸어요.(넣었어요)

(조사자 : 대롱 대롱.)

야. 하 하[웃음] 그래서 하여튼 저 저 머냐 전우치가 이제 끝까지 공부를 했더라므는 그렇게 안당했을 것인디.

공부를 중간에 허다가 여우헌테 둘려서 그 끝을 못채우고 그러게 해서 어중간히 인자 거 저 실력이 거 중국서 나온 사람보다 모자라서 그러게 당했다.

인자 그런 얘기가 있더만요.

그런디 지금 와서는 그런 것이 하나의 전설로 지금 거 저 금대들보가 거그 묻혔다.

또는 머 금 솥이 여 그때게 대한민국 지금 말해 조선사람이 사흘 묵을 수 있는 그런 거 솥이.

밥을 하나 하며는 사흘 묵을 수 있는 큰 솥을 가지고 나오다가 거기다 떨어뜨렸다.

또 금대들보를 갖고 오다 떨어쳤다. 인자 이런 설이 있거든요.

금대들보와 담양댐

자료코드 : 06_06_FOT_20110219_NKS_SYG_0005
조사장소 : 전라남도 담양군 금성면 금성리 하성마을회관
조사일시 : 2011.2.19
조 사 자 : 나경수, 서해숙, 이옥희, 편성철, 김자현
제 보 자 : 신영길, 남, 71세
구연상황 : 제보자가 연이어 전우치에 대한 이야기를 이어갔다. 제보자가 이야기하는 동안 청중들은 조용히 경청하고 있었다.
줄 거 리 : 전우치의 금대들보는 상량 받치는 대들보가 아니라 오늘날 담양댐을 막는 보를 말하는 것이라는 이야기이다.

그런디 인자 지금 와서 보니까 저 거시기 그것이 하나의 전설이지마는 그게 저 대들보 하며는.

아마 인자 거 땜을(댐을) 막어가지고 큰~ 보가 생겼다.

그것이 거의 맞어간거 같애요. 또. 허 허[웃음]

(조사자 : 어~ 예. 진짜 신기하네요.)

야. 대들보 하며는 지금 말해서 우리가 집을 짓는데. 상량 이걸 받추는 걸 보라고 생각했는디.

대들보 허믄 그게 아니라 큰 들에. 대 들에 보다 그런 얘기여. 보.

근게 그게 댐이 생겼기 때문에 머 그렇게도 연결해서 생각해볼 수 있지 않겠냐.

그런 생각이 들어요.

배형국과 짐대거리

자료코드 : 06_06_FOT_20110219_NKS_SYG_0006
조사장소 : 전라남도 담양군 금성면 금성리 하성마을회관
조사일시 : 2011.2.19

조 사 자 : 나경수, 서해숙, 이옥희, 편성철, 김자현
제 보 자 : 신영길, 남, 71세
구연상황 : 앞서 연동사 이야기가 끝나자 조사자는 제보자에게 전우치가 어떻게 죽었는지, 오누이와 힘겨루는 이야기 등을 물었으나 잘 모르겠다고 했다. 이어 전우치의 고향이 어딘지를 물었으나 제보자는 원율리라고만 말하고 더 이상 이야기가 이어지지 않았다. 여기에 멈추지 않고 조사자가 당산제 유래에 대해서 물었으나 특별히 이야기가 나오지 않았다. 잠시 후에 조사자가 논두렁에 서 있는 석상에 대해서 물어보자 제보자가 다음 이야기를 구연했다.
줄 거 리 : 하성마을 배형국이므로 허한 동쪽을 보(補)하기 위해서 돛대를 상징하는 짐대를 일제강점기까지 세웠고 그곳을 '짐대거리'라 불렀다는 이야기이다.

예. 그러니까 여기 당초에 거 마을 이름을 주진으로 할 때게.

에~ 모형이 지금 말해서 마을 지형이 에~ 배 나룻배 형국으로 생겼다 해서 주진으로 이름을 붙이면서.

에~ 인자 나룻배라도 아무래도 지형이 쫌 허한 곳이 있거든요. 빈 곳을.

그래서 보완하기 위해서 [목을 가다듬고] 인자 양쪽에다 수호비를 세웠어요.

수호비를 세워가지고 에~ 어르신들 말씀에 의하며는 지금 여 동쪽에 세워진 수호비 까지 산백을 이어서 숲을.

지금 현재는 그 흔적을 찾어볼 수 없이 거 전답으로 되있습니다. 논으로 돼 있는디.

어르신들 말씀에 의하며는 그 산맥을 이어서 거기까지 숲을 해가지고 산처럼 그러게 어 머냐 맥이를 했다 그러거든요.

예. 그래서 양쪽에 이러게 오게 싸도록.

인자 그러게 해가지고 배형국을 나타내고.

또 이 동쪽으로 여 거기다가 거 인자 배를 상징하는 거 저 돛대를 상징하는 저 거시기 그게 머냐 짐대.

짐대라고 거 거기다가 세웠대요. 그래가지고 우리 어렸을 때만해도 짐대거리라고 어르신들이 그러게 불렀어요.

그래 인자 지금은 그 흔적이 전혀 없어져 버렸는데. 예. 그러게 했고.

지금 거 저 요 앞에 수호비 있는디 나무 있죠!

거 거기도 지금 논 그 질(길) 건너서 논에 까지도 우리 어렸을 때게 나무 거 저 뿌리가 여~러 그루가 있었어요.

우리 저 어렸을 때게 거기서 꾸루고 앉아 그 속에 패이며는. 그 속에서 불도 피우고 놀고 막 그랬어요.(패인 나무 속에 무릎을 꿇고 앉아 불도 피우면서 놀았다)

인자 그러기 때문에 실지 거그선 우리들이 나무 있는 그 흔적을 우리가 거시기 놀고 그랬어요. 예. 보고.

그러니까 아마 그거까지 해서 그러한데다가 그러게 해서 거 배형국에 거 좀 허한 점을 거 보완하기 위해서 그 숲을 가꿨지 않겠는가.

에~ 인자 어르신들 말씀도 그렇지마는 우리들도 그러게 봐 그런걸 또 직접 보고 했을 때게 아 과연 그런 거 같앴어요.

(조사자 : 예. 예. 짐대가 우리 어르신 언제 때까지 [웃으면서] 있었어요?)

그러니까 저 어르신들이 알 수 있는 정도까지 세워졌으니까.

아마~ 일제 초기. 근게 하여튼 [곰곰히 생각한다] 천구백 아무튼 이십년 삼십년까지는 아마 그 저 짐대를 세운거 같애요.

(조사자 : 그럼 우리 어르신은 어렸을 때 보셨어요?)

저는 못봤죠.

(조사자 : 못 보셨겠네. 이십년 전…)

나는 사십오 저 그니까 저 일년 생이니까(1941년생이니까).

(조사자 : 사십일년생.)

예. 그러니까 나 낳기 전에까지는 인자 어르신들 얘기로만 그렇게 세웠다.

그래서 짐대거리라고 그러게 부르고 있거든요.

그랬는데 인제 어르신들 말씀만 들었을 뿐이제. 우리는 짐대를 못 봤죠.

금성산 배고리

자료코드 : 06_06_FOT_20110209_NKS_YBM_0001

조사장소 : 전라남도 담양군 금성면 대곡리 대곡마을 마을회관

조사일시 : 2011.1.29

조 사 자 : 나경수, 서해숙, 이옥희, 편성철, 김자현

제 보 자 : 윤병민, 남, 83세

구연상황 : 앞서 마을 앞이 바다였다는 이야기가 끝나자 지금까지 조용히 경청하던 제보자가 나서서 다음 이야기를 이어갔다.

줄 거 리 : 금성산성에 배를 맨 고리가 지금도 있다는 이야기이다.

말허자믄 산성 가 실봉 가서 인자 배 배꼬리가 배는 걸어져 있다고 그런디 몰라. 아 고리 있다 그려.

(조사자 : 어디예요?)

산성.

(조사자 : 산성에 있는.)

실봉가서. [청중이 금성산성이라 설명한다]

(조사자 : 금성산에 배 맨 고리가 있데요.)

예. 배 맨 고리가 지금도 있다 그래. 나는 안가봐서 몰라. 말만 들었어.

(청중 : 산에 그리 가봐도 그 고리 있는 자리는 보도 못혔네.)

(조사자 : 그래도 옛날 어른들이 그런 말씀 하셨던거죠. 다~ 바다였고. 금성 저기 저쪽 가며는. 저 곡성쪽?)

무 무 무님기.

(조사자 : 물넘는 고개에.)

무님기여 거가.

(청중 : 거가 야차와(낮아). 산이 요 러케 생기가지고 고가.)

(청중 : 배너매 고개제. 배너매 고개. 뱃질. 지금으로 허믄 뱃질이여 거가. 잔등이 선 세이로(사이로).)

(청중 : 나는 말이 안된 것 같이여.)

주인을 지킨 충견

자료코드 : 06_06_FOT_20110209_NKS_YBM_0002
조사장소 : 전라남도 담양군 금성면 대곡리 대곡마을 마을회관
조사일시 : 2011.1.29
조 사 자 : 나경수, 서해숙, 이옥희, 편성철, 김자현
제 보 자 : 윤병민, 남, 83세
구연상황 : 앞서 백여우에 관한 이야기가 끝나자 제보자가 들은 이야기라고 하면서 다음 이야기를 구연했다.
줄 거 리 : 한여름에 개를 데리고 나와 시원한 곳에서 잠을 자는데, 갑자기 개가 낑낑거리면서 물자 놀래 일어나보니 구렁이가 있어서 목숨을 구했다는 이야기이다.

전설에 든. 언제 전설에서 들은 말인디.

개를 잘 여하튼 키 키웠어. 한 마리를.

여름이 돌아왔어. 여름이 돌아와가지고 인자 숲.

더운게 개를 디고(데리고) 시원헌디 가서 인자 잠을 자.

짐 더울 때라 잠을 실컨 자고 있은게.

아 개가 와본게. 구렁이가 큰~놈이 여 내려와서 인자 거 지 주인을 해칠라고 내려올 판이여.

내버려두믄 주인이 죽게 생겼어.

근게 인자 개가 낑낑거리고 물어 뜯었제. 물어 뜯어.

"아 머 잠을 잔디. 니끼 임병할 시키."

인제 때리제. 개를. 가만 있으라고.

아 하~도 물어싼게 깨보니 아 인자 [웃으면서] 구렁이가 이~만헌 놈이 이러거든.(눈 앞에서 자기를 먹으려고 움직이거든)

그래도 개땀으로(개 때문에) 살았다고 [웃으면서] 그런 전설이 있었어.

(조사자 : 아~ 그래요. 잼있네요.)

썩지 않는 김덕령 시신

자료코드 : 06_06_FOT_20110209_NKS_YTB_0001
조사장소 : 전라남도 담양군 금성면 대곡리 대곡마을 마을회관
조사일시 : 2011.1.29
조 사 자 : 나경수, 서해숙, 이옥희, 편성철, 김자현
제 보 자 : 윤태복, 남, 83세
구연상황 : 앞서 김덕령에 관한 이야기가 계속되었는데, 김덕령의 죽음에 대한 이야기가 끝나자 제보자가 나도 한마디를 하겠다고 하면서 다음 이야기를 이어갔다. 이야기는 제보자와 청중이 서로 주고 받으면서 풀어갔다.
줄 거 리 : 김덕령 장군의 묘가 무등산 기슭에 있는데, 이장할 때 보니 시신이 그대로 있었다는 이야기이다.

그래 인자 내가 거 한 마디만 또 때울게.

김덕령 장군님 묘가 지금 저 무등산 기슭에가 계신진 알죠?

근데 이장을 한 번 했거든요. 금년에.

나는 먼 말을 질게(길게) 안해. 한 마디로 간단히 해불제.

근디 사람은 죽으믄 인자 지하 따 땅으로 들어가서 다 썩기 마련인디.

김덕령 장군은 그~대로 있드래요. 그~대로.

내가 보든 안했어. 내가 전설 말은 들었는데.

하~ 거 입석 인자 돌아가시믄 인자 입석 다 거 해입히서 거 매장을 히서 초상을 친거 아니요.

근디 그대로 가만 있더래.

근게 어떤 사람은 아조 자리가 좋아서 그랬다. 또 또 혹자는 아조 나쁜 자리는 그렇게 썩들 안헌다.

요런 전설이 두 가지로 나온디.

내가 모린게 판단을 못허지 나는. 허 허 [웃음]

내가 모른 일이라.

(청중 : 근디 김덕령 장군 이야기가 나왔신게. 나도 한 마디 때울 것은.)

(조사자 : [웃으면서] 하 하. 주거니 받거니 좋습니다.)

(청중 : 무등 무등 산장에서 무등산을 올라가다 보믄. 외악산 쪽으로 중간에 들어간 질목이 하나 있어. 뭔 질이냐믄 김덕령 장군 사당이 계시어. 거가. 거 저 우 우게서부터 김덕령 장군으로 해서 조부님, 아버지. 제~일 밑에 가서 김덕령 장군 묏이 있고. 밤낮으로 나라에서 다 지키고 있어. 그런디 그 유물관을 구경했어? 안갔어?)

구경했제. 했어.

(청중 : 관이 그러믄 어느 정도 크던가?)

아이 관 이장을

(청중 : 유물관에 관이 있기래 물어본거여. 그거 빠지고 말을 허길래.)

아 우리 선조 관을 내가 얘기했제.

김덕령 장군 이장을 했다. 그런 전설로 들었제.

내가 직접 보든 안했다고 안했어.

(청중 : 나는 그 산장에 놀러다님선 심심허믄 시내버스 타고 가다가 거그서 내리갖고 잠깐 들어가믄 기거든. 근디 거 자세히 봤어. 유물관 구경을 허믄. 참 볼만 헐 것이. 여러 가지 것이 있어. 근디. 관으로 말허자믄 보통 우리 관은 여섯 자에. 자가 우 제일 큰 폭이 여섯 자에 자가 우. 높

이는 한 자. 그렇게 인자 니모지게(네모모양으로) 짠디. 일곱자 가웃에 두 자 가웃이여. 관이. 장군은 장군이여. 관만 보드라도.)

하 하 [웃는다]. 얼마나 크것소.

(청중 : 이장을 헐 때게 관도 조깨 그 껍닥은 살분살분 썩었습니다. 근디 아주 썩든 짜부라지던 안했은께. 유물관에다 탁 보관을 해놨는디. 하~ 여튼간 관만 봐도 장군이여. 겁나게 커. [제보자가 웃는다] 아마 키로 허믄 메타수로(m로) 허믄 일메타가 더 크고. 보통사람보단 한 자가 더 크고 글더라고. 근게 참 장군은 장군이여. 그런 양반들은.)

윤씨시조 탄생담

자료코드 : 06_06_FOT_20110209_NKS_YTB_0002
조사장소 : 전라남도 담양군 금성면 대곡리 대곡마을 마을회관
조사일시 : 2011.1.29
조 사 자 : 나경수, 서해숙, 이옥희, 편성철, 김자현
제 보 자 : 윤태복, 남, 83세
구연상황 : 앞서 남원진씨 시조 이야기가 끝나자 제보자가 나도 이야기하겠노라 하면서 다음 이야기를 이어갔다. 제보자와 청중이 이야기를 서로 주고받으면서 풀어갔다.
줄 거 리 : 경기도 파주에 있는 연못에서 부인이 빨래를 하고 있는데, 거북이가 궤를 등에 지고 나타났다. 부인이 그 궤를 집으로 가져 와서 열어보니 그 속에는 파평윤씨 시조가 있었다고 하며, 후손들이 지금도 거북이를 먹지 않는다는 이야기이다.

인자 내가 애기 쪼금 헐가라?

어쩌 진씨 시조는 물으면서 우리가 내가 자자일촌허고 윤가들이 산다해도 나헌테는 어째 그 말씀은 안 물어보시오?

(조사자 : [웃으면서] 아. 지금 물어볼라구요.)

(청중 : 상놈의 거 양반허고 같은가니. [전원 웃는다.] 물어본 사람이 썩었제. 양반헌테 물어보제. 상놈헌테 누가 그런 소릴 물어본고. 글안허것습니까?)

(청중 : [웃으면서] 농담을 했습니다.)

(조사자 : 어디 저기 윤씨 시조도 아주 특이하게 태어났다고.)

어?

(조사자 : 윤씨. 남원이 아니라 파평윤씨. 그 이야기 한 번 해주시죠.)

예. 일설 파평윤씨나 마찬가지여.

(조사자 : 같은 본(本)이 같은 시조니까.)

파평, 남원, 함안. 함안윤씨가 있어요.

그래갖고 세 본이 동본(同本)를 해요. 같은 동본을 해요. 세 본이.

파평, 남원, 함안.

근디 우리 윤씨 시조가 어떻게 태어났냐만 내가 간단히 말씀드릴께요.

(조사자 : 길~게 말씀해주세요.)

에~ 경기도 파주 가서 연못이 있어. 연못이 있는데. 거기서 부인이 빨래를 허고 있는데. 세탁을 허고 있는데.

우리 윤가들이 저 자라를 안먹는다는 전설이 있어갖고는 지금도 윤가들이 자라는 잘 안먹어요.

어짼수가 있냐.(어째서 그러냐면)

빨래를 허고 있는디. 큰 자라가 요 귀(궤)를 하나 등에다 업고 나와.

에~ 전설이여 그것이.

(조사자 : 뭐를 등에 업고 나와요?)

자라가.

그래서 그 아낙네가 인자 거 신기헌게 귀(궤)를 받아서 까보니까. 파평윤씨 시조가 탄생이 되았어. 거그서.

여. 거 거그서. 여 전설이여. 그래갖고 그 연못이 파주가 있어요. 파주.

파주 가서 있는데.

(조사자 : 아 어르신. 잠깐만. 그 거북이가 그 귶(궤)을 들고 나와요?)

예. 예. 그게 다 전설이여. 내가 안봐서. 우리 시조 전설이여.

그래서 인자 까본께. 에~ 이쁜 동자가. 그 귀 속에가 동자가 있더라.

그 양반이 에 태사공이라고 신 자 자 자 이 명함이 그 양반이 신 자 자 잔디.(파평윤씨 시조 태사공(太師公) 윤신달(尹莘達)로, 태사공 신자라는 이름은 찾을 수 없어 제보자가 이름은 잘못 알고 있다)

호는 태사공이어요.

(조사자 : 태사공.)

그래갖고 인자 그 양반은 그렇게 태어났는데.

(조사자 1 : 혹시 그 귀 귀가 귶이 상자 이걸 말씀하신…)

(조사자 2 : 궤. 궤 아닌가요?)

(조사자 1 : 상자. 궤짝을 말씀하신 거죠?)

예. 예.

파평윤씨 중시조 윤관

자료코드 : 06_06_FOT_20110209_NKS_YTB_0003
조사장소 : 전라남도 담양군 금성면 대곡리 대곡마을 마을회관
조사일시 : 2011.1.29
조 사 자 : 나경수, 서해숙, 이옥희, 편성철, 김자현
제 보 자 : 윤태복, 남, 83세
구연상황 : 앞서 윤씨 시조 탄생담에 관한 이야기가 끝나자 이어서 중시조에 관한 이야기도 하겠다면서 다음 이야기를 이어갔다.
줄 거 리 : 파평윤씨 중시조인 윤관이 어릴적에 부친 심부름으로 정승댁에 갔으나 문적박대를 하자 편지를 글을 써서 보냈다. 이를 본 정승이 그 아이의 재치와 지혜를 알아보고 사위로 삼았으며, 윤관은 훗날 정승이 되었다는 이야기이다.

고 아래 인자 사대손 중시조 이야기를 잠깐 헐께요.

중시조 이야긴 에~ 윤관 장군이라믄 다 아실거여.

(조사자 : 예. 알고 있습니다.)

윤관 장군. 에~ 나로선 이십 이십 육대손(26대손)인데.

지금 파주 가서 계시거든요. 묘가.

파주 가서 계신디.

그 양반이 에~ 어떤 공을 세웠냐~ 헌 것은 거 교과서에 다 나왔잖아요. 국민학교 교과서에.

다 아시죠. 내가 이야기 안 해도. 그 양반 내력을.

(조사자 : 예. 어떤 일을 한 줄은 알지만 그래도 이야기 해주세요.)

아 그란께 그 양반이 에~ 여진을 몰아내갖고 우리나라 평화를 시킨 양반 아니요.

중국서 여진들이 몰아온 것을 우리 윤관 장군이 물리쳤어.

그리갖고 우리 조선 민족이 평화롭게 살었다는 것을 말헐 수 있고.

그 다음 고 밑에 가서 중시조가 나로서 십 사대 십오대존디(15대조인데).

에 그 양반 음~ 휘자는 글월 문(文) 자 효도 효(孝) 자 허고 호는 문숙 문효공이고 그래요. 문효공.

근디 그 양반이 에~ 정승꺼지는 그 했단 말이요.

에 어디서(어째서(어디서 라 잘못 말한듯) 정승꺼지 헌 이유를 내가 말을 헐께요.

그 문효공이란 십오대 할아버지가 거 열 두살 땐디. 열 두살 묵어서 인제 부친께서 정승헌테 심부름을 보내.

서찰을 해서 인자 편지를 해서 정승헌테,

"갖다주라."

고러고 보내지.

열두살이 심부름허기 마치(마침) 헐만허거든요.

근데 편지를 갖고 여 어 말허자믄 거 문 앞에를 들어가믄 지금으로 같으믄 수위라고 헐까. 문지기라고 해. 옛날에는 문지기라고. 문 지키는 것이 문지기여.

문을 지킨다고 해서 문지기.

그래 수위들이 못 들어가게 해. 들어가들 못허게 해. 그래,

"이 서찰만 전해주라."

해도 문지기들이 여 문지기들이,

"아 저짝으로 가."

라 허고 안받아줘.

인자 몇~번은 들랑날랑했어.

몇~번은 들랑날랑 안 받아준게. 거 문효공 하나부지가(할아버지가) 그 봉투에다가 그 서찰 한 쪽에다가 그 글을 지었어.

응. 그 글귀 한 자만 내가 말을 허자믄.

문전좌지 지생호라

에 문 앞엘 자주 들랑날랑 해가지고, 문전좌지 지생호라. 종우 지(紙) 자. 털이 났다. 터럭 모(毛) 자.

에 문전좌지 지생호라.

고렇게 해서 들여보냈어.

고렇게 정승이 딱 본게. 인제 편지 내용을 보고 봉(封)을 본게. 그 글귀가 적어진 놈을 본게.

"거 누가 이 이것을 썼냐?"

고, 정승이 막 물어본게.

"아 여 심부름헌 애기가 갖고왔다."

고.

"당장에 들여보내라."

고 그랬어요.

들여보냈어.

"아 글귀 누가 썼냐?"

고.

"지가(제가) 썼습니다."

근께 정승이 깜짝 놀래부렀어.

아 어린 것이 에 그러고 또 한 한말은 뭐라 그런고는.

백깥에(바깥) 와서 손님이 주인을 찾거들랑 입에 있던 밥도 빽~허고 손님이햐 허는 것을 응 어째 정승이 되아갖고 어 동쪽에 해가 솟아도 머 일어나덜 안허고 있냐.

그런 뜻으로 글귀를 또 썼었어.

그래갖고 정승을 나무랬어. 시구에서 정승을 나무래 열두살 묵은 애기가.

(조사자 : 대단한 배짱이네요.)

예. 그런게 정승이,

"당장에 들여오라."

해갖고는 잘 목욕시키고 자기 하인들 시켜서 막 지기 집서 세워. 말허자믄 정승이. 박정승이여. 박정승이. 줄산박씨여.

그리갖고 사우를 삼았어. 사우를 삼았어. 따님이 있어갖고 정승이. 그래갖고 그 줄산박씨여. 줄산박씬디.

(청중 : 어디 박씨?)

줄산박씨.

근디 어~찌서 그 양반이 정승이 되았냐 하믄. 어~ 그렇게 인자 박정승 밑에서 커가지고 어 인자 과거도 보고 그랬을거 아니요.

그래갖고 정승에 말허자믄 합격을 했어. 쉽게 요새 발령장을 받었어요. 발령장을 받았는데.

그 날사 말고 급히 병환이 나갖고 돌아가셔부렀어.

돌아가신게. 그 문효공 하나부지가 돌아가시기 전에,

"내가 죽거든 사흘간 곡소리를 내지 마라."

그랬어.

"곡소리를 허지 마라."

근게 살아있을 때 정승을 했다는 것을 표시를 허기 위해서 응 그래가지고 우리 서울 안 사람들은 우리들보고 사정승 손이라고 농담으로 그러거든.

죽은 뒤에 정승. 죽은 사람이 정승이 되았다. 고렇게 우리헌테 농담을 허고 그래요.

그런께 내가 요 말을 왜 헌고, 왜 허냐며는 열두살 먹은 애라도 그~만치 투철하거든요. 머리가 투철허기 때문에.

정승을 나무랬잖아요. 정승을. 그러니 정승이 깜짝 놀래분거제.

(조사자 : 그니까요. 대단한 대단한~)

대단한 사람이죠. 그래갖고 정승까지 지낸. 묘가 구례군 산동면가 있는데.

비가 고것이 어떤 어떤 비를 세웠냐허믄.

에~ 좌대가 두루 여섯 자. 또 그 우게가 버섯 어 거북이 에~ 삼천 삼천키론가(3000kg인가) 된 거북이로 비가 되 있어요.

에~ 근디 그 그 비석은 어디서 독을 가져왔냐하믄 황해도 바다 속에서 건져갖고 왔는디.

부석이라고 뜰 부(浮) 자 독 석(石) 자 부석. 돌이 떠 있다 그 말이여.

그러믄 에~ 아까 두루 여섯 자 좌대에다가 두루 여섯 자 좌대에다가 거북을 놓고 거북을 수천개 논 거북을 놓고 그 위에 0어 섰인게.

수 만근이라 허는 거보다도 수천근 될거 아니요.

근데 인자 그 전설로 허자믄 뜰 부 잔게 뜰 부 자에 돌 석 자인게 독이 떠있다 그 말이여.

근게 옛날에는 실을 양쪽에서 이러게 사람이 잡고 그 새이다(사이에다) 대고 요러게 하믄 실이 빠져 나왔단 말이여.

그러믄 떴다고 분명이 인정이 되거든요. 글죠. 실이 빠져 나왔다는게.

근게 지금도 우리가 가서 보므는 인자 때가 쩌갖고 다갖고(닳아) 있어. 때가 쩌갖고.

옛날에는 떠갖고 있었담시. 근게 고지가(그대로) 안믹히저(믿어지지 않다).

수~천근이 어찌게 떠갖고 있느냐.

[갑자기 언성을 높이면서] 아 근디 지구도 떠 갖고 있잖아요. 지구도.

(조사자 : 지금도요.)

아니. 우리나라 세계 지도를 지구도 떠 갖고 있단 말이여.

근디 하물며 독 그것이 안 뜰 수가 있냐.

그렇게도 말헐 수가 있잖아요. 하 하[웃음]

(조사자 : 그렇습니다. 그러겠네요.)

도깨비의 정체는 빗자루

자료코드 : 06_06_FOT_20110219_NKS_YSO_0001

조사장소 : 전라남도 담양군 금성면 금성리 하성마을회관

조사일시 : 2011.2.19

조 사 자 : 나경수, 서해숙, 이옥희, 편성철, 김자현

제 보 자 : 임순옥, 여, 68세

구연상황 : 앞서 도깨비에 관한 이야기가 계속되자 지금까지 조용히 듣고 있던 제보자가 다음 이야기를 구연했다.

줄 거 리 : 옛날 양반이 밤 늦게 걸어오는데 도깨비가 귀찮게 해서 허리띠로 묶어놓고 왔는데, 아침에 가보니 빗자루였다는 이야기이다.

옛날 양반이 시장에를 갔다가 오시는데. 늦게만큼 밤에 간다.

고로케 도채비 같은 거시 사람을 고로케 막 성가시게 해쌌트라여.

'그래서 이 놈 시키가 머시다?'

가 자기 여그 허리띠를 해갖고 꽝꽝 묶어놓고 갔대. 그 사람도 마음이 엄청 단단한 사람이제.

그래갖고 가갔고. 자고 아침에 와서,

'이 놈 시키가 머시냐?' 하고 와서 본게. 몽지랑 빗자루가 거가 있더래여.

근게 마음이 약허며는 조깨(조금) 비이여.

(청중 : 문암 사람이 그랬다 그랬어. ○○덕 아들이 그랬다 허지 않았는가?)

문암 사람이 그랬다 그랬어. 옛날에.

(조사자 : 문암사람이?)

예. [청중이 누군가의 실명을 거론하나 잘 들리지 않는다] 그 말을 들었어. 내가.

피 묻은 빗자루가 도깨비가 된다

자료코드 : 06_06_FOT_20110219_NKS_YSO_0002

조사장소 : 전라남도 담양군 금성면 금성리 하성마을회관

조사일시 : 2011.2.19

조 사 자 : 나경수, 서해숙, 이옥희, 편성철, 김자현

제 보 자 : 임순옥, 여, 68세

구연상황 : 앞서 도깨비에 관한 이야기가 끝나자 청중들이 서로 도깨비에 관해 이야기하려고 했으나 제보자가 연이어 다음 이야기를 구연했다.

줄 거 리 : 옛날에는 낫으로 풀을 베면 피가 묻는데 이것이 도깨비가 되고, 생리 중인 여자가 빗자루를 깔고 앉다 보면 피가 묻는데 이것 역시 도깨비가 된다는 이야

기이다.

(청중 : 요롷고 씰고 다라졌어. 이것을 버리믄. 거가 인자 우리가 손을 잘 비거든. 그때는 낫으로 풀비고 낫비고 근게. 고 피가 빗자리가 묻은 놈이 도채비가 된대.)

그런게 부엌에서 그 빗지락을 쓰잔아요.

근게 여자들은 인자 근게 저 기 있잔아. 그니까 될 수 있으므는 그 빗자리를 안 그렇게 깔고 안글라고(앉으려고) [손을 저으며] 안깔고 안글라고 그리야. 안 깔고 안글라고.

그런 것이 있기 때문에 그런다고 그런 말이 있어.

(청중 : 인자 그런 디가 피가 묻으믄 도채비가 된다고 그러더라고.)

지금 또 그거도 변헌가. 그 불나간 것도 안보이대.

쇠말뚝을 박아 혈맥 자른 일본

자료코드 : 06_06_FOT_20110209_NKS_JBS_0001
조사장소 : 전라남도 담양군 금성면 대곡리 대곡마을 마을회관
조사일시 : 2011.1.29
조 사 자 : 나경수, 서해숙, 이옥희, 편성철, 김자현
제 보 자 : 정병삼, 남, 77세
구연상황 : 앞서 진용섭 제보자의 금성산성에 관한 이야기가 끝나자 제보자는 조사자가 철마에 대해 물어본 것을 기억하고서 다음 이야기를 이어갔다. 청중들이 서로 이야기를 하려 하자 이를 조용히 듣다가 말을 이어갔다.
줄 거 리 : 일본사람들이 우리나라에 인재가 나는 것을 막고 혈맥을 끊기 위해 무등산에 쇠말뚝을 박고 옥과, 금성산성에도 쇠말뚝을 박았다는 이야기이다.

(청중 : 그것은 ○○나이 저 나도 일본놈 밑에서 공부헌 사램이여. 일본놈 일본놈 헌게로 쪼깨 귀에가 설란가 몰라도 어~처케 거이 우리가 학대를 받았던지 일본놈 소리가 지금도 나옵니다. 일본놈들이 우리나라를 나

왔을 때게 디게 안속챙기고 나왔제. 우리나라 생각고 안나왔어요. 근디거 한~가지 쪼~끔 도움이 된 것은 일본은 우리나라 보담 한 이십년 이상은 모냐 말허자믄 서양문화를 받아서 이십년 이상 선진이 되고. 우리나라는 무슨 거시기 요 거 통~ 발전이 없었는디 일본놈들이 나와서 다~ 자기 나라에서 돈 갖고 와갖고. 거 머시 도로를 신작로라 했어. 신작로 내고 철도 내고 다~ 그러고 허기까지 했습니까.

조선사람 생각고 했간디. 지기가 지기 영토로 알고 그런 것이지~.

(청중 : 지기들이 우리나라 생각고 핸것이(했던 행동이) 아니라 언젠가는 한일합방을 해갖고 우리 조선땅은 지기 원 토지를 만들고 땅을 만들고 우리는 인자 미국서 실패해불고 일본 놈을 못 이겼으면 패전을 당해부렀시면 우리는 요로고 살도 못해요. 저~어~ 만주벌판에 가서 살판이여. 근디 다행이도 운이 좋아갖고 기냥 패망되기가 바쁘게 독립이 되야가지고 요로고 시방 살고 안 있습니까. 그랬는디. 하~아~.

철말 백힌(박힌) 것을 아까 물어본디. 철말 백힌(박힌) 것은 요 근방에는 없고. 무등산에 가믄 철말 백힌 것이 있고.

(조사자 : 철마 뭐가요? 철마?)

쇠말뚝.

(조사자 : 예~ 철마 백힌 거. 예~)

그런데 저그 저~ 옥과 가서 옥과 가서 백힌 자리는 시방 나도 거기 위치는 알고 있고 그런디.

일본사람들이 왜 거기 거기다 철말뚝을 박고 댕겼냐므는 [언성을 높이면서] 우리 한국에 인재가 못나오게 할라고 혈맥을 끊을라고 혈맥 있는데다가.

그래 알기는 참 안놈들이여(잘 알고 있는 놈들이야).

그 혈맥 내려온 자리 거그를 찾아갖고 그 자리에다 혈맥을 끊을라고처 철말뚝을 박아논 것이여.

그래갖고 철맥을 깰라고.

인제 그런 것도 한동안 많이 알면 뽑아불고 안 그런 것도 있다고.

우리 한국에서 거 뽑고 다니고 했어.

저~그 저 여 곡성가믄 거 겸면가서 우리 저~ 선산있는디 선산 우에 거기 가서 혈맥을 끊니라고 거기다가 뺀 자리를 나가(내가) 알고 있어.

그리고 금성산성에도 박아논 자리도 있고. 인자 안 놈은 다 빼불고 했제. 안놈은.(알고 있는 것들은)

(조사자 : 빼부렀을까요? 어쨌을까요?)

예?

(조사자 : 금성산성에 말뚝 박은 걸 어째 뺐을까요? 그대로 있을까요? 그냥 전해오는 이야기겠죠.)

알며는 알며는 거 빼버렸겠지.

금성산성의 승전바우

자료코드 : 06_06_FOT_20110209_NKS_JBS_0002
조사장소 : 전라남도 담양군 금성면 대곡리 대곡마을 마을회관
조사일시 : 2011.1.29
조 사 자 : 나경수, 서해숙, 이옥희, 편성철, 김자현
제 보 자 : 정병삼, 남, 77세
구연상황 : 앞서 쇠말뚝에 관한 이야기에 이어서 다음 이야기를 구연했다.
줄 거 리 : 금성산성 밖에 승전바우가 서있어서 전쟁이 나더라도 성안에서는 성을 쌓을 수 있었다는 이야기이다.

근디 그것보믄 요상혀. 금성산성이 거~ 전쟁터거든.

이게 전쟁 전쟁턴디.

거가 이~ 성을 싸서(쌓아서) 아까 저 조각을 해서 성을 쌓단디. 그것은

아니여.

고건 옛날에 국민들 맨날 못헐 일을 시켰어. 전~부 디리다 독 갖다가 전부 산을 성을 저렇게 두 줄 이상 인자 못올라오게.

그전에 인자 전 전쟁 무 무기가 조틀(좋지) 안했으니까. 성 성을 쌓아 못올라오게 허고.

근디 성 안에서 언제든지 지었다는 거예요.

성 안에서 지었어. 성 밖에서 인자 거 침략헌 것이겠지. 성 안 안에서는 지었어.

왜그랬냐므는 금성산은 성 밖에 가서 승전바우라고 쭈~욱 올라갖고 있는디.

아마 한 서너질이 될거이여. 아마 쭈~욱 올라가믄. 거 승전바우가.

(조사자 : 순전?)

승전바우.

(청중 : 승전 바우.)

순전이 아니라 싸워서 이긴다고. 싸워서 이기는 바우라.

승전바우라 해갖고 밖에 가서 높~은 바우가 있어.

근게 그 바우가 성 밖에 가서 있기 때무로(때문에) 성 안에서는 언~제든지 지었다고 그러거든. 전쟁 나므는.

그 바우가 지금도 있어. 쭈~욱 올라가갖고.

승전바우의 말발자국

자료코드 : 06_06_FOT_20110209_NKS_JBS_0003
조사장소 : 전라남도 담양군 금성면 대곡리 대곡마을 마을회관
조사일시 : 2011.1.29
조 사 자 : 나경수, 서해숙, 이옥희, 편성철, 김자현

제 보 자 : 정병삼, 남, 77세
구연상황 : 앞서 금성산성의 승전바우 이야기에 이어서 다음 이야기를 구연했다.
줄 거 리 : 승전바우에는 말발자국이 있다는 이야기이다.

거그 가므는 시방 나무등에 가보므는 바우 순~전 길이 바우거든.

근데 옛날에 전~쟁 헐 때게 거 말발자국이 있어갖고. 말발자국이 바우에가 패여갖고 있거든.

근데 그 때 이 발자국을 파~놓은 것인지? 참말로 말이 볿아갖고 발자국이 나온 것인지? [웃으면서] 나 그건 이해가 안가더라고.

(청중 : 말이 밟아갖고 발자국이 나며는 땅에는 못걸어댕기라고? 어디 거기에 빠져 못걸어 댕기제.) [전원 웃는다]

전우치가 세운 담양 짐대

자료코드 : 06_06_FOT_20110209_NKS_JBS_0004
조사장소 : 전라남도 담양군 금성면 대곡리 대곡마을 마을회관
조사일시 : 2011.1.29
조 사 자 : 나경수, 서해숙, 이옥희, 편성철, 김자현
제 보 자 : 정병삼, 남, 77세
구연상황 : 앞서 진용섭 제보자가 남원은 행주형국이라는 이야기가 끝나자 생각난 듯이 제보자가 나서서 다음 이야기를 이어갔다.
줄 거 리 : 담양이 배형국이고, 담양의 짐대거리는 돛대라 하는데, 짐대는 전우치가 하루 저녁에 세웠다는 이야기이다.

우리 담양이 형국이 배 형국이예요. 우리 담양이.

근데 아까 전우치 전우치 했는디.

전우치가 시방 담양 저그 가믄 짐대거리가 있어요. 짐대가 서 있어요. 지금.

거 짐대가 머이냐믄 배 돛대여. 돛대.

돛대를 전우치가 거따 돛대를 시워놨어요(세웠어요).

(조사자 : [놀라면서] 하~ 그랬답니까? [웃는다])

(청중 : 다 요술로 그렇게 해서 시웠제.(세웠지))

(조사자 : 예. 아~ 전우치가 헌거구나. 뭐 우리 어르신이 전우치에 대해서 들은 거 있거나 요술을 어떻게 부려서 사람을 도와준 적이 있거나.)

아~ 근디 고것도 ○○○에서 짐대를 거따 워치케서(어떻게 해서) 뭐 하리(하루) 저녁에 갖다가 놨다나[목소리가 적어지면서 들리지 않는다]

(청중 : 이 양반은 술을 쪼금 드신게. 한 잔 따라 주시오. [제보자가 거절하자] 하 반 잔씩 헐 텐게. 반잔 따라 드리쇼. 나는 내일 묵을란가. 모래 묵을란가 완전히 나서야 묵제. 시방 한 달 동안 참았소. 술을. 안묵을란게. 저 양반은 반 잔 쓱은 드려요. [서로 술을 권하고 있다])

(조사자 : 의외로 담양에가 전우치 관련된 이야기가 많이 있네요.)

예. [긍정의 대답] 아니 그 짐대도 전우치가 하리 저녁에 시워불었다(세웠다고) 그래요. 나 전설로 들은 말이여.

하리 저녁에 전우치가 해붓다고.

"배 형국이라 거따 돛대가 서야 한다."

그래가지고. [청중끼리 웅성댄다.]

송진우의 항일정신

자료코드 : 06_06_FOT_20110209_NKS_JBS_0005
조사장소 : 전라남도 담양군 금성면 대곡리 대곡마을 마을회관
조사일시 : 2011.1.29
조 사 자 : 나경수, 서해숙, 이옥희, 편성철, 김자현
제 보 자 : 정병삼, 남, 77세
구연상황 : 앞서 진용섭 제보자가 송진우의 의병활동에 관한 이야기를 끝내자 제보자가 나서서 다음 이야기를 이어갔다.

줄 거 리 : 손기정 선수가 올림픽 마라톤에서 일등할 때 송진우가 태극기를 흔들면서 조선 사람이 승리하였다고 외친 이야기다.

세계 올림픽 올림픽헌디.

우리나라는 거 손 손기정이냐.

손기정 선수가 마라톤 나가갖고.

(청중 : 손기정 선수. 허 허[웃음])

손기정이가 마라톤 히갖고 일등하니까니. 그러게 일등 허니까 일본 놈들이.

일본 신문에 탁~ 일본이 일등 했다고 본게로.

저~ 송진우씨가 태극기를 가 가슴에다 품고 와서 고 놈을 착~ 빼갖고 일본기 탁~ 걷어불고 태극기 착~해놓고,

"우리 조선사램이 일등했다."

고 고 고렇게 힌(한) 사램이여.

(조사자 : 그 분이 쩌 분(송진우)이예요?)

하. [긍정의 대답] 송진우씨가 그런거여.

(청중 : 근게 "손기정이가 우리 조선사램이제. 니기 일본사램이냐." 그래갖고 막 떠들어도 모 못잡어갖어 어 어떻게 인물이던지. 송진우를.)

마을 앞이 바다였다

자료코드 : 06_06_FOT_20110209_NKS_JBS_0006
조사장소 : 전라남도 담양군 금성면 대곡리 대곡마을 마을회관
조사일시 : 2011.1.29
조 사 자 : 나경수, 서해숙, 이옥희, 편성철, 김자현
제 보 자 : 정병삼, 남, 77세
구연상황 : 앞서 송진우에 관한 이야기가 끝나자 조사자가 마을에 관해 재차 물었더니 다음 이야기를 이어갔다.

줄 거 리 : 마을 앞이 바다였으며, 물이 다 차면 넘어가는 고개인 문임기가 곡성 가는 길에 있다는 이야기이다.

여가 다~ 바다였데야. 여 여 여~

(조사자 : 아~ 여기가요.)

여 강이였데야. 전부. 그런디 문임기가 어디였냐믄 저~어 저 시방 고 곡성 저 저 저~어기 저가 야찹거든.

거가 문임기 였다 그러거든.

여 여가 가슴 차갖고.

(조사자 : 문 문 머였다고요?)

(청중 : 문임기. 하 하[웃음])

물이 인자 다 차므는 넘어가는디.

(청중 : 물이 넘어가는 고개.)

도깨비에 홀린 어머니

자료코드 : 06_06_FOT_20110209_NKS_JBS_0007
조사장소 : 전라남도 담양군 금성면 대곡리 대곡마을 마을회관
조사일시 : 2011.1.29
조 사 자 : 나경수, 서해숙, 이옥희, 편성철, 김자현
제 보 자 : 정병삼, 남, 77세
구연상황 : 앞서 도깨비에 관한 이야기가 끝나자 이어서 제보자가 다음 이야기를 구연했다. 제보자는 청중들이 하는 이야기를 듣다가 생각나면 갑자기 나서서 이야기를 이어갔다.
줄 거 리 : 병만이 어머니가 도깨비에 홀려 산을 헤매고 다녔다는 이야기이다.

아 이~

(청중 : 병만이 어머니가.)

병만이 어머니가 넹겨(넘어) 어디서 오다가 저~녁내 산으로 어디로 헤

매고 머 다 홀려가지고 집이를 못오고.

아~ 그 어청게 찾었는가 그랬어.

(조사자 : 그냥 무사하시구요?)

어. 아니여. 아니여. ○○이.

(청중 : 근게 어디 꼴로(골짜기로) 가뿔면 질이(길이) 훤히 보인가벼. 질이 훤~히 난데요.)

그리여. 질이 환~히.

(청중 1 : 환~히. 글믄 그 밑으로 보믄 옷이 다 찢어져갖고. 갈래 갈갈이 다 찢어져갖고 있고.)

(청중 2 : 아 그 전에 맹기댁이가 한 번 둘려갖고.)

맹기댁 그 말이여.

도깨비에 홀린 송우실 사람

자료코드 : 06_06_FOT_20110209_NKS_JBS_0008
조사장소 : 전라남도 담양군 금성면 대곡리 대곡마을 마을회관
조사일시 : 2011.1.29
조 사 자 : 나경수, 서해숙, 이옥희, 편성철, 김자현
제 보 자 : 정병삼, 남, 77세
구연상황 : 앞서 도깨비에 홀린 이야기를 청중들과 주거니 받거니 한 뒤에 아는 사람도 그러했다고 하면서 다음 이야기를 이어갔다.
줄 거 리 : 송우실의 사람이 예쁜 각시한테 홀려 저녁 내내 길을 헤매고 다니다가 아침이 되어서야 아사리 밭에서 옷이 찢긴 채 발견되었다는 이야기이다.

아 ○○ 송삼동씨도 그랬어.

손우실 송삼동씨도 저녁에 누가 인자 머 오라근다 그런게.

머 예쁜 각시가 머 어떻게 해서 각시한테 홀렸어. 저녁에.

어. 데리고 간게. 자기 정신 쏙 빼분께 따라갔제.

한~허고 따라 간디. 쩌~어기 저 시궁창 물이 흐른 거 자리. 거까지 거까지 따라갔어.

아 긍게 동네서 아 그냥 저녁에 난리가 나갖고 기냥 전부 동네사람이 다~ 나와 갖고 다 찾고 댕기고. 뭐 몰라. 못찾어.

근디 어떡해갖고 거기 가서 [언성을 높이면서] 아~ 저녁~내 그래갖고 아 거 새벽엔가 머 아침엔가 찾아갖고 왔어. 아사리 밭에서.

근디 그 질이 환하고 따라~ 따라 갔데요. 그렇게.

그런거 보믄 참~ 이상해. 그런거 보믄.

(청중 : 어떻게 큰 아사리 밭인데 큰 질이 확 나분거 보믄.)

(조사자 : 응~ 그렇네요.)

그 이튿날 아사리 밭인게 옷이 다 찢어져부렀제. 옷이 전부다.

(조사자 : 근게 여자도 한 번 홀리고, 남자도 한 번 홀리고 그런거네요.)

네. 응.

백여우의 구슬

자료코드 : 06_06_FOT_20110209_NKS_JBS_0009
조사장소 : 전라남도 담양군 금성면 대곡리 대곡마을 마을회관
조사일시 : 2011.1.29
조 사 자 : 나경수, 서해숙, 이옥희, 편성철, 김자현
제 보 자 : 정병삼, 남, 77세
구연상황 : 앞서 담양향교 터의 형국에 관한 이야기가 끝나자 제보자가 나서서 어렸을 때에 들은 이야기라 하면서 다음 이야기를 구연했다.
줄 거 리 : 예쁜 여자로 변신하여 남자를 유혹하는 백여우가 남자와 입을 맞추면서 남자 입으로 구슬을 넣어 피를 빨아먹는다는 이야기이다.

많이 우리 어려서부터 들은 거거든.

여우가[조사자가 과자를 건넨다] 응. 암여우라 그런다냐.

암여우가 사람을 홀기여.

그럼 여우는 옷도 한복으로 깨끗허니 예~쁘게허고 나타난데야.

그 백여우. 여우가. 아조~ 그 사람을 인자~ 남자를 꼬셔갖고,

쌔~뜩한 여자가 나타나갖고 남자를 꼬셔갖고 고걸 인자 간접 키스를 허머는 입을 맞추믄,

뭐 저 방울 거 저 구슬이 들어가갖고 여 저 남자 피를 싸~악 빨아 묵어분데야(먹는데).

응. 여자 거 여우가 고 구슬을 너갖고(넣어서) 남자 피를 싸~악 빨아 묵으믄 남자는 결국 죽어. [조사자들이 모두 "아~" 하고 이야기에 호응한다]

고래갖고 홀려갖고 사람 홀려갖고 피를 빨아 묵고 고런다고 인자. 고런 말은 들었지이~[웃는다]

담양 지명 유래

자료코드 : 06_06_FOT_20110209_NKS_JYS_0001
조사장소 : 전라남도 담양군 금성면 대곡리 대곡마을 마을회관
조사일시 : 2011.1.29
조 사 자 : 나경수, 서해숙, 이옥희, 편성철, 김자현
제 보 자 : 진용섭, 남, 85세
구연상황 : 조사자들은 사전에 마을에 연락을 드리지 않고 무작정 마을회관을 찾아갔다. 마침 제보자를 비롯해서 청중 3분이 담소를 나누고 계시고 있어서 조사 취지를 설명하고 많은 이야기를 해달라고 부탁드렸다. 그러자 제보자가 자료가 없어서 이야기할 만한 것이 없다고만 하셨다. 조사자가 마을 현황에 대해서 물어본 뒤에 이 마을을 왜 대곡이라 부르는지를 여쭙자 다음 이야기를 구연했다.
줄 거 리 : 담양은 지금까지 이름이 네 번 바뀌었는데, 담양이라 칭하게 된 것은 도사가 추월산에 올라가서 바라보니 담양이 병풍처럼 둘러싸여 있고 연못처럼 생겼

다 해서 붙인 이름이라는 이야기이다.

우리 마을이 유랩니다. 그것이.

[숨을 크게 쉬면서] 하~ 촌명이나 부락 이름이나,

[숨을 크게 내쉬면서] 어~ 뭐든 지역 군~ 그~ 이름이나 전~부가 그 형태, 형국.

그 형국을 봐갖고 터를 잡은 것입니다. 그 이름을 이름을 명칭을 넣고.

우리 담양~군만 허드라도 고려 때부터서 지금 현재까지 [언성을 높이면서] 네~번이 바꼈어요. 지역 이름이.

제~일 첨에 고려 땍에(때에)는 어~ 추자행이라고 했고. 우리 시방 담양군을~

(조사자 : 추자행?)

추자행. 그 다음에는 추성. 추성이라고 했고. 그 다음에는 담규라고 했고.

네 번째에 담양군이라고 바꼈습니다.

에~ 그랬는디. 담~양~군은 어째서 추, 거 추자행 거 여~ 추성, 담규, 담양으로 바꼈냐? 하며는.

바뀐 바뀐지가 지금 그~ 고종 조선 말 고종 임금 십 사년 때게 지금 담양으로 바껴갖고 지~금까지 그 담양군으로 부리고(불리고) 있어요.

근디 그 띠(때) 당시 조사가 저~ 담양. 아 요 전국적인 오대산에 든 추월산!

어~ 높이가 삼~ 칠백삼십일메따(731m)요. 추월산이.

그러는디 그 몬댕이로 올라가서 도사가. 우리 담양 굴레를(주변을) 인자 둘러볼 적에.

(청중 : [웃으면서] 이제 진짜 얘기 잘 나오네. 하하[웃음].)

병풍맹기(병풍같이) 병풍맹기 둘러싸였어. 요로고 뺑~둘러 얕차막한

산으로~

그래가지고 형국을 보니까. 형국을 보니까. 모 못 담(潭) 자. 방죽 못 못 같이 생겼어. 우리 담양 굴레가.

그리서 인제 그 저 못 담자를 넣고, 그 담에 양 자.

양 자는 높은 산이 추월산 뱪이(밖에) 없고는, 다 병풍 둘룬 놈 맹이 야차막(낮은) 해갖고 들이 널루와갖고(넓어서).

머시냐? 빛이 많이 비쳐. 그서(그래서) 볕 양(陽) 자를 너갖고(넣어서) 담양이라 헌제가 지금 한~ 육백년 됩니다.

저~ 조선 말기 고종 임금이 제~일 끝에 있는 임금이거든.

그 고종 십사년에 담양군을~ 해갖고 이때까지 불러나왔어요.(지금까지 불리웠어요)

대곡마을 유래

자료코드 : 06_06_FOT_20110209_NKS_JYS_0002
조사장소 : 전라남도 담양군 금성면 대곡리 대곡마을 마을회관
조사일시 : 2011.1.29
조 사 자 : 나경수, 서해숙, 이옥희, 편성철, 김자현
제 보 자 : 진용섭, 남, 85세
구연상황 : 앞서 담양 지명 유래에 관한 이야기에 이어서 우리 마을에 관해서도 말하겠노라고 하면서 다음 이야기를 구연했다. 제보자는 연세에 비해 총기가 좋으며 이야기 하는 것을 즐거워했다.
줄 거 리 : 마을의 형국이 도복에 띠를 두른 형국인데, 오늘날 88고속도로가 도복의 띠처럼 마을 앞으로 지나가고 있어서 조상들이 이렇게 될 것을 알고 이름을 지었다는 이야기이다.

그리고 또 우리 마을 유래를 또 말씀을 드릴께.

팽여 그 형국을 봐서 그 이름을 지 지은다고 내가 설명을 드렸지요?

우리 마을이 남서쪽에로 툭 터졌어요. 남서쪽으로. 남서쪽으로 툭 터져 갖고 있고는.

사람으로 허므는 요롷고 되야 있었고.

형국이. 근게 사람이 그 전에 그 지금으로 말허믄 두루마기여. 도복이라 히서. 그것이 관복이여. 도복이.

도복을 입고 비단으로 뛰를(띠)를 두른 형국이라 히서 뛰 대(帶) 자. 뛰 대 자허고 골짜기 곡(谷) 자허고 히서 대곡리라 그랬어요.

(조사자 1 : 예~ [제보자가 웃는다] 띠 대 자에 골짜기 곡 자.)

(조사자 2 : 골짜기에 띠를 두른 형국이네요.)

비단 옷에 띠를 도복 입고 띠를 두르고 댕기거든요.

(청중 : 그래 옛날 성인들이 다 거 지금도 장래를 알아보고 집을 지은 것이여. 왜그냐면 우리 동네 띠를 완~전히 둘렀습니다. 지금. 고속도로가. 팔팔고속도로(88고속도로) 띠여. 우리 부락 띠.)

(조사자 : [웃으면서] 진짜 그렇네요.)

(청중 : 예. 분명합니다. 이것이. 우리 부락 띠를 딱 두르니. [고속도로 방향으로 손가락을 가리키면서] 저게. 선인들이 다 미리 알고 띠 대 자를 썼어. "띠를 두를 것이다. 대곡리는." 응. 그리갖고 팔팔고속이 느닷없이. 누가 이렇게 날지 누가 알았어요(고속도로가 만들어지는지 아무도 몰랐다). 띠 대 자에 띠 여. 어 분명히 띠 여. 팔팔고속 요것이. 고래서 띠 배 자 골짜 곡 자 썼단 것은 그 옛날 성인들이 미리 알고 지명을 지었다. 요렇게 말헐 수가 있어요.)

김덕령의 죽음

자료코드 : 06_06_FOT_20110209_NKS_JYS_0003

조사장소 : 전라남도 담양군 금성면 대곡리 대곡마을 마을회관
조사일시 : 2011.1.29
조 사 자 : 나경수, 서해숙, 이옥희, 편성철, 김자현
제 보 자 : 진용섭, 남, 85세
구연상황 : 앞서 당산제에 관한 이야기가 끝나자 조사자가 김덕령에 대해 묻자 다음 이야기를 구연했다. 제보자는 연세에 비해 총기가 좋으며 이야기 하는 것을 즐거워했다.
줄 거 리 : 김덕령 장군이 처남인 청계공과 왜적을 물리치다가 추월산으로 피난왔으나 결국 모두 죽었다는 이야기이다.

(조사자 : 김덕령 장군 이야기 들으신 거 있으시면~ 어렸을 때 들어 들으신 적 있으시면 쫌 들려주시죠.)

김~ 누구?

(조사자 : 김덕령 장군요. 김덕령. 의병 일으키고.)

이렇게 바쁜 양반들 모시고 또 우리가 잔소리 헐께미(할까봐) 뭔 말을 허고 싶어도 못허요.

시방 인자 막 말씀허신 것은,

김덕령 장군 유래를 말 허라 말 허라 했어요?

(조사자 : 예. 뭐 어떤 내용이든 좋습니다. 뭐 재미난 이야기~)

그럼 내가 아는 데로 잠깐 머 이 삼분만 말씀드릴께요.

(조사자 : 이 삼십분 하셔도 되요. [이 말에 제보자가 웃는다])

뭐 이 오늘 하래도(하루도) 못 끝나. 내가 장난말이 아니라. [전원 웃음] 이야기로 허믄.

원체 나이가 많은게 기억력이 없어졌은게 그러제. 우리도 젊어서는 뭐 한두번 책 읽으면 외울 정도였었어.

근디 인자는 다 잊. 신문 보고도 돌아서믄 잊어버려요.

그리허나~ 쪼~깨 뭣헌 것은 안 잊어불고 있었어요.

(조사자 : 모르신다 하셔도 어르신 아직 총기도 좋으시고 그러시네요.

[제보자가 웃는다])

근디 김덕령 장군은~ 말허자믄 임진~왜란 때게 그 양반인데.

왜적을 물리친 양반이여. 그 양반이. 우리 호남에 왜적을 물리친 양반인디.

왜적을 물리친 양반인디. 시방 여 언양 김씨.

(조사자 : 언양 김씨.)

김씨가 수십 수백 수십 본이거든. 이 수가 많은게.

근디 언양 김씨가 어디서 사냐하믄. 무정면 그 저 신안동이라헌디 덕실동네 막바리기 동네 여그가.

거가 먼 리이댜. 이 이 법정리로 해서.

(조사자 : 금산리? 선곡리?)

이 신안동가 한 한 파가 살고.

(청중 : [언성을 높이면서] 아~ 본론만 얘기 해부러. 그까짓~)

거가 한 파가 살고. 또 여 매곡 매추리 가서 사 삼인(청중 : (조사자들이 (생략된 말) 아 매곡이 어딘지 안단가) 아들이 삼형제를 두셨는디.

산파가 요기서 살고 있어요.

근디 거 언양 김씨 시조가 지금으로 허믄 부대통령을 살았어. 정승 좌의정을 살았으니까.

근게 고러게 지낸 양반인디. 지금은 무관이믄 무관이고 문관이믄 문관으로 되아있는디.

그전에도 지금 저 사법 행정 그런 시기여. 그 그때게도.

지금으로 허믄 사법 행정 거시긴디(고시인데).

아 인제 청계공이라고 인자 언양 김씨 시조가 시호가 청계공이여.

(조사자 : 청계공?)

예. 시조가. 시호라는 것은 나랏님이 정해준 호가 시호여.

근디 그 양반이 정승을 살아 계시다가 요 담양이 고향인디. 말허자믄

그 양반으로서 고향이여. [주변에서 다과를 준비한다. 준비 도중에 할머니들이 방안으로 들어온다]

[방안으로 들어온 할머니들을 향해서] 아 이 영감탱이가(나에게)

“얘기 좀 하라.”

해서 얘기 좀 해(얘기를 하고 있어).

그리서 그러자 인자 임진왜란이 몰려와갖고 우리 호남을 그냥 막 네 귀랑을 친단 말이여. 왜적들이 다 묵어불고 생겼은게.

야 이 정승으로 계시다가 말허자믄 장군도 되고, 군관도 되는 그런 양반이라. 여글 오셨다 그 말이여.

호남을 내려오시갖고. 김덕령 장군이 처남 되야. 청계공으로 해서.

청계공의 그 양반허고 처남 남매간이여.

아 근게 처남 남매간에 타협을 혀.

“김덕령 장군 처남 혼자 이 왜적을 다 물리칠 수가 없어서. 내가 처남을 생각고 이르게 정승을 비실을(벼슬을) 허다가 인자 무관으로 해서 나랏님헌테 허락을 얻고. 내가 인자 왜적을 물리칠라고 왔신께. 우리 처남 남매간에 왜적을 물리치자.”

고 해가지고. 머시야. 전쟁을 헐 판이디.

그 때만 해도 몇단게(몇단계) 몇십년(몇십년) 앞서가꼬 있었어. 일본이.

우리나라는 총도 없고 칼로 활로 대창으로 싸울 땐디. 그 사람들은 요새 말로 허믄 구식총이 있어.

총. 한 발 걸음 띄고. 한 방 썩(씩) 쏘는 총이 있어놔서 우리는 대들 못해요.

그래 무력으로는 헐 수도 없고 의병을 일으켜갖고 그때 숫자만 만히도(많했어도) 패전을 당했단 말이여. 결국 가서는.

인자 호남서 패전을 당했는디. 그래도 김덕령 장군은 원~체 뛰어난 장군이라놔서.

몸 어디 몸 어디 다친디도 없고. 요리 피해댕기고 저리 피해댕기고 의병을 막 이리 씌어갖고 싸움을 허는 중인디.

그 위에게 청계공 이 양반은 아무리해도 김덕령 장군에다 댈 수가 없어.(김덕령 장군보다 능력이 못하다)

아무리 무관이라도 글안허것습니까.(아무리 무관이어도 김덕령 장군보다는 뛰어나지 못하다)

아 그래갖고는 인자 몰러갖고는 쬐께(쫓겨) 댕길 판이여.

그래갖고 우리 담양 와서 제~일~ 명산 추월산 추월산에로 인자 피난을 가셨어.

헐 수 없인께. 인제 죽게 생겼인께.

그래갖고 보리암 절 밑에 바우 밑에서 은~거를 하고 계셨어. 말허자믄 피난. 피난을 허고 계셨는디.

아 인자 김덕령 장군된게 집안이고 머시고 내~버리뿐지고 댕긴게. 집안이 난리가 난게.

아 김덕령 장군 가족을 멸종을 시킬라해. 왜적들이.

그러니까 피신을 온 것이 어디로 왔냐믄 보리암 절로 왔어. 김덕령 장군 부인이.

거 가 유 참 전통이 참 깊은 산에다가 전통 깊은 절이여. 보리암 절이라 헌디가.

근디 거 피신을 허고. 그 우게(위에) 인제 처남댁이 김덕령 부인이 처남댁이여. 이 청계공으로 해서는.

청계공은 밑에 바우 밑에서 은거를 허고 계시고 피난을 허고 계시고, 인자 거 김덕령 장군 부인은 보리암 절에서 지금 피신을 허고 계신 중인디.

지금으로 허믄 현상금이라 헐까?

"돈을 몽땅 줄께. 그런 사람들이 있으믄 신고를 해라."

하는 그런 법이 근게. 그때 법이나 지금 법이나 ○○ 같앴어요. 말할 때 보믄.

아 그래갖고 어떤 불량헌 놈 자식이 지가 굶어 죽었으면 굶어 죽었제. 아 이 그런 양반들을 신고를 해갖고는. 돈을 몽~땅 따묵고는 신고를 했어.

그래가지고 김덕령 장군 부인은~ 보리암 절에서 서거를 허시고, 청계공 그 양반은 그 머시냐 바우 밑에서 왜적들헌테 그 머시냐 그 사살을 당허고.

에~ 그랬다는 말을 조께 들었습니다. 내가.

근게 김덕령 장군도 훌룽헌 양반이여. 왜적을 물리치고 그~렇게 공을 시운(세운) 양반이고, 청계공 그 양반도.

그래서 신도비까정 나라에서 다 시워주고 그랬어요. 청계공 그 양반도 일구팔팔년에(1988년) 추월산에다가.

중국 풍수가와 김덕령 할아버지의 묘자리

자료코드 : 06_06_FOT_20110209_NKS_JYS_0004
조사장소 : 전라남도 담양군 금성면 대곡리 대곡마을 마을회관
조사일시 : 2011.1.29
조 사 자 : 나경수, 서해숙, 이옥희, 편성철, 김자현
제 보 자 : 진용섭, 남, 85세
구연상황 : 앞서 김덕령의 시신에 관한 이야기가 끝나자 이어서 제보자가 다음 이야기를 구연했다. 제보자는 연세에 비해 총기가 좋으며 이야기 하는 것을 즐거워했다.
줄 거 리 : 김덕령은 무등산의 정기를 받고 태어났다. 일찍이 김덕령의 아버지가 무등산에서 화전을 일구며 살고 있었다. 어느 날 중국 풍수가인 세 사람이 집으로 찾아와 유숙하면서 땅을 보러 다닌 것을 알고서 그들이 보아둔 땅에 김덕령의 할아버지를 묻었다. 이후 풍수가가 이 사실을 알았으나 모두 하늘의 뜻이

라면서 묘를 제대로 안치해주겠다고 했으나, 아버지가 극구 거절하였다. 만약 풍수가들이 묘를 제대로 봐주었다면 나라의 큰 장군이 되었을 것이라는 이야기이다.

내가 이 얘기를 헐라믄 앞으로 닷새를 해도 못다헌 사램인디. 그놈을 정비해 또 대답을 해 드리지요.

[조사자원이 이야기를 계속 이어가라고 말을 한다] 김덕령 장군이 어째서 났냐믄. 그게 명당이 있는가 없는가는 나도 모른게 있다고도 못허고 없다고도 못허요.

(청중 : 믿으면 있고, 안 믿으면 없어. 허 허 [웃음])

내가 딱 떨어지게 있다 없다 소릴 안헌디. 내가 분명히 말씀 드릴께.

김덕령 장군이 머시냐? 광주 무등산 정기를 타고난 양반인디~

지기 아부지께서 저 말허자믄 김덕령 장군 아부지께서 산전벌이를 하고 살았어.

산전벌이란 것은 산골짜기 가서 그 산 조깨슥 일허다가 거 폿, 콩 거 머시냐 보리.

또 수박도 허고 과일이랑 심고해서 그렇게 해서 묵고 산 것이단 말이여.

산전벌이랑 것이 [억양을 강하게 하면서] 그 전에.

혼자 그렇게 산골짜기에서 산전벌이를 허고 살아있는디.

한 번은. 긍게 주로 서숙밥을 많이 묵고 그 전에는 보리밥 묵고 살았제. 쌀밥이랑은 구경 못허고.

한 번은 어떤 [조사자가 청중에게 음료를 권하고 있다] 어떤 댁들이 서이가 찾아왔어.

찾아와갖고,

“여그서 그 장 한 이삼일만(2~3일 정도) 유숙허믄 쓰것다.”

고 허니까.

"좋은 말씀을 허셨는디. 일년내(일년내내) 쌀밥 한꺼니(한끼니) 구경 못헌 사램이요. 나는. 아시다시피 산전벌이 해갖고 묵은 사램인디. 제일 좋~다 헌 밥이 서숙밥. 조밥. 고것 묵고 보리밥 조깨해서 묵고. 그 저~ 감자 거시기 고론 것을 묵고 산게 그 승낙을 못허것다."

헌게.

"아이고 굶고 찬물만 여그서 줘도 요놈 묵고 삼일만 여그서 유숙허자."

고 사정을 허드란 말이요.

"아 그런게 그러믄 보리밥 그 저 서숙밥 자시고 있을디믄(있을 것이면) 그러지야."

고. 그러고 타협이 되야갖고는 그 사램들이 뭔 사램이냐?

중국서 최고에 풍수사들이야. 저 야 풍수들이여.

근게 중국서 최고라믄 우리 이~ 그때는 조선이라 했거든.

우리 조선 풍수들은 유치원생이나 마찬가지여. 이 저 조선 풍수들은. 그 사램들헌테다 비허믄.

가~만히 이렇게 살펴보므는 [억양을 강하게] 왠~ 무등산 살피며 장군대자가 있단 말을 듣고, 장군 날 자리를 잡으로 온 사람들이여. 그 중국 사람들이.

하~이 낮에 이러고 보므는 나무가서 저 건네에서 보믄 요 건네에서 나무헌데끼 허고 살펴본단 말이여. 장군. 김덕령 장군 아부지가.

그 양반도 지혜가 있는 양반이제.

씁~ 요러꼬 살펴보믄 산 다~ 둘러보고 내려오고 내려오고. 이틀째 다 보고는. 인자 사흘만에는 머시냐 또 나가서 저 건네 산에서 나무헌답시고 살펴보니까.

시방 현재 김덕령 장군 조부 묏자리여. 거가.

거기서 동개동개 하리네(하루종일) 야단이고. 말뚝을 박아놓고 그냥 표시를 허고 [억양을 강하게] 야단이여.

그래 저 나무헌데끼허고 하~리네 여그만 거그만 보고 있다가 해름판에(해질녘에) 내려와서 만나서 저녁밥 묵고 인자 그 이튿날 아칙에는(아침에는) 인자.

"떠날란다."

고 헌게.

"그러라.(그래라)"

고. 아 그래서 그 사람들 전송해놓고 혼자 그 자리를 올라가서 보니까,

사~방으로 말목을 받아놓 박아놓고 아~무가되도 봉사가 써도 명당은 지~대로 자리를 잡아놨다 그 것이여.

상하로 말목을 박고 또 요~리 박고 ○○치 머 머리카락 만치 안틀릴 정도로 그 명당자리를 잡아놓고 갔더라 그 말이여.

[할머니 한 분이 방안으로 들어온다] 어서오시쇼.

아 그래서 인자,

"옳다. 되았다."

[들어온 할머니가 이야기를 해달라는 부탁을 받았다고 주변 청중들과 이야기 한다] 그리고는 지기 친구들을 및이나(몇이나) 인자 설득을 히갖고는 응~

"이러저러해서 우리 아버님을 요리 모실라니까 니기들이 참 협조를 해줘라."

너댓이 친구들이 작당이 되갖고 머시냐 잡아논 자린게 막 파다가 말허자믄 김덕령 장군 하 할아버지를 인자 장사를 힛어(했어) 고리(그곳에서).

그리가지고 뫼을 딱 서부렀는디(묘를 완성하였는데).

한~ 일년 지낸게로 그 사램들이 찾어왔어. [조사자들이 웃는다]

그 사램들이 찾아왔는디. 요만한 보따리가 하나 있는디. 그 안에가 해골이 들어있어.

사람을 명당을 쓸라므는 [잠시 목을 가다듬고] 다~ 아래 하신(下身)은 삐따구가(뼈다귀가) 안 들어가고 머리만 갖다 묻어노며는 명당바람을 받는답니다.

그래서 해골을 하나 싸갖고 와서는 인자 그다(그곳에다) 묏을 쓸라고 그 사람들이 왔는디.

아 가서 둘러보니까 묏을 써부렀어.

참~ 허탈했제.

아 기냥 그 사램들이 와갖고 한숨을 콜~콜~ 쉬고,

"아 이놈의 것을 어찌해야 쓸까?"

허고. 근디 인자 애가 터진게. 김덕령 장군 아부지가 물어봤어.

"왜 그러냐?"

고 헌게로. 아 눈치는 다 챘을꺼 아닙니까.(김덕령 장군 아버지가 중국 풍수들이 한숨을 쉬는 이유에 대해 눈치를 채고 물어본 것이다)

(조사자 : 그러지요.)

"왜 그러냐?"

근게.

"아 이러저러해서 우리가 아 거 및년(몇년) 전에 삼년 전에 와서 잡아논 명당자리를 [언성을 높이면서] 누가 묏을 써부렀으니~ 이거 인자 중국 임금헌티 가서 내가 머라헐 것이냐?"

그 말이여. 한탄식으로 고로고 있으니까.

앗싸리 말했어요.

"당신네들이 삼년 전에 우리 집이서 유숙험서 잡아논 자리~ 먼데기떼로(먼 발치에서) 보고. 아~ 폿말이 다 박아졌길래. 내가 썼다."

고. [웃으면서] 그러니까 허 허 그 사람들이 그러드라요.

"자리가 우리가 잡았지마는 우리 자리가 아니고, 그 하늘이 내리준 자리라 봐서 그런 자리는 당신 자리요. 근게 우리가 당신 탓도 안허요. 우리가 복이 적은 게 못 썼제. 당신보고 뫼썼다고 탓 안허요."

인자 그렇게 말대답이 나와서,

"그럼서 조께 서운헌 것은 풍수가 쇠를 놓고 머 그런 것은 안틀리게 좌우를 또 놓아야 한다. ○○가 틀어지면 발운을 지대로 못헙니다."

[안타까운듯이] 좌우가 조끔 틀려부렀어.

잘 못놔졌어. 그런게 그 사램들이 양심가여. 양심가는 양심간디.

김덕령 장군 아부지가 내 꾀에 내가 둘려갖고는,

"아 이 사람들이 무슨 놈의 해꼬지 하나~"

좌우를 어먼디로 틀어분지문 인자 명당 바람을 못 받을까 싶은께,

"아 고만 두라고, 고런 거 나 안바란다."

고. 이 그럼서 인자,

"고 좌우를 고차주마."

고 허면서,

"이 자리가 백 만 군대를 다스릴~만한 장군이 날 자린디. 에헴[헛기침을 한다] 실상 좀 아쉬운 것은 우리 중국사램이 이 자리를 써야 제대로 발우를 헌디."

아 그 때만 해도 우리 니미 군대라 해봤자.

의병들 머해서 오십만 군대도 못된다. 그런 큰 장군이 날 자리를 써부렀으니 이것이 제대로 발우를 허겄냐.

그리 너는 쪼끔 어 발운을 허고코롬. 그 사램은 생각이 이왕 썼인께.

지기는 뺏긴 자리지마는 해코자를 안허고 지~대로 명~대로 살고 장군노릇을 지대로 허고코롬 빤듯이 노아줄라 헌게.

머 어디 손도 못되게 해부렀어. 김덕령 장군 아부지가.

아 그 근게 중국 사램들은 기냥,

"허~"

그러고 가뿔었는디. 그 사램들 시킨대로만 히서 [억양을 강하게] 반~

듯이 좌우를 놓아놓고 갔이면 김덕령 장군이 세계적으로 그런 장군이 없일 뻔 봤어.

[안타까워 큰 소리로 땅바닥을 치면서] 그런디 단명을 히여. 발운을 지대로 못해갖고 근게. 왜적만 물리쳤다 뿐이제. [억양을 강하게] 소년 죽음을 했어.

나라에 공덕을 왜적만 물리쳤제. 그리 크게 시우도(세우지도) 못허고.

그 좌우를 잘못 놔갖고 그렇게 되았다는 것이 에 우리~ 군 그~ 기록부.

기록부 보고 책을 내서 책이 발간이 된 책을 내가 봐갖고 [땅바닥을 두드리며] 요런 말을 허제.

어른들헌테 들어야 들음서 잊어붐서 그러요.

젊어서는 글안했는디. 왜 고론 책을 내가 책 권이나 읽었은께 요론 말을 허제.

책 안 읽었이며는 우~디가 요 상상도 못헐 말이지요.

구식법이 좋다

자료코드 : 06_06_FOT_20110209_NKS_JYS_0005
조사장소 : 전라남도 담양군 금성면 대곡리 대곡마을 마을회관
조사일시 : 2011.1.29
조 사 자 : 나경수, 서해숙, 이옥희, 편성철, 김자현
제 보 자 : 진용섭, 남, 85세
구연상황 : 앞서 김덕령의 묘자리에 관한 이야기가 끝나자 다시 한 말씀 하겠다면서 다음 이야기를 구연했다. 제보자는 연세에 비해 총기가 아주 좋으며 이야기 하는 것을 즐거워했다.
줄 거 리 : 무욕(無慾)이 대부(大富)이며, 효도는 백행의 근본이며, 맹모삼천지교, 삼사일언(三思一言), 일인삼사(一人三事)이 오늘날에도 중요하다는 이야기이다.

근데 내가 생각기는 옛부터 한마디만 말씀드릴께.

내가 생각기는~ 그 저~ 그 장군 자기가 아쉬워갖고 그~ 김덕령 장군 아부지가 내 꾀에 내가 둘려갖고 아들이 장군이 나기는 났어도 지대로 되들 못했다는거.

근디 인자 젊은 우리 맨~ 밑에 손자 또래도 못된마. 우리 손자가 시방이 근 사십살이 된디.

증손자지요. 증손자보단 쪼끔 더 크고. 그래서 그래서 내가 이무러운게(가깝고 편한 사이로 생각되니) 허는 말인디. [조사자들이 모두 그렇게 편하게 생각해달라고 말한다]

에~ [헛기침] 우리나라가 윤리 도덕성이 소멸되다시피 했다고. 거의가 그렇게 말을 허거든.

구식은 없어지고 신식법만 생겼단 말이여. 그 말이.

그런디. 인자 우리 구식법 좋~다는 것을 내가 나잇살 묵은 값 헐라고. 우리 구식법이 좋~다는 이야기를 좀 헐라고 그래요. 오분 이상 안걸려.

[웃으면서] 그런데 [헛기침] 참~ 사램이란 것이, 첫째 과욕을 안부리고.

남헌테 피해 안 주고. 정직허니 살어야 한다는거. 그런 말을 내가 허고 싶고.

인자 머 내가 기초 지식도 넉넉허지 못헌 사램인디.

내 문자는(문장은) 첫 장에서 나온 책 열권만 읽으믄 시인 안될 사람이 있어요?

책 백 권만 읽으며는 요런 이야기도 헐 줄 알고 시인은 못될지라도 인자 그런다 그 말입니다.

인제 젊은~이들이 내가 헌 말인디.

아까 남헌티 피해 안주고, 정직허니 살어란 말은 부탁을 했고.

그 좋~은 소설책에서 나온 말인디. 문자여 말허자믄.

무욕(無慾)이 대부(大富)라.

욕심 없는 것이 큰 부자다.

큰~ 아주 머 말이 쉽제. 거 아무라도 생각도 못헌 문자여. 다 그 소설책에서 나온 문자여. 나는 기초 지식이 없인께. 내가 머 그렇지마는. 그.

그 다음에는 효도는 백행에 근본이라.

효도를 허믄 백가지 행운이 나한테 돌아와부러. 기냥 말헐 것도 없어. 효도부담(효도보단) 더 좋은 것이 없어.

세째번에 가서 맹모삼천지교라는 문자가 있어.

그 뜻은 맹자의 어머니가 아들을 교육을 위해서 이사를 세 번을 했다는 뜻인데.

처~음에는 공동산 근처에서 살았는데. 근게 과부가 되갖고 아들하나 맹자 그 한 분 두고는 일~찍허니 과부가 되아분게. 요리 어렵게 산게.

처음에는 공동산 근처에서 살았는디. [언성을 높이면서] 밤~낮 생여울음소리나 허고 맹자께서 그 뫼 쓴 시늉이나 하고 요렇게 요렇게 [땅을 파는 듯 손을 움직인다] 소꿉장난이나 하고. 뫼이나 집 만들고.

'헤~ 요거 못시겄다.(안되겠구나)'

그 담에 어디로 이사를 했냐.

시장가에로 이사를 했어. 거그도 못써. 살아본께. 한 삼년 살아본게.

[억양을 강하게] 맨~놈의 장사꾼들 허는 흉내나 내고 그래서 못씨겄그래(안되겠기에).

셋 째 번에 이사는 어디로 했냐.

그 마을 큰~ 마을 짚숙~헌(깊숙한) 가운데 서당 있는 근처에다가 방을 얻어놓고 살아보니까.

[방바닥을 손으로 치면서] 크게 될 양반이라. 크게 되나 안되나. 어려서는 꼭 어른들 한 시늉만 따라서 허는게 아그들이.

거 누구나 다 그런 것입니다. 그것이.

거~ 이사해논(이사한) 뒤로는 그때 서당에서 시계도 없고 그런 세상인디. 때가 되며는 낮글 읽고 세글 읽고. 세글 읽으며는 세 때 되앗다. 시계가 없는 세상이여.

낮글 읽으면 낮 되앗다. 그런 세상인디.

꼭 때때로 글을 읽으면 글 읽는 흉만 내. 맹자가. 그래갖고 거그서 공부를 잘 해갖고. 참 세계에서 알아줄만한 대 학자가 되앗다는 거. 허 허[웃음]

(조사자 : 예. 아주 좋은 말씀이시네요.)

그러고 인자 이 니번째(네번째) 가서는. 허 허[웃음]

삼사일언(三思一言)이라.

말 한마디를 헐라며는 세 번을 생각해봐 갖고 해라.

말을 너무나 자실자실허다가는 까딱허믄 실수허는 말이 들어 있거든요.

인자 고런 그 뜻이고.

네 번째 가서는 일인삼사(一人三事)라.

(조사자 : 음~ 일인삼사.)

하 하나가 세 가지 일을 헌다.

고것을 누가 그 문구를 지엇냐 허믄. 현 담양군수 최영식. 시방 담양군수 최영식이가 진(지은) 문구여. 어째서 그냐믄. 그 책에가 그 문구가 나왔더라고.

일인삼사란 문구가.

그래서 그 내력을 읽어보니까 최영식이가 과부 아들로 커놔갖고(커서) 노점상을 해서 대학교까정 나온 사램이여.

자기가 벌어서. 그러고는 대학원을 가야겄는디. 돈 벌이도 없고 돈이 없어서 못가.

그래 사램이 똑똑허고 영리해서 그래 민주당으로 튀어 뛰어들어갖고요 요 머시냐 전라남도 민주당으로 인자 입당을 해갖고.

군. 도의원. 국회의원 보좌관도 허고 이대로 그랬단 말이요. 그래서 거기서 정치에 경험을 얻은 사램이예요. [억양을 강하게] 시방 담양군 최영식 군수가.

그리가지고 도의원을 [잠시 숨을 고르고] 두 번 나서 가지고 두 번 다 되앗어.

이선을 했어. 도의원을. 그리 그리가지고 돈이 조께 생긴게. 인자 대학원을 댕겨. 인자. [조사자 전원 웃음]

대학원을 어디를 다니냐. 군위원 허면서 군위원 허면서 대학원 조선대학교 행정학. 말허자믄 저~ 석사. 석사과정을 다니고.

또 그담에는 전남대학교 행정학 박사를 다니고. 근게 도의원. 저 대학원 두 간디 헌게. 한 사램이 세 가지 일을 안헙니까.

근게 최영식 군수가 그 문자를 내놨다는 말을 했고.

여하튼 이 뜻이 머시냐.

노서간에 다사해야. 일이 많허고 바빠야 보잘 것이 있제. 한~가허믄 보잘것이 없다는 뜻을 내가 말을 했어.

인자 한 말이라도 오늘 하룻내[청중이 계속 이야기 한다고 말한다] 앞으로 거짓말 조께 보태면 한달 내내 해야여. 내 얘기는. [전원 웃음]

씨름판에서 김덕령이 누나에게 지다

자료코드 : 06_06_FOT_20110209_NKS_JYS_0006
조사장소 : 전라남도 담양군 금성면 대곡리 대곡마을 마을회관
조사일시 : 2011.1.29
조 사 자 : 나경수, 서해숙, 이옥희, 편성철, 김자현
제 보 자 : 진용섭, 남, 85세
구연상황 : 앞서 구식법에 대한 좋은 이야기를 마치자 조사자가 김덕령 누나가 힘이 셌는지를 묻자 다음 이야기를 이어갔다.

줄 거 리 : 김덕령이 유년시절에 힘이 장사여서 씨름판을 휩쓸고 다니자 이를 지켜본 누나가 남자로 분장하고서 김덕령과 씨름하여 단번에 이겨버렸다. 이에 김덕령이 시름에 잠겨있자 이를 안쓰럽게 여긴 누나가 사실을 말하였더니 그 자리에서 누나를 단칼에 베어버렸다는 이야기이다.

(조사자 : 누나. 누나도 힘이 쎘잖아요.)

아이. 그건 물어보나마나지. 아 그것도[조사자가 그 이야기를 해달라 이야기 한다] 그건 내가 어른들헌티 듣는 말이여.

이 책자에 안나왔더라고. 소설책에도 안나오고 없는디.

(조사자 : 어렸을 때 어른들에게 들은 이야기를 더 많이 해주세요.)

근게 요 요것은 촘 책자에 신문이나 방송에 나온 말을 허므는 법에 저촉이(접촉이) 안된 풍수로 어디 소설책에나 역사책에나 나온 말을 히야 근거가 분명헌디.

근거가 없는 말이여. 노인들이 허는 이야긴디.

(조사자 : 예. 저흰 그런 이야기 들으러 왔어요.)

아 김덕령 장군이 [강하게] 캭 허니 항상 발달허고 댕길 적에 그 때 전부 난실이(난시(亂時)) 왜적도 안쳐들어오고 평화시대여.

근게 장. 무관이란 것은 거 머시냐. 난시라야 씨이제(씌이지). 평화시에는 별 이름을 못냉겨(남기지 못해) 씨이들 못혀.

문관은 난시고 어 평화시고 써묵은게로 문관을 더 알아주지요. 무관보담.

아 근디 그 때 김덕령 장군이 한~창 때에 이리로 댕긴디.

평화시대라 어따 써묵을디도 없고 근디. [언성을 높이며] 맨~마다(날마다) 씨름판에나 다녀.

씨름판에나 다니고. 그게 지금 [손으로 바닥을 치면서] 헐 일이 없어. 장군이라 해봤자.

근게 우리 전국을 씰고(쓸고) 다님서 간~디마다 그때는 상금을 송아지

한 마리씩 줄 때여. [웃으면서] 인제 고 놈이나 따다가 쓰고 인자. 통 쌈질만 허고 댕길판인디.

누가 덤버보들 못히여 기냥. 아무라도 기냥 어느 씨름판에서 요~렇게 해서 기냥 애기 보듬듯이 보듬어서 살짝살짝 놓고 그런께. 누가 덤버보들 못헌디.

아~이 그렇게 발달허고 댕기다가 또 거 요새말로허믄 불량배란 못씬 놈들헌테 몰매나 맞을까 싶거든. 지기 누나가 생각할 때.

씁~ 아 그래서,

'에이 우리 동생이지만 요놈 조깨 기를 죽여놔야 기를 숙여놔야 조께 사람노릇이 될란가.'

싶어서. 어느 씨름판에를 인자 남장을 하고 지기 누나가. 인자 여자지마는 남자 의복을 입고 씨름판에를 나갔어.

근게 즈그 누나가 더 시어(힘이 쎄). 더 장사여. 장군이고.

근게 지기 동생 기를 좀 죽일라고 씨름판엘 가서 남자 수건 탁 둘러씨고(머리에 수건을 두르고) 남자 남장을 허고 있는디.

아~ 씨름을 쌈 씨름판에 허는디. 남매간에 씨름을 혀. 인자 모르고 허제. 지기 누나는 알아도. 장군은 모르제. 김덕령 장군은.

아~ 그래갖고는 살~짹이(살짝) 애기 보듬듯이 보듬어서 확 내불치다고 놓고서 근게. 그 자리에서 인나도 안허고 울었어. 울었어. 김덕령 장군이.

"세상에 나 하나 백인줄(하나인줄) 알았더니. 나보다 더 장군이 있다."

는 것을 한탄을 했어. 그러고 집이를 와부렀는디. [손으로 바닥을 두드리면서] 와서 밥을 안묵고 고 고통 아니 저 귀신마냥 앉아있어. 장군이.

인제 지기 누나가 못봐서,

'이거 내가 요대로 암말도 안허고 두믄 이거 지대로 보태져서 죽게 생겼거든.'

남칠녀구(男七女九)이여. 남자는 이래 굶어야 죽고 여자는 아홉 굶어야 죽는다는 말이 있는디.

일주일 굶으믄 죽을 판인디. 못이기 생겨서,

"아야야 니가 하~도 그러고 당기다가 불량배나 깡패들한테 몰매나 맞을께미 니 기를 좀 죽이기 위해서 내가 이런 수작을 했은께. 용서해달라."

(청중 : 목 축여 감서 해.)

[앞에 있는 음료수가 든 컵을 가리키면서] 여그 있어.

(청중 : 목 축여 감서 하라고. 허 허[웃음])

이 이 여기 있어. 응~ 그런게 아~ 인정이 넘쳐흐른 세상인디. 이럴 수가 없제. 아무리 장군이지마는.

"니는 요망시럽게 여자가 되갖고 남자한테 이런 이 해코자를 했다."

허고 그 자리에서 칼로 목을 [강하게] 탁 쳐서 죽이부렀어. 지기 누님을.

그 야 안될 일이제. 도덕상 [청중이 헛기침을 한다] 안될 일인디. 그랬제. 근게.

운을 그 주화를(좌우를) 잘 못놔갖고 그렇게 되붓어. 발운을 못했어. 왜적만 몇 개 물리쳤제. 별 발우를(발운을) 못했어.

김덕령과 용마

자료코드 : 06_06_FOT_20110209_NKS_JYS_0007
조사장소 : 전라남도 담양군 금성면 대곡리 대곡마을 마을회관
조사일시 : 2011.1.29
조 사 자 : 나경수, 서해숙, 이옥희, 편성철, 김자현
제 보 자 : 진용섭, 남, 85세
구연상황 : 앞서 김덕령과 누나의 겨루기에 관한 이야기가 끝나자 바로 이어서 다음 이야기를 구연했다. 제보자는 숨은 이야기꾼으로 고령임에도 불구하고 총기가

좋으며, 조사자들에게 시종일관 겸손한 마음으로 이야기를 들려주었다.
줄 거 리 : 경양방죽에서 용마가 나와 김덕령을 주인으로 삼고 늘 함께 했다. 그 용마는 하늘이 내려준 말이었다. 어느 날 경양방죽에서 놀다가 활을 쏜 뒤에 용마에게 활을 물어오라 했으나 하늘만 보고서 가만히 있으니, 김덕령이 홧김에 말을 베어버렸다는 이야기이다.

아 그렇게 해갖고는 인자 안될라고 안될라고 벌써 망조가 되았는디.

또 용마를 잘 얻었어. 장군은 말이 잘해야 장군 노릇을 지대로 헌것이제. 말을 잘 못얻으믄 거 저 몹씰 것을 얻어놓믄 적한테 자~꾸 당허기만 허제.

쌈을 지대로 못혀. 말 우게서(위에서) 요로고 활 쏘고 칼로 전쟁헐 때 아닙니까 그 때게는.

[강하게] 용말을 잘 얻었어. 하늘에서 내려준 말을 잘 얻은 것은.

광주 지금 구 시청자리가. 광주시 구 시청자리가 경양방죽자리요. 거기를 메워갖고 시방 구 시청을 지었는디. 인자 쩌~리 또 어디로 또 저 이전 했다든마. 시청을~

그 자리가 경양방죽 자린디. 방죽이 겁~나게 커.

거그를 인자 장군이 나간게로 말이 한 마리 그 저 쏘에서 나와서 있어.

그 마 반갑게 말이 달라들어. 주인을 만나놔서. [전원 놀란다] 하늘이 정해준 말이라서.

해 그 밖. 근게 그 말을 사랑하고 그 이용을 히본게 아주 사람보다 더 영리하고,

'아주 말을 지대로 천마를 얻었다.'

고 생각이 들어놨어.

[강하게] 아~ 그런데도 장군이 인자 운이 없어갖고 안될라고 그랬던가. 별~롬의 짓을 다혀. 사람보다 영리혀.

머 어디가 물어오라믄 물어오고. 어디가 심부름 저 편지갖다 주라허믄

갖다주고 오고. 별짓을 다헌 말이여. 사람보다 더 영리혀.

하루는 저~ 경양방죽 가상에(경양방죽 가에) 가서는 인제 말허고 둘이 놀다가,

"활을 요로고 내가 쏠게. 하늘에다 대고 활을 쏘게(쏠테니). 요놈을 꼭 땅에다 떨치지 말고 니가 고놈을 받아서 물어라~."

허고 명령을 내리갖고는 [언성을 갑자기 높이면서] 어~떻게 자기 기세대로 쏘았던지 이놈의 활이 별나라를 갔던가 어디를 갔던가 하여튼간 갈 때 까지 가갔고.

한~ 요새 시계로 말허믄 한 오분 있어야 떨어질 정도로 쐈은께. 장군은 장군이제.

그 활 쏘라고 쐈는데.

이 놈의 활이 살이 떨어지도 안혀. 거 오분이라믄 솔찬히 진(긴) 시간인디. 이 놈의 말은 하늘만 쳐다보고 입만 떡~ 벌리고 자빠졌고.

아~이~ 환장 속이네.

이 빌어묵을 놈의 말이 활살이 물어오란게로. 하늘만 쳐다보고 입만 벌리고 있담서 모가지를 지기 누나 치댔끼 딱 쳐부러 말을 죽여부렀으니. [청중이 웃는다]

[땅바닥을 두드리며] 아 장군 신세는 어긋난 신세 아니것소.

(조사자 : 그러것네요. 예.)

아 그 저 탁 모가지 땅에 말 모가지 떨어지자마자 이~놈의 화살이 그제사 떨어지. 어떻게 몰 몰 멀리 쏘아부렀던지.

근게 사람이 운이 없어갖고. 안될라믄 먼~ 일이든지 그렇고 어기쪄갖고 안되고.

잘될 운을 타고난 사람은 친구랄지 옆에 사람이,

'저거 해 좀 붙이자. 저거 어떻게 하므는.'

고거이 해 붙이는 거이 복이 되아불고. 인자 그런 것입니다.

남원진씨 시조의 탄생담

자료코드 : 06_06_FOT_20110209_NKS_JYS_0008
조사장소 : 전라남도 담양군 금성면 대곡리 대곡마을 마을회관
조사일시 : 2011.1.29
조 사 자 : 나경수, 서해숙, 이옥희, 편성철, 김자현
제 보 자 : 진용섭, 남, 85세
구연상황 : 앞서 김덕령에 관한 이야기가 끝나자 제보자는 더 이상 해줄 이야기가 없다고 했다. 조사자가 조사 취지를 재차 설명 드린 뒤에 어릴 적에 사랑방에서 들었던 이야기를 해달라고 부탁했다. 그러자 제보자는 어릴 적에 많이 들었으나 잘 기억나지 않는다고 하자, 조사자가 본관이 어디냐고 물어보면서 시조의 탄생에 대한 이야기를 부탁드렸더니 다음 이야기를 구연했다.
줄 거 리 : 남원 대산면에 옥정이라는 샘이 있는데, 어느 날 가보니 샘 위에 아이가 둥둥 떠 있어서 데려다 키웠다. 그 아이가 남원진씨 시조라는 이야기이다.

(조사자 : 남원진씨 시조가 어떻게 태어났더라. 하는 이야기 들으셨죠?)

하~이고 그것이야 머 머 [조사자가 계속 말을 꺼낸다] 아니 남의 집안 일을 이야기를 헌 사램이 내 집안 일이사 눈 감고도 허고 누워서도 허고.

(조사자 : 시조 시조가 아조 특이하게 태어났다고 제가 들은 이야기가 있어서요.)

아 어디서 들으셨소?

(조사자 : 예. 거기 시조 묘도 제가 가보기도 했는데. 어르신이 한번 정확한 이야기 좀 한번 해주시지요.)

정~확하니는 나도 기억 기억력이 없어서 그런디. 대충 몇 말씀은 드릴께요.

우리. 우리가 다른 성받이는 참~ 숫자가 만혀갖고(많아서) 김해김씨만 혀도 천만명이 넘었습니다. 지금. 우리나라 사분의 일 인구여. 그런 성받이가 있는가 허며는.

인자 우리 같은 경우 수가 적어요. 일본이여(一本(본이 하나다)). 남원댁. 남원진가 백이(밖에) 없어.

그 수가 많허믄 김씨들이 사~방으로 가서 인자 다른 인자 거 본이 있일텐디. 우리는 일본이고.

우리 군내에서 모여라 헌 담양 국시! 국시들도 일본이고.

또 담양가 고향인 밭 전(田) 자 전씨들도 일본이고.

근디 고롷고 했신께 낫습디다. 전국에서.

(청중 : 일본 성씨가 많으드만.)

나 혼자만 일본이람 기분나쁘것어.

근디 인자 그런 이야기는 그만 두고.

우리 시조 묏이(묘가) 남원군 대산면 금성리가 있습니다. 번지는 또 잊어부렀어. 벌써.

응. 그래서 그 시조 묏이 거가 있고. 있는디. 가서 보믄 명당맹키 생겼어요. 전에 어른들이 뫼를 써놔서 그런가.

암것도 몰라. 명당. 이야기만 명당 책을 많이 본게. 명당 얘기는 해도. 명당갖고는 몰라요.

씁~ 시조 묏이 거가 한 구위가(9위(9명의 선조)) 계셔요. 구위가 계신디.

바~로 지전 밑이 가서 제각을 두 번 지었어. 고려 때 한번 짓고, 일정 말엽에 한 번 짓고.

인제 뿌셔진게. 집이 짜그라진게. 그래갖고 지금 새집이로 있습니다마는. 바로 거 지전 밑에 가서 에~ 제실이 있고.

우에 가서 구위 묏이 있고. 아홉 봉산이 있거든요. 거가 에 좌편에 가서 소나무가 요새 말로하믄 밑천(몇천)만원짜린디. 여나무가(여러 그루가) 있어.

분재. 역불로(억지로) 가꾸도 안했는디 어쩐지 그 소나무가 참 캐서 팔면 한 나무에 밑(몇)천만원짜리라 그래. 분재로 소나무가 요 갈지(之) 자로 검을 현(玄) 자로 되 놈이 있고.

거기 거 시암을(샘을) 옥정. 구슬 옥(玉) 자 샘 정(井) 자 해서 옥정이라는 시암이 있는디.

물난리 나갖고 지난해, 이후 아그들 오줌마냥 난디.

칠년을 가물아도 그 물. 칠년을 장마져도 그 물. 그런 샘이여.

고렇게 전통이 깊은 시암인디. 어째서 그런 시암을 지금 우리가 다~ 가꿔놨냐 허며는.

우리 시조가 그 시암에서 났다요.

함 자 조 자여.

우리 시조 이름이.

시호는 문경공이고. 문경공. 근디 그 양반이 그 시암에서 태어나서.

근게 바~로 동네 앞이거든요. 우리 거 선산이. 그럼 동네허고 우리 선산허고 해서 한 오십메타(50m) 거리 백이 안되아요. 거리가.

그 논다리 하나 사이니까.

근디 하~도 물이 좋고 그런 물이라서 그 동네사람들이 칠 팔십호 삽디다. 지금도. 상당히 커요.

그 우리 옥정 시조 하나부지(할아비지) 태어난 시암물을 묵고 살았어요. 말을 들으믄.

근게 물동우를 이고. 지금 같으믄 상수도를 해서 빼가지마는 인자 그럴 때는 그러들 못헐 때라. 인자 물동우를 이고 질러다(길어다) 묵을 땐디.

한번은 물동우를 갖고 물을 길러 가니까 옥동자가 시암에서 동동 떠대녀. [조사자 전원 놀란다] 쪼만한 애기가.

아 그래서 그 애기를 본게로 참 면상스럽게 생겼거든. 근디 거 어쩔것이여. 인자 거 저 주서다가. 지금도 아그들 어디다 부린해불믄 주서다가 키웁니까. 그때 시상도 마찬가지였었던 개비여.

하꼬 인자 우리 시조를 그 동네 여자가 데려다가 그렇게 키워서 그 양반이 우리 시존디. 이름이 함 자 조 자고. 어~ 시호는 문경공이단 말이여.

(조사자 : 아~ 그 옥동자가 시조시라구요.)

잉. 시조. 그 양반이 시조여.

그래서 그 시암을 우리가 가꿔놨는디. 아까도 헌 말과 같이 분재. 분재만 허도 수~천억 되겄소. 고놈 분재만 캐서 팔아도. 분재가 귀헌 나무담 말이요. 고러게 되아 있고.

이 일년에 음력으로 삼월 삼진날 묘사를 지냅니다. 그 묘사를 의무적으로 일년에 한번석 삼월 삼진날.

(조사자 : 이제 가시겠네요? 지금도 제 모실 때 가시나요?)

한~ 삼년 되요. 늙어갖고 못 못댕긴게. 아그들이 차로 실어다 줘도 인자 원~채 나이가 많은게 차 타기도 안좋습디다. 한 삼년 안나갔습니다.

그 전에 다녀본 결과를 내가 얘기를 헌디.

[잠시 숨을 고른다] 근게 그 시조가 그 시암에서 태어났다는 이야기를 했어요. 지금도 그 옥정이라는 시암이 있는디. 다 거 가꾸고 있고.

보리암은 제비형국

자료코드 : 06_06_FOT_20110209_NKS_JYS_0009
조사장소 : 전라남도 담양군 금성면 대곡리 대곡마을 마을회관
조사일시 : 2011.1.29
조 사 자 : 나경수, 서해숙, 이옥희, 편성철, 김자현
제 보 자 : 진용섭, 남, 85세
구연상황 : 앞서 당산나무에 관한 이야기가 끝나자 조사자가 보리암이 왜 대단한 절인지를 묻자 다음 이야기를 구연했다. 제보자는 숨은 이야기꾼으로 고령임에도 불구하고 총기가 좋으며, 조사자들에게 시종일관 겸손한 마음으로 이야기를 들려주었다.
줄 거 리 : 보리암은 연소(제비집) 형국으로 명당 터이며, 그곳에서 김덕령 장군 부인이 피신하다 죽었다고 한다.

또 명당 얘기 나오그만.

보리암 절터가 어째서 좋냐~.

연소 형국이여. 연소.

제비 연(燕) 자. 말허자믄 제비 집. 형국이라놔서 거 명당 터단 말이여.

그런께 아까헌 말과 같이 아~ 김덕령 장군 부인이 피신하다 죽었어. 그 명당자리에서.

아까 내가 말씀 안 드립디꺼.(말했잖아요)

청계공 그 양반은 바우 밑에서 은거 하시다가 돌아가시고. 근게 나쁜 놈들이제. 돈 조깨 묵. 안벌어 먹고 말제. 지금으로 말허믄 현상금이제.

돈 벌어 먹을라고 아까운 두 양반들이 [언성을 높이면서] 일본놈들헌테 암살당했다는 거. 그 이야기 나가(내가) 아까 했지요.

추월산의 칠장군 오한림 나올 명당자리

자료코드 : 06_06_FOT_20110209_NKS_JYS_0010
조사장소 : 전라남도 담양군 금성면 대곡리 대곡마을 마을회관
조사일시 : 2011.1.29
조 사 자 : 나경수, 서해숙, 이옥희, 편성철, 김자현
제 보 자 : 진용섭, 남, 85세
구연상황 : 앞서 보리암에 관한 이야기가 끝나자, 조사자가 보리암이 있는 추월산은 부처님형국이라는데 들어본 적이 있는지를 물었다. 그러자 다음 이야기를 구연했다. 제보자는 숨은 이야기꾼으로 고령임에도 불구하고 총기가 좋으며, 조사자들에게 시종일관 겸손한 마음으로 이야기했다.
줄 거 리 : 추월산은 호랑이형국으로 명당자리가 있는데, 그 혈에 묘를 쓰면 칠장군, 오한림이 나온다는 이야기이다.

여그 시방 금성면 담양이 추월산 령(영역)인데.

산 이름도 좋지마는 용맹있고 지혜로운 호랑이 형국이단 말이요.

그런게 명산이제.

(조사자 : 음~ 호랑이 형국이예요.)

호랑이 형국이여.

근게 대 명당도 거가 있어요.

대 명당이라 그러믄 그 명당 바람으로 자손들이 나머는(낳으면) 우리나라를 들었다 놨다 헐 정도로 그 그 전설이라 헐까.

그라니까 그 전에 풍수들 결록이라고.

결록이라고 헌 책에서 나온 말인디.

(청중 : 그것을 전설이라고 전설이라고 봐부러야제.)

그 그 혈이 [조사자가 청중의 말에 이러한 전설들을 들으러 왔다고 설명하고 있다] 추월산가 있는디.

그 혈에다가 묏을 쓰므는 칠장군 오한림이 날 자리여.

장군이 일곱이 나고 문관이 다섯명이 날 자리란 말이여. 그러믄 한 집안에서 그렇게 낳다고 보믄 우리나라를 이상 들었다 놨다 허게 안생겼습니까.

근디 그~렇게 명산이다. 하고 아까도 그렇게 말씀 드렸지마는. 그렇게 명산이여.

(청중 : 거그다가 쓴 썼던 사람은 다 칠장군 오한림에 썼다 그러데. 시방 우리 조부님이 거그 추월산에 계신디. [제보자가 웃는다] 전부 그 저 좋은 자리라고 다 허고 근디. 거그 우리 조부님 자리가 칠장군 오한림 자리라다.)

[웃으면서] 하 하. 거기 뫼 쓴 사람은 거기가 [마을주민이 방안으로 들어온다] 인디.

(청중 : 다~ 알고 있어. 외부사람들이. 우리 조부자리를. 근디 그것을 칠장군 오한림자리를. 시방 거리(그곳으로) 모신제가. 고리 모신제가 한 지금.)

일정 때 모셨은게 한 육십년이 넘네.

(청중 : 거의 칠십년 가차니되네.(가깝다))

아 그런다고 봐야제. 일정 때 옮겼은게.

(청중 : 근데 옛날거 전설로 나온 거 결록에 있는 자리라 그러고 헌디. 결록은 어떤 사람이 맨든 결록인지.)

근게 애매허다허믄 내가 뜻을 말씀드릴께.

애미잃은 호랑이가 애미를 찾는 형국인게. 얼~매나 촉기가 있게 나댕기것습니까.

그런 자리에서 칠장군 오한림이 난 [웃는다] 난다 그 말이여. 그러니께 대 명당이 난다 했어요. 대 명당이란 말을.

이성계와 오백년지지

자료코드 : 06_06_FOT_20110209_NKS_JYS_0011

조사장소 : 전라남도 담양군 금성면 대곡리 대곡마을 마을회관

조사일시 : 2011.1.29

조 사 자 : 나경수, 서해숙, 이옥희, 편성철, 김자현

제 보 자 : 진용섭, 남, 85세

구연상황 : 앞서 추월산 명당자리 이야기가 끝나자 조사자가 축지법에 대해 물었다. 그러자 과거에 축지법을 하는 분이 계셨다고 하지만 자료가 없다고만 했다. 이어 조사자가 이성계에 관한 이야기를 해달라고 부탁드리자 다음 이야기를 구연했다.

줄 거 리 : 이성계 조부가 함경남도 오백년지지 명당자리에 묘를 써서 조선왕조가 오백년의 역사를 갖게 되었다는 이야기이다.

이성계는 조선 조선 태조 아닙니까.

그 양반이 조선 그 그 초기에 머시냐 지금으로 보믄 대통령이제. 왕.

그 양반이 조선 초기에 설립을 헌 양반이여.

근디 그런 양반이사. 조선왕조 오백년이라 헌다. 오백년은 못되고.

이승만 박사도 이씨 아니요. 근게 이승만 박사까정 혀도 오백년이 다 못되았어요.

우리 조선 임금이 제~일 끝에 있는 아까 내가 그 저 고종 임금 말을 했는디.

고종 임금이 제일 끝에 임금이거든요. 근게로 인자. 이 이.

[잠시 숨을 돌리고] 다~ 합혀도 오백년이 못된데요. 쪼금 못되야. 말이 인자 오백년지지에다 명당을 써가지고 그랬다.

(청중 : 근사치로 해서 말헌거여. 근사치로.)

근게.

(조사자 : [청중이 제보자의 이야기를 중단시키려하자 조사자가 제보자에게 이야기를 계속하도록 권한다] 오백년지지에다 썼답니까?)

예. 그래갖고. 그래갖고 그렇게 나왔는디. 그런 인자 그 그 그런 말이사.

(조사자 : 어디가 오백년지지랍니까? 어디가? 서울이 그런가요?)

근게 조선 태~조 이성계가 그 저 설립을 했는디. 조선 왕조를.

인자 그 양반이 그 양반 조부를 쓸 때 함경남도 어딘가 그 산소가 있다 합디다.

요것도 인자 어른들께 듣는 말이제. 어디 책자에 나온 말은 아니여.

근디 벌써 그런 명당에다 써 갖고 오백년지지를 썼어. 말허자믄. 말이 오백년지지제. 오백년이 쪼끔 못된다는 것을 인자 막 말을 했지요.

(청중 : 못되고 헌 것이 아니라. 우리 저기 유래로 보믄 시방 오백년만 되았간디. 나 인자 어려서 그 그런 얘기를. 이씨 조선 오백년. 이씨들이 허다가 예를 들어서 오백년이라 히므는. 어려서 말허자믄 그때 들은거 다 잊어버렸어. [제보자와 말이 겹친다])

(청중 : 그런께 그 묘자리가 왼쪽 귀에다 썼다냐. 그 혈 그 혈기 거 거

여 산자리가. [생각을 하면서] 왼쪽 귀 귀에 썻단가 오른쪽 귀에 쓴가. 이씨 저 그 이씨가 거따 써갖고 오백년을 여 여 정치를 했고. 그 담에 끝나고는 끝나고는 김씨조 김씨로 넘어간다 고렇게 되아있어. 그런디 오래되아 다 잊아부렀어. [웃으면서] 책자로 보지 않고 말로만 들어서.)

삼인산에서 제를 모신 이성계

자료코드 : 06_06_FOT_20110209_NKS_JYS_0012
조사장소 : 전라남도 담양군 금성면 대곡리 대곡마을 마을회관
조사일시 : 2011.1.29
조 사 자 : 나경수, 서해숙, 이옥희, 편성철, 김자현
제 보 자 : 진용섭, 남, 85세
구연상황 : 앞서 이성계에 관한 이야기가 끝나자 삼인산과 관련된 이야기를 물었더니 다음 이야기를 구연했다. 제보자는 숨은 이야기꾼으로 고령임에도 불구하고 총기가 좋으며, 조사자들에게 시종일관 겸손한 마음으로 이야기했다.
줄 거 리 : 이성계가 명산을 찾아다니면서 산제를 지냈는데, 삼인산이 추월산보다 명산이어서 그곳에서 제를 모셨다는 이야기이다.

(조사자 : 삼인산이 이성계와 머 얽힌 이야기가 있다는데.)

예. 대충 들었습니다.

이성계가 거 초창기 조선 저 초창기 인제 아조 그때는 지금으로 허믄 국회의원이나 대통령 헐라믄 그 저 선거 저 조직을 헙니까.

그런 한 가지로. 그때게는 그런 법은 없었고.

[강하게] 단~지 미신.

우리나라 각 지방에 명산을 찾아다니면서 산제를 지냈어요. 이성계가.

(조사자 : 산제를. 예.)

그래갖고 담양은 어디 와서 지냈냐.

추월산 와서 지내야한디. 삼인산이 더 명산이라 해서 여그 여 대전면

수북리인가. 대전면 그 삼인산.

삼인산이 어째서 삼인산이냐.

영락없이 담양쪽에서 보믄 사람 인(人) 자가 꼭 요로고 [바닥에 삼인산 모양을 그린다] 싯이(셋이) 싯이 되아 있거든 거가. 우리가 보게도(보기에도). 그래서 삼인산이라.

그갓고(그래가지고) 거 와서 산제를 지내고 그랬단 말은 들었어. 이성계가.

전~국을 다 돌아댕김서 명산이라 헌 것은 다 찾아댕김서 산 산제를 지내가지고 인제 등극을 했어요. [청중이 하품을 한다]

(조사자 : 아니 어떻게 추월산을 놔두고 [웃으면서] 삼인산으로 갔네요.

역시나 추월산이 더 명산인디. 우리 군내에서는.

삼인산이께. 사람 인 자 싯이 있어갖고 본께는 별시럽게 생긴 산이거든요. 사람이 서이 삼인게.

그리서 거그서 머시냐. 산제를 지냈단 말은 들었죠.

무학대사와 사대문

자료코드 : 06_06_FOT_20110209_NKS_JYS_0013
조사장소 : 전라남도 담양군 금성면 대곡리 대곡마을 마을회관
조사일시 : 2011.1.29
조 사 자 : 나경수, 서해숙, 이옥희, 편성철, 김자현
제 보 자 : 진용섭, 남, 85세
구연상황 : 앞서 삼인산에서 제를 모신 이야기가 끝나자 조사자가 지리산에서 산제 모신 이야기를 물었으나 잘 모른다고 했다. 이어 조사자가 용소, 도선국사 이야기를 물었으나 이 역시 모르겠다고 했다. 잠시 후에 다시 무학대사, 서산대사에 대해 물어보자 다음 이야기를 구연했다.
줄 거 리 : 이성계가 조선왕조를 세운 뒤에 무학대사가 학터 자리에 궁궐을 지었으나 매번 건물이 허물어졌다. 어느 날 논을 가는 노인이 소에게 무학이처럼 미련한

것이라면서 질타하자 이를 듣던 무학대사가 이유를 물으니 학의 등덜미에 궁궐을 지으니 넘어가는데, 그것을 모른다고 했다. 무학대사가 그때서야 깨달았고, 그 노인은 산신이었다는 이야기이다.

그 양반들은 참말로 세계에서 그 양반 둘백이(둘밖에) 없어. [조사자가 제보자의 얼굴을 사진으로 찍는다]

(조사자 : 어떻게. 뭘 했는데요. 그 사람들?)

무학대사는 풍수고 중이여.

중인디 풍수여. 말허자믄 아조 도사양반인디.

이태조가. 이성계가 우리 조선 인자 그 말허자믄 인자 고려를 망쳐뿌러야 자기가 성공을 하게 생겼어.

그랬는디.

대차 아까 헌 말 같이 사방에 가 산제를 지내고 공을 드리고 했는디.

그래서 인자 등극을 했단 말이여. 요새로 허믄 당선이 되았어. 대통령 당선이.

되아놓고 본게.

그때는 충청도 어디 가서(어디에) 수도가 되아 있었는디.

너무나 내리묵고 우리나라 지형으로 봐서 너무나 하단부가 되고 [조사자가 기침한다] 또 터가 안좋아.

그래서 현에 잡은 자리가. 현에 서울이. 거그서 이성계가 등극 해갖고 잡은 자린디.

무학대사가 잡았어. 무학대사가 잡았는데.

(청중 : 무학이 어째 미련하다고 헌데. 니~미~ [너털웃음을 한다])

무학대사가 잡은 자린디.

요것도 어디 책자에 나온 말이 아니여. 어른들헌티 듣는 말이여.

(조사자 : [청중이 제보자의 말을 끊으려 하자 제어하면서] 예.)

무학대사가 잡았는디.

씁~ 아~ 에 도사는 도사라도 쪼깨 모르는 점이 있었든가.

어 거따 터를 딱~ 잡아놓고 궁궐을 안 지요.(궁궐을 짓어요)

궁궐을 짓기를 시작헌디.

[언성을 갑자기 높이면서] 아~ 이 놈의 궁궐을 지어 놓으며는. [땅바닥을 손으로 치면서] 거가 학터여.

(조사자 : 학~ 터~. 예.)

날아간 학도 아니고, 앉었는 학인디.

학터에다 등허리다 궁궐을 진단 말이여. 지어놓은 학이 한 번 뜰~썩(들썩)허믄 넘어가불고 넘어가불고 해갖고 [강하게] 세 번을 실패를 봤어. [바닥을 치면서] 그 궁궐을 짓다가.

[안타깝듯이] 하~ 이거 무학대사가 아무리 연구를 해봐도 모리는(모르는) 일이여.

그러자 인자 이성계가 하루는 무학대사 보고 저~ 산골차기로 저~어~기 지금으로 허믄 등산. 한 바쿠 돌아오자고 둘이 인자 동행을 해갖고 가는 판인디.

조그마한 산골차기서 수염을 낼래해갖고 영감탱이가. 쬐깐한 영감탱이가. 거 참 보잘 것 없이 생긴 영감탱이가 논을 감선(논을 갈면서). 야물딱지긴혀 영감이.

저기로 소 꼭대기를 손으로 탁 치믄선,

"이놈의 소새끼야. 무학이보다 더 미련헌 소새끼야. [전원 웃음] 이놈의 소새끼야. 요리 가자헌께 왜 저~리 가냐. 이눔의 소새끼야."

그런게. 거그서 쉬~(쉬려고) 앉겄어. 이성계허고 무학대사허고.

뽀짝뽀짝,(영감님 곁으로 조금씩 걸어간다)

"아 영감님 아까 머시라고 했소?" [조사자 웃음]

"아 이놈의 소새끼가 무학이 보다 더 미련헌 짐승 아니냐고. 아 이 수도 터를 잡었으믄. 거가 학턴디. 아 니 기텅이(네 귀퉁이) 쭉지 발목이 탁

터를 사대문부터 지어놓고 원 그 궐을 그 궐을 가운데에 지어야 딸싹(들썩)이 없는디. 아 이 미련헌 놈의 무학이란 놈이 세~상에 미련해도 분수가 있제. 아 학 등허리다 어 궁궐만 지면 넘어가고 넘어가고 허지 않허냐."

고. 그제사 무학대사가 깨달았어.

에 나중에 알고 본께 산신이여. 거 영감이.

그래가지고 와서 돌아와서 등산이고 머시고 돌아와서 터를 다시 둘러보고. 사대문을 탁 지어서 눌러놓고 궁궐을 진게(지으니) 이 눔의 학이 딸싹을 못혀. 니 쭉지를 눌러부러서.

그래가지고 수도가 되았는데. 참 에~ 그런 유래가 있고.

이성계의 장기겨루기

자료코드 : 06_06_FOT_20110209_NKS_JYS_0014
조사장소 : 전라남도 담양군 금성면 대곡리 대곡마을 마을회관
조사일시 : 2011.1.29
조 사 자 : 나경수, 서해숙, 이옥희, 편성철, 김자현
제 보 자 : 진용섭, 남, 85세
구연상황 : 앞서 무학대사 이야기가 끝나자 이어서 다음 이야기를 구연했다. 제보자는 숨은 이야기꾼으로 고령임에도 불구하고 총기가 좋으며, 조사자들에게 시종일관 겸손한 마음으로 이야기했다.
줄 거 리 : 이성계가 등극한 뒤로 나라 재정이 어려웠다. 어느 날 장기를 잘 두는 사람이 이성계에게 와서 내기 장기를 하자고 했다. 이성계가 지면 왕의 자리를 내놓고, 그 사람이 지면 자신의 모든 재산을 내놓기로 했다. 그리하여 장기를 두는데 이성계가 지게 생긴 상황에서 말이 울자 거기에 힌트를 얻어 장기를 이겼다는 이야기이다.

재~미있는 일화가 있어요.

아 등극을 딱 히놓고. [조사자들이 제보자가 끊임없이 이야기를 하는

것에 대해 감탄한다]

그때는 인자 세금 조깨씩 농촌에서 가져다 쓴께 넉넉허니. 지금은 각 산업사업이 되아갖고 각 기업에서 몽땅 받어다가 세금을 걷어다 이용을 헌게로 많이 안 씁니까.

씁~ 아 이거 재정은 부족허고 정치는 인제 나라를 세울란디. 돈이 없어. 그런게,

'씁~ 이거 어떻게 해야헐고.'

허고 있는 차인디.

거 서울 장안에서 장기 갖고는 세계에서 당헐사램이 없어요. 장기 둔 것 갖고는.

[잠시 숨을 고르고] 아~ 이~ 하리는(하루는) 그 태조한테 와서 그 장기 둔 사램이,

"아 우리가 심심헌게 거 이 머시냐 대왕님 등극허셨다는데 축하도 헐겸 심심헌게 장기나 한번 뒤어보자."

고. 인자 그 장기쟁이가 놀러 온게로. 태조가 인자 이성계가 인자 말을 했어요. 자청을 했어.

"장기나 한번 뒤어보자."

근게 잘 뒨다는 미리 소문은 들었겄다.

'니가 뒤믄 얼매나 잘 뒤겄냐?'

허고 가솔기(가벼이) 보고는 뒤자고 허니까.

그 장기뒤로 그 세계에서 잘 뒨 사램이,

"나는 공장기는(내기가 없는 장기는) 뒤어본 예가 없다고 [전원 웃음] 내기 장기나 허다 못해 돈이 없으믄 술 한 병 내기라도 내기장기를 뒤재. 아직 공장기는 뒤어본 예가 없다."

고. 뒤로 차치헌게(뒤로 물러나니).

아 머 니~기~ 아 일개 아 거 지금으로 허믄 대통령이 그만헌 돈도 없

었것소. [조사자 웃음]

"좋~다. 내기를 허자. 무슨 내기를 헐거나?"

근게 더러 그 둘이 인자 타협을(타협을) 허기를, 이성계가 지므는 나라를 거 장기쟁이헌테 밀어주기로 허고.

장기쟁이가 이기믄 니 재산 아조 그냥 내기장기만 뒤어갖고 세계에서 갑부말 듣는 사램이여. 그 장기쟁이가.

"니 재산을 나헌테 포기를 해라. 니가 나헌테 지믄."

이성계가 그렇게 딱 헌게.

"아 그러자."

고. 금서 이성계정도는 자신 헐만 헌게 달라들어서. 지 재산 다 뺏기 뺏기들 안허고 왕자리를 앉게 생겼거든.

틀림없이 지가(장기쟁이가) 이겨. 근디 요~말이 다른 말이 아니라 머시나 운이 뒤따라야제. 운이 뒤 안따르므는 성공을 못헌다는 말을 내가 허고 싶어요.

장기를 한~참 뒤는디. 인자 막바지에 가서 인자 말 머시냐 한 짝. 장기 한 짝만 잘못건들믄 이성계가 지게 생겼어.

씁~ 아~무리 생각해야 여 틀림없이 이거 졌거든. 딸~싹(들썩)을 못히여. 그런디 막간해서 이성계가 타고 댕긴 말이 자~꼬 울어싸.

씁~ 가~만히 생각해본게,

'말이 나보다 더 알구나. 이 말을.'

그제사 말을. 이 장기장 말을 본게로. 말만 딸싹 거리믄 저놈이 꼼~짝을 못허게 지게 생겼더라 말이여. [전원 웃음]

(청중 : [웃으면서] 말이 훨~씬 더 낫다.)

근게 말이 이성계보다 더 영리허제. 그래 말을 갖다 탁 앵겨논게.

"나 졌다."

험서 살림 다 바쳐서 그 비용을 갖고 그 장기쟁이 살림 얼마갖다가 국

비에다 썼단 말을 내가 들어봤어. [전원 웃음]

(조사자 1 : 오~ 잼있네.)

(조사자 2 : 진짜 재미난 이야기네요.)

(청중 : [웃으면서] 전설의 한 토막이네.)

전우치가 중국에서 훔쳐온 금대들보

자료코드 : 06_06_FOT_20110209_NKS_JYS_0015
조사장소 : 전라남도 담양군 금성면 대곡리 대곡마을 마을회관
조사일시 : 2011.1.29
조 사 자 : 나경수, 서해숙, 이옥희, 편성철, 김자현
제 보 자 : 진용섭, 남, 85세
구연상황 : 앞서 이성계가 끝나자 잠시 준비한 다과를 먹으면서 휴식시간을 가졌다. 잠시 후 조사자가 전우치에 대해서 물어보자 다음 이야기를 구연했다. 제보자는 숨은 이야기꾼으로 고령임에도 불구하고 총기가 좋으며, 조사자들에게 시종일관 겸손한 마음으로 이야기했다.
줄 거 리 : 전우치가 금성산성에서 공부하고 있는데, 조선이 매번 중국에 당하고 사는 것이 억울해서 중국의 보물을 훔치러 갔다. 그곳에서 중국 보물 가운데 하나인 금대들보를 훔쳐왔는데, 중국에서는 조선에서 가져간 것을 알고 왕을 괴롭혔다. 이를 안 전우치가 다시 돌려주기 아까워 금성산성에서 금대들보를 던졌는데, 떨어진 곳이 동해산업자리라는 이야기이다.

전우치는 우리 금성면 사램이여. 그 사램이. 그런데 왜 몰라.

(조사자 : 광 광양인이라 하데요?)

야?

(조사자 : 광양이 고향이라던데. 어디는.)

여 머시냐 요 책자에는 우리 군지에는 금성면 원율리. [조사자들이 이야기를 더 듣기 위해 호응하는 말과 겹친다] 원율리가 태생. 출생지여.

(청중 : 원율리 안다녀오셨어?)

(조사자 : 저희 바로 여 위에 있잖아요.

(청중 : 거기 가믄 요 애기 원율리서 허믄 더 잘알제.)

(조사자 : 예. 원율은 또 나중에 가구요.)

머시냐 책자에는 안 들고(책에 적힌 이야기가 아니고) 거 전설이여.

근디 전우치가 어디서 공부를 했냐. 이 금성산성. 금성산성이 금성면을 이 이어서 금성산성이 아니여.

애초에 산 이름이 금성산성이여.

나도 믿년(몇년) 전까지 우리 금성면 쪽에가 있인께 금성산성인줄로만 알았더니. 책을 자꼬 뒤지고 보니까.

속허기는 용면으로 속였어. 금성산성이.

금성산성이 용면가 더 지역이 만히여(많아). 땅이 만히여. 용면 한 쪽. 금성 한 쪽 글안헌가.

(청중 : 아이고 잘 모른 말씀이요.)

왜?

(청중 : 금성산성이 어면히 금성땅이제.)

지금 책에 그래.

(청중 : 아 이 이 양반이.)

아 이 내 이애기나.

(조사자 : 예. 그래요. 이야기니까.)

(청중 : 아 그러고 금성산성이 아니고 금성면 헌디 가서 금성산이고. 금성산성은 옛날 전쟁터에서 성을 쌓은 것을 금성산성이라고.)

그러믄 내가 나는 책자대로 [계속 청중이 자신의 의견을 말하고 있다] 말한거니께.

(청중 : 책자나 머이나. 금성면이라고 이름을 지었을 때는 금성산을 위주로 해서 금성면이고, 금성산성이라 헌디는 금성산에서 옛날에 거 전쟁때게 산(쌓은) 성이 있어 금성산성이란 말이 거그 성을 금성산성이여.)

아 긍게 금성산성이란 [조사자가 이야기를 이을 수 있도록 계속 호응한다] 내력을 내가 봤는데.

우리 금성면을 위해서 금성산성인줄 알았더니. 속허기는 용면으로 속혔다는 이얘기를 내가 봤는디(했는데).

자네(청중(의견 충돌이 있던 청중))허고 나허고는 위길(우길) 것이 없어.

내가 말헐 때 내가 생각허기는 엊그제까지 책을 봤기 때문에 헌 말인데.

인자~ 책이 잘~못됐다고 봐야제. 내가 책을 잘~못 읽었다고 볼 순 없어.

(청중 1 : 책이 잘못됐다고 그런 것이 아니라. 금성산을 첫째 금성면서 관리를 허고, 아 금성산 위령제를 지내고 모든 거 전~부 금성면서 혀.)

(청중 2 : [가만히 듣다가] 여그서[제보자를 가리키면서]도 그렇게 알았는디 책을 본께 그렇지 않았다고 헌께. 그냥 들어줘.

(조사자 : [청중 말에 호응하면서] 예. 그러시게요. 예. 인제 여까지는 딱 끊고 저기 인제 전우치 이야기 한 번. 그 전우치 이야기 하다가.)

전우치 애기 허다가 금성산성이 나왔어요.

(조사자 : 예. 그래가지고 [웃으면서] 이렇게 딴데로 가버렸습니까. 그럼 이야기만 들을께요.)

공부를 어디서 힛냐허며는 여 금성산성 여 머시냐 암자 밑에서 공부를 했다요. 전우치가.

무슨 공부를 했냐. 요술 공부를 했어요. 요술 공부를 해가지고 대체나 요술이라고 해봤자. 그 전가치 전쟁시대나 되믄 머 어처케해서 전쟁에 승리나 허고 그럴텐디. 어따 써묵을디가 없어.

공부는 아조 능통을 했는디. 씁~ 가만히 생각해본게 써묵을디가 없어서.

우리나라는 빈국(貧國)이고, 중국은 나라가 크고 그 때만해도 우리나라가 낮게 살고 말허자믄 중국 지배를 받고 이때까 살아나오~는디.

지금도 말을 헐라허믄 중국은 큰 집이고, 우리 조선은 작은 집이라는 그런 말을 인자 말이 있어요.

아 인자 중국 지배만 받고 산게로. 아 기냥 그 것도 또,

'요만한 요술을 내가 갖고 있는디.'

좀 분도 나고 그것이 귀가 안 있것습니까.

'해~ 이놈 중국 가서 보물이나 하나 갖다가 우리나라에다가 인자 두믄 우리나라가 괜찬안할라질라나.'

허고 중국을 건네 갔어요. 전우치가 여그서 공부 지대로 해갖고.

(청중 : 도통을 했어. 도통을.)

가갖고 인자 [언성을 높이면서] 살펴보니까 지금도 금덩어리가 큰 놈 작은 놈 다 있지 않읍니까. 세계적으로 다 보드라도.

금 대들보가 하나 있어요. 지금말로 하믄 요 아름드리 된 대들보가. 금 대들보가 전우치 눈에 띄어.

고~놈이 욕심나.

'저 놈을 하나 우리 조선가 갖다 놓았어도.'

거그 부자 안부러울 정도란 말이여. 그때 시상(세상)으로 해서는.

'에잇. 요놈이나 자껏 가꼬 가서. 가꼬 가야겠다.'

허고는 딸~싹 딸~싹 헌게 딸싹거려지거든.

아 이 그냥 대들보가. 중국사람들이 보니까 껀~덕 껀~덕 딸싹거리더니 공중에를 올라가기를 시작헌디. [전원 웃음] 그 사람들 능력으로는 어떻게 떨어뜨릴 수가 없어.

떨어뜨릴 수가 없으니까. 인자 능력이 없은께 쳐다만 보고 있는 판이여. 인자 그 놈들도 미련치 헌 놈들인가.(미련하지는 않았다)

"요놈이 어디 어느 나라로."

고개 숙인 것만 시방 천기만 보고 있는 판이여. 인자.

금대들보는 없고 놓쳐부렀은께.

가~만~히 천기를 보고 있인께. 아 우리 조선으로 머리를 틀고 가더라 그 말이여.

'틀림없이 조선의 인재가 거 머시냐 안 떨어지고 나라는 작어도 인재가 안 떨어지고 인물이 난 나라라서 우리 조선서 돌라갔다.'

추측을 허고는.

아 그 머시냐 거 머 비락(벼락)같이 몰아와선 기냥 막 이 잡댔끼 잡아 뒤지고 기냥 왕을 갖다 다스리고,

"니기가 여그 금대들보를 돌라갔으니 내놓으라."

허니. 아 이 임금 즈그도 깝깝헐 노릇이고 애터질 노릇 아니것습니까.

요놈을 갖다가 산성 중턱에다 내리놓고는 생각해본게 왠 나라가 난리가 나부렀어.

아 그래갖고 또 중국놈들헌테 지지리 갖다놓고 뺏기믄 또 아깝제. 아~무리 남의 것이지만 인자 틀림없이 뺏기게 생겼어. 이 잡대끼 잡으러 댕긴게.

아~ 이 가~만~히 전우치가 생각을 해보니까.

'아 이 못시것다.'

해갖고는 아 그냥 산성 몬댕이로 고 놈을 갖고 올라가갖고는 내 쏜 것이 동해산업자리가 그냥 떨어져갖고 그냥 파묻 파묻혀졌단 말이여.

(조사자 : 동일산업자리요?)

아 시방 동일산업자리.

아 산성 몬댕이에서 내 쏘아부렀어. 부애침에.

'에잇 자껏 못묵는 감 찔러나 보드라고 중국헌티 뺏기느니 우리나라에다 파묻어논거이 무던치 안허냐.'

허고는 잡아 파묻어놓은거이 시방 동일산업자리가 있는디.

말이 그렇제. 꼭 던져놓으믄 동해산업 내 디 고 놈 사갖고 장비 좋은

게 캐낼거 아니요. 근디 그거이 미가신이라 이때까 파내지 않허고 있지 안겄소.

[웃으면서] 근기 말이 났은기 헌 말인디.

근디 쪼깨 먼 헌 사람들은 욜로 때우더라고.

거가 금대들보가 묻혀서 있는 것이 아니고. 동일산업 그 큰 기업이 서갖고 있은께 고것도 금대들보 아니냐.

또 그렇게도 해석한 사람들이 있더만요. 하 하[웃는다]

(청중 1 : 금대들보가 거그 중국서 갖다가 거따가 묻어놔서 금대들보가 있는 것이 아니고. 근게 그런 전설이 나와 있은게. 그전에 인자 산세 보고 댕기고 그런 풍수들이 거그 원율 앞에 거 뜰에 가서 금대들보가 묻혔다는 그 전 전설이 그 책자가 있어. 근게 거그와서 금대들보 있는 자릴 찾을라고 거 유명헌 거 저 산세 본 사람들은 다~ 거그를 왔다가고 찾었다고. 다 그러고 댕겨도 어디가 있는질 금대들보가 들어 발견을 못했어. 그러자 동일산업이 거길 들어와갖고 거그다가 동일산업 회사를 지어가지고. 돈을 지금 잘~ 벌고 있거든. 그런게 바로 금대들보는 동일산업 앉은 자리가 금대들보다. [제보자가 웃는다])

(청중 2 : 동일산업이 금덩어리여. 동일산업이.

(청중 1 : 결국은 결론이 고렇게 내리갖고 해석을 허고 있어요.

(청중 2 : [웃으면서] 그렇게 백이 해석헐 수가 없어.

(조사자 : [제보자를 가리키며] 우리 어르신 말씀도 맞고, [청중을 가리키며] 어르신 말씀도 맞고 그러네요. 어 진짜 해석 나름인데. 다 맞는 말씀 맞네요.

금성산성으로 걸어오다 멈춘 거북바우

자료코드 : 06_06_FOT_20110209_NKS_JYS_0016
조사장소 : 전라남도 담양군 금성면 대곡리 대곡마을 마을회관
조사일시 : 2011.1.29
조 사 자 : 나경수, 서해숙, 이옥희, 편성철, 김자현
제 보 자 : 진용섭, 남, 85세
구연상황 : 조사자들이 점심을 먹고 다시 마을회관을 찾았다. 다시 이야기판이 조성되어 조사자가 제보자에게 금성산성에 대해 물어보자 다음 이야기를 구연했다.
줄 거 리 : 금성산성을 축조할 때 조화를 부려 쌓고 있는데, 거북바위가 이를 알고서 금성산성으로 걸어가다가 여자가 말을 하자 그 자리에 멈추었다는 이야기이다.

고것도 한 대목이 있기는 있제.

(조사자 : 어디 어느 산이 그랬습니까?)

요 바로 우리 동네 철륭 뒷산에가 있었는디.

[조심스레] 금성산성 얘기가 또 나오요.

(조사자 : 아 이 계속 해주세요.)

금성산성은 언제 쐈냐허믄(쌓았냐하면), 에~ 고려 중기에 시작해갖고 조선 초에 완성 했다고 기록이 되았습디다.

그런디 그 때는 인자 요술이 있고 조화를 많이 부린 세상이라. 인재들이 만해갖고. 산성 산을 쌓 쌀(쌓을) 때게 그 지방에 있는 독을(돌을) 어쳏게 다 주서다 그 성을 쌓겠습니까.

조화를 부리갖고 산성을 쌓 싸게되는디. 조화를 부린 양반이 있었어.

나 이름도 잊어부렀어.

근디 그런디 그 양반이 조화를 부리갖고는 독이 움직여서 깐~닥 깐~닥허고 기어(기어서) 모아들어. 성 쌀 자리로.

응. 그런 말이 있었어요. [청중 웃음] 그러고는 그 성이 인자 조선 초에 말허자믄 이성계가 처 처음에 집권했일 때 그 때 완성이 되았다고 했는디.

인자 잼있는 일화가 나와 인자.

우리 뒷산에 여그 여 용에 가서.

거북. 영~락없는 거북이여. 시방도 있어.

영~락없는 거북인디. [청중이 다른 이야기를 꺼내려 하자 조사자가 제보자가 이야기한 후 그 다음에 이야기를 해달라고 부탁한다]

응. 영락없는 거북인디. 형이 영락없어. 어따 그렇고 맨들어도 못만들아.

그 놈의 것이 인자 저~ 남산 쪽에로 고개를 두르고 앉것었는디.

우리가 남으로 가믄 양달이고. 꼭 거북바우라 했어. 그것 보고.

거 가서 지게 딱 바차(받혀) 놓고. 통~ 놀다가 나무해오고 그랬는데.

그 바우가 어째서 거가 멈추고 있었느냐.

산성 산성을 싼다고 헌게 그 소식을 듣고 깐~닥 깐~닥 거북이 걸음으로이 산성으로 간(가는) 판이여. 그 거북바우가.

아~ 근디 요망시럽게 어떤 거 머시냐 애기 밴 여자가 "아 별일이 다 시럽다." 그럼서,

"아 거 바우가 다 걸어간다." 그런게.

성질을 팍~ 냄서 "거 요망시럽게. 나는 시방 큰 일을 허러 가는 것인디. 그 말을 헌다."고 허면서 쩌~ 남쪽으로 두르고 앉거부렀어.

(조사자 : 남쪽을 두르고. 예.)

응. 남쪽으로 두르고 앉것는디.

중년에 까정 있는디. 팔팔고속도로를 내면서 거가 그 바위가 정~통으로 걸려부렀어.

(조사자 : 쯧쯧. 안됐네요.)

응. 아조 정~통으로 걸렸는디. 우리 마을에 어르신들이,

"그것이 참 전통이 있는 바윈디. 그것을 기냥 거그다 파 묻어버릴 수도 없고, 우리 자비로도 헐라고도 허지마는 여 공사맡은 일헌 사램헌테 말을

히갖고 고놈을 조깨 장비를 띠미다가 바로 여 안가리길 뒷산에다가 놓아 주믄 어쩌것냐?"

고 타협을 히갖고는. 어 대처 그 사램들이 다행이도.

그 장비 거 머 하나 못들 장비가 어디가 있것소. 큰 공사험선 고 띠미다가 요그다가 놓아둔디. 시방 우리 뒷산에가 있어요.

그런 유래가 있습니다.

(조사자 1 : [조사자들 전원 감탄하면서] 잼있는 이야기네요.)

(조사자 2 : 여기 뒷산 이름이 머 머 사이네 사이내산이예요?)

어디 뒷산 이름이?

(조사자 2 : 예. 여기 뒷산 이름이.)

(조사자 1 : 거북바위 있는 산 이름이 뭐예요? 거북바위 있는 산 이름?)

응. 거북바우 산 위치가.

(조사자 : 산 이름이.)

(청중 : 산 이름 없어요.)

(조사자 : 그냥 뒷산이예요?)

가자골이라고도 헌디. 저~그 저 용은 어디냐 허므는 고지산 용으로 내려왔재. 머 산이름도 없어. 우리 뒷산은.

(청중 : 마을 뒷산이예요. 지금도 있어.)

(조사자 : 근데 [청중을 바라보면서] 우리 어르신은 거북이가 아니라 거미라구요?

(청중 : 거미바위라고 이름을. 우리 마을은 거길 거북바우라 헌디. 또 생긴게 꼭 거미같이 생겼거든. 근게 거미바위라고도 허고 [웃으면서] 거북바우라고도 두 가지. 허 허 [웃음])

(조사자 : 아~ 거북바우라고도 하고, 거미바위라고도 하네요.)

남원은 행주형국

자료코드 : 06_06_FOT_20110209_NKS_JYS_0017
조사장소 : 전라남도 담양군 금성면 대곡리 대곡마을 마을회관
조사일시 : 2011.1.29
조 사 자 : 나경수, 서해숙, 이옥희, 편성철, 김자현
제 보 자 : 진용섭, 남, 85세
구연상황 : 앞서 승전바우의 말발자국 이야기가 끝나자 철물 이야기가 나오니 할 이야기가 있다면서 다음 이야기를 이어갔다. 조사가 오전에 이어 오후에도 계속 되었는데, 제보자는 지친 기색이 없이 즐거운 표정을 지으면서 많은 이야기를 들려주었다.
줄 거 리 : 남원은 행주형국, 배형국인데, 전란을 겪을 때마다 많은 사람들이 죽자 철마(쇠말뚝)를 박아놓아 배를 묶어 두었기 때문에 그러한 것이라고 했다. 그래서 남원 주룡에 박힌 철마를 빼내고, 들 이름을 바꾼 뒤에 남원이 발전하기 시작했다는 이야기이다.

가만있어. 철물 애기가 나온게로 쪼깨 힌트(hint)가 가갖고 몇 말 헐 애기가 있소.

(조사자 : 예. 그러실 겁니다. 이야기가 없으신가? 하면 하다보면 나와요.)

늘 잊어부러. 써두믄 쪼깨 기억나는 이야기가 있어.

요 전라북도 남원시가 터가 참 좋~은 터다요. 좋은 턴디. 늘 발전이 될 터여. 터가 명당터여. 그런디 거가 무슨 형국이냐.

이 행주(行舟)형이여.

머시냐. 돌아다니는 배형국이다 그 말이여. 행주형.

그런디 어쩐지 그 전 이~ 고려 때 부터서나 지금 현재 중년에까지 무슨 난이 일어나믄 남원사람들이 많이 죽어요.

그~ 이런 청년들이 죽고 거 임진왜란 왜란에도 많~이 죽었다요.

어쩐지 남원지역 사람들만 그렇고 난이 일어나믄 많이 죽고 허니까. 거무장 발전이 되거인디 발전이 안되았어요. 일정 때까장도.

그런게 인자 남원 광한루로 모아서 논 사램들이 다~ 모여라 헌 사램들이 모여서 노는디.

국회의원 부터서 변호사니 한약사니 다 양의사니 그런 인물들이 모아서 논. 광한루에서 모아서 놀면서,

"우리 남원에 대해서 우리가 연구를 해봐야헐 일이있다. 어~쩐지 남원이 터가 좋다고 말만 그러제. 무슨 난이나 일어나믄 사람은 제일 많이 죽고 통~ 먼 일이 시가."

군 그때는 군이여. 시가 아니고.

"[앞 말에 이어서 계속] 이 되아가들 안허고 이러허니 우리가 우리나라에서 아조 최~고로 가는 도사를 불러갖고 풍수지리학으로 해서 한 번 질문을 해보자."

해갖고는. 근게 그 사일구(4・19) 때도 제일 총학생회장 두목자(우두머리)가 남원 사램인디 안 죽어부렀소(죽었다).

고런 인물들이 죽어부러 기냥. 근게 안되야. 발전이 안되야.

그런디 그렇게 해서 타협이 돌아갖고는 우리나라에서 최고로 가는 도사를 모셔갖고.

"아 우리가 궁금혀서 선생님을 불렀으니까 도사님을 불렀으니까 우리 궁금증을 쪼깨 풀어주쇼."

허니까. 인제 그 도사가 입을 열기를 시작을 허는디,

"남원터가 아까도 말했지마는 행주형이여. [청중이 기침한다] 돌아다니는 배 형국이기 땜세. 그 인자 배가 맘대로 돌아댕기야 그 남원이 발전이 되는디."

일본 일본놈들이 나와서 턱. 그 놈들이 귀신이다고 도사여. 풍수갖고도. 그 놈들이 저 음택. 묏자리만 안쓰제. 집자리가 양택이라 헌디.

양택갖고는 우리나라 풍수들이 대들 못헙니다.

아조 귀신 귀신들이라고. 근디 인자 그 사람들이 남원으로 가서 썩~

(쓱~) 둘러보고는 아~이~ 사램이 인재가 많이 나게 생겼거든.

"요놈들 조깨 탁 어긋내부러야 우리가 승리를 더 헌다."

는 뜻에서 [잠시 생각을 한다] 고놈을 복판에다가 남원시 복판에다가 철마(철말뚝)를 몇 개 뚜두려 박아서 딱 배를 묶어놨어.

배가 움직이들 못허게.

(청중 : 첨엔 배를 바닥을 구멍을 뚫어부렀제. 물 들어와서 가라앉아버리라고.)

[웃으면서] 그러했는지 어쨌는가(그럴 수도 있겠네(청중 의견에 동조를 한다)).

아이 근게 묶어놔뿌니게 그래갖고 그 앞에 가서 먼 봉우리가 있는디. 그 앞에 봉우리 선을 맥을 끊어버리야 인자 남원이 영영 패배가 되버릴 수 있인께.

철마를 인자 말~도 못허게 인자 뚜두려 박아놨는데. [청중이 헛기침 한다]

(조사자 : 그 봉우리에다.)

그 뒤 여 용에다가. 주룡에다가.

"(일본사람이 배가 움직이지 못하도록 철말뚝을 박고 또한 주룡에도 박으니) 근디 그것을 해야 합니다(철말뚝을 빼야합니다)."

그 도사가 그러니까 해결을 어떻게 해야허냐고 헌게. 그 도사가 말 허기를,

"아 남원군에서 그때는 시기가 안될 판인게. 군에서 서두르면 안될 일이 없다고 철저히 저를(자신에게) 냄기줘라(맡겨달라)."

남원군 군비갖고 이 절을 딴디 자릴 잡고 옮겨줌과 동시에 이 절을 뜯어내야 그 철마를 파낼거 아니냐. 그래갖고 철마는 시(세) 개나 파냈어. 절을 뜯어서 군비를 앵겨주고.

그리갖고 그 뒤로 그 철마를 뺐제. 저~ 주룡에다가 철마 박아논 놈

을 믿개(몇개) 빼다 빼다 못다 뺀게. [언성을 높이면서] 하~도 많이 박아놨어.

믿개 빼다가 눈에 안뵌 놈은 못빼고 말아버리고. 들 이름도 다~ 바꿔부리고.

에~ 그리서 그 후로 여~ 발전이 되기 시작해요. 인자 배가 딸~싹거려. 인자 돌아댕길라고. 인자 말목을 빼부리니까.

그러자 인자 그 춘양터널이라고 임실로 나간 굴이 있고. 곡성으로 나간 굴이 있고. 굴을 또 뚫어야 교통문제가 되게 생겼인께.

인자 그 굴을 뚫게 되는디. 남원 주민들이 알도 못험서 어중간한 작대기 풍수들이 헌 말이제.

"거그 굴을 뚫으믄 우리 남원은 인제 여영(영원히) 망해분진다. 그것을 중단허고 차라리 조깨 경비가 나더라도 돌아서 질을(길을) 내야제. 굴 뚫어선 안된다."

는 걸로. 지금으로 허믄 약 대모식이로 그런 난동이 일어났다 그 말이여.

그러니까 그 도사가,

"염려말고 굴 뚫어라."

했어. 두 간디 다 뚫으라고. 배라는 것은 바 바람으로 다니는 것인디. 지금은 인자 기계로 다니지마는 그 전에는 바람으로 다녔다요. 배가.

음. 원동비가 없어갖고.

"굴을 뚫어서 바람이 소통해야 배가 움직이고 쉽게 움직이고 잘 움직인 것이제. 굴 안 뚫으믄 쉽게 안돼. 더디된게 어 굴을 뚫으라."

고. 갖고 그 지방에 남원에 그 남원에서 그 저 요새허믄 국회의원이랄까. 찾어가서 도사가,

"뚫으라."

고 그렇게 딱 히논게.

아 거 어떤 노인하나가 도사를 찾어갔어.

"당신이 우리 남원이 망허믄 책임질라냐?"

근게.

"책임진다."

고 했어. 도사가,

"당연히 책임지고 말고야고. 그 굴을 뚫어야 합니다."

못이기고 도로 내려왔다 그것이여.

갖고 여~ 그 뒤로는 발전이 되기 시작해갖고 국회의원도 나고 대채나 그 장관도 나고 변호사도 나고 그러기 시작허더니 인자 시가 안 되아부렀습니까.

그래서 그렇게 발전이 되았다는 이애기를 했습니다. 근게 요것이 그렇게 보믄 명당이 조깨 있는 것도 같으고, 또 어찧게 생각해보믄 명당이 없는 것도 같으고.

근게 나는 내가 모른게. 명당이 있다 없다 소리를 안허요.

담양은 행주형국

자료코드 : 06_06_FOT_20110209_NKS_JYS_0018
조사장소 : 전라남도 담양군 금성면 대곡리 대곡마을 마을회관
조사일시 : 2011.1.29
조 사 자 : 나경수, 서해숙, 이옥희, 편성철, 김자현
제 보 자 : 진용섭, 남, 85세
구연상황 : 앞서 담양의 짐대와 전우치에 관한 이야기가 끝나자 이어서 다음 이야기를 이어갔다. 조사가 오전에 이어 오후에도 계속 되었는데, 제보자는 지친 기색이 없이 즐거운 표정을 지으면서 많은 이야기를 들려주었다.
줄 거 리 : 담양은 남원과 같이 행주형국이며, 읍내에 위치한 짐대가 배의 돛대라는 이야기이다.

담양이 또 행주(行舟)형이다우.

남원허고 똑~같히여. 그러믄 인자 방금 말헌 것이(남원의 형국에 관한 이야기) 시방 짐대거리라고 짐대라고 헌디.

원~칙은 배형국이라고 배 돛대라고 헌다요. 또.

(청중 : 돛대여.)

돛대라고도 허고 그래요. 고것도 어른들헌테 듣는 말이요. 내가.

송진우의 독립운동

자료코드 : 06_06_FOT_20110209_NKS_JYS_0019
조사장소 : 전라남도 담양군 금성면 대곡리 대곡마을 마을회관
조사일시 : 2011.1.29
조 사 자 : 나경수, 서해숙, 이옥희, 편성철, 김자현
제 보 자 : 진용섭, 남, 85세
구연상황 : 앞서 담양은 행주형국이라는 이야기가 끝나자 잠시 음료를 마셨다. 잠시 후에 조사자가 송진우에 관해 물어보자 다음 이야기를 이어갔다. 조사가 오전에 이어 오후에도 계속 되었는데, 제보자는 지친 기색이 없이 즐거운 표정을 지으면서 많은 이야기를 들려주었다.
줄 거 리 : 일제강점기 당시에 독립운동을 한 송진우선생이 이 지역의 인물이라는 이야기이다.

우리 지역에 말허자믄 구역 사램이 인물이 하나 났어.

구역이라믄 여그 대곡리 구역에서 난 양반이여.

요 건네 손우실이란 동네에서 그 양반이 났는디.

(조사자 : 예. 송진우 선생님.)

일정 때여. 일정 때 난 양반이여. 그 양반은.

손우실 시방 손진우 집터가 긴디.

참 그 내력을 읽어보니까.

일정 때 해외 나가서 운동을 헌 사람들은 먼 피신도 허고 그랬었는디.

이 송진우씨 진우선생 이 양반은 우리 국내에 독립운동가더란 말이여.

어째서 그러냐.

그 양반이 독립운동을 하면서 일본놈 틈에기서(틈에서). 그땐 일본(이(생략된 조사)) 정치했었은께.

일본놈 틈에기서 독립운동을 허면서 암암리로 동아일보 사장을 지냈어. 근게 동아일보 사장이라허믄 언론계라나서 누가 잘 못 건들거든.

일본놈들도 맘대로 못했어. 그때게도. 언론 자유가 조깨 있는 지금 말로하믄 언론자유가 있일 때라는 때라 라서.

가꼬 대내적으로 독립운동가로 해갖고 송진우 선생이 말허자믄 그 제일 파방에 들었더라고요. 일정 때 일이라.

예. 그런 자랑. 우리지역에 자랑헐만한 인물이 났다는 것을 내가 말을 했어요.

담양향교는 암탉이 알을 품고 있는 형국

자료코드 : 06_06_FOT_20110209_NKS_JYS_0020
조사장소 : 전라남도 담양군 금성면 대곡리 대곡마을 마을회관
조사일시 : 2011.1.29
조 사 자 : 나경수, 서해숙, 이옥희, 편성철, 김자현
제 보 자 : 진용섭, 남, 85세
구연상황 : 앞서 도깨비에 관한 이야기가 끝나자 이 지역의 자랑거리가 있다면서 다음 이야기를 이어갔다. 조사가 오전에 이어 오후에도 계속 되었는데, 제보자는 지친 기색이 없이 즐거운 표정을 지으면서 많은 이야기를 들려주었다.
줄 거 리 : 담양전씨 집안의 정승이 기증하여 건축한 담양향교 자리는 암탉이 알고 품고 있는 형국이라는 이야기이다.

아이 그런데요.

인제 해당이 되믄 말을 허고, 해당 안되믄 안허고. 내가 질문을 해갖고 [조사자 웃음] 말을 안 헙니까.

근디 인자 내가 한가지 우리 지역 자랑거리가 한 가지 있어요.

근디 그 유교에 대해서 헌 말이여. 거 해도 될란가 모르것소?

(조사자 : 쫌 재미난 얘기좀 해주셔요. 재미있는거.)

허 허[웃음] 우리 지역 향교 이야기를 좀 헐라그리여.

나(내가) 댕긴지기 지금. 저 머시냐 젊어서 이후로 조깨 나댕겼어요. 향교를. 지금도 나댕겨요. 향교를.

근데 자랑거리가 조깨. [청중이 지금은 유불선이 제일 약하다고 이야기 한다] 자랑거리가 조깨 있그래. 인자 말씀을 드릴라고 인자 허는 말인디.

우리지역 향교가 여 조선 초기 임금이 이태조 아닙니까. 이성계. 이성계로 해서 에~ 칠년. 등극헌 뒤로 칠년만에 여 칠년에 창립 여 설립이 되았어요.

이 담양향교가. 설립이 되았는데.

[잠시 숨을 고르고] 아~ 이 담양향교를 질란디(지으려는데). 담양 각 고을 터라허믄 그 지역에서 제~일 대명당터에다가 지는 것이 어째서 그러냐.

[언성을 높이면서] 제일 높은 양반들을 모시고 제사를 지낸 자리 않닙니까.

서편에 가서. 동편에 가서 십위(10위). 위패가 다 있어요. 대성당에 가서 보믄. 서편에 가서 십위 있어. 이십위를(20위) 춘추로 지사를 두 번 지내거든요.

그런 자리를 잡을 때 홀가분차니 마땅한 자리가 없어요. 이 군내에 가서. 마땅허니 없어.

첫째 군에 군 거 읍에서 가까워야 허고 교통 좋아야 허고 너무나 매달려도 못쓰고 또 대명당이라야 허고 허니 그런 자리가 어디 흔하것습니까.

그래서 조선 초기에 에~ 향교를 지었는데. 아 거 오전에도 담양전씨가 일본(一本)이라 하고 담양국씨가 일본이란 말을 서두에서 조깨 헌말이 있는디.

담양전씨여. 담양가 고향이여. 담양전씨가 고려 말에 급제를 허기 시작해가지고 정승 비슬(벼슬)까정 해나옴선 인자 조선 초기에 좌의정을 살았어. 정승을 했어. 또.

인제 고려에서 고려 때 허던 양반이라 넘어와갖고.

그런디 그 양반이 그 소식을 듣고는. 담양은 터가 없어서 향교를 못짓게 된다고 소문이 전국적으로 나부렀단 말이여.

아 근게 하동에 거 전씨 저기 전씨 정승이 담양가 고향인디. 세상에 이럴수가 없어.

향교를 안 질수가(짓지 않을 수가) 없어. 그 때게는 유교 사상인디.

가~만히 생각해본게. 그 양반이 지금이로 보믄 봉사 정신이 있고 인자 그런 양반이여.

황희 황정승 머시냐 대는 못쳐도 거 대칠만한 양반이여. 내가 보기로는. 아 그런게 곰곰 생각해놓고 본게. 그러므는 그 양반이 지시를 허기를 하달을 허기를,

“거 우리 집터거 전부터 명당터라 헌게. 거그를 좀 풍수헌테 비쳐봐라. 그래갖고 터가 적합허다허믄 내가 양보를 해주마. 우리 집터를. 나는 그 집터에서 태어난 사람이고 또 운도 여그까지 정승을 헌 사람인게. 아 우리 고을을 위해서 거 향교를 지어야제. 터가 없다고 안지어서 쓰것냐.”

그런 뜻에서 영을 내린단 말이여. 요새로믄 국무총리가.

요 영을 내리니까 풍수를 대서 본게. 머 우리 담양서는 고거부다 더 좋은 자리가 없어. 시방 현재 향교 터가.

거가 무슨 형국이냐. 암탉이 알을 품고, 그 도수 맞혀야 병아리가 안나옵니까. 그 알을 품고 있는 형국이여.

영락없어. 냇물 여짝 저짝 방천에서 건네다 보믄. 좋은 터여. 거가.

그래가지고 거가 책정이 되어가지고는 그 정승집을 뜯어내고 향교를 진 터가 지금까지 거 그 턴디.

어치게 대명당이던지 향교를 지어놓고 일년에 한번썩은(한번씩은) 그 마루 판자를 갈아냈다 그랬어. 몇 년간은.

썩어부러. 짐이 어치게 솟아부러든지. 근디 인자는 그 판자 썩어서 갈아냈다는 말은 안한데. 거가 그런 터란 말이요.

근게 그 봉사정신이 그~렇게 뛰어나더라고. 그런디 인자 여 육백년 남짓 되더라고. 서기 몇 년도까지 다 새겨져 있은게. 다 계산 빼보믄 알 거든요.

한 육백년 남짓되아. 그 향교 지은 제가(지은 지가).

김수로왕 왕릉터는 금거북이형국

자료코드 : 06_06_FOT_20110209_NKS_JYS_0021
조사장소 : 전라남도 담양군 금성면 대곡리 대곡마을 마을회관
조사일시 : 2011.1.29
조 사 자 : 나경수, 서해숙, 이옥희, 편성철, 김자현
제 보 자 : 진용섭, 남, 85세
구연상황 : 앞서 윤태복 제보자의 이현상에 관한 이야기가 끝나자 제보자가 나서서 짧은 이야기를 해보겠다고 하면서 다음 이야기를 이어갔다. 조사가 오전에 이어 오후에도 계속 되었는데, 제보자는 지친 기색이 없이 즐거운 표정을 지으면서 많은 이야기를 들려주었다.
줄 거 리 : 김해김씨 시조인 김수로왕의 왕릉터는 금거북이형국으로, 자손만대가 번성하고 벼슬이 끊이지 않을 자리였다. 어느 날 도굴꾼이 금은보화를 얻기 위해 왕릉을 도굴하려 하자 장군이 무덤에서 나와 그들을 물리쳤다. 이후에 미련을 버리지 못한 도굴꾼이 다시 도굴을 하려하자 이제는 황구렁이가 나와 도굴꾼을 물어 죽였다는 이야기이다.

짤~막한 놈을 시방 개려볼까요.

(조사자 : 아니요. [웃으면서] 긴 놈으로 세 자리 하셔도 됩니다.)

시간이 없어요. 다섯시가 다 되았는디.

(조사자 : 어르신 어디 가셔야돼요?)

아니 나는 인자 상관이 없는디. [전원 웃음] 그러믄.

근디 너무나 오래된 이야기라 놔서.

(조사자 : 예. 오래된 이야기라도 괜찮아요.)

고려 때 이야긴디.

(조사자 : 예. 재미난 이야기 해주세요.)

에~ 그래서 대차나 오전에도 김해김씨 이야기를 잠깐 믿마디(몇 마디) 했는디요.

여 김해김씨가 시. 김수로왕이 최고 시조여. 김해김씨. 이 김씨 중에서 김수로왕.

그의 묏이 어디가 있냐허믄 저~어기 평안남도 어디가 있어요. 어딘진 잊어버렸어. 평안남도 어딘가 있는줄만 알아.

거가 무슨 형국이냐 허므는.

(조사자 : 김해김씨 묘가요?)

김수로왕 김해김씨가 김수로왕을 왕을 했어. 왕을.

근게 그 묏이 그 평안도 [조사자가 경상도가 아니냐 물었으나 평안도로 답한다]에 있은디.

거가 무슨 형국이냐 허믄. 금 거북이 형국이여.

자손이 천 천만명이 넘을 넘을 디고, 대대에 벼실(벼슬)이 안떨어질 자리란 말이요.

그랬는디. 그 좋은 일화를 내가 말할께요.

왕릉이라 허믄 그 전에 금은보화를 많~이 거그다 넣고 묏을 썼다요.

근게 여 도굴단들이 돈벌라고 거 김수로왕 묏을 팔라고 한 십여 명 이상이 작당이 되아갖고 와서 묏을 건들라고 헌게.

뫼속에서 갑옷을 입을 장군이 나와갖고는 머시야 활을 갖고 막 쏘아자친게.

(청중 : 뫼이 벌어져갖고 뫼 속에서 나왔어?)

응. 칠 팔명이.

(청중 : 그러니까 전설이제.)

이 책자에 나왔어. 소설책에.

(청중 : [웃으면서] 거 말이 돼? 말이? 하하[웃음])

소설책에 나왔다고. [조사자가 이야기를 계속하도록 주변을 정비한다]

그래서 막 쏘아자친다. 예를 들어서 열 명이 갔이믄 칠 팔명은 죽어브르고 이 삼명이 남어서 돌아가부렀는디.

그리도 욕심나갖고 믿년(몇년) 지나서 또 그 묏을 파믄 금은보화가 한 경기가 나올란가 트럭으로 하나 나올란가 지기 예측이 그리여.

근게 고놈을 꼭 파야 돈을 벌게 생겼어. 두 번채로 가서 도굴단들이 묏을 팔라고 허니까 그 때는 황구렁이가 나오더니 각 단지게 물어죽여부러. 그 도굴단들을.

응. 그때도 한 두 서명 살어갖고 갔인게 이런 말이 나왔는데.

그렇게 좋은 자리여. 근데 대대히 인물이 난 것은 삼국시대 때 김유신 장군이 김수로왕에 십이대 손이여.

삼국시대까장 그렇게 인물이 났다 그 말이어요. 근게 그~만큼 거가 명당자리라 그 말이어요.

그러고 또 그 자손도 방송에도 나오고 신문에도 나왔는디. 그 말대로 시방 일천만명이 넘은제가 한 칠 팔년되요. 내가 여 방송을 들은제가.

그게 지대로 맞어 들어갔단 이야기죠. 근게 일천만 천만명이라믄 우리 나라에 사분의 일 인구가 김해김씨다 그 말이여.

고렇게 숫자가 많애요.

황희정승의 유언

자료코드 : 06_06_FOT_20110209_NKS_JYS_0022
조사장소 : 전라남도 담양군 금성면 대곡리 대곡마을 마을회관
조사일시 : 2011.1.29
조 사 자 : 나경수, 서해숙, 이옥희, 편성철, 김자현
제 보 자 : 진용섭, 남, 85세
구연상황 : 제보자가 앞서 김수로왕의 이야기가 끝나자 잠깐 한마디 하겠다면서 다시 이야기를 이어갔다. 조사가 오전에 이어 오후에도 계속 되었는데, 제보자는 지친 기색이 없이 즐거운 표정을 지으면서 많은 이야기를 들려주었다.
줄 거 리 : 근면검소하게 살던 황희정승이 '공작은 거미만 먹고 사는데 못먹을 것이 없는 사람이 굶어죽겠는가'라는 유언을 남기고 죽었다. 마침 중국에서 조정에 공작을 보내 잘 키우라고 해서 키우고 있는데, 공작이 좀처럼 먹지를 못했다. 나라에서 근심이 되자 황희정승이 유언으로 무슨 말을 했는지 알아보라고 했다. 그리하여 그 유언에 따라 공작에게 거미를 먹이니 공작이 잘 크자, 중국에서 황희정승이 죽어도 조선에 인재가 있다고 했다는 이야기이다.

그러므는 또 잠깐 한 마디만 할까요?

그 때게도 고려 때 이야긴디.

황희 황정승이라 안허요.

그런디 황희. 말허자믄 누를 황(黃) 자 황씬디.

이름은 한 자 이름이여. 박정희라해서 희(熙) 자 더라고.

황희 황정승 이야기를 잠깐 헐 께 들어보세요.

근디 거그도 아조 남원에서 제일가는 대명당을 지기 황정승으로 해서 인제 조부를 명당을 써갖고 황정승이 났는디.

잼있는 얘기가 솔찬히 들었어. 거그는.

거기가 그 뫼 바람으로 나갖고(태어나서) 머 소소헌 벼실은(벼슬은) 다 그만 두고. 영의정 지금으로 허믄 국무총리를 영의정을 십팔년간을 했어요.

그런디 잼있는 이야기는 우째 소소헌 벼실만 해도 호의호식(好衣好食)

허고 고대광실(高臺廣室) 높은 집이서 사는디.

어째 황희 황정승만이는 생~전에 오두막집 면허덜 못허고 살아요.

참 황정승 부인이 어디 출 출타헐라믄 옆에 사램헌테 옷을 입고 얻어 입고 댕길 판이여.

옷 한 벌이 빤듯헌 것이 없으니까.

그렇게 산 것이 원님이 어디가 있겠습니까.

황정승이 그 때는 녹(祿)이라 해서 국가에 녹을 타 묵고 산다했어. 공무원 보고. 지금으로 허믄 월급인디.

월급을 타므는 팔십프로는(80%) 불우이웃돕기로 내놔버리고, 이십프로(20%)갖고 사니 언제 어쳏고 해서 살것습니까.

외아들 하나 두고 인자 서이 식구 사는디.

한~번은 장마통에 집이 죽 죽 새어. 짚으로 이은 이은 집이서 안 살았소. 그 때게는.

근게 서이다 우산을 들쳐매고 인자 받히고 앉거서 모자(母子)간에 불편이여.

"세상에 벼실을 우리보다 야찹게 해도 고대광실 높은 집이서 잘 사는디. 아 우리는 최고에 정승자리 영의정 자리에 있는 양반이 세상에 식구가 이렇게 살믄 쓰것냐."

고 인자 불평을 히여. 아들허고 할멈허고.

"근게 들어봐라. 다행이 우리는 우산이라도 있은게 다행 아니냐. 우리만 못해서 우산 살 돈도 없고 우산 살 돈도 없는 사람은 얼~매나 곤란허것냐."

그리 말 한 자리 딱 걸러(그것으로) 떼우더라여.

근게 인자 그 후로도 헐 얘기가 많이 있습니다마는 [옆의 청중이 계속 휴대폰을 들여다보는 소리가 들린다] 쪼끔 얘기를 연달아서 허자며는.

그러다 인자 아들이 공부를 안혀.

부모가 저렇게 있은게 짬색이 불화를 혀. 화합이 안되야.

아 술이나 마시고 댕기고 아들이 그러고 댕기고 공부도 안허고 그럴 땐디.

인자는 황정승이 죽게 생겼은께. 병중에 누워 있는디. 머시냐.

"대감 돌아가시믄."

인자 황정승 부인이 헌 말이여,

"대감이 곧 돌아가시게 생겼는디. 돌아가시믄 우리는 어칳게 무엇이로 해서 묵고 살거나."

하고 기냥 걱정을 허고 그러니까.

"거미만 묵고 사는 공작도 사는디."

공작이 꼭 거미만 묵제. 다른 것은 안 묵어. 다른 거 별~것을 줘도 안 먹는 것이여. 그러는디,

"항채 사람치고 못묵는 것이 없이 다 묵는디 굶어 죽어야."

그 말이여.

그 말 한 자리 유언으로 냉기놓고 돌아가셨다 그 말이여.

근디 믿년(몇년) 후에 믿년 후에 중국서 공작 한 쌍을 갖다 지름이(기름이) 반질반질허고 아주 그냥 큰~ 헌 놈을 갖다 놓고는 그냥.

인제 지시를 혀. 중국 지시를 받고 사는 판이라. 우리 조선은.

"요놈을 잘 키워야제. 만약에 경우 죽었다허믄 당신들 벌을 받을텐게 알아서 허라."

하고 맽겨놓고 가. 중국사램들이. 공작 한 쌍을 암놈 수놈을.

그러니까 아 이 자껏이 정부에서 나라에서 오만 대자껏 다 갖다줘야 고개만 쌀쌀 내 지르고 냄새 안 맡고 안 묵어버리니.

이것이 영~ 털이 까칠해져갖고 굶어 죽게 생길 판이여. 이 공작이.

고놈 죽었다 허믄 중국헌테 압박만 받을 차렌데.

이 중국서는 무슨 수작이냐.

황정승 돌아가셨은게 먼 인재가 또 있을라디야. 이 가솔히(가벼이) 보고 요 인재 있는가 없는가 볼라고 공작을 요 내보낸 것이예요.

아 근디 인자 공작이 죽게 생겨서 나랏님이 임금이,

"아 거 황정승 댁에 가서 그~ 황정승이 그~ 유언 헌 말이 있는가. 좀 알아보고 오라."

고 말을 헌게.

대체 와서 물어본게. 대체 단지 거 한 말,

"공작이 거 머시야 거미만 묵고 산 공작도 살란디, 온갖것 다 묵은 사램이 죽을 리가 있냐고 그 말 한 자리 냉기놓고 돌아가셨는디."

그 말을 했어.

"이러저러허고 유언을 허고 돌아가셨다."

고 허니까.

기냥 가서 이놈의 거미를 잡어다 준디.

며칠 굶은 놈이라 덜컥덜컥 집어먹고는 아 그렇고 두 서너달 지낸게 중국서 가져올 때보덤 지름기가 더 바칠바칠해갖고는 공작도 많이 크고 좋다 그 말이여.

아 인자 믿달(몇 달) 지내서 인제 중국사람들이 저 머시냐 와서 공작을 구경을 헌디.

지기 나라에서 가져온 거보담 더 분치기 잘먹어놔서 [웃으면서]

"하~ 황정승 돌아가셨어도 하~ 이 머시냐 인재가 지금도 또 있구나."

해갖고 우리 조선을 중국서 가솔히 못봤다는 그 이야기여. 요 이야기가.

산에서 내려온 호랑이

자료코드 : 06_06_MPN_20110219_NKS_KJN_0001
조사장소 : 전라남도 담양군 금성면 금성리 하성마을회관
조사일시 : 2011.2.19
조 사 자 : 나경수, 서해숙, 이옥희, 편성철, 김자현
제 보 자 : 강재님, 여, 82세
구연상황 : 앞서 제보자의 나물 보따리를 가져다 놓은 호랑이 이야기가 끝나자 곧바로 제보자의 인적사항에 대해 조사했다. 조사가 끝나자 제보자가 이어서 다음의 이야기를 구연했다.
줄 거 리 : 제보자가 연탄공장 다닐 때 한밤중에 집으로 오는 길에 산에서 호랑이가 내려오는 것을 보았다는 이야기이다.

그 보다 옛날에 연탄 공장 댕길 때.

연탄 공장에 갔다. 인자. 야간하며는 한 시~ 열 두시 되며는 집이를 내가 와.

직원들이 델다 준다고 깨우래야. 근디 아까웠어. 내 아들 잔 놈맹이로.

그러고 저기 저 소진서 여그 통 걸어왔어.

글며는 저~기 저 전기듬서 호랭이가 머신가는 몰라. 밤이라 안보인게.

요~만헌 것이 까딱~ 휜~허니 고로고 니려오대(내려오더라). 그것은 봤네.

복당골에서 생긴 일

자료코드 : 06_06_MPN_20110219_NKS_KJN_0002
조사장소 : 전라남도 담양군 금성면 금성리 하성마을회관

조사일시 : 2011.2.19
조 사 자 : 나경수, 서해숙, 이옥희, 편성철, 김자현
제 보 자 : 강재님, 여, 82세
구연상황 : 앞서 마을 지형에 관한 이야기를 두서없이 하다가 제보자가 복당골에서 실제 경험한 일이라면서 다음 이야기를 구연했다.
줄 거 리 : 제보자가 배추를 뽑으러 밭을 가는데, 갑자기 머리가 쭈뼛하게 서고 땀이 나자 놀래 마을로 한걸음에 돌아왔다. 이는 호랑이가 산에서 내려와 사람을 쳐다보기 때문에 그러한 것이라 한다.

나 시집와서 애기 둘 낳는가 하나 낳는가. 딱 까서 혼~한번 났네.

(조사자 : 왜요?)

응. 무슨 저 모를 심고는. 내가 내일 우리 모를 심굴라고 인제 배추를 뽑으로 갔어. [청중 중 한 사람이 부엌으로 나간다] 복당골로. 거가 우리 밭이 있는디.

인자 모 끝나고 해름판에 여섯시가 된게. 캄캄허제. [주민이 방안으로 들어온다] 헌덩 내일 모심굴라고 배추를 뽑아갖고 온디.

거 우리 큰집 밭머리로 온께 그냥 찬 바램이(바람이) [점심 준비로 몇 사람이 계속 방문을 여닫는다] 쭉~ 내야 머리 끝이 쭈~욱 올라가네. 기냥. 땀이 푹~ 나믄서. 부~산나게 이고 와서는.

그 때 여 가랑덕네 모 숨구러(심으러) 왔구만.

"아~고 나 혼~났소. 덕진양반." 저 집 시아바이가 덕진양반이여.

"혼~났소." 근게.

"왜?" 그래서.

"거그를 인자 우리 큰 집 밭머리를 온께 기냥. 찬 바램이 쑥~일더니 내 머리 끝을 한 움큼 쭈~욱 올라감서 기냥 찬 바램이 푹~ 해갖고 땀을 푹~ 내고 왔소." 그런게.

"고 놈이 또 내려왔구만." 그려. 그 양반이 산세를 잘 댕긴게 알아. 근디 나는 몰라. 그때는 저.

(조사자 : 그렇죠.)

나 그러고 놀래갖고 [다른 청중 말이 크게 녹음되어 뒷 말이 들리지 않는다] ○○○어.

[청중들이 호랑이에 대해서 웅성거리면서 이야기한다. 그래서 제보자 말이 들리지 않는다] 달싹 못했어. 그때.

(청중 : 봤어? 허 허[웃음])

보든 안했어. 그러고 영험을 봤단게 기냥.

구렁이의 복수

자료코드 : 06_06_MPN_20110219_NKS_KJN_0003
조사장소 : 전라남도 담양군 금성면 금성리 하성마을회관
조사일시 : 2011.2.19
조 사 자 : 나경수, 서해숙, 이옥희, 편성철, 김자현
제 보 자 : 강재님, 여, 82세
구연상황 : 앞서 이야기가 끝나자 조사자가 공개동의서를 받았다. 이어서 구렁덩덩 시시배오빠 이야기는 누구한테 들었는지를 묻자 할머니한테서 들었다고 하면서 다음의 이야기를 구연했다.
줄 거 리 : 손부가 아이를 가졌는데, 어느 날 할아버지가 뱀을 잡아왔다. 마을사람들이 손부가 아이를 가졌으니 살생을 하면 좋지 않다고 하여 바로 풀어주었으나 그 뱀이 손부가 사는 집으로 왔다. 마침 손부가 아이를 낳았는데, 그 아이의 살이 뱀허물처럼 생겼고 손과 발이 오그라져 있기에 집안에서 점쟁이를 불러 굿을 했으나 결국 그 아이는 죽었다. 이는 할아버지가 너무 살생을 했기 때문에 그렇게 좋지 않은 일이 생겼다는 이야기이다.

그러고 또 여남사나 모른가 모르것네.

우리 산 하나씨가(할아버지가) 계셔. 근디 그 집이 칠대가 부자로만 살았네.

전~부 일을 안해. 칠대가. [녹음기를 움직인다]

칠대가 일을 안허고 산디. 인자 손부에서 인자 난 놈. 손부에서 아들을 또 여워. 거따 또 나았어(낳어).

며느리 인자 새로 딜여(들여) 왔는디. 인자 첫애를 가졌어.

그 며느리가. 손부 며느리가. 그래갖고는 우리 하나부지를 생~전 적성강으로 남한 적성강으로 낚시만 댕여. 한량이라.

이. 근디. 한번은 저 구랭이가 약된다고 혔던가. 큰~놈을 손부 애기 날 애기 가졌는디.

고 놈을 잡어다 매달아 놨어.

(청중 : 오~매~ 쯧쯧 [혀를 찬다])

간대에다 큰~ 간대에다 요로고. 근디 어른들이 동네 어른들이 막~ 머라했는갑대.

"손부가 애길 가졌는데 그런 걸 잡냐."고. 들이라고.(풀어줄라고) 그런디 애기를.

인자 고 놈을 버렸어. 고 놈을 차라리 죽여부렀으믄 괜찮다네.

아 근디 손부가 장을. 대밭이 징~하게 좋아. 그 대밭 밑에가 집이 한 오칸이나 되야.

꼭 저녁에 자믄 요 문에로 올라오드라네.

(조사자 : 뱀이?)

이. 뱀이. 아 그러더니 애기를 낳는디. 애기가 살이 전~부 뱀 허물이여.

허물이어갖고는. 발도 요러고 생겼어. 요러고. 안풀어. 비암맹이로 요로고 요로고 있어. 그러더니 오만놈 손을 다 비비고. 점쟁이는 다 디리다(데려다) 굿을 히도 안 낫고 죽어불대.

그 애가 죽어부러. 그런게로 너~무나 살성을 해도 안돼. 큰 짐승은.

(조사자 : 어떻게 그게 집안 이야기고. 어렸을 때 보셨어요. 그 애를?)

이. 봤어. 내가.

(조사자 : 그 애를?)

그 애를 봤어. 근데 나 몰라 그 때 열~서너살인가 될라 몰라.

아 우리 하나씨는 통~ 그런 살성만 씨고(하고) 댕긴당게.

큰~ 냇가 있어. 우리 친정 동네가. 근디 거따 게장을 요러고 쳐놓고는 대로 후탁을 만들아. 그래갖고 냇물에다 말뚝을 박고 배로 후타를 막아. 그래갖고 큰~대로 용시를 요러게 엮어. 사람 둘 들이갈만한. 거따 대놓으며는 시월달에가 게가 내리거든.

그믄 아적만 가믄 요만한 통에다 하~나씩 잡아갖고와. 게가 고리 내리게 부서갖고. 고렇게 물고기를 잡아먹인게 기냥 손자를 고래불더란게.

(조사자 : 응. 살생을 하니까.)

너무나 징허게 하게 근가봐. 그냥 잉어도 요~만썩 헌 놈을 잡아오네. 이렇게 질어(길어) 갖고 몸땡이가 요만씀 혀.

그런게 젊은 사람들은 왠만~하믄 그런 짓은 안해야 돼. 우리 애기들은 닭도 못잡아.

도깨비불보다 큰 호랑이불

자료코드 : 06_06_MPN_20110219_NKS_SHN_0001
조사장소 : 전라남도 담양군 금성면 금성리 하성마을회관
조사일시 : 2011.2.19
조 사 자 : 나경수, 서해숙, 이옥희, 편성철, 김자현
제 보 자 : 송효님, 여, 73세
구연상황 : 그간 조사자들은 제보자를 정하고 제보자가 사는 마을을 찾아가서 조사하는 방법을 택했다. 그러나 이번에는 담양에서 가장 외진 곳이면서 민속문화 전승이 강하고 마을사람들이 많이 사는 곳을 무작정 정하고서 그에 맞은 마을을 찾았다. 그래서 찾아간 마을이 하성마을이다. 마을회관을 찾아가니 주민들이 마침 당산제를 모신 떡을 드시고 계셨다. 조사자들이 조사의 취지를 설명하였더니 이장이 젊은 사람을 찾아가라고 했다. 그러나 조사자들이 마을회관에 계시는 할머니에게 이야기를 듣겠다고 말하면서 마을에 관한 몇 가지를 물었다.

이어서 호랑이에 관한 이야기를 묻자 제보자가 먼저 나서서 다음의 이야기를 구연했다.

줄 거 리 : 옛날에 집 마루에 앉아서 산을 바라보면 호랑이가 불을 켜고 내려오는데, 호랑이불은 도깨비불보다 더 크다는 이야기이다.

아 옛날에 호랭이가 불써갖고 산 저 저 내려와.

그러기는 이리 허대. 보믄.

(조사자 : 그 옛날에도 이 호랑이가…)

그 애기는 헐 줄 모른디. 우리가 삼선(살면서) 여가 딱 마루 안거서 우리 집이 안거서 보믄.

불 지~써갖고 와. 내려와. 그거이 호 호랭이…[조사자가 질문하면서 겹친다]

(조사자 : 도 도깨비 불 아니었을까요?)

[강하게 부정을 하면서] 아니여. 호랭이불은 더 커.

술 빚는 과정

자료코드 : 06_06_MPN_20110219_NKS_SGJ_0001
조사장소 : 전라남도 담양군 금성면 금성리 하성마을회관
조사일시 : 2011.2.19
조 사 자 : 나경수, 서해숙, 이옥희, 편성철, 김자현
제 보 자 : 신길자, 여, 74세
구연상황 : 앞서 집에서 소변 보는 이야기가 끝나자마자 마을이장이 마을회관으로 들어왔다. 다시 분위기가 산만해지면서 청중들은 이장에게 물어보라고 하면서 자리를 뜨려고 했다. 조사자가 나서서 분위기를 조정하고 있는 동안에 제보자가 항아리에 대해서 이야기하다가 다음 이야기를 구연하기 시작했다.
줄 거 리 : 옛날에 직접 술을 빚었던 과정을 자세히 설명하고 있는 이야기이다.

근디 여그 저그 뭐여 저 옛날 거 막 나온 거 것이 머이냐? 이름을 잊어

버렸네.

(조사자 : 진품명품?)

응. 진품명품 고거 나온디 본게. 그런 양반들도 다~는 모르더만.

(조사자 : 모르죠.)

그 사람들이 다~는 몰라. 내가 왜 그것을 아냐허믄.

우리 큰 아버지가 옛날에 일본제국주의 때부터 소주를 내리서 팔았어. 모르게.

나 잡아갈까 무섭네. 인자 우리 큰아버지 돌아가셨은게 잡아갈 사람 없는디. 하 하[웃음]

아 그리갖고 내가 그걸 잘~알어. 그 술병을.

근디 옛날에 소주병이 있었거든요. 글믄 옹구로 만들어 그것을.

그럼 인제 맞춰야돼.

(청중 : 제주(祭酒)병이여. 제주병.)

그래갖고 이러게 동~구람허니 시루거치(떡시루처럼) 생겼어도. 빵~빵 돌아가면서 이러게 구녕을 내놔.

그래갖고 몸뚱이를 인자. 몸뚱이는 이러게 동그람히도 빵~빵 돌아가면서 있단 말이요.

그래 이렇게 이~만허게 붙어. 옆에가. 근디 그것을,

"이게 머시냐?"고 물어보드라고. 진품명품에 나가서. 근게로 정답 얘기헌 양반이 그리여. 선생님들도 모르구나. 그걸 알았어. 그려서 백프로(100%) 다는 모르드마.

"그거이 머이냐?" 헌게로. [청중의 음성이 크게 녹음되어 말이 겹친다] 거그다 음식을 넣을 수가 없거든요. 음식을 넣을 수가 없는디.

음식을 넣어갖고 [청중이 제보자의 음성과 겹치지 않도록 조사자가 저지한다] 그것을 저 냉장고가 없인게 그걸 저장해 놨다 먹는다고 요렇게 말을 허드라고. 그것이라 그리여.

'아~ 저런 양반들도. 저런 선생들도 다~는 모르구나. 근게 백프로 완벽헌 것은 없구나.'
내가 그런 생각을 해요.
근디 그거를 옹구 집이 가서 맞췄거든요. 그래서 소주를 야매를 히서 팔았어요. [웃으면서] 근게 마을에서 쉬 쉬 험서 사다가 먹었제.
한 번 들킷다 허믄 살림 바닥 보고. 호 호[웃음]
(조사자 : [웃으면서] 와 잼있다.)
그것이 있었어. 그러게 내리도 큰아버지 백인 없었어. 여그선 우리 동네선. 근디 그거를 어치게 됐냐믄.
그 소주를 솥에다 부서요. 저 술을 히갖고. 솥. 솥에다 붓고는. 큰~ 가매솥이라믄 소죽 쒀진 가매솥이란 말이여. 그거이 가마솥이라 그래.
고 놈에다가 그 시루를 걸어. 걸고는 변을 딱~ 붙어놔. 그러고는 그 우게다가 인자 그 우그로(위에로) 졸~졸~ 인자 짐이(김이) 올라와.
올라와갖고 그 구멍으로 히서 짐이 들어간단 말이여. [갑자기 청중들이 한꺼번에 이야기를 하여 제보자 음성과 겹친다] 다른딘 들어갈 디가 없인게.
그러믄 계~속 물을 부서줘(부어줘). 솥뚜껑 우에다가.
그러믄 물을 부서주믄 착~식음서 그 소주가 내려가갖고는 그 구먹으로(구멍으로) 들어가서 졸~졸~ 나옴서 그 순간에 식으라고 그런거야.
[언성을 높여서] 따숩놈이 내려오며는. 울 아짐들도 고 거는 몰라.
솥뚜껑이 헌 놈은 우리가 다짜고짜 헌 것이고. 그러게 소주를 전문으로 내린게는 그러드만.
우리 큰 아버지 고러게 가치(같이) 내린 양반이 없어.
그래갖고 고 놈 빵~빵 돌아갖고 내려가는 순간에 술이 식은단 말이여.
(조사자 : 그러것죠.)
술이 식으며는 요로게 옆에 와서 이러게 인자 그 시루를 걸어 놈 옆에

가서 꼭지가 붙었어.

그러믄 그 밑에 다가 묻어요. 오가리를 쬐깐한 놈을 하나 묻어. 그러고는 물 우에다 띄운단 말이요.

띄우며는 떨어짐과 동시에 바로 식어 술이. 근게로 그게 따순게로 내려와갖고. 짐이(김이) 나가불므는 안독허잔아요.

근디 고 놈은 처음에 내린 놈은 불을 탁~ 댕기므는 불이 타부러. 너~무 도수가 높아분게.

근디 그려서 내가 옆에서 쬐깐해서부터 봐놔서 그것을 내가 잘~알제.

근디 그것이 한 번 나오더라게.

"아 저게 저 술 내리는 것이로구나." 그랬더니. 머라고 말을 헌가 보자. 그런게.

"음식허다 뒀다가 그 놈에다 뒀다 먹은 것." 이라고 이렇게 애기를 허드라고. 그래서.

(청중 : 소문 날 깨미 그러제. 소문 날 깨미.)

[단호한 말투로] 아~니죠. 에~이고. 그것이 아니제. 진품명품에 나온 것은 그것이 아니죠.

근디 그래서,

"아~ 요 양반들도 백프로 완벽한 것은 없구나." 옛날 것을 모르더라고. 그래서 내가,

"저것은 소주 내리는 것인디." 인제 내가 옆에서 몇 번 봐놔서 알제.

근디 그거를 한 번 내리서 딱 덮어놓고 찬물에다 너놓고(넣어서) 항아리에 너놓고 식후고(식히고) 또 다시 내리고 글거든요.

두 번 내린 놈. 세 번 내린 놈. 그래요. 세 번까지 내리믄 밑에 술이 다 보타불어 없고, 딱딱허니 되아부러.

(청중 : 술은 한 번 잡솨봤소?)

나는 술은 안해. 보기는 많이 봤지. 근디 고 놈을 그 도수를 갖다가 거

그다가 딱 이러게 너갖고는 고 놈을 섞음서 재더만.

두 번 헌 놈을 재므는 섞으며는 쫌 덜 독허고. 더 독허고. 세 번 헌 건 다 타불은 너무 독허고. 그러더라고. 그렇게 해서 술을 맞추더라고.

(청중 : 나올수록 술이 독헌갑다. 나올수록 술이 독혀진가벼.)

나올수록 싱거워지제. 아이고.

[언성을 높이면서] 초 물이 독허제. 근게 두 물치는 덜 독허고. 세 물치는 참말로 싱거와.

근게로 요리로 두물치 섞고. 세물치가. 처음에 헌 놈을 못묵어. 목이 타부러. 너무 뜨거와서.

이 드셔보더니(드셔보면) 싹 절딴난다 헐 것이네. [조사자 웃음] 너무 독헌게.

성냥불로 탁. 그때는 성냥불 아니면 부싯돌인디.

성냥불로 착 쳐대믄 불이 기냥 새~파랗게 탄디. 항아리에서 타요.

(청중 : 그리여. 불이 탄다했어.)

얼런 갖다 덮어야제.

도깨비는 사람 손 사이에 끼여서 다닌다

자료코드 : 06_06_MPN_20110219_NKS_SGJ_0002
조사장소 : 전라남도 담양군 금성면 금성리 하성마을회관
조사일시 : 2011.2.19
조 사 자 : 나경수, 서해숙, 이옥희, 편성철, 김자현
제 보 자 : 신길자, 여, 74세
구연상황 : 앞서 도깨비 이야기가 끝나자 조사자가 점심 드시기 전에 도깨비에 관한 이야기를 계속 해달라고 하자 다음 이야기를 구연했다.
줄 거 리 : 도깨비는 사람 손 사이에 끼여서 사람들과 함께 다닐만큼 제보자 젊은 시절에 도깨비가 많았다는 이야기이다.

[청중들 목소리가 녹음기와 너무 가까이에 있어 제보자의 목소리가 들리지 않는다] 몸이 안좋은 양반들이 저기 산성와서 산서 수양하고서 산담서 산단다. "아무래도 사람소리가 아닌돼요"그러더라고요. 갸도.

그러더니 그나저나 지기 아버지도 한다발씩 갖고 댕기더니 기냥. "따라 댕기라." 그러더라고.

그래서는 하~우 그때게는, '이게 도채비는 도채빈가보구나.'

하 하[웃음] 그러고는 아 숨도 크게 못쉬고 인제 그러게 왔제.

그 양반은 그런 소리가 나믄 더 크게 막 소리를 헌거야. 무서움 없어져라고.

근데 여그 여 지금 저수지 막은디. 그 너매로 넘어와서 인자.

그때는 저수지가 없었어. 그랬는디. 그 너매로 넘어와서 고놈 밀○○○ 누린디. [언성을 갑자기 높이면서] 거그와도 그 만치 소리가 난 거여.

더 멀게 와서 소리가 더 멀어져야 될근데. 그리서 거그서 고 놈을 딱 눌러놓고는 어치게 누린지 모르게 눌러놓고는 여기 동네를 들온디.

아 여기 약국에 청석덕내로 집이로 온게. 불이 사방으로 불이 켜지고 근게는. 인자 그 약국에 재너머 와서는 거그서 딱 들어본게로 거그서도 소리가 꼭 그 만큼 난거여.

(청중 : 놀래놔서 그리야.)

아~ 이게 도채비 소리가 머 도채비가 옛날에 우리 애기들이 장난침서 허는 소리가,

'도채비는 손새이로 찡겨 댕긴다더니 그게 거짓말이 아닌가보다.' 그때 그 생각이 들더라고.

애기들이 인자 장난헌 말로 도채비는 손 사이에 찡겨갖고 댕긴다고 이렇게 말을 놀리거든요.

근디 거그서 여까지 와서는 소리가 안들릴 정도거든요. 근디 소리가 똑~같이 난거여.

그리서 내중에(나중에) 동네를 딱 들어선게는 동네 불이고 머디고 막 날이 궂은게 사방서 불 켜놓고 밤에도 막 그랬거든요. 촌에선 다 그래요. 어쩔 수 없어. 촌에서 살믄.

그래서 인자 그렇게 있는데. 그 도채비라는 것이 없다고를 안해. 그 뒤로는 우리집 아저씨도.

도채비라는 것이 없다고는 안혀. 근디. 그때 와갖고 그때사 와서 보리쌀 갈아갖고 밥히서 묵은디. 문 앞에서 죽도 못허것습디다.

문 앞에서 쭈~욱 도채비가 줄줄이 막 따라 들어오는 것 같애. 헤 헤 [웃음, 전원 웃음] 내 마음에.

근디 아저씨는 들어가불고. 인자 거 우리 삼학년 짜리는 인자 들어가서 잠을 자고. 보리쌀을 갈아서 밥을 헐 때 얼마나 시간이 갔겄어요.

그래서 고 놈을 히서 내일 학교를 보낼라고. 또 초등학생인디. 내일 학교 보낼라고 깨워서 밥을 믹인디(먹이는데) 밥상머리에 앉어서 허는 소리가,

"어머니 아까 그 소리가 무슨 소린지 아셔요?"

"그 몸이 안좋은 사람들은 산속에 가서 그 수양하던다더라."

근게 산 속 그 절에 가서 절 터에서 집을 짓고 산 사람이 있었어요. 그런디,

"그 절 터에서 집 짓고 삶선 그러게(그렇게) 야~호~ 야~호~ 부른단다."

"아무리 봐도 야 호 소린 아닙디다. 어머니 놀랠끼미 아무소리도 안했소. 근디 그게 도채비 소리라." [전원 웃음]

(조사자 : 삼학년짜리가.)

그 삼학년짜리가. 근디 지기 아빠가 암~말도 안혀고,

"니가 도채비 봤냐?" 그러더라고.

젖이 마른 이유

자료코드 : 06_06_MPN_20110219_NKS_SGJ_0003
조사장소 : 전라남도 담양군 금성면 금성리 하성마을회관
조사일시 : 2011.2.19
조 사 자 : 나경수, 서해숙, 이옥희, 편성철, 김자현
제 보 자 : 신길자, 여, 74세
구연상황 : 앞서 자라 먹고 공방이 들었다는 이야기가 끝나자 제보자가 이어서 다음 이야기를 구연했다. 제보자는 활달하고 적극적이며, 연세에 비해 목소리도 힘이 넘쳤다.
줄 거 리 : 제보자가 둘째를 낳고 금줄을 쳐두었는데, 남편이 궂은 데를 다녀온 뒤로 젖이 말라 고생했다는 이야기이다.

옛날에 그러게(그렇게) 궂은 일이 있으므는 그런 것도 있어요. 나도 우리 둘째 낳고.

반장이 동네 옛날에 반장이 다 있었잖아요. 집집마다 댕김선. 방송도 허고.

근디 우리 둘째 아들 나놓고도 그랬어. 그런게. 너무 어두웠제.

우리가 뒤떨어지고 또. 이 세상에 사는 중에서도 근디 그 아들 낳고는 그냥 삼일이 안갔는디.

지기 아부지가 돌아가시고 삼일이 안갔는디.

아 금줄을 쳐놨어도. 그때는 금줄을 쳤어. 다 이래를 시았는디(쇠었는데).

문 앞에 딱 들어와서 애기 아빠를 부르더라고.

기냥 오~싹허니 기냥 소름이 끼치더라고요. 그러더니 딱 젖이 보타불더라니까.

그때는 모유만 믹이고(먹이고) 살았는디.

그래갖고 저~녁마다 나와서 숯불에다가 쌀 고아서 고놈, 그거에다 해서 그 젖꼭지 사다가 거 병에 다 넣어 갖고 그거 통~ 믹이고 키웠어요.

근게 그런 사람이 와서 벌을 씐다 그러더만. 그러게 또 궂은 사람이 오면.

그러게 그런 줄도 모르고 그냥 둘이 삶선 그렇게 컸어.

"안죽고 사는 것만 해도 다행이다."

허고 키웠제.

지금 같으믄 애기 키우기가 먼 일이 있것어요.

(청중 : 지금은 병원에서 하루에서 몇 명씩 낳아 키운디. 허허[웃음])

하이고.

시집가는 신부가 아이 낳은 집에 큰절하기

자료코드 : 06_06_MPN_20110219_NKS_SGJ_0004
조사장소 : 전라남도 담양군 금성면 금성리 하성마을회관
조사일시 : 2011.2.19
조 사 자 : 나경수, 서해숙, 이옥희, 편성철, 김자현
제 보 자 : 신길자, 여, 74세
구연상황 : 앞서 젖이 마른 이유에 관한 이야기가 끝나자 다시 여러 사람들이 서로 이야기를 하려고 했다. 잠시 상황을 지켜보았다가 조사자는 할 수 없이 녹음을 위해 한 분씩 이야기해줄 것을 당부했다. 그러자 제보자가 다음 이야기를 구연하기 시작했다.
줄 거 리 : 시집가는 날에 신부가 아이를 낳은 집을 향해 큰 절을 올렸다는 이야기이다.

내일 서방 온다믄 오늘 같은 날 그 쪽(삼신 든 집)에 대고 절을 하든만.

그 삼신 있는 집이다 대고 큰~절허라 해. 마당에서.

[웃으면서] 그럼 거따 대고 절했어. 우리도. 하 하[웃음]

(조사자 : 삼신 든 집에다가?)

응. 삼신 든 집에다가 절을 혀. 큰~ 절을.

(조사자 : 그니까 내일 결혼할 각시가?)

응.

(조사자 : 삼신 든 집이 어떤 집이예요?)

(청중 : 애기 난 집이.)

(조사자 : 애기 낳은 집.)

아무 탈 없이 인제 지내가라고 그런게 절을 헌데요. 그래서 절을 시키더란께.

(청중 : 백동덕도 나헌티다 절허고 갔어. 시집갈 때[전원 웃음].)

저기가 애기 나갖고 큰 절로 했단게. 인자 인역 집이서 헌거여. 마당에서.

(청중 : 마당에서 인자 고 쪽에다 대고.)

그때는 다 고렇게 했어. 마당에다 멍 방석대기 하나 깔아 놓고, 아~주 그냥 이렇게 큰~절로 했지 기냥.

[이야기와 관련된 경험들을 서로가 얘기하느라 말이 겹쳐 들리지 않는다] 방향 쪽. 방향. 두 집이나 시(세) 집이서 낳으믄 그거 그거마다 다 헌거여. 그렇게 했어.

춘향내리기 놀이하다가 미쳐버린 사람

자료코드 : 06_06_MPN_20110219_NKS_SGJ_0005
조사장소 : 전라남도 담양군 금성면 금성리 하성마을회관
조사일시 : 2011.2.19
조 사 자 : 나경수, 서해숙, 이옥희, 편성철, 김자현
제 보 자 : 신길자, 여, 74세
구연상황 : 앞서 춘향이 내리기 민요를 구연한 뒤에 제보자가 우리 마을에 실제 있었던 일이라고 하면서 이야기를 이어갔다.
줄 거 리 : 하성마을로 시집온 사람이 춘향놀이를 하다가 실제 정신이 나가자 굿을 했으나 나아지지 않아 결국 교회를 다니게 되었다는 이야기이다.

진짠가 가짠가 볼라고. 각시가 말이 없어요. 새각신디. 그때 새댁이었어.

근게 이런 시골에서 막 시집온게 새댁 새댁허잔아요. 근디 새각신디.

"말이 없은게 그것 한 번 시켜보자." 그랬거든.

아 우리집서 걸궁굿을 친다. 그띠(그때)는 걸궁도 엄청 기~가맥히게 잘 쳐붓어. 근디. 그 집이 각시들만 살~짝 빠져나간거여.

(청중 : 매곡덕도 같이 했어. 고리. 같은 또래라.)

아 근디 거그 집이 성주를 했단 말이요. 새 성주를. 근게 말이,

"새 성주 헌 집서 근게 근다." 그런데. 그게 아니더라고. 들어보믄 가끔 그러게 미쳐분 사람 있더라고.

근게 그 그 혼이 그냥 바로 그 그 신명풀이허고 빠져불믄 괜찬데요. 근디 요 사람은 바로 그냥 막 남자들 싸~악 가서 굿을 쳐불고 그러는디도 소용이 없더만.

미쳐분게 소용이 없어.

근디 내중에는 물만 막 늘 가져오라 허고, 옛날에는 통치마 마치마를 입었잔아요. 깨가벗어(옷이 전부 벗겨지고) 져불잔아. 뛰어댕이믄.

근디 각시가 옷이 다 벗어지고 고쟁이 바람으로 돌아댕기고 미쳐분게 아무 정신이 없어.

그래갖고는 물을 갖고 계속 동으로 갖다 대논거야.

근디 갖다노며는 물을 막 묵으믄 절반 묵고 절반 절반이 묵어질거여. 거. 다 얼큼서(엎지르며) 묵음서 목이 탄게. 얼큼서 묵음서 막 그랬어.

그래갖고는 그 사람 아무리 낫을라고 해도 [언성을 갑자기 높이면서] 바~로 그냥 우리집서 걸궁굿을 친게. 바로 올라갔거든.

각시들이 미쳐서 못이긴게 뛰어내려왔어.

"그러니 저러니 어쩌냐?"고 막. 그런게로 굿쟁이들이 남자들이. 그때는 남자들허고 말도 잘 안허고 사는 시상(세상)인디.

다 올라가갖고 막 걸궁굿을 친디. 막 미쳐서 막 마당으로 막 돌아댕인디. 용자이불아조.

그래갖고는 기냥 얼~마나 춤을 추고 댕기고 날새기를(날이 새도록) 쳐도 소용이 없더만.

밤낮으로 사흘을 놀아도 소용이 없어. 남자들은 보믄 안놀믄 안논다고 가서 물어 뜯어불고.

완~전히 미쳐붓어.

(청중 1 : 나는 그때 봐도 안했네. 한동네 살았어도.)

(청중 2 : 안 봤어라?)

으메~ 옛날에 여그서 산 놈은 맞으요?(그 사건은 당시 마을사람들 전부 보고 겪은 것인데, 보지 못했다는 것이 이해가 가지 않는다)

[청중들이 서로 그 날 있었던 상황에 대해 이야기 한다] 오~메~ 그 사람 미친거는. 저녁 때 춘양이 얘기를 허더라네.

근디 그 그 양반 듣는데는 춘향이 춘향이 말만 허믄 떨어부러 그냥. 떨고 나서 그 뒤 춘양이 얘기를 안헌디.

그 양반 지금도 살아계시어요. 그래서는 아무리 신명풀이를 해줘도 소용이 없고.

(청중 : 지금은 교회를 댕갸.)

아~ 교회를 댕기요. 근디 이러게 잠~잠~했다가도 그 춘향이 얘기를 안해도 사월 초파일 딱 돌아오 한 사흘 앞두고는 싸~악 머리 목욕허고 그때는 머리 낭장허고 댕겼제.

누가(누구나) 쪽지르고 댕겼제. 머리 지진 사람 있가니.

자기가 딱 짤라불고 기냥,

“나 춘양이. 깨끗헌 집이 가서 동냥해다가 춘향이 생일 세야한다.”고 바가지 들고 나간거여.

그러고 근게 막 식구들이 따라다녔어.

(청중 : 어쩔 수가 없제.)

못이겨.

(조사자 : 결혼하기 전에?)

아 결혼했은게. 남자 성주에서 살다가 그랬단게.

근게 인자 새각시를 시켜봤어. 그랬더니 말도 없는 사람이 미친게 고래 불데.

그래갖고는 이년(2년) 못이기다가 인제 친정집에 아들이 없어.

아들이 없어. 춘양이 내린 아버지가.

그리갖고는 [청정들이 한꺼번에 말하여서 들리지 않는다]

인자 우리가 생각헐 때, "먼 인자 고러게 진짜로 떨어야. 그짓말(거짓말)이다."

고래갖고는 그 순둥이를 시키봤단게. 근디 고래불더란게.

그래갖고는 인자 미친게로 미안한 정도가 아니제. 어쩔 수가 없었제. 인자. 그때 가서는 사램이 죽냐. 사냐. 이판사판인디.

그랬다가 내중에 여그서 살다가 친정에 아들이 없은게로 인자 친정동네로 갔어. 친정동네로. 처가살이로 갔제. 처가살이로 갔는디.

인자 오래되고 이런 말을 허믄 안돼. 지금도 그 사람 듣는디는. 친정아버지가 돌아가셨. 쬐~깐해 키도.

근디 친정아버지가 돌아가실라헌디. 그 달에 어째 지기 어머니가,

"아유~ 딸 저 병." 근디 초파일날 무렵에 돌아가셨던가벼. 딸이 떨고 막 들어눕더랴.

그런게로 친정어머니가, "하~이고, 지발(제발)…." 인자 일홍수를 헌 거야.

"인자 당신 감선 딸 저 병이나 나사(낳아)주라고 춘양이나 똑 띠어부러라." 근게.

"어이~ 오늘이 초파일날 아닌가. 내가 춘양이를 카~악 대칼로 목을

찔러갖고 저 저 대동강에다 띄워불고 갈라네.” 글더란마.

글더니 아버지 죽어 나간게 딸이 일어난거야.

[언성을 높이면서] 얼~매나 대면댁이 꼬치꼬치 캐물어쌌고. 여그 여그 할머니가 살다가 간 갔은께 여그 어르신이 그렇게 물어봤산거야.

그 인자. 옛날에는 촌에서 이발들 안했소. 인자 머리깎으러 여까지 왔어. 저 덕성리 마을에서 여그까지 온거야. 인자.

근게로 머리깎으러 온게. 그 할마이가 그러게(그렇게) 세~밀허게 물어봤던갑데.

“이런말 꼭 약속을 지켜준다 허믄 할께라.” 그러고 그 얘기를 허더래야.

“이~상허니 그러게 쟁인(장인) 돌아가시고. 장인양반 돌아가심선 장모가 일홍수를 해서 그러더니.”

다행이도 그 뒤로는 사월 초파일이 또 돌아오며는 가심이(가슴이) 식구들이 뛰더랴. 막 놀래갖고. 또 떨고 왔은께는. 근디 괜찬더라여.

근디 한 해 한 해 가다본게 괜찬은게 시방까지 괜찬헌거여.

(청중 : 교회 교회 나가 띠어부렀어.)

근디 [갑자기 목소리를 낮추면서] 교회가기도 전에 그래갖고 동규양반 그 얘기를 허더란만. 대면댁헌테만.

통~ 그 얘기를 못허게 허드만. 일절을. 동네사람들헌테도.

근게 추접스러운 것보담 병이 도진께 탈이라니까.

그런디. 춘양이 얘기는 통~못혔어. 그런디 다~행이도 나서갖고 괜찬으가 지금도 살아계셔. 저.

(조사자 : 음~ 몇 살이나 잡수셨어요?)

지금 한 팔십될 것이요. 저.

(청중 : 나허고 동갑이당게.)

개를 잡자 아이가 죽다

자료코드 : 06_06_MPN_20110219_NKS_SGJ_0006
조사장소 : 전라남도 담양군 금성면 금성리 하성마을회관
조사일시 : 2011.2.19
조 사 자 : 나경수, 서해숙, 이옥희, 편성철, 김자현
제 보 자 : 신길자, 여, 74세
구연상황 : 앞서 동삼이 둔갑한 이야기가 끝나자 제보자가 이어서 다음 이야기를 구연했다. 송효님 제보자와 서로 이야기를 주거니 받거니 하면서 계속 이야기가 이어졌다.
줄 거 리 : 아이를 낳은 뒤에 개를 잡았는데, 건강한 아이가 갑자기 개 흉내를 내면서 죽었다는 이야기이다.

옛날에는 정말 미신을 지켜산께. 또 그대로도 실천이 되아요.

그전에 나도 우리 딸을 하나… 하~오~[한숨쉰다] 딸이 하나여. 딸 하나 아들 둘. 아들 두고 그랬는데.

딸을 하나 났는디. 애기가 사흘이…[옆에서 청중이 배냇저고리가 있다고 이야기한다]

(조사자 : [청중 말을 듣고] 옷있어? 두 분 다?)

(청중 : 어. 옷들 있어.)

근디 친정에서 개를 잡더라고. 개를 팔아. 복넘어가믄 싸진다고.

그런디 지금 와서 이런 소리를 허믄 머혀. 그런디 꼭 그리서만 헌 거 같애.

애기가 죽을람선 꼬~옥 개 흉내를 내고 죽더라니까.

애기가 죽은디 본게 몸이 씨~퍼래라우.

나 우리 동생도 애기나 못오고. 우리 친정어머니도 못오시고. 나 혼자 그런 걸 본디.

너~무나 아조 볼 수가 없어. 아조.

(조사자 : 애기가 어디 아파서 죽는데?)

근게 거 개를 잡아서 그런가 그런 생각이 들더라니까. 암시랑 안헌 애기가 그러니까.

(청중 : 개 못걸어간 시늉을 허고 죽었다 안허요.)

개를 그러게 팔았다니까.

근게 미신이 전~혀 없다고는 못 봐. 전에는 그랬어. 예. 전에는 그랬어요.

소변을 받기 위해 손님 초청하기

자료코드 : 06_06_MPN_20110219_NKS_SGJ_0007
조사장소 : 전라남도 담양군 금성면 금성리 하성마을회관
조사일시 : 2011.2.19
조 사 자 : 나경수, 서해숙, 이옥희, 편성철, 김자현
제 보 자 : 신길자, 여, 74세
구연상황 : 조사자가 마을에 대해 간략히 조사한 뒤에 제보자에게 아기장수 이야기를 물었으나 모른다고 했다. 대신에 집안 이야기를 하자 분위기가 산만해졌다. 다시 조사자가 점심을 함께 하면서 들었던 오줌 받으려고 사람들을 초청했던 이야기를 해달라고 하자 다음의 이야기를 구연했다.
줄 거 리 : 예전에는 소변을 받기 위해 사람들은 집으로 오게 했으며, 비료가 처음 나올 때 막 뿌리다 보니 농사를 망친 적이 있었다는 이야기이다.

근게 지금은 없지만. 그땐 그때니까. 사랑방. 왠만헌(어느 정도) 집이는 사랑방을 일부러 만들어요.

그러고 사람을 모으고 또 만들어. 그래갖고 전~부 자기네 집서 머 김치 같은 것은.

보통 겨울이믄 큰~항아리에다가 신건지(동치미)라고 인자. 신건지 물김치 통 통으로 해서 물 층을 이 이렇게 해서 넣거든.

그것도 툭~툭 막 쪼개서 그냥 이러게 사랑방에다 내놔. 밥도 없이. 그

때는 배고픈 세상이라.

그것도 그냥 이렇게 사내끼 꼬다가 그거 다~ 한뿌리쓱 들고냥(들고서) 먹고.

이면썩한 똘감을 지붕에다 얹어놨다가 그것 눈 오믄 또 내다 주고.

그믄 인자 고 놈 먹고. 그 인분 인자 소 소변 받을라고.

옛날엔 오줌이라 그랬어. 오줌. 오줌 그거 받을라고. 사람들을 그렇게 모을라고 만들어요. 그리갖고 이.

(청중 : 옛날 텔레비가 귀해갖고라.)

시골에서는 [청중과 말이 겹친다] 이러게 그냥 논 사고 팔고 허믄 그런데 가서 그냥 이런데 저런데 가도 안허고.

요런데서 시골에서 둘~러앉고 막걸리~ 하 하[웃음] 믿병(몇 병)씩 받어다 놓고.

그릿기 해서 흥정을 허고 그랬어요.

그런 재미에 사람을 모아서 놀고 그랬어요. 그런디(그런데서) 신삼고(신발을 만들고).

근디 사랑방을 요러게 상하방으로 해서 우아래방에다 다~ 사람을 많이 모아다 만들고. 통~ 그랬어요.

그랬는디. 내중에 쪼금 받아본게. 비료가 나오고. 양철비료라고 꺼먼 것 그것이 나와갖고.

그때게는 아조 농사를 다 망쳐부렀어요.

그 비료가 머신줄은(무엇인줄) 모르고 그렇게 독헌줄은 몰랐거든요.

그래갖고 막 갖다 뿌린거야. 논에다. 뿌리놓고 본게 거름이 너무 넘쳐가지고 다 죽어분거야. 그리갖고 다 흉년이 들어불고. 그때는 그랬어요.

그리고 그 뒤로는,

'아 이러게 겁이 난게. 엄~청 거름이 독헌 것이구나.' 그 뒤로는 인자 약허게 했제.

우리도 농사짐서 아조 지금 일곱동에 거그다 농사험서 낫댈 것이 없었어. 다 죽어부러서.(작물이 모두 죽어서 낫을 댈 필요가 없었다) 너~무 거름이 시(세)믄게.

[청중과 말이 겹친다] 근디 그때게는 그 비료가 처~음히본거여. 인자. 그랬어요.

소변 같은 거. 아니믄 인자 저 우리가 시방 머 아 배0허고 품앗이 가믄, "자기네 집으로 둘러보러 간다."고 그러고 가서 소변을 보고 온데니까. 아까워서. 그 쪼~끔을.

그러고 분칠 앞에다가 분칠 가루를 묻거든요. 인제 대변 보고. 그러믄 거그다 소매 소매동우를 거그다 놔나. 바가치(바가지) 하나 띄워서.

놔노며는 그것이 땅 속으로 스며들믄 아까워가지고 소변을 따로 받아서 거그다 부어논거여. 그러게 살았으. 옛날에는.

근게 그것이 소변이랑 항아리에다 너노며는(넣으면) 한~ 육개월 내지 일년씩 이러게 싹히며는 더 좋데요. 막히므는 더 독허고.

그런다고 해서 삭하서(삭혀서) 헐려고 묻어놓고 그러게 했어.

식구까정 받아쓰믄 그렇게 종일 받기 힘들거든요.

여우소리와 도깨비소리

자료코드 : 06_06_MPN_20110219_NKS_SGJ_0008
조사장소 : 전라남도 담양군 금성면 금성리 하성마을회관
조사일시 : 2011.2.19
조 사 자 : 나경수, 서해숙, 이옥희, 편성철, 김자현
제 보 자 : 신길자, 여, 74세
구연상황 : 앞서 도깨비에 관한 이야기가 끝나자 조사자가 도깨비소리가 여우소리와 비슷한가를 물었더니 이어서 다음의 이야기를 구연했다. 제보자는 활달하고 적극적이며, 연세에 비해 목소리도 힘이 넘쳤다. 이야기 말미에 앞서 도깨비에

홀려 죽은 사람에 대한 이야기를 반복해서 들려주었다.
줄 거 리 : 여우소리는 사람 부르는 소리 같고, 도깨비소리는 여러 아이들이 뛰어다니면서 떠드는 소리 같다는 이야기이다.

(조사자 : 그러면 여우 소리하고 좀 비슷해요?)

아 아니죠. 여우소리는 사람이 애타서 꼭 사람 부른 소리맹이로 애~타게 소리를 혀고.

그 도채비소리란 것은 머랄까. 쫨 가물가물~허니 그냥 애기들 여~러이 뛰면서 소리헌거 같애. 근디 끝이 안나. 끝이 안나고 멀게 자우라지면서 또 크게 나더라고.

계~속 이어서 소리가 나더라니까.

'근디 도채비는 끝이 없다더니 저러구나.'

그때 내가 학~실히 느꼈어.

근디 도채비란 것은 없다고 볼 수가 없어요.

[언성을 높이면서] 교회 댕긴 양반들도 도채비가 있다헌디. 구신 있다 그래요. 교회 믿는 사람들도.

교회댕긴 사람들 안 믿잔아요. 그래도 있다고들 해.

근디 내가 그런 소리는 들어봤는디. 여그 여 학동사람이 그러게 딸집이 부고받고 갔다가 그렇께 오다가. 긍게 앞질러서 왔제. 딸보담 더.

근디 뒤에 온 딸이 앞에 와불고 그 양반은 안왔데.

그리갖고는 그 부고장 갖고 간 사람 찾고 야단이라고. 본게로 그렇게 그 노잣돈 준 놈이랑 있더라여. 주머니에가.

그래갖고 몸이 다 헤쳐대서 거그서 반부담 해줬다그러더라 그래.

그거는 얼마 안돼. 몇 십년 안되야. 최근에 그랬어. 그래 그런 사실이 더러 가끔 있어요.

자기 복대로 살아간다

자료코드 : 06_06_MPN_20110219_NKS_SGJ_0009
조사장소 : 전라남도 담양군 금성면 금성리 하성마을회관
조사일시 : 2011.2.19
조 사 자 : 나경수, 서해숙, 이옥희, 편성철, 김자현
제 보 자 : 신길자, 여, 74세
구연상황 : 앞서 내복에 산다 이야기에 이어서 다음 이야기를 구연했다. 제보자는 연세에 비해 적극적이고 기억력이 좋은 분이여서 자신의 실제 이야기들도 많이 들려주었다.
줄 거 리 : 제보자가 극구 반대함에도 불구하고 딸이 사귀던 남자와 결혼하고 싶어했다. 그러나 이를 지켜본 아들이 모두 자기 복대로 산다는 제보자의 이야기를 상기시키면서 제보자를 설득하자 그래서 할 수 없이 결혼을 시켰다는 이야기이다.

근디 근디 우리 딸을 여울라근게. 내가 인자 아니 학교서 초등학생 인자 일학년 짜리가 우리 큰 아들이 이렇게 옛날 얘기를 할머니들 앞에 히도란거여.(해달라는 거야)

그래서 내가 그 얘기를 한 번 해줬단 말여. 일학년 때.

그때가 옛날 얘기 이러고 저러고 허고,

"절대적으로 꿈이란 것은 꿈을 꿔갖고는 넘한테 판다는 야그는 안해야 한단다."

인자 그런 말도 했어요. 절대 꿈이란 것은 좋은 꿈을 꿔갖고.

"나 좋은 꿈 꿨인께." 인자 이야기를 허잔아요. 꿈이야기를 허므는.

"고 놈 나헌테 팔어라."고 빈소리라도 절때 팔란다는 이야기를 안헌대요.

말 그래. 그런 말이 있어. 근디 요로고 이야기를 허고 인자 그런 애기를 했더니.

내가 우리 딸을 여울 때 좀 반대를 했어요.

에 인자 여그 학교 나와갖고는 거 저 경기도 안산으로 가갖고는 거기

서 어디 들어갖고는 회사를 댕긴디.

아 어떤 놈이 들러붙어갖고는 연애허자 했는갑대.

아 그래갖고는 스물니살(스물네살) 묵었는디.

기냥 어~찌 딱지맹키 들러붙어갖고 구슬려낸게 못이기것드라고.

그래갖고 백동양반 그 때 아펐을 때.

근디 기냥 꼭 어떤 기냥 여시헌티 홀린 것 같애갖고 마음이. 알도 못헌게. 암~것도 모른 사람이라. 안주고자와(주고 싶지 않아) 딸이.

그 생긴것이 어찌게 생겼던지. 나 항상 그렇거든요.

“나는 내가 못나서 미운게. 난 속만 얌전헌. 이쁜 놈도 안헐란다. 속이 얌전히야제. 니기 아버지 아무리 이뻐도 소용없더라.” 내가 밤낮 그랬어.

(조사자 : 예. 우리 어머니 고우세요.)

그랬더니. 내가 인자 지금 같으믄 코도 수술해부렀을 것이요. [전원 웃음] 영감탱이가 너무 아조 그~나마도 좋아갖고 머 수술캥이는 엄두도 못 냈제.

그런 것도 없어. 아조 성질이 불같애갖고. 그러고 참 세상을 살다가 그래도 가분게 서운허긴 헙디다.

나 솔칙히 얘기허요. 근디 그래갖고 딸을 글도 아들 딸 즈그 아버지 있을 때 여워부러서 그것이 다행이다고 살고.

아 딸을 여울라고 본게. 안 여울라고 자운디. 내가 막 반대를 했어.

그랬더니 암~것도 안해갖고 와.

“머 히갖고 가니 안해갖고 오니 문제가 아니고. 나는 시방 너 딸은 절~대로 안 여우고 싶다.” 그랬어.

우리 아들이. 인자 우리까정 안거서 애길 했더니. 큰 아들이 일학년 때 듣는 인자 막 그 얘기를 헌거야. 그 숯장시 얘기를. 나한테다 헌거야.

“어머니 나 옛날에 요런 얘기를 한 번 들었는디라.”

(조사자 : 그 사위 사위가요?)

[부정을 하면서 큰 소리로] 아들이. 아들이.

(조사자 : 아들이. 그 이야기를 어머니헌테 들었어?)

어. 나한테 들었는디. 나헌테다 그 소리를 써묵는거야. 딸을 반대를 헌게.

"어머니 저는 지 복으로 묵고 살고. 어머니는 어머니 인생 어머니가 살아라.(삽니다) 근디 형제도 나놔(나눠) 가질 수도 없는 것이 복이요. 그런디 저 어머니가 그걸 반대를 헌다고 해서. 예를 들어서 애기를 헙시다. 그러믄 그 사람이 아~무~리, 지가(여동생이) 복이 있다면 그 사램이 착실혀갖고 좋을 것이고. 아무래도 더 챙겨줄 것이고. 지가 복이 없다며는 절~대로 아무리 천석꾼 부잣집 아들이라도 다 때론 망허는 법이요. 그런게로 똑같이 후회를 헌다면 응. 처녀가 시집을 갈래 안갈래. 할 때게 예를 들어서 내가 이야기를 헌다."

인제 요 큰 아들은 여웠어. 그랬더니 그 애기를 나헌티다 써묵더라니까.

"내가 예를 들어서 애기 한 자리 헐께라우." 거 애기를 허드라요. 금서,

"본인이 후회를 허믄 좋것소. 어머니가 후회를 허믄 좋것소. 그리도 부모가 후회를 히야제. 어머니가 어디 중매해갖고 어디 좋은디다 여워주고 내중에 그 사램이 어쳏게 될지를 알아서 만~일에 아차 잘못되므는 그때가서 어머니가 땅을 치고 통곡한들 무슨 소용 있소. 그러믄 어머니헌테 얼~마나 탓을 허것소. 그런게로 절대 어머니 마음 접으시고 좋게 봐주쇼. 괜찬헙디다. 키도 그만허믄 괜찬허고 등치도(덩치도) 크고. 어떤 사람 어쩐다. 속은 아~무도 볼 수 없어라. 나도 어머니 속을 모르고 어머니도 내 속은 몰라요. 자식 속이라고 다 안지아요. 근게 똑~같이 후회를 헐티믄 본인이 후회허게 여워주라."는 거여.

[한숨을 쉬며] 하~아 그 소리를 듣고 본게로 진~짜 참말로 마음이 편해불더라고.

인제 어짜피 어우러지긴 어우러졌는디. 그래서 기냥,

"아 니 말이 맞다." 그러고 내가 여윘어요. 진짜로. 그래갖고 여워놨더니.

(조사자 : 잘 살아요?)

잘살던 못해도. 이편네는(부인은) 잘 애껴줍디다.

(조사자 : 그럼 됐죠.)

술도 안묵고 맥주 한 잔도 안 묵어. 시방은. 그리고는 인자 담배도 한 갑은 한 삼일 씩 필거여.

인자 그러고 헌게로. 지금까지 내가 요로게 믿드락(몇해) 살았어도 머 생일이 고것이 머시다. 우리는 다 거짐 그랬을 거요.

(조사자 : 그러지요.)

그러고 살았는디. 생일도 못신대. 환갑도 못시고 넘어간 사람도 많은디.

그래도 환갑 돌아온다고 따라댕김서 영감탱이가 어디 놀러나 가자고 합디다.

그런디. 그렇게 생일이 머신지도 몰라.

그래도 지금도 꼭~ 생일날은 외식허고 꽃다발도 그런 것을 보믄.

'아 이편네다(부인에게) 욕지거리도 안허고 고로고 산게 기냥 그만 허믄 됐다.' 생각허고 살아요.

근디 내가 우리 어린 자식헌티다가 그 말을 해놓고 고 놈을 내가 되받았다니까.

그 얘기를 헌디 깜~짝 놀래부렀어. 나도. 근디 대체나 생각해본게,

"본인이 지가 복이 있으믄 아무리 어머니가 엮어줘도 복이 있으믄 지가 그렇고 가도 잘 살 것이고, 복이 없으믄 어크러븐다." 것이여. 그리서,

'아~ 니 말이 맞다.' 그렇게 마음이 편할 수가 없더라고. 그 말을 들은게.

'그래 니 말이 맞다.' 그리갖고 여워부렀다니까.

그린게 안여워불고 못베기것드만.

직접 목격한 도깨비불

자료코드 : 06_06_MPN_20110209_NKS_YBM_0001
조사장소 : 전라남도 담양군 금성면 대곡리 대곡마을 마을회관
조사일시 : 2011.1.29
조 사 자 : 나경수, 서해숙, 이옥희, 편성철, 김자현
제 보 자 : 윤병민, 남, 83세
구연상황 : 앞서 금성산성에 관한 이야기가 끝나자 조사자가 도깨비를 본 적이 있느냐고 청중들에게 물었다. 그러자 제보자가 나서서 다음 이야기를 이어갔다.
줄 거 리 : 제보자가 이리저리 뛰어다니는 도깨비불을 보았다는 이야기이다.

이 참말로 이상헌 것이 어쩔 때 불을 딱 껐다 켰다 이상혀 고거이~.

(조사자 : 그거시 도깨비데요?)

딱 써갖고 푸르르르~ 갔다가 탁 꺼졌다 또 탁 켜졌다 꺼졌다.

쓰~ 그 이튿날 가서보믄 암것도 없어. 거그.

머 있나~ 암~것도 없어.

(청중 : [제보자와 말이 겹친다. 음성이 크게 들린다] 옛날에는 도깨비 있어. 시방 시방.)

[청중과 말이 겹쳐 음절수도 파악이 어렵다] 불이 비친 것이여.

(청중 : 시방은 통 없는디.)

옛날에는 옛날에는 있었거든. 비 올라 그러믄.

(청중 : 맥없이.)

[청중이 자꾸 이야기의 맥을 끊자] 아~ 내가 불을 봤는디.

(청중 : 도깨비를 봤어?)

아니 불이. 불. 불이 팔짝 뛰어갖고 가갔고 요리 왔다 여 갔다 뚝 떨어졌다가 올라갔다가.

(청중 : 도깨비 말만 들었제. 불은 구경도 못했어. [웃는다])

불은 봤어. 분명히.

(청중 : 도깨비는 분명 요러케 뿔나갖고.)

도깨비는 안보고 불은 봤어. 불. [전원 웃음] 불.

그 옛날 부부싸움 하는 이유

자료코드 : 06_06_MPN_20110209_NKS_YBM_0002
조사장소 : 전라남도 담양군 금성면 대곡리 대곡마을 마을회관
조사일시 : 2011.1.29
조 사 자 : 나경수, 서해숙, 이옥희, 편성철, 김자현
제 보 자 : 윤병민, 남, 83세
구연상황 : 앞서 주인을 지킨 충견에 관한 이야기가 끝나자 조사자가 그 옛날 가마니 짜면서 노래를 하지 않았는가를 물었더니 다음 이야기를 이어갔다.
줄 거 리 : 그 옛날 가마니 짤 때와 소 쟁기질 할 때 서로 의견이 달라서 부부가 꼭 싸우게 된다는 이야기이다.

(조사자 : 그 짚새기 짤 때. 날. 그 가마니 짤 때 혹시 노래. 우리 어르신 흥얼흥얼하고 막 옛날 노래 막 불렀을 거 같애.)

가마니 짤 때는 싸우니라고 노래를 못불러. [청중 웃음] 아무리 금슬 좋은 부부지간이라도 안 싸우고는 가마니 못짜.

(조사자 : 왜요?)

(청중 : 노래 부를 정신이 없어.)

보조 안 지켜준다고. 얼릉 바랑대를 집어 너야헌디. 아 하 가대로(가에로) 바랑대를 집어너은디. 그러믄 바빼는 죽겄는디. 밤낮 헛질만 헌게.

"왜 그렇게 바랑질 허냐?"

그럼서 성질나갖고. 어떤 사람은 가마니 나중에 싹 비어분(벤) 사람도 있고. [전원 웃음]

(조사자 : [웃으면서] 비어요.)

부애난게 가마니 안짠다고.

그러고 안 싸운 사램이 없어. 내우간에. 가마니 짜다가.

(조사자 : 가마니는 내외가 짜내요.)

거 언능 푹 푹 너야헌디. 멀라 허 헛간데 넣거든. 고리 때 바빠죽것고. 그래 싸울일 만혀.

(청중 : 한 번은 요~러케 자치고. 한 번은 요~러케 자친디. 머시 어깨가 쪄.)

아니여. 이러고 찌우뚱 있거든. [조사자 웃음] 바랑 넣동안. 집어 널동안. 옳케 너야 쾅 친디. 어먼데 너은게 치 치덜 못허제.

근게 요러케 들고 있제. 요로케. 요로케. [웃음]

(조사자 : 진짜 그 이야기도 잼있는 이야기다. [전원 웃음] 그러니까 싸우니라고 노래할 틈이 없으셨다구요.)

그렇지. 싸우니라고 노래헐 틈이 없지. 싸우니라고[웃음]

(청중 : 소 질간에서 싸우고 가마니 짜믄서 싸우고. 부부간에 두 가지 일 헐 때는 꼭 싸워.)

(조사자 : 머하면서 싸운다고요?)

(청중 : 소 질가치 있는 거이 머이냐믄 인자 쟁기질 허잔아. 쟁이질. 다 논을 갈았어. 소가. 끄집고. 소가 서투른 소는 사램이 앞에서 끄집어야 혀. 끄집어야 헌디. 요~리 빤 듯이 가믄 요리 비틀어지게 가믄 "요리가야. 저리가야." 험서 막 인자 싸우기 시작혀. 막 요허고 싸우고 그리여.)

인제 누가 욕을 헌게. 나는 몰라 허고 가부러 기냥. 막 욕을 히싼게.

사람이 욕을 히싼게. 욕 얻어먹기 싫은께. 먼저 가부러. 저~리 인자 도망가부러.

쟁기 하거나 말거나.

"욕 안헐게 요리와." [전원 웃음]

대곡마을의 천불

자료코드 : 06_06_MPN_20110209_NKS_YTB_0001
조사장소 : 전라남도 담양군 금성면 대곡리 대곡마을 마을회관
조사일시 : 2011.1.29
조 사 자 : 나경수, 서해숙, 이옥희, 편성철, 김자현
제 보 자 : 윤태복, 남, 83세
구연상황 : 앞서 대곡마을 유래에 관한 이야기가 끝나자 제보자가 다음 이야기를 이어 갔다.
줄 거 리 : 일제강점기에 마을에 큰 불이 났는데, 마을사람들은 이 불을 천불(하늘이 내린 불)이라 했다. 이때 대부분의 집들이 소각되었다는 이야기이다.

또 우리 부락 큰 일이 한 번 있었어요.

이건 천재~지변이라 봐야하는데.

에~ 일 일정 말에 화재가 대화재가 나가지고 약 팔십프로(80%) 이상이 소화가 되부렀어. 부락이.

팔십프로 이상이 소화가 되부러가지고 이때,

"천불이 났다."

그랬어.

"천불이 났다."

고. 하느님이 미리. 벌써 요 아랫집이서 불이 나가지고 불이 온디. 벌써 그 불은 저~어 몬댕이까지 뛰어 올라가부렀어.

그래가지고 어디고 손댈 틈이 없어요. 그런게 소는 소. 돈이믄 돈. 살림 모~두 놔두고 사람만 포도시(간신히) 피신했어요.

그래서 살림이고 돈이고 짐승이고 전부 전부 소각되부렀어.

(조사자 : 그럼 우리 어르신 젊었을 때 이야기신가요?)

(청중 1 : 아 말을 헐라믄 똑떨어지게 연도를 말해야제. 내가 떼와드릴께.)

(청중 2 : 갑신~을유년에 불이 났어요. 갑신을유년 삼월 초 아드렛날

양력으로. 아니 음력으로. 그 날. 그 날 불이 났는데. 지금 그러므는 을유년에 불이 [잠시 생각을 한다] 났신게로.을 병 정 문 기 병 신 인 올해 육십 칠년채요(67년째). 불난지가.)

아조 대화재였었어요. 근게 그때게 소화된 집이 약 한 팔십프로 이상. 그 때만 해도 호수가 만했어요.

변두리만 쫌 남고는 전~부 소각되부렀어요.

(조사자 : 오직했으면 천불이란 말을 했겠네요.)

예. 그래갖고 당장 당장 무슨 의식주 해결을 못해. 없어. 다~ 소각되부렀는디.

(조사자 : 근데 왜 불이 났을까요?)

근게 주민들이 다 주먹밥을 해가지고 어 이 근처에서 그때만해도 참 세월이 모다 곤란했어. 옛날에는.

다~ 굶주리고 살 때여.

근디 그나마 잘. 자기 몸뱅이는 못 빠져나왔으니까. 암~것도 없어.

그런께 주위 주위 부락에서 인자 모든 식사나 의복 같은 것도 인자 제공해주고 근게.

에~ 한국 우니나라 국민의 인정이 헤~[웃음] 두텁고 좋다는 것을 말헐 수가 있죠.

(조사자 : 불이 왜 났 왜 났다고 합닙니까?)

어? 어?

(조사자 : 불이 왜 났다고 왜 났어요?)

근데 불난 이유가 그 집을. 옛날에 초가집 아닙니까. 초가집.

짚 거놈을 마람으로 엮어서 지붕을 이은 것이 초가집이거든.

근게 초가집인디. 그날 요 아랫집에 요 아래 제일 끄터리(끝) 집 부분에서 짚을 이었어요.

짚을 이은데. 그 짚을 이은데 날도 받아서 이거든.

화일(火日)엔 안해 화일.

(청중 : 화일날 짚이믄 까딱하다 불난 것이여.)

잉. 화일. 그날 해필(하필) 꼭 화일이었어.

그래갖고 짚을 인디. 그 집이서 어째 불이 나고는 바램이(바람이) 홱~ 분게 마람장으로 날아가서 왠 동네가 전~부 불이 붙었는디 어찔 것이여.

(청중 : 하이고매.)

참말로. 내가 그때 열여덟살 묵었을 땐디. 내가 시방 야든 세 살 묵었소. 이 양반은 야든 다섯 살 자시고.

근디 내가 그 때 한~창 이었제.

근디 그 불을 여튼 줄 초심 하나라도 끌라고. 맨발로 그 난리를 대 끌텅이를 벗고 댕기고,

막 발을 기냥 쓰껴갖고(맨발이 땅에 쓸려) 살점이 막 떨어져 나가 피가 흐 지르니(줄줄) 나와도 요 아푼지는 몰라.

아조 그 난리가 나부렀으니. 그런 꼴을 당했어요. 우리 부락에서.

(조사자 : 육이오(6・25전쟁) 때도 불이 안 났었는데, 오십육년이면 진짜. 예.)

이현상 체포와 훈장

자료코드 : 06_06_MPN_20110209_NKS_YTB_0002
조사장소 : 전라남도 담양군 금성면 대곡리 대곡마을 마을회관
조사일시 : 2011.1.29
조 사 자 : 나경수, 서해숙, 이옥희, 편성철, 김자현
제 보 자 : 윤태복, 남, 83세
구연상황 : 앞서 가마니 공출에 관한 이야기가 끝나자 제보자가 나도 실화를 이야기하겠다고 하면서 다음 이야기를 이어갔다.
줄 거 리 : 지리산 일대를 수색하여 이현상을 체포하고 훈장을 받았다는 이야기이다.

실화 이야기를 한 자리 해봐.

혹 육이오사변 후로 이현상이라고 들어본 적이 있어요?

(조사자 : 이현상이요?)

이현상이라고 남한 총사령관. 대통령. 국가로 말허자믄. 공산당 대통령이여. 남한에. 이현상.

그 사램을 우리가 때리 잡았는데.

그 그 때게 그 내가 근~무를 군에서 했는데.

그 때 당시에 전라남도 저 이천명이 총 동원이 되아갖고. 어째서냐. 백운산에서 지리산으로 인자 건너오는데 연락병이 건너오는디.

연락병을 체포를 했어. 그러믄,

"이현상이가 어디가 있냐?"

헌게. 지리산 쩌~어그 밑에 그 하동에가 그 굴 파고 있다 그래요.

갖고 인자 우리는 전~부 주먹밥 하나씩 저 짐꿀먹에다(짐가방에다) 차고.

에~ 화개장터를 해서 저녁 오후에 약 오후 한시에나 출발해갖고 야튼 저녁 깜깜하도록 올라갔어요.

올라가갖고 능선 배치를 딱 허고 있는디.

인자 먼동이 튼디. 그 사람들은 나무를 머을 때냐.

공산당들은 싸리나무를 때요.

싸리나무를 때믄 [청중과 동시에 말한다] 연기가 안나.

연기가 안난게 싸리나무를 땐디. 먼동이 훤~헌디. 연기가 아니고 뜨거운 열기가 우그로(위로) 올라오잖아요.

요 햇볕도 되게 하므는 열기가 올라오거든.

근디 그 열기가 올라온 것을 인자 발견했다 그 말이여.

그갖고 인자 수색허려고 집중적으로 내려가서. 거 본게 나도 인자 뒤따라서 내려갔는디.

그때게는 음~ 구례만 해도 저녁에는 공산주의고 낮에는 민주주의였어. 내가 그랬어. 넘어가니.

근디 가서 보니까 여하튼 그 때게 화표가 삐~런(빨간) 천원짜리가 있었어요. 화표 개○ 전에.

큰~ 저 나락불에 거런 놈으로 돈을 몇~ 푸대씩 딱딱 쟁애놓고(쌓아놓고) 한쪽에 가믄 소 뼈다구가 수~북 있지.

또 한 쪽에 가믄 잡동사니보다 몹씰 기계. 뿌서진 거 축 축음기. 머 시계. 머 전자제품 못쓸 것은 다 고장나서 산더미같이 있고.

그래서 그 이현상을 사 사살했단 말이여.

사살했는디. 음~[목을 가다듬는다]

그 후로 인자 여그서 무전을 중앙으로 치니까 인자 중앙에서 여하튼 각 장관들은 야튼 다~ 내려왔어요 그때.

대통령은 안내려왔어도 각 장관들은 다 내려온디. 화교국민학교로 다 집합을 했는디.

하~ 그 소식을 인자. 이현상을 잡었다 근게 각 부락에서는 인자 해방되았다고 농악 굿치고 나오고 굉~장해.

근게 우리는 참~ 대우받었죠.

그때 우리가 우리 부대에서 잡았다고 대우를 받었는디. 위문품 같은 거 기~가 맥힌 거 주고.

그래갖고 우리 인자 태극 훈장까지 받었어요. 나도. 태극 훈장까지 받었는데.

그때게 이현상이가 어치게 거그를 주둔하고 있었냐 가보니까.

온돌방을 만든디. 어떻게 만드냐 허믄. 큰 요런 나무를 비어갖고(베어서) 요렇게 요렇게 사각을 만들어서 나무를 짜요. 빈틈없이.

짜갖고 우게다가 인자 집이 없으니까 풀 썩데기 그 놈 인자 엮어서 이고.

구 구들장은 어찧게 놨냐. 구들장을 쭈~욱 요렇게 판단 말이요. 요렇게 요렇게 파갖고는 여그 독 우에 딱딱 걸치놔부러.

여그 같으믄 독으로 놓고 독 우에 다 놓거든요. 근디 그 사람들은 그리 못헌께. 요렇게 걸치만~헌치 요렇게.

그래갖고 방을 놔갖고 싸리 때만 갖다가 때요. 싸리때. 싸리나무. 그건 연기가 안난께.

그리갖고 살더라고요.

갖고 거그서 해방되았다고 각 주민들이 기냥 각 부락에서 농악 울리고 나오고.

우리 그 때 대우 받었어.

간단히 나 끝낼라요.

하 하[웃음] 이야기 할라믄 한~정 없어. 내 경험 이야기 할라하믄.

당산나무와 천불

자료코드 : 06_06_MPN_20110209_NKS_JBS_0001
조사장소 : 전라남도 담양군 금성면 대곡리 대곡마을 마을회관
조사일시 : 2011.1.29
조 사 자 : 나경수, 서해숙, 이옥희, 편성철, 김자현
제 보 자 : 정병삼, 남, 77세
구연상황 : 앞서 대곡마을 유래에 관한 이야기가 끝나자 조사자가 제보자의 인적사항을 물었다. 이어 제보자는 자연스럽게 다음 이야기를 구연했다.
줄 거 리 : 일제강점기에 일본군이 당산나무를 베어가자 마을에 큰 불이 났는데, 마을사람들은 이 불을 천불(하늘이 내린 불)이라 했다. 이후 다시 당산나무를 심어 제를 모셨으나, 88고속도로를 건설하면서 다시 나무를 베어버렸고, 그 뒤로는 당산제를 모시지 않는다는 이야기이다.

예. 예. 그 전에는 모셨어요. 모셨는디. 씁~ 당산제를 모시고 있는 중

간에 요 팔팔고속도로가 놨어요.

저 앞에가 당산나무가. 에 큰~ 당산나무가 있었어요.

예전에 해~방되던 그 때게 이렇게 큰~ 당산나무가 믿년(몇년)된 당산나무가 있었는디.

일본놈들이 그 때 일제 때 일본사람들이 그 당산나무를 비어다가(베어다가) 군함을 만들려고, 당산나무를 비어가버렸어요.

그 당산나무를.

그리서 그런지 그 때게 그 당산나무를 비어가고 우리 부락이 큰~ 천여 여 요 여 거 먼 불이라 그러냐.

(조사자 : 화재.)

(청중 : 천불이라 그래.

예. 천불이라 그래.

(청중 : 제가 아까 그 얘기를 했어.)

그 화재가 났어요.

(청중 : 그 바탕 얘긴 내가 빼고 했지요.)

고것은 어째 그러냐 허므는. 인제 꿈에 선몽을 부락 어른들헌테 선몽도 된 일도 있고.

당산나무를 비어가고.

근디 불이 한 번 이 앞에서 났는디.

불이 어째서 천불이냐 허며는 불이 어디 끌 수가 없어요.

여그서 앞에서 불이 났는디. 불덩어리가 날아가서 쩌~어 우층(윗층)가서 팅겨갖고.

(청중 : 왠~ 동네가 다 기냥.)

고리 불끄러 가믄 또 요짝으로 와서 튕겨서오고. 왠~ 부락이 싹~ 꼬실라졌어요.

(청중 : 아까 다 이야기 했어. 고 이야기.)

변두리만 조깨 며 몇 호 남고는 다~ 그래갖고,

"천불이 났다."

고 그래갖고. 온 소각되어 부렀어요.

(조사자 : 그 그게 일어난게 당산제 당산나무가 베어간 뒤로.)

예. 그래가지고 그 뒤에 [청중과 말이 겹친다] 그래서 거따가 재목을 또 캐다 구해다 갖다 심었어요.

그래갖고 이 팔팔고속도로 날 때까지 요~리 고속도로 날 때까지만 해도 그 때 나무가 한~아름 된 나무가 되았어요.

해방될 때 어떤 숭 숭군(심은) 놈이.

그래갖고 거그를 당산제를 지냈어요.

인제 부락에서 정월 열나흗날 저녁에믄 꼭~ 당산제를 지내고, 제물 거 제물장만헌디 참~ 공을 들여야되요. 깨끗헌 사램이 재물도 장만해야하고.

제 인자 그래갖고 당산제를 해~마다 정월대보름날 제 지내고 그랬는디.

요거이 요 고속도로 남선(나면서) 나무가 어쩔 수 없이 없어지게 되았어요.

고속도로 들어가면서. 그리갖고 당산제가 폐지가 되았어요.

옹고 동고 수집이는

자료코드 : 06_06_FOS_20110219_NKS_KJN_0001
조사장소 : 전라남도 담양군 금성면 금성리 하성마을 마을회관
조사일시 : 2011.2.19
조 사 자 : 나경수, 서해숙, 이옥희, 편성철, 김자현
제 보 자 : 강재님, 여, 82세
구연상황 : 아리랑타령이 끝난 후 조사팀이 계속해서 노래를 권하자 이 노래를 구연하였다. 중간에 신길자 제보자가 한 소절을 불렀다.

옹고똥고 수지비는 사우상에 다올리고

또 뭐락하대(뭐라고 하드라?) 다 잊어불었네.
(청중 : 옹고동고수지비라 해야지 서(혀)가 잘 안 돌아가네.)
응 서가 잘 안 돌아가

옹고똥고 수지비는 사우상에 다올리고
꼬치상투 배틀치고 멀국시기도 더욱 서럽네

딸네 집으로 갔어. 할배가. 혼자 산께. 긍께 서방은 일헌다고 건데기만 건져주고. 지그아버지는 멀국만 줬는갑데 일안허고 논다고. 근게로 놈들이 와서 땀을 펄펄 흘리고 그놈 묵으께. 놈들이 와서 잘 잡슈요. 딸이 히준께 잘 얻어 잡슈요. 근소리 마소 옹고똥고 수지비는 사오상에 다올리고 멀국시기도 더욱 서러웁네. 글드라네.
(조사자 : 아이고 눈물나는 이야기네.)
근다고 동부할매가 노래만 부르라면 그 노래만 부르네 밭매러 가서
(청중 : 인대껏 잘 애껴놓구만 안 잊어불고.)

젊어서는 안 잊어분디 인자 30이 넘으니까 한나 모르겄대. 없어져불어.

(조사자 : 너무 좋은 노래네. 눈물없이는 들을 수 없는 노래네요 그러니까 딸이 친정어머니를?)

아버지를. 엄마가 죽어불었으니까.

(청중 : 신랑은 일시켜묵을랑께 조께 건져주고 아버지는 집이가 있응께 물만 주고. 지기도 물만 먹제매)

저도 물만 묵제

(청중 : 이치적으로 그렁만, 일시켜묵을랑께 어쩌.)

(조사자 : 그 노래 한번만 더 불러주세요.)

옹고똥고 수집에(수재비), 밀가루 띠어는거
사오상에 다올랐네

그때 옛날에는 상투 꽂았잖아 꼬치상투가 비틀어지제. 자꾸 안 비칭께. 그것도 나름대로 이쁘게 비서서 모다야 한디 그렁께 멀국 시기도 서러웁네. 옆에 친구가 와서 자네는 딸이 히준께. 땀을 퍽퍽 흘리고 그놈이라도 마싱께 잘묵네 그러니까 그러디야. 그말 마소. 옹고똥고 수집이는 사오상에 다올리고 멀국시기도 더욱 서러웁네 꼬치상투 배틀치고 그러니까 그게 진짜 불쌍한 노래네. 할멈도 죽어불고 아들이 없응께. 긍께 아들이 좋다고 그려.

물레야 자세야

자료코드 : 06_06_FOS_20110219_NKS_KJN_0002
조사장소 : 전라남도 담양군 금성면 금성리 하성마을 마을회관
조사일시 : 2011.2.19
조 사 자 : 나경수, 서해숙, 이옥희, 편성철, 김자현

제 보 자 : 강재님, 여, 82세
구연상황 : 간밤에라 꿈좋더니 노래가 끝난 후 강재님 제보자가 이어서 불렀다. 처음에는 가사를 말로 했으나 조사팀이 음을 넣으니 노래로 불렀다.

물레야 자세야 어서 빙빙 돌아라.

[조사자가 음을 넣자 노래로 부르기 시작했다.]

물레야 자세야 어서 빙빙 돌아라
우리댁 서방님이 날 기다리신다

(조사자 : 그러면 그다음에 뭘 붙여요?)
(청중 : 고거시 끝인가벼.)
(조사자 : 뭐를 붙이지 않나요? 에야 디야~)
에야디야는 또 노래가 있어. 에야디야가 들어간 노래가 있어.

질쭉 잘쭉 고사리노물

자료코드 : 06_06_FOS_20110219_NKS_KJN_0003
조사장소 : 전라남도 담양군 금성면 금성리 하성마을 마을회관
조사일시 : 2011.2.19
조 사 자 : 나경수, 서해숙, 이옥희, 편성철, 김자현
제 보 자 : 강재님, 여, 82세
구연상황 : 물레야 자세야가 끝난 후 조사팀이 강강술래를 해 본 경험이 있냐고 물었다. 이 마을에서도 강강술래를 많이 했다고 한다. 강강술래 하면서 불렀던 노래를 부탁하였더니 구연하였다.

(조사자 : 어디해봅시다 강강수월래.)

질쭉 잘쭉 꼬사리 노물 강강수월래
근창 당창 콩너물은 딸네 지비로 다가고

미너리(며느리) 집으로.

채채 녹두채는 딸네 지비로 다간다네

사우줄라고. 미너리는 미운께 콩너물 주고.

(청중 : 얘기로 돌리지 말고.)
(조사자 1 : 이야기로 돌리지 말고 다시 한 번.)
(조사자 2 : 다시 한 번 해보시게요. 강강술래.)

질쭉잘쭉 고사리는
강강수월래
대밭에 가믄(가면) 대잎도 총총
강강수월래
술잎밭에 가면 솔잎도 총총
강강수월래

(조사자 : 어디 다른 분이 한 번 받아 보셔요.)
못허겄어. 잊어붔어.

못다 맬 밭 다 매다가

자료코드 : 06_06_FOS_20110219_NKS_KJN_0004
조사장소 : 전라남도 담양군 금성면 금성리 하성마을 마을회관
조사일시 : 2011.2.19
조 사 자 : 나경수, 서해숙, 이옥희, 편성철, 김자현
제 보 자 : 강재님, 여, 82세
구연상황 : 송효님의 진도아리랑이 끝난 후 밭매면서 불렀던 노래를 부탁했더니 구연하였다.

못다 맬 밭 다 맬라다
금봉채를 잊었구나
서산에 해가 지네
금봉채는 못 찾고~

(조사자 : 못찾고 그러고.)
못 찾고 갔제 인자 집이를.
(조사자 : 어찌야쓰까.)

성님성님 사촌성님

자료코드 : 06_06_FOS_20110219_NKS_PGS_0001
조사장소 : 전라남도 담양군 금성면 금성리 하성마을 마을회관
조사일시 : 2011.2.19
조 사 자 : 나경수, 서해숙, 이옥희, 편성철, 김자현
제 보 자 : 박금순, 여, 75세
구연상황 : 강재님 제보자가 옹고동고 수지비는 노래를 부르고 난 후 조사팀이 성님성님 사촌성님 노래를 아느냐고 묻자 박금순 제보자가 가사를 말로 구연했다. 신길자 제보자가 중간에 끼어들었다. 조사팀이 노래로 부탁하자 박금순 제보자가 이 노래를 구연하였다.

성님 성님 사촌 성님 나 왔다고 [저] 괄세마소
쌀 한 되만 제졌으믄 형도먹고 나도먹고
누른밥 나믄 자네 개 주지 내개 준가
구정물이 나면 자네 소 주제 내소 준가 그려

(조사자 : 그것을 노래로 불러 보셔요.)
노래로는 못해.
(조사자 : 성님 성님 그런가요? 어쩐가요?)

그려.

성님 성님 사촌 성님 나 왔다고 괄세 마소
쌀 한 되만 제졌으면(있으면) 성님도 먹고 나도 먹고
싸래기가 나오믄은
성님 닭도 묵고 내 닭도 묵고
꾸정물이 나오면은
성님 소도 묵고 내 소도 묵고

내 소를 주가니 밥도 안 준다. [웃음]
누룽지가 나오면은 나도 먹고 형님도 먹고

(청중 1 : 성개 주지 내 개 준가 한다네.)
(청중 2 : 누룽지가 나오면은 성개 주지 내 개 준가 구정물이 나오면은 성소 주지 내소 준가.)
(조사자 : 노래로 하시게요.)
나는 얘기만 하제 못 해.

간밤에라 꿈 좋더니

자료코드 : 06_06_FOS_20110219_NKS_PGS_0002
조사장소 : 전라남도 담양군 금성면 금성리 하성마을 마을회관
조사일시 : 2011.2.19
조 사 자 : 나경수, 서해숙, 이옥희, 편성철, 김자현
제 보 자 : 박금순, 여, 75세
구연상황 : 신길자 제보자가 언니언니 사촌언니를 부른 후 박금순 제보자가 이어서 부르기 시작했다.

간밤에라 꿈 좋더니 님에게레 편지왔네

편지는 왔소만은 임은 여기 못 오시나
동자야 먹 갈아라 님에게레 편지하자

그것도 뭣인고 끝터리가.

편지는 왔소만은 임은 여기 못오시나
동자야 먹갈아라 님에게레 답장하자

[청중 박수]

진도아리랑

자료코드 : 06_06_FOS_20110219_NKS_PGS_0003
조사장소 : 전라남도 담양군 금성면 금성리 하성마을 마을회관
조사일시 : 2011.2.19
조 사 자 : 나경수, 서해숙, 이옥희, 편성철, 김자현
제 보 자 : 박금순, 여, 75세
구연상황 : 강재님 제보자의 강강술래가 끝난 후 조사팀이 계속해서 노래를 권하자 이 노래를 구연하였다.

여섯 색 명지 베 야달폭(8폭) 치마
오이 잘잘 꽂고서 임 마중가세
아리아리랑 스리스리랑 아라리가 났네
아리랑 응응응 아라리가 났네

다리세기

자료코드 : 06_06_FOS_20110219_NKS_PGS_0004
조사장소 : 전라남도 담양군 금성면 금성리 하성마을 마을회관

조사일시 : 2011.2.19
조 사 자 : 나경수, 서해숙, 이옥희, 편성철, 김자현
제 보 자 : 박금순, 여, 75세
구연상황 : 종지기 돌리기 노래가 끝난 후 다리세기 노래를 권했더니 구연하였다. 중간에 가사가 기억이 나지 않아 중단하였다. 다리세기 할 때 자세로 다리를 손으로 치면서 노래하였다.

한다리 만다리 성게[청중 웃음]

(조사자 : 내가 다리를 대면 잊어 버리네.)

한다리 만다리 길날 성지 막지 끈거들[청중 웃음]

몰라 몰라 잊어불었네.

꼬댁각시

자료코드 : 06_06_FOS_20110219_NKS_PGS_0005
조사장소 : 전라남도 담양군 금성면 금성리 하성마을 마을회관
조사일시 : 2011.2.19
조 사 자 : 나경수, 서해숙, 이옥희, 편성철, 김자현
제 보 자 : 박금순, 여, 75세
구연상황 : 다리세기가 끝난 후 조사팀이 춘향이 내리기 놀이를 해보았는지를 묻자 구연하였다.

대막대를 그 사람이 이렇게 잡고 인자 있어. 그믄 우리들이 막,

꼬대각시 설설 내립시다
꼬대각시 설설 내립시다

진도아리랑

자료코드 : 06_06_FOS_20110219_NKS_SHN_0001
조사장소 : 전라남도 담양군 금성면 금성리 하성마을 마을회관
조사일시 : 2011.2.19
조 사 자 : 나경수, 서해숙, 이옥희, 편성철, 김자현
제 보 자 : 송효님, 여, 73세
구연상황 : 박금순 제보자가 진도아리랑을 부른 후 송효님 제보자가 이어서 불렀다. 청중들은 박수를 치며 호응하였다.

세월이 갈라면 저 혼자 가제
아까운 이내 청춘 왜 가지고 간가
아리 아리랑 스리 스리랑 아라리가 났네 에헤
아리랑 응응응 아라리가 낫네
아서라 말어라 너 그리 말어라
사람의 괄세를 니가 그리 말어라

언니 언니 사촌 언니

자료코드 : 06_06_FOS_20110219_NKS_SGJ_0001
조사장소 : 전라남도 담양군 금성면 금성리 하성마을 마을회관
조사일시 : 2011.2.19
조 사 자 : 나경수, 서해숙, 이옥희, 편성철, 김자현
제 보 자 : 신길자, 여, 74세
구연상황 : 박금순이 성님 성님 사촌 성님을 부른 후 신길자가 자신도 이 노래를 안다며 구연하였다.

언니언니 사촌에 언니 나왔다고 괄세 마소
쌀 한되만 제졌으면 언니도 먹고 나도 먹고
구정물이 나오면은 성 소 주제 내 소 준가

누룽지가 나오면은 성 개 주제 내 개 준가
괄세 마소 괄세 마소 사촌에 동생이라고 괄세 마소

[청중 박수]

강강수월래

자료코드 : 06_06_FOS_20110219_NKS_SGJ_0002
조사장소 : 전라남도 담양군 금성면 금성리 하성마을 마을회관
조사일시 : 2011.2.19
조 사 자 : 나경수, 서해숙, 이옥희, 편성철, 김자현
제 보 자 : 신길자, 여, 74세
구연상황 : 강재님 제보자의 밭매는 소리가 끝난 후 마을에서 강강술래를 해보셨는지를 묻자 젊었을 때는 많이 해보았다며 노래를 구연하였다.

동무야 동무야 정동무야 이러고 놀기는 울 뿐이다(우리 밖에 없다)

거그다 강상수월래를 넌것이여.

사창 앞에 정자나무
니가 무슨 정자로냐
그늘이 좋아서 정자로세
손을 잡고 노든 동무
솔잎으로 뿌린 듯이 댓잎으로 뿌린 듯이
골골이 다 나가고 나 혼자만 남을레라

다 시집가분께 나 혼자 남았던갑제.

강강수월래

(조사자 : 진짜 잘 하신다 소리가 좋으시다.)

소리가 커서 우리 어머니가 너는 어째 그리 목소리가 너 혼자만 앞서냐.

간 밤에라 꿈 좋더니

자료코드 : 06_06_FOS_20110219_NKS_SGJ_0003
조사장소 : 전라남도 담양군 금성면 금성리 하성마을 마을회관
조사일시 : 2011.2.19
조 사 자 : 나경수, 서해숙, 이옥희, 편성철, 김자현
제 보 자 : 신길자, 여, 74세
구연상황 : 해방가를 부른 뒤 조사팀과 청중이 또 다른 노래를 청하자 구연하였다.

간밤에라 꿈 좋더니 님에게서 편지 왔네
편지는 왔소만은 님은 여기 못 오시나
동자야 먹 갈아라 님에게다 답장하자.

[청중 박수]

종지기 돌리기

자료코드 : 06_06_FOS_20110219_NKS_SGJ_0004
조사장소 : 전라남도 담양군 금성면 금성리 하성마을 마을회관
조사일시 : 2011.2.19
조 사 자 : 나경수, 서해숙, 이옥희, 편성철, 김자현
제 보 자 : 신길자, 여, 74세
구연상황 : 조사팀이 종재기 돌리기는 어떻게 하는지를 묻자 구연하였다.

치마를 입어야 된디 요 속으로 건너간지를 모르게 치마속으로 넌거야

이렇게 어디로 간지를 몰라라고 가만히 이렇게 넣기만 하면 알아븐께 계속 이렇게.

종지 방지 돌리자 종지 종지를 돌리자

그렇게 하면서 돌려 이렇게 요로큼 하면서 넣고 요로큼하면서 넣고 그렁께 어디 돌아간지를 몰라 여가 섰다 저가 섰다 그러제 가운데서 사람이 하나가 그놈을 찾고 다녀 가운데 한사람이 불고 뺏기면 뺏긴 사람이 불고 그래.

춘향이 내리기

자료코드 : 06_06_FOS_20110219_NKS_SGJ_0005
조사장소 : 전라남도 담양군 금성면 금성리 하성마을 마을회관
조사일시 : 2011.2.19
조 사 자 : 나경수, 서해숙, 이옥희, 편성철, 김자현
제 보 자 : 신길자, 여, 74세
구연상황 : 조사팀이 춘향이 내리기에 대해 자세히 묻자 구연하였다.

내리시오 내리시오 설설내리시오 춘양아씨 설설 내리시오
춘양이 생일은 사월 초파일날이여

노래 권하기

자료코드 : 06_06_FOS_20110219_NKS_SGJ_0006
조사장소 : 전라남도 담양군 금성면 금성리 하성마을 마을회관
조사일시 : 2011.2.19
조 사 자 : 나경수, 서해숙, 이옥희, 편성철, 김자현
제 보 자 : 신길자, 여, 74세

구연상황 : 춘향이 내리기를 하다 미친 사람 이야기를 끝난 후 조사팀이 다른 청중에게 노래를 부탁하자 신길자 제보자가 박수를 치며 노래를 권하는 노래를 구연하였다.

불러나 세소~ 불러나 세소
노래 한자리~ 불러나 세소

(청중 : 노래가 너무 좋아서 어쩌까.)

아리랑타령

자료코드 : 06_06_FOS_20110219_NKS_SGJ_0007
조사장소 : 전라남도 담양군 금성면 금성리 하성마을 마을회관
조사일시 : 2011.2.19
조 사 자 : 나경수, 서해숙, 이옥희, 편성철, 김자현
제 보 자 : 신길자, 여, 74세 외
구연상황 : 임순옥 제보자가 산아지타령을 부른 후에 조사팀이 계속 돌아가면서 불러보자고 권하였더니 이어서 구연하였다. 신길자 제보자와 도촌덕이 번갈아면서 구연하였다. 청중들도 박수를 치며 함께 불렀다.

아리아리랑 스리스리랑 아라리가 났네 에에헤
아리랑 응응응 아라리가 났네
청사초롱 불 밝혀 놓고 정든 님 오기만 기다린다
아리아리랑 스리스리랑 아라리가 났네 에에헤
아리랑 응응응 아라리가 났네
십오야 밝은 달은 구름 속에서 놀고
이십 안짝 새 큰애기 요네 품안에 논다
아리아리랑 스리스리랑 아라리가 났네 에에헤
아리랑 응응응 아라리가 났네

[노래가 중단되자 서로 다른 사람을 지목하며 부르기를 권하였다. 집에 가서 노래 부를라고 할 때 부를 것을 하고 후회하지 말고 어서 부르라고 하였다.]

왜 이리 날 졸라 왜 이리 날 졸라
아무리 졸라도 막 묵어넨다
아리아리랑 스리스리랑 아라리가 났네 에에헤
아리랑 응응응 아라리가 났네[웃음]

[노래가 잠시 중단되고 조사팀과 청중이 서로 다른 사람에게 계속 부르기를 권하였다.]

청천 하늘에 잔별도 많고
요내나 가슴에 수심도 많다
가던님 허리를 아다담속 안고 가지를 말라고 담노래를 헌다

(조사자 : 진짜 잘한다)

가던님 허리를 아다담속 안고 가지를 말라고 당노래를 헌다
아서라 말어라 니가 그리를 말어
사람의 괄세를 너무 그리들 말어라

[노래가 잠시 중단된다]

이러다 저러다 날넘어지면
어떤애 친구가 날 찾아 올거나

사래길고 장찬 밭에

자료코드 : 06_06_FOS_20110219_NKS_SGJ_0008
조사장소 : 전라남도 담양군 금성면 금성리 하성마을 마을회관
조사일시 : 2011.2.19
조 사 자 : 나경수, 서해숙, 이옥희, 편성철, 김자현
제 보 자 : 신길자, 여, 74세
구연상황 : 아리랑타령이 끝난 후 조사팀이 밭매면서 불렀던 노래를 듣고 싶다고 권하였더니 구연하였다. 중간에 노래의 내용에 대해 설명해 주었다.

사래질고 장찬밭을 미어가다(매고가다)
금봉채를 잊었고야
금붕채 잊었다고 서러마소
금붕채는 내 당험세

인자 밭 임재가(임자가) 하는 소리여 놉이 그 억센 밭을 사래지고 장찬밭을 미어가다가

금붕채를 잊어부렀어. 긍께로 금붕채 잃었다고 서러 마소 금붕채는 내가 당 험세.

금붕채 잊었다고 서러를 마소
조대 잃고 나도 산단다.

그놈은 더 업든갑제. 살림살이가 긍께 조대 잃은 놈이 더 서럽제.

아라린가 지랄인가

자료코드 : 06_06_FOS_20110219_NKS_SGJ_0009
조사장소 : 전라남도 담양군 금성면 금성리 하성마을 마을회관
조사일시 : 2011.2.19

조 사 자 : 나경수, 서해숙, 이옥희, 편성철, 김자현
제 보 자 : 신길자, 여, 74세
구연상황 : 밭매는 소리가 끝난 후 이어서 구연하였다.

아라린가 지라린가
때롱에 뽈 한나 올랑쫄랑 잘도 논디
인간 인생이 태어나갔고
내라고 왜 못놀아
요렇게라도 놀다가자

우리 어머니는 그런 노래뿐에 몰라.

모심는 소리

자료코드 : 06_06_FOS_20110209_NKS_YBM_0001
조사장소 : 전라남도 담양군 금성면 대곡리 마을회관
조사일시 : 2011.2.9
조 사 자 : 나경수, 서해숙, 이옥희, 편성철, 김자현
제 보 자 : 윤병민, 남, 83세
구연상황 : 주인을 지킨 충견에 관한 이야기를 들려 준 후 조사자가 옛날에 농사 지으면서 불렀던 노래를 불러주라고 부탁하자 모심기 노래를 불러 주셨다.

여허 여허어~ 여허이 여허루 상~사~뒤~여[청중 박수]
여기도 꽂고 저기도 꽂고 입구자로만 꼽아 가세
어히 어히

[제보자가 후렴부분에서 멈추자 조사자가 조금 더 해보라고 권한다. 제보자는 멋쩍은 듯 웃는데 이때 윤태복 제보자가 이어서 부르기 시작했다.]

이 논배미를 다 숭고 장구배미로 건너가세
여허 여허어 여허이 여허~루 상~사뒤~여
이 농사를 지어서 선영봉제사 합시다
여허 여허어 여허이 여허~루 상~사뒤~여
이 논배미가 다 되고 반달만큼 남었네
여허 여허어 여허이 여허~루 상~사뒤~여
앞산은 멀어지고 뒷산은 가까워진다

다했제 우리 근데 다 잊어불었제.

(조사자 : 어른신들 몇 살때 까지 했을까요? 한 서른살?)

응 그때까지는 했제.

논매기 소리(맘들이 소리)

자료코드 : 06_06_FOS_20110209_NKS_YBM_0002
조사장소 : 전라남도 담양군 금성면 대곡리 마을회관
조사일시 : 2011.2.9
조 사 자 : 나경수, 서해숙, 이옥희, 편성철, 김자현
제 보 자 : 윤병민, 남, 83세
구연상황 : 모심는 소리가 끝난 후 조사팀이 논매는 소리가 있었는지를 묻자 네벌까지 맸다고 한다. 논매기 하면서 불렀던 소리를 부탁하자 다른 소리는 기억이 잘 나지 않는다며 토막 토막 불렀고 마지막 맘들이 때 불렀던 산아지 소리를 구연하였다. 정병삼(남, 77세) 제보자가 중간에 함께 앞소리를 불렀다.

(조사자 : 논은 몇 벌 맸어요?)

만들이까지 네불맸제.

(조사자 : 처음 매는 것은 뭐라고 불렀어요?)

호무질.

(조사자 : 두번째는?)

초벌 군벌 맘들이.

(조사자 : 호무질은?)

호미로 긁는 것.

(조사자 : 그때도 노래부르죠?)

노래부르면서 하제.

(조사자 : 기억나실까요? 진짜 귀한거에요.)

순서를 잊어불었어.

(조사자 : 순서 아니어도 좋아요.)

그냥 파면 힘든게 노래 부르면서 해야 시간 가는지 몰라 노래 부르는 통에 시간 가는 줄 몰라.

가노라 간다 나는 간다 임을 따라서 내가 간다

(조사자 : 그게 뭐에요? 양산도인가요?)

몰라 양산돈가 뭔가 어렸을 때부터 그케 한 것인게.

(조사자 : 노래 진짜 잘하신다. 한벌 맬때는요?]

한 벌 맬때는. 거시기 잊어불었네. 한 번 맬때 부른 노래를 하도 오래 되아놔서.

(조사자 : 그럼 두벌 맬 때는요?)

다 잊어불었어 인자 금방 두벌 맬때는 군벌 맬때는 베틀가도 있고 저 건네 갈매봉에도 있고.

저 건네 갈매봉~ 비 묻어 온다~
우산을 [아니 우장을이제]
우장~을 허리에 둘르고 기심을 매는~구나

(조사자 : 소리가 참 좋으시네요 두 어르신이.)

　저 건네 안산 몬댕이 맹어란더미 뜬구름 떳네. 언제 일성보두야 날 살려주오

(조사자 : 지금 이소리는 느리잖아요. 어느 정도 군벌 정도 맬때 부르나요?)
이 소리는 한 벌 맬때 부르는 소리여.
(조사자 : 그 뒷소리를 어떻게 하나요? 오호 아 뒤여 이렇게 하나요?)

　오호~ 에~해로 상 사~ 뒤여

(조사자 : 예 맞네요. 그 뒷소리 넣고 다시 한 번 해주세요 앞소리 넣고 저건네 안산에.)

　저 건네 안산 몬댕이 맹어란더미 뜬구름 떳네 어디서 일성보두야 날 살려주소

요 소리하고는 앞 뒤 소리가 아니여.
(조사자 : 그럼 오호소리 앞 소리 한 번 해보시죠.)

　오호~ 에헤 에헤로 상 사 뒤~여

(조사자 : 다 되어가네 다 되어가네 맞아요?)

　다 되어가네 다 되어가네 이 논배미가 다 되어간다
　오호~ 에헤

(조사자 : 뒤에 양산도라 끝내는 소리는 없어요?)
양산도도 있어요. 논매면서 힘 안들이게 할라고 시간 가는 줄 모르게 된지 모르고 노래를 부른 거이제. 북도 치고

(조사자 : 그것을 뭐라고 부르나요? 못방구라 그러나요?)

농악굿이라고.

(조사자 : 이 마을에서는 누가 앞소리를 잘 했나요?)

고인 되불었지.

(조사자 : 고인되셨지만 그 분 존함은요?)

정수철씨.

(조사자 : 살아계시다면 나이가 어떻게 될까요?)

시방 나보다 15살이 더 자셧거든. 90살 정도 되셨겄네. 깡생이도 잘 치고 그 양반이 시방 담양보존회가 있거든. 보존회에 그 명단에 들어 있어.

(조사자 : 맘들이때는 뭐해요?)

이후~ [그렇게 하는데 잊어불었어]

이어라 놓아라 에헤헤헤야 에헤기어라 산아지로구나
잘도나 헌다 잘도나 헌다 우리 농부들 잘 도 허네
에야라 뒤야라 에헤여 뒤여 산아지로구나

(조사자 : 즐거워서 흥에 겨워서 부르는 거죠? 얼굴에다 뭣도 칠하고 그랬나요?)

안 칠하고 아니 호맹이 들고.

춘향아 단향아 내품에 들어라
비개가 높으거든 내 품에 들어라
아리아리랑 그렇게 하고
에야 디야 에헤하뒤야 에야 디여라 산아지로구나
세월아 봄철아 가지를 말어라 이내 청춘이 다 늙어간다
에야라 디야라

논맬때 옷 잠뱅이 들고.

에헤헤 에야라 디야라 산아지로구나 [웃음]

(조사자 : 재미있었겠네요?)
재밌었어.
(조사자 : 이 동네가 참 인물이 많은 것 같아요.)
재밌었제. 이 양반이 노래 회장이고 내가 총무이고 그래.
(조사자 : 산아지 한 번 대결해보죠.)
못 해. 준비도 안 되고.
(조사자 : 조사자가 계속 권유함.)

시들시들 봄배추는 밤이실 기다리고
옥에 갇힌 춘향이는 이도령만 오기를 기다린다.
에야라 디야라 에헤헤 에야라 뒤여라 산아지로구나
온디 간디다 정들여놓고
온디 간디다 정들여놓고 나를

(조사자 : 그때는 한 시간이고 두 시간이고 했죠?)
그때는 한 시간이고 두 시간이고 했재. 술먹고.

물품는 소리

자료코드 : 06_06_FOS_20110209_NKS_YBM_0003
조사장소 : 전라남도 담양군 금성면 대곡리 마을회관
조사일시 : 2011.2.9
조 사 자 : 나경수, 서해숙, 이옥희, 편성철, 김자현
제 보 자 : 윤병민, 남, 83세

구연상황 : 논매는 소리가 끝난 후 조사팀이 물품는 소리를 부탁하자 구연하였다.

(조사자 : 어르신 그 옛날에 논두렁에 물품으면서 하는 소리 한 번 해주세요.)

물품는 소리는 통 시는 소리제 인자 처음에

올라가네 둘이 서이 너이 다섯 올라가네
열에 한나 올라가고 열에 두이 올라가고
둘이 서이 올라가고

숫자시는 거에요.
(조사자 : 이 숫자 시는게 지역에 따라 틀려요. 같이 한 번 해보시게요.)
웃길라고 하다가.

칠칠은 빽기질 구구는 통닭구냐

(조사자 : 재밌게 하려구요?)

고릉 팔십 올라간다. 팔십하나로다
팔십둘 팔십 서이 어느새 팔십다섯이라
고릉 팔십이 넘어가고 구십다라온다

(조사자 : 진짜 재밌네. 그런데 물품는게 그렇게 힘들다면서요?)
힘들제.
(조사자 : 하나부터 오십까지 해주시면 안 될까요?)

올라간다 둘이로다 올라간다 서이로다
이 물을 품고 서이로다 올라간다 다섯이다
둘이서이 올라가고 서이너이 올라가고

상여소리

자료코드 : 06_06_FOS_20110209_NKS_YBM_0004
조사장소 : 전라남도 담양군 금성면 대곡리 마을회관
조사일시 : 2011.2.9
조 사 자 : 나경수, 서해숙, 이옥희, 편성철, 김자현
제 보 자 : 윤병민, 남, 83세
구연상황 : 조사팀이 상사소리가 끝났으니 이제 상여소리를 한 번 해보시자고 권했다. 요새는 장례식장에서 장례를 치르기 때문에 상여소리를 하지 않은지 오래되어서 기억이 잘 나지 않는다고 하였다. 전에는 상여를 나가기 하루 전에 유대군들이 빈 상여를 들고 얼리면서 초경, 중경, 삼경을 아뢨다고 한다. 상여 나갈 때 핑경을 울리는 이유는 귀신이 핑경 소리를 따라 가기 때문이라고 하였다.

관~아~~어허~~~ 보살

[청중 웃음]

관~아~~ 에해 관세음보살
어허~ 어허~ 어허~
가네 가네 나는 가네
북망산천을 나는 간다

관아를 혀.

관~아~아~ 에헤~~이 살~
어허~~~ 북망 산천이 멀다드니 이다지도 지척이던가

관아하고 음이 잘 안 맞다 인자 관아를 해야 한디. 안해 본게 음을 못 맞추겄네.

관~아~에헤~이 보살

잘 모르겄네 어농으로 넘어가불까.

(청중 : 어농으로 넘어가.)

어농 어~농 어농가 어허농

어농 허~농 어농가 어하농

인제 가면 언제 올까 오만 날이나 일러주소

어농 어농 어나리넘자 어하농

북망산천이 머다고 하드니 이다지도 지척이던가

어~농 어농 어나리넘자 어하농

이제 가면 언제 오실라 오만 날이나 일러주소

어~농 어~농 어나리넘자 어하농

가네 가네 나는 가네 북망산천으로 나는 간다

어~농 어~농 어나리넘자 어하농

아리랑타령

자료코드 : 06_06_FOS_20110209_NKS_YBM_0005
조사장소 : 전라남도 담양군 금성면 대곡리 마을회관
조사일시 : 2011.2.9
조 사 자 : 나경수, 서해숙, 이옥희, 편성철, 김자현
제 보 자 : 윤병민, 남, 83세
구연상황 : 고향이 그리워도 노래가 끝난 후 또 다른 노래를 불러주라고 요청하자 아리랑타령을 불렀다.

아리아리랑 스리스리랑 아나리가 났네에헤에헤 아리롱 응응응 아나리가 났네

가노라~ 간다 내 나도나~ 간다

임~을 따라서 내가 돌아간다

아리아리랑 스리스리랑 아나리가 났네 에헤에헤 아리롱 응응응

아나리가 났네

세월아 봄철아 가지를 말어라 이내 청춘이 다 늙어간다

집터 잡는 소리

자료코드 : 06_06_FOS_20110209_NKS_YBM_0006

조사장소 : 전라남도 담양군 금성면 대곡리 마을회관

조사일시 : 2011.2.9

조 사 자 : 나경수, 서해숙, 이옥희, 편성철, 김자현

제 보 자 : 윤병민, 남, 83세

구연상황 : 가마니 공출과 소쟁기질에 관한 생애담을 들려준 후 이 노래를 시작하였다. 노래 중간에 '쾅쾅'에 힘을 주어 부르면서 멋쩍은듯 구연자도 웃고 주변에서도 웃음소리가 들렸다. 청중들은 집터 잡을 때 부르는 소리라고 하였다.

어럴럴럴 상사뒤야

가만히 들었다 쾅쾅 놓아라 [웃음]

어럴럴럴 상사뒤야 어럴럴럴 상사뒤야

부지런히 다과라

(청중 : 터잡을 때 하는 소리여.)

어럴럴럴 상사뒤야

(조사자 : 터잡을 때 하는 소리에요?)

(청중 : 집터 잡을 때 부르는 소리여.)

산아지타령

자료코드 : 06_06_FOS_20110219_NKS_YSO_0001

조사장소 : 전라남도 담양군 금성면 금성리 하성마을 마을회관
조사일시 : 2011.2.19
조 사 자 : 나경수, 서해숙, 이옥희, 편성철, 김자현
제 보 자 : 임순옥, 여, 68세
구연상황 : 신길자 제보자가 노래 권하는 노래를 부르고 청중들이 임순옥 제보자를 지목하며 노래를 청하자 구연하였다. 청중들은 박수를 치며 호응하였다.

여기를 왔다 그저를 갈까
동해나 더덩실 놀다나 가세
에야 디야 에헤헤 헤야
어야라 디여라 산아지로 구나

꽃아 꽃아

자료코드 : 06_06_FOS_20110219_NKS_JSR_0001
조사장소 : 전라남도 담양군 금성면 금성리 하성마을 마을회관
조사일시 : 2011.2.19
조 사 자 : 나경수, 서해숙, 이옥희, 편성철, 김자현
제 보 자 : 전순례, 여, 75세
구연상황 : 아리랑타령이 끝난 후 조사팀이 계속해서 노래를 권하자 이 노래를 구연하였다. 중간에 신길자 제보자가 한 소절을 불렀다.

꽃아 꽃아 색정 꽃아 높은 가지 피지마라
시누 남매 꽃끈다가 남강물에 빠져드니
앙금앙금 오시는 오빠 요날 건지로 올라했네
가깝게 동생 지쳐 놓고 먼디 님만 다려가네
나도 죽어 후산에 생겨 낭군 밑에 생길라네
울어머니 날 찾으믄 한강물에 빠졌다오
울어머니 날 찾거든 영산포로 구경 갔소

검단 같은 검은 머리 가시넝쿨 삼가로고
동외같은 요네 몸은 고기 밥이 다됬네요.

[청중 박수]

무정하네 무정하네 울 오래비 무정하네
옆에 동생 제쳐 놓고 자기 빈속만 챙기누네
구경가세 구경가세 영산포로 구경가세
분통같은 요내얼굴 시내갱변에 다깰키고
올총같은 요내머리 싸리대로 다갱기네

노세 노세 젊어서 노세

자료코드 : 06_06_FOS_20110209_NKS_JYS_0001
조사장소 : 전라남도 담양군 금성면 대곡리 마을회관
조사일시 : 2011.2.9
조 사 자 : 나경수, 서해숙, 이옥희, 편성철, 김자현
제 보 자 : 진용섭, 남, 85세
구연상황 : 상여소리가 끝난 후 또 다른 노래를 부탁하자 이 노래를 불러주었다. 제보자는 "노래 선생한테 배운 노래도 아니고 지어서 부르는 노래인게 이해해주쇼"라고 한 뒤 노래를 시작하였다. 젊어서 불렀던 노래가락인데 아마 사설을 온전하게 기억하지 못하기 때문에 일부 사설을 지어 부른다는 의미로 이해된다.

노세 좋네 젊어서 놀아 늙어지면 못 노나니
사~공은 십일홍이요 달도 차면 기우나니라
얼씨구 절씨구 차차차 기화자 좋구나 차차차
만화방창 호시절에 아니노지는 못하리라 차~차차

끝났습니다.

해방가

자료코드 : 06_06_MFS_20110219_NKS_SGJ_0001
조사장소 : 전라남도 담양군 금성면 금성리 하성마을 마을회관
조사일시 : 2011.2.19
조 사 자 : 나경수, 서해숙, 이옥희, 편성철, 김자현
제 보 자 : 신길자, 여, 74세
구연상황 : 강강술래를 구연한 후 조사팀과 청중이 소리가 너무 좋다며 칭찬하자 요즘 노래인데 뜻이 있는 노래라고 하며 구연하였다.

얼씨구나 절씨구려 태평성대가 여기로다
징용보국대 끌려갈 적에는
다시는 못 살아올 줄 알았는데
일천구백사십오년에 8월 15일 해방되고
연락선에 몸을 실고 부산 항구에 당도허니
문전 문전에다 태극기를 달고
방방곡곡 만세소리에 삼천만 동포가 춤을 춘다
중앙청 꼭대기엔 태극기는 바람에 펴얼펄 휘날릴 적에
남의 집 서방님 다 살아왔는데
우리 집에 돌이아빤 왜 못오나

(청중 : 잘한다.)

원자폭탄에 상처를 당했나
무정하게도 소식 없네
해방은 됐다고 좋다고 했는데

지긋지긋한 6·25가 웬말이든가
어린 자식을 등허리에다 업고
다 큰 자식은 손목 잡고
머리에다는 보따리를 이고
늙은 부모 앞에 모시고
한강 철교를 건너 갈 제
공중에서는 폭격을 하니
모든 건물들이 불행만 할재
이런 분함이 또 있겠소
험한 고생 다 해가면서
부산까지 피난을 와서
판자집에서 고생하다가
서울로 향하는 십이열차에
몸을 실고서 생각해보니
눈물이 쏟아져서 못 살겠네
폐허된 서울에 도착하여서

숨이 가빠서 못허겠네.

(청중 : 잘 허네.)

(조사자 : 진짜 잘 하신다.)

전선의 달밤

자료코드 : 06_06_MFS_20110209_NKS_YBM_0001
조사장소 : 전라남도 담양군 금성면 대곡리 마을회관
조사일시 : 2011.2.9

조 사 자 : 나경수, 서해숙, 이옥희, 편성철, 김자현
제 보 자 : 윤병민, 남, 83세
구연상황 : 진용섭 제보자의 아리랑 타령이 끝난 후 윤병민 제보자가 좋아하는 노래 한 곡 하겠다며 구연하였다. 노래를 다 듣고 청중이 앵콜을 크게 외쳤다.

가~랑잎이 휘~날리는 전선의 달~밤
소리 없이~ 내리~는 이슬도 차거운데
단잠을 못 이루고 돌아눕는 길가에
장부의 길러주신 어머님의 목소리
아아아아아아 그 목소리 그리~워

[청중 박수]

고향이 그리워도

자료코드 : 06_06_MFS_20110209_NKS_YBM_0002
조사장소 : 전라남도 담양군 금성면 대곡리 마을회관
조사일시 : 2011.2.9
조 사 자 : 나경수, 서해숙, 이옥희, 편성철, 김자현
제 보 자 : 윤병민, 남, 83세
구연상황 : 윤태복 제보자가 고추가를 부른 후 이어서 이 노래를 구연하였다. 노래를 가만히 듣던 윤태복 제보자가 중간에 함께 부르고 나서 옛날에 많이 불렀던 노래라고 하였다.

고향이~ 그리워도 못 가는 신세
저~ 하늘 저 산 아래 아득한 천리
언제나 외로워라 타향에서 울던~ 몸
꿈에~ 본 내 고향이 마~냥 그리워

(청중 : 참 옛날에 많이 불렀던 노래여.)

[청중박수]

고추가

자료코드 : 06_06_MFS_20110209_NKS_YTB_0001
조사장소 : 전라남도 담양군 금성면 대곡리 마을회관
조사일시 : 2011.2.9
조 사 자 : 나경수, 서해숙, 이옥희, 편성철, 김자현
제 보 자 : 윤태복, 남, 83세
구연상황 : 윤병민 제보자가 전선의 달밤을 부르고 나자 윤태복 제보자는 이 노래를 시작하였다. 최근에 들은 노래인데 잘 부르는 사람이 부르면 참 들을만 하다고 하였다.

고개고개 넘어가도 또 한 고개 남았네
넘어가도 넘어가도 끝이 없는 고갯길
세상살이가~ 인생살이가
고추보다 맵다 매워~
사랑하는 정든 님과 둘~이라면
백년이고~ 천년이고
두리둥실 두리둥실 살아가련만
세상살이가~ 인생살이가
고추보다도 맵다 매워~

거 잘 부른게 들을 만 합디다.

3. 무정면

▌조사마을

전라남도 담양군 무정면 동산리 칠전마을

조사일시 : 2011.1.27
조 사 자 : 나경수, 서해숙, 이옥희, 편성철, 김자현

칠전마을 전경

칠전마을은 조선 성종 때(1475년경)에 형성되었다고 하며, 1542년경 밀양박씨 원룡이 밀양에서 이거하여 터를 잡았다고도 한다. 마을 주위에 옻나무가 많아서 '옻나무골' 또는 '옻밭'이라 불리다 칠전으로 바꾸어 불렀다. 1914년 행정구역 개편 시 무정면 동산리에 속하였으며 1918년 무정면 동산리 칠전마을이 되었다.

성수산 아래에 자리한 이 마을은 동쪽에는 금산이 대덕면을 경계하고

앞에는 오례강이 가로 흐르고 있어 마을은 타원형을 이루고 있다. 마을 진입로에는 입석이 군데군데 있으며, 마을 앞에는 홍주 송씨가의 열녀문이 있다. 마을 동쪽에는 호랑이들이 많이 살았다 하여 '범들'이라 하며, 동북쪽에는 병참들의 말을 매어 놓았다 하여 '말참들'이라고 한다. 서쪽에는 옹돌굴이 있고, 마을 뒷산에는 물이 좋은 폭포수가 있는 물통골이 있다. 예로부터 이곳 물통골에서 원님 부인이 물을 맞고 병을 낳았다 하며, 나병환자들도 이 물을 먹고 병이 나았다고 한다.

현재 칠전마을은 40여 가구의 100여 명이 살고 있으며, 마을사람들은 논농사를 주업으로 하면서 동시에 딸기, 축산 등을 부업으로 하고 있다.

칠전마을회관에서의 조사 장면

▌제보자

김정효, 여, 1932년생

주 소 지 : 전라남도 담양군 무정면 동산리 칠전 758번지
제보일시 : 2011.1.27
조 사 자 : 나경수, 서해숙, 이옥희, 편성철, 김자현

김정효 제보자는 적극적으로 이야기판에 참여하지 않았지만 이야기판이 무르익고 모두들 이야기를 풀어놓자 분위기에 힘입어 과부어머니 다리 놓아준 아들에 대해 구연하였다.

제공 자료 목록
06_06_FOT_20110127_NKS_KJH_0001 과부와 칠형제

박대웅, 남, 1940년생

주 소 지 : 전라남도 담양군 무정면 동산리 칠전마을
제보일시 : 2011.1.27
조 사 자 : 나경수, 서해숙, 이옥희, 편성철, 김자현

박대웅 제보자는 담양군 무정면 동산리 칠전마을에서 태어나 자란 이 마을의 토박이이다. 조사팀이 마을회관을 방문하였을 때 정종순 제보자와 함께 조사 분위기를 열어 준 분이다. 도깨비에 홀린 사람 이야기와 동산 마을의 형국에 대한 이야기를 들려주었다.

제공 자료 목록
06_06_FOT_20110127_NKS_PDW_0001 도깨비에 홀린 아버지
06_06_FOT_20110127_NKS_PDW_0002 동산은 죽은 와우형국
06_06_FOT_20110127_NKS_PDW_0003 칠전마을의 문바우

송이진, 남, 1945년생

주 소 지 : 전라남도 담양군 무정면 동산리 칠전 996-1번지
제보일시 : 2011.1.27
조 사 자 : 나경수, 서해숙, 이옥희, 편성철, 김자현

송이진 제보자는 담양지역 구비문학의 숨어있는 보물이다. 일제로부터 해방되던 해인 1945년에 만주에서 태어났으나 해방되자 부모님과 함께 고향으로 돌아왔다. 집안 형편이 어려워 학교에 다니지 못했기 때문에 글을 알지는 못한다. 하지만 칠전마을에서 전승되던 들노래와 상여소리를 비롯해 지신밟기 소리를 기억하고 있어 청아하고 구성진 목소리로 구연하였다. 들노래가 사라진지 오래되었기 때문에 온전히 기억하고 있지는 못했지만 토막소리라도 매우 귀중한 소리였다. 민요 외에도 당산제 영험담, 화전놀이 경험담, 사랑방에서 주고받던 재미있는 민담도 여러 편 들려주었다.

제공 자료 목록
06_06_FOT_20110127_NKS_SIJ_0001 시아버지와 며느리
06_06_FOT_20110127_NKS_SIJ_0002 부부간의 암호
06_06_FOT_20110127_NKS_SIJ_0003 서방과 부인 그리고 개
06_06_FOT_20110127_NKS_SIJ_0004 장 담글 때
06_06_FOT_20110127_NKS_SIJ_0005 홀아버지 장가 보낸 아들

06_06_FOT_20110127_NKS_SIJ_0006 당산제 영험담 (1)
06_06_FOT_20110127_NKS_SIJ_0007 당산제 영험담 (2)
06_06_FOT_20110127_NKS_SIJ_0008 당산제 영험담 (3)
06_06_FOT_20110127_NKS_SIJ_0009 당산제 영험담 (4)
06_06_MPN_20110127_NKS_SIJ_0001 만주로의 이주와 생활
06_06_MPN_20110127_NKS_SIJ_0002 젊은 시절의 화전놀이
06_06_MPN_20110127_NKS_SIJ_0003 한 집에서 두 아이 낳지 않는다
06_06_FOS_20110127_NKS_SIJ_0001 농부가
06_06_FOS_20110127_NKS_SIJ_0002 김매기소리(호맹이질)
06_06_FOS_20110127_NKS_SIJ_0003 김매기노래(한불매기)
06_06_FOS_20110127_NKS_SIJ_0004 양산도타령
06_06_FOS_20110127_NKS_SIJ_0005 액맥이 소리
06_06_FOS_20110127_NKS_SIJ_0006 장타령
06_06_FOS_20110127_NKS_SIJ_0007 상여소리(관암보살)
06_06_FOS_20110127_NKS_SIJ_0008 상여소리(긴 어농소리)
06_06_FOS_20110127_NKS_SIJ_0009 상여소리(짧은 어농소리)
06_06_FOS_20110127_NKS_SIJ_0010 지경소리
06_06_FOS_20110127_NKS_SIJ_0011 상여소리(떼붙이는 소리)
06_06_FOS_20110127_NKS_SIJ_0012 물 품는 소리

신판순, 여, 1951년생

주 소 지 : 전라남도 담양군 무정면 동산리 칠전 956-1번지
제보일시 : 2011.1.27
조 사 자 : 나경수, 서해숙, 이옥희, 편성철, 김자현

신판순 제보자의 친정은 담양군 봉산면 곡정리이다. 슬하에 2남 2녀를 두었다. 처음에는 이야기판에 참여하지 않고 다른 사람들이 하는 이야기를 듣고만 있었지만 주민들의 권유에 호랑이보다 무서운 곶감에 대한 이야기를 들려주었다.

제공 자료 목록
06_06_FOT_20110127_NKS_SPS_0001 호랑이보다 무서운 곶감

이순희, 여, 1938년생

주 소 지 : 전라남도 담양군 무정면 동산리 칠전 754번지
제보일시 : 2011.1.27
조 사 자 : 나경수, 서해숙, 이옥희, 편성철, 김자현

이순희 제보자의 친정은 담양군 월산면 월산리 도개마을이다. 처음에는 이야기판에 참여하지 않고 벽을 기대로 앉아 다른 사람들이 하는 이야기를 듣고만 있었지만 후반부로 가면서 이야기판에 끼어들었다. 비가 오지 않을 때 마을 여성들이 했던 비맞이 민속에 대한 경험을 들려주었다.

제공 자료 목록
06_06_MPN_20110127_NKS_LSH_0001 비마중 가세

전예금, 여, 1921년생

주 소 지 : 전라남도 담양군 무정면 동산리 칠전 960번지
제보일시 : 2011.1.27
조 사 자 : 나경수, 서해숙, 이옥희, 편성철, 김자현

전예금 제보자의 친정은 동산리 2구 칠지마을이다. 고령이지만 조사팀과 주민들의 권유에 이야기를 여러 편 들려주었다. 집터

가 세면 흰 개를 키우는 것이 좋다는 이야기, 여자불과 남자불이 다르다는 이야기, 아들낳기 위한 방법 등은 생활 속의 경험과 지혜가 녹아있는 이야기였다. 이 외에도 호랑이 이야기, 한석봉과 어머니 등 민담도 여러 편 들려주었다.

제공 자료 목록
06_06_FOT_20110127_NKS_JYG_0001 집터가 세면 흰개를 키운다
06_06_FOT_20110127_NKS_JYG_0002 어미호랑이의 웃음
06_06_FOT_20110127_NKS_JYG_0003 나물보따리를 가져다 놓은 호랑이
06_06_FOT_20110127_NKS_JYG_0004 백일산제 지내고 아들 낳기
06_06_FOT_20110127_NKS_JYG_0005 방구쟁이 며느리
06_06_FOT_20110127_NKS_JYG_0006 한석봉과 어머니
06_06_MPN_20110127_NKS_JYG_0001 여자불과 남자불
06_06_MPN_20110127_NKS_JYG_0002 아들 낳은 태몽

정종순, 남, 1939년생

주 소 지 : 전라남도 담양군 무정면 동산리 칠전마을
제보일시 : 2011.1.27
조 사 자 : 나경수, 서해숙, 이옥희, 편성철, 김자현

정종순 제보자는 담양군 무정면 동산리 칠전마을에서 태어나 자란 이 마을의 토박이이다. 조사팀이 마을회관을 방문하여 찾아온 취지를 말씀드리며 칠전마을의 유래를 부탁하자 정종순 제보자가 이야기를 들려주었다. 칠전마을의 유래와 선현들이 지은 지명은 선견지명이 있다는 이야기를 들려주었다. 정종순 제보자가 서슴없이 이야기를 들려주었기 때문에 이후에 다른 주민들도 적극적으로 이야기판에 참여할

수 있는 계기가 되었다.

제공 자료 목록
06_06_FOT_20110127_NKS_JJS_0001 칠전의 유래
06_06_FOT_20110127_NKS_JJS_0002 당산제 영험담 (1)
06_06_FOT_20110127_NKS_JJS_0003 당산제 영험담 (2)
06_06_FOT_20110127_NKS_JJS_0004 지명에 나타난 선현들의 예지력

조춘숙, 여, 1939년생

주 소 지 : 전라남도 담양군 무정면 동산리 칠전 956번지
제보일시 : 2011.1.27
조 사 자 : 나경수, 서해숙, 이옥희, 편성철, 김자현

조춘숙 제보자의 친정은 전라북도 순창군 풍산면 가두리이다. 화전놀이의 경험과 당산제 영험담에 대한 이야기를 들려주었다.

제공 자료 목록
06_06_FOT_20110127_NKS_JCS_0001 당산제 영험담
06_06_MPN_20110127_NKS_JCS_0001 보리 필 때면 화전놀이

허성순, 여, 1939년생

주 소 지 : 전라남도 담양군 무정면 동산리 칠전 992번지
제보일시 : 2011.1.27
조 사 자 : 나경수, 서해숙, 이옥희, 편성철, 김자현

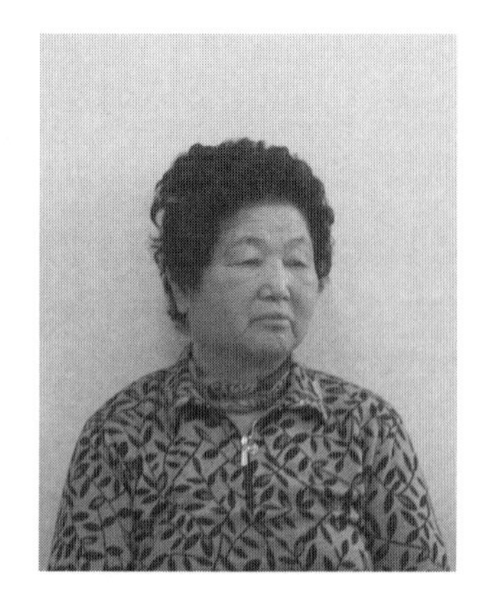

허성순 제보자는 곡성에서 태어나 칠전마을로 시집왔다. 과묵한 성격으로 이야기판에 끼어들지 않고 바라보기만 했지만 조사팀과 주민들이 권유하자 장맛을 지키기 위

한 방법에 대해 이야기해주었다.

제공 자료 목록

06_06_FOT_20110127_NKS_HSS_0001 장맛을 위해

과부와 칠형제

자료코드 : 06_06_FOT_20110127_NKS_KJH_0001
조사장소 : 전라남도 담양군 무정면 동산리 칠전마을
조사일시 : 2011.1.27
조 사 자 : 나경수, 서해숙, 이옥희, 편성철, 김자현
제 보 자 : 김정효, 여, 80세
구연상황 : 앞서 김덕령 이야기가 끝나자 김덕령에 관한 이야기를 더 해달라고 했으나 들어본 적이 없다고 했다. 이어 조사자가 밤이면 집을 나가는 과부 이야기를 하자 제보자가 다음 이야기를 구연했다. 마을회관의 할머니들 방에는 많은 분들이 나와 계셨다. 명절 앞두고 장을 보러 가다가 들리거나 장을 보고 와서 들리는 할머니들로 소란스러웠다.
줄 거 리 : 칠형제가 어머니를 위해 돌을 놓아 드렸다는 이야기이다.

거 어머니가 칠형 거 형제를 두라험선 머 좋은 염불을 해. 했나봐. 돌을 놈선.

그렇게 잘 되라고. 염불을 험선 건넜다고.

(조사자 : 아~ 자기 아들들이 놔둔 줄은 모르고.)

자기 아들이 놔둔 줄은 모르고.

(조사자 : 어머니 그 얘기 처음부터 다시해주세요.)

몰라. 나도 잊어부렀어. 근디 그 소리만 생각이 나.

(조사자 : 예. 그니까. 나한테 들었으니까 인자 알잖아.)

기억이 난디. 나기는.

근데 자슥들이(자식들이) 놔준 줄은 모르고 그렇게,

"다리 놔준 사람 잘되라."

고 그런 소리를 혔다고 그러데.

고런 소리를 혔어. 염불을 혔다고.

(조사자 : 아~ 그래요. 그 아들들이 엄마 덕에 뭐가 되지 않았을까? 칠형제니까.)

이 잊어불고 몰라. 암것도. 근디 그 소리만 쬐까(조금) 기억이나.

인자 헌게 그 소리만 생각 나.

도깨비에 홀린 아버지

자료코드 : 06_06_FOT_20110127_NKS_PDW_0001
조사장소 : 전라남도 담양군 무정면 동산리 칠전마을
조사일시 : 2011.1.27
조 사 자 : 나경수, 서해숙, 이옥희, 편성철, 김자현
제 보 자 : 박대웅, 남, 72세
구연상황 : 앞서 지명에 관한 이야기가 끝난 뒤에 좀처럼 이야기가 이어지지 못했다. 조사자가 추월산에 관한 이야기를 물었으나 이름만 알지 유래는 모른다고 했다. 이어 조사자가 도깨비에 대해 묻자 다음 이야기를 구연했다.
줄 거 리 : 술을 마시고 집으로 가는 길에 도깨비에 홀려서 헤매다가 돌아왔다는 이야기이다.

그러죠. 우리 마을도 지금 우리 선친도 예전에 한 번 당하신 것도 있고.

[청중이 헛기침한다] 우리 선친이 술을 잘하시거든요. 여 술 잡수고 오시다가 하천에서.

(조사자 : [마을 앞 하천을 가리키며] 여기 하천이요?)

아니 저 저 봉활리 앞에 하천. 우리 아버지가 면엘 다니셨어요.

근게 면에 갔다 오시다가 저녁에 술 잡숫고 오시다가 저 여 여 틀니헌 이가 싹 빠져분 거식헌 적도 있었어요.

(청중 : 도깨비헌티 둘려서.)

도깨비 둘려서.

(조사자 : 아~ 예. 어쩌다가 틀니를.)

인제 그 술을 너무 많이 잡수셔서.

그 때만 혀도 이 하천가상에 머 불같은 거 댕기고 머 빤짝빤짝헌 거 그런 것이 있었거든요.

우리 어렸을 때. 그래 인자 확실허니는 모르제. 본인도 모르고. 나도 모르고 그러니까. 그런 거짓말 그런 기억만 있제.

(조사자 : 왜 아버님이 다음날 그러시던가요? 내가 도깨비와 무슨 일이 있었…)

그랬제. 술 잡수고 오셨은게 모르제 인자. 인자 보니까 옷도 다 졌어불고. 어 이도 빠져불고 인제 보철헌 놈이.

(청중 : 근게 술이 술이 과해가지고)

그때 우리 아부지가 과하셨어요. 그래가지고 그런 얘기 알고 있습니다.

동산은 죽은 와우형국

자료코드 : 06_06_FOT_20110127_NKS_PDW_0002
조사장소 : 전라남도 담양군 무정면 동산리 칠전마을
조사일시 : 2011.1.27
조 사 자 : 나경수, 서해숙, 이옥희, 편성철, 김자현
제 보 자 : 박대웅, 남, 72세
구연상황 : 앞서 도깨비에 관한 이야기가 끝나자 조사자가 동산리에는 동산이 있어서 그러한지를 묻자 그러하다고 했다. 이어 동산리는 어떤 형국인지를 물었더니 제보자가 다음 이야기를 이어갔다.
줄 거 리 : 동산마을 소가 누운 와우형국이라 하며, 주변에 염통배미, 소마배미, 굴바우가 있다는 이야기이다.

우리 마을이요? 우리 마을은 와우(臥牛). 와우. 소가 누운 와우터예요.

(조사자 : 와우터는 부자로 산단 말이 있던데.)

근디 와우. 와우터가 하필이믄 [청중 말과 겹쳐 들리지 않음] ○○인디. 죽은 와우예요.

[청중과 말이 겹침] 죽은 와우예요. 그래서 힘을 못써요. 하 하[웃음]

(조사자 : [청중 말을 듣고] 한량이라고 함은 뭘까요?)

(청중 : 아 저 머시냐? 누울 와 자 소 우 자 아니요. 소가 누웠으믄 편해지라.(편하지요) 응. 소가 누웠으믄 편해. 그래 한량 한량 터라 그러제.)

(조사자 : 저기 어디 봉산면 가니까. 와우리 있고 그러던데.)

(청중 : 거그도 와우리 있고 그러지라.)

그런디 아까 지명을 물어보고 그러셨는데. 저기 여그 앞이가 저그 소마배미(소막배미).

염통배미. 소마배미 요 요 앞이가 있어요.

(청중 : 소마배미도 있고. 염통배미도 있고.)

예. 예. 소 형태로 히갖고 지명이 있습니다. 지금.

예. 소 맨다해서 소마배미. 소를 맨다해서.(누운 소을 묶는 곳에 위치한 논이기에 붙인 지명이다)

그리고 또 소 염통같이 생겨서 염통배미.

(조사자 : 염통배미는…)

모 모냥이 논 모냥이 염통같이 생겼다해서.

(조사자 : 아 요 앞에 논이…)

예. 예.

(조사자 : 소막. 염통. 또 하나 더 있다고 얘기한거 아니예요?)

[생각을 하다가] 또 머 있나?

(조사자 : 예. 머. 굴바우도 있다는데요.)

(청중 : 예. 굴바우요.)

(조사자 : 어째서 굴바위라…)

(청중 : 그건 몰라요. 굴바우가 있긴 있제.)

모냥 행국이 굴로 굴로 있어요. 바우가 흙이 이렇게 있어가지고 우측에 딱 있어가지고.

머 모냥은 볼 것이 없어요. 우리 바우가 좀 커요.

칠전마을의 문바우

자료코드 : 06_06_FOT_20110127_NKS_PDW_0003
조사장소 : 전라남도 담양군 무정면 동산리 칠전마을
조사일시 : 2011.1.27
조 사 자 : 나경수, 서해숙, 이옥희, 편성철, 김자현
제 보 자 : 박대웅, 남, 72세
구연상황 : 앞서 부부 이야기가 끝나고 송이진 제보자에게 전화가 오자 분위기가 다시 산만해졌다. 조사자가 준비한 다과와 함께 마을굿 책자를 보여주며 당산에 관한 이야기를 이어갔다. 잠시 후 조사자가 문바위에 대해서 물으니 다음 이야기를 들려주었다.
줄 거 리 : 마을 뒷산에 문바우가 있는데 사람 들어가는 문처럼 생겼다 해서 붙여진 이름이라는 이야기이다.

(조사자 : 문바우는 어째서 문바우랍니까?)

(청중 : 양쪽에 바우가…)

[청중과 말이 겹친다] 꼭 문맹키(문처럼) 생겼어. 가운데 탁 쪼개져가지고.

(조사자 : 아~ 어디에가 있습니까?)

(청중 : 요 뒷산에 있어요.)

그래가지고 지금 에~ 작년에 우리 마을에 임도를 해가지고 임도사업을 해가지고 지금 찻길이 나 있습니다. 지금.

임도. 예. 수풀 림(林) 자해서. 산으로.

(청중 : 산으로 질(길) 질 내놨어요. 오메따로 해서(5m로 해서) 등산로

맹키.)

그래서 그 대덕면 신봉리까지 거 연결이 되았습니다. 임도가.

차로 해서 산으로 해서 통행이 되도록 다 됐어요.

(청중 : 에~ 큰 바우가 양쪽에 이러게 있어갖고 요 문~ 요렇게 한…)

사람만 통할 길이예요. 일메따(1m). 이메따는 다 못되고.

(청중 : 한~ 삼메따 되야.)

폭이 못돼. 삼메따 되믄 차가 지내가라고.

(청중 : 아 거 바우가 있은게 못지내가제.)

아 문 아래를 말이제.

(청중 1 : 충분히 들어 댕긴단게.)

(청중 2 : 충분혀. 한 삼메따 된단게.)

(청중 1 : 상당히 멀어. 얼매나 널룹다고(넓다고). 이렇게 [양 팔을 벌리면서] 팔이 안닿아. 안닿아. 가서 안 재보소(가서 재보소(문바우에 가서 길이를 재보아라)).)

[청중들의 말에 수긍하면서] 암것도 없으믄 온갖 차가 다 지내가제.

(청중 2 : 저번에 용달차가 지내…)

(청중 1 : 가꼬 양쪽에 바우가 그렇게 있어요. 양쪽에 바우가 딱 서갖고.)

바우가 딱 쪼개졌다니까요. 완전히. 한 개 바우가.

시아버지와 며느리

자료코드 : 06_06_FOT_20110127_NKS_SIJ_0001
조사장소 : 전라남도 담양군 무정면 동산리 칠전마을
조사일시 : 2011.1.27
조 사 자 : 나경수, 서해숙, 이옥희, 편성철, 김자현

제 보 자 : 송이진, 남, 67세

구연상황 : 앞서 동산리 지형에 관한 이야기가 끝날 무렵에 제보자가 마을회관으로 들어왔다. 이에 조사자가 재차 조사 취지를 설명드린 뒤에 재미난 이야기를 기억하시면 해달라고 했다. 그러자 바로 다음 이야기를 구연했다. 이야기 하는 동안 제보자는 우스개소리라 하면서 민망함을 감추지 못했다.

줄 거 리 : 며느리가 시아버지의 상투를 매주는 동안 시아버지가 며느리의 젖을 빨았는데, 이 사실을 안 아들이 아버지에게 따졌다. 그러나 되레 아버지가 아들에게 호통을 쳤다는 이야기이다.

그래 인자 옛날에. 옛날에는 이 나이묵고 선비들이란 사람들은 이 머리에 상투를 꼽고 살았어.

머리에 상투를 꼽고 살았다 이 말이여. 그러믄.

인자 그 어느 인자 부잣집이었든가 어쩌든가 하여튼 머리에 상투를 꼽은 시상(세상)인디.

에~ 아랫마을에 인자 그 자기 친구 집에서 인자 회갑잔치를 헌디.

그글 인자 선물해서 갈라고 미느리헌테(며느리한테) 상투를 꼽아달라고 미느리한테 부탁을 했어요.

근디 인자 이 미느리가. 그때는 한복을 입고 사는 시상이라. 그 인자 그 짧은 저 저고리를 입고 하~얀 모시저고리를 입고 인자 이 이 시아바지 앞에 무릎을 꿇고 인자.

(청중 : 상투를 꼽았는데.)

응. 머리를 상투를 꼽을라고 이러고 손을 올린게는 이 젖이 인자 시아버지 입에 아실아실 헌거여 인자. [전원 웃음]

(조사자 : 예. 예. [웃으면서] 아실아실.)

미느리 젖이.

그 인자 어쩔 수 없이 그 허 상투를 매고 있는데. 이 시아바지가 입만 벌리믄 젖꼭지가 들어오게 생겼어. [전원 웃음]

아실아실 헌게로.

그러니 이 시아버지가 나도 모르게 젖을 빨아버렸어. 며느리 젖을.

그러니까 헐 수 없이 미느리는 인자 상투를 매던 것인게 다 매주고는 인자 그러고 지나갔는디.

아무리 생각해봐야 미느리가 생각헐 때,

'원 세상에 할아버지가 내 젖을 미느리 젖을 빨아버렸단게 이해가 안 가고.'

인자 그래갖고는 이게 인자 드러눕는거여. 미느리가.

인자 미칠인가(며칠인가) 누웠은가 몰라도. 좌우지간에 생 통 앓고 꽁꽁 앓고 누웠어.

그러자 지기 서방이 인자 어디 갔다가 인자 와갖고 부인 보니 미느리가(부인이) 누웠단 말이여. 근게.

"왜 이렇게 무슨 집안에 무슨 일이 있었간디. 누웠냐?"

그래도 말도 안허고 이게 보통 심각헌 이야기가 아니여 이것이.

그런게 인자 왜 자꼬 말을 혀라고 인자 지 서방이 그런게로.

흠~[목을 가다듬는다] 이 인자 그 각시가 인자 그 사실 얘기를 했어.

"이렇게 아부지가 그 잔치집이 가는디. 상투를 매주다 이런 일이 있었다. 젖을 아부지가 내 젖을 빨아 빨아먹었다고 빨아먹었다."

고 그렇게 얘기를 헌게 이 사램이 성질이 급했던가 어쨌던가 그냥,

"이거 먼 소리냐?" 허고 폴~딱 뛴다 그 말이여.

"아버지가 원 세상에 미느리 젖을 빨아야!"

그래갖고는 요놈이 그냥 버선발로 뛰어서.

(청중 : 그란게 너는 왜 우리 아버지 젖을 빨았냐 험서 가서 머라했구만.)

어. 버선발로 뛰어가갖고는. 즈그 아버지 잔치집이 갔다왔는디.

근게 아버지헌테 그런 얘길 했어.

"원 세상에 글쎄. 아무 어쩐 상황이 어쩌간디. 미느리 젖을 이러게 빨

아 빨아자셨냐.”

고 그런게로. 기냥 지 시 아버지가 그냥 가~만히 듣고 있더니 나중에는,

“너 이 너 이 못된 호로 호로자식 [웃으면서] 아버지헌테 말버릇이 그것이 머시냐.”

고 절대 큰 소리를 친다 그 말이여.

“그 왜 그러시냐.” 그런게로.

“아 이놈아 너 생각해봐라 이놈아. 너는 우리 마누래 젖을 이 눕아 삼년간을 빨아먹고도 시방도 젖을 몰치고(만지고) 몰차몰차 몰치고 있는 놈이. 내가 니기 마누라 젖을 한 번 빨았다고 이 놈아 니가 나헌테 고렇게 니가 [청중들이 아버지의 대답에 웃으면서 수긍을 한다] 응 성질 성질을 내야. 성질을 부려야. 너 이 못된 자식 어디서 그런 버르장머리를 배웠냐.”

고 그냥 난~장(한정)없이 머라 헌단 말이여.

그런게 인자 아들이 그 말을 들은게 헐 말이 없어. [전원 웃음]

(조사자 : [웃으면서] 예. 그러죠.)

지기 어머니 젖을 삼년간을 빨아먹고도 시방도 그 젖을 못잊어 몰치고 근단 말이제.

그런게 인자 지기 아들이 생각헐 때에 대번에 잘못했다고 무릎팍 꿇고 빌었제. 아부지헌테.

그러고는 지기 미느리 어 저 머냐 마누래헌테 가갖고는,

“아버지헌테 얘기를 이러저러 했는데. 얘기를 아버님 얘기를 듣고 본게. 내가 너무나 성급허고 이 저 우리가 큰 불효를 했다.”

그런게 [언성을 높이면서] 미느리가 홀~딱 뛰면서,

“이게 먼 소리냐.” 그 말이여. 응.

“시아버지가 어 어 어 젖을 빨아버렸는디. 우리가 잘못됐단 말이 먼 말

이고. 이게 먼 말이냐."

그런게로. 인제 조잔조잔(조근조근) 얘기를 해줬어.

[웃으면서] 지기 부인한테. 그런게로,

"[웃으면서] 아 그리냐고."

[계속 웃으면서] 그래갖고 헐 수 없이 저 인자 다 이해를 허고 넘어갔다는 그런 말이 있었어요.

우리 마을 정자나무가 상당히 컸어요.

거가 시정이 있고 어른들이 그런 애기들을 고로게 했어요.

그래 인자 내가 인자.

(조사자 : 너무 잼 있습니다.)

예. 듣는 것을 애기를 허는 것인디.

어째보며는 우숩 우숩기도 허고. 그래인자 그럽디다.

그래서 내가 인자 인자 그 내 지나간 애기제. [웃는다]

(조사자 : 좋은 이야깁니다. 정자나무에서 그러니까 어른들한테 들은 애기네요.)

예. 그렇지라. 근데 그것이 이치가 맞는 애기예요.

왜그러냐믄 여자가 물팍을(무릎을) 딱 꿇고는 이게(이렇게) 시아바지 요리 손을 올리믄 당연히 젖이 나오제. 적삼이 짤룬게로(짧으니까).

근게 딱 시아바지 입에다 이것이 아실아실 헌 거여. 젖이.

그래갖고 빨아 빨아 [전원 웃음] 하 하. 며느리 젖을.

부부간의 암호

자료코드 : 06_06_FOT_20110127_NKS_SIJ_0002

조사장소 : 전라남도 담양군 무정면 동산리 칠전마을

조사일시 : 2011.1.27

조 사 자 : 나경수, 서해숙, 이옥희, 편성철, 김자현
제 보 자 : 송이진, 남, 67세
구연상황 : 앞서 시아버지와 며느리의 이야기가 끝나자 유식한 애기를 해야 하는데, 그렇지 못해 되레 미안해했다. 이어 조사자가 사돈이 바뀐 이야기를 들어보셨는지를 묻자 다음 이야기를 구연했다.
줄 거 리 : 아랫마을 남자가 윗마을 친구집으로 놀러갔는데, 안방에서 복숭아씨로 만든 피리를 발견하고 불어보니 갑자기 친구 부인이 들어왔다. 알고 보니 자식들과 함께 잠을 잘 때 이 피리를 불어서 서로 신호를 보낸 뒤에 잠을 잤다는 이야기이다.

옛날에는 옛날에는 이 전화가 없잔에요. 전화가 없고. 말허자믄 인자 말로 서로 허고 편지를 인자. 또 편지를 써서 붙이기도 허고.

사램이 마을에 초상이 나므는 부고를 갖고. 이러게 사램이 인편을 댕기면서 고로고 산도 넘고 바다도 건너고 고로게 안 전했소.

근디 인자 그런 시상(세상)인디.

이~ 말허자믄 그것은 평야 인자. 아랫마을 사람허고 웃마을 사람허고 친구지간인디.

인자 그~ 술들을 좋아 좋아허든갑서. 그 젊은 인자 남 남자들이.

그런게로. 그래 인자 그 와중에 아랫마을 남자분이 인자 웃마을 남자 집으로 놀러를 왔어.

그래 인자 막 앉거 앉것은디. 이제 술상이 나오들 안허고 이야기만 계속허고 있는 참인디. 인제 둘이 앉거서 헐 애기도 없고 그런디.

아 인자 지기 그 남자분 인자 손 인자 지기 친구가 왔은게. 술이라도 있어야 헐 거 아니여.

근게 술을 사러 간다고 나갔다 이 말이여. 남자가.

근디 손으로 온 손님으로 온 친구가 담배가 떨어져부렀어.

(조사자 : 아~ 담배요?)

응. 담배가 떨어져갖고 담배를 피우고 싶은디.

그거 인자 죽석을 그 때 옛날에는 죽석이단 말이여. 죽석.

(조사자 : 대나무자리?)

대나무 죽석. 그 죽석을 떠들어(들춰) 본게. 무슨 복성시가 있단 말이여. 복성시가.

그 양쪽간디 복성시를 양쪽간디를 갈믄 가운디가 씨가 있단 말이여. 글믄 고 씨를 싸~악 파내고 이러게 불므는 휘파람 소리가 나요. 휘파람 소리가. 복성시를 싸~악 파내므는.

양쪽간데를 여 독에다 갈아갖고 씨를 빼내불고 그러믄 인자 휘파람 소리가 난다 그 말이여.

근디 그 그런 기구가 복성시가 죽석 밑에 있는거여 인자.

[웃으면서] 그 그런게로. 이 친구가,

'이게 무에가 있는 게로.' 요걸 부러부렀다 이 말이여. 요것을. 요걸,

"부우~" 분게로 휘파람소리가 날 거 아니여.

근게 인자 안에 있는 그 친구 마누래가,

"아 바뻐 죽겄그만 뭘라고 낮에 불러싸." 그러드라 말이여. [전원 웃음]

아 거 있어 불렀는데. 아 그래서,

'이상허다. 무 먼 소린고?' 가~만 있은게. 문을 열고 파~삭 들어온 거여.

"바뻐죽겄그만 낮에 낮에 멀라고 오라했사. 어즈게도(어제도) 어즈게도 와놓고는 또 오라혀."

금서 [웃으면서] 인자 말허자믄 인자 카~악[목을 가다듬고]

[마을사람 한 분이 방안으로 들어온다] 어 어서와. 인자 남녀관계에 대해서 그렇게 얘기를 허는거여.

"엊즈녁(어제 저녁) 엊즈녁에도 와라해놓고 또 와라혀."

그래서 들어온다 그 말이여. 문을 [청중이 이제 방안으로 들어온 사람과 이야기를 한다] 안주인이.

[웃으면서] 아 근게로 그래서 인자,

"아 이게 먼 소리냐고 난 지금 이 아랫마을 사는 저 지비(그대) 배깥(바깥)양반허고 친구지간인데. 이거 놀러 와 와서 지금 담배를 찾다가 이것이 있어서 부는 것이다." 근게.

"아 우리 둘이만 둘이만 알고 거 저 쓰는 것인디. 왜 부러야."고 [전원 웃음] 그런 일 그런 속담도 있어라.

그런 속담도 있어. 근게 그게 암호여. 둘이. 전화가 없은게.

그 그 아래채에서 자고 몰우채에서 자고. 근게 옛날에는 다 저 행랑채가 있어갖고.

인자 거 친구들도 오믄 행랑채로 받어 들이고, 인자 손님오믄 행랑채에서 받어서 그 대접을 허고 다 그 옛날에는 그랬어라.

지금도 말허자믄 행랑채 있는 집이 더러 있고. 근디 인자 고런 인자 속담이 그래. 속담이.

(조사자 : 예. [웃으면서] 좋습니다. 잼있습니다.)

근게 다 그것이 인자 고것이 안들어가믄 웃을 일이 없어 또.

[웃으면서] 허 허. 이 얘기는 이 얘기는 다 그런 그런 그런 여자허고 남자간에 그런 관계된 일이 들어가야만이 우 우습고.

아 옛말에 부처님도 그 말을 허믄 돌아선다는 것이여. 하 하[웃음]

부처님도 돌아서서 웃어.

서방과 마누라 그리고 개

자료코드 : 06_06_FOT_20110127_NKS_SIJ_0003
조사장소 : 전라남도 담양군 무정면 동산리 칠전마을
조사일시 : 2011.1.27
조 사 자 : 나경수, 서해숙, 이옥희, 편성철, 김자현

제 보 자 : 송이진, 남, 67세

구연상황 : 앞서 문바우에 관한 이야기가 끝나자 조사자가 호랑이, 아기장수, 김덕령에 관해 물었으나 기억이 나지 않는다고 했다. 마침 듣고 있던 청중 한 분이 책에 다 있으니 차라리 책을 보라고만 하면서 이야기판의 분위기를 산만하게 만들었다. 잠시 조사자들이 위축되어 있다가 다시 심기일전하여 제보자에게 육담에 관한 이야기를 해달라고 하자 다음 이야기를 구연했다.

줄 거 리 : 남편이 일은 하지 않고 술을 먹고 들어오자 부인이 화가 나서 부엌에서 욕을 하고 있었다. 옷을 다 벗고 자던 남편이 이 소리를 듣고 부엌으로 들어와 부인과 실랑이가 벌어졌다. 마침 개가 옆에 있다가 남편의 성기를 보고서 이를 먹으려 하자 부인이 되레 개를 쫓고, 남편은 부인을 쫓아다녔다는 이야기이다.

또 인자 우스운 얘기는 거 인자 남. 거그도 술에 관한 얘기여. 그것도.

(조사자 : 그러죠. 술 빠지면 안되죠.)

술 빠지믄 여자가 빠지믄 안되야. 술허고 여자허고 필히 들어가야혀. 그리야 그리야 줄거리가 되지.

그래 인자 그 남자도 술을 얼매나 좋아허든고. 술을 대체나 하루 저녁내 술을 묵고 집으로 왔는데.

해름판에 인자 으슬 집으로 들어오는데. 어느 여자가 좋아라 허것소.

인자 그런게 바쁜 시기에 술만 묵고 주막에 놀다가 늦게 오니.

인자 즈그 마누래가 하~루내 일도 안허고 술만 묵고 이러게.

"인자 캄캄헌게 밥얻어 묵으러 왔냐."고 막 경 부엌에서 밥헐라고 불을 때다가 인자 막 신랑헌테 막 바가지 긁는거여.

그런게로 이 신랑이 인자 저 나름대로 잘했다고 인자 나가 헐 말 있제.

인자 둘이 고렇게 이야기를 주고받고 인자 싸 쌈을 한바탕 허고는.

인자 신랑 술 취했은게 자로 방으로 들어갈 거 아니여.

그래 인자 남자가 자는디. 이게 이 못된 인간이 깨벗고(옷을 모두 벗고) 활~딱 벗고 잔거여 인자.

술을 술을 묵고 와서.

근디 인자 마누래는 그것도 모르고 인자 부엌에서 불땜서 인자 계~속 해서 신랑헌테 욕을 허고,

"죽일놈. 살릴 놈, 머헌 놈··· 응. 술만 묵고 날마다 자빠져 놀아야."

악아지를 계속 악을 쓴게로 이게(신랑이) 잠이 안들었던가 고 놈을 들었어.

[웃으면서] 인자 지기 마누래가 욕을 허고 고러게 헌 놈을 들었어. 글고는 요것이 인자 뽈~딱 인나 마누래헌테 부엌에 인자 쫓아갔어.

"응. 내가 술 조깨 묵고 왔다고 고렇게 욕을 허고 나한테 그런 구박을 다하냐."

고. 근디 마누래를 딱 때릴라 헌디.

또 그 개가 옆에가 앉것어. 개가. 개가 부인 옆에가.

옛날엔 다 개를 키우고. 개는 ○속에서 ○속에서 안 사요.

그래 인자 그렇게 욕을 해싸고 인자 남자가 인자 욕을 뜰라고(때려고) 요리 헌게로.

이 밑에서 자지가(남자 성기가) 덜렁허고 올라간단 말이여.

덜~렁해 이것이.

근디 개가 고 놈을 따 묵을라고. 개를. 개가 고 놈을 물어불라고. 개도 같이 뛰어.

그 올라갔다 내려갔다 헌 놈을.

그런게 인자 [웃으면서] 지기 마누래가 고 놈을 본게로 인제 저 개가 고 놈을 따묵을라고 물어 물어채불라 헌디. 저 놈을 물어불믄 지 신세가 못시게 생겼거든.

(조사자 : 그렇죠.)

근게로 인자 이 마누래가 그 뚜두러 맞으면서도 그 개를 쫓아.

"내 개(너 이 놈의 개야). 내 개."

허고. 그러고 [청중 말과 겹친다] 쫓은디. 그런디도 때린단 말이여. 근

게 마누래가 도망가 인자.

마누래가 도망을 간게로 신랑도 따라가제. 고 놈 잡을라고.

[웃으면서] [청중과 계속 말이 겹친다] 그래 인자 고 고샷이여. 씰뜩씰뜩 씰뜩헌게 이러게 가 간거여. 그런게 인자 [웃으면서] 막~ 마누래가 도망가고 신랑도 도망가고 잡을라고 안잽힐라고 쫓아가.

근게 어디만치 간게로 이 쪼그만헌 머심애가 있었단 말이여. [제보자 앉은 키만한 정도로 손을 벌려서 아이의 키를 가늠한다] 요~만헌 놈이.

"아 이놈아 우리 마누래. 그 년 어디를 가디야?" 근게.

"예. 그 년 고~리 갔소." [전원 웃음]

하 하[웃음]. 거 따라서 헌 거지.

딱 따라서 들어갔어. 딱 따라서 따라,

"인자 막 그 년은 어디로 가디야?" 그런게.

"인자 막 그 년 고~리 갔소." 그런게 인자 말을 물어보고 있는 동안에 계~속 도망을 간거여.

근디 질이 막다른 골목에 질이 막아져부렀어.

여자가 막 도망을 가는디.

그래갖고 어쩔 거이여. 거가 섰더 못허고 기냥 문 앞 막 막어져불고. 문 앞에 집으로 들어갔어 인자.

들어간디. 해필(하필) 들어간 거이 또. 인자 장가도 못간 노총각 집으로 들어갔었나봐.

(조사자 1, 2 : 예. 큰일났네.)

허 허[웃음] 그래갖고 거그서 인자 큰일 나부렀지. 인자.

그런 이야기도 있어. 인자 고것이 끝이여.

(조사자 1 : 그래갖고 노총각 집으로 들어가 살아부렀을까요?)

(조사자 2 : 어떤 큰일이 난건가요? [웃음]

인자 그거야 지지고 볶으고 했거지. 인자. [전원 웃음]

(조사자 1 : 옛날에는 그런 일이 시골에 재미난 일이 많았을거예요.
예. 아마 그런 애기가 허다하제.

인자 허다한디. 인자 그 속에서도 지 신세를 말허자믄 개를 쫓았다는 것이. 이상하제. 이것이 막 때릴라고 허믄 바로 올라가고 그런게.

요것이 깨를 벗어갖고 이 자지가 덜렁덜렁 헌 단 말이여. 올라갔다 내려갔다.

근디 개도 고놈을 물라고 올라가믄 개도 고로고 올라가고 내려오믄 개도 내려오고. 근게 인자 여자가 보고는 고 놈을 물어 채불므는 지 신세가 못쓰게 생겼은게는 인자 개를 쫓인거여. 인자.

"내 개. 내 개." 허고.

(조사자 1 : "너 이 개. 너 이 개." 이러고.)

그래갖고 개를 개를 인자 내 쫓아불고 계속 때린게 도망가다가 고렇게 되붓어. [청중 말과 겹친다]

(조사자 : 잼있네요.)

고러게 인자 다 웃길라고 헌 소리여. 다.

장 담글 때

자료코드 : 06_06_FOT_20110127_NKS_SIJ_0004
조사장소 : 전라남도 담양군 무정면 동산리 칠전마을
조사일시 : 2011.1.27
조 사 자 : 나경수, 서해숙, 이옥희, 편성철, 김자현
제 보 자 : 송이진, 남, 67세
구연상황 : 앞서 당산제 영험담에 관한 이야기가 끝나자 조사자가 메주 쑬 때 대문 앞에 무엇을 걸어놓지 않느냐를 물었더니 다음 이야기를 구연했다.
줄 거 리 : 장 담글 때 대문 앞에는 금줄 치고 장독에는 고추, 숯을 넣어둔다는 이야기이다.

(청중 : 금줄.)

(조사자 : 예. 왜 그걸 대문에 걸어놔요?)

그것도 한 가지 옛~날 전설이제라.

(조사자 : 예. 뭐. 어째서 그런다더라~)

근게 인자 문 앞에다 금줄을 묶으고 오가리에다 말허자믄 꼬치(고추) 찡게고(끼우고) 숯댕이 찡게고 그래갖고,

오가리 테두리 있잔아요. 아구지에(입구에). 거그다 그렇게 감어 놉디다. 사챙이를.

(조사자 : 지금도 그런 사람들 있나요?)

지금은 지금은 없는디.

옛날에 보며는 고렇게 인자 그 다른 것은 없고 꼬추허고 숯댕이허고 많이 해. [목을 가다듬고]

(청중 : 장에다 담가놓제.)

지금은 고로게 안허고 (숯덩이를(생략된 말)) 담가 인자. 그것을.

홀아버지 장가 보낸 아들

자료코드 : 06_06_FOT_20110127_NKS_SIJ_0005
조사장소 : 전라남도 담양군 무정면 동산리 칠전마을
조사일시 : 2011.1.27
조 사 자 : 나경수, 서해숙, 이옥희, 편성철, 김자현
제 보 자 : 송이진, 남, 67세
구연상황 : 장 담그는 이야기가 끝나자 마침 텔레비전에서 이광재 강원도지사 대법원 판결에 관한 결과가 중계되었다. 그러자 정치를 비판하는 이야기가 이어졌다. 조사자가 좀 더 이야기를 해보려고 한참을 노력했으나 좀처럼 이야기가 나오지 않았다. 할 수 없이 조사를 포기하려는 상황에서 마지막으로 효자이야기를 물었더니 다음 이야기를 구연했다.
줄 거 리 : 효자상 받은 친구를 보고 그대로 자기 아버지를 극진히 모셨으나 좀처럼 아

버지가 흡족해 하지 않자 이웃에게 물어보니 장가를 보내드린 것만큼 효도는 없다고 하였다. 그리하여 아버지를 장가보내드렸다는 이야기이다.

아 효자도 효자도 인자 질게(길게) 질게 안허도 있제라(효자에 관한 긴 이야기가 아닌 짧은 이야기가 있다).

(조사자 : 예. 얘기 좀 해주세요.)

근게로 옛날에는 다 부모헌티 잘허믄 효 효자상을 줘. 여자가 부모헌테 잘허믄 효부상을 받고 며느리들이. 다 글안했소.

근디 인자 거 대차나 이웃인 마을 사람이 그 효자 [목을 가다듬고] [그 사이 방에 마을주민 한 분이 들어온다]

어 인자. 어 와서 잡솨. 여 떡이랑 먹어.

(청중 : 점심 묵어야지 먼 떡을 묵어.)

근게 효자 거 이웃마을 사람이 지기 친구가 효자상을 탔다 그 말이여.

그런게 야가 지기 저도 인자 홀 홀아버지를 인자 어머니도 없는 홀~아버지를 모시고 살아.

인자 근디 야가 인자 그 효자상을 탄 그 친구를 찾어가서,

"너는 어떻해서 효자상을 탔냐?" 그런게로.

"아 나 별로 헌 거 없다. 나무에다가 불이나 따숩게 때고. 불이나 따숩게. 아부지 안 춥게 때고. 그 저 그 그렇게 해서 아부지를 모셨제. 내가 특별헌 것은 없다."

인자 그랬단 말이여. 그런게 이 이 사람이 그 말을 듣고는 인자,

"나무에 불 때준 것이 일이냐."

그러고는 나무에다. 산에 나무해다 불을 불을 방을 따~숩게 불을 때주고 인자 그러고 해도 인자 아침에 가서는,

"아버지 방 따숴서 잘 주무셨소?"

"아~ 이 놈아. 찬바람만 실실 불고 나 추와서 포도시(간신히) 잔둥만둥

혔다.”

아 이불 속에 손을 너면(넣으면) 방이 뜨근뜨근해. 그런 소리만 헌다 이거여.

‘세상에 별일. 이걸 어떻해야 효자노릇을 헐 거이냐.’

그러고 그냥 불 땔 수 백이 없어.

허 허[웃음] 아랫방에서 고로게. 아랫목에서. 지기 아부지가 아랫방에서 산디.

아 그렇게 인자 그 불을 많이 때고. 나무에 불을 많이 때고 아무리 방이 뜨근뜨근해도 방자리 다 타져도 춥다고만 해싸니 이 놈의 거 도~저히 해볼 재간이 없다 이말이여.

그런게 인자 또 또 한 친구를 찾아갖고,

“아 나 도~저히 효자노릇 헐란디 못하것다. 이 이 어떻해야허야.”

긍게. 인자 즈그 그 그 친구는 또 그 사람도,

“아 이 미련헌 놈 새끼야. 아 이 새끼야. 불만 따숩게 땐다고 그것이 효자냐. 니기 아버지가 현재 홀애비 홀 홀아비 아니냐. 그런게로 응 응 장개를(장가를) 보내줘야 니가 효자상을 탄다.” 응. 긍게.

“그리야.” 요 놈이 그 말을 듣고는 대차나 어떻게 어떻게 해서 여자를 하나 할머니를 얻어줬어.

할머니를 하나 얻어주고는 또 불을 따숩게 딱 때주고는 그 이튿날 가서 물어본게로,

“아 이 어떻게 엊저녁에 찬바람도 없고. [전원 웃음] 방도 따숩고 참 잘~잤다.” 그러더라여.

그리갖고 그리갖고 거 지기 아부지를 장개보내주고 효자상을 탔다요. [전원 웃음]

당산제 영험담 (1)

자료코드 : 06_06_FOT_20110127_NKS_SIJ_0006
조사장소 : 전라남도 담양군 무정면 동산리 칠전마을
조사일시 : 2011.1.27
조 사 자 : 나경수, 서해숙, 이옥희, 편성철, 김자현
제 보 자 : 송이진, 남, 67세
구연상황 : 앞서 당산제에 관한 이야기에 이어서 다음 이야기를 이어갔다. 조사 분위기가 산만한 와중에도 제보자는 성의껏 이야기를 진행했다.
줄 거 리 : 당산제 모시기 위해 상석을 청소하는데, 마침 개가 와서 그곳에 똥을 싸자 화가 나서 개가 죽기를 빌었더니 진짜 개가 죽었다는 이야기이다.

댁호를 말을 할꺼라~.

반동덕. 반동덕. 반 반동덕이 저 저 을성양반 어머닌가?

(청중 : 누구?)

반동덕. 본동덕. 본동덕.

(청중 1 : 본동덕~)

(청중 2 : 본동댁.)

본동.

(청중 3 : 한 마을에서 와서. 본동.)

말허자믄 한 마을에서 결혼을 해서. 한 마을에서 결혼을 해서.

(청중 3 : 한 교수 얘기를 허다가.)

(청중 4 : 당산제?)

응.

(청중 3 : 아~ 5년 전에 다 조사를 했다니께로. 안혔제 모다.)

근게 그 분이 화주를 서갖고. 거 인자 나무 밑에 씰고(쓸고) 닦고 헐 때게 험성(하면서).

개들이 엄~청 많아서 노아 노아멕인게.

노아 멕여서 기냥 상추밭에고 집 밖에도 아무 기냥 거 거 똥을 많이 싼

게 근게.

기냥 어디 알아 정자 밑에 어디다 싸분가 어쩐가 [전원 웃음]

(청중 : 거 상석에다 싸부렀어. [웃으면서] 채려놓는 독에다.)

[수긍하면서] 응~ 독에다. 말허자믄 음식 차려 논(놓는) 독에다가 똥을 싸붓나봐. 개가.

그런게로 인자. 아 아침마다 씰고 딲고 헌디 독에다 싸분게 오직 부애가 나것소.

근게로 그냥,

"이 망할놈 개새끼들 병이나 다 와갖고 죽업시사(죽기를 바랍니다)."

그런게. 고러게 빌어부렀어.

"죽업시사." 허고.

(청중 : 그해 개가 개병 와갖고 다 죽었어요.)

그래갖고 개병와갖고 다 죽어붓다여.

[청중이 기침] 근게로 그것은 인자 그 점 그 나무에 무신 화신이 있다고 봐야지. [웃는다]

(조사자 : 그러죠.)

(청중 : 그래갖고 개병이 와갖고 개가 동네개가 다 죽었어요. 개병이 와갖고. 근게 지금 말허자믄 당산제가 다 영험시럽다고.)

그려 근게 그런 것을 보므는 분명 나무에 대해서 남에 대해서 이 마을에 수호신이 분명허다.

그래가지고 말허자믄 인자 당산제를 지내도

(청중 : 정성껏 모셔야 한다.)

그 그 말은 몸가짐을 깨끗이 허고 어~ 저~ 정성껏 했다고 봐야제.

생각헐제 그런 그런 예를 봤을 때에 그 지금도 말허자믄 고러게 그런 공을 드리고 있고 지금도.

당산제 영험담 (2)

자료코드 : 06_06_FOT_20110127_NKS_SIJ_0007
조사장소 : 전라남도 담양군 무정면 동산리 칠전마을
조사일시 : 2011.1.27
조 사 자 : 나경수, 서해숙, 이옥희, 편성철, 김자현
제 보 자 : 송이진, 남, 67세
구연상황 : 앞서 당산제 영험담에 관한 이야기가 계속되었다. 조사 분위기가 산만한 와중에도 제보자는 성의껏 이야기를 진행했다.
줄 거 리 : 제를 모신 은행나무를 도끼로 찍던 사람이 그 자리에서 즉사했다는 이야기이다.

(조사자 : 도끼자국 얘기도 해주세요.)

예. 근게 어뜩해서 은행나무가 그 흠집이 났는가 몰라도 그 은행나무가 말허자믄 요러게 해서 요~만치 질게 나무가 상처가 나갖고 속이 환~허게 보이게 거 구녁이(구멍이) 있었으라.

근디 그 속을 말허자믄 그 옛날 넘의 집 사는 사람이 도끼로 거 찍어부러갖고 그 그 사램이 즉사했단 말이 있어.

인자 보든 안했어도. 인자 나도 나 나도 그 도끼자국을 봤어요.

그 지금도 그 구녁이 있는가 모르것어요.

거 저 거 들독으로 넘어가는 뒤 쪽으로 구녁이 있었어. 크~게~.

그래가(그래가지고) 속이 훤~허게 보여.

속이 빠싹 말라갖고

(조사자 : 어째 그 머슴은 여기 이 당산에 도끼질을 했을까요?)

근께 그 사람은 어째서 그런지 모르지라우. 그 그렇게 해서 분명히 도끼자국이 있어요.

당산제 영험담 (3)

자료코드 : 06_06_FOT_20110127_NKS_SIJ_0008
조사장소 : 전라남도 담양군 무정면 동산리 칠전마을
조사일시 : 2011.1.27
조 사 자 : 나경수, 서해숙, 이옥희, 편성철, 김자현
제 보 자 : 송이진, 남, 67세
구연상황 : 앞서 당산제 영험담에 관한 이야기가 계속되었다. 조사 분위기가 산만한 와중에도 제보자는 성의껏 이야기를 진행했다.
줄 거 리 : 제를 모신 당산나무가 호랑이 눈매와 같이 생겼다는 이야기이다.

근디 그 독 형태가 어떻게 되냐믄 꼬~옥 저기 저 뭔 짐승 눈같이 양쪽에가 딱 오목허니 이러게.

가 가운데는 사람 콧잔등이맨키 가운데는 얇고 양쪽간데는 움푹 패이고 그랬어요.

근게 어째보믄 꼭 꼭 호랑이 호랑이 눈매같이 생겼어.

(청중 : 근게 우리 마을은 당산제를 소홀히 지내지 않해요. [제보자와 말이 겹친다])

근게 한마디로 말허믄 어찌보믄 이 호랑이 호랑이 눈매같이 가운데는 빼쪽하는 콧날같이 있고. 양쪽간에는 움푹 들어가지고. 말허자믄 사람이 눈밭에 앉것다 일어나믄 넙턱지 자국이 있잖아요. 고러게 딱 형태가 있어 패어 있었어요.

(조사자 : 어~ 한번 가 봐야것네요.)

그 독 지금도 있을거여.

그 저 이기서 가다보믄 좌측으로 그 큰 독이 있어라. 거 보므는 양쪽간디가 싹 패있어라. 눈 자국같이.

당산제 영험담 (4)

자료코드 : 06_06_FOT_20110127_NKS_SIJ_0009
조사장소 : 전라남도 담양군 무정면 동산리 칠전마을
조사일시 : 2011.1.27
조 사 자 : 나경수, 서해숙, 이옥희, 편성철, 김자현
제 보 자 : 송이진, 남, 67세
구연상황 : 앞서 만주에 관한 이야기가 끝나자 조사자가 당산제에 대해 묻자 다음 이야기를 이어갔다. 조사 분위기가 산만한 와중에도 제보자는 성의껏 이야기를 진행했다.
줄 거 리 : 이 마을은 지금도 깨끗한 사람들이 참여한 가운데 정성스럽게 제를 모신다는 이야기이다.

(청중 : 애기를 배갖고 있는디(아이를 잉태하고 있는데). 시리를 했단 말이여. 떡시리(떡 시루). 떡시리를 해가지고. 떡시리가 제일이고 근게 많이 개려요.(가려요) 근게. 당산제 지낼 때는.)

(조사자 : 아~ 또 머.)

근게 에~헴[목을 가다듬는다] 또 말허자허믄 근게 제사서 음식 음식을 그 부인들이 장만을 허것지마는 제사는 남자들 까지만 지내고.

근게 당산제 당산제를 지낼라고하믄 인자 우리 마을에 운세를 봐갖고.

인제 몇 년생 몇 년생 운세를 인자 마을회관에서 운세를 봐라.(봅니다)

어느 사람이 이런 일을 허믄 거 아무 해가 없고 좋것다.

그런 운세를 봐갖고 거 유사 유사집을 정했어요.

인자 그러믄 예를 들어서 나를 우리집이다 유사를 시킨다고 했을 때게.

우리집이 안식구 말허자믄 한달에 한번썩(한번씩) 있는 월경도 없어야 하고.

인자 고런 것도 부정인게 안되고. 고런 거 고런거만 있어도.

인자 인자 막 얘기 했다시피 어디 상가집이도 딱 인자,

"니가 화주를 히야한다."

허믄 상가집이도 못가고. 그 인자 그 기간은 비록 날짜는 얼매 안되아요. 한 일주일 여 머.

지금 내가 알기로는 딱 화주를.

내가 화주 임명을 받으며는 일주일간은 이 몸과 마음을 깨끗이 허고. 굿은디도(궂은 데도) 인자 초상 초상난디도 안가고 말허자믄.

그 그 모든 것을 다 개려야 되요(가려야 되요).

음~ 나 애써 소변줄을 갔다 와서도 목욕을 해야하고.

그 인자 한마디로 말허믄 부부간에 잠자리도 또 따로 해야하고.

에~ 동네 부정을 안 안맥힐라헌게(부정타지 않도록 하기위해).

고로게 부부간에 잠도 함께 안자고 [조사자가 제보자의 얼굴을 촬영한다] 인자 소변을 보거나 오줌을 싸도 인자 에~ 똥을 싸도 목욕을 해야허고.

거 인자 그러고 인자 삼일간은 또 이 정자나무가 이 하나부지가(할아버지가) 있고, 저기 은행나무가 할머닌디.

거그다 그 인자 그 주변을 씰고(쓸고) 물로 물을 떠다가 딱고(닦고) 물을 찌크러서(부어서) 소지를(청소를) 허고. 한 삼일간 고로게 공을 딜여(들여).

(조사자 : 아~ 삼일간이요.)

예.

(조사자 : 지금도 그러시죠?)

지금도 지금도.

(청중 : 근데 많이 절약되았어요. 보름…[제보자와 말이 겹친다])

단축시켜붓제 인자.

(청중 : 음력 설 쇠고 보름을 지금 말허자믄 개려(가려).)

음 근데.

(청중 : 십사일날(14일) 지내거든. 음력으로.)

(조사자 : 예. 십사일날.)

에~헴[헛기침을 한다] 그 인자.

(청중 : 근디 인자 영~판 머시냐. 시대가 그래갖고 변해갖고 일주일, 삼일, 지금은 당일. 지금은 삼일 지내요. 삼일.)

(조사자 : 삼일. 그래도 삼일 지키기도. 요즘엔 마을에 삼일씩 지키는 마을도 없더라구요. 바로 그 다음날부터 다 그냥 허시고 그러더라구요.)

(청중 : 지금은 삼일. 우리마을은 삼일 그라지.)

(조사자 : 언~제부터 당산제 모셨다는 이야기는 혹시.)

(청중 : 그~전부터 했던 모냥이여.)

(조사자 : 예. 무슨 계기가 있었거나 누가 꿈에 마을 어르신 꿈에 현몽해가지고 제를 모셨다거나 그런 이야기는 안들어보시구요?)

(청중 : 예. 그런 이야기는 안들어봤어요.)

여 언제 제사 지낸 뒤로는 그 내력이 다 내려왔어야 한다. 그 내력이 어디가 있었는가는 몰라도 지금 현재까지는 언제 지냈다 허는.

시작은 언제 했으며 요렇게 내려왔다는 그 말…

(청중 : 우리도 그 제사지내는…)

확실헌 증거가 없는가 보네요.

(청중 : [앞의 자신의 말을 이어서] 삼십 한 오년. [옆 사람이 헛기침 한다])

(조사자 : 제 모신지가요?)

(청중 : 예. 삼십오년. 다 여기 어르신들 화주하시고 제관하시고 그러셨죠.)

그랬지라우. 근데.

(청중 : 칠십오년도(1975년) 전은 모르것어요. 칠십오년도부터 여 머시냐. 마을에서 걷어가지고 쌀 걷고 돈 걷은 내력이 있으니까.)

(조사자 : 아. 칠십오년도에. 지금도 돈을 걷나요? 마을 자금으로 하시

나요?)

(청중 : 마을 자금이 있어도 지금 말허자믄 걷어서 해요. 인자 정성이라고 해서.)

(조사자 : 그래야죠. 얼마씩 걷으세요?)

(청중 : 오백원요. 일인당. [조사자 전원 웃음])

인구전이라 해갖고 자기 식구당 하나 앞에 오백원씩.

(청중 : 에~ 돈 걷을 때 오신 양반은 외지에서 온 양반들도 내요. 계속 헐라고.)

공 공을 들인다고 해갖고. 그래서 인자 또 한가지.

(청중 : 삼년인가? 이년 이년 군에서 머시냐 그 제수 비용을 줬는디요. 그거이 상당이 많은가봐요. 담양군에. 그래인자 예산이 없다고 인자 안주잔아요.)

(조사자 : 아~ 예전에는 줬었는데~)

(청중 : 이년 줬어요. 이년.)

(조사자 : 이년간. 얼마주시던가요? 한번하실 때.)

(청중 : 한 삼십만원 나와요.)

(조사자 : 그것도 큰~ 보탬이 되는데.)

그러지라우.

(조사자 : 그니까 어디 저 어제 부안 갔었는데요. 부안 가니까. 어떤 분이 "당산제 지내는데 많이 지원 좀 해주고 그래라." 그랬데요. [청중 웃음] 그랬더니 그 분이. 그 저 군청에 있는 직원이 "아~ 해주고 싶어도 모시고 있는 마을이 하~도 많해가지고 한 마을당 오십만원씩 해도 한 오십개가 넘어가면…")

(청중 : [조사자 말과 겹치면서] 첨 첨에는 담양군에 저 한 지금 말허자믄 한 열집이나 되았는디. 첨에 인자 그 보조를 받았을 때는. 그 이듬해는 제사를 안 모신디도 지냈다고 험서 타갔던 모냥이어요. 그래 그 제도를

없애부렀어요.)

(조사자 : 아니 "제 모시면 모신 사진을 찍어와라. 그래야지 주겠다." 머 이렇게 하며는.)

(청중 : 여그 사진 찍어가요. 찍고 장도 본 그 채려논(차려 놓은) 음식물도 전부 사진찍고 그랬어요.)

(조사자 : 그런데도 누가 헌 것처럼 허고.)

그런 사람도 있제라. 있다고 봐야제.

호랑이보다 무서운 곶감

자료코드 : 06_06_FOT_20110127_NKS_SPS_0001
조사일시 : 2011.1.27
조사장소 : 전라남도 담양군 무정면 동산리 칠전마을
제 보 자 : 신판순, 여, 61세
조 사 자 : 나경수, 서해숙, 이옥희, 편성철, 김자현
구연상황 : 마을회관의 할머니들 방에는 많은 분들이 나와 계셨다. 명절 앞두고 장을 보러 가다가 들리거나 장을 보고 와서 들리는 할머니들로 소란스러웠다. 앞서 신방 엿보기에 관한 이야기가 끝나자 조사자가 호랑이에 관해 물었더니 다음 이야기를 구연했다.
줄 거 리 : 아이가 울자 호랑이가 온다 해도 그치지 않았으나 곶감을 준다 하니 울음을 그쳤다. 이를 듣고 있던 호랑이가 나보다 무서운 것이 있다고 하면서 도망갔다는 이야기이다.

(조사자 : 호랑이가 제일 무서워한게 뭐래요?)

(청중 : 몰라. 난 암 것도 몰라 난. 다 알지라. 책에가…)

[조사자와 말이 겹친다] 산에가 호랑이가 애기가 막 울어.

아~무리 머슬(무엇을) 줘도 소용업고, 아~무리 달래려해도 달래지도 않허고.

어째 애기가 울어 싼게로,

“아~ 나 곶감.”

근게로. 애기가 그치더람마. 울음소리가.

(청중 : 호랭이가 “나보담 무섭다.”)

[청중들과 말이 겹친다] 호랭이가,

“아~ 따 나보다 더 무서운 것도 있는갑다.” 허고 도망갔다 해.

(청중 1 : 그리여. 문 열고 내 노믄(놓으면) 디리갈라고(데려가려고) 거가 섰은게로.)

(청중 2 : 옛날 애기를 다 허만. 하 하 하[웃음])

집터가 세면 흰개를 키운다

자료코드 : 06_06_FOT_20110127_NKS_JYG_0001
조사장소 : 전라남도 담양군 무정면 동산리 칠전마을
조사일시 : 2011.1.27
조 사 자 : 나경수, 서해숙, 이옥희, 편성철, 김자현
제 보 자 : 전예금, 여, 91세
구연상황 : 조사자가 마을회관의 할아버지방에서 조사를 마친 뒤에 할머니방으로 장소를 옮겨서 조사 취지를 설명하고 이야기판을 조성했다. 이어 집터가 세면 어떻게 하냐고 물었더니 다음 이야기를 구연했다.
줄 거 리 : 집터가 세면 흰개를 키운다는 이야기이다.

전에는 개가 흰 개를 키우믄.

(청중 1 : 응. 집터가 시~믄(쎄면) 힌 개를 키운단 그 말이여.)

(청중 2 : 키워서 묻어준다 긍마(그러더라).)

(조사자 : 키워서 거기 그 땅에다 묻어줘요?)

(청중 : 몰라. 진짠가~)

집터가 쎘다고 허믄. 힌 개를 키워갖고,

"컹~ 컹~" 울리므는. 흰 개.

(조사자 : 어~ 그럼 실제로 흰 개를 키우고 그랬어요? 이 마을에도.)

그랬다 그랬어.

어미호랑이의 웃음

자료코드 : 06_06_FOT_20110127_NKS_JYG_0002
조사장소 : 전라남도 담양군 무정면 동산리 칠전마을
조사일시 : 2011.1.27
조 사 자 : 나경수, 서해숙, 이옥희, 편성철, 김자현
제 보 자 : 전예금, 여, 91세
구연상황 : 앞서 장 담그는 방법에 대한 이야기가 계속 되었다. 그 사이에 명절 앞두고 장을 보러 가다가 들리거나 장을 보고 와서 들리는 할머니들로 소란스러웠다. 조사자가 호랑이 이야기를 묻자 다음 이야기를 구연했다.
줄 거 리 : 호랑이 새끼를 보고 예쁘다 하니 호랑이 어미가 좋아서 웃었다는 이야기이다.

그 히보든. 난 보든 안했는디.

(조사자 : 예. 들었던 이야기~)

머이냐. "그 새끼들 별나도 이삐다. 이삐다." 헌게. 호랭이가,

"[갑자기 큰 목소리로] 엉~" 험서 [웃으면서] 웃었다 그러드만. 웃으니라고,

"헝~ 헝~" 했어.

(청중 : 어짜 그란데?)

지 새끼 이삐다 헌게.

(조사자 : 아~ 웃는 것이 "헝~ 헝~" 웃는 거예요?)

응. 그래라.

(조사자 : 난 우는 줄 알았네. 하 하[웃음])

인제 지 새끼 이삐다헌게 소리를 그라고 했제.

나물보따리를 가져다 놓은 호랑이

자료코드 : 06_06_FOT_20110127_NKS_JYG_0003
조사장소 : 전라남도 담양군 무정면 동산리 칠전마을
조사일시 : 2011.1.27
조 사 자 : 나경수, 서해숙, 이옥희, 편성철, 김자현
제 보 자 : 전예금, 여, 91세
구연상황 : 앞서 어미호랑이에 관한 이야기가 끝나자 좀 더 자세히 다음 이야기를 구연했다.
줄 거 리 : 나물 캐러 갔다가 호랑이새끼를 보고 예쁘다하고 있는데 어미호랑이가 소리를 지르자 놀라 도망갔다. 그 다음날 어미호랑이가 나물 보따리를 가져다 놓았다는 이야기이다.

근디 전~에 어른들이 고로게,

"호랭이 새끼가 이삐다." 그런게. 호랭이가 소리를 지른게.

너물 캐러 가갖고 너물보퉁이(나물보따리)를 다 내불고 왔데야. 그런게.

(조사자 : 어머니 저보고~[촬영을 위해서 조사자를 보면서 이야기를 해 달라고 부탁한다])

너물보퉁이를 집 문 앞에 다 걸어놨더랴.

(조사자 : [놀라는듯이] 누가?)

호랭이가 갖다 걸어놨어. 무운게(무섭다) 내불고 와분게.

집집마다 그 집이로 그 이름으로 딱딱 다 걸어놨데.

(조사자 : 용~하네.)

(청중 1 : 즈그 해 안붙인게로.)

(청중 2 : 어쯔고 그 집 문 앞을 알았을까?)

그런게 영리허제. 허~[웃는다]

백일산제 지내고 아들 낳기

자료코드 : 06_06_FOT_20110127_NKS_JYG_0004
조사장소 : 전라남도 담양군 무정면 동산리 칠전마을
조사일시 : 2011.1.27
조 사 자 : 나경수, 서해숙, 이옥희, 편성철, 김자현
제 보 자 : 전예금, 여, 91세
구연상황 : 조사자가 앞서 업구렁이에 관한 이야기에 대해 재차 물으니 제보자가 이를 답변하면서 자연스럽게 다음 이야기를 구연했다.
줄 거 리 : 산에서 백일산제를 지낸 뒤에 아들을 낳았다는 이야기이다.

백일산제를 해갖고 아조~

(청중 : 응. 산에 가서.)

(조사자 : 누가요?)

우리 외갓집.

(조사자 : 예. 외갓집이 어째요?)

외할머니가 아들을 못논게(낳지 못하니). 산에 가서 백일산제를 지냈어. 그래갖고 아들 하나를 놨어.(낳어)

(조사자 : 백일 산신제를 지냈어요?)

예.

(조사자 : 어떻게 지내는 거예요?)

그것은 몰라. 전에 그런 소리만 들었은게.

(청중 1 : [소리가 작아 잘 들리지 않는다] 강호 거 저 백일. 아니 공들여갖고 나았소.)

(청중 2 : 민우기(민욱이) 났대.(낳았대))

(청중 3 : 민우기 났대.)

(청중 2 : 응.)

어디서 그러고 났을까?

(청중 : 몰라. 인자 절에다가 했제.)

방구쟁이 며느리

자료코드 : 06_06_FOT_20110127_NKS_JYG_0005
조사장소 : 전라남도 담양군 무정면 동산리 칠전마을
조사일시 : 2011.1.27
조 사 자 : 나경수, 서해숙, 이옥희, 편성철, 김자현
제 보 자 : 전예금, 여, 91세
구연상황 : 이야기가 끝날 때마다 청중들이 이야기를 반복하거나 자신의 경험을 말하는 방식이 계속되었다. 조사자가 방구쟁이 며느리 이야기를 하자 제보자가 나서서 다음 이야기를 구연했다.
줄 거 리 : 옛날에 며느리가 방귀를 참고 있다가 시아버지가 한번 시원히 뀌어보라 해서 그리 했더니 뒷문짝이 날아가버렸다는 이야기이다.

근게 시아바지 앞에서 똥꾸고 기냥 삐랬다 시피랬다 한게 기냥 빌이(별이) 걸어온 것이 생겼다 그랬어.

(조사자 : [너무 빨리 이야기를 하기에] 아따 처음부터 해봐요. [웃으면서] 처음부터.)

(청중 : 차근차근 이야기 하쇼.)

(조사자 : 예. 별이 된 거는 마지막 이야긴거 같고. 어디~)

그것 백이(밖에) 몰라.

(조사자 : 며느리가 왜? 왜 그 빨갰다 파랬다 그래요?)

아~ 시아바지 앞에서 똥뀌를 못낀게 글제.

(청중 : 인자 어릅제.(어렵지))

아. 어릅제.

(청중 : 시아바지가. "방귀를 못껴서 근다." 그런께로 "너 뀔 때로 뀌봐라(뀌어보아라)." 근게로 '푹~ 푹~' 꼈다 안합디요. 허 허[웃는다])

(청중 1 : "앞 문 잡아. 앞 문 잡아라." 그랬다 그랬그만.)

(청중 2 : 예?)

(청중 1 : "인자 막 날아간다."고.)

(청중 2 : 이[청중 1 말에 동의한다]. “앞 문 잡아. 뒷 문 잡아.” 그라했드만.)

옛날에 미느리가(며느리가) 방구 잘 뀐다해 서,

“아 너 뀔 때로 뀌어봐라.”

헌게. 뒷 문짝이 날아가부렀답디요. [전원 웃음]

(청중 : 또 또 그라더만. “정재에서도 뀌었어요.” 헌다근다고. “아~따 그 미느리.” 미느리가 방구를 뀐게. “아~따 거 아들 날(낳을) 방구다.” 시아버지 근게. 근게 “정재에서도 뀌었어요.” [전원 웃음] 했대.)

그리여. 진짜 그리여.

한석봉과 어머니

자료코드 : 06_06_FOT_20110127_NKS_JYG_0006
조사장소 : 전라남도 담양군 무정면 동산리 칠전마을
조사일시 : 2011.1.27
조 사 자 : 나경수, 서해숙, 이옥희, 편성철, 김자현
제 보 자 : 전예금, 여, 91세
구연상황 : 앞서 과부이야기가 끝난 뒤에 조사자가 여러 이야기를 물었나 모른다고 했다. 이어 당금애기 이야기를 구연하자 오히려 청중들은 더 해보라고 했다. 잠시 뒤에 제보자가 한석봉 이야기를 들어봤는지를 물으면서 다음 이야기를 구연했다. 이야기가 많이 생각되어 있다.
줄 거 리 : 한밤중에 한석봉은 글을 쓰고 어머니는 떡을 써는 내기를 했는데, 한석봉이 져서 공부를 더 했다는 이야기이다.

전에 한석봉이 얘긴 들어봤소?

(조사자 : [웃으면서] 아이고 아뇨. 안들어봤어요.)

한석봉이 허고 즈그 어머니허고. 즈그 어머니가 떡장사를 했다더마.

그런디 인자 한석봉이는 불도 안 써고(불을 키지 않고) 글씨를 쓰고, 즈

그 어머니는 불도 안 쓰고 떡을 짤라.

근데 떡이 다 똑같이 짤라지고 공 글씨도 똑같이 잘 쓰고 그랬다 그래.

(청중 : 똑같이 못 썼다요. 똑같이 야 못써갖고…)

못 썼다?

(청중 : [다른 청중과 말이 겹친다] "다시 다시 가 더 히라(해라)." [전원 웃음] 그래가 보냈어. 아들은 (글씨가(생략된 말)) 틀어진게. 아들보고 엄마가 "가서 공부를 더 해라." 그리여.

그랬는갑다. [전원 웃음] 아 엄마는 떡을 잘 썰고. 아들은 글씨를 잘 못 쓰고.)

(청중 : 아들은 글씨를 잘 못썻제.)

칠전의 유래

자료코드 : 06_06_FOT_20110127_NKS_JJS_0001
조사장소 : 전라남도 담양군 무정면 동산리 칠전마을
조사일시 : 2011.1.27
조 사 자 : 나경수, 서해숙, 이옥희, 편성철, 김자현
제 보 자 : 정종순, 남, 73세
구연상황 : 칠전마을은 당산제를 모신 마을로 익히 알려져 있다. 사전에 조사자들은 연락을 드리지 않고 마을회관을 찾았다. 마침 설을 앞두고서 마을사람들이 분주히 움직이는 가운데 마을회관에 나와 계신 어르신들을 모시고 조사 취지를 설명드렸다. 이어 조사자가 왜 칠전인지를 묻자 제보자가 다음 이야기를 구연했다.
줄 거 리 : 옻나무밭이 많아서 칠전이라고 했는데, 지금 마을에는 옻나무가 없다는 이야기이다.

(청중 : 그 전에 예전에 옻나무 밭이 많이 있다고 그러거든요.)

옻 칠(漆) 자 밭 전(田) 자. 그래서 옻나무 밭이라 했는데. 지금 살~짝

우리가 봐도 옻나무가 어디가 있는지를 몰라요.

근디 그 유래를 모르것어요. 내가 지금 우리 마을 터 잡으신 분들헌테(분들로부터) 십이대 종손입니다. 밀양박가 십이대 종손이예요.

근디 그 자료가 아무 우리 집이 아무것도 없어. 지금. 연혁이.

그래서 여 마을일을 만들면서도 그 그것 땜에 애로가 상당히 많았습니다.

(청중 : 거 서두에 있을 거예요. 옻나무 옻이 많아서 옻밭이라 허고.)

서두에 내력이 인자.

(청중 : 그 다음에 인자 칠전이라 허고. 옻 칠 전. 해석해갖고 옻밭이라고 옻나무가 많을 것이라고 옻 밭.)

당산제 영험담 (1)

자료코드 : 06_06_FOT_20110127_NKS_JJS_0002
조사장소 : 전라남도 담양군 무정면 동산리 칠전마을
조사일시 : 2011.1.27
조 사 자 : 나경수, 서해숙, 이옥희, 편성철, 김자현
제 보 자 : 정종순, 남, 73세
구연상황 : 앞서 당산제 영험담에 관한 이야기가 끝나자 이어서 다음 이야기를 구연했다.
줄 거 리 : 저수지공사 하러 가던 포크레인 기사가 당산나무의 지심독을 밟고 갔다. 그 뒤로 기계가 고장이 나고 사람이 죽을 뻔한 일이 생기자 다시 당산제를 모신 적이 있다는 이야기이다.

그런 소리 많이 그때 있었어요. 저 저수지 확장 공사할 때. 에~ 0대가 와서 일을 했거든요.

근디 인자 당산제 지냄서는 당산제를 지내고 음식물을 종 신문지에다 싸가지고 백지에다 싸가지고 그 독에다 묻어요.

그 그 지짐독 아니예요!

(조사자 : 네 네. 지짐독!)

지지독인디. 돌에다 그 지짐독을 파갖고 저수지 공사허로 들어갔어요. 그래갖고 도자가 계속 고장이 나갖고 일을 못했어요.

예. 지심독을.

(청중 : 독을 눌러분거여.)

공사를 했는디. 그 후로 일을 못했어요. 고장이 나가지고. 그런게 마을 어르신들이,

"그 왜 지심독을 볿고 지내가냐?" 그래서 다시 거그서 제를 지낸 적은 있어요. 도자가.

(청중 : 일을 일을 못헌것이 아니라 포크레인 기사가 고장이 나분게 뜯 뜯다가 거 스프링 발부가 튀어 부러갖고 머리 이마빡 그 사람 그 자리 즉사 안하니라 다행이예요.)

(청중 : 예. 그래가지고 내가 그 환자를 내가 병원까지 입원을 시켰는데. 거 스프링 튀어 저 스프링 요 ○○ 발부가 튀어가지고 여 이마빡 여기를 때려버렸어요.)

(조사자 : 아~ 고장난 포크레인 고치다가…)

(청중 : 그렇죠. 고 놈을 고칠라다가. 혹 그 때만 해도 기술이 뭐 어디 저 서비스를 댕기는 사람들이 없으니까. 그 사람 거기 튀어부러갖고. 그래갖고 내가 보는 그 사람 그 뒤로 일을 못했단 말이제.)

당산제 영험담 (2)

자료코드 : 06_06_FOT_20110127_NKS_JJS_0003
조사장소 : 전라남도 담양군 무정면 동산리 칠전마을
조사일시 : 2011.1.27
조 사 자 : 나경수, 서해숙, 이옥희, 편성철, 김자현

제 보 자 : 정종순, 남, 73세
구연상황 : 앞서 당산제 영험담에 관한 이야기가 끝나자 이어서 다음 이야기를 구연했다.
줄 거 리 : 당산나무 지심독을 훔치려 했던 사람이 그 해 죽었다는 이야기이다.

그러고 또 또 한분은 자연석을 사러 다닌 사람이 있어요. 자연석.

근디 자연석 사러 다닌 사람이 고놈을 차에다 넣다가 들켰어요. 마을 마을사람한테.

(조사자 : 그 은행나무 지심독을요?)

예. 당산나무 지심독을.

(청중 : 지금도 돌이. 당산나무 두 개가 있어요. 여기 있고. 저기 있고.)

차에다 얹은 놈을 내려놨거든요. 그해 죽었어요. 그 사람도.

(청중 : [큰 소리로 놀라면서] 하~이고매~!)

○○거 면장아들.

(청중 : [긍정으로 수긍을 하면서] 어~)

댕기는.

(조사자 : 그러면 그 걸 어떻게 몰~래 가져가려고 했었나 보죠?)

자연석인게 차에게 얹을려고 했겄제.

지명에 나타난 선현들의 예지력

자료코드 : 06_06_FOT_20110127_NKS_JJS_0004
조사장소 : 전라남도 담양군 무정면 동산리 칠전마을
조사일시 : 2011.1.27
조 사 자 : 나경수, 서해숙, 이옥희, 편성철, 김자현
제 보 자 : 정종순, 남, 73세
구연상황 : 앞서 칠전 유래에 관한 이야기가 끝나자 바로 조사자들은 인적사항에 대해 조사했다. 청중은 예전에도 유사한 내용을 조사했다고 하면서 이야기 분위기가 좀처럼 형성되지 않았다. 할 수 없이 조사자가 이야기를 유도하기 위해 무

정면이 왜 무정인가를 묻자 제보자가 다음 이야기를 구연했다.
줄 거 리 : 무정은 호반 무(武)를 쓰는데 오늘날 이름에 맞게 공수부대가 들어왔고, 담양은 댐이 들어왔다는 이야기이다.

무기인이라 해서. 거 무기라 해서 무 자 쓰거든요.

(조사자 : 아 무기 무 자요.)

호반 무(武) 자. 그런게 그 전에 무전이라 했는디. [헛기침을 하고] 지금 군부대가 들어왔잔애요. 근기 지명이 맞아 떨어졌다. [청중 웃음]

거 무기라는 무 자가 거 무정면이여.

(청중 : 그래서 공수부대가 들어오니까 그 전에 성현들이 지명을 잘 지었다. 지금.)

지명 따라서 인자 군부대가 들어와분게.

(청중 : 담양은 못 담(潭) 자 담양 담양댐이 들어서 그거이 맞어떨어지고. 못 담 자 담양이거든요. 못 담 자 담. 근데 담양댐이 저.)

담양댐이 있잔아요. 남면 가서 되있고. [청중 웃음] 여 담양댐도 있고.

(청중 : 그 전에 성현들이 이름을 지을 때.)

그리서 그 전에 어르신들이 지명 이런 것이 맞아 떨어진다고 그랬거든요.

당산제 영험담

자료코드 : 06_06_FOT_20110127_NKS_JCS_0001
조사장소 : 전라남도 담양군 무정면 동산리 칠전마을
조사일시 : 2011.1.27
조 사 자 : 나경수, 서해숙, 이옥희, 편성철, 김자현
제 보 자 : 조춘숙, 여, 73세
구연상황 : 앞서 화전놀이에 대한 이야기가 끝나자 조사자가 당산제에 대한 이야기를 물었다. 그러자 제보자가 다음 이야기를 구연했다.

줄 거 리 : 당산제를 모실 때 아이를 밴 사람이 제를 모시는데 갔더니 갑자기 한속이 들고 아프자 당산 앞에 비손하여 나았다는 이야기이다.

옛날에 운이 맞고 집이 깨깟 깨깟한 사람이 혔는디. 지금은 다~ 늙어갖고 거식허니까 지금은 이장이 다 도맡아서 해부네.

옛날에는 애기 배믄 그 집 식구는 당산나무 곁에를 못가. 지사(제사) 지낸 데를.

근디 우리 시어마이가 애기를 뱃는디. 우리 끝에 짝은 아버지가 당산제 지낸디를 따라 갔다더마.

갖고 애기 밴 사람이 걍 막 한속을 허고 죽는다고 야단이 난게. 우리가 물어본게.

당산제 지낸디 가서. 식구가 갔어. 거그를.

우리 끝에 작은 아버지가 따라 갔어. 거그를.

우리 어머니허고 살 때 총각 때.

응. 그래갖고 유동양반이 갔다왔어. 그래갖고 우리 어머니가 겁~나게 아파붓어. 애기를 밴 사람이.

그래갖고 거그서 인자 도로 당산제 가서 비손을 히갖고 맞어와갖고 나샀다그래.(나았다고 해) 고런 소리는 들었어.

(청중 : 전에는 겁~나게 살븐 살았구만.)

근게 지금도 애기 밴 사람 거그 못가게 허고. 삼신한 사람 안시켜주고 그러잔아요.

(청중 : 근게. 안혀.)

[청중이 제보자가 했던 이야기에 응하는 말을 하고 있다. 소리가 작아 들리지 않는다] 응. 좋게 히갖고 고 놈 도로 밥 채리다 놓고 도로 당산제를 지내갖고 나섰다 그러더란께.

(청중 : 근게 당산제 화주 서갖고 전에 즈그 시어머니가 요그 방바닥을

찧은께로 튀편사리되붓어. [옆의 청중 말이 크게 녹음되어 잘 들리지 않는다] 튀편사리 있은께 고놈을 입에 너부렀어. [세 명이 이야기 하기에 이후 말은 들리지 않음]

우리 어머니 되~게 아파서 용궁봤다허대. 유동양반 총각 때,

"가지마라. 가지마라. 심이 나니 가지마라 이놈아. 가지마라." 했는디. [웃으면서] 머 얻어묻는다고 갔제. 인자.

그때게는 가난허니 산게. [웃으면서] 가난허니 산게. 찬밥 한 볼테기 떡 한 볼테기 얻어먹을려고 따라갔제.

"가지마라. 가지마라." 헌디. 따라 갔더란게.

(청중 : 장개 안갔은게 함께 총각땐게 살았건네.)

예. 우리 어머니가 [뒷 말은 옆 청중의 말과 겹쳐서 음절도 확인이 안된다]

장맛을 위해

자료코드 : 06_06_FOT_20110127_NKS_HSS_0001
조사장소 : 전라남도 담양군 무정면 동산리 칠전마을
조사일시 : 2011.1.27
조 사 자 : 나경수, 서해숙, 이옥희, 편성철, 김자현
제 보 자 : 허성순, 여, 73세
구연상황 : 앞서 인불 이야기가 끝나자 조사자가 몇 년 전에 이 마을을 왔을 때 장 담그는 집에서 금줄 친 것을 보았다고 하자 제보자가 다음 이야기를 구연했다. 마을회관의 할머니들 방에는 많은 분들이 나와 계셨다. 명절 앞두고 장을 보러 가다가 들리거나 장을 보고 와서 들리는 할머니들로 소란스러웠다.
줄 거 리 : 장 담글 때 장맛 좋으라고 금줄 치고 상을 차려놓았다는 이야기이다.

장 담은 날 깨끗허니 잡지. 저기해라. 그지라.

(청중 : 아니. 애기 날라도(낳으려해도) 금줄 치고.)

아니. 미주(메주) 그 놈 맛나라고.(맛좋으라고) 새내끼 꽈서 바람… 새내끼를 헌다고.

(청중 1 : 미주 쌀(메주 쌀).)

(청중 2 : 그리여.)

(조사자 1 : 그거 아니라. 금줄.)

(조사자 1 : 아니. [조사자 2를 제시하면서] 가만 있어봐. 메주를 쑤기 전에 그 묶은 끈을 거기다 달아놓는다고요. 장 담근 날. 장 담는 날 해실허니 맛나라고.)

(조사자 : 맛나라고. 맛이 좋으라고. 지금도 하셔요?)

아이고 누가 허도 안해. 인자는. 시대가 바까져갖고(바뀌어서)

(청중 : 전에는 물도 떠 놓고, 소금도 떠놓고 기냥…)

장 담을람서.

(청중 : 응. 상이나 채려놓고 그러더만.)

몰라 우리 어머니도 그러더만. 저 우에 삼선.(살때에) 근게 삼신 있으므는.

(청중 : 난 친정에서 봤어.)

(청중 : 아~ 삼신 있을 때.)

그 쪽에다 대고 미주끼(메주) 한나(하나) 꼬추허고 물허고 소금을 상에다 딱 놔나. 그 삼신 있는 쪽에다가.

(조사자 : 삼신이 어느 쪽에 있는데요?)

말허자믄 [청중과 말이 겹친다] 서쪽이랄지. 북쪽이랄지. 그쪽에다 인자.

(청중 1 : 집에서 애기 나갖고(낳아서) 집에가 있는 사람.)

(청중 2 : 즈그 어머니 죽은 뒤에 내가 혼자 장을 담은게. 어디 [다른 청중이 "양동양반이"라 말해 말이 들리지 않는다] 금방 초한다고 그래.)
[전반적으로 음성이 멀게 녹음되어 잘 들리지 않는다]

만주로의 이주와 생활

자료코드 : 06_06_MPN_20110127_NKS_SIJ_0001
조사장소 : 전라남도 담양군 무정면 동산리 칠전마을
조사일시 : 2011.1.27
조 사 자 : 나경수, 서해숙, 이옥희, 편성철, 김자현
제 보 자 : 송이진, 남, 67세
구연상황 : 조사자들은 점심을 먹고 다시 마을회관으로 돌아왔다. 오전에 이야기하던 송이진 제보자의 인적사항을 조사하던 중에 그가 만주에서 태어났음을 알게 되었다. 그러다보니 자연스럽게 만주에서 있었던 이야기를 구연했다.
줄 거 리 : 제보자의 부모님이 담양에서는 살기가 어려워 만주로 이주한 뒤에, 제보자가 태어났고 집안 형편이 어려워 학교를 다니지 못한 채 일만 했다는 이야기이다.

만주 만주서 거그서 나갖고(낳아가지고(태어나서)) 이레 이레도 하라도(하루도) 못쇠고,

난지 삼일만에 말허자믄 인자 거그서 나가라헌게 인자.

(조사자 : 해방이 되니까 나가라해요?)

아니. 몰라 해방이 되어서 나가라했는가. 어쩌든.

그래갖고 인자 고렇게 나간게 거그서 인자 고러게 살다가 난지(태어난지) 삼일만에 인자 싸갖고 온거지.

(조사자 : 그럼 부모님은 그 전에 여기서 사셨다가 만주로 가신거예요?)

이 여기서 살다가 인자 먹기가 옹삭헌게 말허자믄 그때 이민을 간거여. 이민을. 한마디로 허믄 이믄을 갔제.

근게 인자 만주로. 이민을 가갖고 고러게 인자 살다가 고러게 오면서 인자 그기서 인자 살림하고 살았은게 돈이 좀 있었을거 아니요.

그러믄 돈을 인자 돈이고 머든 인자 자기 살림살이 모든 걸 갖고 온디. 말허자믄 또 중국서 어디 오는 도중에 다~ 요서 거 여 텔레비전에 나온 거 저 저.

어. 그런 사람들이 뺏아가분게 또~ 사람 다 뒤져갖고.

(청중 : 검문검색을 해분께.)

어. 그래 인자 돈을 갖고 나올란디. 갖고 나올 방법이 없으니께 인자. 거 옛날에 기저귀 있잖애요. 기저귀에다 똥을 내야(제보자) 똥을 인자 헝겊 헝겊에다 막 몰려 묻혀서 몰려갖고 인자 그 속에다 궤비를(주머니를) 만들어갖고 돈을 그 속에다 돈을 넣갖고 애기를 애기를 싸갖고 걸래를 인자. 그래갖고 돈을.

(청중 : 밀수품 갖고 오대끼 갖고 왔구만.)

응. 돈을 거그다 감춰갖고 왔다요.

(청중 : 아이고. 자네가 아조 복덩일세.)

[전원 웃는다] 인자 그래갖고 어머니 말 들어보믄 그리여.

그래갖고 돈을 고로게 인자 똥걸레에다 인자 돈을 궤비다 만들어 너갖고(넣어가지고) 고로게 돈을 갖고 와갖고 인자 포~도시(간신히) 오막살이 집이 한 칸짜리 집을 짓고 거 넘 인자 삼밭에다 그러게 집을 짓고 그러고 살았 살았어요.

그래갖고 참 인자 근게 그 때에 고로게 밤낮으로 여 열흘이 걸린다고 그러든가~ 한달 보름이 걸린다든가~ 만주서 여그로 올라믄 고렇게 걸~어서 오고 배로 오고 거 열차를 타고 나왔는디.

열차 속에서 고러게 사람을 전부 검열 검색을 해갖고 다 뺏어가분다니까. 거 오는 도중에.

인자 내가 학교를 다닐라고 학교다 원서를 너갖고 학교를 갈라고. 하루는 학교를 갔 인자 국민학교 입학을 허고 왔어요.

그런디 인자 아부지가 인자 저 어머니헌테 학교 보내줬다고.

"니가 뭔 돈이 있간디 학교를 보내야."

그래갖고 몽침을(목침을) 팅긴(던진) 것이. 저 구석대기. 옛날에는 방 한 칸 곳간이 없은 께로.

구석대기에 싹 오가리를 놔두고 거기다 쌀을 부서놨었는디. 몽침을 떤져갖고(던져서) 어머니를 때린다고 몽침을 떵겼는디. 오가리가 맞아갖고 구멍이 나갖고 그래. 내가 고런 기억이 나네. 지금도.

오가 오가리가 맞어갖고 오가리가 깨져부렀어.

(조사자 : 그 오가리가 혹시 성주동우 아니였을까요?[전원 웃는다])

그래갖고 그래가지고 쌀이 쏟아질거 아니여. 내가 그런 것은 기억이 나요.

(조사자 : 그렇게 해가지고 못가셨어요?)

그래가지고 학교를 그 뒤로 못가부렀어. 지금까지. 그런께 내가 지금 아조 참 한~이라면 한이제.

(조사자 : 한이죠. 한이죠.)

응.

젊은 시절의 화전놀이

자료코드 : 06_06_MPN_20110127_NKS_SJS_0002
조사장소 : 전라남도 담양군 무정면 동산리 칠전마을
조사일시 : 2011.1.27
조 사 자 : 나경수, 서해숙, 이옥희, 편성철, 김자현
제 보 자 : 송이진, 남, 67세
구연상황 : 제보자가 앞서 민요를 구성지게 부른 뒤에 조사자가 화전에 대해 물어보자 다음 이야기를 구연했다.
줄 거 리 : 제보자가 스무살 무렵에 마을사람들과 함께 화전놀이하면 놀았다는 이야기이다.

우리가 옛날에는 스물 한~ 두 서너살 묵었을 때. 옛날에는 다 화전했었어. 화전.

사월 초파일 때.

(조사자 : 사월 초파일 때요?)

응. 사월 초파일 때 그럴 때 인자. 오~래된 나무나 풀도 풀이고 나무고 전부 잎사귀 나올라 그러믄 막 산에 가는 너물도 꼬사리 올라오고. 그 시기 아니요. 사월이믄. 그때.

누가 인자 막걸리통 막걸리통을 짊어지고 장구 짊어지고. 홍어짠지 홍어 해갖고 산에 가서 높은 산에 가서 놀기 좋은데 가서 나무 밑에 가서 화전도 허고.

막 막 그런.

(조사자 : 그 때 스무살 정도 때?)

한 스물 서 너살 봐야제.

(조사자 : 아~ 몇 명이나 올라가요?)

그래도 한 최하로 한 이십명 이상은.

(조사자 1 : 아~ 이십명 이상은 간다.)

(조사자 2 : 화전을 화전을 남자들도 가나보네요.)

응. 남자들이 주로. 남자들이 많이 가.

(청중 : 그 전에는 여가 일꾼들이 많이 있었거든요. 그 전에는 모두 다 풀 뜯고 놀고 그랬거든. 그러니까 이분들이 쉬어요. 그날 쉬단께. 그럼 인자 주인들이 돈을 얼마씩 주어가지고 인자 그 날 하루 놀라고 자꾸 내줘. 내줘갖고.)

인제 그때게 인자 그야말로 장구 치고 인자 술 묵고 그러게 화전허고 놀았제. 그때.

(조사자 : 장구치고 술 먹고 노래하고.)

하. [긍정의 대답] 요런 인자 홍 홍타령도 허고.

한 집에서 두 아이 낳지 않는다

자료코드 : 06_06_MPN_20110127_NKS_SIJ_0003
조사장소 : 전라남도 담양군 무정면 동산리 칠전마을
조사일시 : 2011.1.27
조 사 자 : 나경수, 서해숙, 이옥희, 편성철, 김자현
제 보 자 : 송이진, 남, 67세
구연상황 : 앞서 제보자가 젊은 시절에서 화전놀이를 했던 이야기를 마치자 이어서 자신의 살아온 이야기를 했다. 제보자는 성격이 온화하며 사람들과 더불어 이야기하기는 것을 좋아했다. 그리고 기억력이 좋아 유년시절의 일들과 흥겨운 이야기들을 비교적 많이 들려주었다.
줄 거 리 : 한 집안에서 한달에 두 아이를 낳지 않는다 해서 제보자는 살던 집을 이사하게 되었다는 이야기이다.

육십 칠년돈가?(1967년도인가?)

그 때 함을 만들어갖고 이~년간인가 이 년만에 하래들어갖고 말허자믄 나락을 심궈갖고 내가 그때 지금만해요. 그때가 해에가.

큰 집에 살다가 내가 인자 장가 가갖고 인자 분가를 헌거이여 인자.

그래 넘의 겹방살이를 인자 넘의 집을 얻어갖고 겹방살이를 얻어가지고 말허자믄 집을 얻어갖고 넘의 작은방을 얻어갖고 인제 집이 같으믄 인자 참 상황도 못헐일이제.

작 작은방을 얻어갖고 인자 살다가 우리 집이 큰 아이를 첫아이를 가졌는디.

그 주인 집이도 애기를 똑같이 가진거여.

한 달에다 둘이다 낳게되았어. 우리 집이랑 집주인이랑.

근게 옛날 전설에 인자 한 집이서 애기 둘 한 달에 둘이 안난다 해갖고 도로 그 집이서 나와갖고 다른 집이를 얻어갖고 갔어.

작은 놈의 작은 방을 또 얻어갖고 그리서 이장 이사 이사를 한번 헌거여 인자.

작은 놈의 집에서 놈의 집으로.

(조사자 : 예. 왜 한 집에서는 애기 두 명 낳으면 안된데요?)

하나가 친데요.

(조사자 : 하나가 치어요.)

예. 근게 아 집도 없어 넘의 집 간 사람이 그런 그런 못쓸 일을 허것어요. 그래갖고 못살고 나와붓지 거그서.

그래갖고 다른 작은 방을 얻어갖고 또 또 이사를 갔어요.

비마중 가세

자료코드 : 06_06_MPN_20110127_NKS_LSH_0001
조사장소 : 전라남도 담양군 무정면 동산리 칠전마을
조사일시 : 2011.1.27
조 사 자 : 나경수, 서해숙, 이옥희, 편성철, 김자현
제 보 자 : 이순희, 여, 74세
구연상황 : 앞서 당산제 영험담에 관한 이야기가 끝나자 조사자가 제보자의 인적사항을 조사했다. 이어 보름날 상차림에 대해 언급하자 제보자가 기우제에 관한 다음 이야기를 구연했다.
줄 거 리 : 마을 여자들이 냇가에 가서 국수로 제를 모시고, 만덕산에 올라가 무덤을 파헤치는 등 기우제를 모셨는데, 이를 비 맞아서 씻는다고 해서 '비마중'이라 부른다는 이야기이다.

(청중 : 저 여기서 국시(국수) 한 뭉탱이 사고. 가고 인자 여자들이 기냥 막~ 가. 냇가에로 가.)

아니 거시기서 국시 사갖고 저 저그 저 무지덩 그 나 거까정 따라갔네. 만둑산(만덕산) 산에.

지사(제사) 지낸다고 무지덩으로. 거그따 뫼 묻어 뫼 써놨다고 파낸다고 따라갔어.

(청중 : 아 무시덩에다가 돼아지 피 묻힌다고 안합뎌.)

예. 그래갖고 그 뫼를 파내부렀을 거이요.

(조사자 : 그거를 비마중이라고 해요?)

예. 비마중.

(청중 : 비 맞아서 씻이라고.)

비가. 날이 가물며는.

(청중 : 날이 가물며는 비가 오라고.)

층이를 싹 하나씩 쓰고 저 국시 사갖고 거가서 저 쩌~ 아래 냇물 보또랑에 가서 거 가서 지 지를(제를) 지냈어이.

(청중 1 : 나 살았을 때는 그런 것도 안했어.)

(청중 2 : 지를(제를) 지낸 것이 아니라 막 치고 까부르고.)

"국시가닥 가치 비가 주륵주륵 와라." 허믄. 거가서 지(제) 지내고 오믄 기냥 비와.

(청중 : 국시를 놔도 치(키)에다.)

(조사자 : 국시를요?)

응. 먹는 국수. 그래갖고 문땡이서 치 치갖고 온 사람. 안갖고 온사램은 고거 쬐까석 베주믄 인제. "비마중 가세. 비마중 가세." 그러고 까부라.

냇물에다 대고. 동네 여자들이 다 나왔어. 그때. 합심해서 나갔어. [여러사람 말이 겹쳐 들리지 않는다] 우리는 힜어. 우리는 힜어라. 여러번 문리덕(문리댁) 따라(따라 가서) 힜어.

여자불과 남자불

자료코드 : 06_06_MPN_20110127_NKS_JYG_0001

조사장소 : 전라남도 담양군 무정면 동산리 칠전마을

조사일시 : 2011.1.27

조 사 자 : 나경수, 서해숙, 이옥희, 편성철, 김자현
제 보 자 : 전예금, 여, 91세
구연상황 : 앞서 조사자가 인불에 관한 이야기를 하자 제보자가 다음 이야기를 구연했다. 청중들이 많고 방을 자주 들어오거나 나가는 바람에 조사 분위기가 지극히 산만했다.
줄 거 리 : 여자불은 뱀과 같이 생겼고, 남자불은 대빗자루 같이 생겼다는 이야기이다.

(조사자 : 혼불이 나가면 사람이 죽고 어쩌고 한다고.)

(청중 : 혼불이간이~(혼불이라고 부르는 것이 아니라). 불이제. 기냥.)

기냥. 사람헌티서 불 나가믄 죽는다고 말 안 있소.

(조사자 : [청중들과 말이 겹친다] 보셨어요?)

(청중 : 그리여. 참말로 혜성덕은 믿번(몇번) 봤다.)

나도 봤어. 어려서 봤어. 동천에서 봤어.

(조사자 : 어디 어디서 보셨어요?)

이 동네서 봤지. 아니 우리 친정동네.

어리서. 어리서.

(조사자 : 예. 실제 불을 어떻게 생겼던가요?)

나 몰라 잊어붓어. [전원 웃음]

(청중 : 음마~ 혜성덕 말도 좋더만. 여자 불은 대리미가치(다리미같이) 글고.)

아니 여자 불은 꼭 배미(뱀)가치 생겼어.

(조사자 : [웃으면서] 에~혯. 모른다 글면서.)

쬐깐허고. 남자 불은 찌르르니 나가고.

(청중 : [제보자의 말을 받아] 대빗지락 가치 생기고.)

(조사자 : 남자 불은 대빗지락. 여자 불은 머 머라고?)

(청중 : 대리미. 대리미.)

대리미. 전에 ○○○에 있어.

(조사자 : [청중말을 듣고] 동그란거.)

(청중 : 동그란거. 남자 불은 지~대해갖고 칠칠칠 나가분대요.)

아들 낳은 태몽

자료코드 : 06_06_MPN_20110127_NKS_JYG_0002
조사장소 : 전라남도 담양군 무정면 동산리 칠전마을
조사일시 : 2011.1.27
조 사 자 : 나경수, 서해숙, 이옥희, 편성철, 김자현
제 보 자 : 전예금, 여, 91세
구연상황 : 제보자가 앞서 여자불과 남자불에 관한 이야기를 마치자 조사자가 태몽 꾼 이야기를 해달라고 하자 다음 이야기를 구연했다.
줄 거 리 : 꿈에서 수소를 보고 큰아들을 낳았고, 용이 떨어지는 꿈을 꾸고서 둘째 아들을 낳았다는 이야기이다.

나는 우리 큰 아들 설 때게.

저 매천리서 꾸사리를 끄집었어.

(조사자 : 매침? 매침이?)

여 여 있어라. [청중이 들어오는 길목에 있다고 한다] 앞에라. 에 꾸사리를 끄집었드란게. 끄집 끄집었당게.

(조사자 : 꾸사리가 저기 숫소 말허죠.)

소. 소. 그래갖고 아들 났어라.(낳았다)

(조사자 : 둘째 아들은요?)

또 둘째 아들은 시암이 있은게. 용이 기냥 내 팔뚝으로 탁 떨어지데. 올라가다가.

(청중 : 잘 되것네.)

응?

(청중 : 용이 용이믄 잘되것만.)

몰라. 잘될란가. 용이 요로고 올라가다가 내 폴뚝으로 폭~ 떨어지데.

(조사자 : 셋째 아들은?)

싯째(셋째) 아들은 몰라.

(조사자 : 넷째 아들은?)

그것도 모르고 다 몰라.

(조사자 : 첫째 딸은?)

[잠시 있다가] 다 몰라. [조사자들이 웃는다]

근디 그 그 그것은 알아.

(조사자 : 둘째는.)

둘째는. 내가 시암. 확독거리가 시암 시암에 확독이 있거든. 그래 확독거리가 섯은게. 이러고 올라가다가는 요~리 [자기 팔을 가리키며] 톡 떨어져분당게.

보리 필 때면 화전놀이

자료코드 : 06_06_MPN_20110127_NKS_JCS_0001
조사장소 : 전라남도 담양군 무정면 동산리 칠전마을
조사일시 : 2011.1.27
조 사 자 : 나경수, 서해숙, 이옥희, 편성철, 김자현
제 보 자 : 조춘숙, 여, 73세
구연상황 : 앞서 효부 이야기가 끝나자 청중들은 시집살이에 대한 이야기가 오고 갔다. 조사자가 민요 를 조사하기 위해 화제를 바꾸었으나 이야기판이 조성되지 않았다. 이어 조사자가 화전놀이에 대해 물었더니 제보자가 다음 이야기를 구연했다. 마을회관의 할머니들 방에는 많은 분들이 나와 계셨다. 명절 앞두고 장을 보러 가다가 들리거나 장을 보고 와서 들리는 할머니들로 소란스러웠다.
줄 거 리 : 예전에 보리필 때면 마을사람들이 뒷동산에 올라가 장구치면서 화전놀이를 했다는 이야기이다.

옛날에는 놀았지라.

저~그 뒷동산에서 화전허믄 니~미 기냥 똥~땅 똥땅 [전원 웃음] 장구침서 요렇게 놀았제.

(청중 : 수저허고 양판허고 가서 밥허고.)

(조사자 : 그러면 화전하면 남자는 남자들끼리, 여자는 여자들끼리…)

아녀. 남자들은 밥만 얻어 먹고 가고.

(청중 1 : 남자들은 안한디. 여자들은 인자 "아리아리랑 스리스리롱"고렇게 놀제.)

(청중 2 : 옛~날에 우리 어렸을 때는 남자들은 놀도 안했어.)

(조사자 : 화전은 몇월달 쯤에 가요?)

봄에. [여러 사람이 한꺼번에 말한다] 봄에 허지라. 삼월에. 보리필 때게. 그때 혀.

(조사자 : 보리 필 때게.)

언~제든지 그때 혀.

(조사자 : 혹시 보리 보리 잘 피라고 한 거 아닐까?)

몰라. 언제든지 그 때 헙디다. [여러 사람이 한꺼번에 말한다]

(청중 : 그 때 시상에(세상에) 양산허고 순구락허고 타서 그렇게 묵어이.)

(조사자 : 화전하면 되게 잼있었을 것 같애요.)

장고(장구) 치믄 기냥 막,

"어야라~ 뒤야라~" 막 춤을 춰. [전원 웃음]

막 손바닥을 치고 이렇게 춤을 추고 놀제. 장구치고.

징치고 깡쇠치믄 더 좋제. 좋다고 뛰어댕기고. 고렇고만 허제 노래 부를지는 몰라.

농부가

자료코드 : 06_06_FOS_20110127_NKS_SIJ_0001
조사장소 : 전라남도 담양군 무정면 동산리 칠전마을 마을회관
조사일시 : 2011.1.27
조 사 자 : 나경수, 서해숙, 이옥희, 편성철, 김자현
제 보 자 : 송이진, 남, 67세
구연상황 : 당산제 영험담이 끝난 후 조사팀이 마을분들게 옛날노래를 듣고 싶다고 청했다. 주민들은 송이진 제보자가 민요도 잘 한다며 추천했다. 조사팀이 젊었을 때 불렀던 들노래를 부탁하자 불러주셨다.

그럼 처음에 인자 농부가, 인자 모숭그는 데부터 해야겄네.

여허 여허~ 여허이 여허루 상~사~뒤여
여보시오 농부님네 이내 말을 들어보소
서마지기 논배미가 반달만큼 남었네
여허 여허~ 여허이 여허루 상~사~뒤여
충~청도 충북 땅에는 주지가지가 열렸고

아 또 뭐냐 잊어붓다.

강~원도 강대추는 아그대 사그대 열렸~단다
어허~루 상사~뒤여[청중박수]

김매기소리(호맹이질)

자료코드 : 06_06_FOS_20110127_NKS_SIJ_0002

조사장소 : 전라남도 담양군 무정면 동산리 칠전마을 마을회관
조사일시 : 2011.1.27
조 사 자 : 나경수, 서해숙, 이옥희, 편성철, 김자현
제 보 자 : 송이진, 남, 67세
구연상황 : 농부가에 이어 화전놀이를 했던 경험을 이야기 한 후 김매기 노래를 불렀다. 김매기는 초벌소리, 두벌소리, 장원질소리 등이 있는데 이 노래는 초벌매기 소리인 호맹이질 소리이다. 초벌매기를 할 때에는 호미로 풀을 매기 때문에 호맹이질 소리라고 한다. 송이진 제보자가 앞소리를 맡고 박대웅 제보자가 함께 소리를 받쳐주었다.

어리시고나 저리시고나~ 좀더나 좋~이~좋네~
노래~하나 불~러~ 보세
울 너매~ 담 너매~ 깔비는 총각~
언제 다 커서 내 낭군이~ 될래
어리시고나 저리시고나~~ 좀더나~ 좋이~ 좋네~
노래~하나 불러~ 보세~[청중박수]

김매기소리(한불매기)

자료코드 : 06_06_FOS_20110127_NKS_SIJ_0003
조사장소 : 전라남도 담양군 무정면 동산리 칠전마을 마을회관
조사일시 : 2011.1.27
조 사 자 : 나경수, 서해숙, 이옥희, 편성철, 김자현
제 보 자 : 송이진, 남, 67세
구연상황 : 김매기는 초벌소리, 두벌소리, 장원질소리 등이 있는데 이 노래는 두벌매기 소리인 한불매기 소리이다. 한불매기부터는 손으로 풀을 맨다고 한다. 송이진 제보자가 앞소리를 맡고 박대웅 제보자가 함께 소리를 받쳐주었다.

둘너매세 둘러매세
이 논배미를 둘러매세~

에헤헤헤~루 어~허~

또 인자 뒷소리를 해야 되는데 다 잊어분당게.

양산도타령

자료코드 : 06_06_FOS_20110127_NKS_SIJ_0004
조사장소 : 전라남도 담양군 무정면 동산리 칠전마을 마을회관
조사일시 : 2011.1.27
조 사 자 : 나경수, 서해숙, 이옥희, 편성철, 김자현
제 보 자 : 송이진, 남, 67세
구연상황 : 한불매기 소리를 끝내고 양산도를 불러주라고 부탁하였더니 "양산도나 한 대목 불러 보지라" 하고는 이 노래를 불러주었다.

에야라 놓아라~ 아니 못 놓~겄네~
정질 놈 하여도 내가 못 노리로다
에헤이~요~ 가노라 간다 내가 돌아를 간~다~
정질 놈 하여도 내가 못노리고나~
에야라 놓아라 아니 못 놓~겄~네~
정질 놈 하여도 나는 못 놓~겄~네~
에헤히~요 저 건네 갈미봉 비온둥 만~동
어린 가장 품안에 잠잔동 만~동
에야라 놓아라 아니 못 놓~겄~네~
정질놈 하여도 내가 못 놓겄네~
에헤~이요~ 간다 못 간다 얼마나 울었나~
기차~ 정거장 마당이 한강수 되었~네~
에헤이요 가노라 간다 내가 돌아를 간~다~
정칠놈 하여도 내가 못노리로고나

고것이 양산도여. [청중 박수]

액맥이 소리

자료코드 : 06_06_FOS_20110127_NKS_SIJ_0005
조사장소 : 전라남도 담양군 무정면 동산리 칠전마을 마을회관
조사일시 : 2011.1.27
조 사 자 : 나경수, 서해숙, 이옥희, 편성철, 김자현
제 보 자 : 송이진, 남, 67세
구연상황 : 조사팀이 정월달에 지신밟기를 하면서 하는 소리를 부탁하자 구연하였다. 현재 칠전 마을에서는 지신밟기가 중단 되었지만 몇 년 전까지는 당산제를 지내고 난 뒤 액맥이를 했다고 한다.

(조사자 : 정제에서는 그것도 하죠? 정제구석도 네구석.)

아니 그것이 아니라 고것을 인자 하자면은

(조사자 : 어디 한번 해보셔요. 기억나는 데 까지.)

에해루 해루야 에해루 해루야
허기여차 허기로구나

[그래놓고는 인자]

이월이나 들었~ 정월이나 들었네 이월이나 들었네
삼월삼질날 다녹아 난다.
에해루 해루야 에해루 해루야
허기여차 허기로구나

[인자 또 굿 친다 그말이여]

사월이나 들었네 오월이나 들었네

유월유둣날 다녹아 난다
에해루 해루야 에해루 해루야
허기여차 허기로구나

[그래놓고 또]

칠월이나 들었네 팔월이나 들었네
구월구일날 다녹아 난다

[그래놓고 또 인자]

시월이나 들었네

[잠시 혼동]

십일월이라 들었네
동지섣달이 다넘어 간다
에해루 해루야 에해루 해루야
허기여차 허기로구나

그렇게 인자 그렇게 명절을 인자. 구월은 구월 구일날 유월은 유월 유두. 팔월에는 인자 팔월, 팔월이라 들었네 구월이나 들었네 시월 동짓달은 동짓달 동지섣달이 다 녹아간가 그렇게 나와. 팔월이나 들었네 구월이나 들었네 시월이나 들었네 동지섣달 그것은 인자 일년이 나와.

(조사자 : 혹시 정월에 드는 액 이월에 막아내고 그렇게 안 하고요?)

그것은 모르고. 정제굿을 치면서 액맥이를 하는 거여. 인자 처음에 또 성주풀이를 하고.

(조사자 : 성주풀이는 어떻게 하는 거에요?)

인자 굿잽이들 보고 대포수라고 해. 대포수.

(조사자 : 우리 어르신 혹시 상쇠하셨나요?)

인자 따라댕기면서 좀치기는 쳤지라.

(조사자 : 지금도 굿쳐요? 당산제 지내고 나서)

몇년 전까지는 쳤는데 인자 안쳐. 그때 몇년 전까지는 이장집 치고. 당산제 화주집 애썼닥 해갖고. 그집의 액맥이 해줬는데 그것도 인자 없어져불었어.

(조사자 : 대포수 있고 또 뭐가 있어요?)

인자 성주풀이 할라려면서 깡정잽이가 성주풀이를 하는 거여. 뒤에 징, 꽹매기, 장구 세 가지 이외는 대포수여 다.

(조사자 : 대포수말고 조리중도 있지 않나요?)

고런건 꾸미기 매었제. 다 대포수라고 해. 대포수야~ 하고 불러갖고 이 집의 모든 잡귀는 저리 훨훨 다 날려불고 모든 좋은 것만 많이 갖다주자 그러면서 성주풀이를 하는 거여.

(조사자 : 성주풀이는 어떻게 하는 거에요? 기억 안 나세요? 성주본은 어딜레라?)

그때는 다 할줄 알았는데 다 잊었구만. 그때는 다 했는데.

(조사자 : 그러면 샘굿 칠때는요? 샘굿 칠때는 좀더 간단하죠?)

새암 새암 물나라 물나라 물나라

그라고 인자 또 장꽝에 가서는 하늘잡고 별따자 별따자 별따자 해놓고 하늘잡고 별따자.

(조사자 : 노래로 해주세요)

새암 새암 물나소 물나소 물나소 새암 새암 물나소

장꽝에 가서 인자

별따자 별따자 하늘잡고 별따자 별따자 별따자 하늘잡고 별따자

그러게 인자 외치고.

장타령

자료코드 : 06_06_FOS_20110127_NKS_SIJ_0006
조사장소 : 전라남도 담양군 무정면 동산리 칠전마을 마을회관
조사일시 : 2011.1.27
조 사 자 : 나경수, 서해숙, 이옥희, 편성철, 김자현
제 보 자 : 송이진, 남, 67세
구연상황 : 액맥이 소리가 끝난 후 조사팀이 장타령을 부탁하자 구연하였다.

(조사자 : 장타령 한 번 해주세요)
장타령은 인자 얼씨구 씨구 들어간다 그런 것이지.
(조사자 : 한 대목이라도 해주세요)

얼씨구 씨구 들어간다 얼 씨구씨구 들어간다
작년에 왔던 각설이가 죽지도 않고 또 왔네.
얼씨구 씨구 들어간다 어헐 씨구씨구 들어간다
오늘 장에는 남원장 남원장을 둘러보니 모든 것이 좋구나.
얼씨구 씨구 들어간다 절 씨구씨구 들어간다
얼씨구 씨구 들어간다[박수]

상여소리(관암보살)

자료코드 : 06_06_FOS_20110127_NKS_SIJ_0007
조사장소 : 전라남도 담양군 무정면 동산리 칠전마을 마을회관

조사일시 : 2011.1.27
조 사 자 : 나경수, 서해숙, 이옥희, 편성철, 김자현
제 보 자 : 송이진, 남, 67세
구연상황 : 장타령이 끝난 후 칠전마을 상여소리를 부탁하였다. 송이진 제보자는 칠전마을에서 상여가 났을 때 첫소리를 해 본 적이 있다고 한다.

(조사자 : 담양 상여소리 한 번 들어보죠)

관아 아하~ 어허허이 보살 어허허허허허
황천길이 멀다하더니 담 밖에 황천일세~ 에헤이 살

그케 하면은 인자 생애를 매 유대군들이 생애를. 이렇게 관암 소리를 하면서 가 인자.
(조사자 : 뒷소리 하는 사람은 뭐라 하면서 가나요?)

관아 아하 어허허어어 보살~

그렇게 뒷소리를 해. 인자 내가 첫소리를 맥이믄은.
(조사자 : 두 소절 더 해주시죠. 소리가 너무 청아해요 더 울겠어요. 어르신 소리 듣고)

상여소리(긴 어농 소리)

자료코드 : 06_06_FOS_20110127_NKS_SIJ_0008
조사장소 : 전라남도 담양군 무정면 동산리 칠전마을 마을회관
조사일시 : 2011.1.27
조 사 자 : 나경수, 서해숙, 이옥희, 편성철, 김자현
제 보 자 : 송이진, 남, 67세
구연상황 : 관암 소리가 끝난 후 이어서 구연하였다.

어어허허허

간다간다 나는 간다 북망산천으로 나는 가네~에헤 살

[그러면 뒤에서 인자]

어허 어화넘 어허허 어허허허 어이가자 어허허
어화~넘자 어화넘

(조사자 : 기네요)
말하자면 인자 관아~ 하고 어농.

어허 어화넘 어허허 어허허허 어이가자 어허
어화넘자 어화넘~

그러면 인자 [웃음]
(조사자 : 그러면 인자 뒤따라 하는 사람은 그 긴 놈을 다 따라서 해요?)
따라해요.

상여소리(짧은 어농소리)

자료코드 : 06_06_FOS_20110127_NKS_SIJ_0009
조사장소 : 전라남도 담양군 무정면 동산리 칠전마을 마을회관
조사일시 : 2011.1.27
조 사 자 : 나경수, 서해숙, 이옥희, 편성철, 김자현
제 보 자 : 송이진, 남, 67세
구연상황 : 긴 어농소리가 끝난 후 조사팀이 또 다른 소리를 부탁하자 구연하였다. 빨리 갈 때 하는 소리라고 한다.

(조사자 : 또 인자 한 소리 또 있죠?)
인자 마지막에 얼른 갈라고 인자 일을 뫼 쓰고 얼른 갈라고 빨리 갈라고 소리를 짧게.

(조사자 : 짧게 하면 어떻게 하는 거에요?)

어농 어허농 어허농 어허농
가세 가세 어서 가세
우리 유대군들 애를 쓰네!
어허농 어화넘 어허

고렇게 인자 어농 어농.

지경다지는 소리

자료코드 : 06_06_FOS_20110127_NKS_SIJ_00010
조사장소 : 전라남도 담양군 무정면 동산리 칠전마을 마을회관
조사일시 : 2011.1.27
조 사 자 : 나경수, 서해숙, 이옥희, 편성철, 김자현
제 보 자 : 송이진, 남, 67세
구연상황 : 짧은 어농 소리가 끝난 후 조사팀이 담양은 지경다지는 소리는 안 하는지를 묻자 저수지 막을 때 한다며 구연하였다.

(조사자 : 담양은 다지는 건 안 하나요? 지경다지기 소리?)
고것은 인자 저수지 막을 때 해.
(조사자 : 저수지 할 때는 해요?)

어럴럴럴 상사디아 어럴럴럴 상사디아
뻘끈 들었다 꽝꽝 놓세

땅을 다진께로 나무토막 요만한 요렇게된거 싸갖고 그놈을 세 사람이 들게끄름 못질을 해서 땅을 다군거여. 방천에 흙을 골라갖고 다과. 나무토막을.

(조사자 : 한 대목만 더 해보시죠)

어렬렬렬 상사디아 가만히 들었다 쾅쾅 놓세

어렬렬렬 상사디아 어렬렬렬 상사디아

계속 그렇게 한거요.

상여소리(떼 붙이는 소리)

자료코드 : 06_06_FOS_20110127_NKS_SIJ_0011
조사장소 : 전라남도 담양군 무정면 동산리 칠전마을 마을회관
조사일시 : 2011.1.27
조 사 자 : 나경수, 서해숙, 이옥희, 편성철, 김자현
제 보 자 : 송이진, 남, 67세
구연상황 : 저수지 막을 때 하는 지경다지기 소리가 끝난 후 묘다지기에 대해서 계속 묻자 묘다지기 소리를 하지는 않지만 무덤에 떼를 붙이는 상황에 대해 구연하였다.

(조사자 1 : 원래 묘 쓰고 나서 지경다지는 소리는 이쪽에서는 없나요?)
(조사자 2 : 옛날에 포크레인 하기 전에는 있었죠?)

있었죠. 그것은 간단해 인자 궁작 맞추느라고. 떼 입히고 나서. 떼를 입혀놓고 다군거요.

이그 저그

이그 저그

이그 저그

고렇게 뿐이는 안 했어. 저쪽에, 내가 이그 하며 저쪽에서 저그. 이그 저그 이그 저그. 묏을 돌면서 다궜죠

(조사자 : 뫼분에 떼 입히고 나서 이그 저그 하고 지경다지기는, 무덤 써놓고 평평하게 묘 위에 널 위에 꽝꽝 다지는 것은 없었죠?)

고것은 없었어. 인자 고러게 묏 다 써놓고. 떼, 땅에 딱 붙게 할라고 자리를 다굼서 이그 저그 이그 저그.

물 품는 소리

자료코드 : 06_06_FOS_20110127_NKS_SIJ_0012
조사장소 : 전라남도 담양군 무정면 동산리 칠전마을 마을회관
조사일시 : 2011.1.27
조 사 자 : 나경수, 서해숙, 이옥희, 편성철, 김자현
제 보 자 : 송이진, 남, 67세
구연상황 : 조사팀이 물 품는 소리를 부탁하자 물 품는 소리가 있었지만 기억이 잘 나지 않는다며 구연하였다.

(조사자 : 예전에 농사지을 때 물 품잖아요. 물 품는 소리가 기가 막히잖아요?)

고것도 있제. 고것도 있었제.]

(조사자 : 어디 그 소리 한 번 해주세요)

생각도 안 나.

(조사자 : 한나로구나 둘이하잖아요)

평야 그 소리제.

(조사자 : 어르신 목소리로 해주세요)

올라간다 올라간다

(조사자 : 한나두이 서이 너이 그런가요?)

하나로구나 둘이로구나 셋이로구나

어느 새때 열이로구나
어느 새끼 백이로구나

고렇게 뿐이 몰라.

4. 봉산면

전라남도 담양군 봉산면 와우리 와우마을

조사일시 : 2011.1.20
조 사 자 : 나경수, 서해숙, 이옥희, 편성철, 김자현

와우마을은 구전에 의하면 1528년에 서씨가 입향하였다고 하는데, 자세하지 않다. 이후 1582년경에 능성구씨가 능주에서 이주해 왔고, 밀양박씨가 임진왜란을 피하여 1621년 경주에서 광주를 거쳐 입촌하였으며, 광산김씨, 진주강씨, 삭령최씨 등이 광주등지에 각각 이거하여 현재에 이른다.

와우마을회관에서의 조사 장면

1621년경에는 마을 이름을 '효치'라 부르다가 지형으로 보아 '와우명당일처(蝸牛明堂一處)'라 하여 지명을 삼우치(三牛峙)라고 하는데 연유하여

와우리라 개칭하였다 한다.

현재 와우마을은 과거 연행된 강강술래를 마을사람들이 재현하여 새로운 전통문화로 주목받고 있다. 그리고 이 마을에서 생산되는 딸기는 전국 대도시 시장에서 무공해식품으로 큰 인기를 얻고 있다.

봉산면에서 가장 큰 마을인 와우마을은 현재 100여 가구에서 300여 명이 살고 있으며, 마을사람들은 대부분 딸기 원예를 하고 있다.

전라남도 담양군 봉산면 유산리 마산마을

조사일시 : 2011.1.20
조 사 자 : 나경수, 서해숙, 이옥희, 편성철, 김자현

마산마을 전경

마산마을은 1710년대에 고령신씨가 전북 순창에서, 1800년대에 광산김

씨가 대덕면에서 입촌하여 정착하였다. 그리고 1746년경에 전주이씨가 마을의 양택이 좋은 곳으로 후세들이 부귀할 것이라 하여 입향하게 되었다고 한다. 지명의 유래는 말의 머리 부부위에 해당하고 본 마을을 에워싸고 있는 산의 모양이 말이 뛰고 있는 형태와 같다 하여 마산이라 칭하였다고 한다.

마을 남쪽에 있는 보를 '둔전보'라 하고 버들뫼 동쪽의 내 건너의 들은 '건넌들'이며, 창봇들 동쪽 들을 구례실, 작은병골, 북동쪽의 골짜기를 '내산골'이라 한다.

현재 마산마을은 30여 호에서 40여 명이 살고 있으며, 마을사람들은 논농사를 주업으로 하고 있다.

제보자

김길림, 여, 1939년생

주 소 지 : 전라남도 담양군 봉산면 와우리 175번지
제보일시 : 2011.1.20
조 사 자 : 나경수, 서해숙, 이옥희, 편성철, 김자현

김길림 제보자의 친정은 바로 와우리이다. 조사팀의 방문을 달가워하지 않으셨지만 김희순 제보자와 김수순 제보자가 이야기를 구연하자 도깨비 이야기를 한자리 해 주셨다.

제공 자료 목록
06_06_FOT_20110120_NKS_KKR_0001 무서운 도깨비

김수순, 여, 1932년생

주 소 지 : 전라남도 담양군 봉산면 와우리
제보일시 : 2011.1.20
조 사 자 : 나경수, 서해숙, 이옥희, 편성철, 김자현

김수순 제보자의 친정은 장성군 진원면 덕주마을이다. 조사팀이 노인정을 방문하여 찾아온 취지를 말씀드리고 옛이야기와 노래를 부탁했을 때 감기로 인해 목이 많이 아프다며 조사에 응하기가 어렵다고 하셨다. 실제로 목이 쉬어 있었기 때문에 조사팀도 기대를 하지 않았다.

그런데 김희순 제보자가 방귀뀌는 며느리 이야기를 하자 김수순 제보자 역시 알고 있는 이야기라며 구연에 참여하였다. 이밖에도 도깨비에 홀린 이야기, 호랑이와 곶감 이야기를 들려주었으며 노들강변, 도라지타령 등 신민요도 구연하였다.

제공 자료 목록
06_06_FOT_20110120_NKS_KSS_0001 방구쟁이 며느리
06_06_FOT_20110120_NKS_KSS_0002 도깨비에 홀리다
06_06_FOT_20110120_NKS_KSS_0003 호랑이와 곶감
06_06_MFS_20110120_NKS_KSS_0001 도라지타령
06_06_MFS_20110120_NKS_KSS_0002 노들강변

김희순, 여, 1942년생

주 소 지 : 전라남도 담양군 봉산면 와우리 190번지
제보일시 : 2011.1.20
조 사 자 : 나경수, 서해숙, 이옥희, 편성철, 김자현

조사팀이 와우리 상노인회관을 찾아갔더니 할머니 5명이 모여서 TV를 시청하고 있었다. 찾아온 취지를 말씀드리고 이야기와 노래를 부탁했지만 좀처럼 입을 열지 않으셨다. 조사팀이 포기하지 않고 계속 이런 저런 이야기를 물었다. 방귀뀌는 며느리 이야기를 하자 김희순 제보자가 알고 있는 이야기라며 조사에 응해 주었다.

김희순 제보자의 친정은 보성군 회천면 이문마을이다. 시집오기 전에 친정에서 중로보기를 했던 경험과 도깨비이야기 몇 편을 들려주었으며, 노들강변, 다리세기, 꿩꿩 장서방등의 옛노래를 들려주었다. 김희순 제보

자가 조사팀에 우호적인 태도를 보여주었기 때문에 다른 주민들도 마음을 다소 열 수 있는 계기가 되었다. 조사팀이 김희순 제보자에게 와우마을에서는 다리세기를 어떻게 하는지 궁금하다고 묻자 이를 구연하기도 했다.

제공 자료 목록
06_06_FOT_20110120_NKS_KHS_0001 시원하게 방구 뀌는 며느리
06_06_FOT_20110120_NKS_KHS_0002 도깨비에 홀려 길을 헤매다
06_06_MPN_20110120_NKS_KHS_0001 중로보기와 강강술래
06_06_MPN_20110120_NKS_KHS_0002 할머니불을 보다
06_06_FOS_20110120_NKS_KHS_0001 다리세기
06_06_FOS_20110120_NKS_KHS_0002 꿩꿩장서방
06_06_MFS_20110120_NKS_KHS_0001 노들강변

박순애, 여, 1945년생

주 소 지 : 전라남도 담양군 봉산면 와우리 136번지
제보일시 : 2011.1.20
조 사 자 : 나경수, 서해숙, 이옥희, 편성철, 김자현

박순애 제보자의 친정은 와우리이다. 우도농악 설장고 예능보유자인 김동언과 부부지간이므로 동네 사람들은 동언댁으로 부른다. 김동언이 와우리 광광술래를 복원하고 전승하는데 주도적인 역할을 하고 있어서인지 박순애 제보자도 민요를 구연하는 것에 부담을 갖지 않고 자연스럽게 구연하였으며 조사를 하는 데도 협조적이었다. 와우리 광광술래 외에도 와우리에서 전승되는 다리세기 노래와 자장가를 독창으로 구연하였다.

제공 자료 목록
06_06_FOS_20110120_NKS_PSA_0001 다리세기
06_06_FOS_20110120_NKS_PSA_0002 자장가

이경주, 남, 1930년생

주 소 지 : 전라남도 담양군 봉산면 와우리 242번지
제보일시 : 2011.1.20
조 사 자 : 나경수, 서해숙, 이옥희, 편성철, 김자현

이경주(李景柱)는 담양군 봉산면 유산리에서 태어나 자란 이 마을의 토박이이다. 조사팀이 월산면 도개마을의 정회원 제보자의 추천을 받고 이경주 제보자에게 연락을 드렸다. 이경주 제보자는 담양 지역의 지명과 인물에 대한 풍부한 이야기를 알고 있었다. 송강 정철, 면앙정 송순, 충장공 김덕령 등에 관한 이야기를 비롯하여 여러 편의 민담을 구연하였다.

제공 자료 목록
06_06_FOT_20110120_NKS_LKJ_0001 마산리의 개촌
06_06_FOT_20110120_NKS_LKJ_0002 주변마을의 형국
06_06_FOT_20110120_NKS_LKJ_0003 옥녀탄금형국
06_06_FOT_20110120_NKS_LKJ_0004 증암천은 오합수
06_06_FOT_20110120_NKS_LKJ_0005 송강과 면앙의 맞이다리
06_06_FOT_20110120_NKS_LKJ_0006 신검우장과 송순 면앙
06_06_FOT_20110120_NKS_LKJ_0007 외갓집 힘으로 사는 정철 후손들
06_06_FOT_20110120_NKS_LKJ_0008 무학대사의 꿈
06_06_FOT_20110120_NKS_LKJ_0009 지명의 선견지명 (1) 전쟁터와 훈련소
06_06_FOT_20110120_NKS_LKJ_0010 지명의 선견지명 (2) 무정면과 공수여단

06_06_FOT_20110120_NKS_LKJ_0011 지명의 선견지명 (3) 고사등과 시험고개
06_06_FOT_20110120_NKS_LKJ_0012 김덕령과 누나의 내기 시합
06_06_FOT_20110120_NKS_LKJ_0013 남이장군이 역적으로 몰린 이유
06_06_FOT_20110120_NKS_LKJ_0014 용 못된 이우기 방천만 뚫는다
06_06_FOT_20110120_NKS_LKJ_0015 삼성과 삼평사람들은 독하다
06_06_FOT_20110120_NKS_LKJ_0016 도깨비 홀린다
06_06_FOT_20110120_NKS_LKJ_0017 귀신에 홀린 사람들
06_06_FOT_20110120_NKS_LKJ_0018 도깨비와 동물의 둔갑
06_06_FOT_20110120_NKS_LKJ_0019 김덕령과 천마
06_06_MPN_20110120_NKS_LKJ_0001 광덕리 농장의 개호랑이

임육례, 여, 1939년생

주 소 지 : 전라남도 담양군 봉산면 와우리 169번지
제보일시 : 2011.1.20
조 사 자 : 나경수, 서해숙, 이옥희, 편성철, 김자현

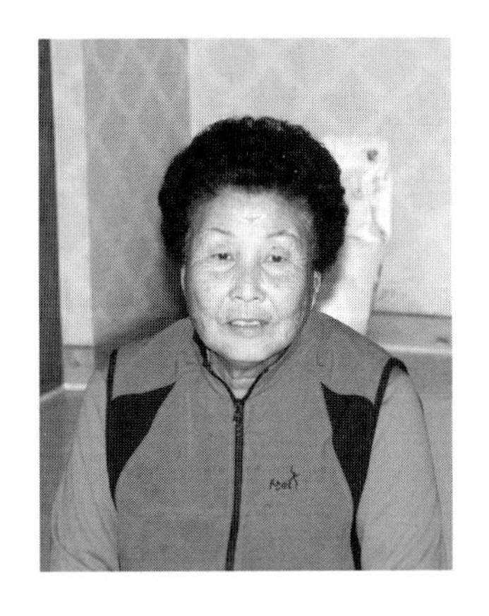

임육례 제보자의 친정은 와우리이다. 와우마을에서 자라면서 부르고 놀았던 민요에 대한 기억을 갖고 있다. 종재기 돌리기 놀이와 춘향아씨기 내리기 놀이 등에 대해 구체적 구연상황까지 재연하면서 구연을 해주셨다. 적극적인 성격이라고는 할 수 없지만 다른 제보자가 자신이 알고 있는 사항과 차이가 나게 이야기를 할 때에는 나서서 자신의 생각을 피력하였다.

제공 자료 목록
06_06_FOS_20110120_NKS_YOR_0001 종재기 돌리기 놀이
06_06_FOS_20110120_NKS_YOR_0002 춘향아씨 내리기 놀이

조명자, 여, 1943년생

주 소 지 : 전라남도 담양군 봉산면 와우리 산16-15번지
제보일시 : 2011.1.20
조 사 자 : 나경수, 서해숙, 이옥희, 편성철, 김자현

조명자의 친정은 담양군 용면 추성리이다. 20살에 혼인을 하였다. 현재 고령이신 김서운 할머니를 이어서 와우리 광광술래 선소리를 맡고 있다. 마을에 거주하는 김동언 선생에게서 와우리 광광술래를 비롯하여 민요와 농악을 배우고 있다. 활달한 성격에 기억력도 좋으며 목청도 구성지다. 담양군 문화원에서 결혼이주민여성들을 대상으로 와우리 광광술래를 가르친 경험을 갖고 있다. 결혼 이주민 여성들이 광광술래를 배우면서 매우 즐거워했기 때문에 보람을 느꼈다고 한다.

제공 자료 목록
06_06_FOS_20110120_NKS_JMJ_0001 강강술래(와우리광광술래)
06_06_FOS_20110120_NKS_JMJ_0002 산아지타령
06_06_FOS_20110120_NKS_JMJ_0003 시집살이노래

무서운 도깨비

자료코드 : 06_06_FOT_20110120_NKS_KKR_0001
조사장소 : 전라남도 담양군 봉산면 와우리 마을회관
조사일시 : 2011.1.20
조 사 자 : 나경수, 서해숙, 이옥희, 편성철, 김자현
제 보 자 : 김길림, 여, 73세
구연상황 : 앞서 도깨비에 관한 이야기를 할 때 제보자가 먼저 이야기를 하려 했으나 녹음을 위해 이야기를 중단시켰다. 그래서 앞서 김희순 제보자의 이야기가 끝나자 조사자가 제보자에게 이야기를 해달라고 하자 다음의 이야기를 구연했다.
줄 거 리 : 도깨비를 본 적은 없으나 도깨비가 무서웠으며, 고기가 담긴 석작을 벌컥 열어버리기도 했다는 이야기이다.

옛날에는 도깨비헌데 둘린 사람이 있었다고.

요새는 안 맞지마는 나는 보지도 못했고. 안 봤지마는 옛날에는 어머니는 있었다고 그러더래요.

(조사자 : 그니까는 옛날에 있었지. 요즘엔 도깨비도 없데요.)

도깨비도 없고. 옛날에는 이 지사(제사) 지내는 음식도 아니, 지사는 안 지내도 이런 돼아지 고기 같은 거이~ 밤에.

이상 도깨비가 와서 석작이나 뭐이라도 일치고(일을 치르고) 주믄 석작을 벌컥 열고 근다했거든.

그런 소리만 어른들한테 들었제. 우리는 도깨비 본 적도 없고.

(청중 : 다들 본 적도 없어.)

옛날에 그랬단께. 옛날에.

옛~날에 듣기는 그렇게 들었어. 근께 어른들이 도깨비가 무섭다고 허고~ 그 소리는 들었어.

방구쟁이 며느리

자료코드 : 06_06_FOT_20110120_NKS_KSS_0001
조사장소 : 전라남도 담양군 봉산면 와우리 마을회관
조사일시 : 2011.1.20
조 사 자 : 나경수, 서해숙, 이옥희, 편성철, 김자현
제 보 자 : 김수순, 여, 80세
구연상황 : 앞서 김희순 제보자의 방구쟁이 며느리 이야기가 끝나자 이어서 제보자가 다음의 이야기를 구연했다. 조사 분위기는 다소 산만했으나 제보자가 적극 참여해주었다.
줄 거 리 : 며느리가 참던 방귀를 뀌자 앞문 잡은 시아버지 날아가고 뒷문 잡은 시어머니가 날아갔다는 이야기이다.

(조사자 : 우리 할머니 어디. 어디 잡고 문 잡고? 어디 한 번 해보셔요.)

머 잡고 머 잡고?

[할머니들이 전원 웃는다] 며느리가 며느리가 시아바이 밥상 갖고 감서 방구를 풍~ 뀐게.

[웃으면서] 시아바이가. 밥상을 갖고 옴서 방구를 풍~ 뀐게. 미느리가(며느리가)

"정재에서도 한 번 뀌었어요." [말이 끝나면서 웃음을 터트린다.]

내가 ○○○ 그 소리 듣고는 어~째 우습던지.

(조사자 : 아~ 뭐. 시아버지 앞문 잡고, 시어머니 뒷문잡고 했다는.)

고것도 있더마.

(청중 : 그게 그게 여러 가지가 있나봐요.)

방구 뀔라 한게. 시아바지가 앞문 잡고 시어머니가 뒷문 잡고 그라고 방구를 뀐게 기냥.

그 요~ 날라가불고 저~날라가불고 방구로 뀌어분게 기냥 다 날라가붓다그래. 쩌~기 쩌기로.

도깨비에 홀리다

자료코드 : 06_06_FOT_20110120_NKS_KSS_0002
조사장소 : 전라남도 담양군 봉산면 와우리 마을회관
조사일시 : 2011.1.20
조 사 자 : 나경수, 서해숙, 이옥희, 편성철, 김자현
제 보 자 : 김수순, 여, 80세
구연상황 : 앞서 김길림 제보자의 도깨비 이야기가 끝나자 제보자가 이어서 다음의 이야기를 구연했다. 제보자가 이야기를 구연하는 동안 여러 사람들이 이야기가 겹쳐 산만한 분위기가 계속되었다.
줄 거 리 : 친척이 한밤중에 도깨비에 홀려 길을 헤매다가 새벽에 돌아왔는데, 알고 보니 빗자루였다는 이야기이다.

[여러 사람 말이 겹친다] 기하가 내천이 친정인디. 맨~ 동네를 씰고(동네를 돌아다니고) 아칙에(아침에) 아칙에사 왔데요. 새벽에.

우리 친정 당숙이.

그럼 그것이 머시냐 하믄 난중에 보믄 거 빗~지락이라고 있어이. 비라고 옛날에 수시(수수) 빗지락.

(청중 : 몽뎅이데.)

[웃으면서]몽뎅이 그것이더라여. 근디 그런다 그 말이여. 그렇게 인자 좋게 우리가 머이를 해주면 좋은디. 말헐지를 모르고.

아는 것이 그것 밖에. 그런 긋 헌거.

호랑이와 곶감

자료코드 : 06_06_FOT_20110120_NKS_KSS_0003
조사장소 : 전라남도 담양군 봉산면 와우리 마을회관
조사일시 : 2011.1.20
조 사 자 : 나경수, 서해숙, 이옥희, 편성철, 김자현
제 보 자 : 김수순, 여, 80세

구연상황 : 앞서 도깨비에 관한 이야기가 끝나자 청중들은 미안한 마음에 '이 동네는 잘 노는 사람도, 노래를 잘 하는 사람도 없다'고 했다. 조사자가 노래하라고 부탁하지 않을테니 대신에 호랑이에 관한 이야기를 해달라고 했다. 그러자 제보자가 호랑이를 본적이 없다고 하자 조사자가 호랑이와 곶감에 관한 이야기를 꺼냈더니 다음의 이야기를 구연했다.

줄 거 리 : 호랑이가 온다고 해도 계속 울던 아이가 곶감을 준다 하니 바로 그치자, 이를 듣고 있던 호랑이가 곶감이 더 무서운 것임을 알았다는 이야기이다.

(청중 : 저 저 머냐 머냐 옛날 애들이 울믄 "아~나 곶감아." 그러고. 호랑이가 온다고. 곶감을 주므는 호랑이헌테 던지믄 애들 거시기 안 허고 곶감 묵고 간다고 그런 소리는 들었어. 애들이 저녁에 울며는 울지 마라고. 그래서.)

(청중 : 그런 소리는 들었어도. 호랑이가 사람 물고 가네 그런 것은 안 들어 봤제.)

(조사자 : 호랑이가 애기 대신해 곶감 물고 간다고요?

(청중 : [청중들이 웃음을 터트린다.] 예에. [웃으면서] 곶감을 좋아한다고.)

[화자와 말이 겹친다] "○○줄게 오지마라."

근게 애기가 그찼어(그치다). 근게 곶감보단 호랭이가 저 저 호랭이가,

"곶감보다(곶감이) 더 무섭구나."

허고. 애기가 그쳐붓어 그냥. 곶감 준다 그런께. 요 호랭이가 내빼붓어 그냥.

'나보다 더 무서운 것이 있구나.'

그러고. 토방에서 듣다가. [웃으면서] 허~ 그런 말이 있었어. 옛날에.

(조사자 : 그러지요. 그런 말이 있었지요.)

지금은 없어. 그런 소리가. 근게 애기가 그치더라여.

시원하게 방구 뀌는 며느리

자료코드 : 06_06_FOT_20110120_NKS_KHS_0001
조사장소 : 전라남도 담양군 봉산면 와우리 마을회관
조사일시 : 2011.1.20
조 사 자 : 나경수, 서해숙, 이옥희, 편성철, 김자현
제 보 자 : 김희순, 여, 70세
구연상황 : 담양군 봉산면 와우리 강강술래는 근래 복원하여 마을사람들이 자체 전승하고 있다. 이러한 사실은 익히 알려져 있어서 조사자들은 이 마을을 찾았다. 시기적으로 딸기 수확기를 맞이하고 있어서 마을사람들은 대체로 분주했다. 조사자들이 먼저 하노인회관에 들렀으나 젊은 사람들만 있다고 하면서 상노인회관으로 가라고 했다. 그래서 다시 상노인회관으로 이동했으나 조사자들을 달가워하지 않았다. 그러나 조사자들은 여기에서 움직이면 더 이상 조사하기가 어려울 듯 싶어서 준비한 다과를 내놓으면서 조사의 취지를 설명하고 마을사람들과 딸기집하장에 대해 물어보면서 이야기를 풀어갔다. 이렇게 한참 시간이 흘러도 이야기할 분위기가 좀처럼 만들어지지 않자 조사자가 마을사람들의 가족사항에 대해 물어보면서 방구쟁이 할머니 이야기를 꺼내었다. 그러자 제보자가 다음의 이야기를 들려주었다.
줄 거 리 : 며느리가 방귀를 참고 있으니 시아버지가 참지 말고 뀌라 했다. 그러나 며느리가 시아버지에게 먼저 집안 기둥을 잡으라 하면서 방귀를 시원하게 뀌었다는 이야기이다.

(청중 : 방귀를 못 뀌어가지고 얼굴이 노~래졌담서요. 인자 요 뱃속이 안편한게. 그래서 "아가 아가 왜그러냐?" 그러니까 "방귀를 못 뀌어서 그랬다." 어떻게 해서 그렇게 [헛기침을 하고] 그런다고 시아버지한테 이렇게 얘기를 하더래요.)

어. 근디 그 뒤로 뀌었으니 어쩐가는 모르지요.

(청중 : [여러 사람 말이 겹친다] 그래 갖고 앞문 잡아라. 뒷문 잡아라. [여러 사람 말이 겹친다])

(조사자 : [박수를 두 번 치면서] 가만 있어보세요. 녹음을 해야 되니까. 그래가지고 우리 어머니 한 번 이야기 해주세요. 들은 이야기 어렸을 때.)

나도 그거 들었거든요. 밥상을 들고 시아버지한테 얼굴이 노~래지니까 네. 얼굴이 항~상 수심이 쌓이고 그래. 그러니께,

"왜 그러니?"

하고 [청중 말과 겹친다] 물으니까.

"그 아버님 놀래시지 마라."

그라니께.

"왜 그러냐?"

"방구가 끼믄 내가 쫌 살 것 같다."

"그러믄 니 [웃으면서] 원없이 끼라."

[전원 웃음] 그런께는 밥상을 놓고 방구를 끼네.

"아버님은 먼저 여…[설명을 한다]"

옛날에는 여기 그 기둥이 있어요. 마루같은 거. 거기를 잡으라 하요.

[웃으며서] 얼~마~나 되게 끼어분가 [계속 웃으면서] 진짜 아버지가 놀래부렀어. 시아버지가. 하하.

하도 낀…[참고 있던 웃음보를 터트리면서 잠시 웃기만 한다.]

(조사자 : [따라 웃으면서] 해놓고 어쩌셔요?)

[간신히 웃음을 참으면서] 내가 더 웃음이 나. 그래가지고는 인자,

"아가 고만 껴라."

얼~마나 끼어분께 시아버지도 놀래가지고 고만 끼라고 그랬다는 이야기를 저는 저도 들은 기억이 나고. 하하[다시 웃기 시작한다.

도깨비에 홀려 길을 헤매다

자료코드 : 06_06_FOT_20110120_NKS_KHS_0002

조사장소 : 전라남도 담양군 봉산면 와우리 마을회관

조사일시 : 2011.1.20

조 사 자 : 나경수, 서해숙, 이옥희, 편성철, 김자현

제 보 자 : 김희순, 여, 70세

구연상황 : 앞서 연이어 민요를 부른 뒤에 조사자가 계속 노래 부르기를 유도했으나 잘 되지 않았다. 게다가 청중 한 분이 그만 갈 것을 큰소리로 말하자 조사에 응해주던 제보자도 눈치를 보면서 조사에 적극적으로 협조하지 못했다. 이런 상황이 10여 분 이상 계속되자 조사자가 마지막으로 도깨비에 관한 이야기를 물었다. 그러자 제보자가 다음의 이야기를 구연했다.

줄 거 리 : 망월동 근처에서 도깨비에 홀려 집을 찾지 못하고 헤매다가 밤늦게 돌아왔다는 이야기이다.

아니 도깨비는 우리 저 면골 형님 아들이 아니 오다가 저녁에 외갓집으로 온디.

즈그 저 거가 면골 쩌기 저 장승동. 장승동이 아니라 저 저 망월동이 있잖아요.

거기서 있다가 인자 외갓집으로 온다고 온디. 머슬 홀렸는가 도깨비에 홀렸다고 늦~게 늦~게 밤에사 왔어요.

근디 그 집에선 갔단디 이~때까 안온게. 전화가 있은가 머헌가. 요~렇게 기다리고 있는디.

사~방데 헤매다가 왔어요이. 애기가. 그래서,

“어쩌서 이렇게 늦게왔냐?”

허니깐 도깨비에 홀렸다 그리여.

근게 도깨비 어떻게 홀렸는가는 모른데. 거 홀려서 늦었다고 그래. 애기가.

중~학생이나 될까? 그런디. 그러고 혼나갖고 여기서 사람들이 우리 식구들이 전부 놀래고 그랬지요.

(조사자 : 아 아~ 집안 식구 이야기죠?)

예. 예에. 우리 집안 식구. 여 시집와서.

마산리의 개촌

자료코드 : 06_06_FOT_20110120_NKS_LKJ_0001
조사장소 : 전라남도 담양군 봉산면 유산2리 마산마을 마을회관
조사일시 : 2011.1.20
조 사 자 : 나경수, 서해숙, 이옥희, 편성철, 김자현
제 보 자 : 이경주, 남, 82세
구연상황 : 조사자들은 사전에 연락을 드리지 않고 마을회관을 찾아갔다. 그리고 제보자에게 전화를 드려 시간 좀 내달라고 하자 바로 마을회관으로 오셨다. 제보자는 어떻게 알고 찾아왔는지를 묻자 조사자들은 월산면 도개마을 정회원 어르신이 말씀해주셔서 오게 되었다고 했다. 그러자 점차 경계심을 풀고 마을현황에 대해 자세히 말씀해 주었다. 이어서 조사자들이 조사 취지를 설명하고 마산리가 어떻게 형성되었는지를 물어보았더니 다음의 이야기를 구연했다.
줄 거 리 : 상녕최씨와 제보자 11대 할아버지가 임실(예전에는 남원) 둔덕에서 주산리로 처음 입촌했는데, 주산리가 빈번하게 물에 잠기자 마산리로 이주하였고, 이후에 많은 성씨들이 들어와 살면서 지금에 이르고 있다는 이야기이다.

(조사자 : 어떻게 할아버지께서 이 마을에 정착한 이야기…….)

구두로.

예. 할아버지가 나로서는 어~[잠시 생각을 한다] 11대 할아버지여.

(조사자 : 11대요. 예.)

거 할아버지가 올~래에(처음 이곳에 바로 터를 잡은 것이 아니라) 온 것이 아니고 고서면 주산리로 왔어. [계속 제보자의 말이 빠르다]

(조사자 : 주산리.)

응. 주산리. 어떤고는 ○람하고 올 때게. 유산리 삭녕최씨(상녕최씨)허고 유산리 삭녕최씨허고 우리 인자 할아버지허고 올 때 같은 남원 둔덕방에서 같이 왔어.

윗동네 아랫동네에서.

(조사자 : 임실 바로 옆에 삭녕최씨들이 있죠.)

응. 삭녕최씨. 남원 둔덕방에가. 근디 유산리를 거가 정착했어.

거그는 최씨들이. 거그는 상녕최가. 근디 둔덕방에 같이 왔어.

그때 햇수가 역사에가 그러고 나와 있어.

근데 와가지고 본께. 주살리(주산리)로 왔는데. 고서면 주살리라고 있어.

장살이라 할까? 잉. 근게 장살리라 그려. 거가. 주살리는 요짝이고. 장살리. 근데 거가 지대가 전~부 야차와(얕아).

지금도 늪지대여. 큰 비만 오믄. 지금은 하천공사가 되아서 양개공사가 되아서 이러고 있제. 글안허믄 큰 물만 지므는 기냥 강물이 되야. 요 삼질이.

요 들 가운데 삼질이.

(조사자 : 삼질이?)

잉. 삼기리. 황동리. 수북면 황동리. 개동리. 전동리가 기냥 물바다여.

하. 근디 여그이 지금 하천공사가 어척 잘되앗는가. 아이. 거그서 막아서 그러제. 유살리만 해도 마을 지대가 야찹거든(낮거든).

근디 거가 방천이 터져부러브믄 쏟아. 거그로. 고놈 막니라고 기냥 엇그적같네.

잉. 그래서 그 하나부지가 주산리 갔다가. 일년 본께로 큰 물지고 둠방까지 물이 올라온께로 안되것다고 미리 답사를 해가지고 유산린디.

거그도 온께로 옮기나 마나여. 근게 오믄 탁 다 매달렸거든.

우리 동네도 두 번 떴는가?

(청중 : 그러제.)

주민들 다 빠져있거든. [제보자의 말이 빨라 단어가 잘 들리지 않는다] 나무로 된 집이. 여가 고지대여. 우리 마산리가. 할아버지가 이리 잡은거여. 이 탯자리가.

(조사자 : 고지대에서.)

고지대에서. 인자 저지대에서 큰물 지고 그런게. 그때만 해도 수리시설

안 좋았잔아. 근게 인자 하나부지가 이리 와서 양지쪽이고 댕여서 이.

그래 피난을 우리 동네로 다 왔어. 큰물이 지믄 삼기리 사람이고. 황수리 사람이고 전~부 보따리만 짊어지고 올라와부러. 물이 둠방까지 차부리니까. 엊그제 여 삼기리도.

(조사자 : 십일대면… 한 삼백년. 사백년…?)

그렇제. 응. 응 그러고 되제.

(조사자 : 그러면 이 마을 생긴지도 그 때쯤…)

그렇제. 유래가 그러고 되 있어요.

그러고 할아부지가 와서 닦고 본께. 누가 누가 온고는 이 고령신씨. 내가 요그 요그서 나와요.

고령 신씨가 순창서 왔어요. 고령신씨가. 춘식이랑 여 있다 다 나갔는가.

(청중 : 춘식이랑 고령 고령신씨 아닌가?)

어. 고령신씨여. 아 근디. 고거를 첫 번에는 우리 전주이가가 왔제. 고령신가가 들어왔제. 그리가지고서 택조가 생겨. 광산김씨.

광산김씨는 어디서 왔냐믄 대덕면서 왔어. 대덕.

대덕서. 여그 여그서 동네가 모타진거여.(모아진거야) 근게 ○이 들어왔어. 그러고 한 집이 어디로 오는고는 송정리서 양씨가 들어왔어. 남원양씨들.

(청중 : 남원양씨.)

응. 남원양씨들이 왔어.

이것이 집성촌이라 단일화가 된디. 일곱 가구 야닯 가구 되다가(7~8가구 정도 살다가) 그러고 집성촌인께.

인자는 연고관계. 처가. 외가. 잉. 모야 내종관. 이종관 응. 외종관 등 모아갖고 인척으로 끌어들인 것이 이리 집성이 이루어진거여.

성씨가 겁나 만해. 다. 근게 믿(몇)월 믿일까지 나와 있어.

그래 요런 분포로 다 생기고 모드고 허니 나가 [제보자가 자신이 작성한 마을지 책을 가리키면서] 요고 허면서 애 많이 묵었네.

주변마을의 형국

자료코드 : 06_06_FOT_20110120_NKS_LKJ_0002
조사장소 : 전라남도 담양군 봉산면 유산2리 마산마을 마을회관
조사일시 : 2011.1.20
조 사 자 : 나경수, 서해숙, 이옥희, 편성철, 김자현
제 보 자 : 이경주, 남, 82세
구연상황 : 앞서 마산리의 개촌에 관한 이야기가 끝나자 조사자가 마산이라 부른 이유에 대해서 묻자 이어서 다음의 이야기를 구연했다.
줄 거 리 : 마정마을의 산은 말 안장이고, 유산리는 갈마음수로 말이 증감천에서 물을 마시는 형국이며, 마산리는 말 안장터라는 이야기이다.

(조사자 : 글믄 왜 마산이라고 했답니까?)

여 여가 그 이유는 와서 보니까. 뒤에 이 마정이라고 그 산. 산이 요 말안장. 말안장. 산이. 산이 그랬어.

어서 이러고 산이 내려왔는고는. 지금 음~ 소백산 산맥을 내리가믄 길어. 요러고 나와갖고 결게 여가 갈마음수라고 해. 이 터가. 유산리 머리가.

(조사자 : 유산리 머리가요?)

응. 유산리 조금 뒤에. 그러믄 여가 말 안장이여. 갈마음수가 목에 가린 갈린 목이 갈린 말이 갈마. 물. 지금 가믄 냇가 아닌가. 그것이 증감천이여. 증감천.

(조사자 : 증감천.)

응. 증감천. 증감. 증감.

증감천이여 그 냇갓이. 근게 말이 목이 갈린께 내리다가 머리를 박고 먹는데가 갈마음수 터라 그래.

글은 근디 말안장이라혀. 우리 동네 뒤가 말안장. 꼭 사람 탄 놈. 여 넘으은 고개여. 둘이 있어. 우리 바로 부락에.

(청중 : 산이 내려오다 딱 짤라 맥히져부렀어.)

근디 거그다가 말 모가지 등거리에다가 물먹은 곳이 여가 나와 있고. 인자 말 가운데 도막이야. 말허자믄.

꼴랑지(꼬리)는 중림 시수대. 거그가 기고.

이거 싯을(셋을) 마정. 마산.

어 내가 인자 올 상량문도 글짜 지어서 써논 놈도 있어. 요 요 내 손으로 상량문도 쓰고 간판도 내 손으로 내 손으로 싹~ 쓰고 내가 해논거여.

그래 유래가 거 마장.

그래서 아까. 갈마음수. 그런게 맞어 안떨어져요. 말이 목마른 말이 그 냇가이여. 지금 아까 그 냇가에다가 물 먹음서 갈마음수.

(조사자 : 마산이 그러면 마 말이 있는 산이라 해서 마산.)

그리여. 근게 여가 말안장인께라. 말안장. 이 터가 말형국이여. 말형국인디.

이 이 마산리는 말안장. 사람 탄 게 말 안장터여. 고게 산이 내려갖고 그 재가 넘어간디 꼭 사람 탄 놈 마니로(탄 것처럼).

옥녀탄금형국

자료코드 : 06_06_FOT_20110120_NKS_LKJ_0003
조사장소 : 전라남도 담양군 봉산면 유산2리 마산마을 마을회관
조사일시 : 2011.1.20
조 사 자 : 나경수, 서해숙, 이옥희, 편성철, 김자현
제 보 자 : 이경주, 남, 82세
구연상황 : 앞서 마을 형국에 관한 이야기가 끝나자 조사자가 마을 주변에 옥녀봉이 있는지를 묻자 바로 이어서 다음의 이야기를 구연했다.

줄 거 리 : 마산마을 윗동네에 위치한 시술재가 옥녀탄금 형국이라는 이야기이다.

(조사자 : 여기 근처에 혹시 옥녀봉이나 그런 건 없어요?)

있제. 옥녀봉이란 어디가 있는고는 (조사자 : 옥녀탄금형[조사자와 말이 겹친다.]) 탄금. 탄금은 여가 있어. 옥녀탄금은 여 여 탄금정이 안 있는가. 거 거.

(조사자 : 탄금정이 어디가 있어요?)

요 요 요 에~ 여~ 파출소 안 있는가. 저 모냐 파출소 그 웃동네가 가 거 거가 탄금이야. 거 옥녀탄금이 거가 있어.

옥녀는 저어~기 저 시술재 저 몬댕이가 기고.

시~술재라고 있어. 기곡리 구역이여. 구역은. 그런게 봉산면이라 알아야해. 이 들은 무슨들이고. 여기는 머시고. [조사자와 말이 겹쳐 들리지 않는다] 어.

고놈을 모다 여그다 수록을 했은게. 유산리로 했다믄 그 유래가 유산리 유래를 다 내손으로 만든거여. 마산리도 허고 유산리도 다 하니까.

모르니 헐 사람이 없어.

(조사자 : 옥녀탄금은 또 머 어떤 형국이랍니까?)

지금 탄금이란 비파여 악기여. 잉. 악기여. 비파 탄금이여.

옥녀란 것은 선녀의 대리를 옥녀라고. 옥녀봉이 있어. 저가 그런게 옥녀탄금. 그래 탄금리가 거가 있다니까.

긍게 그 저수지가 거가 안 있는가. 그려. 그 유래가 그러게 되있어.

증암천은 오합수

자료코드 : 06_06_FOT_20110120_NKS_LKJ_0004

조사장소 : 전라남도 담양군 봉산면 유산2리 마산마을 마을회관

조사일시 : 2011.1.20
조 사 자 : 나경수, 서해숙, 이옥희, 편성철, 김자현
제 보 자 : 이경주, 남, 82세
구연상황 : 앞서 옥녀탄금형국에 관한 이야기가 끝나자 조사자가 앞서 이야기한 증감천에 대해서 물어보자 바로 다음의 이야기를 구연했다. 제보자는 연세에 비해 건강하고 목소리가 크고 빨랐다.
줄 거 리 : 증암천은 창평, 석곡에서 내려온 물과 합쳐지고 담양, 무정에서 내려온 물과도 합쳐져서 '오합수'라 부른다는 이야기이다.

(조사자 : 아까 우리 어르신. 선생님께서 증감천 이야기를 허셨는데. 어째서 증감천이랍니까?)

요거시. 요거 증암방이라고도 허고. 증암감으로 되있어요. 근게 냇가여. 그래서.

그것이 냇갓이(냇가가) 어디까지냐므는 요 물이 에~ 여그서 내려온 놈이 창평에서 내려온 놈허고. 저 석곡.

석곡 마을 거그서 내려온 물허고 와가지고 합해서 여가 합수가 되야. 여 우게서.

응. 그 그 합수가 두 군데가 합수가 되가지고 내려와. 그 합수가 요~ 창평서허고 저 놈허고 합해져가지고 여까지 내리가믄.

요 건네 삼기리 가므는 삼합수가 되야.

응. 삼합수가 되므는 담양서 내려온 놈. 무정. 무정서 내려온 물이고. 그 두 개 합쳐갖고 요가 지금 여가서 합쳐갖고 오합수가 되야. 거 합친게.

그러믄 요~짝에가 아~ 수놈(수컷). 저짝은 암놈 그래. 어른들 말이. 냇가갖고.

그럼 그 물이 샘 전부 세가치가 받으믄 둘이 합히서 내리온다 그래서 오합수여. 그 소통이 있제. 음~

소통이라 해갖고 다~. 옛날 소통이 안 있었는가. 그 막는디가. 거기서 기냥 지금도 고기가 막 놀아. 잉어도 있고.

응. 근게. 다섯 개가 합친 데라니까. 저짝에서 시간데(세 군데) 요짝에서 두간데가 합쳐갖고 오합수통이 여가 있어.

(조사자 : 그 오합수가 지금 어디 어디쪽으로?)

그것이 광산군 여 지산면.

응. 지산면 여 태령이란 디가 있어. 태령. 태령 거 거 뒤뜰에가 거가 기여. 거 새벽뜰. 응.

송강과 면앙의 맞이다리

자료코드 : 06_06_FOT_20110120_NKS_LKJ_0005
조사장소 : 전라남도 담양군 봉산면 유산2리 마산마을 마을회관
조사일시 : 2011.1.20
조 사 자 : 나경수, 서해숙, 이옥희, 편성철, 김자현
제 보 자 : 이경주, 남, 82세
구연상황 : 앞서 증암천 이야기에 이어서 조사자가 송강정에 대해서 물어보자 다음의 이야기를 구연했다. 제보자는 연세에 비해 건강하고 목소리가 크고 빠르며 자신감이 넘쳐 있었다.
줄 거 리 : 송강정 근처에 정철과 송순이 서로 맞이하는 '맞이다리'가 있었는데, 농지정리하면서 없어졌다는 이야기이다.

(조사자 : 보면. 여기 요쪽에 쫌만 가며는 송강정이 바로 있잖아요.)

그러죠. 여그 여 여가 바로 송강정.

(조사자 : 바로 옆인가요. 그러믄 저 저기 그 증 증감천이 혹시 송강천이라고 불리나요?)

송강정 냇이 흐르는 앞에 송강정 앞이 그 냇갓이 증암천이여.

그리고 인자 거 유래가 있어.

정송강이 원래 여 지실사람이여. 남면. 그런데. 거그가 베슬살이(벼슬살이) 해가지고 귀향와가지고 하실한다고 여가 처갓집이 있어. 원래가. 응.

지실.

그런데. 면앙이구나 송면앙.

응. 면앙은 봉산면. 마을 우에가 있어. 여가 면앙정이. 면앙이. 송면앙.

그럼 송강허고 면앙허고는 송강이 선배여.

아니 면앙이. 면앙이 더 선배여.

근데 여 맞이다리가 있어.

(조사자 : 무슨 다리요?)

맞이다리.

맞이다리가 머인고는. 옛날에는 참~ 학자들이고 계속 정승들을 해묵은 사람들이라 하인들 놔두고 서로 머니까.

그때는 차가 없잔아. 가마타고 댕기고 요런께. ○○해서 보므는 술독이고 떡이고. 고놈을. 맞이다리가 그 가운데 시졌어(세워졌어). 요 요 넓은 들이거든.

그러믄 돌 그 돌이 시방 우리 시워논 것이 맞은다리에서 온 돌이 우리 화합이라고 글자 쓴 것이 맞은다리에서 갖고온 돌이여.

인화. 인화라고 쓴 돌이 있어.

그 그 그런 돌로 놔갖고 그런게.

그 어째 맞이다리냐? 그러믄 면앙하고 송강하고 서로 술을 나먹고(나눠 먹고) 하인들 시켜가지고 주고받고 응. 바까. 맞이다리. 서로 마중 나오고 주고받고 헌디가 맞이다리라 헌 것이다.

응. 그러니까 맞이다리는 응~ 정송강과 송면앙과의 비의 주장 서로 주고 친구 그런게. 복물 교환한디여. 말허자믄.

그 맞이다리가 농경정리로 인해서 그것이 전부가. 그 동네가 맥히고. 큰 동네 죽어나가지고 하나~ 일꾼들이 실고가요. 기념으로.

저 놈도 띠매오니라고 어찌~ 애쓴줄 안가. 이 몸뚱히가지고.

(조사자 : 아 어떻게 또 그걸 갖고 오실 생각을 하셨네요.)

그런께로. 그런께로 그 영~원히 부락 마산리 본 부락의 인화석으로 안 맹글어놨는가. 인화. 사람 인(人) 자 써가지고. 인화석으로.

여그 죄다가 내가 했어. 또 석공 불러다가 못갖고 간게. 석공을 불러서 인화라고 썼어.

신검우장과 송순 면암앙

자료코드 : 06_06_FOT_20110120_NKS_LKJ_0006
조사장소 : 전라남도 담양군 봉산면 유산2리 마산마을 마을회관
조사일시 : 2011.1.20
조 사 자 : 나경수, 서해숙, 이옥희, 편성철, 김자현
제 보 자 : 이경주, 남, 82세
구연상황 : 앞서 송강에 관한 이야기가 끝나자 조사자는 송강에 관해 더 물었다. 그러자 다음의 이야기를 구연했다. 제보자는 연세에 비해 건강하고 목소리가 크고 빠르며 자신감이 넘쳐 있었다.
줄 거 리 : 신검우가 송순 면앙선생 때문에 죽어 원귀가 되어 사람을 여럿 죽였다. 그러자 송순이 자기 아들을 대신 죽여 원귀를 없앴고, 송순 부인이 이를 원망했다는 이야기이다.

여 여 지금 여 정송강이는 여기는 고서면이거든. 여 정송강은.

근디 여그 면앙정은 봉산면이여.

응. 그런게 문화재도 저 고서에서 관리하잔아. 지금 저그도. 여 담양서 아니 봉산서 관리하지마는.

저거 면앙에 대해서는 신거무장이 있었어. 신검우장.

응. 신검우장. 신~검우장이란 장이 있었는데.

고놈 말을 들어보믄 고 전설따라 들어본 애기여. 우리도.

신검우란 사람이. 어쳏게 이름이 신검우여. 그런데 면앙이 노론 때 일테믄 좀 정치할 때 좀 원수를 지었든갑서. 머이랑. 정치허믄 오판되고 그

러지 않아. 근데.

근데 신검우장이 여 장성까지 다 왔단 말이야.

여가 시방 육계면이 한 타 타리거든. 여가. 광야가. 육계면이 한 틀이여.

그런게 여그 속담이,

"포도밭에 가서 무시허믄."

홍경희가 포도밭이거든. 거가서. 거가서 여기 담양사람이 무시 하나 뽑아묵으므는.

"왜 뽑았냐고?"

한 한 들에 살것어. 한 동네에서 무시(무) 하나 뽑아묵는다고 무슨 그런 히로가 있어. 응 지금도.

나주나 목포 보믄 지금도 안 놈,

"니기들 머 안말이요(안단말이냐). 담양에서 똥싸고 니기들이 전부 똥묵고 산 놈의 새끼들이 니가 씻다고 안허냐?"

고 농담하고 그러고 허제. 우리까지도 지 생도 안놈끼리 농담을 혀. 그런께. 그것도 안 사램이 놀리제. 아무나 허나. 참으로 싸움하게. 모른 사람허고 하믄.

그래 예상 편성 안헌가. 좀 털어. 서로 가지갈라 그러므는

"니기들은 가매에다 내야 대야."

영산강 여그서부터. 진원지가 용쏘 아니야. 영산강 수원 진원지가.

근게 거기 걸치서 나오잔아. 남평에서 내려와갖고.

(조사자 : 예. 신검우 얘기합시다.)

신검우 이 얘기가 근디 그 좀 그 머슬 좀 잘 못했던가. 하~ 됐는디.

그땐 그 여기 바다라 했거든.

면앙정이 관도 높아. 이 들이 바다였었다여. 응. 지금도 뻘 뻘이 나와.

꼭 깊이 파믄 뻘이.

(청중 : 샘을 파도 뻘이 나오잔아.)

쩌 주산리도 똑같어. 그래 바다였다네. 그래서 냇실도 낚실도 혼자 시도 모다 있던데.

신검우 어 장을 시웠는디.

신검우 아들을. 잘못해갖고 아들헌티.

사램이 검으로 든게 있는가보데.

응. 거미로. 응 거미로 복수를 헌거여. 그러믄 밤마다 사람 한 명씩 죽어.

응. 그것이 간~접으로 살인이 돼. 말허자믄 송면앙이 나뻐서,

"요놈은 내…"

그 복수를 직접 못. 관아에서 구신도 맨만해야 달라들제. 구신은 못한다 그러든가.

근디 일 본사람이 죽어. 장마다. 어 그런게.

면앙이 고민을 헌거여. 가지고 일부러 다른 사람 못시켜. 안시킬라고.

"아 이거시 내한테 잘못한 원귀다."

그 지기 아들 대신 끝에다 놓고 죽이갖고 그 원귀 없앴다는 그런 전설 있어.

(조사자 : 면앙 선생이 자기 아들을 죽여서 예. 원귀를 없앴다구요.)

그런께. 다른 사람이 죽으니까.

"나가(내가) 잘못했는디. 이 국민들이 백성들헌테 폐를 끼칠소냐. 그런께 내 아들 내놔야."

지기 아들 고 놈 가지가고는. 그 신검우장 파헌대끼 파헌다는 말이 있어.

가믄 사램이 죽으니까. 그런게. 지일(제일) 늦게 간 놈이 죽더라네. 그런께 신검우장 파헌대끼 파헌다는 말이 있어.

오래 있으믄 제일 라 라스트가 죽어.

(조사자 : 신검우장 머 하믄 파한다구요?)

신검우장 파한대끼 파한다.

지~일 늦게 간 사람이 죽어. 그런께 기냥 서자마자 얼릉 허고 팔고 사고 간다 그 말이여.

그러니까 지일 늦게 간 사람이 죽으니까. 그러니 나란히 생각고 안되것으니까. 인제 죄값은 헌거지. 근게.

진작 좀 덕이 오셔야 할 것 아니여. 근데. 하다본께 나허고 원수다 허고서 아들을 내놨다니까. 그 일화가 있어.

아들 놓고 결국에 아들 뺏겨불고 아들을 아들이 죽었어. 아들이 목.

그러고 신검우장 파한대끼 파헌다는 말이 그 아들 죽어불고. 장도 파허고. 어 폐쇄되아버리고. 인자 그런 일화가 있고.

근디 어찌 보믄 면앙이 허는 말이 그거 있어.

아들 죽고 면앙 부인이,

"아이고 죽고."

통곡 허니까. 아들 생아들을 갖다가이. 자기가 잘못해놓고 아들을 죽였다고 어머니는 또 글안것어 안사람은 그래 가정이 처단 난께.

통곡을 헌께로 면앙이 인자. 자기 죄인 줄 알고 근디 남자란게 군자라 다를틴게. 속으로만 태연자약해도 하~도 안사람이 근게로 안사람 말은 못허고.

가세를 톡 꺼내서 입에를 피를 토했다 그것이여.

(조사자 : 면앙. 면앙 부인이.)

면앙 부인이 조리니까(조르니까) 면앙은 아들도 줘버리고 내놨어. 백성으로 내놨는디.

"어찌서 아들을 당신이 잘못해서 아들을 죽이야."

그리야. 어머니로썬 글 안허것소. 그리고 말을 못허고도로

"속은 더 탄다. 칵"

가에로 핏덩어리가 입에서 떨어져.

"여보 애가 탔다."

그래 그런 일화가 있어.

그런디 아무리 아들을 내놓것나? 죄졌다히도. 근게 그것도 보통…

그린께 안사램이 서방헌테.

"어째 자기가 진 죄를 아들을 죽여야. 그것도 …"

근게.

"그 쓰라린 마음은 당신보다 더허요."

가에를 본게 핏덩어리를 뱉었다는 일화가 있어.

요런 말은 머 우리 여그도 없어. 이 소리가. 헤헤[웃음]

외갓집 힘으로 사는 정철 후손들

자료코드 : 06_06_FOT_20110120_NKS_LKJ_0007
조사장소 : 전라남도 담양군 봉산면 유산2리 마산마을 마을회관
조사일시 : 2011.1.20
조 사 자 : 나경수, 서해숙, 이옥희, 편성철, 김자현
제 보 자 : 이경주, 남, 82세
구연상황 : 앞서 신검우장과 면앙 송순에 관한 이야기가 끝나자 정송강하니까 생각나는 이야기가 있다고 하면서 다음의 이야기를 들려주었다.
줄 거 리 : 정철 후손들은 외갓집 힘으로 살아가고 있다는 이야기이다.

정송강 손(자손)들은 어 커서는 자 어릴 때는 외갓집 묵고 크고 응. 정송강 손들이 전부.

외가집거 묵고 크고 커서는 처갓집거 묵고 산다 그래. [전원 웃음]

그 그런 혈이 있다네. 정송강 손들이.

근디 성받이로 묵고 살아. 그런께.

(조사자 : 후 후손들이요?)

응. 성. 그 정송강 실화가 많이 있지. 여그와서 넘의 처가.

근디 알고보믄 정가들이 전~부 외갓집가 묵어. 지금 지금도.

(조사자 : 지금도요. 대단하네요.)

아 그러고.

(청중 : 시방 정래봉이도 고리 손이제?)

그려. 다. 손이여. 글고 커서는 처갓집거 묵고.

그 집에서 나믄 외갓집거 묵고 처갓집거 묵고 산단께.

지금 영동 주사네가 여 찬수 아부지. 거그도 사우를 얻었는디. 정가여.

(청중 : 아 그 사우 관상이 좋~았어. 군 첨찰허고 히놔서. 그때 주사라 허믄 끝발 좋았제.

근데 그 사우를 성씨보고 딸을 줬어. 거 고놈에 여 처가 집 와서 기냥 집 믹여(먹여) 살렸다고.)

근게 지금도 그 정가네는 그 근성이 있어. [전원 웃음] 지금도 근성 있어.

무학대사의 꿈

자료코드 : 06_06_FOT_20110120_NKS_LKJ_0008
조사장소 : 전라남도 담양군 봉산면 유산2리 마산마을 마을회관
조사일시 : 2011.1.20
조 사 자 : 나경수, 서해숙, 이옥희, 편성철, 김자현
제 보 자 : 이경주, 남, 82세
구연상황 : 앞서 정철에 관한 이야기가 끝나자 당파싸움과 현재의 정치에 대해 비판을 했다. 이어 이성계 위화도 회군에 관한 이야기를 하면서 제보자가 이성계의 후손을 언급하자 조사자가 이성계에 관한 이야기를 자세히 부탁하자 다음의 이야기를 들려주었다.

줄 거 리 : 무학대사가 지게 꿈을 꾸고서 이성계가 왕이 될 것이라고 예견했다는 이야기이다.

인자 왕 되았다 그런 건 우리 족보 얘긴디.

근데 옆에가 서산대사가 있었는가. 거 노는…

(조사자 : 무학대사?)

무학대사가 아조. 거그는 왕사 아니야. 말허자믄.

그 무학대사가 그래서 꿈을 꿀 때.

석거를 지게를 지어서 왕 되는 꿈이다고 얘기 해주고. 응.

지명의 선견지명 (1) 전쟁터와 훈련소

자료코드 : 06_06_FOT_20110120_NKS_LKJ_0009
조사장소 : 전라남도 담양군 봉산면 유산2리 마산마을 마을회관
조사일시 : 2011.1.20
조 사 자 : 나경수, 서해숙, 이옥희, 편성철, 김자현
제 보 자 : 이경주, 남, 82세
구연상황 : 앞서 이성계 이야기에 이어서 다음의 이야기를 구연했다. 제보자는 연세에 비해 건강하고 목소리가 크고 빠르며 자신감이 넘쳐 있었다.
줄 거 리 : 이성계가 활약할 당시 논산이 전쟁터였는데, 지금은 병력 훈련소가 되었다는 이야기이다.

이성계가 한 가지. 남원만 가도 대첩비가 모다 있어. 한산대첩 요런 것이.

서라벌 얻은 것이 여그거든.

지금 이 주변에 논산 훈련소.

어. 그 자리가 거가 전쟁터여.

그런게 지금도 그 자리가 완전 훈련소. 병력 훈련소 안 되았는가.

지명의 선견지명 (2) 무정면과 공수여단

자료코드 : 06_06_FOT_20110120_NKS_LKJ_0010
조사장소 : 전라남도 담양군 봉산면 유산2리 마산마을 마을회관
조사일시 : 2011.1.20
조 사 자 : 나경수, 서해숙, 이옥희, 편성철, 김자현
제 보 자 : 이경주, 남, 82세
구연상황 : 논산에 관한 이야기에 이어서 다음의 이야기를 구연했다. 제보자는 연세에 비해 건강하고 목소리가 크고 빠르며 자신감이 넘쳐 있었다.
줄 거 리 : 무사와 관련한 무정면에 오늘날 공수여단이 들어섰다는 이야기이다.

여 무정면이 그리여. 무정면.

무정면이 머인고로.

무~면, 정~면 그랬어.

호반 무(武) 자. 무면이 있고. 정면이 있어. 합해서 무정면이라 했는데. 호반 무자 무정이여.

그런디. 지금 맞어. 땅 지세가 맞어.

거 머이냐허믄. 지금 공수여단 들어서. 들어섰어.

공수여단.

(조사자 : 공수여단.)

거가 지형이 맞어 떨어져.

(청중 : 공수여단이 다 들어서.)

호반 무 자를 써서. 무면. 정면 합해서 무정면이여.

근디 가갖고 호반 무 자. 근디 거가서 공수여단이 들었는가.

올스타가 갸가 하나 아니냐. 그런게 근거 있어.

지명의 선견지명 (3) 고사등과 시험고개

자료코드 : 06_06_FOT_20110120_NKS_LKJ_0011
조사장소 : 전라남도 담양군 봉산면 유산2리 마산마을 마을회관
조사일시 : 2011.1.20
조 사 자 : 나경수, 서해숙, 이옥희, 편성철, 김자현
제 보 자 : 이경주, 남, 82세
구연상황 : 지명의 선견지명에 관한 이야기가 계속 이어졌다. 제보자는 연세에 비해 건강하고 목소리가 크고 빠르며 자신감이 넘쳐 있었다.
줄 거 리 : 담양공고 앞에 인물이 나온다는 고사등, 시험을 본다는 시험고개, 아홉바우등이 있다는 이야기이다.

거가 또 시험고개가 있어. 시험고개.

(조사자 : 시험고개?)

응. 여 담양 공고 앞에 거보고 고사잇등 그래. 고사등. 높을 고(高) 자. 선비 사(士) 자.

잉. 여그서 인물이 나온다. 높을 고 고사등.

우리가 보통 고사잇등. 고사잇등 그래. 아 저 옛날 얘긴디.

높을 고 자 선비 사 자 고사등.

그러믄 그 등 옆에 가서 시험고개. 시험고개.

정작 도로 내부러서. 인자 아홉바우도 인자 평지 되았잖아.

구암동 원래 봉산면이 에~ 우치면에다가 구암면에다가 봉산면으로 돌아왔거든.

요 면 면도.

시험고개가 머인고는. 지금도 시험고개에 대한 얘길 허는 고고는.

담양읍에 들어갈라믄 꼭 시험을 보야디여. 일트믄.

[잠시 목을 가다듬고] 병목현상이라 하제. 지금 자동차 갈 때도 넓었다가 좁아지는 병목현상. 그럼 딱 안맥히잖아.

그러고 지금 얼른 말허자믄 매표소 있제. 차가 안 나갈 땐 인자 병목현

상. 시험모가지 현상이란게 병목현상이야.

근데 담양공고 앞에 거 이 고사등인데. 고사등에 아까 시험고개란 것이 있어. 인자 밀었어.

(조사자 : 시엄? 쉬엄고개?)

잉. 쉬엄고개. 거 병이여. 병 목이라 히서 쉬엄보고 병이라 안헌가. [트림한다] 쉬엄고개라 한디.

거가 쉬엄 모가지만 잡으므는 고리 농주 갖고도 쉬엄에다가 갖고 댕기는가. 옹기 쉬엄.

(조사자 : 옹기 쉬엄?)

옹기 쉬엄이 있어요. [청중이 젊은 사람들은 모른다고 이야기 한다]

(조사자 : 호리병 같은 건가요?)

응. 호리병 같은 거. 한~말도 들어가고. 닷댓짜리도 있고 그리여.

(청중 : 짤~쑥허니 입에 쪼끔 떨구고.)

갖고 글믄 것따가 짚으로 묶어서 등거리에다 요 놈 매고 가고 논에 샛끼리 갖다주믄. 응. 그것 보고 병이 있어.

거가 쉬엄고개여. 담양 개간지가.

거그를 넘어가야. 내가 먼저 담아 펴졌어. 여그도 올라가다 펴졌는디. 거 거가 짤방 있어. 거 그런게. 고개가 옛날에 깔끄막 졌단게.

근디 고 놈이 인자. 논을 경지해갖고 인제 그 자리가 머시냐허믄 쉬엄 모가지만 쥐믄 따라. 기냥 쥐믄 나와.

여그는 배아지가 크고 주댕이가 쬐깐허거든. 그 그 그게 쉬엄고갠게.

그 자리가 시방 주요소가 생겼어. 쉬엄고개 자리가 주요소.

모가지만 잡으믄 지름이(기름이) 나와. 지름이. 근게 아까 술 나오대끼. [전원 웃음] 거 지형이 인자.

거 주유소 지금도 모가지 잡으믄 안 나온가.

지금도 그런게 있어.

김덕령과 누나의 내기 시합

자료코드 : 06_06_FOT_20110120_NKS_LKJ_0012
조사장소 : 전라남도 담양군 봉산면 유산2리 마산마을 마을회관
조사일시 : 2011.1.20
조 사 자 : 나경수, 서해숙, 이옥희, 편성철, 김자현
제 보 자 : 이경주, 남, 82세
구연상황 : 앞서 지명에 관한 이야기가 끝나자 준비한 다과를 먹으며 잠시 휴식시간을 가졌다. 조사자가 김덕령에 관한 이야기를 묻자 다음 이야기를 구연했다.
줄 거 리 : 김덕령은 나막신을 신고 무등산을 다녀오고, 김덕령누나는 베를 짜는 내기를 했는데, 누나가 지혜로워 일부러 져주었다는 이야기이다.

(조사자 : 김덕령 이야기 혹시 들으신거 있으세요?)

아 덕령이는 지기 누나가 [조사자들이 웃는다] 더 어. 덕령이는 지기 누나가 더 지인이었어. 지인이었어. 더.

(조사자 : 아. 그래요. 그 이야기 좀 더 해주세요.)

김덕령이는 누 매시가(누나가) [조사자와 음성이 겹쳐 들리지 않는다] 투봉 안 있는가. 투봉.

(조사자 : 투구?)

어. 투구봉.

(조사자 : 투구봉.)

응. 여 무등산 가믄 투구봉 있어. 앞에.

거가 충장사가 덕령이 묘가 안 있는가. 충장사가.

(청중 : 요짝에 있는 놈을 고리 옮겼어.)

응. 그라니까 거가 시방 문화재여. 거그도.

어 거그도 역적으로 조작을 져. 난중에 인자 사가 되았지마는.

(청중 : 역적으로 몰려서 죽었어.)

근디. 덕령이 요 인자 즈그 누나허고 응. 시합을 혀. 시합을 허는데.

누나가 더 지인이었어. 아는 사람은. 그 때 어른들 들어보믄. 옛날 이야

길 들어보믄.

근데 무등산을 나막케. 그래 나막 나막신 신고 댕겼다요. 무등산을. 이이 운동화 신고도 못갈 처진디 [전원 웃음]

나막신 신고 무등산을 갔다오게. 나는 베 한필을 짜기로 허고. 누나. 시합을 했다는 거여.

근디 누나가 이겼어. 베를. 갔다오는 거보담도. 그런 시합이 있고.

그리고 근게 누나가 겁나게 현명한 사램이었어. 그런 거 보믄.

남이장군이 역적으로 몰린 이유

자료코드 : 06_06_FOT_20110120_NKS_LKJ_0013
조사장소 : 전라남도 담양군 봉산면 유산2리 마산마을 마을회관
조사일시 : 2011.1.20
조 사 자 : 나경수, 서해숙, 이옥희, 편성철, 김자현
제 보 자 : 이경주, 남, 82세
구연상황 : 앞서 김덕령 죽음에 대해서 간략하게 언급하자 조사자가 더 자세히 물었으나 그 이상 이야기가 나오지 않았다. 대신에 김덕령이 사후 충신으로 복권했다는 이야기를 다시 반복하였고 서 남이장군도 역적으로 몰려 죽었다고 하면서 다음의 이야기를 구연했다.
줄 거 리 : 남이 장군이 지은 한시인 '백두산석 마두진(백두산의 돌과 바위는 칼을 갈어서 다하고) 두만강수 음마무(두만강의 물은 말에게 먹여 다없앤다) 남아이십 미평국(대장부 나이 이십에 세상을 다스리지 못하면) 후세수칭 대장부(후세에 누가 날 대장부로 기억하랴)'에 관한 것으로 미평국을 '미등극'으로 바꾸어 모사를 하는 바람에 죽게 되었다는 이야기이다.

아따 남이장군도 마찬가지여.

남이장군도. 거그도 역적 되서 죽었지 않은가.

(조사자 : 아 남이장군도요? 그 이야기도 좀 해주시죠.)

남이장군 얘기를 허며는 남이장군 시가 있잖아. 대문장허는.

거그도 역적으로 몰려 죽었어. 모 모사통에.

(조사자 : 모사 모사.)

그런게. 시기. 지가 승진을 못헌게 저 놈 똑똑헌게 모사해서 역적으로 몰려 죽었는디.

남이장군 시가 있어.

백두산성은 마두진이요.

두만강물은 ~라.

남아이십 미평국하니.

후세유추 자불알까.

있어. 근게 아 남아 이십에 대장부를 할까 했는데. 미평국이믄 그 놈의 글자 두자 갖고 역적으로 몰아 묵어요.

남아 이십세. 남아 이십세므는 백두간에서 칼을 갈고 두만강에서 말을 물을 먹이고 응. 내가 스무살 때 여기서 나라가 평정을 못허고 충성을 허드만 못허겄냐.

헌게. 그것을 보믄 미평국. 고 글짜를 바깠어. 미란 것은 스물 살에 내가 국가를 얻지 않으믄 내가 안분하냐?

에. 근게 역적 음모가. 거 미워갖고 글자 두 개갖고 그래서 역적으로 몰려갖고 애문살에 안 죽었는가. 남이장군도.

(조사자 : 원래 뜻은 그게 아니었죠?)

아~이~지.(아니지)

후세. 스무살에 후세에 말허기를 숙충이 장부랄까. 장부.

내가 이 일을 국가에 충성 안허믄 내가 장수로 들었겄냐.

미평국 그랬단 말이여. 왕을 밀치고 지가 한다. 미평국. 미등극.

그래서 고 놈 갖고 글자 두 개 갖고.

왕이 인자 귀가 얇았던가 좋은 신하 복이 없었던가. 그리갖고 다 죽였는가.

남이장군. 시방 남이섬이. 아 거그도 서른에 가셨잖아. 뒤로 다 파 파면 시키고.

아 국가가 망헐라믄 그래.

인재를 인재로 써야한디. 인재를 못얻은거여.

(청중 : 아 근게 지금이나 그 전이나 똑~같어.)

아~ 지금도 요것 좀 못해서 안달 바빠부러.

(청중 : 지금도 나보다 높은 놈은 꺾어불라 그런디. 그것은. 그때나 지금이나 똑~같어. 똑~같이여.)

용 못된 이무기 방천만 뚫는다

자료코드 : 06_06_FOT_20110120_NKS_LKJ_0014
조사장소 : 전라남도 담양군 봉산면 유산2리 마산마을 마을회관
조사일시 : 2011.1.20
조 사 자 : 나경수, 서해숙, 이옥희, 편성철, 김자현
제 보 자 : 이경주, 남, 82세
구연상황 : 앞서 남이 장군 이야기가 끝나자 조사자는 어렸을 때 들은 재미난 이야기를 부탁하자 기억나지 않는다고만 했다. 그러자 조사자가 구렁이가 용이 된 이야기를 언급하자 다음의 이야기를 구연했다.
줄 거 리 : 이무기가 용이 되려면 그만큼 공을 들여야 하며, 이무기가 승천하지 못하면 심술만 부린다는 이야기이다.

아 글잔아. 용 못된 이무기라 그래.

잉. 이무기가.

(조사자 : 용 못된 이무기. 예.)

응. 용 못된.

이무기가 용허고 같은 것이여.

그런께. 승천헐라믄 용이 되야 올라가. 하늘로. 근디.

용 못된 이무기란 것이 머이냐 허믄.

그것도 덕을 입어야해.

지금도 가서 백일기도란 거 쉽지 안혀.

실~질~적으로 허믄 한 두 시간 백일 다 되야. 그 동안에 잡념이 생기믄 망해부러.

득을 못허고 승천을 못허잔아.

그 두깨비도 허물 벗으믄 사람이 되고 살 판이고 산으로 갈 판인디. 그 옆에서. 그런게 있어. 그런게.

용 못된 이무기 방천만 뚫는다.

이런 말이 있어. 인제 승천 올라가부리므는 쫙~ 올라간디.

그런게 못올라간게 심술만 부려. 인자 땅에서. 그런께.

덕을 얻어야해.

사램이 곧 되아도 없에서 말하지나 말까.

애먼 사램(상관없는 사람)이 혼나. 그리고 그 사램이 끝에가 좋냐 허믄 조틀 안해.(좋지않아)

음. 하. 해꼬지 하믄 조틀 안해.

전남의 삼성과 삼평 사람들은 독하다

자료코드 : 06_06_FOT_20110120_NKS_LKJ_0015

조사장소 : 전라남도 담양군 봉산면 유산2리 마산마을 마을회관

조사일시 : 2011.1.20

조 사 자 : 나경수, 서해숙, 이옥희, 편성철, 김자현

제 보 자 : 이경주, 남, 82세

구연상황 : 앞서 개호랑이도 이제는 보이지 않는다고 하고, 사람이 가장 추잡스럽다고 하면서 다음의 이야기를 구연했다. 제보자는 비교적 해박하고 의욕이 넘쳐 적극적으로 아는 바를 들려주었다.

줄 거 리 : 장성, 곡성, 보성을 '삼성'이라 하며, 창평, 남평, 함평을 '삼평'이라 하는데, 이 지역사람들이 앉은 자리는 풀도 나지 않을 만큼 독하고 까다로웠다고 한다. 특히 일제강점기 당시에는 일본사람들이 창평 사람들에게 함부로 하지 않았다는 이야기이다.

여 산조 산벽이란 말이 있잔아. [말을 다시 수정하여] 삼성 삼평.

삼성 삼성이 어딘가.

장성, 곡성, 보성. 삼성.

삼평.

창평, 남평, 함평. 응.

삼성 삼평.

(조사자 : 우리 전라도 땅에서 제~일 좋은 곳이예요? 머예요? 삼성 삼평이.)

일본 놈이 허는 말이여.

삼조 삼빼이. 우리말로 허믄 삼성 삼평인데.

일본말로 하믄 삼조 삼빼이. 근디. 징~허니 까탈시러운 디여.(곳이야)

(조사자 : 삼성 삼평이?)

응. 세평 놈의. 세성면에. 사람이 안그믄(앉으면] 땅에 풀도 안난다 그랬어.

그만치 독허다는 얘기여.

(조사자 : [웃으면서] 그렇습니까?)

꼭 우리 그러고 알어. 창평이 얼마나 까신가. 요 담양 창평이. 나주 남평. [잠시 숨을 고른다]

어쩌며는 삼평놈이 삼성놈이 서이가 군내면 생긴 그 자리요. 풀도 안난다. 얼매나 독헌지. [웃음]

(조사자 : [웃으면서] 지금도 그럴까요?)

근디 인제 그때와 달러. 일본 놈들이 허는 애기여. 근게 일본놈들이 찍소리도 못허고 살았잔어. 거가서 붙이들 못했어. 그렇게 깡다구가 신께(세니까).

(청중 : 일본 놈들이 창평한테 더 꼼짝을 못했다 허드마.)

못허 어쩌고는 담양이 구(舊) 읍이 창평이여.

담양읍은 머. 창평. 창평현이제. 담양현 그리게 생겼어.

아따 남평도 마찬가지여. 나주 남평이. 나주는 현령이고.

도깨비 홀린다

자료코드 : 06_06_FOT_20110120_NKS_LKJ_0016
조사장소 : 전라남도 담양군 봉산면 유산2리 마산마을 마을회관
조사일시 : 2011.1.20
조 사 자 : 나경수, 서해숙, 이옥희, 편성철, 김자현
제 보 자 : 이경주, 남, 82세
구연상황 : 앞서 삼성과 삼평에 관한 이야기가 끝난 뒤 조사자가 도깨비에 관한 이야기를 묻자 다음의 이야기를 구연했다. 제보자는 비교적 해박하고 의욕이 넘쳐 적극적으로 아는 바를 들려주었다.
줄 거 리 : 예전에는 도깨비에 홀려 밤에 길을 헤매다는 일이 많았는데, 근래에도 죽림리 사람이 도깨비에 홀려 산에까지 갔다는 이야기이다.

아 도깨비 얘기 근게로 만혔제.(예부터 도깨비 이야기가 많았다) 지금은.

아녀. 아녀. 지금도. 지금도 [옆의 청중을 바라보면서] 자네도 알지마는 술 묵은 게 하지마는. 술 안묵은 사람도 머시 홀릴 수가 있어.

밤에 깜깜허니. 근기 좌우간. 그 땐 머이 홀린단 말이 있제.

얼른 쉬운 예로 하성…[잠시 생각을 한다] 광주로 댕긴 그 길을 잊어버려갖고. 도로 히여. 온자리 도로 갔다. 도로 오고.

(조사자 : 지금도요?)

아 아니. 그리 홀릴 수가 있어.

내 집 앞에 왔다가 아니다고 또 가고 온 그런 예가 있어.

그래 홀린다는 것은 아까 도깨비 말헌데 인자. 저~녁내~ 돌고 본께로 고렇게 되더라고. 고런게 있잔아.

(청중 : 도깨비는 지금도 미 민(몇) 년 전에만 가도 여그 죽림리 거시기 거시기 양태호.)

그려 그려. 산에까지 올라갔다 왔어.

귀신에 홀린 사람들

자료코드 : 06_06_FOT_20110120_NKS_LKJ_0017
조사장소 : 전라남도 담양군 봉산면 유산2리 마산마을 마을회관
조사일시 : 2011.1.20
조 사 자 : 나경수, 서해숙, 이옥희, 편성철, 김자현
제 보 자 : 이경주, 남, 82세
구연상황 : 앞서 죽림리에 사는 사람들이 도깨비에 홀린 이야기를 더 자세히 해달라고 하자 다음의 이야기를 구연했다. 제보자는 비교적 해박하고 의욕이 넘쳐 적극적으로 아는 바를 들려주었다. 청중인 김삼채 제보자(남, 75세)가 먼저 자세히 이야기 하자 제보자도 함께 이를 이야기했다.
줄 거 리 : 죽림리 사람이 귀신에 홀려 행방불명되었는데 3년이 지나서야 산에서 찾았다고 한다. 그리고 물건 하나 들 수 없는 곱사할머니가 농짝을 들고 산에 가서 죽었는데, 2년이 지나서야 고사리 끊으러 간 사람이 시신을 발견했다는 이야기이다.

[손가락으로 바닥을 치면서] 왜그냐믄 그 양반은 이리게 자다가 밤 한 시에 나갔어. 불려댕겨 나간거여.

요 파자마 바람으로.(잠옷 차림으로)

그때 겨울이. 그때 추웠어이. 못찾았잔어. 민(몇) 달을.

근디 밤에 화장실 간 줄 알고 냅둬부렀는디. 아침이 되아도 안 들어와.

안 들어와.

오늘 믿 년 안됐네.

믿 년 안되아. 그건 현세에 우리가 답사헌거여.

그것은··· 그리갖고 인자 잊어분게. 어디 물에 빠져 죽었네. 뭣헛네 기냥. [청중과 음성이 겹친다] 저수지 까지 기냥. 다~ 수색을 했어.

공수여단 애들까지 다 와서 잠복까지 다해도 한짝이도 없어.

(청중 : 그래갖고 그 한 삼년. 한 이년인가. 응 그리갖고 고사리 끊으러 간 사램이 요 산에서 요 요 유산리 돌아가믄 철탑이 있어. 큰 놈 하나 있어. 근디 밤에 거까지 끗고 가갖고 거그 밑에서 죽어부렀어.)

그리갖고 그 썩어버렸으니까. 얼른 모리제. 얼굴을.

옷 안썩었으니까. 파자마 입고 간 놈 그걸로 증거를 했어. 찾았어.

(조사자 : 아이고. 거가 인적이 드문 곳이라 사람···)

아 산인게. 거그는 밭도 없어. 거그로 올라갈라믄. 근디 머슬 뒤져갖고 그렇게 갔냐 그 말이여.

(청중 : 성한 사람도 못가. 근게 정신이 그러게 되갖고.)

아 이 죽림에가 그런 것이 있어. 벌써 이거 두 번 두 번챈가? 세 번챈가?

(청중 : 한 오육년 전.)

(조사자 : 어디 이 마을 사람이예요? 어디예요?)

요리 바로 이웃 동네.

(청중 : 죽림리.)

그리서 어째서 우리가 거 목격을 헌 것이고.

아이 거 죽은 용채 어머니 봐봐. 파리 하나 못죽인 사램이. 집이 농짝을 등거리에다 짊어지고 산에 가서 죽은 사램이여.

세~상에 참 전설따라 삼천리라 헌디. 죽림리 동네에가 그런 것이 있단께.

(청중 : 그것이 먼 구신이 안온거신고. 거까지 밤에 가것냐. 그 말이야.)

아니 허리가 꼬구라진 사램이 밤에 농짝을 짊어지고 가것냐고.

그런게 고 머시 씌었은게 그런 것이제.

허리 하나 굽어 갖고 곱사여. 그런디 거그에다가 옛날 장롱 있지. 미닫이 장롱. 고놈을 등거리에 이고 고놈 고놈 갖고 죽었단께.

거 맨~ 경찰부가 산을 뒤져도 못찾았잔아.

(조사자 : 그럼 어디가서 죽었었어요?)

산에 가서 죽었어. 거그도.

아. 응. 그런게 거그가 벌써. 미친놈이 나믄 미친 동네다.

(청중 : 여 여그는 동산이 멀잔아. 철탑인게. 질도 없고.)

(청중 : 아 질도 없고 맨~ 까시밭이여. 지금도 올라갈라 허믄 올라가덜 못해. 성한 사람도 못가. 거기를.)

(조사자 : 근데 거기에 파자마 입고 …)

(청중 : 거가서 죽었어.)

(조사자 : 근데 거 저기 그 할머니도 거기가서 죽고요?)

하. 거기 가서 죽었어. 거 전주선 빠져 죽는 이도 있고.

(청중 : 아 죽림리가 동네가 그런께.)

(조사자 : 어째. 머 무슨 형국이라고 그런가요? 죽림보고? 그런 얘기가 있나요?)

죽림은 원래 이름이 대소반이여 대소반.

응. 죽림 이름이.

(청중 : 그래서 그것은 우리가 알아. 현재 우리가. 그건 그 인자 얘기가 아니라 그… 실지담이여. 현재.)

아 공수여단들이 와서 잠수혀가지고 방죽을 다 뒤져당기고 그래가지고. 경찰들이 나와가지고 전~부 매고 짝대기 짚고 산을 다 뒤졌어도 그 철탑 밑 거그를 그 둘을 못찾았잔아.

이년 만엔가 찾었어. 두 양반.

(조사자 : 어떻게 이년 만에 찾기라도 했어요.)

근게 꼬사리 끊으러 간 사램이 봤단게.

(청중 : 꼬사리 끊으러 올라간 사램이 거가 있은께. 발견해갖고 신고했어요.)

여 경찰이고 머이고 산 수사하고 다했어. 평야 거 못찾아낸게. 안뵈믄…

(청중 : 근게 묘~한 것이여.)

요건 현실로 나타난 것이여.

도깨비와 동물의 둔갑

자료코드 : 06_06_FOT_20110120_NKS_LKJ_0018
조사장소 : 전라남도 담양군 봉산면 유산2리 마산마을 마을회관
조사일시 : 2011.1.20
조 사 자 : 나경수, 서해숙, 이옥희, 편성철, 김자현
제 보 자 : 이경주, 남, 82세
구연상황 : 앞서 귀신에 홀린 사람들에 관한 이야기가 끝나자 조사자가 견훤에 대해서 물었으나 제보자가 힘들어 하면서 아무 말을 하지 않았다. 이어 도깨비 방망이, 도깨비 씨름한 이야기를 묻자 생각난 듯이 다음의 이야기를 구연했다. 제보자는 비교적 해박하고 의욕이 넘쳐 적극적으로 아는 바를 들려주었으나 시간이 지나자 피곤해했다.
줄 거 리 : 사람이 쓰던 부지깽이가 둔갑하여 도깨비가 되고, 사람이 버린 손톱, 발톱을 먹어 쥐가 사람으로 둔갑하므로 함부로 버리지 않는다고 한다. 그래서 개나 닭도 오래 키우지 않는다는 이야기이다.

아 있어. 대빗지락 가 그. 도깨비가 아니라.

지지리 해서 잡아놓고 묶어놓은께 거 그 부지깽이가.

잡아다 놓고 몽댕이 빗지락이 어 허 그런 거 안있는가.

(조사자 : 실제 그렇게 누가 당한 사람들이 있어요?)

아 그리서 간 사람들이 있단께.

그 사램들 알아. 고리에서 하한. 묶어놓으께.

그런게 집에서 쓴 부지깽이도 살~헌다는 것이 거가 있어.

사. 사. 꾀를 부려. 고러고.

(조사자 : 사를 부린다고요?)

응. 사를 부린다 그 말이야.

근게 사~램이 손톱 내비리잔아. 발톱을 내비리잔아. 원두막에서. 고놈을 아까 쥐가 묵은 단데가 대 물으면 사를 혀.

사람으로 둔갑을 혀.

그런게 손・발톱 함부로 내버리지 마라.

응 그런 얘기 있잔아.

그러믄 그걸 새가 주서 묵고 둔갑을 한다니까.

근게 개도 삼…[생각을 한다] 십년 이상 키우지 마라 그러거든. 개도.

(조사자 : 십년 이상요?)

응. 고러게 키지 마라고. 닭도 그러고.

사 헌다고. 사를 한다고 그래.

(청중 : 둔갑을 해 기냥. 오래되믄. 그 전 말로는 그러거든.)

김덕령과 천마

자료코드 : 06_06_FOT_20110120_NKS_LKJ_0019
조사장소 : 전라남도 담양군 봉산면 유산2리 마산마을 마을회관
조사일시 : 2011.1.20
조 사 자 : 나경수, 서해숙, 이옥희, 편성철, 김자현
제 보 자 : 이경주, 남, 82세

구연상황 : 앞서 김덕령과 누나의 내기 시합에 관한 이야기에 이어서 다음의 이야기를 구연했다. 제보자는 비교적 해박하고 의욕이 넘쳐 적극적으로 아는 바를 들려주었다.

줄 거 리 : 김덕령은 무등산 투구봉을 향해 활을 쏘면 말이 가서 물게 했다. 어느 날 말과 시합을 해서 보니 활이 도착하지 않자 말을 그 자리에서 죽였더니 그때서야 활이 도착했다. 활보다 말이 더 빨랐던 것이다. 이후 김덕령은 역적으로 몰려 죽었다는 이야기이다.

그래 김덕령이 거 어~ 마참후애라는 소리 있제.

후회한다고.

(조사자 : 마참후애. 예.)

무등산 투구봉에다 활을 쐈는데. 이 이를테믄 비말이여. 날라댕기는 천마.

그런 말이여. 덕령이가 타고 댕긴 말이.

응. 그란데 지금 아까 여. 충장사 밑에 앞에 거 거 거긋보고 머라허냐?

등촌신촌있어. 어 등촌, 신촌, 함촌 삼 삼촌이 있어. 근게 거그서 투구봉에다 활을 쏴.

그러고 말이 가서 그 활을 물게 해.

그런게 활보다 더 빨리 간다 그 얘기여.

거그서 뽀고 아까 투구봉 밑에로 간거여. 뛰어. 말을. 근디.

[잠시 생각하다가] 활을 쏘고 말을 몰고 간디. 말.

활이 안 왔어. 없어. 못 못받았는지. 기냥 덕령이가 말 모가지를 짤라버린거여.

"너 너 믿고 너 너 믿고 고렇게 전쟁을 못허것다. 네가 이걸 잡을 수 있것냐?"

목 짤라버린께 화살이 앵~허고 온거여.

그래서 마참후애를 헌 단 말이여.

그런게. 얼~매나 말이 빨리 와부렀냐 말이여. 화살보다 더.

그런디 미쳐 그걸 못 받었다고 목을 친게로 활이 화살이 도착허거든.

(청중 : 근게 활이 먼저 갔다는 것이여. 근디 나중에 왔어. 화살이.)

화살 쫓아간다고 먼저 말이 빨리간다고 갔겠는가.

근데 고 거 못 못받었다고 활을 그거 받어야 한디 못받었다고 말 모가지를 치니까.

그때서야 화살이 웅~

하~ 내가 그래서 끝에가 못혔다는 소리가 있어. 왜 그걸 인내란 것이 있어.

그래 아까 역적으로 몰리고 이런거여. 나중에는 복 복구는 되었지마는 인제 그런 지인들 얘길 들은 예가 있어.

(청중 : 그러나 죽을 때는 역적으로 몰려서 죽었어.)

(조사자 : 아 역적으로 몰려서…)

그래가꼬 난중에는 사면 되았단게. 사로 사를 내리고 복구했잔아.

중로보기와 강강술래

자료코드 : 06_06_MPN_20110120_NKS_KHS_0001
조사장소 : 전라남도 담양군 봉산면 와우리 마을회관
조사일시 : 2011.1.20
조 사 자 : 나경수, 서해숙, 이옥희, 편성철, 김자현
제 보 자 : 김희순, 여, 70세
구연상황 : 앞서 방구쟁이 며느리 이야기가 끝나자 조사자가 민요를 조사하려 했으나 청중들이 목소리가 나오지 않는다면서 노래 부르는 것을 회피했다. 이에 조사자가 강강술래에 관한 이야기를 해달라고 하자 제보자가 중로보기에 관한 이야기를 구연했다.
줄 거 리 : 제보자가 젊은 시절에 밭내정마을과 이문마을과 함께 중로보기를 했는데, 이때 강강술래를 하면서 즐겁게 어울려 놀았다는 이야기이다.

거 저 보성서 살면서 중로보기라고 이 마을 저 마을 저녁이면 뭐해서 놓고 하고 그랬지요.

(조사자 : 아~ 중로백이 얘기 좀 해주세요.)

아 근께 아 거시기 해갖고 거그서 인자 강강술래 하고 많~이 장만해놓고 먹고 그렇게 잼있게 놀았는데. 그 중로백이 노래는 모르것소.

건네마을 이 마을 이렇게 거식해서 뛰고 놀았단 말이요.

(조사자 : 아 아~ 그럼 마을이 어디 마을하고 어디 마을. 보성에 무슨 면이었어요?)

이문하고 거기가 밭내정이라고 또 있어요. 밭내정.

(조사자 : 밭내정. 그럼 거기가 무슨 면일까?)

거기가 해천면인데.

(조사자 : 아~ 회천면에서 이문마을하고.)

밭 밭내정마을.

(조사자 : 밭내정마을 하고오.)

예.

(조사자 : 어. 이문마을은 몇 가구나 살았을까?)

그때는 솔찬히(꽤) 살았지만 지금은 없데요. 많이.

(조사자 : 옛날에 우리 어머니가 처녀였을 때는 어 얼마나 살았어요?)

모 모르것네요. 다 거식해서 잊어부러서.

예에. 언제 가봤더니 친정도 광주로 오셔불고 그래갖고 몇 가구가 없더라고.

(조사자 : 몇 가구 없었어요. 그때는 한 서른 가구는 넘었어요?)

아. 그랬지요.

(조사자 : 오십 가구?)

한 오십 가구나 됐을까 몰라.

(조사자 : 우리 어머니 살던 마을은 이문마을?)

예.

(조사자 : 이문마을 사람들 하고, 그 다음에 밭노정?)

잉. 밭내정.

(조사자 : 밭내정. 밭내정은 또 어느 정도 크기였을까?)

그기는 마을이 더 크죠.

(조사자 : 더 컸어요.)

예.

(조사자 : 그러면 그 두 마을 사람들이 어디에서 만나요?)

우리 마을에서 만나서 하루 저녁 하고, 다음날 저녁 거 거기가서 하고.

(조사자 : 아~ 이문마을에서 하룻밤 하고, 밭내정 가서 하루하고. 그때가 언제예요? 시기가 있어요? 추석일까?)

추석! 추석에나 하제. 다른 땐 못하제. 추석에.

(조사자 : 추석날 밤에?)

예. 밤에.

(조사자 : 아~ 그러며는 누구 집에서 만나요? 아니면 공터?)

아니 공터가 아니고 집이 큰 집에서 인자 마당이 널룬데(넓은데).

(조사자 : 마당이 널룬 집에서.)

인자 우리는 우리 큰 집이 마당이 널루와가지고 거기서 그렇게 하고.

(조사자 : 아~ 그래요.)

예. 이긴 마을이 인자 저쪽에다가 거 사라고 내고 막. 참~ 잼있었어요. 그때는.

(조사자 : 잼있었겠다. 진짜~)

예.

(조사자 : 그러며는 만약 이문마을에서 한다. 그러며는 그날 음식은 이문마을에서 대접하는 거예요?)

예. 예. 그러고 그 다음날은 인자 저쪽에서.

(조사자 : 밭내정 가서 하면 밭내정 사람들이 하고.)

예.

(조사자 : 그럼 모이는 숫자가 얼마나 될까요?)

아 아 그 그것은 잊었네요이.

(조사자 : 잊었어요.)

어릴 때라서. 열 일곱 살 때.

(조사자 : 열 일곱 살 때.)

그래서 상당히 오래됐죠.

(조사자 : 그래도 마당이 꽉~ 차죠?)

예. 마당이 차~죠오. 광광술래 허믄 널룹게 앉어서 헌게.

(조사자 : 강강술래처럼 하는 거죠?)

예. 강강수월래 허고 해요. 뛰고.

(조사자 : 강강술래. 오. 여자들만 해요? 남자들하고 같이 해요?)

여자들.

(조사자 : 여자들만.)

예. 여자들만. 남자 거식허믄 어른들헌티 쫓겨나게.

(조사자 : 아~ 쫓겨나게.)

지금하고 틀리죠.

(조사자 : 옛날부터 그럼 그렇게 했었데요?)

예. 옛날부터 그렇게 해가지고 우리 때까지도 그렇게 했는디. 우리 오고는 어쨌는가 모르겠어요.

(조사자 : 아~ 우리 어머니 시집오기 전까지는 계속 그렇게 하셨나보네요?)

예. 그렇게 했어요. 지 지금은 인자 안 할거예요.

(조사자 : 아~ 그러겠죠.)

근데 예. 우리 마을도 다~ 거 저 시내로 나가고 집도 몇 가구 없더라고요.

(조사자 : 예. 그럼 강강술래 할 때 어떤 어떤 것 하던가요? 강강술래도 하고. 또 그 다음에 예를 들면 그 뭐 놀이같은 거 있잖아요. "남생아 놀아라.")

예. 에. 그것도 하고 잉.

(조사자 : 그것도 하고. 그럼 기억나는 거 말씀 좀 해주시겠어요.)

잊어부렀네.

(조사자 : 고사리 끊기는?)

고사리 끊기.

(조사자 : 응. 고사리 끊기)

거시기 남생아 놀아라.

(조사자 : 남생아 놀아라.)

잉. 또 거식 뭐이냐?
(조사자 : 담양 와우리에서 한 거 말고 옛날에 하던거.)
근게 옛날에 그렇게 했어요. 근게 식은 요것허고 틀리제 인자.
(조사자 : 그쵸.)
예. 식은 이 시골하고 틀려.
(조사자 : 아~ 여기하고 틀려요.)
응.
"광광술래~"
헌디,
"강강술래~"
했거든요. 우리는. 아조 옛날에는.
(조사자 : 보성에서는 강강술래하고. 여기 왔더니 와우리에서는 광광술래하고.)
광광술래로.
(조사자 : 그쵸.)
예.
(조사자 : 고사리 꺾기. 남생아 놀아라. 청어 엮기도 하던가요?)
청어엮기도 하고. 또 뭐시 있습디요? 나 나.
(조사자 : 덕석몰기?)
이~. 덕석몰기도 하고.
(조사자 : 덕석몰기도 하고. 덕석몰믄 풀 것이고.)
예. 예.
(조사자 : 청어도 엮으면 풀 것이고.)
예.
(조사자 : 그 다음에 저기 지와밟기?)
잉. 잉. 그 그것도 하고.

(조사자 : 지와밟기도 하고. 또 뭐 있을까?)

또 뭐시기 이렇게 거식허믄 차근차근 뛰고 놀고. 아니 우게서(위에서) 걸어가고. 차근차근 엎져가지고.

근데 그것도 머신지는 모르겄네.

(조사자 : 아~ 지와밟기 말고?)

예. 말고 또 그렇게 걸어갔어요. 우에로.

(조사자 : 아~ 우에로. 차근차근차근.)

예. 차근차근. 그런 것도 하고. 또 있고 그런디.

(조사자 : 문 열. 문 열. 어떻게 해요. 그 노래는?)

고것을 노래를 그때는 했어.

(조사자 : 문지기 문지기.)

예. 예. 그렇게 했어. 그런 식으로 했는디도 인자 하~도 오래된게 다~ 잊어부렀어.

(조사자 : 근께요.)

예. 지금 일흔이 넘었는디.

(조사자 : 음~ 그래도 그런 거라도 기억하네요. 지금.)

에헤헤헤[웃는다]

(조사자 : 그러며는 강강술래하고 막 여러 가지 노래하고 그래가지고 음식 음식은 언제 먹어요?)

인자 하다가 한 차례 끝나며는 먹고.

(조사자 : 예. 한 차례 끝나며는 먹고.)

예. 또 한 차례 또 해가지고 인제 갈 때 헤어지면서 먹고.

(조사자 : 아~ 헤어지면서 먹고. 그럼 몇 시에나 모여져서 몇 시에나 파할까? 대충.)

대강[기억을 더듬으면서] 그 때가 좀 어둑어둑 할 때 모인께. 한 여덟 시에 모여가지고 열 두 시경까지 아마 할꺼예요. 이수 저수 전부 한 께.

수가 많해요. 그때는 많했어. 시골에서 모여 살기 때문에. 근디 지금은 시골에서 안 사니까 없어요. 사람도.

(조사자 : 음~ 그러며는 그때 그러고 놀면 음~ 혹시 어른들은 뭐라고 해요?)

어른들은 굿보죠.

(조사자 : 아~ 굿보고.)

예. 당신들이 계시고. 남자들이 없은께. 마음대로 뛰어서 놀게 하죠. 인자. 마음대로 뛰어서 놀게.

(조사자 : 아~ 남자들은 끼어들라고 안해요? 막?)

안해요.

(조사자 : 이쁜 처녀들이 막 각시들이. 근께 처녀하고 각시 둘 다 하죠?)

예.

(조사자 : 그니까 처녀만 하는 것은 아니고?)

예.

(조사자 : 결혼한 젊은…)

[조사자의 말을 받으면서] 사람들 허고 처녀도 많고 그랬어. 그때는.

(조사자 : 처녀도 많고.)

예.

(조사자 : 그러며는 남자들이 되게 막 관심있어 했을것 같은데.)

아~ 그렇기야 하지마는 무 무서워서 끼어들도 못하죠.

(조사자 : [놀라면서] 아~ 무서워서? 누가?)

어른들. 어른들.

(조사자 : 어른들 무서워서요.)

응. 어른들 무서워하고. 그때 웃긴 놈은 있죠.

(조사자 : 어. 어. 어떤 웃긴 놈이 있어요?)

[웃으면서] 웃긴. 하하하. 쩌리 가서 보기도 허고, 울타리 넘어 보기도

하고 그러지.

(조사자 : 아~ 울타리 넘어서.)

예. 예.

(조사자 : 제가 고창에서 들었더니. 어떤 짓궂은 머시매들은 호박잎에다 피매죽에다 모래 싸가지고 던지고 막 그런 장난 쳤다 그러데요. 가서 댕기도 잡아 댕기고.)

우리 우리 마을에서는 그런 그런 것은 못봤소.

(조사자 : 아~ 그러지는 않았어요?)

예.

(조사자 : 그럼 쫌 더 마을 분위기가 엄격했을까?)

예?

(조사자 : 마을 분위기가 좀 엄격했을까요?)

예. 그랬지요. 엄격했어. 어찌게 어디 나가도 못하고 얼마나 아조. 그런디 그것은 어찌 했는가 모르것소. 옛날부터 해놔서 그랬는지.

(조사자 : 그러게요. 그러며는 그날 저녁에 그렇게 놀고 나서 열 두시가 되면 돌아가나요. 자기 마을로?)

예. 돌아가죠.

(조사자 : 예. 돌아가고.)

돌아가고. 우리는 인자 그대로 이쪽 갔다가 이쪽 갔다가.

(조사자 : 다른 마을하고는 안하고 밭내정하고만 하는 거네요.)

또 다른 마을하고 했던가 어쨌던가 고것은 기억을 못하것어. 밭내정만.

(조사자 : 혹시 마을에 많이 사는 성씨가 있었어요? 이문마을이나 밭내정마을이나?)

밭내정이 정~씨들이 많이 살거요. 아마.

(조사자 : 아~ 어디 정씨였을까?)

동래정씬가? 모르것네.

(조사자 : 그럼 이문마을은?)

우리는 김해김씨하고 거가 홍두장씬가 무슨 장씬가 모르것네. 장씨들하고.

(조사자 : 아~ 장씨들하고. 예~ 김해김씨하고 많이 살고요.)

많이 살았어. 거기서 거기서. 머시기 살아도 가난한 사람은 머심으로 살고.

(조사자 : 그때 그 강강술래. 와우리 강강술래 말고. 그 이문리 이문마을 강강술래 기억나는 거 있으면 한 소절이라도 해주시겠어요?)

[한숨을 쉬며] 그때는 알것던디. 다~ 잊어부렀어.

(조사자 : 그래요?)

예. 뭐 불. 다 잊어부렀어. 노래를.

(조사자 : 아~ 그 뒷소리라도. "강~ 강~")

[조사자가 "달떠온다"라고 말하자] 음~ "달 떠온다. 동해 동천 달떠온다."

"우리 마을에 달 떠온다."

그러고는 또 [잠시 망설이더니] 다 잊어부렀어.

(조사자 : "달아 달아 밝은 달아. 이태백이 놀던 달아." 그런 노래도 있었을까?)

응. 그런것 하고.

(조사자 : 어디 한번 해 봅시다. 다 같이.)

근디 잊었단께.

(조사자 : 누가 선소리 한번 딱 해죠불믄 딱 하실 수 있을 건디.)

같이 하믄 하겄는디. 몰라 잊어부렀어.

(조사자 : 아~ 그때 그러면 그 앞소리를 주로 맡아하는 사람 있죠?)

예. 거기서도 앞소리 맡아서 한 사람이 있제. 선소리를.

(조사자 : 마을에. 이문마을에 몇 명이나 있었어요? 앞소리 하는 사

람이?)

몇 명은 안되도 서로 번갈아 감서로 하데요.

(조사자 : 서로 번걸아 가면서.)

예. 저쪽에서 할 때는 또 저쪽에서 하고. 그렇게 해서.

(조사자 : 그 사람들도 같이 강강술래를 돌면서 소리를 하는거죠?)

예. 그러지요.

(조사자 : 예를 들면 지금은 노래 잘하는 사람이 밖에 서갖고 마이크 들고 불르잖아요.)

예. 그런 마이크가 있어야지.

(조사자 : 근께 그때는 안그러고. 같이 손 잡고 돌면서 소리를 하고 뒷사람이 받고. 그런 식으로 하는 거죠.)

그렇게 했어요.

(조사자 : [기침을 한 후] 가을에는 가을에 그렇게 놀면 겨울에 또 한가하잖아요. 농삿일도 없고. 가을에는 추석날만 놀 수 있지만. 겨울 같은 때는.)

우리는 겨울 때도 저그 머시냐 무명 또 하잖아요. 무명해서 베 베짜고 베 놔서 베짜고 기냥 굉~장히 일이 심했지요. 다른 것은 안해도. 겨울에는.

(조사자 : 미영베 짜니라고.)

잉. 미영 미영베나.

(조사자 : 삼베도 했어요?)

삼베는 거기는 안했어. 모시베.

(조사자 : 모시베.)

응. 모시베. 명주베.

(조사자 : 명주베.)

예.

(조사자 : 모시베 같은 경우에는 이렇게 배끼고 실 잣고 그런거.)

그렇제.

(조사자 : 그럼 혹시 모여서 같이 물레질 같이 모여서 하기도 하고 그랬을까요?)

그렇게 하기도 하~ 했는데. 우리는 큰 집이 인자 같은 동창이 있었어. 그래갖고 둘이.

(조사자 : 둘이.)

둘이 그렇게 노래하면서 인자 그렇게 하고 그랬제. 다른 사람 여럿이 이렇게 안해봤어.

(조사자 : 아~ 그랬구나. 고 둘이 친구끼리여서 마음도 잘 통하고.)

예. 예. 한 동창이고 그런께. 좋게 살고 그래서. 지금은 만나도 못허것데요.

할머니불을 보다

자료코드 : 06_06_MPN_20110120_NKS_KHS_0002
조사장소 : 전라남도 담양군 봉산면 와우리 마을회관
조사일시 : 2011.1.20
조 사 자 : 나경수, 서해숙, 이옥희, 편성철, 김자현
제 보 자 : 김희순, 여, 70세
구연상황 : 앞서 도깨비에 홀려 길을 헤맨 이야기가 끝나자 제보자가 이어서 다음의 이야기를 구연했다.
줄 거 리 : 친구언니 집에서 놀다가 집으로 돌아가는 길에 환한 불이 날아가는 것을 보았는데, 그 불이 할머니불이었고, 그 할머니가 삼일만에 돌아가셨다는 이야기이다.

다른데서는 고거 고 옛날에 사람 죽을라고 하면 불이 나간다고 하잖아요.

이렇게 인자 친구집에서 인자 언니 언니집에서 놀다가 나간디. 휜~해.

(조사자 : 할머니! 잠깐만 여기 할머니 이야기 하고. 이야기 해주실래요.)

휜~한 불이 막 기냥 이렇게 날라가요. 몽~땅하니 해가지고.

그런게 우리가 무서와서 가다가 도로 다시 들어왔단 말이요.

근디 그 불이 누구 불이냐믄, 우리 할머니 불이었어요.

할머니. 그래갖고 한 삼일만에 돌아가셨어. 당신 묏을 따라 가신답디다. 고 불이…

그래갖고 한 번 기가 맥히고 놀랜 적이 있어요.

고 옛날에는 불이 나간다고 하데요. 요 사람불이.

(조사자 : 그래요. 그런 말이 있거든요.)

그래서 그 할머니 불만 봤제. 다른 사람 불은 안 봤어.

(조사자 : 음~ 그거를 뭐라 해요? 사람불이라 해요?)

예. 사람불! 여자불은 몽땅하다던가? 그리고 남자불은 요렇게 길어갖고 질질질~ 쳐짐서 간다고. 거기서는 그렇게 했어.

광덕리 농장의 개호랑이

자료코드 : 06_06_MPN_20110120_NKS_LKJ_0001
조사장소 : 전라남도 담양군 봉산면 유산2리 마산마을 마을회관
조사일시 : 2011.1.20
조 사 자 : 나경수, 서해숙, 이옥희, 편성철, 김자현
제 보 자 : 이경주, 남, 82세
구연상황 : 앞서 이무기 이야기에 이어서 조사자가 이 마을에는 호랑이가 나오지 않았는가를 묻자 다음의 이야기를 구연했다.
줄 거 리 : 광덕리에서 농장을 하던 시절에 개처럼 생긴 작은 호랑이가 막사에 와서 자고 가고 자신을 보호해주었다는 이야기이다.

(조사자 : 옛날에 여기 이쪽 마을에는 호랑이 나왔다는 말은 없나요?)

우리 동네는 호랭이 없어.

(조사자 : 있을 수가 없것네요. 보니까.)

응. 없어. 근디 요거 요 광덕리에 호랭이가 나왔제.

거그서 농장을 했잔아.

비료 배급 주고 대고. 근다고 호랭이가 거그서 몰고 댕겼어요.

(조사자 : 누가요?)

나가 나는. 거 저수지가 있어. 근디.

(조사자 : 호랑이를 몰고 댕겼어요?)

하먼(당연하지). 글믄 그 만치 내 등 뒤가 시려.

(조사자 : 머가 시려요?)

중신이 시래. 밤에 이실도 가렵고 그 꼴착을 댕기불이 있는가 멋헌가. 호롱불 쓴데. 소를 키우고.

소막사에서 호랭이 자고.

어. 노루 사슴이. 소가 그때만 해도 한 이십 마리 키울 판이여. 초 초지라.

내가 농장을 거그서 했거든.

(조사자 : 진짜 호랑이가 나왔어요?)

응. 그 그런게. 큰~것도 아니고 요시 요만해. 호랑이도 여러 가지여. 개호랑이라고. 잉. 잡어봤는디.

(조사자 : 그러니까. 호랑이도 개처럼 조그만한 호랑이가 있어요.)

근디 해코지 안허고 개맹키로 추우믄 와서 자고 데고 가.

짐승이 만져보믄 있잔아. 저를 옹호해주니까.

응. 그러께. 근데 전부 공동묘지여. 그래서 묘시 밭이었어.

그런데다 오막살이 지어갖고 내 안사램이 거그서 얼매나. 그런께 나보다 안사램이 기가 신(센) 사람이여.

근디 거가 샘이 존(좋은) 것이 있어.

샘 하나가.

다리세기

자료코드 : 06_06_FOS_20110120_NKS_KHS_0001
조사장소 : 전라남도 담양군 봉산면 와우리 상노인회관
조사일시 : 2011.1.20
조 사 자 : 나경수, 서해숙, 이옥희, 편성철, 김자현
제 보 자 : 김희순, 여, 70세
구연상황 : 와우마을은 상노인회관과 하노인회관으로 구분되어 있다. 하노인회관을 찾아가서 옛 이야기와 옛 노래를 듣고 싶어서 찾아왔다고 말씀드렸더니 상노인회관에 가야 노인들을 만날 수 있다며 그곳으로 가보라고 했다. 상노인회관에 좀 더 나이드신 분들이 모인다고 하였다. 상노인회관을 찾아가서 찾아온 취지를 말씀드리고 이야기와 노래를 부탁했지만 좀처럼 입을 열지 않으셨다. 조사팀이 와우마을에서는 다리세기를 어떻게 하는지 궁금하다고 묻자 구연하였다.

온나 문나 내구댁 내구삼춘 어디가
갑돌이 할매 갑돌이

[청중 웃음]
거가 모르겄어. 어째 거그를 모를까.
(조사자 : 그 부분 아시는 분 있어요?)
몰라. 고것을 하드만 잊어불고 몰라.

온나 문나 내구댁 내구삼춘 어디가
갑돌이 혼자 부들어 땡

꿩꿩 장서방

자료코드 : 06_06_FOS_20110120_NKS_KHS_0002
조사장소 : 전라남도 담양군 봉산면 와우리 상노인회관
조사일시 : 2011.1.20
조 사 자 : 나경수, 서해숙, 이옥희, 편성철, 김자현
제 보 자 : 김희순, 여, 70세
구연상황 : 오른손으로 양반다리를 하고 앉아 양 옆을 번갈아 두드리며 노래한다. 가사가 헷갈리는지 약간 더듬거리기도 했다.

(조사자 : 시우 시작)

꿩꿩 장서방 뭣 먹고 사는가
웃밭에 팥 한 되 아랫밭에 콩 한 되 그작 저작 먹고 사네

[청중 박수]

다리세기

자료코드 : 06_06_FOS_20110120_NKS_PSA_0001
조사장소 : 전라남도 담양군 봉산면 와우리 하노인회관
조사일시 : 2011.1.20
조 사 자 : 나경수, 서해숙, 이옥희, 편성철, 김자현
제보자 1 : 박순애, 여, 67세
제보자 2 : 신영미, 여, 70세
제보자 3 : 임육례, 여, 73세
구연상황 : 종재기 돌리기가 끝난 후 조사팀이 다리세기를 권하자 구연하였다. 먼저 박순애 제보자가 구연하였고, 다음은 신영미 제보자가, 마지막으로 임육례 제보자가 구연하였다.

(조사자 : 잠깐만요 요 친정 먼저 하고 넘어가께요)

제보자 1 한다리 두다리 석다리 원님사다 막대 딧고
오르롱 내리롱 두지기 총

(조사자 : 와 재밌다. 한 번만 더요.)

한다리 두다리 석다리 원님사다 막대 딧고
오르롱 내리롱 두지기 총
한다리 두다리 석다리 원님사다 막대 딧고
오르롱 내리롱 두지기 총

(조사자 : 어머니 친정은 어디에요?)
친정은 여기
(조사자 : 친정은 와우리구요.)
(조사자 : 잠깐 다음 어머니 해 보게요.)

제보자 2 한다리 메고 천지 만지 옥금 짝금 부주 땡.

이러면 딱 오거리여
(조사자 : 어머니 친정은 어디에요?)
친정 수북면 계동리. 우리 친정은 이렇게 하드라고

우리는 와우리여도 틀려.
(조사자 : 한 번 해보세요.)

제보자 3 한다리 두다리 석다리 니기 삼촌 어디 갔냐
장꽝에 총노로 갔다 뚱땡.

(조사자 : 같은 와우리에서도 틀리네요. 한 번만 더 해보세요.)

한다리 두다리 열두 다리 니기 삼촌 어디 갔냐

장꽝에 총노로 갔다 뚱땡.

자장가

자료코드 : 06_06_FOS_20110120_NKS_PSA_0002
조사장소 : 전라남도 담양군 봉산면 와우리 하노인회관
조사일시 : 2011.1.20
조 사 자 : 나경수, 서해숙, 이옥희, 편성철, 김자현
제보자 1 : 박순애, 여, 67세
제보자 2 : 임육례, 여, 73세
구연상황 : 다리세기가 끝난 후 자장가를 불러주기를 권하자 구연하였다. 먼저 박순애 제보자가 자장가를 구연한 후 임육례 제보자가 이어서 구연하였다.

(조사자 : 다리 셌으니까 애기 한 번 재워주세요.

제보자 1 자장 자장 우리 아기 잘도나 자네
놈의 아기는 쇠똥밭에 재와놓고
내 애기는 품안에다 재와놓네.

[고렇게 했어]

(조사자 : 맞아요 다시 한 번 토닥 토닥 하면서 해보세요. 그러면 음이 맞을 것 같아요.

자장 자장 우리 아기 잘도나 자네
놈의 아기는 쇠똥밭에 재와놓고
내 애기는 품안에다 재와주네.

[손주 보는 것에 대해 이야기 하느라 잠시 중단됨]

제보자 2 자장 자장 자장 자장

우리아기 잘도잔다
멍멍개야 짓지마라
꼬꼬닭아 울지마라
우리아기 잘도 잔다

[고렇게도 했어요.]
(조사자 : 한 번 더요.)

자장 자장 자장 자장
우리아기 잘도잔다
멍멍개야 짓지마라
꼬꼬닭아 울지마라
우리아기 잘도 잔다

춘향아씨 내리기 놀이

자료코드 : 06_06_FOS_20110120_NKS_YOR_0002
조사장소 : 전라남도 담양군 봉산면 와우리 하노인회관
조사일시 : 2011.1.20
조 사 자 : 나경수, 서해숙, 이옥희, 편성철, 김자현
제 보 자 : 이경주, 남, 82세
구연상황 : 자장가가 끝난 후 조사팀이 춘향아씨놀이에 대해서 묻자 구연하였다. 가운데 한 사람을 앉혀놓는데, 그 사람은 반지를 두 손으로 감싸고 있다가 춘향아씨 노래를 부르면 간혹 신이 내려서 춤을 추었다고 한다.

춘향아 춘향아 성춘향아 니 생일은 사월 초파일이다.
날도 좋고 달도 좋고 설설 내리라 벙금벙금 벌어져라
벌어진다 벌어진다 벙금벙금 벌어진다.
벌어진다 벌어진다 벙금벙금 벌어진다.

그러면은 지그들이 막 벌어져갔고 춤을 추고 막 글든만. 고로고 했어. 옛날에

(조사자 : 그러면 빙 둘러싸고 가운데 한명이 서는 거예요?)

앉어갔고 그러면 우리들은 벌어진다 벌어진다 벙금벙금 벌어진다 그러면 무장 이러고

벌어져 그냥. 그러면 그 반지가 땅에로 떨어지고. 글문 그냥 난중에는 춤을 추고 그냥 야단이여 그냥. 가운데서.

(조사자 : 그러면 그 가운데 있는 사람은 아무나 신이 내리는 거예요?)

신 내린 사람이 있어. 신이 안내린 사람은 손이 안 벌어져. 지가 역불로 하면 몰라도 신이 안 내린 사람은 안 벌어져.

(조사자 : 그것은 처녀들만 하는 거에요? 각시들도 하는 거에요?)

각시들이 언제 옛날에 그런 것 하고 놀 새가 있간대? 처녀들이나 했지.

종재기 돌리기

자료코드 : 06_06_FOS_20110120_NKS_YOR_0001
조사장소 : 전라남도 담양군 봉산면 와우리 하노인회관
조사일시 : 2011.1.20
조 사 자 : 나경수, 서해숙, 이옥희, 편성철, 김자현
제 보 자 : 임육례, 여, 73세
구연상황 : 광광술래가 끝난 후 조사팀이 방안에서 하던 놀이 중에서 종재기 돌리기에 대해서 묻자 직접 놀이 상황을 재연 하면서 구연하였다.

요렇게 빵빵 돌아 앉거서 종지 하나 갖고

종지 종지 돌아간다
종지 종지 잘 돌아간다

종지 종지 돌아간다

고렇게만 했제. 그래갖고 고 사람이 잘 못 하면은 고 사람이 노래를 부르던지 맞기를 하믄 맞기를 한다든지 고렇게 했지.

(조사자 : 잘 못한다는 게 어떤 거에요?)

미차(미처) 이 사람한테를 얼른 못 가고 전달을 못 하고 스톱이 되믄 고것을 잡았으믄 얼른 못 빠져 나가믄 그 사람이 인자 노래를 부르면 노래를 부르고 맞기를 하면 군밤이라도 맞고 가운데 들어가서 춤추기를 하면 춤이라도 추고 그러고 놀았지. 어렸을 때.

(청중 : 가운데가 술래가 하나 있어. 가운데가 술래가 하나 있어갖고 이 사람한테 가서 이렇게 하고 이 사람한테 가서 이렇게 하고 찾느라고)

강강술래(와우리 광광술래)

자료코드 : 06_06_FOS_20110120_NKS_JMJ_0001
조사장소 : 전라남도 담양군 봉산면 와우리 하노인회관
조사일시 : 2011.1.20
조 사 자 : 나경수, 서해숙, 이옥희, 편성철, 김자현
제 보 자 : 조명자, 여, 69세
구연상황 : 와우리에서는 강강술래를 광광술래라고 표현하고 후렴도 광광술래로 받는다. 긴광광술래를 받는 소리도 일반 강강술래와는 부침새가 다르다. 2001년 목포대 이경엽 교수에 의해 발굴된 와우리 광광술래는 중요무형문화재로 지정된 진도 해남의 강강술래와는 또 다른 면모를 지니고 있다. 와우리 광광술래가 지금까지 전승된 데에는 와우리에서 거주하는 전라남도 무형문화재 우도농악 설장고 예능보유자인 김동언의 열정도 크게 한 몫 했다. 남도문화제에도 출전하였고, 광주문화방송의 얼씨구학당에도 몇 번 출연한 적이 있으며 추석 날 밤에 마을에서 술래판을 벌이기도 한다. 근래에는 다문화 가정의 이주민 여성들에게 강강술래를 가르치기도 한다. 담양문화원에서 교육을 했는데 매우 행복해 했다고 한다.
옛날 와우마을에서는 추석과 보름날 밤에 강강술래를 했으며 여자들끼리만

했다고 한다. 여자들끼리 광광술래를 하면 남자들이 물도 쏘고 장난을 쳤는데, 자기 마음에 드는 처녀들에게 특히 짓궂게 했다고 한다. 마당이 넓은 집에서 술래판을 벌였으며 한 20명 정도가 모여서 놀았다.

와우리 광광술래의 주요 선소리꾼은 김서운 할머니이다. 김동언의 친누이인 김서운 할머니는 고령 임에도 불구하고 선소리의 사설을 고스란히 기억하고 있다. 하지만 현재 김서운 할머니는 이웃 마을인 삼산리에 거주하고 계시기 때문에 조사팀이 마을을 방문하였을 때는 조명자 제보자가 선소리를 맡았다. 뒷소리는 박순애, 변순균, 신영미, 이원자, 김은례, 홍남례, 임육례 주민이 맡아 주었다. 모두들 박수를 치며 구연하였다. 순서는 자진 광광술래 - 달넘자 - 기와자밟자 - 외따먹자 - 청어엮자 - 청어풀자 - 등난이타령 - 덕석몰자 - 덕석풀자 - 남생아놀아라 - 개고리타령 - 긴광광술래이다. 예전에 놀이를 할 때 특별한 순서가 있는 것은 아니고 그때 그때 정했다고 한다.

06_06_FOS_20110120_NKS_JMJ_0001_s01 자진 광광 술래

인자 시작하믄 된가

(조사자 : 예)

광광술래

광광술래

달 떠온다 달 떠온다

광광술래

우리 마을에 달 떠온다

광광술래

대밭에는 댓잎도 총총

광광술래

솔밭에는 솔잎도 총총

광광술래

칠팔월에 올기 나락

광광술래

지고개(자기 고개) 지워서 앵도라졌네
광광술래
광광술래
광광술래
파릇파릇 봄배추는
광광술래
밤이슬 오기만 기다리네
광광술래
우리 성님 깎은 배는
광광술래
맛도 좋고 선선헐래
광광술래
어메어메 성님보소
광광술래
베 잘 짜믄 뭣헌당가
광광술래
뒤안에 복숭 다 따묵고
광광술래
나 한 점도 안 주데
광광술래
광광술래
광광술래

06_06_FOS_20110120_NKS_JMJ_0001_s02 달넘자
달넘자는 다른 데서 잘 안 허니까

달넘자 달넘자
무슨 달을 넘을랑가
달넘자 달넘자
초생달을 넘을라네
달넘자 달넘자
보름달을 넘을라네
달넘자 달넘자
무슨 달을 넘을랑가
달넘자 달넘자
그믐달도 넘을라네
달넘자 달넘자
무슨 달을 넘을랑가
달넘자 달넘자
초생달을 넘을라네
달넘자 달넘자
무슨 달을 넘을랑가
달넘자 달넘자
보름달을 넘을라네
달넘자 달넘자
무슨 달을 넘을랑가
달넘자 달넘자
그믐달도 넘을라네
달넘자 달넘자

끝

(조사자 : 달넘자 달넘자는 어떻게 해요?)

손 요렇게 놓고 잡고 돌아가. 앉어갖고 넘은 사람은 서고

06_06_FOS_20110120_NKS_JMJ_0001_s03 기와자 밟자

기와자 밟은 것도 있어

기와자 봅자 기와자 봅자
기와자 봅자 기와자 봅자
어디 기완가 전라도 기와세
기와자 봅자 기와자 봅자
어디골 기완가 담양골 기와세
기와자 봅자 기와자 봅자
어디 기완가 와우리 기와세
기와자 봅자 기와자 봅자
어디골 기완가 대나무골 기와세
기와자 봅자 기와자 봅자

인자 그것을 반복해서 하는 거여

06_06_FOS_20110120_NKS_JMJ_0001_s04 외 따먹자

(조사자 : 인자 뭐하까요? 외따먹기.)

외따무욱자 외따무욱자
외따무욱자 외따무욱자
따묵자 따묵자 외따묵자
외따무욱자 외따무욱자
외따묵기도 재미가 나아네
외따무욱자 외따무욱자

외따무욱자 외따무욱자
외따무욱자 외따무욱자
외따묵기도 재미가 나아네
외따무욱자 외따무욱자

그것도 인자 반복하면서 놀이가 끝날 때까지 하는 거에요.

06_06_FOS_20110120_NKS_JMJ_0001_s05 청어 엮자
인자 청어 영자

청청 청애 영자(엮자)
청청 청애 영자
청청 청애 영자
청청 청애 영자
청애 영기도 재미가 나네
청청 청애 영자
청애 영기도 잘도나 영네
청청 청애 영자
청청 청애 영자
청청 청애 영자
청애 영기도 잘도네 영네
청청 청애 영자
청청 청애 영자
청청 청애 영자
청애 영기도 잘도나 영네
청청 청애 영자

청애 영기도 재미가 나네
청청 청애 영자
청애 영기도 지질허네
청청 청애 영자
청청 청애 영자
청청 청애 영자

동그랗게 해갖고 다 엮을 때까지 하는 거고

06_06_FOS_20110120_NKS_JMJ_0001_s06 청어 풀자

풀기도 해야하까

청청 청애 풀자
청청 청애 풀자
청애 풀기도 잘도나 푸네
청청 청애 풀자
청애 풀기도 잘도나 푸네
청청 청애 풀자
청애 풀기도 재미가 나네
청청 청애 풀자
청애 풀기도 지질허네
청청 청애 풀자
청청 청애 풀자
청청 청애 풀자
청애 풀기도 잘노나 푸네
청청 청애 풀자

그것이 인자 반복되가지고 다 풀 때까지 하면 되요

06_06_FOS_20110120_NKS_JMJ_0001_s07 등난이 타령

인자 등난이 타령

(조사자 : 등당이 타령?)

등당이말고 등난이 타령

불러보세 불러보세

[잠시 가사가 헷갈려서 중단됨]

불러보세 불러보세 광광술래
등난이타령을 불러보세 광광술래
등난이여 등난이여 둥기둥기 등난이여
등난이타령을 누가내여
건방진 큰애기 내가 냈제.
우리나 동네 상큰애기
머리도 머리도 곱게 빗고
빗 탕탕 내린 소리 오래비 간장을 다 낵인다(녹인다)
시어라 시어라 떴다 떴다
저 달이 동동 떴다
머리 머리 참머리 감태 같은 참머리
잠을 재와 잠을 재와 밀기름에 잠을 재와
못디리여 못디리여 곰단이(공단) 댕기를 못디리여
광광술래 광광술래

(조사자 : 진짜 노래가 재미지네요?)

(청중 : 요것 뛰면서 재밌어라.)

06_06_FOS_20110120_NKS_JMJ_0001_s08 덕석 몰자

인자 덕석 몰자

몰자몰자 덕석몰자
몰자몰자 덕석몰자
덕석몰기도 잘도나 모네
몰자몰자 덕석몰자
덕석몰기도 잘도나 허네
몰자몰자 덕석몰자
몰자몰자 덕석몰자
몰자몰자 덕석몰자
덕석몰기도 재미가 나네
몰자몰자 덕석몰자
몰자몰자 덕석몰자
몰자몰자 덕석몰자
덕석몰기도 지질허네
몰자몰자 덕석몰자

06_06_FOS_20110120_NKS_JMJ_0001_s09 덕석 풀자

풀자풀자 덕석풀자
풀자풀자 덕석풀자
덕석풀기도 잘도나 푸네
풀자풀자 덕석풀자
덕석풀기도 재미가 나네

풀자풀자 덕석풀자
덕석풀기도 지질허네
풀자풀자 덕석풀자

인자 그것도 놀이하면서 계속해서 하는거여.

(청중 : 이렇게 한 번씩 해야 되는 거여. 김동언 선생님께서는 이렇게 한 번씩 하라고 그래. 운동도 되고 가사를 후손들한테 전승하는 계기도 되잖아요. 근데 안 허고 있으면 우리 자체도 잊어 버리니까 아랫 사람한테 전승할 기회도 없으니까)

(조사자 : 다 끝난 것은 아니죠?)

(청중 : 다 끝났어.)

(조사자 : 고사리는 안 꺾어요?)

여기는 안 꺾어. 해남에서나 꺾제.

06_06_FOS_20110120_NKS_JMJ_0001_s10 남생아 놀아라

개고리타령도. 남생이 놀아라 안 했네.

[잠시 의논하느라 중단함]

[주민의 권유로 황정자 제보자가 남생이가 노는 흉내를 냄]

남생아 놀아라
남생아 놀아라
사뿐사뿐이 잘논다
남생아 놀아라
촐랭이 촐랭이 잘논다
남생아 놀아라
궁댕이 궁댕이 잘논다

남생아 놀아라
하늘 닿게 잘 뛴다
남생아 놀아라
남생아 놀아라
남생아 놀아라

인자 그렇게 연거퍼서 막 걍 그렇게 하면은 나가서 한 사람이 인자 궁댕이 궁댕이 잘 논다 하면 궁댕이 흔들면서 재주를 부리는 거여.

06_06_FOS_20110120_NKS_JMJ_0001_s11 개골이 타령

고것하고 남생이들이 딱 들어가면 원을 그려서 앉아가지고 박수를 치면서 남생이는 하고 개고리타령은 손짓을 하면서 그 다음은 인자 개구리타령.

개골개골 참개골 개구리집을 찾을라면 미나리깡을 더듬소
수건에 수건에 큰애기들
날개날개 [잠시 헷갈려 날개날개 반복함] 날개 날개 새날개
새중에는 봉황새 [다 잊어불었네 몇 년 동안 안해분께] 말잘하는 앵무새
춤잘추는 학도령 정만산 기러기는 단무대비로 날아든다
이찌저찌 호재자찌 광풍을 못 이겨서

광풍을 못이겨서 뭐라고 있어, 생각이 안나네. 4-5년 안해부렀어.

(조사자 : 그러면 인자 다 한거에요? 불러보께요. 강강술래, 달넘자. 기와자볿자, 외따먹기, 등난이타령, 덕석몰자, 덕석풀자, 남생아놀아라 개구리타령.)

다했어. 긴강강술래만 안 하고 다 했어.

06_06_FOS_20110120_NKS_JMJ_0001_s12 긴 광광 술래

(조사자 : 원래 긴광광술래도 있는데 있는데 안 하신 거죠?)

진양조여 그것은.

아조 긴 광광술래까지 하제.

[잠시 의논하느라 중단됨]

광광 수울래
광광 수울래
연잎에다 밥을 싸고
광광 수울래
연꽃에다 반찬 싸고
광광 수울래
새별낙수 들쳐메고
광광 수울래
압록강을 빙빙도네
광광 수울래

근디 원래는 광광수울래 이렇게 안 하고 광광 술래~ 그렇게 했어. 다른 데하고 그것이 틀려. 그것이 특색이 있어. 우리 광광술래는 3박자로 광광 술래~

(조사자 : 옛날부터 이렇게 했나요? 아니면 새로 복원하면서 만들어졌나요?)

옛날부터 술래를 붙여서 했데요.

(조사자 : 긴 광광술래 할 때만 그렇게 하나요?)

응 긴 광광술래 할 때만.

산아지타령

자료코드 : 06_06_FOS_20110120_NKS_JMJ_0002
조사장소 : 전라남도 담양군 봉산면 와우리 하노인회관
조사일시 : 2011.1.20
조 사 자 : 나경수, 서해숙, 이옥희, 편성철, 김자현
제보자 1 : 조명자, 여, 69세
제보자 2 : 박순애, 여, 67세
구연상황 : 춘향아씨 내리기 놀이가 끝난 후 말잇기 노래를 아는지 물었지만 주민들은 모른다고 하였다. 고무줄 놀이도 많이 했고 노래도 있었지만 다 기억이 안 난다고 했다. 조사팀이 놀면서 불렀던 노래를 권하였더니 산아지타령을 불렀다. 진도아리랑과 후렴만 다르다고 하였으며 박수를 치며 구연하였다. 조명자가 먼저 시작하고 박순애 제보자가 이어서 불렀다.

제보자 1 너랑 둘이 앞 섬에 떠있는 뜬 구름
니 탓이냐 내 탓이냐 중신 애비 탓이냐
에야 디야 에에에~에야 에야디여라 산아지로구나

님이 날같이 생각을 한다면
가시밭이 천리라도 발 벗고 건네
에야 디야 에에에~에야 에야라디여라 산아지로구나

또 누가 받어서 해

제보자 2 우리님 가실 때 피었던 감독
오리라 붉어도 아니나 오네
에야 디야 에에에~에야라 에야디여라 산아지로구나

저 달 뒤에는 별 따라 가는데
우리 님 뒤에는 내가 따라 가네
에야 디야 에에에에야 에야라 디여라 산아지로구나

[청중 웃음]

시집살이 노래

자료코드 : 06_06_FOS_20110120_NKS_JMJ_0003
조사장소 : 전라남도 담양군 봉산면 와우리 하노인회관
조사일시 : 2011.1.20
조 사 자 : 나경수, 서해숙, 이옥희, 편성철, 김자현
제 보 자 : 조명자, 여, 69세
구연상황 : 조사팀이 시집살이 노래를 아는지 묻자 광광술래에 들어가는 사설을 구연하였다. 박수를 치며 구연하였다.

앞마당에 고추심고
광광술래
뒷마당에 매화심어
광광술래
고추당초 맵다한들
광광술래
시집살이 당할손가
광광술래
콩밭퐅밭 매니라고
광광술래
울아버지가 사다주신
광광술래
홍갑사댕기 꽃비녀는
광광술래
반대 속에 넣어두고

광광술래
울어머니 지어주신
광광술래
새모시 적삼 새모시 치마
광광술래
걸어놓고 보기만 했네
광광술래
광광술래
광광술래

도라지타령

자료코드 : 06_06_MFS_20110120_NKS_KSS_0001
조사장소 : 전라남도 담양군 봉산면 와우리 상노인회관
조사일시 : 2011.1.20
조 사 자 : 나경수, 서해숙, 이옥희, 편성철, 김자현
제 보 자 : 김수순, 여, 80세
구연상황 : 김희순 제보자가 노들강변을 부르고 난 뒤 김수순 제보자가 도라지타령을 구연하였다. 청중들은 박수를 쳐주었다.

도라지 도라지 백도라지 심심산천에 백도라지
한두 뿌리면(뿌리만) 캐어도 대바구리만 철철 넘는구나
에헤야 에헤야 에헤이 에야 오이야란다 지화자자 좋다
니가 내간장 서리설설 다 녹인다.

[청중 박수]
목만 좋으믄 나온디 목이 꽉 맥혀서 안 나와.

도라지 도라지 백도라지 심심산천에 백도라지
도라지 날때가 하도나 없어서 쌍바우위 틈새에가 났느냐
에헤야 에헤야 에헤이 에야 오이야란다 지화자자 좋다
니가 내간장 서리설설 다 녹인다.

[청중 박수]

노들강변

자료코드 : 06_06_MFS_20110120_NKS_KHS_0001
조사장소 : 전라남도 담양군 봉산면 와우리 상노인회관
조사일시 : 2011.1.20
조 사 자 : 나경수, 서해숙, 이옥희, 편성철, 김자현
제 보 자 : 김희순, 여, 70세
구연상황 : 김희순 제보자가 시집 오기 전에 보성에서 중로보기를 한 경험을 들려 주신 후에 젊었을 때 놀면서 불렀던 노래를 권하자 박수를 치며 구연하였다.

노들강변 백사장~ 휘휘 늘어진 가지에다
무정세월 [가사가 생각나지 않아 잠시 중단함] 한 허리를 칭칭 동여서 매어나 볼까
에헤이요~ 봄버들도 못 믿을 이로다
푸르른 저기 저 물만 흘러 흘러서 가노라

(청중 : [박수] 잘한다.)

5. 수북면

▌조사마을

전라남도 담양군 수북면 황금리 황덕마을

조사일시 : 2011.3.25

조 사 자 : 나경수, 서해숙, 이옥희, 편성철, 김자현

황덕마을 전경

황덕마을은 황덕마을과 금구마을로 나뉘어 있는 것을 황덕마을의 황자와 금구마을의 금자를 따서 '黃金里'라 이름하였다.

금구마을은 문익점의 손자인 빈이 무관직을 지내다 임병 양란 때 지금의 대전면 성산리에 유배 당하자 그 아들 문완도 공직을 그만 두고 선친을 따라와 19대손까지 살다가 그 후 문영민이 식수를 찾아 이 마을에 정착하게 되었다고 한다. 마을 동편에 있는 거북이 형태의 산 모양에서 유

황덕마을 전경

황덕마을회관에서의 조사 장면

래하여 금구(金龜)로 불리었다 한다. 이 마을은 조선시대 말까지 창평군 장남면에 소속했으며, 1914년 행정구역 개편 시 담양군 수북면 황금리 금구마을로 부르게 되었다.

황덕마을은 최초 담양인 전씨가 입향했다고 전해오고 있으나 지금은 한 가구도 살지 않는다. 그 후 진주인 강귀남이 진주에서 살다가 이 마을의 지세를 보고 후일에는 크게 번영할 수 있는 형국이라 하여 정착하였다고 한다. 이 마을은 1914년 행정구역 개편 당시 담양군 수북면 황금리 황덕(黃德)마을이 되었다. 황덕이라 이름한 것은 마을이 넓은 들의 한복판에 자리 잡고 있어 다섯 가지의 색깔 속에 노란색이 한가운데 있다 하여 그리고 언제 큰 이로움이 가득하다 하여 붙여진 것이라 한다. 또한 일설에는 영산강 상류 지대로 산이 없고 쌀과 보리 생산이 풍부하여 가을의 황야에서 黃자를 인심이 좋아 德자를 딴 것이라고도 한다.

황덕마을은 '담양들노래'가 보존되어 있는데, 1985년 10월 제26회 전국민속예술경연대회에 전남 대표로 출전하여 문화공보부 장관상을 수상한 바가 있다. 현재 60여 가구의 200여 명이 살고 있으며, 마을사람들은 딸기, 토마토 등의 원예를 하며 비교적 윤택한 삶을 살고 있다.

▌제보자

남귀희, 남, 1948년생

주 소 지 : 전라남도 담양군 수북면 황금리 336번지
제보일시 : 2011.3.25
조 사 자 : 나경수, 서해숙, 이옥희, 편성철, 김자현

남귀희 제보자는 1948년 담양군 수북면 황금리에서 태어나 자란 이 마을의 토박이이다. 최근에는 광주에서 지내고 있지만 지금까지 마을에서 농사를 지으며 살아왔다. 황덕마을 들노래의 선소리꾼 남귀희는 선친의 예능을 승계해서 30대부터 황금들노래 공연에 앞장서오고 있다. 남귀희 제보자는 민요 연행 능력이 매우 뛰어난 명인이다. 젊었을 때 마을에서 화전놀이를 가면 남귀희 제보자는 매번 장구 반주를 쳐주는 등 매우 인기가 있었다고 한다. 조사당시 들노래 외에도 상여소리, 집터 다지는 소리, 등짐소리, 진도아리랑 등 다양한 민요를 구연하였다.

제공 자료 목록
06_06_FOS_20110325_NKS_NGH_0001 모판만들기
06_06_FOS_20110325_NKS_NGH_0002 모찌기
06_06_FOS_20110325_NKS_NGH_0003 모심기
06_06_FOS_20110325_NKS_NGH_0004 논매기 소리(초벌매기-어이소리)
06_06_FOS_20110325_NKS_NGH_0005 논매기 소리(초벌매기-지화자소리)
06_06_FOS_20110325_NKS_NGH_0006 논매기 소리(두벌매기-떨아지소리)
06_06_FOS_20110325_NKS_NGH_0007 논매기 소리(세벌매기-나해소리)
06_06_FOS_20110325_NKS_NGH_0008 논매기 소리(세벌매기-사뒤여소리)
06_06_FOS_20110325_NKS_NGH_0009 논매기 소리(세벌매기-풍장소리)

06_06_FOS_20110325_NKS_NGH_0010 다구질 소리
06_06_FOS_20110325_NKS_NGH_0011 상여소리(관암소리)
06_06_FOS_20110325_NKS_NGH_0012 상여소리(어화널소리)
06_06_FOS_20110325_NKS_NGH_0013 상여소리(어널어널소리)
06_06_FOS_20110325_NKS_NGH_0014 상여소리
06_06_FOS_20110325_NKS_NGH_0015 집터 다지는 소리
06_06_FOS_20110325_NKS_NGH_0016 지경 다구는 소리
06_06_FOS_20110325_NKS_NGH_0017 화전놀이
06_06_FOS_20110325_NKS_NGH_0018 등짐소리
06_06_FOS_20110325_NKS_NGH_0019 진도아리랑
06_06_FOS_20110325_NKS_NGH_0020 쟁기질소리
06_06_FOS_20110325_NKS_NGH_0021 곡소리
06_06_FOS_20110325_NKS_NGH_0022 물품는 소리
06_06_FOS_20110325_NKS_NGH_0023 논배미 넘기는 소리
06_06_FOS_20110325_NKS_NGH_0024 호미질도 품앗이
06_06_FOS_20110325_NKS_NGH_0025 새쫓는 소리
06_06_FOS_20110325_NKS_NGH_0026 자장가 (1)
06_06_FOS_20110325_NKS_NGH_0027 자장가 (2)
06_06_FOS_20110325_NKS_NGH_0028 꿩꿩 장서방
06_06_FOS_20110325_NKS_NGH_0029 화투타령
06_06_FOS_20110325_NKS_NGH_0030 달강달강
06_06_FOS_20110325_NKS_NGH_0031 다리세기
06_06_FOS_20110325_NKS_NGH_0032 문열기 놀이 노래
06_06_MFS_20110325_NKS_NGH_0001 고추가

유동숙, 여, 1957년생

주 소 지 : 전라남도 담양군 수북면 황금리 336번지
제보일시 : 2011.3.25
조 사 자 : 나경수, 서해숙, 이옥희, 편성철, 김자현

유동숙 제보자는 마을의 부녀회 일을 맡아보고 있다. 황금리 주민들은 들노래보존회를 조직하고 들노래 전수관을 지어 전수활동을 하는 등 들

노래 보존에 남다른 열정을 갖고 있는데 유동숙을 비롯한 부녀회의 역할도 매우 중요하다. 황금아리랑은 부녀회에서 마을을 홍보하기 위해 진도아리랑의 음에 새로운 사설을 얹은 것이다.

제공 자료 목록

06_06_FOS_20110325_NKS_RDS_0001 황금아리랑

전우치의 황금기둥

자료코드 : 06_06_FOT_20110325_NKS_NGH_0001
조사장소 : 전라남도 담양군 수북면 황금리 마을회관
조사일시 : 2011.3.25
조 사 자 : 나경수, 서해숙, 이옥희, 편성철, 김자현
제 보 자 : 남귀희, 남, 64세
구연상황 : 남귀희 제보자가 연이어 민요를 구연한 뒤 잠시 휴식시간을 가지면서 음료를 마셨다. 잠시 후 조사자가 전우치가 이 마을에 왔는지 물어보니 다음의 이야기를 간략하게 구연했다.
줄 거 리 : 전우치가 황금기둥을 가지고 가다가 황덕마을에 떨어뜨리고 갔다는 이야기이다.

(조사자 : 이 황덕마을을 전우치 마을이라고 불렀습니까?)

예. 전우치가 여그서 황금 기둥을 가지고 가다가 떨어뜨려가지고.

인제 어디다 떨어뜨렸는지는 모른데.

떨어뜨려서 그 땅을 막 파며는 그 금이 나올 거 같아가지고 땅을 파잖아요.

그래 농사가 잘 된다고.

모판만들기 소리

자료코드 : 06_06_FOS_20110325_NKS_NGH_0001
조사장소 : 전라남도 담양군 수북면 황금리 황금들노래전수관
조사일시 : 2011.3.25
조 사 자 : 나경수, 서해숙, 이옥희, 편성철, 김자현
제보자 1 : 남귀희, 남, 64세(앞소리)
제보자 2 : 윤석만 외(뒷소리)
구연상황 : 황금리 들노래는 2010년 전라남도무형문화재 46호로 지정되었다. 황금리는 영산강을 낀 너른 평야를 가진 마을로서 들노래가 풍부하게 전승되고 있다. 황금들노래는 1983년부터 제13회 남도문화제, 1985년 제26회 전국민속예술경연대회 등에 출전하면서 널리 알려졌다. 선소리꾼 남귀희는 선친의 예능을 승계해서 30대부터 황금리 들노래 공연에 앞장서오고 있다. 황금리 주민들은 들노래보존회를 조직하고 들노래 전수관을 지어 전수활동을 하는 등 들노래 보존에 남다른 열정을 갖고 있다. 조사를 하기 일주일 전에 마을이장께 미리 연락을 드려 약속을 정하였다. 조사팀은 근래 광주에 거주하는 남귀희 제보자를 모시고 들노래전수관에 도착하였다. 주민들은 매우 적극적으로 구연에 임했으며 당일 장구 반주는 놀이패 신명의 대표인 김호준이 맡았다. 김호준은 몇 년째 마을 주민들에게 민요와 풍물 등을 교육하고 있다. 전수회관에는 들노래 사설을 적어놓은 종이가 걸려 있어서 주민들은 그것을 보면서 구연을 하였다. 따라서 창조적인 사설이 만들어지지는 않았으며 예전부터 해오던 대로 그대로 구연하고 있다. 들노래의 시작은 모판 만들기부터 시작한다. 황금리 들노래는 노래로 들어가기 전에 반드시 장구반주를 하였는데, 대회 출전으로 인해 비롯된 것인지 원래부터 그런 것인지는 주민들도 정확하게 기억하지 못했다.
첫 번째는 모판 만드는 소리이다. 앞소리는 남귀희 제보자 맡고 뒷소리는 윤석만 외 참여한 주민들이 맡았으며 반주와 추임새는 김호준이 맡았다.

[남귀희 제보자가 사설부터 하냐고 묻자 조사팀이 온전한 것을 해달라고 부탁했다.]

[장구반주]

자 우리가 봄도 와서 풍년 농사를 진께 저 못자리 한 번 만들어 보드라고~ 어이

오~위~ 에~라~ 오~위
금주(군주) 금주 우리 금주 심은 나무

삼정승이 물을 주어
오~위~ 에~라~ 오~위
육판서 뻗은 가지
팔도 감사 꽃이로다~
오~위~ 에~라~ 오~위
꽃이 지고 열매 열어~
각골 수령으로 다 나간다
오~위~ 에~라~ 오~위
수양산 버들잎은
대금으로 나가고
남한산성 오동목은~
장구통으로 다 나간다~
오~위~ 에~라~ 오~위
오~위~ 에~라~ 오~위
오~위~ 에~라~ 오~위
순대산 왕대뿌리는
장고채로 다 나간다
오~위~ 에~라~ 오~위
무등산 상상봉에

감감도는 저 구름아
오~위~ 에~라~ 오~위
이 산정이 어찌간지
떠날종 모르느냐
오~위~ 에~라~ 오~위
아매도 이 산정이
신선 노는 곳일세
오~위~ 에~라~ 오~위
오~위~ 에~라~ 오~위

모찌기 소리

자료코드 : 06_06_FOS_20110325_NKS_NGH_0002
조사장소 : 전라남도 담양군 수북면 황금리 황금들노래전수관
조사일시 : 2011.3.25
조 사 자 : 나경수, 서해숙, 이옥희, 편성철, 김자현
제보자 1 : 남귀희, 남, 64세(앞소리)
제보자 2 : 윤석만 외(뒷소리)
구연상황 : 모판 만들기 다음에 이루어지는 작업인 모찌기 소리이다. 앞소리는 남귀희 제보자가 맡고 뒷소리는 참여한 주민들이 맡았으며 장구는 김호준이 맡았다. 느리게 시작했다가 중간에 빠른 소리로 바뀐다.

[장구 반주]

좋구나~ 허허
자 우리가 모를 해놨드니 모가 잘 자랐네 그려 허이
오~이오~호호 먼~들
오~이어~허허 먼~들

이 농사를 잘 지어서
선영봉양을 허여 보세
오~이어~허허 먼~들
이 모를 어서 쪄서 저 바닥에다 심어보세
오~이어~허허 먼~들
모타래 안 풀어지게~ 횢 돌려 잘들 묵~세
오~이어~허허 먼~들

[이 다음부터 갑자기 소리가 빨라진다.]

오~이어~허 먼~들
오~이어~허 먼~들
이 농사가 잘 풍년되야
동지섯달 생일쇠네
오~이어~허 먼~들
모찌기는 멀었는데
한그릇 생각이 웬말인가
오~이어~허 먼~들
잎담배 짝짝 찢어
조대통에 부쳐보세
오~이어~허 먼~들
큰애기 솜씨로 술을 빚어
총각이 묵으면 장가를 가지
오~이어~허 먼~들
오~이오~호호 먼~들
울너매 담너매 깔비는 총각

눈치가 있으면 떡 받아 묵소
오~이어~허 먼~들
다 되었네 다 되었네
모찌기가 다 되었네
오~이어~허 먼~들
오~이어~허 먼~들
오~이어~허 먼~들

모심기 소리

자료코드 : 06_06_FOS_20110325_NKS_NGH_0003
조사장소 : 전라남도 담양군 수북면 황금리 황금들노래전수관
조사일시 : 2011.3.25
조 사 자 : 나경수, 서해숙, 이옥희, 편성철, 김자현
제보자 1 : 남귀희, 남, 64세(앞소리)
제보자 2 : 윤석만 외(뒷소리)
구연상황 : 이 소리는 모찌기 다음에 이루어지는 작업인 모심기 노래이다. 황금리 모심기 소리는 늦은상사소리와 잦은 상사소리로 구성되어 있다. 앞소리는 남귀희 제보자가 맡고 뒷소리는 참여한 주민들이 맡았으며 장구는 김호준이 맡았다.

[장구장단]

자 우리가 정성들여 모를 쪘으니까 모를 한 번 숭거보드라고
여~혀~여허~여~루 상~사~뒤~여
여~혀~여허~여~루 상~사~뒤~여
한일자로 늘어서서~
입구자로 모를 심세
여~혀~여허~여~루 상~사~뒤~여

먼데 사람 듣기 좋게
북장구 장단에 모를 심세
여~혀~여허~여~루 상~사~뒤~여
상사소리는 어디갔다
때만 따라서 돌아온다
여~혀~여허~여~루 상~사~뒤~여
앞산은 점점 멀어지고
뒷산은 점점~가까오네
여~혀~여허~여~루 상~사~뒤~여
일락서산 해는 지고
한그릇 생각이 절로 나네
여~혀~여허~여~루 상~사~뒤~여
이 배미를 끝을 내고
장구배미로 넘어~가세
여~혀~여허~여~루 상~사~뒤~여

[이 다음부터 소리가 빨라진다]

여 여허루 상사~뒤여
여 여허루 상사~뒤여
어울러진다 아울러진다
상사소리가 아울러진다
여 여허루 상사~뒤여
순담양 왕대뿌리
장구채로 다나간다
여 여허루 상사~뒤여

이 상사가 뉘 상산가
김참봉네 상사로세
여 여허루 상사~뒤여
홍갑사 댕기는 붉어야 좋고
큰애기 속곳은 넓어야 좋네
여 여허루 상사~뒤여
철부덕 소리~ 웬소리
아랫집 큰애기 맥감는 소리
여 여허루 상사~뒤여
다되어 가네 다 되어가네
이 논배미가 다 되어가네
여 여허루 상사~뒤여
다 되었네 다 되었네
모숨기가 다 되었네
여 여허루 상사~뒤여
여 여허루 상사~뒤여
여 여허루 상사~뒤여

논매기 소리(초벌매기-어이소리)

자료코드 : 06_06_FOS_20110325_NKS_NGH_0004
조사장소 : 전라남도 담양군 수북면 황금리 황금들노래전수관
조사일시 : 2011.3.25
조 사 자 : 나경수, 서해숙, 이옥희, 편성철, 김자현
제보자 1 : 남귀희, 남, 64세(앞소리)
제보자 2 : 윤석만 외(뒷소리)
구연상황 : 이 소리는 모심기 다음에 이루어지는 작업인 김매기 노래이다. 황금리에서는

품앗이를 조직하여 초벌, 두벌, 세벌 김을 맸다. 초벌매기 소리로는 어이소리와 지화자 소리가 있는데 이 소리는 어이소리이다. 앞소리는 남귀희 제보자가 맡고 뒷소리는 참여한 주민들이 맡았으며 장구는 김호준이 맡았다.

[장구장단에 맞추어 구음]

모가 심근지가 엊그제 같은데 짐이 꽉 묵었네 그려
논을 한 번 매보드라고 어이
어이~ 에~이오~에~이 어~
오날도 오날도야~ 심심허네
어이~ 에~이오~에~이
무덤섬 무덤섬아~ 다~시 보~네
위여~ 에~라~~아~하아~애 아오~에~어~~이~

논매기 소리(초벌매기-지화자소리)

자료코드 : 06_06_FOS_20110325_NKS_NGH_0005
조사장소 : 전라남도 담양군 수북면 황금리 황금들노래전수관
조사일시 : 2011.3.25
조 사 자 : 나경수, 서해숙, 이옥희, 편성철, 김자현
제보자 1 : 남귀희, 남, 64세(앞소리)
제보자 2 : 윤석만 외(뒷소리)
구연상황 : 이 소리는 모심기 다음에 이루어지는 작업인 김매기 노래이다. 황금리에서는 품앗이를 조직하여 초벌, 두벌, 세벌 김을 맸다. 초벌매기 소리로는 오호소리와 지화자 소리가 있는데 이 소리는 지화자소리이다. 앞소리는 남귀희 제보자가 맡고 뒷소리는 참여한 주민들이 맡았으며 장구는 김호준이 맡았다.

여보소~ 농부님네
지심~ 노래~ 허여~ 보세~
얼~시구 지화자

지화자~ 얼시구
남한산성~ 윤여리는
대쪽으로 다나가네
지화자~ 얼시구
뒷동산 박달나무
한량부채로 다 나가네
지화자~ 얼시구
불과 같이 더운 날에
멧골 같은 지심 매세
지화자~ 얼시구
오란다네~ 오란다네
담양처녀가 오란다네
지화자~ 얼시구
씨암탉 잡아두고
둘이 먹자고 오란다네
지화자~ 얼시구
지화자~ 얼시구
지화자~ 얼시구

논매기 소리(두벌매기-떨아지소리)

자료코드 : 06_06_FOS_20110325_NKS_NGH_0006
조사장소 : 전라남도 담양군 수북면 황금리 황금들노래전수관
조사일시 : 2011.3.25
조 사 자 : 나경수, 서해숙, 이옥희, 편성철, 김자현
제보자 1 : 남귀희, 남, 64세(앞소리)

제보자 2 : 윤석만 외(뒷소리)

구연상황 : 이 소리는 모심기 다음에 이루어지는 작업인 김매기 노래이다. 황금리에서는 품앗이를 조직하여 초벌, 두벌, 세벌 김을 맸다. 이 소리는 두벌매기 소리인 떨아지 소리이다. 앞소리는 남귀희 제보자가 맡고 뒷소리는 참여한 주민들이 맡았으며 장구는 김호준이 맡았다.

[장구장단에 맞추어 구음]

아 논맨 지가 엊그제 같은데 또 걍 풀이 났네 그려 초벌 한 번 매보드라고

(청중 : 어 그러세)

아하~하~하 떨아지 떨아
아하~하~하 떨아지 떨아
멸치 잡고서 떨어지 떨아
아하~하~하 떨아지 떨아
풍년을 맞았다고 떨어지 떨아
아하~하~하 떨아지 떨아
우수풍작에 떨아지 떨아
아하~하~하 떨아지 떨아
하마꾼 좋다고 떨아지 떨아
아하~하~하 떨아지 떨아
오곡조 심어서 떨아지 떨아
아하~하~하 떨아지 떨아
잘도 한다고 떨아지 떨아
아하~하~하 떨아지 떨아
날만 새면 떨아지 떨아
아하~하~하 떨아지 떨아
우리 농군들 떨아지 떨아

아하~하~하 떨아지 떨아
비몰아 온다고 떨아지 떨아
아하~하~하 떨아지 떨아
아하~하~하 떨아지 떨아
아하~하~하 떨아지 떨아

논매기 소리(세벌매기-나해소리)

자료코드 : 06_06_FOS_20110325_NKS_NGH_0007
조사장소 : 전라남도 담양군 수북면 황금리 황금들노래전수관
조사일시 : 2011.3.25
조 사 자 : 나경수, 서해숙, 이옥희, 편성철, 김자현
제보자 1 : 남귀희, 남, 64세(앞소리)
제보자 2 : 윤석만 외(뒷소리)
구연상황 : 이 소리는 모심기 다음에 이루어지는 작업인 김매기 노래이다. 황금리에서는 품앗이를 조직하여 초벌, 두벌, 세벌 김을 맸다. 세벌매기는 나해소리와 사뒤여 소리, 풍장 소리로 구성되어 있는데 이 소리는 나해소리이다. 앞소리는 남귀희 제보자가 맡고 뒷소리는 참여한 주민들이 맡았으며 장구는 김호준이 맡았다.

[장구장단]
아 논맨지가 어제 같은데 풀만 큰것 같으네 나락은 안크고 또 만드리 한 번 매보드라고
(청중 : 어 그러세)

나니나 난도 나헤헤헤~야
추월산도 산이로세~
나니나 난도 나헤헤헤~야
추월산도 산이로세

추월산만 명산이던가
담양의 삼인산도 명산이로세
나니나 난도 나헤헤헤~야
추월산도 산이로세
삼인산만 명산이던가
광주에 수양산도 명산이로세
나니나 난도 나헤헤헤~야
수양산만 명산이던가
나주에 금성산도 명산이로세
나니나 난도 나헤헤헤~야
추월산도 산이로세

논매기 소리(세벌매기-사뒤여 소리)

자료코드 : 06_06_FOS_20110325_NKS_NGH_0008
조사장소 : 전라남도 담양군 수북면 황금리 황금들노래전수관
조사일시 : 2011.3.25
조 사 자 : 나경수, 서해숙, 이옥희, 편성철, 김자현
제보자 1 : 남귀희, 남, 64세(앞소리)
제보자 2 : 윤석만 외(뒷소리)
구연상황 : 이 소리는 모심기 다음에 이루어지는 작업인 김매기 노래이다. 황금리에서는 품앗이를 조직하여 초벌, 두벌, 세벌 김을 맸다. 세벌매기는 만드리 소리라고도 하며 나해 소리와 사뒤여 소리, 장원질 소리로 구성되어 있는데 이 소리는 사뒤여 소리이다. 앞소리는 남귀희 제보자가 맡고 뒷소리는 참여한 주민들이 맡았으며 장구는 김호준이 맡았다.

[장구장단]

오호~호호~호호~헤로 사~아 뒤~여

오호~호호~호호~헤로 사~아 뒤~여
다 되어 가네 다 되어가네
이 논 끝수 다 되어가네
오호~호호~호호~헤로 사~아 뒤~여
일락 서산에 해 떨어지고
월출 동령에 달 솟아오네
오호~호호~호호~헤로 사~아 뒤~여
여보소 농군님네
갈정 막자고 술동우 떴네
오호~호호~호호~헤로 사~아 뒤~여

논매기 소리(세벌매기-풍장소리)

자료코드 : 06_06_FOS_20110325_NKS_NGH_0009
조사장소 : 전라남도 담양군 수북면 황금리 황금들노래전수관
조사일시 : 2011.3.25
조 사 자 : 나경수, 서해숙, 이옥희, 편성철, 김자현
제보자 1 : 남귀희, 남, 64세(앞소리)
제보자 2 : 윤석만 외(뒷소리)
구연상황 : 이 소리는 모심기 다음에 이루어지는 작업인 김매기 노래이다. 황금리에서는 품앗이를 조직하여 초벌, 두벌, 세벌 김을 맸다. 세벌매기는 만드리 소리라고도 하며 나해 소리와 사뒤여 소리, 풍장 소리로 구성되어 있는데 이 소리는 풍장이다. 풍장 소리를 할 때에는 농사 장원을 뽑아 소에 태우고 한바탕 잔치를 벌인다. 앞소리는 남귀희 제보자가 맡고 뒷소리는 참여한 주민들이 맡았으며 장구는 김호준이 맡았다.

[장구장단]

애리사~하하 저리사 ~허 좋네~

애리사~하하 저리사 ~허 좋네
머슴은 가래 메고 황소 타고
애리사~하하 저리사 ~허 좋네
농군은 홍에 겨워 춤을 추네
애리사~하하 저리사 ~허 좋네
다했구나 다했구나
애리사~하하 저리사 ~허 좋네
들일을 다했구나
애리사~하하 저리사 ~허 좋네
가세 가세 들어를 가세
애리사~하하 저리사 ~허 좋네
참봉댁으로 들어를 가세
애리사~하하 저리사 ~허 좋네
애리사~하하 저리사 ~허 좋네~
애리사~하하 저리사 ~허 좋네

[장구장단]
좋구나~ 허허

다구질 소리

자료코드 : 06_06_FOS_20110325_NKS_NGH_0010
조사장소 : 전라남도 담양군 수북면 황금리 황금들노래전수관
조사일시 : 2011.3.25
조 사 자 : 나경수, 서해숙, 이옥희, 편성철, 김자현
제 보 자 : 남귀희, 남, 64세
구연상황 : 들노래가 끝난 후 가래질 소리를 부탁하자 집을 지을 때 은가래를 가지고

땅다지기를 한 것을 구술하였다.

은가래라고 혼자 하믄 안 되고 혼자 하믄 소리가 나올 수도 없는데. 은가래를 만들어. 세 사람 네 사람 정도 양쪽에 한 8명 정도 해가지고 끈을 땡긴다 이말이여 삽을. 모래를 파가지고 둑을 만든다 이말이여 보를 물이 거그로 들어가게끔 그런 식으로 하면서.

느그 어멈 팔아서 공사탕 사주마 [웃음]

그 소리가 어떻게 나왔가 몰라도 어른들이 하니까 따라서 하기도 하고 니가 잘하면 내 아들이고 자기가 못하믄 내아들이 아들이 내가 못하면 니애비다 그런 식으로 하면서.

상여 소리(관암소리)

자료코드 : 06_06_FOS_20110325_NKS_NGH_0011
조사장소 : 전라남도 담양군 수북면 황금리 황금들노래전수관
조사일시 : 2011.3.25
조 사 자 : 나경수, 서해숙, 이옥희, 편성철, 김자현
제 보 자 : 남귀희, 남, 64세
구연상황 : 다구질 소리가 끝난 후 조사팀이 상여 소리를 부탁하였다. 남귀희 제보자는 상여소리는 풍경을 흔들면서 해야 소리가 나온다고 하였다. 임공순 주민이 징을 가져다주며 이것이라도 치면서 하라고 하였고, 또 다른 주민은 소주병에 숟가락을 넣고 하는 것이 좋다는 의견을 제시하기도 하였다. 남귀희 제보자는 징을 치면서 "초경 아뢰오"라고 한 뒤 "나무~에헤~"로 시작했지만 오래도록 안 불렀더니 기억이 나지 않는다며 "관암부터 해야 겠다고 하였다. 마을에서 상여 안 나간 지가 3년 정도 되었다고 한다. 장구반주는 김호준이 맡았다.

관~암~ 아~호~오~오~호~~어~~호호~
오늘 저녁 내가 여그서 놀면

내일은 북망산천으로 가는구나
아호~으~ 관암
관~암~~아~아호~~오~호
사람이 살면은~ 몇 백년 살 줄 알았는데
바로 오늘날 내가 가는구나
아~호~~호~으 관암
관~암~~아~~아호~~오~호

상여 소리(어화널 소리)

자료코드 : 06_06_FOS_20110325_NKS_NGH_0012
조사장소 : 전라남도 담양군 수북면 황금리 황금들노래전수관
조사일시 : 2011.3.25
조 사 자 : 나경수, 서해숙, 이옥희, 편성철, 김자현
제 보 자 : 남귀희, 남, 64세
구연상황 : 관암 소리에 이어 부르는 상여 소리이다. 청중 중에서는 이경소리라고 하는 사람도 있었다. 장구반주는 김호준이 맡았다.

에허허 에헤 에헤~야 어~허허 넘자 어와널
소리를 못 허면 핑경 소리 맞춰서 ○○○ 꽝꽝 ○○○
어~허~허 어허허 어~허허야 어허 넘자 어와널
떴다~ 봐라 저 종지새를 천장 만장 억만장 떴네
어~허~허 어허허 어~허허야 어허 넘자 어와널
북망산천~이 머다~허드니 바로~ 산밖이 북망이로구나
어~허~허 어허허 어~허허야 어허 넘자 어와널

상여 소리(어널 어널 소리)

자료코드 : 06_06_FOS_20110325_NKS_NGH_0013
조사장소 : 전라남도 담양군 수북면 황금리 황금들노래전수관
조사일시 : 2011.3.25
조 사 자 : 나경수, 서해숙, 이옥희, 편성철, 김자현
제 보 자 : 남귀희, 남, 64세
구연상황 : 어화널 소리에 이어 부르는 상여 소리이다. 후렴 부분만 부르고 소리가 안 나온다며 멈추었다. 장구반주는 김호준이 맡았다.

어~널 어~널 허~너~얼 어허널

어~널 어~널 허~너~얼 어허널

소리가 안 나오네.

상여 소리

자료코드 : 06_06_FOS_20110325_NKS_NGH_0014
조사장소 : 전라남도 담양군 수북면 황금리 황금들노래전수관
조사일시 : 2011.3.25
조 사 자 : 나경수, 서해숙, 이옥희, 편성철, 김자현
제 보 자 : 남귀희, 남, 64세
구연상황 : 조사팀이 상여가 빨리 갈 때에는 어떻게 하느냐고 묻자 어널 소리를 변화시킨다고 하였다.

어널 어너얼~

첫소리하고

어너얼~ 어널

요러믄 되아

어~널 어~널 어너얼~ 어널

인자 천천히 갈 때 빨리 갈 때는 쭉 올라가믄 되야. 비탈길 올라갈 때는 소리자체를 새로 한 것이 아니라 편한 소리 인자 느린 소리를 천천히 죽 이어가. 마을에서 상여가 외나무 다리를 건너가기도 했잖아요.

(조사자 : 외나무 다리 건널 때는 소리가 달라지나요?)

어허허 어허허야 어허허 어허 넘자 어와넘

조용하니 천천히 가야하니까 빨리 가면 안 되잖아요. 천천히 조심조심.

집터 다지는 소리

자료코드 : 06_06_FOS_20110325_NKS_NGH_0015
조사장소 : 전라남도 담양군 수북면 황금리 황금들노래전수관
조사일시 : 2011.3.25
조 사 자 : 나경수, 서해숙, 이옥희, 편성철, 김자현
제 보 자 : 남귀희, 남, 64세
구연상황 : 집터를 다질 때 부르는 소리이다. 남귀희 제보자는 어렸을 때 들어보았을 뿐 안 부른지가 오래되어서 기억이 나지 않는다며 부르지 않으려고 했다. 조사팀이 곡이라도 듣도 싶다며 청하자 후렴 부분을 불렀다. 황금리에서는 마을 인근으로 바로 영산강이 흐르기 때문에 저수지를 막는 작업은 하지 않았지만 제방을 막는 작업은 했다고 한다. 하지만 그 때는 돈을 버는 것이 목적이었으므로 노래는 하지 않았다고 한다.

그때도 우리 쪼금만 할 때 했잖아요. 우리 커부니까 그런 것 없었고. 어렸을 때 했던 것 있제.

(조사자 : 우리가 곡을 좀 배우려고요)

곡은 그렇게 했어요.

얼럴럴 상사도야
여기도 넣고 저기도 넣소
얼럴럴 상사도야
가만히 들어서 쾅쾅 두소
얼럴럴 상사도야

그런 식으로 약간 빠른 템포

(조사자 : 그것이 계속 반복되겠네요.)

그러죠 인자 머리가 좋으신 분은 그냥 계속 다른 놈을 저녁내라도 한디 하다보믄 말이 안나오면 한 놈도 또하고.

(조사자 : 그것이 집터다질 때 하는 소리라구요?)

얼럴럴 상사도야
여기도 놓고 저기도 놓소
얼럴럴 상사도야

큰 돌 묶어가지고.

(조사자 : 옛날에 저수지 막고 밀가루 나누어줄 때도 했죠.?)

우리는 저수지는 안 했어도 제방은 했죠. 아줌마들이 여다가 주면 밀가루 하루 일하면 얼마씩 그 당시 밀가루가 얼마나 귀할 때입니까 한포대씩 갖다가 먹기도 하고 그래서 일명 밀가루 방천이라고 그러잖아요. 그때는 그런 데서는 소리가 안 나오죠. 져다가 부리기만 하니까 돈 하나라도 더 벌기 위해서.

지경 다구는 소리

자료코드 : 06_06_FOS_20110325_NKS_NGH_0016

조사장소 : 전라남도 담양군 수북면 황금리 황금들노래전수관
조사일시 : 2011.3.25
조 사 자 : 나경수, 서해숙, 이옥희, 편성철, 김자현
제 보 자 : 남귀희, 남, 64세
구연상황 : 집터 다지는 소리가 끝난 후 보를 막을 때 하는 소리와 이에 관한 설명을 해 주었다.

보막을 때 인자 이케 옛날에 말뚝을 사각으로 쇠말뚝 길게 해서. 큰 쇠뭉치 들어가꼬 열 사람 정도 들어가꼬

어라 들자 어라 들자

그것도 인자 지경다구는 소리거든요.

어라 군자

처음에 인자 바란스 맞추기 위해 했다가

얼럴럴 상사도야 가만히 들어서 쾅쾅 놓소

그래야 인자 푹 들어가니까

삼백근 뭉치가 벌날듯 허네
얼럴럴 상사도야

그렇게 하면 푹 들어가
(조사자 : 소리는 지경다구기 소리와 비슷하네요)
지경다구는 소리는 얼럴럴 상사도야 사설만 그렇게 해서 넣고.

화전놀이

자료코드 : 06_06_FOS_20110325_NKS_NGH_0017
조사장소 : 전라남도 담양군 수북면 황금리 황금들노래전수관
조사일시 : 2011.3.25
조 사 자 : 나경수, 서해숙, 이옥희, 편성철, 김자현
제 보 자 : 남귀희, 남, 64세
구연상황 : 조사팀이 황금리에서는 화전놀이를 어떻게 했느냐고 물었다. 남귀희 제보자는 이 마을에서는 칠월백중과 팔월 추석에 담양 쌍교 밑에 가서 모래찜하고 춤추고 노래하며 놀았다고 한다. 그때 남귀희 제보자가 장구를 많이 쳐주었다고 한다.

거그가 칠월백중 팔월 추석 그때 되면 마을사람들이 전부다 가잖아요.

(조사자 : 거기가 백사장이었죠?)

모래찜하고 나서 뒷풀이로 춤치고 장구치고 굿거리 장단에. 장구를 배운 지가 김동언씨한데 한 2년인가 배우다 말어불었는데 그거 하기 전에도 유행가 부르면 마을에서 그때 당시는 녹음기도 없고 그러니까 노는 것이 타악기잖아요. 아줌마들 놀면 쳐주고 그러면 저하고 있으면 아줌마들이 술 한 잔씩 모여서 드신다구요. 놀다가 내 생각이 나면 쫓아와 얼른 와서 장구 치라고 그렇게 놀고 그랬어요.

등짐 소리

자료코드 : 06_06_FOS_20110325_NKS_NGH_0018
조사장소 : 전라남도 담양군 수북면 황금리 황금들노래전수관
조사일시 : 2011.3.25
조 사 자 : 나경수, 서해숙, 이옥희, 편성철, 김자현
제 보 자 : 남귀희, 남, 64세
구연상황 : 조사팀이 등짐하는 소리를 들어보았는지를 묻자 남귀희 제보자는 영차 영차 하는 소리는 했어도 노래가락은 생각이 나지 않는다고 했다.

(조사자 : 등징하는 소리 들어보셨어요?)

등짐하면서 나락져나르고 이러면서요. 그런 것은 영차 영차 하는 소리만 하제 노래가락은 별로. 영차 영차 하면서 힘이 드니까 그런 것은 내가 들었어도 노래가락은 생각이 안 나네요.

진도 아리랑

자료코드 : 06_06_FOS_20110325_NKS_NGH_0019
조사장소 : 전라남도 담양군 수북면 황금리 황금들노래전수관
조사일시 : 2011.3.25
조 사 자 : 나경수, 서해숙, 이옥희, 편성철, 김자현
제 보 자 : 남귀희, 남, 64세
구연상황 : 놀면서 진도아리랑을 부르는지 묻자 남귀희 제보자는 제보자 세대에는 그런 노래를 불러야 홍이 난다고 했다. 남귀희 제보자가 노래를 시작하자 청중들은 박수를 치며 호응했다.

[놀면서 진도아리랑을 부르면 흥이 난다고 하였다]

아리아리랑 스리스리랑 아라리가 났네 에헤헤헤
아리랑 응응응 아라리가 났네
춥냐 덥냐 내품 안으로 들어라
베개가 높고 낮거든 내품 안으로 들어라
아리아리랑 스리스리랑 아라리가 났네 에헤헤헤
아리랑 응응응 아라리가 났네
가다가 오다가 만나는 임은
손목이 부러져도 나는 못 놓겄네
아리아리랑 스리스리랑 아라리가 났네 에헤헤헤
아리랑 응응응 아라리가 났네

저 달~ 뒤에는 별따라 가고
우리 님 뒤에는 내가 따라 간다
아리아리랑 스리스리랑 아라리가 났네 에헤헤헤
아리랑 응응응 아라리가 났네
문경 세재가 몇고갠가
구부야 구부 구부가 사랑이로구나
아리아리랑 스리스리랑 아라리가 났네 에헤헤헤
아리랑 응응응 아라리가 났네

이런 것은 저녁 내 해도 싫증이 안나

쟁기질 소리

자료코드 : 06_06_FOS_20110325_NKS_NGH_0020
조사장소 : 전라남도 담양군 수북면 황금리 황금들노래전수관
조사일시 : 2011.3.25
조 사 자 : 나경수, 서해숙, 이옥희, 편성철, 김자현
제 보 자 : 남귀희, 남, 64세
구연상황 : 조사팀이 쟁기질 소리를 부탁하자 어렸을 때의 경험을 들려주었다.

이러 자라 자라 자라
와 와 어허 이리 서그라

(조사자 : 그렇게 말로만 하는 건가요?)

자라 자라 자라붙여 가라[웃음]

우리가 어렸을 때 농사를 이케 심하게는 안했거든요 그런데 쟁기질을 그렇게 하고 싶어갖고 막 인자 재종 형님이 우리 논을 간디 소를 쉬라고

세워놓으면 가서 해부러. 쟁기도 뿌러먹기도 하고 그렇게 쟁기를 배웠어요. 처음에 인자 쟁기를 괴가지고 이러 하면 이리 하면 이쪽으로 자라 하면 좌측으로 가잖아요. 이리 이렇게 쭉 땡겨갖고

이리 올라서라 이놈의 소야
자라 자라 자라 워

[설라할 때는]

워워워 허 이놈의 소야 잘 가그라
먼 해찰하냐 부지런히 가자

달개는 식으로 이리 올라서라 옆으로 가면은 그렇게 하면서 쭉 이렇게 가락은 없고 소 부리기가 싹 끝나면 워워 그러면 소가 그대로 스고. 그것도 저 강원도 지방 가면 우리하고 전혀 달라가지고 우리 소가 거그 가면 뭔소리인지 몰라

[청중 웃음]

곡소리

자료코드 : 06_06_FOS_20110325_NKS_NGH_0021
조사장소 : 전라남도 담양군 수북면 황금리 황금들노래전수관
조사일시 : 2011.3.25
조 사 자 : 나경수, 서해숙, 이옥희, 편성철, 김자현
제 보 자 : 남귀희, 남, 64세
구연상황 : 쟁기질하는 소리를 들려 준 후 초상 날 때 곡을 하는 소리도 사람마다 차이가 있다며 구연하였다.

지역마다 그런 걸 보면은 그런 소리도 틀리다는 이 말이에요. 같은 좁

은 땅에도.

(조사자 : 울음소리도 틀려요. 전라도 사람은 육자백이로 울고 경상도 사람은 메나리조로 울고)

그란께 인자 초상날 때 울음도 잘 우는 사람이 있잖아요. 어 어 그냥 우는 것이 아니라

아이고~ 아이고 어머니~ 어머니

그것보다 가락을 넣어서 울음을 잘 우는 사람도 있드라고

[청중 웃음]

물품는 소리

자료코드 : 06_06_FOS_20110325_NKS_NGH_0022
조사장소 : 전라남도 담양군 수북면 황금리 황금들노래전수관
조사일시 : 2011.3.25
조 사 자 : 나경수, 서해숙, 이옥희, 편성철, 김자현
제 보 자 : 남귀희, 남, 64세
구연상황 : 조사팀이 물을 품을 때 하는 소리를 요청하자 제보자의 경우에는 물품는 소리는 직접 해보지는 않았고 다른 사람이 하는 것을 들어보기만 했기 때문에 전부 다 기억이 나지 않는다고 했다. 마을에서 천수답을 경작하는 집들은 물품는 소리를 했다고 한다.

(조사자 : 여기도 전에 가뭄들면 물 많이 품었죠? 물 품는 소리가 구성져요. 여기는 몇 번 품고 한 번 쉬고 그랬어요?)

주로 보면 부부간에 많이 하잖아요. 놉 얻어서 할 수도 없고. 부부간에 하면은 우리 마을에서는 그 양반이 돌아가시고 그 아주머니 현재 생존해 계신데 바로 여기 논이 있어갖고 가물면 물이 안 나오잖아요. 하늘받이. 천수답. 우물을 깊게 파가지고 물 나오게 하고. 여그는 냇갓이 바로 옆이

니까 물은 많이 나오잖아요. 계속 품어요 두레 그걸로.

하나로 둘이요 올라가고 넷이로다 다섯이요
사십이면 오팔 사십 올라가고
올라가면 마흔둘이요

올라갔으니까 마흔둘이잖아요.

백의 절반 올라갔네

허면서 인자 지금도 인자 그 양반 보면 놀리기도 하고. 나는 글 안했는데 마을 사람이

(조사자 : 몇 개까지 하고 쉬시죠?)

체력에 따라 젊은 사람들은 오래 하고 나이드신 분들은 적게 하겠죠만은. 그때 당시 구구법이 무슨 뜻인지 몰랐을텐데 들은 풍월로 해가꼬

오팔사십 백의 절반 올라가요.
어허 백두레 했네.
백개 올라갔네 하고.
다시 하나로구나

(조사자 : 이것을 제대로 하는 사람을 한 번도 보지 못했거든요)

그것을 서서 보지는 않잖아요. 하루 종일 그것을 서서 보지 않죠. 그때 당시 그것을 들을 시간도 없고. 짬도 없고. 한 사람들이나 살아계시면 그 기억이 나가지고 했다고 말하겠지만.

(조사자 : 그 사람은 기억 하실까요?)

그분은 인자 다 돌아가시고 인자 부인은 계신데 아마 기억하실까 모르겠네? 오삼덕 지금도 두레한 것 기억하시까? 거

(청중 : 하실 수 있제. 그 할머니. 그 뭣할라 또 흉내낼라고 왔냐 그럴라고)

풍녀엄마 들어보소 백의 절반 올라가네[웃음]

(조사자 : 아시는데 까지 해주세요)

두레 하나요 두레 둘

사람마다 달라. 세는 방법이 재밌어요. 두레끈은 놈의 것이 끊어져야 되고. 도르깨는 내 것이 부서져야 되고[웃음]

그래야 도르깨 고치면서 쉰다 이거여. 웃음애 소리라도 다 뜻이 있는 말씀이요. 두레끈도 놈의 것이 끊어져야 내것이 떨어지면 묶으니라고 힘들잖아요. 놈의 것이 떨어져야 그것 묶을 동안 나는 쉬고[웃음]

논배미 넘기는 소리

자료코드 : 06_06_FOS_20110325_NKS_NGH_0023
조사장소 : 전라남도 담양군 수북면 황금리 황금들노래전수관
조사일시 : 2011.3.25
조 사 자 : 나경수, 서해숙, 이옥희, 편성철, 김자현
제 보 자 : 남귀희, 남, 64세
구연상황 : 어렸을 때 들었던 모심기나 논매기를 할 때 논배미를 넘길 때 부르는 소리를 구연하였다. 손동작과 몸동작을 하며 그 상황을 표현하였다.

우리 어렸을 때는 들어보면은 그 멀리가다가도 그 소리를 들으면은

우르르르르르 엇뚜르매기여

끝났을 때는 이렇게 소리하고 가다가 인자 다 인자 배미가 완전히 끝났을 때

우르르르르 엇뚜르매기여

끝났다고 소리치면서 웃고 막 그런 거시기가.

호미질도 품앗이

자료코드 : 06_06_FOS_20110325_NKS_NGH_0024
조사장소 : 전라남도 담양군 수북면 황금리 황금들노래전수관
조사일시 : 2011.3.25
조 사 자 : 나경수, 서해숙, 이옥희, 편성철, 김자현
제 보 자 : 남귀희, 남, 64세
구연상황 : 품앗이로 호미질 할 때의 상황에 대한 구술이다.

옛날에는 호미질도 하루종일 품앗이로 하잖아요. 오늘은 우리 것. 내일은 누구 것. 언제가 그렇게 해오다가 언제부턴가는 해장논이라고 그래. 해장논이라고. 아침 새벽 캄캄할 때 일어나가지고 해장에 한 한마지기씩 비어불어. 한마지기씩.

새쫓는 소리

자료코드 : 06_06_FOS_20110325_NKS_NGH_0025
조사장소 : 전라남도 담양군 수북면 황금리 황금들노래전수관
조사일시 : 2011.3.25
조 사 자 : 나경수, 서해숙, 이옥희, 편성철, 김자현
제 보 자 : 남귀희, 남, 64세
구연상황 : 조사팀이 새쫓는 소리에 대해 묻자 구연하였다.

(조사자 : 혹시 새쫓는 소리는 없었을까요?)

우여~ 우여

새쫓는 소리야 우여 우여 소리밖에. 옛날에 새 많이 봤제. 그래갖고 인자 따기총이라고 딱 치면 딱 새 날라가고

(조사자 : 우여 한 번 해 주세요)

우여는

우여~~

그대로.

이놈의 새들아 저리 안 가냐
놈의 논에 가서 놈의 것 먹어라
우여~

산 밑에 가서 이라고. [웃음]

자장가 (1)

자료코드 : 06_06_FOS_20110325_NKS_NGH_0026
조사장소 : 전라남도 담양군 수북면 황금리 황금들노래전수관
조사일시 : 2011.3.25
조 사 자 : 나경수, 서해숙, 이옥희, 편성철, 김자현
제 보 자 : 남귀희, 남, 64세
구연상황 : 조사팀이 자장가 소리를 요청하자 구연하였다.

(조사자 : 옛날에 어머니들 부르던 자장가 기억하세요? 애기들 재울 때)

자장 자장 잘도 잔다
우리 아기 잘도 잔다

울 애기는 꽃밭에 재워주고
놈 애기는 개똥밭에다 재워놓고[웃음]

[청중 웃음]
나도 한 번씩 우리 손주 보면서

자장 자장 자장 자장
우리 애기는 꽃밭에 재워놓고
놈 애기는 개똥밭에.
어 그믄 못쓴디
놈 애기도 걍 꽃밭에다 재워주고

진짜 우리 손주 보면서 그런다니까요

자장가 (2)

자료코드 : 06_06_FOS_20110325_NKS_NGH_0027
조사장소 : 전라남도 담양군 수북면 황금리 황금들노래전수관
조사일시 : 2011.3.25
조 사 자 : 나경수, 서해숙, 이옥희, 편성철, 김자현
제 보 자 : 남귀희, 남, 64세
구연상황 : 자장가를 구연한 후 남귀희 제보자가 자장가를 부르면 손주가 스르르 잠이 든다고 말하였다.

자장가도 아무나 막 못 허잖아요

자장~ 자장~ 자장~ 자장~
우리 애기 잘도 잔다 자장 자장

스르르르 잔다고 우리 손지도. 근게 그것이 어찐가 몰라도 내가 봐주믄

안 운다고 그러드라고. 얼마 지금 귀여운디 지금 보도 못하고 걍. 즈그 외가집에서 키우니까 걍 미치겄그만 걍[웃음]

꿩꿩 장서방

자료코드 : 06_06_FOS_20110325_NKS_NGH_0028
조사장소 : 전라남도 담양군 수북면 황금리 황금들노래전수관
조사일시 : 2011.3.25
조 사 자 : 나경수, 서해숙, 이옥희, 편성철, 김자현
제 보 자 : 남귀희, 남, 64세
구연상황 : 자장가를 부르고 난 후 조사팀이 혹시 꿩노래를 아는지 묻자 먼저 말로 말한 후 노래로 불러주었다.

(조사자 : 다시 한 번 노래처럼 해주세요)

꿩꿩 장서방 뭘 먹고 산가
아들 집서 콩 한섬 딸네집서 콩 한섬
그작 저작 먹고 사네[웃음]

(청중 : 촌말로는 그작 저작인데 그럭 저럭 먹고 사네)

화투 타령

자료코드 : 06_06_FOS_20110325_NKS_NGH_0029
조사장소 : 전라남도 담양군 수북면 황금리 황금들노래전수관
조사일시 : 2011.3.25
조 사 자 : 나경수, 서해숙, 이옥희, 편성철, 김자현
제 보 자 : 남귀희, 남, 64세
구연상황 : 조사팀이 화투타령, 장타령 등 타령을 요청하자 구연하였다.

일월 송학 쓸쓸한 마음
이월 매조에 맺어 놓고
삼월 살구 산란한 마음
사월 흑싸리에 흐트러놓고
오월 난초 나는 나비
유월 목단에 쉬어나 가세
칠월 홍싸리 굳은 내 마음
팔월 공산에 달밝은데
십월 단풍 굳은에 마음
십일월 흑싸리에

잘 안나오네 십월 단풍에 뚝 떨어진다 끝이 난디 그것이. 십일월도 흑싸리. 십이월도 있겄죠. 열두개니까. 오동추야 달은 밝고. 비는 시월단풍에 뚝 떨어진다 거까지만 내가 좀 기억이 난 것 같아요

달강 달강

자료코드 : 06_06_FOS_20110325_NKS_NGH_0030
조사장소 : 전라남도 담양군 수북면 황금리 황금들노래전수관
조사일시 : 2011.3.25
조 사 자 : 나경수, 서해숙, 이옥희, 편성철, 김자현
제 보 자 : 남귀희, 남, 64세
구연상황 : 화투타령이 끝나고 조사팀이 다른 노래를 요청하자 구연하였다. 중간에 가사를 잠깐 헷갈려서인지 바로 연이어서 반복하였다.

달강 달강 서울 가서 밤 한나 줏어다가
옴박 속에 넣놨더니 들랑 날랑
물에 빠진 새앙쥐가 들랑 날랑 다 까먹고

껍닥만 남어서 너고 나고 나나먹은께 꼬습고 만나드라

[청중 박수]

달강 달강 서울 가서 밤 한나 줏어다가
동박 속에 넣놨더니 물에 빠진 새앙쥐가 들랑 날랑 다 까먹고
껍닥만 남아서 너고 나고 나나(나누어) 먹은께 꼬습고 만나드라

다리세기 노래

자료코드 : 06_06_FOS_20110325_NKS_NGH_0031
조사장소 : 전라남도 담양군 수북면 황금리 황금들노래전수관
조사일시 : 2011.3.25
조 사 자 : 나경수, 서해숙, 이옥희, 편성철, 김자현
제 보 자 : 남귀희, 남, 64세
구연상황 : 달강 달강이 끝난 후 조사팀이 다리세기 노래를 요청하자 구연하였다. 임공순 제보자가 몸동작을 하면서 옆에서 거들었다.

(조사자 : 여기서는 다리세기를 어떻게 해요?)

한다리 두다리 열두다리 오끔 조끔 부지땡

(조사자 : 그것도 지역마다 다 다르데요.)

한 다리 두 다리 열두 다리
니기 삼춘 어디갔냐 지장밭에 총노러 갔다
몇말 땄냐 닷말 땄다.
오끔 조끔 부지땡[청중 웃음]

문열기 놀이 노래

자료코드 : 06_06_FOS_20110325_NKS_NGH_0032
조사장소 : 전라남도 담양군 수북면 황금리 황금들노래전수관
조사일시 : 2011.3.25
조 사 자 : 나경수, 서해숙, 이옥희, 편성철, 김자현
제 보 자 : 남귀희, 남, 64세
구연상황 : 조사팀이 마을에서 줄다리기를 했느냐고 묻자 많이 했다고 하면서 마을의 부녀자가 문자야 문열어라 놀이를 했던 상황에 대한 구술을 들려주었다. 임공순 제보자가 노래를 거들었다.

(조사자 : 옛날에 이 마을에 아주 어렸을 때 보름날 같은 때 줄다리기 혹시 안 했어요?)

했어요. 아주 많이 했제. 글고 나는 지금도 잊혀지지 않는게. 아줌마들. 재진이 엄마 알아? 그 재진이 엄마가

문자야 문열어라

지신밟기 같은 것. 진짜 멋있게 했잖아 그. 저녁마다

황금아리랑

자료코드 : 06_06_FOS_20110325_NKS_RDS_0001
조사장소 : 전라남도 담양군 수북면 황금리 황금들노래전수관
조사일시 : 2011.3.25
조 사 자 : 나경수, 서해숙, 이옥희, 편성철, 김자현
제 보 자 : 유동숙, 여, 55세
구연상황 : 들노래보존회 회원인 유동숙이 마을을 홍보하기 위해 진도아리랑을 개사한 곡이다. 황금리 마을의 특징이 반영된 사설로 이루어져 있다. 유동숙은 이 마을 유래를 진도아리랑 후렴을 넣어서 만들었다고 밝히고 노래를 시작했다. 몸을 흔들면서 노래를 불렀다. 장구반주는 남귀희가 맡았다. 부녀회에서 놀러

갈 때나 마을을 찾는 사람들에게 불러준다고 한다.

이 마을 유래를 진도아리랑을 후렴으로 넣어가지고 만들어 봤거든요. 한 번 들어보실래요. 잘 못해도 한 번 들어보세요.

아리아리랑 스리스리랑 아라리가 났네 에헤헤
아리랑 응응응 아라리가 났네
황금 마을은 전우치 마을
황금 대들보가 땅 속에 묻혔다네
아리아리랑 스리스리랑 아라리가 났네 에헤헤
아리랑 응응응 아라리가 났네
황금 마을은 친환경 마을
농약이나 제초제를 절대로 안 쓴다네
아리아리랑 스리스리랑 아라리가 났네 에헤헤
아리랑 응응응 아라리가 났네
황금 마을은 유기농 마을
유기농 토마토 우렁이 쌀도 난다네
아리아리랑 스리스리랑 아라리가 났네 에헤헤
아리랑 응응응 아라리가 났네
황금 마을은 들노래 마을
무형 문화재 마을 이라네
아리아리랑 스리스리랑 아라리가 났네 에헤헤
아리랑 응응응 아라리가 났네
황금 마을은 살기가 좋다네
마을 앞에 영산강은 유유히 흐른다네(청중 : 좋다)
아리아리랑 스리스리랑 아라리가 났네 에헤헤
아리랑 응응응 아라리가 났네

노다 가세 노다나 가세요

저 달이 떴다 지도록 노다가 가세요.

[청중 박수]

제가 지었어요. 우리 부락 오신 분들을 환영하고 홍보하기 위해서 불러 줘요.

고추가

자료코드 : 06_06_MFS_20110325_NKS_NGH_0001
조사장소 : 전라남도 담양군 수북면 황금리 황금들노래전수관
조사일시 : 2011.3.25
조 사 자 : 나경수, 서해숙, 이옥희, 편성철, 김자현
제 보 자 : 남귀희, 남, 64세
구연상황 : 등짐소리에 대한 구연을 마친 후 혼자서 장구를 두드리며 흥얼거리며 구연하였다.

고개 고개 넘어가도 또 한 고개 남았네
넘어가도 넘어가도 끝이 없는 고개길
세상살이가 인생살이가 고추보다 맵~다 매워
사랑하는 정든 님과 둘~이라면
백년이고 천년이고
둘이 둘이 두리 둥실 살아가련만
세상살이가 인생살이가 고추보다 맵다 매워

6. 용면

전라남도 담양군 용면 두장리 두장마을

조사일시 : 2017.1.21

조 사 자 : 나경수, 서해숙, 이옥희, 편성철, 김자현

두장마을 전경

두장마을은 마을의 형태가 곡식을 담아 놓은 두지와 같다 하여 두지동(斗支洞)이라 부르다가 1914년 행정구역 개편 당시 용면에 소속하였으며 이때부터 두장(斗長)마을로 부르게 되었다.

노적봉 기슭에 자리한 두장마을은 조선 선조 때 가선대부 허수의 증손자인 허황이 개척한 것으로 전하고 있다. 원래 입향조 허수는 서울에서 살다가 임란을 피하기 위하여 3형제가 남하였는데, 장형은 전북 남원에

두장마을 전경

두장마을회관에서의 조사 장면

정착하고, 동생은 전남 순천에 정착하였다. 그리고 입향조인 허수는 영주지를 찾고자 방황하다가 우연히 동역골에 있는 와야동을 지나가다 날이 저물어 이 마을에 살고 있던 함몰 최씨 부호장자의 집에서 하룻밤을 자게 되었다. 이때 장자와 대화를 나누면서 허수의 높은 학덕과 품계가 높았던 사람임을 알고 나서 그 마을 글방선생으로 모셨던 것이 연유가 되어 정착하게 되었다.

두장마을은 용면에서 가장 큰 마을이며, 마을사람들은 여느 마을에 비해 윤택한 삶을 살고 있다. 현재 마을은 90여 가구의 200여 명이 살고 있으며, 마을사람들은 논농사를 주로 하면서 축산, 딸기 원예 등을 부업으로 하고 있다.

전라남도 담양군 용면 월계리 월계마을

조사일시 : 2017.1.21
조 사 자 : 나경수, 서해숙, 이옥희, 편성철, 김자현

추월산 줄기로 둘러싸인 월계마을은 형성 시기를 자세히 알 수 없으나 처음 신안송씨 일가가 터를 잡고 살았다고 한다. 이후 1800년경 경주최씨 익충이 추월산 보제암으로 불공을 드리러 다니다가 병풍처럼 둘러쌓인 이곳의 산세를 보고 살기 좋은 곳이라 하여 장성군 북하면에서 이주하여 오늘에 이르고 있다.

마을 주변경치가 달 속의 월계수와 같다하여 월계(月桂)라 했다 한다. 조선시대 말에는 복룡(伏龍), 월계(月桂), 월암(月岩), 신령(新令), 월성(月星), 진수동(進水洞) 등의 마을이 있었으며, 담양호 건설로 일부 마을이 수몰되고 지금은 월계마을과 복룡마을을 합쳐 월계리로 총칭 운영되고 있다.

월계리 뒷산에는 절이 있었다 하며, 지금도 절터가 남아 있으며, 옛 선

비들이 절에 있던 승려들을 멸시하여 절 운영난으로 폐사하였다고 전한다. 마을 앞산에 넓은 바위를 과녁삼아 활쏘기 연습을 하였다 하여 '과녁바위'라 칭하였다 한다.

월계마을은 40여 가구의 100여 명이 살고 있는데, 마을사람들은 논농사를 주업으로 하면서 한봉을 부업으로 하고 있다.

월계마을 전경

▌제보자

서금옥, 여, 1936년생

주 소 지 : 전라남도 담양군 용면 두장리 두장마을 626번지
제보일시 : 2011.1.21
조 사 자 : 나경수, 서해숙, 이옥희, 편성철, 김자현

서금옥 제보자는 두장마을 인근의 지명 유래 전설을 많이 알고 있었다. 창평에 아홉 바우가 있다는 이야기, 상만리의 구름다리, 아기장수 설화, 일제강점기에 추월산에 말뚝을 박은 이야기를 해주셨다. 그 외에도 속신과 관련된 이야기를 여러 편 구연해주셨다. 떡을 잘 익히려면 어떻게 해야 하는지, 구렁이업이 나타나면 어떻게 해야 하는지, 아들태몽은 무엇인지 등이다. 처음 만나는 자리였지만 조사팀을 편하게 대해주셨으며 기억력이 매우 뛰어났다. 나이 알리기를 꺼리셔서 알려 주시지 않았다.

제공 자료 목록
06_06_FOT_20110121_NKS_SKO_0001 창평의 아홉바우
06_06_FOT_20110121_NKS_SKO_0002 삼만리 구름다리
06_06_FOT_20110121_NKS_SKO_0003 두장리는 두지꼴
06_06_FOT_20110121_NKS_SKO_0004 왜놈들이 말뚝박은 추월산
06_06_FOT_20110121_NKS_SKO_0005 호랑이보다 무서운 곶감
06_06_FOT_20110121_NKS_SKO_0006 구렁이업과 흰죽
06_06_FOT_20110121_NKS_SKO_0007 산신령이 데려간 아기장수
06_06_FOT_20110121_NKS_SKO_0008 구렁이를 죽이자 집안이 망하다

06_06_MPN_20110121_NKS_SKO_0001 떡을 잘 익히려면
06_06_MPN_20110121_NKS_SKO_0002 아들 태몽

심봉구, 남, 1928년생

주 소 지 : 전라남도 담양군 용면 월계리 149-20번지
제보일시 : 2011.1.21
조 사 자 : 나경수, 서해숙, 이옥희, 편성철, 김자현

심봉구 제보자는 1928년 전남 장성군 백양사 약수리에서 태어났다. 주민등록에는 1929년으로 등재되었다고 한다. 7살 때 담양군 용면 월계리로 이사했는데 이사온 집은 지금은 추월댐으로 수용되어 수몰되었다. 심상소학교를 졸업하고 약수리로 가서 다시 2년간 학교에 다녔다. 당시 약수리에는 고모가 살고 계셨기 때문이다. 광주사범학교를 졸업하고 3년간 교편 생활을 하였다. 군대생활을 하면서 부인을 만났다. 16년 전에 중풍으로 보훈병원에 입원하였으며 현재에도 거동이 다소 불편하지만 꾸준히 운동을 하면서 건강을 지켜가고 있다. 담양군의 지역 전설을 여러 편 들려주었는데, 김덕령과 김덕령부인의 죽음과 관련된 이야기, 용연동 지명 전설, 추월산과 무등산, 보조국사와 보리암, 전우치의 도깨비 방망이 등이다.

제공 자료 목록
06_06_FOT_20110121_NKS_SBG_0001 김덕령 부인의 자결
06_06_FOT_20110121_NKS_SBG_0002 낙천리 유래
06_06_FOT_20110121_NKS_SBG_0003 용에 관한 지명이 많은 용면
06_06_FOT_20110121_NKS_SBG_0004 용이라는 지명 때문에 댐이 생기다
06_06_FOT_20110121_NKS_SBG_0005 추월산과 무등산
06_06_FOT_20110121_NKS_SBG_0006 보조국사와 보리암
06_06_FOT_20110121_NKS_SBG_0007 전우치의 도깨비 방망이
06_06_FOT_20110121_NKS_SBG_0008 김덕령의 죽음
06_06_FOT_20110121_NKS_SBG_0009 근래에 생긴 석굴

최광원, 남, 1958년생

주 소 지 : 전라남도 담양군 용면 용연리 162번지
제보일시 : 2011.1.21
조 사 자 : 나경수, 서해숙, 이옥희, 편성철, 김자현

최광원 제보자는 담양군 용면 용연리에 거주하고 있다. 언론사의 기자 생활을 하면서 지역의 전설에 대해 관심을 가지게 되었다고 한다. 조사 당일에 최광원 제보자가 용면 월계리에 거주하는 심봉구 제보자의 집을 방문한 이유는 구역예배를 드리기 위해서였다. 현재 월계리와 용연리에는 교회의 목사가 없기 때문에 최광원 제보자가 예배를 인도하는 역할을 맡고 있다. 용연동과 관련된 용소 지명 유래와 분통마을의 형국에 대해서 이야기를 들려주었다.

제공 자료 목록
06_06_FOT_20110121_NKS_CKW_0001 가마골 유래
06_06_FOT_20110121_NKS_CKW_0002 용이 승천하려다 실패한 용소
06_06_FOT_20110121_NKS_CKW_0003 분통마을의 형국

허공, 남, 1921년생

주 소 지 : 전라남도 담양군 용면 두장리 두장마을 626번지
제보일시 : 2011.1.21
조 사 자 : 나경수, 서해숙, 이옥희, 편성철, 김자현

허공 제보자는 두장마을에서 1921년에 태어났다. 일제강점기에 구마모토 농대에 유학을 갔다가 학도병으로 가지 않기 위해 20세에 돌아왔다. 이후 담양군청, 장흥군청, 진도군청 공무원 생활을 하였으며, 담양군 용면 면장을 6년간 역임하였다. 22살에 결

혼하며 6남매(2남 4녀)를 두었다. 담양군 게이트볼 창설에 참여하였으며 게이트볼 심판 1급 자격을 갖고 있다. 봉산면 월산리의 정회원 제보자와 동갑으로 매우 절친한 사이이다. 고령 임에도 기억력이 좋으셔서 다양한 이야기를 들려주셨는데, 김덕령의 죽음, 두지마을 형국, 추월산, 용소, 오방산 기우제, 양천허씨 가문전설, 삼인산 전설 등이다.

제공 자료 목록

06_06_FOT_20110121_NKS_HG_0001 김덕령의 죽음
06_06_FOT_20110121_NKS_HG_0002 두지마을 형국
06_06_FOT_20110121_NKS_HG_0003 추월산은 명당이 아니다
06_06_FOT_20110121_NKS_HG_0004 용이 승천한 용소
06_06_FOT_20110121_NKS_HG_0005 삼인산은 만물지생
06_06_FOT_20110121_NKS_HG_0006 양천허씨 가문에서 정한 규칙
06_06_FOT_20110121_NKS_HG_0007 김해김씨와 허씨가 결혼 안하는이유
06_06_FOT_20110121_NKS_HG_0008 비호재는 호랑이 꼬리
06_06_MPN_20110121_NKS_HG_0001 가마골은 인민군 주둔지
06_06_MPN_20110121_NKS_HG_0002 오방산 기우제

창평의 아홉바우

자료코드 : 06_06_FOT_20110121_NKS_SKO_0001
조사장소 : 전라남도 담양군 용면 두장리 마을회관
조사일시 : 2011.1.21
조 사 자 : 나경수, 서해숙, 이옥희, 편성철, 김자현
제 보 자 : 서금옥, 여, 75세
구연상황 : 조사자들이 허공 제보자를 모시고 이야기를 듣기 위해 마을회관을 찾았다. 그러나 허공 제보자는 읍내 출타 중이었고, 마을회관에 이장을 비롯한 할머니들이 모여 계셨다. 조사자들이 청중들에게 사업 취지를 설명하고 잠시동안 담소를 나누었다. 이어 조사자가 노적봉에 대해서 아는지를 물어보자 제보자가 노적봉은 몰라도 아홉바우는 안다고 하면서 다음의 이야기를 들려주었다.
줄 거 리 : 창평에 아홉바우가 있는데, 평생 한량으로 애미에게 붙어먹고 사는 놈이 떨어져 죽어야 하는 바위라는 말이 전해지고 있다.

(청중 : [여러 사람의 음성이 겹친다] 노적봉 있단 말은 못들었는디. 아홉바우는 있어도. 아홉바우는 있어요.)

(조사자 : 노적봉이예요?)

(조사자 : 어째서 아홉바우래요?)

(청중 1 : 평이 안 좋아.)

(청중 2 : 아홉바우가.)

(청중 1 : 창평 앞 바우.)

(청중 2 : 아홉바우가 평이 안좋았어.)

(조사자 : 평이 안좋아요?)

(청중 : 평이 안좋아.)

(조사자 : 왜 평이 안좋아요?)

(청중 : 아무튼 요 요 요기 좀 들어와.)

"니 애미 붙어먹고 아홉바우가 붙어 떨어질 놈아."

그런게 평이 안 좋다 그러제. [청중 전원 웃는다.] 그니 안좋지. 욕이지 욕이여.

(조사자 : 애미하고 붙어먹는 바위라고?)

응.

"니 애미를 붙어먹고 아홉바우가 떨어질 놈아."

그랬데요. 그런께로 그 평이 안좋다고 하데요. 그래서. [웃는다]

삼만리 구름다리

자료코드 : 06_06_FOT_20110121_NKS_SKO_0002
조사장소 : 전라남도 담양군 용면 두장리 마을회관
조사일시 : 2011.1.21
조 사 자 : 나경수, 서해숙, 이옥희, 편성철, 김자현
제 보 자 : 서금옥, 여, 75세
구연상황 : 아홉바우 이야기를 구연한 뒤 제보자가 산이동 설화를 들어보셨는지 묻자 모르다고 하면서 다음의 이야기를 들려주었다.
줄 거 리 : 일본사람들이 조선사람들을 잡기 위해 삼만리 구름다리까지 왔다는 이야기이다.

구름다리로 간게로 못~ 갔다 어찐게 삼~만리를 구름으로 다리를 걸은데서 가냐고.

왜놈들이 가부렀데야.

왜놈들이. 쩌~ 삼만리 구름다리에서. 삼만리 구름다리 그리야.

왜놈들이 어떤 놈 잡으러 왔는지 모르지. 우리 조선사람들 좋은 사람들 잡으러 왔제라. 고놈 나쁜 놈들이. [제보자가 웃는다]

두장리는 두지꿀

자료코드 : 06_06_FOT_20110121_NKS_SKO_0003
조사장소 : 전라남도 담양군 용면 두장리 마을회관
조사일시 : 2011.1.21
조 사 자 : 나경수, 서해숙, 이옥희, 편성철, 김자현
제 보 자 : 서금옥, 여, 75세
구연상황 : 제보자가 삼만리 구름다리 이야기가 끝나자 노적봉 이야기는 못들었다고 다시 이야기하면서 짤막하게 다음의 이야기를 구연했다.
줄 거 리 : 두장마을 사람들이 뒤주를 놓고 살만큼 부자여서 '두지꼴'이라 불렀다는 이야기이다.

여가 두장리 두지꿀. 두지동 두지꼴이라 그랬어.

(청중 : 예. 여가 두지굴.)

그~전에 두지굴.

(청중 : 머슬 많이 두져 먹었는갑마. [청중들 웃는다])

아니. 두지를 놓고 사는 두지굴. [전원 : 아~]

(조사자 : 부자네.)

그러지이~. 시방 시방은 두지가 없지마는 두지 놓고 살았어. 부자는 두 개 썩(씩) 놓고.

왜놈들이 말뚝 박은 추월산

자료코드 : 06_06_FOT_20110121_NKS_SKO_0004
조사장소 : 전라남도 담양군 용면 두장리 마을회관
조사일시 : 2011.1.21
조 사 자 : 나경수, 서해숙, 이옥희, 편성철, 김자현
제 보 자 : 서금옥, 여, 75세
구연상황 : 앞서 제보자가 부자를 언급하자 조사자가 부자들에 관한 이야기를 물으니 모른다고 했다. 이어서 이 마을 가까이에 있는 추월산에 대해 묻자 다음의 이야

기를 들려주었다. 제보자가 이야기를 구연하는 동안 청중들은 진지하게 이를 듣고 있었다.

줄 거 리 : 일본사람들이 용면에 인물이 나는 것을 두려워해서 추월산 중앙에 말뚝을 박았다는 이야기이다.

(조사자 : 여기 뒤에 산이 추월산이예요?)

추월산. 명산이라요. 거가.

(조사자 : 어째서 명산이래요?)

거가 징그랍게(너무나도) 좋아. 우리 용면 가 큰~사람이 나게 생겼은께. 왜놈들이 거그다 크~은 대 쇠말뚝을 박아부렀다. 가슴에다가.

그래갖고 우리 용면에가 큰사람이 못나온다고.

응. 아조 왜놈들이 나쁜 놈들이제라~.

추월산이 명산이여. 줄에다가 큰~ 말뚝을 박아부렀대요. 쇠망치로.

근게 고놈을 빼야헌디 못찾어.

그 놈들이 박을 미워라고 박았는디 빼게 박것소. 못찾게 박것제.

그래갖고 그런 말을 있었어. 그런디 여그 두장리 그런 사람은 없어라.

호랑이보다 무서운 곶감

자료코드 : 06_06_FOT_20110121_NKS_SKO_0005

조사장소 : 전라남도 담양군 용면 두장리 마을회관

조사일시 : 2011.1.21

조 사 자 : 나경수, 서해숙, 이옥희, 편성철, 김자현

제 보 자 : 서금옥, 여, 75세

구연상황 : 앞서 이야기가 끝나자 조사자들이 준비한 다과를 내놓자 이장님이 청중들에게 이를 나누어 주었다. 청중들은 다과를 먹으면서 마을에 관한 이런 저런 이야기를 나누면서 점차 분위기가 산만해졌다. 이어 조사자가 호랑이와 곶감에 대해서 묻자 제보자가 다음의 이야기를 들려주었다.

줄 거 리 : 아이가 울고 있어서 호랑이가 온다고 해도 계속 울더니 곶감을 주니 울음을

멈추었다. 이를 듣고 있던 호랑이가 곶감이 나보다 무서운 놈이구나 했다는 이야기이다.

응. 그것이 어째 곶감 무서운지 아요?

애가 막 울어. 운게로. 호랭이 온다고 운게. 호랭이 인제. 곶감을 준게로. 곶감이 호랭이보다 더 무섭다고. 호랭이가 저보다,

"더 무서운 놈이다."

고 가부렀다. [전원 웃음]

"아~따! 저놈 곶감이 나보다 더 무서운 놈이구나."

하고 호랭이가 가불더라.

애가 곶감을 준께 그친게(울음을 그치니까). 호랭이 온다고 막 운디. 곶감 준게로.

"곶감 주마."

하고 준게로 그치더래야.

[조사자가 멀리서 질문을 하나 하니까] 응. 그러더래야.

'나보다 더 무섭다.'

글고. 그러고 도망가부렀데야 호랭이가.

'나보다 더 무서울랑가보다.'

하고. [웃는다] 그래서 그런 애기가 낫제 뭐.

구렁이업과 흰죽

자료코드 : 06_06_FOT_20110121_NKS_SKO_0006
조사장소 : 전라남도 담양군 용면 두장리 마을회관
조사일시 : 2011.1.21
조 사 자 : 나경수, 서해숙, 이옥희, 편성철, 김자현
제 보 자 : 서금옥, 여, 75세

구연상황 : 제보자의 떡 이야기에 이어서 조사자가 다시 이무기나 뱀 이야기에 대해 물어보자 다음의 이야기를 구연했다.

줄 거 리 : 집안에 뱀이 나오면 좋은 일이 없으며, 실제 뱀이 나오면 그곳에 죽을 쑤어 놓으면 뱀이 실제 먹는다는 이야기이다.

집안이 망할라믄 나와. 집이 안될라믄 망할라믄 나와.

(청중 : 지금도. 지금도.)

지금도 배암 나오믄 안좋아.

(조사자 : 지금도요. 뭐 실재 뱀 나와갖고 안좋은 적…….)

한~나(전혀) 좋은 일 없어. 배암 나오믄.

(조사자 : 안좋은 일 겪으신 이야기 들어본 적 있어요?)

사램이 죽는단게 누가 죽어도. 비암이 나오믄.

그 비암을 때려 죽이불고 어쩌고. 안죽이도 안좋아.

안죽이도 안좋아. 여하튼 눈에 띄면 안좋아.

[청중이 뱀이 나오면 좋지 않다는 말을 한다] 응. 벌써 안좋을라 한 것이 나와.

(조사자 : 들짐승이 나오면요?)

[고개를 좌우를 흔들면서] 뱀이 나오며는. 뱀이. [청중들이 뱀에 대해서 여러 말을 한다]

(청중 : 그리여. 옛날에는 죽쒀갖고. 그 구랭이가 나오믄 죽쒀갖고 이제 한하고(많이) 떠놓으며는. 고 놈이 사람이 입을 안대고 떠놓으며는 묵고 남은 놈이 있으며는 그걸 사램이 묵어야 한다고 그랬어. 옛날에. 안묵으면[제보자 말과 겹쳐 들리지 않는다])

한하고 떠 놓가니. 솥을. 뱀 길목에다 퍼놓다. 그리면 딱~ 보며는 비암이 할짝할짝 먹는다 해라우.

산신령이 데려간 아기장수

자료코드 : 06_06_FOT_20110121_NKS_SKO_0007
조사장소 : 전라남도 담양군 용면 두장리 마을회관
조사일시 : 2011.1.21
조 사 자 : 나경수, 서해숙, 이옥희, 편성철, 김자현
제 보 자 : 서금옥, 여, 75세
구연상황 : 제보자의 태몽 이야기에 이어 가족들에 관한 이야기가 한참 계속되었다. 조사자가 제보자에게 아기장수에 관한 이야기를 하자 다음의 이야기를 구연했다.
줄 거 리 : 꿈에서 산신령이 약병 두 개를 주며 먹으라고 하였다. 부인이 영감과 나눠먹고 열두달만에 출산하였다. 그러나 아이가 태어나자마자 사라져 모두들 산신령이 데려갔다고 한다. 이는 꿈에서 준 약병을 부인 혼자 먹어야 크게 될 아이를 출산하는데, 나눠먹었기에 사라졌다는 이야기다.

(조사자 : 애기가 태어났는데 겨드랑이에 이렇게 날개가 달려가지고…….)

말은 들었어. 말은 들어봤어라. 뭐 열두달만에 낳갖고 그랬다 안합뎌. 그 사람이 장군이다 안합뎌.

고런 소리만 들었단게.

(조사자 : 그 소리만?)

응. 근디 인자 잉. 그것이 학실히(확실히) 우리가 보던 안했은게 거짓말인가 참말인가는 몰라.

근데 그 애기 엄시(엄마)가 애를 낳는디.

애기를 낳고 본게 애기는 어디로 가불고 없고 병이 두 개가 있더라여. 약병이. 벌건헌 놈 하나. 새파란 놈 하나. 둘이 있더래야.

근디 그 하나버지 말씀 헌 사람이 그 벌건헌 놈 묵고 인자 노란 놈을 묵으라고 하더랴. 약을. 엄시를.

인제 산모에 좋은 약이제이.

근디 고 [언성이 높아지면서] 현실로 있더래. 자고 인나서 본게. 애기는

어디로 가불고 없고. 애기는 낳갖고. 그런 소리는 들었어.

그래갖고 여그가 애기가 날개죽지가 달렸다고 하는……. 근게 크게 될 사람이라고 해싸.

(조사자 : 그 벌거롬한 약을 먹고 좀 한거는요?)

먹고 좋~제. 엄시를. 산모가 먹었어.

그 약을 당신 혼자 안먹고 영감하고 나눠 먹었데야.

좋은 약인가 싶어서 나눠먹었댜. 영감허고. [웃으면서] 그런 이야기는 들었어.

(청중 : 대체로 그런가도 모르제이. 그렇게 좋은 약을 나눠먹어야 하고. 서방하고 반반이 나눠먹을 수도 있지.)

(조사자 : 착하니까 그러죠.)

(청중 : 그러지라.)

(조사자 : 나눠먹은 그 다음에는 어떻게 됐는데요?)

좋았제. 엄씨는 암시랑(아무렇지도) 안했어.

인제 애기를 못봤디야. 그런 말만 들었어.

(조사자 : 안 나눠먹고 다 먹었으면 애기를 좋은 애기를 낳을 것인데.)

열 두달만에 낳았데야.

근게 지금도 애기들 열달 되아서 안나오믄,

"우리 애기는 크게 날~ 크게 될 놈인갑다."

고 할머니들이. 엄마들이. 열 두달만에 낳대. 애기가. 근게 고 날개 생기느니라고 열두달만에 낳는가 몰라.

안 봤은께 몰라. 우리도 인자.

[청중들이 날개달린 아기에 대해 웅성거리면서 이야기를 한다] 인자 고 놈을 어매 눈에 띄믄 소문난게로 나가부렀제.

크게 될 사람이라 근데 안됐제.

산신령이 딜꼬 데꼬 가부렀제. 어디로.

하~나 아프도 않고 암시랑 안태야.(하나도 아프지 않고 아무렇지도 안더라) 애기만 배만 홀~쪽해버렸대야.

그래 영감이 미적~허드래야. 근데 이야기만 들었은께. 우리도 몰라라. 우리가 지키던 일이 아니라.(지켜보던 일이 아니기에)

구렁이를 죽이자 집안이 망하다

자료코드 : 06_06_FOT_20110121_NKS_SKO_0008
조사장소 : 전라남도 담양군 용면 두장리 마을회관
조사일시 : 2011.1.21
조 사 자 : 나경수, 서해숙, 이옥희, 편성철, 김자현
제 보 자 : 서금옥, 여, 75세
구연상황 : 제보자가 업구렁이에 관한 이야기가 끝나자 조사자가 지금도 구렁이가 나오는지를 묻자 다음의 이야기를 들려주었다.
줄 거 리 : 집안 구석 자리에 재가 생기기에 파보니 뱀이 나왔다. 이 뱀을 죽였더니 그 뒤 집안이 망했다는 이야기이다.

(조사자 : 지금도 그러면 요즘같이 신식 집이여도 구렁이가 나온 경우가 있어요?)

나오면 안좋단게. 여튼지. 구랭이가 아니라도 쬐끔한 뱀이라도 나오면 안좋아. 좋던 아니혀.

(조사자 : 아니. 옛날에는 구렁이가 아니 뱀이 세고 셋을(많고 많을) 건데.)

그래도 안나올라믄 안나와.

(청중1 : 뱀이 말도 못하게 나오는데.)

(청중2 : 근데 사람 눈에 안띄어.)

응. 안비어(안보여). 긍게 안좋을라믄 눈에가 띈단게.(청중 전원 : 보일라믄 눈에 띄어.)

(조사자 : 뭐 어느 집이 실제로 구렁이 나와갖고 집이 폭삭 망하고 그랬을까요?)

그런 집이도 있어. 아니.

구석자리에 아직은 재를 안내요. 재를 낸게로. 재를 낸게로는 아 엊저녁 불 땐 놈 구석자리로 재를 낼라고 본게 바짝 따라와.

(조사자 : 누가요?)

고래구멍에 가서. 재가 하~나(가득) 찼어. 흙이. 그래서 포~도시 끄집어 내갖고 보고 떠든께. 그 이튿날 저녁에 또 그러더래. 그러더니 참으로 비암이더래.

비암이 팠어. 비암이.

그래서 고놈을 갖다가 때려 죽이삐렀더만. 근디 그 이튿날 본께 또 그런 비암이 또 나오더라.

인제 암놈 수놈이던가벼. 그래갖고 그 집 망해부렀어.

아저씨가 죽어 부러갖고 그러든매. 그건 실질적이여. 저 용두동서. 용두동.

[청중들이 이야기를 나누고 있다] 저 거시기 용두동이었어. 용두동.

(청중1 : 구렁이 죽 쒀서 묵고 묵은 사람은 누구냐믄~ 조성순이 할머니가 근디 고놈 묵은가 안묵은가 볼라고 내논디야. 그런게.)

쬐~께 손으로 냉게나도 그래 주도 다 묵고 냉기더라대.

(청중1 : 그래갖고 그 산 밑에서 우실네……)

아니여. 고것이 나오면 안좋아.

김덕령 부인의 자결

자료코드 : 06_06_FOT_20110121_NKS_SBG_0001

조사장소 : 전라남도 담양군 용면 월계리 마을회관
조사일시 : 2011.1.21
조 사 자 : 나경수, 서해숙, 이옥희, 편성철, 김자현
제 보 자 : 심봉구, 남, 84세
구연상황 : 앞서 전우치에 관한 이야기 끝나자 조사자가 전우치에 관한 다른 이야기가 있는지를 묻자 더 이상 모르겠다고 했다. 과거에는 많은 것을 들어서 알고 있었는데, 지금은 기억력이 떨어져 예전의 이야기이 잘 생각나지 않는다고 하면서 오히려 미안해 하셨다. 잠시 후에 조사자가 김덕령에 대해 묻자 다음의 이야기를 들려주었다.
줄 거 리 : 김덕령 장군 부인이 추월산으로 피난을 와서 절벽에 떨어져 자결했다는 이야기이다.

금성면이란 거이. 요 앞에 금성산성이란 거이 지금 거 돌을 깍고 있더만.

(조사자 : 예. 머 도깨비가 난 이야기도 좋구요.)

응. 그런데 그런 사람이 거기서 전 전투를 했는데. 부인이.

(조사자 : 김덕령 장군 이야기시죠?)

김덕령 장군 부인이 이리 피난을 왔어.

그래가지고. 요 우에. 추월산을 가므는 김덕령 장군 부인 순 순절비라 하나? 머라고 하나?

비가 아니라 이런 바위에다가 바위에다 그걸 적어놨더라고.

지금 있어요. 그게.

(조사자 : 음. 부인이요?)

(청중 : 응. 부인이 이쪽으로 피난을 오셔가지고 절 바로 옆에 절벽이 있어요. 그 낭떠러지에서 그냥[생각한다].)

(조사자 : 자결을 하신 거예요?)

(청중 : 떨어~ 자결을 하신…….)

(조사자 : 왜 자결을 하신 거예요?)

(청중 : 그니깐 뭐 머 계백장군처럼 계백장군은 자기가 자기 처자를 죽

였는데, 여긴 스스로 잡히면…….)

일 일본사람헌테 잽히믄.

(청중 : 예. 예. 욕을 당할까봐 그.)

(조사자 : 그래가지고 부인 묘소가 이쪽에 있다고요?)

묘소가 아니라.

(청중 : 묘지는 없어요. 그 떨어진 곳.)

(조사자 : 떨어진 장소예요.)

그런 장소다! 그걸 써 놨더라고.

그 순절비라 했던가 머라 했던가.

낙천리 유래

자료코드 : 06_06_FOT_20110121_NKS_SBG_0002
조사장소 : 전라남도 담양군 용면 월계리 마을회관
조사일시 : 2011.1.21
조 사 자 : 나경수, 서해숙, 이옥희, 편성철, 김자현
제 보 자 : 심봉구, 남, 84세
구연상황 : 조사자들은 담양향토문화연구회 이해섭 회장님의 추천을 받아 심봉구 제보자 댁에 미리 전화를 드렸으나 몸이 좋지 않다 하면서 만나는 것을 거절했다. 오전에 두장리에서 조사가 빨리 끝나자 내친 걸음에 제보자를 찾아갔다. 마침 제보자와 교회사람이 방문해 있어서 30여분을 기다리다가 뵐 수 있었다. 다과를 함께 하며 조사의 취지를 설명하자 이를 듣고 있던 최광원 제보자가 앞서 이야기를 연이어 구연한 뒤에 이를 듣고 있던 제보자가 다음 이야기를 들려주었다.
줄 거 리 : 낙천리는 하늘과 같이 안락한 곳이라는 뜻이다.

(청중 : 근데 이쪽에는 낙천리 있잖아요. 낙천리. 낙~ 천~이 한문으로는 거 어떻게 쓰는가 모른데.)

기쁠 낙(樂)자하고, 하늘 천(天)자.

그런게 옛날부터 우리가 낙천리가 뭐라 그럴까? 양반들이 산다 그랬어. [헛기침을 한다] 하늘같이 참 안락한 장소다.

응. 그래가지고 부락이 있었는데. 뭐 그렇게 살지 않았는데 그래.

(청중 : 근데 거기가 지금 물이 차 있고. 청~수리라고 있거든요. 청수리가 댐이 안찼을 때부터 청수리였어요. 근데 지금 물이 아조 마을에 전~ 그 앞에 댐이 막아지고 차가지고 근게. 수~백년 전에 청수리란 마을이 [웃으면서] 있었는데. 거기 물이 없을 때 청수리였어요. 근데 몇 백년 후에 물이 가득 차서…….)

용에 관한 지명이 많은 용면

자료코드 : 06_06_FOT_20110121_NKS_SBG_0003
조사장소 : 전라남도 담양군 용면 월계리 마을회관
조사일시 : 2011.1.21
조 사 자 : 나경수, 서해숙, 이옥희, 편성철, 김자현
제 보 자 : 심봉구, 남, 84세
구연상황 : 앞서 낙천리에 대한 이야기가 끝나자 최광원 제보자가 자리를 뜨려고 하자, 잠시 양해를 구하고서 최광원 제보자의 인적사항을 조사했다. 잠시 후에 조사자가 용면 지명과 관련한 용에 대한 이야기를 물어보니 다음의 이야기를 구연했다.
줄 거 리 : 용면에는 용동, 용평, 용치, 송용촌 등이 용에 관한 지명이 많다는 이야기이다.

그 용이라는 것이 물하고 아조~ 밀접한 관계가 있는 거이 아니요(물과 밀접한 관계가 있는 동물이다)?

그런데 우리 용면 자체가 용면이여. 용면!

그래가지고 담양댐이 인자 저렇게 있으니까. 물을 겁~나게 가지고 있잖아. 지금 현재.

그런데 이 장로님 사시는 동네나 뭐나 전~부 용(龍)자가 붙었어. 용 자.

아까 분통리라 했지마는 용연리라고 돼있어. 원 원이름은. 용.

(청중 : 용 연 자. 못 연(淵)자.)

못 연(淵) 자. 용이 어떤 못에서 산다 그 그런 말인지 어쩐지 알 수 없지만 용연이여.

그러믄 용연리에 귀태가서 같은 용연리 내에 용동 부락이 있어. 용동.

(조사자 : 용동!)

응. 또 용평 부락이 있어. 용평! 거 전~부 다 용(龍) 자가 붙어 있다고. 그래 내가 그 말을 하려고.

또 용치라는 부락이 따로 있어. 용치.

용치! 용 자 허고, 저 재 재라고이.

(청중 : 천치재가 있었어요. 천치재가 있었어 치(峙) 인가뵤이.)

용치라고. 거 용. 용 자 붙은디가 요 쭈~욱 거 다 있어.

용……. 또 송용촌이라고 거가 용동인데. 송용촌이란 것은 도대체 이름 거기다 송용촌이라 붙인……. 초등학교가 거가 있었어요.

지금은 폐교가 되었는~ 폐교라 그렇고. 하여튼 지금은 없어요.

그런데 어린애들이 막 뛰어놀고 그런디. 소용촌이라 되었더라고. 거 딱 알맞게 되었어.

(청중 : 거가 학교가 있을 일을 만무했제. 땜(댐) 남서(놓으면서) 들어갔제. 거가.)

용이라는 지명 때문에 댐이 생기다

자료코드 : 06_06_FOT_20110121_NKS_SBG_0004

조사장소 : 전라남도 담양군 용면 월계리 마을회관

조사일시 : 2011.1.21

조 사 자 : 나경수, 서해숙, 이옥희, 편성철, 김자현
제 보 자 : 심봉구, 남, 84세
구연상황 : 앞서 용면에 관한 이야기가 끝나고 자리를 뜨려고 준비하던 최광원 제보자가 댐에 관한 이야기를 하자 제보자가 다음의 이야기를 구연했다.
줄 거 리 : 용이라는 지명 때문에 용면에 댐이 생겼다는 이야기이다.

그리고 또 아까 청~수를 말해 저 장로님이.

근데 또 물 수(水)자 들어간디가 진수동이라고 있었어요.

(조사자 : 음. 진수동.)

수. 물 수 자고. 지날갈 제(濟) 잔가 그건 모르겠어요. 지나갈 제 잔가.

진수동이라 했었는디. 이것이 수 자가 붙었더라고.

근디 낙~천리~ 아까 말했잖아. [몸이 좋지 않아 목소리를 낮추면서] 거기는 수 자가 없고.

고 쪼금으로 나가면 청수가 아까 말했는데.

글고 그 다음에 인자 아까 거 청수라는 금통리라 그러고. 거기가 용이…….

[기운을 좀 내면서 목소리톤을 높이면서] 용(龍) 자가 많이 있어요.

용 용 자하고 관련이 있어가지고 결국 이 용 그 땜이 생겼다~ 나는 그렇게……

말을 해 왔어요. 내가.

추월산과 무등산

자료코드 : 06_06_FOT_20110121_NKS_SBG_0005
조사장소 : 전라남도 담양군 용면 월계리 마을회관
조사일시 : 2011.1.21
조 사 자 : 나경수, 서해숙, 이옥희, 편성철, 김자현
제 보 자 : 심봉구, 남, 84세

구연상황 : 앞서 이야기가 끝나자 조사자가 추월산에 대해서 물어보자 이어서 다음의 이야기를 들려주었다. 제보자가 몸이 편치 않은데도 성의껏 조사에 임해주었다.
줄 거 리 : 추월산은 부처님이 누워있는 형상이며 무등산은 추월산의 아들 혹은 손자라는 이야기이다.

(조사자 : 어르신 추월산. 추월산에 대해서 해주세요.)

추월산. 내가 그렇지 않아도 지금 아까 장로님이 말씀하셨는데. 머냐. 전설적인 이야기였고.

지금 내가 추월산에 대해 말씀드릴께요.

추월산은 이게. 노령산맥에 제~일 끄트머리에요. 이게.

쩌~기 노령산맥에 이렇게 뻗어오다가 딱 끊겨버렸어. 끈겨버리니까.

저 아까 담양서 올라오는 데에서 일루보므는 이 부처님이 누워있는 형상이예요.

그래 일명 와불산이라고 해요. [조사자 전원 아~]

와불산. 부처님이 누워있다.

근데 오믄서 보믄 틀림없이 부처님이 누워있어.

이러 이러~케 누워있어. 그런 형상을 나타내. 그래 노령산맥에 끝이고.

노령산맥에 끝이면서 한~ 쪼끔 더 뛰어간 것이 무등산이라 이거여.

해서 무등산은 이 추월산에 손자다. 아들이다. 머 그런 말이 있어요. [웃으면서] 나 확인이 안되지마는.

그 말을 듣고 보믄 또 그럴싸해.

그래 이 노령산맥 끝이고. 에~ 추월산에 최고봉은 칠백이십이예요. 해발.

(조사자 : 칠백 이십.)

예. 그런데 그 바위로 순전히 바위로 되어 있거든. 바위로 되있는데.

육백구십칠 고지에 가서 보리암이 있어.

보리암이 육백구십칠 고지에 지점에가 있어요. 그건 내가 잘 알아.

(조사자 : 예. 정확하게 아시네요.)

칠백이십구. 또 최고봉은 최고봉은 거그서 또 한~참 올라가야 되니까. 칠백이십구.

보조국사와 보리암

자료코드 : 06_06_FOT_20110121_NKS_SBG_0006
조사장소 : 전라남도 담양군 용면 월계리 마을회관
조사일시 : 2011.1.21
조 사 자 : 나경수, 서해숙, 이옥희, 편성철, 김자현
제 보 자 : 심봉구, 남, 84세
구연상황 : 앞서 추월산에 관한 이야기가 끝나자 바로 이어서 다음의 이야기를 구연했다. 제보자가 몸이 편치 않은데도 성의껏 조사에 임해주었다.
줄 거 리 : 보조국사가 금강산에 세 개의 종이매를 띄웠는데, 각각 떨어진 곳에 보리암을 세웠다. 그 중에 하나가 추월산의 보리암이며, 나머지는 경상도 남해와 금강산에 있다는 이야기이다.

근데 이 보리암이란 것이 나가 인자 정~확하게 설명은 못하것는데.

우리나라에 보조국사라고 거 저 있었을 있었죠?

보조국사가 어디서 금강산에서든가 종이매 세 개를 만들었데. 종이매.

매로. 아니 종이로 매를 (청중 : 날아다니는 매를 [제보자와 음성이 겹쳤다]) 접었어. 응. 매.

세 개를 만들어서 하늘에 띄웠어.

그래 매가 날라갈꺼 아니여. 날라가서 딱 딱 떨어진 데가 지금 보리암이. 세 개가 있어. [목소리에 힘을 주면서] 우리나라에.

한 개가 어디냐며는 여기에 인자 한 개가 있고.

[잠시 생각을 하다가] 저기 저. 해~ 남해. 경상도 남해에.

(조사자 : 남해 ○○이요?)

아니여. 상 상 뭐 해수욕장이 있는디. 여기가.

(조사자 : 상추? 아니고?)

상 상 상준가 머인가. 하여튼 해수욕 머인가 있어.

근데 거기에 가믄 보리암이 또 하나 있어요.

(조사자 : 예. 있습니다.)

또 하나 어디있냐며는 금강산에가 있다 그래요. 나 거그는 못가봤는데.

근데 보리암이란 것이 한국에 세 개가 있는데. 보조국사가 매를 띄워서 가서 내려 앉은데가 지금 보리암 터라 이 말이여.

보리암이다.

근데 여기에 역~사~ 적으로는 그렇게~ 그거는 확실해. 그거는 확실하는데.

연~대는 내가 잘 몰라. 한 육~백년 조끔 넘었을 거야.

그 동안 이게 세 번인가 소실되었다제.

(조사자 : 보리암이요?)

응. 육이오 때도. 여기 여기만 내가 말하는데.

내가 젊었을 때나 보조. 여기 보리암에 날~마다 올라가다시피하고 놀 놀러다니고 그랬어.

근데 한~ 육~백~년 됐다는 소리를 내가 어렸을 때 들었으니까.

한 칠백년 됐는가 모르겠어.

보조국사 저거를 따져보믄 알제.

전우치의 도깨비 방망이

자료코드 : 06_06_FOT_20110121_NKS_SBG_0007

조사장소 : 전라남도 담양군 용면 월계리 마을회관

조사일시 : 2011.1.21

조 사 자 : 나경수, 서해숙, 이옥희, 편성철, 김자현

제 보 자 : 심봉구, 남, 84세

구연상황 : 앞서 보리암에 관한 이야기가 끝나자 조사자가 전우치에 관한 이야기를 물었다. 그러자 다음의 이야기를 구연했다. 제보자가 몸이 편치 않은데도 성의껏 조사에 임해주었다.

줄 거 리 : 도술을 부리는 전우치가 도깨비 방망이를 던졌는데 수십 리 밖에 떨어졌다는 이야기이다.(제보자가 몸이 불편한 관계로 어느 마을로 떨어졌는지를 기억하지 못하는데, 참고로 수북면 황금리에서는 전우치가 황금기둥을 떨어뜨리고 갔다는 이야기가 전한다.)

전우치는 요 아까~ 거~ 김덕령 장군이 에~ 전투했다는 금성산성.

바로 여기서 쩌~기 보여요. 금성산성이. 거기에 있었는데.

전우치가 머 도~술을 했다던가 그런 말이 있데.

(조사자 : 예. 그런 말이 있어요.)

응. 도술을 했다 그래. 근데……

[잠시 생각을 하다가] 도깨비 방망인가 머신가를 거기에서 던지니까. 그 사람이 얼~마나 기운이 셌던가네(셌는지).

그 도깨비 방망이가 얼마만치 날아갔을 거 아니요?

그게 떨어진 데가 그 머라는데. 잊어부렀어.

그 떨어진 데가 여 담양군 어디엔가 있어요.(전원 : 아~)

응. 예를 들어서.

(조사자 : 도깨비 방망이 떨어진 데가.)

응. 그래서 거기를 뭐라고 하드만 나 잊어부렀딴게. [문 열리는 소리가 들린다]

(조사자 : 어쨌든 금성산성에서 전우치가 도깨비 방망이를 던져서 떨어진.)

응. 그 무거운 것을 던지니까 기운이 얼마나 셌던가 그것이 뭐 몇 십리 밖에 가서 떨어졌다.

그런 말은 내가 들었어. 그런데 그걸 어디 지금 지명을 잘 모르겠어. 잘 몰라. 담양군은 같네(담양군은 맞는데).

그런 것도 있어.

김덕령의 죽음

자료코드 : 06_06_FOT_20110121_NKS_SBG_0008
조사장소 : 전라남도 담양군 용면 월계리 마을회관
조사일시 : 2011.1.21
조 사 자 : 나경수, 서해숙, 이옥희, 편성철, 김자현
제 보 자 : 심봉구, 남, 84세
구연상황 : 앞서 김덕령 장군 부인에 관한 이야기가 끝나자 조사자가 김덕령에 관한 이야기가 없는지를 물었다. 그러자 다음의 이야기를 구연했다.
줄 거 리 : 김덕령 장군이 왜놈들에게 밀려 금성산성에 피난을 와서 그곳에 죽었다는 이야기이다.

(조사자 : 김덕령 장군 부인 말고 김덕령 장군에 대한 이야기는 없나요?)

(조사자 : 어떻게 태어났더라.)

그거는 저~ 광주 가 광주 그 근처에 사실거여.

(조사자 : 성안. 성안. 충효동 성안마을인데요. 혹시 어렸을 때 날개가.)

그건 잘 몰라.

(조사자 : [웃으면서] 날개 달린 아기장수…….)

김덕령 장군이 전투를 하다가 요 여기 요 앞에까지 오셔가지고. 쉽게 말하자믄 밀려왔지.

밀려왔어. 그 당시에. [낮은 목소리로] 세력이 약하니까.

한국군이 쫌 약했던가 어쨌던가. 이 왜놈들한테 밀려왔잖아요.

밀려와가지고 결국은 금성산이라는 산성에 가서 은거를 하면서. 요즘

같으며는 게릴라전이라 그럴까?

그런걸 허신 것 같애요.

그 부인도 거기와 계시다가 그 일본놈들헌테 잡히며는 얼마나 창피스럽고 거 거 능욕을 당할거요.

그러니까 피난을 와서 요 악산. 악산이라 그래. 나~쁜 산이라. 바위덩어린게~. 어디 들어갈디가 없어.

근게 거기 올라와가지고 거기서 순직을 했다.

그래 순~~~ 순절. 순절. 절~교(절개)를 위해서 절~제라 머라 그럴까 그런 것을 했다 그러고.

근래에 생긴 석굴

자료코드 : 06_06_FOT_20110121_NKS_SBG_009
조사장소 : 전라남도 담양군 용면 월계리 마을회관
조사일시 : 2011.1.21
조 사 자 : 나경수, 서해숙, 이옥희, 편성철, 김자현
제 보 자 : 심봉구, 남, 84세
구연상황 : 앞서 김덕령에 관한 이야기에 이어서 다음의 이야기를 구연했다. 제보자가 몸이 편치 않은데도 성의껏 조사에 임해주었다.
줄 거 리 : 스님 한 분이 석굴을 만들기 위해 다이나마이트로 큰 구멍을 만들어 놓았는데, 절을 짓지 못하고 떠났다는 이야기이다.

피난처가 있는데 여기에 살던 스님 한 분이 거기가 보니까 좀[문이 열리고 사람들이 들어온다] 손을 대고 어쩌고 하믄 좋아보인께 거기를 팠어요.

판 것이 뭐 뭘로 팠나믄. 다이나마이트 갖다가 댔어.(조사자 전원 : 아~)

응. 그래가지고 거기 구멍이 지금은 상당히 커. 우리 집만한 정도로.

응. 그런 공간이 있더라고요. 나도 그건 봤는데. 지금도 있어.

근게 고거는 최근에 쉽게 말허지만 몇 십년 전에 한거야. 한. 그 사람에. 그 스님을 알아요.

음~ 그 스님이 그 그 무슨 석굴. 석굴이라 했어. 석굴암을 만든다.

그래갖고 바위 속에다가 암자를 만들라고 했는데. 그 뜻을 이루지 못하고 딴디로. 쉽게 말해서 전근을 갔어. 응.

그 분이 어디 순창가믄 평창사라고 있던가. 그 절로 가 있는데.

어 나보다고 더 못해. 몸이. 말도 잘 못하고. 그런 상태라고. 근데 그런 말을 들었어요.

가마골 유래

자료코드 : 06_06_FOT_20110121_NKS_CKW_0001
조사장소 : 전라남도 담양군 용면 월계리 마을회관
조사일시 : 2011.1.21
조 사 자 : 나경수, 서해숙, 이옥희, 편성철, 김자현
제 보 자 : 최광원, 남, 54세
구연상황 : 조사자들은 담양향토문화연구회 이해섭 회장님의 추천을 받아 심봉구 제보자 댁에 미리 전화를 드렸으나 몸이 좋지 않다 하면서 만나는 것을 거절했다. 오전에 두장리에서 조사가 빨리 끝나자 내친 걸음에 제보자를 찾아갔다. 마침 제보자와 교회사람이 방문해 있어서 30여분을 기다리다가 뵐 수 있었다. 다과를 함께 하며 조사의 취지를 설명하자 이를 듣고 있던 제보자가 다음의 이야기를 구연했다. 제보자는 조사의 취지를 빨리 이해하고 조사를 돕기 위해 다음의 이야기를 구연했다. 제보자는 평소 담양 지역사에 많은 관심을 가지고서 조사자들에게 적극적으로 이야기를 들려주었다.
줄 거 리 : 가마골은 터널 안 전체 지형이 가마와 같다 해서 생긴 이름이라 하며, 혹은 시집갈 때 여자가 타고 가는 가마라 해서 붙여진 이름으로 주변에 치마바위, 족두리바위 등의 여자와 관련된 지명이 많다는 이야기이다.

가마골에 그 가시면 머 그 가마골에 사시는 분이 있어요. 그 분들한테.

저도 인제 그냥 제가 엠비씨(MBC) 리포터를 한 십년 저도 했어요. 그러면서 방송에 몇 번 소개를 하긴 했어요.

제가 직접 카메라 가지고 다니면서. 근데.

그때도 행여 그 지금 전해져 내려온 것이 그 우리 전설~ 가마골 전설하고.

유래는 인제 그 두 가지가 있어요.

가마골에는 지금 원래 가마골이 가마 닮아 가마골이 아니라. 터널 이쪽에 이 안 전~체를 가마골이라고 크게 얘기를 해요.

이쪽에서 가마터가 지금 몇 군데가 있거든요. 지역마다.

근데 가마골에 가며는 저 용추사도 있고 그 집 되있는 터에도 가마골조각 가마 굽는 터에서 가마가 많이 나오는 저 기와 기와같은 거.

응. 그런 그릇들이 그니까 거기가 다~ 가마터였데요.

흙은 여기서 안나오고 아마 다른 곳에서 가져 왔는갑더라고요. 그래서.

원래는 흙이 있어야 가마가 구워지는데. 가마터도 지금 복원해 논(놓은) 것도 있어요. 그래서,

"가마골이다."

그런 얘기가 있고.

인자 거 어떤 사람은,

"타고 가는 가마다."

그래갖고 여자의 형상. 치마바위, 쪽두리바위 뭐 인제 그 그런 결혼에 관련된 그런 인제 그 봉우리들이 많이 있습니다. 지명들이.

거기에 관계돼서 그 가마골이 인제 가마를 들고 가는 가마다 그래갖고 치마바위, 무슨 인자 쪽두리 있잖아요. 그런 얘기들.

(청중 : 흥부가 타고 간 가마.)

예. 예. 근데 그것은 그런 가마의 형상이 있냐? 머 그런 것도 아니 아

니고.

인제 그런 그런 것을 연관해서 그런 지명들이 있기 때문에 인제 신부 신부를 의미하는 쪽에서 인자 가마골이라 하지 않냐.

그렇게 얘기들을. 옛날부터 어른들은 그렇게 하시더라구요.

(청중 : 치마바위는 실질적으로 있잖아.)

예. 치마가 있고. 쪽두리바위도 있고.

(청중 : 쪽두리바위는 난 모르것는데.)

저 안에 가며는 바위가 여러 가지가 있습니다.

용이 승천하려다 실패한 용소

자료코드 : 06_06_FOT_20110121_NKS_CKW_0002
조사장소 : 전라남도 담양군 용면 월계리 마을회관
조사일시 : 2011.1.21
조 사 자 : 나경수, 서해숙, 이옥희, 편성철, 김자현
제 보 자 : 최광원, 남, 54세
구연상황 : 앞서 가마골에 관한 이야기가 끝나자 바로 이어서 다음의 이야기를 구연했다. 제보자는 평소 담양 지역사에 많은 관심을 가지고서 조사자들에게 적극적으로 이야기를 들려주었다.
줄 거 리 : 고을 원님이 가마골 용소에 행차하려 했는데, 꿈속에서 삼일만 기다려달라고 했다. 그러나 원님이 행차하자 삼일 후에 승천하려던 용이 승천을 하지 못하고 떨어졌으며, 원님 역시 피를 토하고 죽었다. 피재골이 용이 떨어진 곳이고, 용소바위에는 용이 꼬리를 쳐서 푹 패여있다는 이야기이다.

(청중 1 : [제보자와 말이 겹친다] 용이 올라가는 용쏘.)

(조사자 : 용이 올라가다가 떨어졌데요?)

(청중 1 : 예. 떨어졌데요.)

(청중 2 : 이무기가 됐지. 이무기. 용은 올라가다가 못올라가버린 거이

(것이) 이무기가 된거이여. 원래. 이무기라는 거는 큰~ 뱀이여.)

(청중 1 : 그래갖고는 거그에 둠벙이 있어요. 둠벙. 용쏘.)

고거는 책자에 있습니다.

군에서 발간된 책자에서 보면.

인자 새로 군수 원님이 부임을 했는데 그 꿈에,

"삼일 정도만 기다려 달라."

인제 그렇게 얘기를 했는데.

근데 군수가 고을원님이 가마골이 제~일 좋고 물이 깨끗하고 그러니까 인자 행차를 해버렀어요.

근께 인제 삼일 후에 승천해야 할 용이 승천을 하다가 승천을 못하고 떨어져서 그 원님도 피를 토하고 죽고 그래갖고 그 피재골로 떨어져가지고.

어~ 피재골이라는 용이 떨어진 장소가 있고.

용이 꼬리를 치고 올라갈라 그랬다고 용쏘 그래갖고 용쏘 바위가 폭~ 패였어요.

그 굴을 통해서 물이 나옵니다. 그래서 용쏘.

(청중 2 : 그 용쏘가 영산강 있죠? [제보자와 말이 겹친다] 전라남도에 발원지예요. 제~일 시발지여. 용 용쏘가. 여가 아까 말씀하신거. 용 잘못 된데가 거기예요.)

분통마을의 형국

자료코드 : 06_06_FOT_20110121_NKS_CKW_0003
조사장소 : 전라남도 담양군 용면 월계리 마을회관
조사일시 : 2011.1.21
조 사 자 : 나경수, 서해숙, 이옥희, 편성철, 김자현
제 보 자 : 최광원, 남, 54세

구연상황 : 앞서 심봉구 제보자가 지명에 관한 이야기가 끝나자 제보자가 자신이 살고 있는 마을이라 하면서 다음의 이야기를 간략하게 구연했다. 제보자는 평소 담양 지역사에 많은 관심을 가지고서 조사자들에게 적극적으로 이야기를 들려주었다.

줄 거 리 : 분통마을의 뒷산은 뱀 형상이고, 정자는 개구리 형상인데, 뱀이 개구리를 잡아먹으려 했으나, 마을 앞이 용의 형상이어서 뱀이 잡아먹지를 못하는 형국이라는 것이다.

우리 마을… 우리 마을도 오시면 인제 그 우리 마을 유래에 대해서는 그 또 마을 어른들이 더 잘 아시더라구요.

무슨 그 마을 형상이 인자 뒷산은 무슨 그 뱀을 형상하고 있고.

정자가 하나 있어요. 가운데. 근데 그 뱀이.

정자가 그 정자가 개구린데 개구리를 이렇게 삼킬려고 하니까 무슨 그 앞에 용 하는. 그 그 형상이 또 산이 옆에 있어요.

그 산이 있어서 [웃으면서] 그걸 못 먹었다고 전해 전해 내려오는 전설이 그런 것들이.

(조사자 : 어르신 마을이 무슨 마을이죠?)

분통리. 분통리

김덕령의 죽음

자료코드 : 06_06_FOT_20110121_NKS_HG_0001
조사장소 : 전라남도 담양군 용면 두장리 마을회관
조사일시 : 2011.1.21
조 사 자 : 나경수, 서해숙, 이옥희, 편성철, 김자현
제 보 자 : 허공, 남, 91세
구연상황 : 서금옥 제보자와 이야기를 나눈 뒤에 조사자들은 마을사람들과 함께 점심을 먹었다. 점심을 먹은 뒤에 차를 마시면서 마을사람들과 이야기를 나누는 동안에 허공 제보자가 마을회관으로 왔다. 제보자에게 도개마을 정회원어르신으

로부터 소개받았다는 말과 함께 조사의 취지를 설명했다. 잠시 후 조사자가 김덕령에 대해서 묻자 다음의 이야기를 간략히 구연했다.
줄 거 리 : 김덕령 장군이 추월산 보리암에서 떨어져 죽었다는 이야기이다.

김덕령? 어. 지금 추월산에서 돌아가셨지.

(조사자 : 추월산에서 돌아가셨어요?)

어. 추월산. 김덕령. 추월산 저 보리암 보림암 가 그 절로 가는 도중에 가서 거 저 위험헌데가 있어요.

사람이 포도시(간신히) 댕긴데가. 거기서 기냥 빠져서 떨어져서 기냥 죽어브렀어. 김덕령.

두지마을 형국

자료코드 : 06_06_FOT_20110121_NKS_HG_0002
조사장소 : 전라남도 담양군 용면 두장리 마을회관
조사일시 : 2011.1.21
조 사 자 : 나경수, 서해숙, 이옥희, 편성철, 김자현
제 보 자 : 허공, 남, 91세
구연상황 : 앞서 제보자가 김덕령의 죽음에 대해서 이야기를 했다. 이어서 조사자가 김덕령과 오누이에 대해 물어보았으나 전혀 모른다고 했다. 잠시 후에 조사자가 이야기를 꺼내기 위해 마을 유래에 대해 물어보니 다음의 이야기를 구연했다.
줄 거 리 : 마을 가까이에 위치한 배가 고픈 쥐가 산에서 쌀을 먹기 위해 내려온 형상이며, 마을은 배형국으로 부자들이 많이 났다는 이야기이다.

으응. 두지 두지동.

(조사자 : 왜 두지동이라 그래요?)

응? 두지. 쌀 두지.

왜그러냐 글믄.

조서. 아침 조(朝) 자. 여~ 쥐 서(鼠) 자가 여가 저 저 산이 있어.

어. 그 산 쥐가 아침에 아침에 내려와가지고 여 저 쌀 묵을라고 배고픈게 여그로 온 거시여.

두장리를 와.

응. 쥐가. 근게 조서 [청중 중에서 한 분이 소란스러운 분위기를 정리하고 있다].

그리고 여그는 본래가 저 또랑 저짝에는 저짝에는 쥐서고. 요짝에는 또랑 요짝에는 무령이. 동네 무령이 빡쥐여 빡주.

(조사자 : 빡쥐? 박쥐?)

아니. 빡~ 주~.

(조사자 : 빡주?)

응. 지금 말허자믄 배가 배를 딱 묶어논는데여.

(조사자 : 아~ 여기가요?)

응. 무령이 그리여. 옛날부터서 흘러나온 말이.

(조사자 : 무령이?)

응. 무령이. 저그 뭐여 형태가. 동네 형태가.

[헛기침을 하고] 근게 똥네(동네(헛기침 후라 발음이 세졌다)) 저짝에 산 밑에는 산 밑에는 동네 터가 별것도 아니고,

또랑 요짝에서 부자가 많이 났어.

(조사자 : 부자가요?)

어. 어.

(조사자 : 어떤 부자가 나왔을까요?)

아~ 어른들이 어른들이 거 굉장히 부자가 많이 났단께.

그래가지고 요~짝에 가믄 요 우게(위에) 쪼끔만 올라가믄 거 저 돌로 거식기 씌워진 저 배가 있어. 돌. 돌 배 끈을 묶어논데가.

(조사자 : 아~ 그래요.)

응. 근게 배형국이여. 근게 집터가 또랑 요짝에 집터가.

배 배에 가서는 사람이 잔 데 가서는 우게가 있고, 가운데가 있고, 밑에가 있고 글안헌가(그렇지 않는가(조사자에게 동의를 구하고 있다)) 배가.

배. 배 요런 배가. 응. 근데 우리 동네 또랑 요짝에가 동네가 요렇게 돼있어.

[바닥에 마을지형을 그리면서] 요 요 또랑 요짝에 요짝에. 그래가지고 여가 여가 밑에. 여가 우게. 여가 가운데.

(조사자 : 어. 글면 여기 마을회관 있는데가 위에가 되나요?)

그렇제. 여가 여가 우에제.

어. 여가 우에여. 그러고 쩌~ 닥집있는데(천연염색집). 닥집이 안왔어. 아까 둘러봤다고. 거가 아래고.

(조사자 : 제일 아래쪽이고.)

주 중간에가 여 거시기 가운데가 거 또 집터가 있고.. 거 집터가 원집터가 자리가 좋은 자리여. 양 양택으로.

옛날에는 그래. 양택으로. 인자 거그서 부자가 났어.

추월산은 명당이 아니다

자료코드 : 06_06_FOT_20110121_NKS_HG_0003
조사장소 : 전라남도 담양군 용면 두장리 마을회관
조사일시 : 2011.1.21
조 사 자 : 나경수, 서해숙, 이옥희, 편성철, 김자현
제 보 자 : 허공, 남, 91세
구연상황 : 마을형국 이야기에 이어 조사자가 만석꾼에 관한 이야기를 묻자 잘 모른다고 했다. 이어서 조사자가 추월산 형국에 대해 물으니 다음의 이야기를 들려주었다. 제보자가 이야기를 하는 동안 청중들은 조용히 이야기를 경청하고 있었다.
줄 거 리 : 추월산은 송장처럼 생겨서 더러우며, 추월산이 보이는 곳은 명당이 아니고 추월산이 보이지 않아야 명당이라는 이야기이다.

더러울 추(醜) 자. 추월산이여.

더러울 추 자여.

다 면. 다 다른 사람들도 다 그렇게 말해요.

(조사자 : 더러워요?)

어. 다른 사람 다 다 다른데서는 추월산이 담양의 주산(主山)인디.

산 중에서도 거그서도 추월산에서 요렇게 흘러 내려와가지고 용면으로도 오고, 금성면으로 담양으로도 오고 그렇게 해서 구성이 되었는디.

다른데 여그서 볼 때는 꼭 죽은 사람 송장마냥이여(송장처럼 생겼어). [조사자 전원 : 아~]

더러울 추 자. 추월산.

여그서 여 여 요렇게 누워서[조사자와 말이 겹친다]

(조사자 : 그래서 더러워요?)

근게 근게 아~조 그렇게 좋지는 않애.

그런게 인제 옛날에 풍수들이 추 추월산 보이는 디다는 명당이 없다 그랬데.

더러운게. 추월산이.

요 근방에 와서 저 명당을 찾고 저 좋은 자리를 쓸 때는 추월산이 안보이는데라야 명당이다 그랬어.

근게 추월산이 보인데는 다 명당이 아니여.

그만큼 추월산이 더러울 추 자 추월산이여.

근디 다른 디서는(데서는) 글안혀. 아조 명(名)주산이여. 담양의 주산이 추월산이여.

담양의 주산이여.

[목소리 톤을 높이면서] 제일 어른이여.

(조사자 : 그니까요. 그래서 그런데 더럽다고 그러네요. 송장같이 생겨서 그런가~.)

송장같이. 요짝에가 대가리. 쩌~짝에가 발.

나도 그런게 지리 관계는 모르지마는 또 그렇게 옛날 그렇게 지금허고는 천지 차이지마는 그렇게 관심을 안가져.

용이 승천한 용소

자료코드 : 06_06_FOT_20110121_NKS_HG_0004
조사장소 : 전라남도 담양군 용면 두장리 마을회관
조사일시 : 2011.1.21
조 사 자 : 나경수, 서해숙, 이옥희, 편성철, 김자현
제 보 자 : 허공, 남, 91세
구연상황 : 앞서 추월산 이야기가 끝나자 조사자가 명당에 관한 이야기를 아는지를 묻자 모른다고 했다. 이어서 용면의 유래에 대해서 물으니 제보자가 다음의 이야기를 들려주었다. 제보자가 이야기를 하는 동안 청중들은 조용히 이야기를 경청하고 있었다.
줄 거 리 : 분통마을에 용이 승천하였다는 용소가 있다는 이야기이다.

용(龍) 자가 많이 들어가.

면도 용. 또 부락도 용 용 자가 들어간 데가 많여.

용평리, 용혈리, 용동 어. 용면 모다 용 자가. 용 용 자가.

(조사자 : 어째서 그렇답니까?)

왜그냐며는 쩌~어 가서 용쏘가 또 있어.

(조사자 : 아~ 용쏘가.)

응. 가마골…….

(조사자 : 저 분통마을 말하죠?)

용쏘가 있어.

거기서 용이 용이 물타고 올라 서울로 올라 하늘로 올라가가지고 거식했다 그래. [기침을 한다] 그래서 거 용쏘여.

이름이 용 쏘.

인제 용쏘에서 [기침을 한다] 사람이 많이 [계속 기침을 한다] 죽은데 [기침을 크게 한번하고 호흡을 한다]

(조사자 1 : 언제요? 언제 죽었어요? 그렇게 많이?)

[기침을 크게 한다] 거시기 저 [목소리가 작아지면서] 방죽이 깊은 게…….

(조사자 : 빠져 죽어요? 가서 죽어요?)

역불로 가 자살한 사람도 있고. 물속에 들어가 자살…….

삼인산은 만물지생

자료코드 : 06_06_FOT_20110121_NKS_HG_0005
조사장소 : 전라남도 담양군 용면 두장리 마을회관
조사일시 : 2011.1.21
조 사 자 : 나경수, 서해숙, 이옥희, 편성철, 김자현
제 보 자 : 허공, 남, 91세
구연상황 : 비호재 이야기가 끝나자 조사자는 다시 담양의 유명한 부자에 대해 물었으나 잘 모른다고 했다. 잠시 후 조사자가 다시 축지법에 대해 들어본 이야기가 있는지를 묻자 이 역시도 잘 모른다고 하셨다. 이어 조사자가 이성계와 삼인산에 대해 아는 바가 있는지를 묻자 잘 모른다고 하면서 다음의 이야기를 들려주었다.
줄 거 리 : 삼인산은 만물지생으로 큰 인물이 나며, 큰 재판소가 생긴다는 이야기이다.

(조사자 : 삼인산. 혹시 이성계 관련 이야기. [제보자가 대답이 없자] 이성계. 이태조.)

응~ 그것은 모르고.

옛날 거 지리에 경험이 많으신 분들이. 에~ 삼인산을 말을 하기를.

삼인산을 옆에서 보나, 앞에서 보나 좋~거든.

필봉으로. 지금 말허자믄 에~ 요렇게 촉빗해가지고(뾰족해가지고) 사람이 서이가(셋이) 요러고 있듯이 밑에가 있고 고 밑에가 있고 삼인산이라.

삼인산이 삼인산이 산이 요로꼬 되있어.

요 밑에가 요로고 요렇게.

삼인산. 그래서 유~명혀.

근디 거그를 삼인산은 저 거 만물지생(萬物之生)이라 그랬어.

삼인산 밑에 가서 양택(陽宅)으로 에~ 큰 인물 큰 부자가 나고 근다고.

근디 거가서 큰 재판소가 생긴다고

(조사자 : 뭐가 생겨요? 재판…….)

재판소. 세 개 재판소.

삼인산하. 삼인산하. 삼인산 밑에 가서 그런 거시기가 있다고 말하고 그러거든.

양택이 있다고. 양택이.

삼인산은 만물지생.

만물지생. 만물이 거그서 살아 난 난다는데.

그만큼 유명혀. 세 개에 재판관이 재판소가 거가 생긴다 그 말이여. 삼인산. 그렇게 산세가 좋아.

근게 담 담양서 보나 광주서 보나 올라옴서 보나 보믄 촉빗허니(뾰족허니) 올라와가지고 삼인산이 기가 맥히게 좋아.

(조사자 : 삼인산을 필봉이라고도 해요?)

응. 응?

(조사자 : 필봉?)

필봉? 필봉이라고 헐 뿐만 아니라. 필봉 밋배나(몇배나) 올라가. 그만큼 좋아. 유명한 산이여.

양천허씨 가문에서 정한 규칙

자료코드 : 06_06_FOT_20110121_NKS_HG_0006
조사장소 : 전라남도 담양군 용면 두장리 마을회관
조사일시 : 2011.1.21
조 사 자 : 나경수, 서해숙, 이옥희, 편성철, 김자현
제 보 자 : 허공, 남, 91세
구연상황 : 앞서 제보자가 면장 재직 중에 있었던 일들을 이야기를 했다. 이어 조사자가 양천허씨가 용면에 들어온 시기를 묻자 이 마을에 처음으로 입성한 성씨는 최씨라고 했다. 다시 이어서 조사자가 제보자의 성명을 염두에 두고 외자를 쓰는 이유에 대해서 물었다. 그러자 제보자가 다음의 이야기를 들려주었다.
줄 거 리 : 양천허씨 가문에서는 모두 정한 바에 따라 정해진 글자를 이름에 넣거나 외자를 쓰고 있다는 이야기이다.

양천허씨 뿐만 아니라 시산이고 저 거시기 저 에~ 김해고 허씨들은 에 이 이십 에~ 삼십세(삼십세손)까지는 한 자로 되아있어.

우게서부터(위에서부터) 국가에서 지정을 했어.

(조사자 : 문중에서?)

"니기들은(너희들은(양천허씨집안)) 한 자로 해라."

그 대신에 금목수화토(金木水火土)로 해서 이름을 진디(짓는데).

(조사자 : 금목수화토!)

어. 금 자 들어가는데. 그 목 자 나 나무 목자 넣 넣어서 이름을 진디. 그래가지고 한 자. 그 그러고 지라고(지으라고) 해서 이십 구세 삼십세까지는(삼십대까지는) 그렇게 해라 그랬어.

(조사자 : 왜요? 왜 삼십세까지는?)

왜 그냐며는 나라에다가 그렇게 공을 많이 세워놔서. 그 공 거시기로 해서 지명을 했어. 옛날로.

(조사자 : 어떤 임금이 그러셨데요?)

응?

(조사자 : 어떤 임금이? 누구 임금이 그랬어요? [생각에 잠긴 제보자를 보면서] 그거는 모르시고?)

그 그 그때 우리 국가 대표 되신 분들이 그렇게 회의를 했어. 우리 어어른들이 그렇게 했는디.

삼십일대손은 일만 만(萬) 자를 너서(넣어서) 어~

"삼십일대를 석 자. 석 자로 해라."

그랬어.

삼 삼십대 손은 일만 만 자. 일만 만 자를 너서 이름을 두 자로 해라. 지금 말해서 성(姓)자까지 해서 석자(세글자)를 해라.

삼십이대 손은 욱(旭) 자. 아홉 구(九) 밑에 날 일(日)한 욱 자.

어. 거그를,

"삼십이대는 그 글자를 넣어서 해라."

고로고 딱딱딱 배게졌어.(정해졌어)

그래서 허씨들이 주로 한 자가 많이 혀.

음. 가사 허련이라던지.

근게 인자 허경만이 도지사 있는 사람이. 순천사람인디.

순천도 양천허씨거든. 근디 거 허경만이도 일만 만 자 써. 삼십일대손이여. 근께 일만 만 자가 들어가지.

김해김씨와 허씨가 결혼 안하는 이유

자료코드 : 06_06_FOT_20110121_NKS_HG_0007
조사장소 : 전라남도 담양군 용면 두장리 마을회관
조사일시 : 2011.1.21
조 사 자 : 나경수, 서해숙, 이옥희, 편성철, 김자현
제 보 자 : 허공, 남, 91세

구연상황 : 앞서 허씨가 외자를 쓰는 이유에 대한 이야기가 끝나자 이어서 다음 이야기를 구연했다.

줄 거 리 : 김수로왕의 둘째 아들에게 어머니인 허황옥의 성씨를 주었기 때문에 모두 같은 집안이므로 결혼하지 않았으나 지금은 옛말이 되었다는 이야기이다.

(조사자 : 양천허씨. 김해허씨들은 김해김씨허고는 결혼을 안해요? 지금도?)

옛날에 말이제.(그것은 옛날 말이다) 지금은 다 히여.

(조사자 : 옛날엔 왜 그랬어요?)

근게 동본. 동성동본은 안헌디. 어쩌다가 보다 요샌 연애를 허고 기냥 헌게.

선자리도 없이 기냥 연애들 허고 어떻게 해가지고 고로 결혼 헌 사람도 안 있는가.

(조사자 : 어떻게 양천허씨하고.)

[조사자 말을 받아서] 김해허고는 틀리제. 김수로왕 할머니가 저 허황옥이 아닌가.

허황옥 할머니.

이. 거그서 아들을 낳. 아들을. 거시기 오형제를 나가지고는(낳아서) 거그서 아들을 한나를(하나를) 저 할머니가 요 요 요쪽으로 하니까.

하나부지가(할아버지가) 김수로왕 하나부지가 아들을 둘째번 아들을 줘가지고,

"너 허가 성씨를 이 잇거라."

그리서 할머니가 요쪽으로 올린게. 김수로왕께서 그것을 승낙했어. 그런께로 허가들도 모두 김해김씨여.

그래서 그런 것이여.

그래서 그거는 옛~날이고.

(조사자 : 옛날이야기고.)

하.(그렇다)

비호재는 호랑이 꼬리

자료코드 : 06_06_FOT_20110121_NKS_HG_0008
조사장소 : 전라남도 담양군 용면 두장리 마을회관
조사일시 : 2011.1.21
조 사 자 : 나경수, 서해숙, 이옥희, 편성철, 김자현
제 보 자 : 허공, 남, 91세
구연상황 : 앞서 허씨 이야기가 끝나자 조사자는 주변 지형과 교통로 등에 대해 물었다. 이어 조사자가 비호재는 옛날에 도적이 많지 않았는가를 물었더니 이에 관한 짧은 이야기를 들려주었다.
줄 거 리 : 비호재는 호랑이 꼬리로, 담양정씨들이 제각을 지어 제를 모셨다는 이야기이다.

비호재라고 비호재라고 헌거시여. 그래 호랭이 그 저 꼬리 꼬리.

(조사자 : 비호재가 비호재가 호랑이 꼬리라구요?)

응. 그래가지고 담양서 정 정씨들 돈 많은 사람들이 거그를 사가지고 거그다 제각을 짓고. 그렇게 제사도 모시고 그랬어.

거 담양고씨들이.

[바로 앞의 말을 정정하면서] 정 정씨들이.

떡을 잘 익히려면

자료코드 : 06_06_MPN_20110121_NKS_SKO_0001
조사장소 : 전라남도 담양군 용면 두장리 마을회관
조사일시 : 2011.1.21
조사장소 : 전라남도 담양군 용면 두장리 마을회관
제 보 자 : 서금옥, 여, 75세
구연상황 : 호랑이 이야기가 끝나자 조사자가 이무기나 뱀 이야기에 대해 물어보았으나 잘 모른다고 했다. 마침 이장이 떡을 내놓자 조사자가 떡에 관한 이야기를 묻자 다음의 이야기를 구연했다.
줄 거 리 : 떡을 잘 익히기 위해 미리 화장실을 다녀오는데, 도중에 가면 떡이 익지 않는다고 하며, 떡이 잘 익도록 물을 떠놓고 비손했다는 이야기이다.

니 화장실에 갔다 오고 오줌 싸고 온 사람은 떡이 안익어.

긍게 화장실에 갔다와서 딱~ 가지말고 떡을 앉혀서 불을 떡을 익화놓고(익혀서) 가야혀. [웃는다]

시방은 기계에다 헌게 그런 법이 없는디 다 그거 미신인디. [옆의 청중들을 보면서] 아~ 그렇소이.

[청중들이 긍정을 표하자] 아~ 글믄 하이고매~ 시리(시루)조차 들썩들썩 익어부려. 뜨드래.

칼도 열 십자로 요렇고 그려놓고 물 떠놓고 빌고 막 그랬어. 그전에 떡허믄. 시방은 인자 기계로 한게 그런 일 없어.

근데 오줌 싸믄 근다했어. 근게,

“오줌을 언능 싸고 오니라. 이제 떡 앉힐렁게.”

그랬어. 할머니들이.

(청중 : 오줌 싸면 불어분다고.)

아 불어버리면 안익어. 불어불믄 여하튼.

(조사자 : 떡이 안익으면 재수없다고 우리 어머니도 떡하믄 그 그 이야기 했어요.)

그리여. 물 떠놓고 지푸락 열 십 자로 놓고 그러고 막 빌어. [웃는다]

아들 태몽

자료코드 : 06_06_MPN_20110121_NKS_SKO_0002
조사장소 : 전라남도 담양군 용면 두장리 마을회관
조사일시 : 2011.1.21
조 사 자 : 나경수, 서해숙, 이옥희, 편성철, 김자현
제 보 자 : 서금옥, 여, 75세
구연상황 : 제보자가 구렁이업 이야기를 한 뒤에 조사자가 가족관계에 대해서 물어보자 자식들에 대해 이야기가 오고갔다. 이어 조사자가 태몽에 대해 물어보니 제보자가 다음의 이야기를 구연했다.
줄 거 리 : 이웃집 남자와 잠자는 꿈을 꾼 뒤에 아들을 낳았다는 등 자식들의 태몽에 관한 이야기이다.

넘의(남의) 남자하고 자비혔어라.(잤다)[전원 웃음]

(조사자 : 남의 남자하고 잤어요.)

응.

(조사자 : 근데 아들꿈이라며.)

근데 우리 아들 낳제. [전원 웃음]

진짜네.

(청중 : 진짜 아들 낳라믄 그런 꿈 꿔.)

넘의 새~ [웃는다] 누구냐믄 [웃으면서] 나 우스워서.

[웃으면서] 서미아버지 도 동건이 [웃음] 생각도 안헌 동건이하고 자고.

아 근게 아적에 늦저녁에 나온게. 동건이가 여그 여 이발소에 간다고

나와라우.

싯채도(셋째도) 고놈 그 사람허고 자불고 나부렀는디(나버렸는데).

(청중 : 둘이 잤는디?)

응. 아이고 내가 그래갖고 내가 우스운거여.

"왜 형수씨 웃어요?" [전원 웃음]

(청중 : 집이는(그대는) 어째 나를 찾소? 허지.)

[웃으면서] 아 그래서 내가 속으로,

'오메 꿈도 맞히기도 허네.'

그랬어.

(조사자 : 글면 딸 낳으면요? 딸 낳을 때는 뭔 꿈 꾸셨어요?)

몰라. 그냥 단 것만 묵고 잡대.

단 것이 묵고 싶대. [청중들이 호박, 가지 등이 딸 낳을 꿈이라고 이야기한다]

소, 고사리.

암놈은 또 여자더만. 고것도. 암 암소는.

(조사자 : 소도 암놈이 보이며는…….)

구랭이는 남자고.

(조사자 : 구랭이는 남자고.)

남자고. 나는 우리 애기들을 보통 아들 다섯 낳네. [웃음]

가마골은 인민군 주둔지

자료코드 : 06_06_MPN_20110121_NKS_HG_0001
조사장소 : 전라남도 담양군 용면 두장리 마을회관
조사일시 : 2011.1.21

조 사 자 : 나경수, 서해숙, 이옥희, 편성철, 김자현
제 보 자 : 허공, 남, 91세
구연상황 : 앞서 용면 유래에 대한 이야기가 끝나자 조사자가 분통마을에 관한 이야기를 물었다. 그러자 한국전쟁 당시의 일이라 하면서 다음의 이야기를 들려주었다.
줄 거 리 : 한국전쟁 당시 인민군들이 가마골에 주둔하면서 인근 마을사람들을 끌고 와서 많이 죽였다는 이야기이다.

거시기 저 지방 폭도들이. 가가 예를 들어서 말허자믄 요 두장리도 저 앞산.

요 두장리 앞산. 거 앞산 밑에다가 산 밑에다가 거시기 거 동네사람들 델꼬 가가지고 총으로 쏴부렀어. 죽인데가. 나도 봤는디.

쩌 저 우리 동네 사람들도 밋히나(몇 명이나) 죽였어.

(조사자 : 누가?)

[목소리 톤이 높아지면서] 지방 폭도들이. 지방사람들이.

어~ 그러고 다른 부락도 어 어 동네 앞에 와서 디 디리다 놓고 기냥 인민지판(인민재판) 한다고 해가지고 그 죽인데도 있고.

용면 가믄 가마골 가마골 거가 본부여. 본부가 거가 있었어.

가마골. 응.

(조사자 : 그 당시 가마골 한 번이라도 가보셨어요?)

가봤는디. 현지는 못가봤제. 현지. 현지 가마골 주둔헌데. 군인들이 주둔헌데.

인민군들이 주둔헌데. 거그는 못가봤제.

(조사자 : 그 옛날에 인민군들이 주둔하고 있었나요?)

본부랑께. 거가.

그래 거그서 사람들 많이 죽였어. [목소리를 높이면서] 딜꼬(데리고) 가가지고.

하아. [조사자의 말에 수긍한 말]

(조사자 : 여기 마을사람들도 많이 피해보고 그러나요?)

응. 나 사부락 사람들 사면사람들 용면사람들 모다(모두) 딜꼬 가가지고,

운반허고 짐지게 해가지고 같이 가가지고 거기서 죽여분단디. 가마골 가가지고.

가다가 죽여븐 사람들도 많히 있고. 인민군 폭도들이.

[목소리 톤을 높이면서] 그만큼 유명혀. 가마골이.

인제 거그서도 많이 죽었어. 희생 희생자들이 많이 났어.

오방산 기우제

자료코드 : 06_06_MPN_20110121_NKS_HG_0002
조사장소 : 전라남도 담양군 용면 두장리 마을회관
조사일시 : 2011.1.21
조 사 자 : 나경수, 서해숙, 이옥희, 편성철, 김자현
제 보 자 : 허공, 남, 91세
구연상황 : 앞서 가마골 이야기에 이어서 조사자가 과거 이 마을에도 기우제를 모셨는지를 묻자 다음의 이야기를 들려주었다. 제보자가 이야기하는 동안 청중들은 진지하게 경청하고 있었다.
줄 거 리 : 제보자가 50여 년 전 면장 할 당시에 오방산에서 기우제를 모셨다는 이야기이다.

(조사자 : 비안오고 그러며는 거기 가서 혹시 기우제 같은 거 지내지 않았나요?)

아. 기우제 지낸 데는 따로 본 추월산. 추월산 거 봉우리에가 있고.

가마골 같은 데나 용쏘 같은 데는 기우제는 안지내고.

기우제 지낸디가 따로 있어.

(조사자 : 추월산에?)

추월산 오봉산. 거~.

(조사자 : 오봉산 거기 가면 있어요? 뭐 어떻게 생겼어요?)

응?

(조사자 : 어떻게 생겼어요?)

으응. 어떻게 생긴 것이 아니라 한마디로 거 저 헤리콥타(헬리콥터(helicopter) 모냥으로 헤리콥타 거 저 앉글 정도 그 정도로 넓은 디가 있어.

(조사자 : 거기가 오봉산?)

오봉산! 오봉산 옆에. 추월산 가서 다섯 봉이(봉우리가) 있거든. 요렇게 요렇게.

그 중에서 가운디가 오봉산. 이 제일 높은데. [헛기침을 한다]

(조사자 : 우리 어르신께서 면장님 면장을 육년을 하셨는데. 그 육년 할 때 거기 가서 기우제 한 번이라도 지내셨을까요?)

하. [긍정의 대답]

(조사자 : 어떻게 지내시던가요? 한번 언제?)

여 제사 모신디끼혀.

(조사자 : 그때가 언제였었어요? 몇 년 도나~ 기억나세요?)

내가 면장을 오십년 전이요. 지금 면장헌제가(면장을 한지).

7. 월산면

▌조사마을

전라남도 담양군 월산면 월산리 도개마을

조사일시 : 2010.12.18, 2011.1.14.
조 사 자 : 나경수, 서해숙, 이옥희, 편성철, 김자현

도개마을은 1905년에 형성되었다. 마을 형성 당시에는 월고지리(月古之里)에 속하였고, 1914년 행정구역 개편시는 동산리로 불리었다. 1595년 마을 중앙에 있는 또개샘에서 연유하여 도의심을 앙양하자는 도(道)자와 개척정신을 불러일으키자는 개(開)자를 합하여 도개(道開)마을이라 하였다.

도개마을은 1900년까지는 황무지로 가시덩쿨 밭인데, 1905년경 곡성에 살던 밀양박씨가 월산면의 중앙에 위치하고 비산비야(非山非野)로 평탄한 지형이라 앞으로 살기 좋은 곳이 된다 하여 이곳에 한의생 개업을 하였고, 1915년경 보성선씨가 보성에서 이곳으로 이사해 물구십리 넓은 들을 바라보며 농사를 시작했고 진돗개 여러 마리를 다리고 사냥을 했으며, 1935년경 연안김씨가 양잠을 하려고 넓은 황무지를 개간하여 뽕밭을 만들었으며, 1948년 하동정씨가 전원농촌으로 가꾸고자 밭에 집을 지었다. 1950년 이후부터 여러 성씨가 모여들어 집촌을 이루게 되었다.

인구가 차차 늘어나면서 산발적으로 집을 지으니 앞으로는 지개가 아닌 대형 트럭이 집집마다 들어가야 할터인데 불규칙적으로 집을 지어 도로가 협소하고 꾸불꾸붂하여 못쓰겠다고 마을 자체적으로 마을 안길을 넓히고 곧게 만들었다.

마을의 공용시설로는 마을회관, 창고, 경로당이 있고, 주요 산업은 농업과 축산업 그리고 딸기, 버섯 등의 과수를 재배하고 있다.

도개마을 전경

도개마을회관에서의 조사 장면

▌제보자

정회원, 남, 1922년생

주 소 지 : 전라남도 담양군 월산면 월산리 466번지
제보일시 : 2010.12.18, 2011.1.14
조 사 자 : 나경수, 서해숙, 이옥희, 편성철, 김자현

정회원(鄭會元)은 담양군 향토사학자로 널리 알려진 이해섭회장이 추천해준 제보자이다. 고령임에도 총총한 기억력과 쩌렁쩌렁 울리는 음성으로 도개마을의 역사와 설화에 대해 다양한 이야기를 들려주셨다. 이야기거리도 풍부하고 이야기 구연 능력도 매우 뛰어난 제보자였기 때문에 조사팀이 정회원 제보자를 만나기 위해 마을을 3번 연달아 방문할 정도였다. 제공한 자료는 설화 43편, 경험담 11편인데 모두 매우 긴 이야기이며 설화의 경우에도 서사를 갖추고 있다. 3번의 조사 후에도 이야기거리가 많이 남아있다고 판단되었지만 조사팀의 방문과 긴 시간의 인터뷰가 정회원 제보자의 건강을 해칠 수도 있다는 우려가 있었기 때문에 부득이하게 조사를 끝냈다.

정회원은 1921년에 담양군 월산면 동산리에서 태어났는데, 주민등록에는 1922년생으로 되어 있다. 담양동공립보통학교를 우수한 성적으로 졸업하였으나 일제강점기라는 시대적 제한 속에서 상급학교를 진학하지 못했다. 만주에서 몇 년을 보낸 후에 다시 고향으로 돌아왔다. 19세인 1939년에 혼인하여 1942년부터 면서기를 시작하였으며 민선 면장을 두 차례 역임했다. 1960년 새마을운동의 일환으로 '창신계'를 결성해 새마을가꾸

기를 실천하였다. 마을에서 도박 근절과 금주를 결의한 뒤 이를 실천하였으며 마을길 넓히기, 지붕개량 사업, 축산업 등 살기 좋은 마을가꾸기에 청춘의 혼신을 다하였다. 그 공로로 국민훈장 목련장을 수상하였다. 정회원은 목련장 수상을 기념하기 위해 본인의 집에 식재한 목련나무가 지금까지도 잘 자라고 있음을 큰 자부심으로 여기고 있다.

정회원은 현재 도개마을 자택에서 큰 아들 내외와 함께 생활하고 있으며 농산물 특허 개발과 신청에 생각을 모으고 있다. 몇 년 전부터는 건강을 위해 날마다 담양읍에 소재한 건강의료기센터와 교회에 나가면서 소일하고 있다.

제공 자료 목록

06_06_FOT_20101218_NKS_JHW_0001 도개마을은 초중반사
06_06_FOT_20101218_NKS_JHW_0002 도개마을 지명 유래
06_06_FOT_20101218_NKS_JHW_0003 김덕령의 추월산 토굴
06_06_FOT_20101218_NKS_JHW_0004 무등산의 정기를 받은 정충신
06_06_FOT_20101218_NKS_JHW_0005 담양은 배형국
06_06_FOT_20101218_NKS_JHW_0006 도개마을은 배형국
06_06_FOT_20101218_NKS_JHW_0007 한국은 누에형국
06_06_FOT_20101218_NKS_JHW_0008 중방리 옥녀봉
06_06_FOT_20101218_NKS_JHW_0009 하동 정씨 순제의 묘
06_06_FOT_20101218_NKS_JHW_0010 가정마을 천석꾼의 몰락
06_06_FOT_20101218_NKS_JHW_0011 이천보가 성장하여 벼슬하기까지
06_06_FOT_20101218_NKS_JHW_0012 이천보의 탄생
06_06_FOT_20101218_NKS_JHW_0013 도개마을 인근의 지명 유래
06_06_FOT_20101218_NKS_JHW_0014 아버지 부고를 받고 가는 김덕령
06_06_FOT_20101218_NKS_JHW_0015 신출귀몰한 김덕령
06_06_FOT_20101218_NKS_JHW_0016 김덕령과 누나의 겨루기
06_06_FOT_20101218_NKS_JHW_0017 김덕령과 씨름판
06_06_FOT_20101218_NKS_JHW_0018 김덕령의 죽음
06_06_FOT_20110114_NKS_JHW_0001 이천보의 생애
06_06_FOT_20110114_NKS_JHW_0002 이부상서가 난 묘자리

06_06_FOT_20110114_NKS_JHW_0003 예견된 박정희대통령의 죽음
06_06_FOT_20110114_NKS_JHW_0004 김대중 대통령의 당선 예견
06_06_FOT_20110114_NKS_JHW_0005 정감록의 예언
06_06_FOT_20110114_NKS_JHW_0006 김덕령 장군의 신이한 행적
06_06_FOT_20110114_NKS_JHW_0007 용면 유래
06_06_FOT_20110114_NKS_JHW_0008 강강도술래의 유래
06_06_FOT_20110114_NKS_JHW_0009 바보와 엽전 세닙
06_06_FOT_20110114_NKS_JHW_0010 추월산의 김덕령 요새
06_06_FOT_20110114_NKS_JHW_0011 이여송이 맥을 자른 칼고개
06_06_FOT_20110114_NKS_JHW_0012 율곡의 유언에 따라 물리친 이여송
06_06_FOT_20110114_NKS_JHW_0013 이성계와 삼인산
06_06_FOT_20110114_NKS_JHW_0014 남대문에 암시된 조선의 멸망
06_06_FOT_20110114_NKS_JHW_0015 이성계와 무학대사
06_06_FOT_20110114_NKS_JHW_0016 도깨비는 대빗자루
06_06_FOT_20110114_NKS_JHW_0017 도마산 유래
06_06_FOT_20110114_NKS_JHW_0018 초중반사의 터
06_06_FOT_20110114_NKS_JHW_0019 다섯 장군이 나온다는 오장산
06_06_FOT_20110114_NKS_JHW_0020 애마회두 명당터
06_06_FOT_20110114_NKS_JHW_0021 군수동의 명당자리
06_06_FOT_20110114_NKS_JHW_0022 박정희집안 명당
06_06_FOT_20110114_NKS_JHW_0023 오성대감의 지혜
06_06_FOT_20110114_NKS_JHW_0024 오성을 이긴 한음부인
06_06_FOT_20110114_NKS_JHW_0025 사돈 오면 뱀을 잡는다
06_06_MPN_20101218_NKS_JHW_0001 도개마을의 새마을사업
06_06_MPN_20101218_NKS_JHW_0002 면장과 창신계
06_06_MPN_20101218_NKS_JHW_0003 상수원 유치 과정
06_06_MPN_20101218_NKS_JHW_0004 도개마을의 영농사업
06_06_MPN_20101218_NKS_JHW_0005 도개마을이 형성되기까지
06_06_MPN_20101218_NKS_JHW_0006 영농사업과 새마을 훈장
06_06_MPN_20101218_NKS_JHW_0007 새마을사업과 박정희
06_06_MPN_20110114_NKS_JHW_0001 정회원의 생애담
06_06_MPN_20110114_NKS_JHW_0002 해방될 무렵
06_06_MPN_20110114_NKS_JHW_0003 한국전쟁 당시 경험담
06_06_MPN_20110114_NKS_JHW_0004 남자에게 필요한 것

도개마을은 초중반사

자료코드 : 06_06_FOT_20101218_NKS_JHW_0001
조사장소 : 전라남도 담양군 월산면 월산리 도개마을 마을회관
조사일시 : 2010.12.8
조 사 자 : 나경수, 서해숙, 이옥희, 편성철, 김자현
제 보 자 : 정회원, 남, 90세
구연상황 : 제보자는 담양향토문화연구회 이해섭회장이 추천하신 분으로, 조사하기 앞서 미리 전화를 드려 약속을 정했으나 조사자들이 늦게 도착하는 바람에 길이 엇갈렸다. 조사자들이 부랴부랴 버스정류장으로 가서 모시고 마을회관으로 들어갔다. 마침 마을 어르신들이 나오셔서 담소를 나누고 있었다. 마을분들이 모두 모인 자리에서 조사의 취지를 설명했다. 처음에는 조사자들이 문화유적 답사하러 온 것으로 잘못 이해하고 5만분의 1 지도가 있으면 쉽게 설명해줄 수 있다고 했다. 이에 조사자가 다시한번 조사 취지를 설명하자 제보자가 그럼 '무엇을 이야기할까' 라고 운을 떼면서 마을 지형에 관한 이야기를 시작했다.
줄 거 리 : 도개마을은 『정감록』 비기에 나오는 초중반사(草中盤巳)로 풍수가들이 많이 찾은 곳이라는 이야기이다.

여그가(헛기침) 초중반사요.

(조사자 : 초중반사.)

예. 그러믄 초중반사를 『정감록』 비기에서 나온딘디.

어떻게 한문으로 써났으며는 무신지(무엇인지) 안디.

기냥 전허기만 초중반사라 전해 와나서 머신지를 모릅니다.

그러믄 초중반사가 세 질로 둘둘둘 헙니다.

[헛기침 하듯이]응~ 첫째~ 인자 글자 그대로 응~ 풀 가운데 세린 뱀

(조사자 : 풀 가운데~)

세린 뱀.

(조사자 : 사린 뱀.)

예. 또 한나는 초중뜰에 절반 질.

[확인하듯이] 예! 초중뜰에 절반 질.

또 한나는 옛날 응~ 결혼식 대례 마당에 소나무, 대나무를 세워가지고 여그따 오색실을 아른거린 것 보고 초중반사! 그럽니다.

응~ 그래서 세 가지로 분류를 히서 풍수들이 많~이 찾은 곳입니다. 여그를.

(조사자 : 여기를요?)

예. 그래서 아주 유명헌 곳입니다.

그러면 경상도 경주가 신라 도읍터 아닙니까!

여그가 거기보담 국이 조금 작제 거그와 비슷허니 생겼다 그런 애깁니다.

(조사자 : 경주하고요~)

예~ 그래서 여그『정감록』비결에 머라고 나왔는고 하며는 '추월산 하 십리허에~' 기록을 허실라요?

(조사자 : 녹음되고 있습니다.)

오~(긍정의 표현) 그럽니까. 추월산하 십리허에 대로가 사관하고 예~ 큰 질이 아~ 여 서울 가는 길이 동서남북으로 있습니다.

(조사자 : 아! 여기가요.)

예. 대로가 사관하고 서출동유수하며 초중반사다.

(조사자 : 초중반사다.)

예. 그래서 찾는 손님들이 많습니다.

왜정 때에 요~렇게 갓을 쓴 양반이 니(네) 양반이 와가지고 동서남북으로 요렇게 서서 신호를 히가면서 요렇게 찾고 있든 지관이고.

또 내가 왜정 때 저그서 요리 오니까 어떤 영감이 땅에서 머슬 집어 넣어요.

그래서 아마 쇠를 넣은갑다 싶어서,

"어르신 인자 막상 먼 쇠를 넣으셨죠?" 그런께.

"[웃으면서] 아니~." 잉~ 그래서,

"아니 넣셨으며는 조깨 가르쳐 주쇼."

그랬더니 내가 꼬치꼬치 물어싼게 쬐~께 이게 배울라고 한갑다 싶은게.

"여가 인자 막상 경주와 같다. [확인하듯이] 어~. 국이 작아서 그러제 경주와 같다."

응~ 그런 애기를 허면서. 좌우간 그러믄 이 마을이 나는 초중반사다 그래요.

도개마을의 또개샘

자료코드 : 06_06_FOT_20101218_NKS_JHW_0002
조사장소 : 전라남도 담양군 월산면 월산리 도개마을 마을회관
조사일시 : 2010.12.8
조 사 자 : 나경수, 서해숙, 이옥희, 편성철, 김자현
제 보 자 : 정회원, 남, 90세
구연상황 : 앞서 제보자 인적사항을 조사하다가 제보자의 이야기가 시작되어 미처 조사하지 못한 인적사항을 조사했다. 옆에 앉은 청중이 제보자와 함께 마을에 들어왔다는 이야기를 했다. 이어 조사자가 이야기를 이끌어내기 위해 마을 지명에 대해 재차 물어보자 다음 이야기를 구연했다.
줄 거 리 : 마을에 또개샘이 있었는데 샘물이 겨울에는 따뜻하고 여름에는 시원했다. 그래서 그 샘으로 인해 도개마을이라 명명하였다는 이야기이다.

(조사자 : 그 도개라는 이름은 어떻게 지으셨는지?)

그래서 또개새암을 본따기도 허고.

(조사자 : 또개샘. 또개샘.)

예. 또개새암. 그러고. 도리심을 앙양(昂揚)했어. 도리심을 앙양했어.
"개발 정신을 유발허자. 그리서 도개라 명명허자."
응. 그랬습니다.
(조사자 : 그 저기 왜 도…)
(조사자 : 또개샘은 왜 이름이 또개샘이예요?)
또개새암이 어디서 그런지는 몰라요. 이름이 또개새암인디.
아까 말헌바와 같이 겨울에는 따숩고. 여름에는 시원허고.
(조사자 : 아까 신랑…저기 있다는데.)
신랑봉?
(조사자 : 신랑봉에 있다는 약수터가 또개샘인가요?)
아니요. 여가 있었는디. 여가 있었는디. 왜 지금은 없어졌는고? 그렇게 좋는 새암이.
없어졌는 고이는 요새 심층 수도를 안 파부리요. [트림을 한다] 그런게.
이 또개새암은 칠년 되았는데도 마르지 않았던. 아조 좋은 새암인디.
아 기냥 심층 수도를 박아버린게. 아 물이 오히려 고리 따라들어가버리요.
(조사자 : 음. 그러죠.)
그리서 못씨게(못쓰게) 생기서 거그따가 인자 정자를 지었소. 정자.
또개새암을 맥히브리고 정자를 지었어.
정자 좋게 지어놨소이.
(조사자 : 또개샘이 옛날에는 겨울에는 따숩고…)
여름에는 시원헌게. 땀때기 새암. 여름에는. 겨울에는 온천맹키로. 아 지금 요러케 추울 때게도 가서 묘욕(목욕)을 허므는 요~렇게 생겼어. 새암이.
요~러~케 한 질 이상 높아가지고 요~러케 생깄어.
근게 할~딱 벗고 들어가서 목욕을 해도 안추와요.

(조사자 : 또개샘은 어디에가 있어요? 신랑봉에.)

여그 여 밭. 밭. 바로 옆에가. 바로 여가 있어요. 여그따가 정자를 지었단게요. 지금.

[웃으면서] 정자 가서 사진 찍어보쇼. 근~사하제. 고럼 문을 문을 열어줘야제. 사진 찍을라믄.

(조사자 : 어르신. 또개샘에 전해오는 이야기 같은 거 없어요? 옛날에 누가 와서 물을 떠먹었다더라 든가.)

아 그런께. 거그서 물을 먹으므는 환자가 낫고.

(조사자 : 또개샘도?)

예. 또개샘도 환자가 낫고. 아까 에~ 똘을 치므는 가뭄에도 비가 오고.

(조사자 : 아~ 또개샘에 똘을 치며는 가뭄에 비가 오구요.)

예. 그렇게 좋은 새암인디 갖다 기냥 없애부렀어.

김덕령의 추월산 토굴

자료코드 : 06_06_FOT_20101218_NKS_JHW_0003
조사장소 : 전라남도 담양군 월산면 월산리 도개마을 마을회관
조사일시 : 2010.12.8
조 사 자 : 나경수, 서해숙, 이옥희, 편성철, 김자현
제 보 자 : 정회원, 남, 90세
구연상황 : 조사자는 제보자와 함께 마을 근처 식당에서 점심을 했다. 그리고 돌아오는 차안에서 제보자가 김덕령에 관한 이야기를 들려주었다. 다시 마을회관으로 돌아와 조사 장비를 갖추고서 조사자가 김덕령에 관한 이야기를 다시 해줄 것을 부탁드리자 다음 이야기를 구연했다.
줄 거 리 : 김덕령 장군이 추월산 상봉에 토굴에 기거하였고, 신랑봉에서 내려온 자리가 말굽자리, 담뱃대 놓은 자리가 있다는 이야기이다.

(조사자 : 어디 김덕령 장군 이야기부터 한번 해주시지요.)

저 추월산에 인자 여그서 여그서 올라가기 조깨 사납습니다. 저~어 용면으로 히서 도량으로 올라가요.

도량으로 올라가가지고 거그서 추월산 상봉으로 올라갑니다. 요러게.

올라가서 요~리 요렇게 내리가믄 사람 한나(한명) 갈 자리만 있어요. 요러게.

그러니까 김덕령 장군이 왔다갔다 허면서 금성산성으로 갔다가 여 신랑봉으로 왔다가.

요~리 건너뛰믄 신랑봉. 요~리 건너뛰믄 금성산성. 그리 갔다왔다허믄서 적을 물리치는 장손디(장소인데).

요~렇게 가가지고 딱 허니 한 질이(길이) 딱아져가지고 한나뿐이 못내리간디.

거그를 조매 조 한나 딱 서므는 여가 낭떠러집니다. 그런게 혼자 가서는 안돼.

서이(셋이) 이상 가가지고 끈을 미리서 야물딱지게 준비히가지고 가서 한나가 잡고 내리가요. 요놈을.

내리가서 다음 사람이 요~리 받쳐주고 가고. 다음 사람이 요~리 받쳐주고 가요. 한나만 요렇게 가요.

가므는 토굴 속으로 들어갑니다. 바우 속으로.

바우 속으로 요~렇게 들어가믄 하늘로 요~러케 뚫어졌습니다.

그러믄 옛날 새암 아시죠?

독으로 쌓은 새암. 그와 같이 생겼어요. 니(네) 발로 요렇게 요렇게 올라가요.

올라가서. 거 거그서 요렇게 총을 허고 요 요렇게 허고 있으면 어~떤 놈이든지 빵빵~ 빵빵~ 헐 수가 있이 오고 갈디가 없어.

한나만 왔다갔다 헐 수 있게 됐은께.

거그를 김덕령 장군이 진지로 삼었던 것이여.

응. 그러고는 인자 요~리 내려오믄 여그가서 요~마~니한 방 가치 딱 되아있어요. 바우가.

그러믄 요 요그 있다가 꺼죽만 딱 달아버리믄 겨울에도 따땃~허니. 거그서 이불. 요만 두텁게 있으믄. 거그서 자고 그럴 수가 있어.

그러헌 좋은 요새지가 있습니다.

거그서 김덕령 장군이 신랑봉으로 요렇게 훌~딱 와서 내린 자리가. 바우가. 말굽자리, 담뱃대 놓은 자리. 모다 있습니다. 시방.

여 신랑봉 우게가.

그러고 김덕령 장군이 거그서 진을 치고 왜놈들을 죽였다고 허는 비석이 추월산에가 있고.

거그가서 삼각지가 있습니다. 삼각지.

(조사자 : 삼각지. 예.)

어. 거그서 칙량(측량)을 히 내려와야 진짜 칙량이제. 가짜로 여그서 어물쪼물 헌 것은 칙량이 아닙니다.

무등산의 정기를 받은 정충신

자료코드 : 06_06_FOT_20101218_NKS_JHW_0004
조사장소 : 전라남도 담양군 월산면 월산리 도개마을 마을회관
조사일시 : 2010.12.8
조 사 자 : 나경수, 서해숙, 이옥희, 편성철, 김자현
제 보 자 : 정회원, 남, 90세
구연상황 : 앞서 김덕령에 관한 이야기가 끝나자 금남로에 관한 이야기를 이어서 하겠다고 하면서 다음 이야기를 구연했다. 제보자는 연세가 고령임에도 불구하고 긴 시간동안 많은 이야기를 들려주셨는데, 이렇게 열정을 가지고 이야기를 하다 보니 행여 건강을 해치지 않을까 염려스러웠다.
줄 거 리 : 아버지가 무등산이 입안으로 들어오는 꿈을 꾼 뒤에 금남 정충신을 낳았다. 그는 비록 서자였으나 후에 금남군이 되었고 금남로가 그의 호를 딴 것이다.

또 인자 그 옆에 금남로 애기를 헐 거라?

느닷없이 광주애기를 혀고. 월산면 얘기가 아니고.

(조사자 : 그런 이야기를 못 들었어요. 진짜 귀한 이야기를 해주시네요.)

금남은 누군고이는 정충신.

응. 정충신 아버지가 낮잠을 자. 잔게.

아 이 무등산이 번쩍 자뿌라지더니 당신 입으로 쏙 들어가부러.

아 근게 입을 딱 오물고. 마누래헌테 간게.

마누래가 베를 매. 아요?

실을 늘리놓고 풀을 멕인거. 고것 보고 베를 맨다 그리여. 베를 매고 있어.

근게 입을 열어서는 안된게. 찔벅찔벅 그런게.

[웃으면서] 아~ 이. 베 매는 솔 아요? 솔 요렇게 생긴거.

고 놈에다가 풀을 묻혀갖고 이러케 이러케 믹인 것이디.

아 고놈으로 기냥 낯바닥을 문데부린게. 하~ 거 말도 못허고 응~ 헐 수 없이 매월이헌티로 갔어.

기생 매월이헌테.

그리서 매월이가 났어. 응. 매월이가 났는디.

옛날에는 서자는 토방에서 절을 허제. [방바닥을 두드리면서] 여그 와서(방안에서) 절을 못혀게 해라.

응. 아 그런 땐디.

아~ 기생아들이 벼슬이 요러케 요러케 올라간게.

어 대감들이 모다 이뻐다 허것소. 응 미와죽것지마는 엄~청~ 재주가.

아 무등산 정기를 타고 났는디. 얼~매나 훌릉하것소.

아~ 그런게 벼슬이 영의정 우게까지 올라갈라혀.

아 그런게 모다들 시기를 히여.

어느 술자리에서 기생보고,

"너 금남. 머리를 요~리 씨다듬으면서 '나도 언제 일어날꼬' 히봐라."

"하~이~고매. 그러다 나 나 죽이삘라고."

"글안허믄 우리가 너 너 죽이뿐다. 말안허므는."

허 기생이 가만히 생각헌게. 오늘 죽을 팔자여. 히도 죽고. 안히도 죽고.

'어~매. 그러믄 수 만헌디로 붙어야 싶다.'

싶은게. [웃으면서] 헐 수 없이 금남을 요~리 씨다듬으면서,

"나도 언제 일어 일어날꼬."

금남이 모릴 것이요.(기생이 왜 그런 말을 하는지 이미 눈치를 챘다)

'응. 요것들이 시방 개수작을 힌다.' 다 안게,

"야 매월이라야 나같은 놈 낫지. 너는 명월이 아니냐. 어 니까짓 놈이 나같은 놈 나? 하 하[웃음]"

그리뿌린게. 헐 말이 없어져불제. 글안소.

그리서 금남군이여. 임금 군(君) 자.

임금 군 자는 연산군도 군 아니요. 응. 그런게 임금보다 조깨 낮차운 사램이 군인게. 영의정보단 안 높소.

그리서 광주 금남로가 금남군이여.

그리서 충장로, 금남로가 그 두 분 땀세. 충장로 금남로가 생긴 것이여.

담양은 배형국

자료코드 : 06_06_FOT_20101218_NKS_JHW_0005
조사장소 : 전라남도 담양군 월산면 월산리 도개마을 마을회관
조사일시 : 2010.12.8
조 사 자 : 나경수, 서해숙, 이옥희, 편성철, 김자현
제 보 자 : 정회원, 남, 90세

구연상황 : 앞서 정충신에 관한 이야기가 끝나자 김덕령 등이 담양에서 병사를 모아 의병활동을 했다는 이야기를 했다. 그러면서 담양은 보통 고을이 아니라고 말한 뒤에 자연스럽게 담양의 형국에 관한 이야기를 구연했다.

줄 거 리 : 담양은 배형국이므로 살림이 일어나면 담양을 떠나야 하는데, 이유인즉 배는 짐을 너무 많이 실으면 가라앉기 때문이다.

담양이 보통 고을이 아닙니다. [주변에서 청중 핸드폰 벨소리가 들린다]

담양이 보통 고을이 아니여.

(조사자 : 한 번 그 이야기 좀 해주시죠.)

담양도 배형국입니다.

배형국이믄. 배는 짐을 실으믄 떠나야 안 헙니까.

그런디 담양에 국참봉도~ 만석꾼. 정이관도 삼천석꾼. 김행귀씨도 삼천석꾼.

다~ 그대로 앉었다 배가 안 떠나믄 까라앉을 거 아니요.

그리서 고~시랑 허니 기냥 살림이 없어져 부렀어.

(조사자 : 아~ 떠나지 않아서.)

예. 근게 국회내밀은 이러트믄 천석꾼 뿐이 안되았어도. 서울로 떠나가지고 지금 만석꾼 안 되아부렀소.

근게 담양은 배형국인게. 짐을 실으믄 떠나야 헙니다.

도개마을은 배형국

자료코드 : 06_06_FOT_20101218_NKS_JHW_0006
조사장소 : 전라남도 담양군 월산면 월산리 도개마을 마을회관
조사일시 : 2010.12.8
조 사 자 : 나경수, 서해숙, 이옥희, 편성철, 김자현
제 보 자 : 정회원, 남, 90세

구연상황 : 앞서 담양 형국에 관한 이야기가 끝나자 이어서 다음 이야기를 구연했다. 제보자는 연세가 고령임에도 불구하고 긴 시간동안 많은 이야기를 들려주셨는데, 이렇게 열정을 가지고 이야기를 하다 보니 행여 건강을 해치지 않을까 염려스러웠다.

줄 거 리 : 담양과 마찬가지로 도개마을 역시 배형국이라 살림이 차면 떠나야 한다는 이야기이다.

그럼 그러믄 우리 도개마을이 배형국입니다.

응. 근게 우리 도개마을도 살림살이가 왠만허믄 떠나야헌디.

아까 이성호씨. 이 이 이 이 이정섭씨는 아버지고 아들은 인재[생각에 잠기자]

(청중 : 이남기. 이남기.)

이남기. 인남기. 최호봉. 응. 정회월. 너이는(넷은) 안떠나고 여기서 고스란~히 가난 가난해져붓어. 떠나야한디.

글면 나도 그 속에 들랑말랑 헌디. 왜 그랬냐.

나는 미리서 폭~싹 허니 주저앉어부렀은게. 헤 헤[웃음] 그러고 말 것도 없고.

한국은 누에형국

자료코드 : 06_06_FOT_20101218_NKS_JHW_0007

조사장소 : 전라남도 담양군 월산면 월산리 도개마을 마을회관

조사일시 : 2010.12.8

조 사 자 : 나경수, 서해숙, 이옥희, 편성철, 김자현

제 보 자 : 정회원, 남, 90세

구연상황 : 앞서 도개마을 형국에 관한 이야기에 이어서 다음 이야기를 구연했다. 제보자는 연세가 고령임에도 불구하고 긴 시간동안 많은 이야기를 들려주셨는데, 이렇게 열정을 가지고 이야기를 하다 보니 행여 건강을 해치지 않을까 염려스러웠다.

줄 거 리 : 한국은 누에형국인데, 누에는 집을 좋게 짓고 번데기가 되어 가버린다. 그래서 너무 좋은 집을 짓는데 신경 쓰지 말고 남을 위해 베풀어야 한다는 이야기이다.

그런게 내가 우리 애기 보고 한국은 누에 형국이다. 응.

(조사자 : 한국은 누에 형국이예요?)

예. 누에 형국인게. 누에는 집을 꼬치를 좋~게 지으믄 번데기가 안 되아부리요. 근게 집을 좋~게 지으믄 번데기가 된 것이여.

"너 집을 좋게 짓지 마라."

그래도 좋~게는 안 졌지마는(짓지 않았지마는) 요 [현재 자기 집을 가리키며] 요러케 지었어. 그리서,

"너. 인자 앞으로 헐 일은 좋은 일을 많이 히야 헌다. 돈 벌어서는 너 번데기가 되야.

그런게 좋은 일 헐더랑 허지 말고(자신에게 좋은 일을 하지 말고) 넘들 없는 사람들 자~꼬 요러게 도와줘. 응. 그리야 니 집을 유지허제. 깐딱허믄 너 집 팔어먹고 어디로 도망가야히여." [웃는다]

중방리 옥녀봉

자료코드 : 06_06_FOT_20101218_NKS_JHW_0008
조사장소 : 전라남도 담양군 월산면 월산리 도개마을 마을회관
조사일시 : 2010.12.8
조 사 자 : 나경수, 서해숙, 이옥희, 편성철, 김자현
제 보 자 : 정회원, 남, 90세
구연상황 : 앞서 한국은 누에형국이라는 이야기가 끝나자, 조사자가 배형국은 우물을 파지 않는다고 하는데 진짜 그러한지를 물었다. 그러자 제보자가 상수도 파는 이야기를 시작하려고 했으나 조사자가 옥녀봉에 관한 이야기를 해달라고 부탁하자 다음 이야기를 이어갔다.
줄 거 리 : 중방마을의 산을 옥녀봉이라 하는데, 그곳에는 여자 성기와 같은 바위가 있다

고 한다. 아는 사람이 그 옥녀봉 아래에 사는 친척 집에서 하룻밤을 자고 간 뒤에 과거를 급제했다는 이야기이다.

(조사자 : 그 옥녀봉 얘기 좀 해주시죠.)

옥녀봉은. 여그 여 여기치는 신랑봉, 옥녀봉 히은께. 그리두고.

인자 신랑봉에는 아까 얘기한 약수터도 있다.

김덕령 장군 씨름터도 있다.

응. 인자 또 절터도 있어요.

(조사자 : 예. 어째서 신랑봉이라고 했답니까?)

신랑인게. 신랑. 여그는 여잔게 옥녀.

(조사자 : 원래 옥녀가 각신가요?)

그러지요. 오 옥녀가 각시. 여그는 신랑.

그러고 인자 중방에 가서 옥녀가 있소. 중방에 가서.

(조사자 : 중마요?)

중방 우게 가서 산에 가서 옥녀가 있어.

(조사자 : 옥녀가 참 여러 여럿 있네요?)

만허제(많다). 만허제. 하나갖고 안된게 인자. [전원 웃음]

옥녀가 있는디. 그 옥녀 얘기는 내가 응…

(조사자 : [제보자가 머뭇거리자] 괜찮습니다. 괜찮습니다.)

괜찬허요?

기냥 얘긴게 들어쇼이.

[목을 가다듬고] 어찧게 해서 이 바우가 부인들 그거(여자성기) 맹키로 생겼단 말이요.

(조사자 : 그 그럴 겁니다.)

예. 그리가지고 고는 물이 좔좔좔좔 나와.

그런디. 고것이. 음~ 음~ 인자. 응. 그 집 노 성씨를 내가 말허기 곤란

하요.

(조사자 : [제보자가 성씨를 말하지 않아도 된다고 동의한다] 예. 예.)

그냥 엑스씨더라 그래주시고.

(조사자 : 도개마을에 엑스 집? 아니면?)

저 주 중방리. 중방리 이러트믄 옥녀산에…

(조사자 : 거기다 쓴거죠?)

응. 묘를 썼어요. 응. 거기가 엑스 집이라고 허고.

그 집이서 오촌 덕이라믄 당숙모라 그랬지요?

오촌 덕이면 당숙모.

당숙모허고 하리(하루) 저녁을 자고. 여그 와서,

"서울 갈랍니다."

그러고 기도를 허고 가믄. 반다시(반드시) 과거에 급제를 히여.

(조사자 : 어디? 어디에 가서 기도를 허면요?)

거 옥녀에다가 옥녀. 옥녀 밑에 와서,

"나 엊저녁에 당숙모허고 자고 왔소. 그런게 나 서울 가서 급제허게 해 주쇼."

그러고 서울 가믄 반다시 급제를 히여.

응. 그러헌 좋은 설이 있단 말이요.

(조사자 : 그래가지고 누가 급제했답니까? 급제 했을까요?)

아이 여러 사람이 했어요. 응 그런게 그 집안에서는,

"너 당숙모 저 우 으~~~~야~(성관계에 대해 표현한 것이다)," [제보자가 민망하여 웃는다]

(청중 : [웃으면서] 잘허다가 어째 벙어리가 되분다.)

하 하[웃음]

(조사자 : 꼭 오촌 당숙모여야 되요?)

예. 오촌 당숙모라 되아요.

근게 당숙모가 고러케 홀로 되아버리믄…

(조사자 : 예. 무슨 말씀이신지.)

하동 정씨 순제의 묘

자료코드 : 06_06_FOT_20101218_NKS_JHW_0009
조사장소 : 전라남도 담양군 월산면 월산리 도개마을 마을회관
조사일시 : 2010.12.8
조 사 자 : 나경수, 서해숙, 이옥희, 편성철, 김자현
제 보 자 : 정회원, 남, 90세
구연상황 : 앞서 옥녀봉에 관한 이야기가 끝나자 이어서 다음 이야기를 이어갔다. 제보자는 연세가 고령임에도 불구하고 긴 시간동안 많은 이야기를 들려주셨는데, 이렇게 열정을 가지고 이야기를 하다 보니 행여 건강을 해치지 않을까 염려스러웠다.
줄 거 리 : 옥녀봉 아래에 하동정씨 순제 묘가 있었고 그 주변 십리가 위토였다. 그러나 위토답을 지으면 살아가는 사람들이 묘의 비석을 수랑에 빠뜨려서 지금도 찾지 못한다는 이야기이다.

(조사자 : 여기(도개마을) 옥녀봉에는 머 재미난 이야기 없어요?)

그런 말은 없고. 그 밑에 가서 하동 정씨 순~제 묘가 있습니다.

(조사자 : 순절묘.)

순제. 순제의 묘. 순제의 묘가 있는디.

려조 때 이를티믄 석장등입니다.

려조. 고려시대의 나라에서 써주는 묘여.

근게 인자 우리 하동정가라. 이를티믄. 아 거가 고리게 써졌은게 내가 헌 소리제.

응. 근디 그 인자 려조 시대에 석장은 국장은. 응. 나라에서 장사를 히준다는 그 묘를 중심에서 두루. 여그 시방 여그에서 찾을 수가 있어요.

두루 십리가 위토가 되아부러. 그 묘의…. 두루 십리가 위토가 되아부러.

(조사자 : 아~ 위토가 된단 말이예요?)

제사지내는 논.

(청중 : 인제 그 하나부지(할아버지) 묘를 지키기 위해서 해준 것이 위토답이다.)

예. 그런게. 전설에 위엄은 내가 봤소 어쨌소. 전설의 위엄은. 아 그러믄 여가 경주이씨들이 만~이 산디.

삼백여 호가 산디. 아 거 전~부 그 산의 위토~답을 벌고 있는 셈이거든.

그런게 비석을 갖다 기냥 그 바로 옆에가 수랑. 수랑아시오?

논이 이러케 푹푹 들어간디가 수랑이요.

수랑에다 기냥 집어 너부렀어. 비석을.

그런게 옛날 할아버지가 들어가서는 요러케 요러케 [고개를 좌우로 왔다갔다한다] 짜우뚱 짜우뚱허믄서,

"요 내가 비석을 볿았다."

요러게 짜우뚱 짜우뚱 그리여.

근디 그 비석을 찾으므는 지금 자손이 나온디.

그 비석이 명단이 머인고는 연수필이여.

응. 벼루 물에다가. 벼루에 물통이 안 있소. 벼루 물통에다가 붓을 담가놨어. 그런게 붓이 풀어져불 것 아니요.

붓이 풀어져버린게 큰 아들이 못살아. 둘째 싯째(셋째) 아들만 살아.

그리서 영암 나주에 가서 둘째 싯째 산디. 서로 지가 큰 집이다요. 서로.

거그서 그 싸움만 허재. 여그가 장녕공파여. 하동정씨 장녕공파여.

그러믄 영암 나주 사램이 장녕공판게. 아 여그를 지켜야헐 것 아니요.

근디 안지켜. 응. 그러니 그 전에는 내가 만이 지켰는디. 지킬 것도 말 것도 없어.

내가 간혹 가서 둘러보기만 허재. 왜그러냐.

옛날에는 그 산에 벌초. 풀을 비어(베어). 벌초를 히주믄 그 해 농사도 잘되고. 건강이 좋아부러.

그런게 서로 먼저 가서 벌초를 헐라 헌게. 아 새벽에 갔건마는 비석 밤중에 누가 히부렀어. [전원 웃음]

근게 벌초 서로 헐라다가 기냥 떨구고 떨구고. 그런디.

(조사자 : 아이구 참. 아조 호강한 호강한 묘자리네요. 거기 서로 할라고. 요즘 세상에.)

아 그런디. 아 거그를 인자. 음.

아 옛날에는 그랬는디. 인자 나 어려서까진 그랬는디.

아 인자는 경주이씨들이 당신 산이다고 둘레를 기냥 싹 파묵어붓어.

석장이. 음. 지금 보통 석장은 인자 돌을 요 만치 깎아갖고 요러케 요러케 안 시우요.(세우잖아요)

그 석장은 한나가 요보담 더 커. 그래갖고는 질~쭉허니(길다). 요러케 진~(긴) 놈을 요~리놓고 요~리 놓고 요~리놓고 요~리 놓고 고러케 히서 요러케 세 두릅을 쌋어요.

어. 그런게. 그런 석장은 대한민국에 시(세)~개뿐이 없다.

시개. 시군데뿐이 없다.

가정마을 천석꾼의 몰락

자료코드 : 06_06_FOT_20101218_NKS_JHW_0010
조사장소 : 전라남도 담양군 월산면 월산리 도개마을 마을회관
조사일시 : 2010.12.8

조 사 자 : 나경수, 서해숙, 이옥희, 편성철, 김자현
제 보 자 : 정회원, 남, 90세
구연상황 : 앞서 제보자의 영농사업에 관한 이야기가 길게 반복되었다. 5분 이상 이야기가 길어지자 조사자가 분위기를 바꾸기 위해 만석꾼 이야기, 지형에 관한 것을 물었다. 마침 제보자 옆에 앉은 청중에게 이야기를 해달라고 했으나 모른다고 했다. 그러자 제보자가 이야기를 하겠다고 하면서 다음 이야기를 구연했다.
줄 거 리 : 가정마을 도선산 아래에 천석꾼이 살고 있었다. 천석꾼 집은 학터 자리인데, 학 날개에 사랑채를 지어놓아서 날아갈 수가 없다고 했다. 이후 그 집이 망했다는 이야기이다.

내가 또 한나(하나) 얘기 헐끄라?

또 내 집안 얘기만 히서 안되았소마는.

모다 이 친구들 다 안게 내가 얘기 히도 거짓은 없은게. 사실대로 얘기 헐 께요.

옛날 동상리가. 아까 에~ 동산리가 아니고 동상리여.

예. 원래는 동상리.

그러믄 동상리가 있고. 여가서 가정촌이 있소. 가정촌. 여그는 월거지촌이 있어. 월거지촌.

그럼 말을 딱. 함께 붙어서 동~상린데. 여그는 가정촌. 여그는 동상촌. 여그는 월거지촌.

어찌서 그랬는지 고것은 몰라요. 모르나.

가정촌은 내 외갓집의 저~웃대 하나부지가(할아버지가) 호가 가정이요. 호가 가정.

그러믄 그 하나부지가 나라에서 아는 효자요.

어~찌 효자던지. 나라에서 알았은게. 얼매나 효자요. 그러게 효잔데.

나라에서 그 사람 앞에다가 방죽을 요러케 맨들아 줬어.

방죽이 요 방 서너배 될 것이요.

(청중 : 더 크지.)

더 더 크제. 요 방 열 일곱배 될란가 모르것소.

응. 요러케 방죽을 크~게 맨들았어.

“거거 따가 양어를 히가지고 봉양을 히라.”

응. 효잔게. 거가 인자 가정이요. 가정.

(조사자 : 그 방죽이름이 뭐예요?)

그런게 인자 나라에서 매 맨들아 줬은게 기냥 거그는 방죽이고.

그러믄 아까 저 그 도선산이 가정. 응. 가~정이라고 지금 부릅니다.

그런디 가~정이가 아니고 가정이여. 이분네의 시호를 따서 가정 도선산이여.

그러믄 거그서 쪼~끔 요러케 가므는 장재 뒤에. 장재 서쪽에 가서 정자가 있습니다.

그 정자가 가정이여.

(조사자 : 아. 네. 가정이란 이름이 많네요.)

예. 가정. 그 마을에 기와집이 크~게 있습니다. 천석꾼 기와집이여.

천석꾼이 인자 천석이나 받은게. 동쪽에다가 사랑채를 크~게 지었소.

그러자 인자 내가 인자 보통학교 그 때게 삼학년이나? 사학년이나? 잘 모르것소. 댕길 때게 인자 어린디.

내가 인자 마산리 앞으로 온게. 마산리 앞에서 요~로케 너머가봐야혀.

왜그러냐허믄 앞에 가서 [생각을 하다가] 머이제? 이 이 앞에 가서 있는 것이 음~ 모리등.

모리등이 앞에 가서 이러케 있어가지고 나~무가 드문드문 섰은게.

요~러케 넘어다 봐야 그 기와집이 보여요. 마산리서.

아까 마산서 설명을 한바탕 헐 것을 기냥 와부렀어.

[목을 가다듬고] 큼~ [갑자기 언성을 높이면서] 흑어니(하얀) 점~잔은 어른이 오더니.

거가 서서 요~러케 넘어다 보다가 내가 인자 학교갔다 온게.

"저~그 저 기와집이 누구냐?"

"천석꾼 김동수씨 기와집입니다."

"그리여. 그러믄 서쪽에 기와집은 먼 집이냐?"

"그건 가~정입니다."

"그리여. 동쪽에 기와집은 머이냐?"

"거 부잣집 사랑채입니다."

"하 하[웃음] 왜에 그랬을거나?"

응. 내가 듣고 말아분 것이 아니라. 응. 쬐깐헌 것이. 땅깨만헌 것이.

"왜요?" 그리고 물은게. 피~식허니 웃더니.

"저 기와집이 학터다. 학터. 그런디. 양쪽에다 지와집을(기와집)을 지어 부렀으니 날개를 딱 눌러부러서 학이 지대로 날긋냐?" 어. 그런게.

"그 지와집이 큰 방 바로 마루."

큰 방에서 바로 나오믄 마루. 마루가 늘 썩어요. 그랬더니 사랑채를 지은 뒤로는 안썩어요.

(조사자 : 아~ 네. 사랑채를 지은 뒤로는 안 썩어요.)

예. 그리갖고 살림이 차차차차~.

인자 그 뒤로는 해방이 된게. 자연이 토지분배가 되아부린게. 잉. 그렇게 안 되았소. 되기는.

그러지마는 천석헌 집이 지금은 백석이나 한~가? 어찐가? 모르것소.

이천보의 성장하여 벼슬하기까지

자료코드 : 06_06_FOT_20101218_NKS_JHW_0011

조사장소 : 전라남도 담양군 월산면 월산리 도개마을 마을회관

조사일시 : 2010.12.8

조 사 자 : 나경수, 서해숙, 이옥희, 편성철, 김자현

제 보 자 : 정회원, 남, 90세

구연상황 : 제보자는 앞서 가정마을 천석꾼 이야기를 마치자 거짓말만 하고 있다면서 조사자들을 살폈다. 이에 조사자는 소중한 이야기라고 말씀드리자 마침 제보자 옆에 있던 청중이 조사자들에게 재차 재미있는 지를 묻자 조사자가 적극적으로 대답했다. 그러자 제보자가 또 이야기를 하겠다고 하면서 다음 이야기를 구연했다. 제보자는 연세가 고령임에도 불구하고 긴 시간동안 많은 이야기를 들려주셨는데, 이렇게 열정을 가지고 이야기를 하다 보니 행여 건강을 해치지 않을까 염려스러웠다.

줄 거 리 : 서울에 사는 대감이 양자를 얻기 위해 충청도에 와서 아이들을 세워놓고 선을 봤다. 마침 거지행세의 아이가 지나가자 관상이 범상치 않은 듯 싶어 대감이 그 아이를 양자로 삼았다. 이후 아이가 공부는 하지 않자 다시 돌려보냈는데, 알고 보니 영민하고 똑똑한 아이임을 알고 다시 데리고 왔다. 그 아이는 운 좋게 과거에 급제한 뒤에 학문에 매진하여 영의정에 올라가고 중국 사신이 되기도 했다. 그 사람이 이천보라고 한다.

또 한나(하나) 얘기 헐끄라.

저 서울 얘기여. 서울.

(조사자 : 네. 서울이야기.)

예. 서울서 한 대감이 아들이 없어. 아들이 없은게.

아들을 인자 구헐라고 인자 일가가 인자 충청도에 산게. 충청도로 연락을 혔어.

"내가 양자를 한나 구헐란게. 에. 하나 물색해놔라."

연락을 헌게. 모~다 자기 아들을 양자로 보낼라고. 대감인게. 막 다듬아. 응. 기냥 면도도 시키고 기냥. 머리도 캥기고 기냥. 막 다듬아.

(조사자 : 면도. [제보자가 웃는다])

아 그래놓고는 대감이 딱 내려왔어. 내려왔는디.

인자 다듬은 놈들이 인자 곱~게 까치동을 입고 인자 선을 안 보것소.

폴~씬 앉어서 선을 봐. 본디. 한 애기가 요~리 문을 열더니,

"에~이 저 사람 아니구나."

그러고는 문을 닫고 가.

(조사자 : 어. 대감을 보더니.)

어. "아이 저 놈 누구냐?"

"아이 상대 마시오. 아이 쟈 쟈는 아조 기냥 응 기냥 나쁜 놈으로 내놔버린 놈인게. 상대마십쇼."

하~ 대감님 언뜻 본게. 관상이란게 언뜻 봐서 되는 거이제. 길~게 보는 것이 아니거든요.

(조사자 : 관상은 그렇구나.)

예. 언뜻 보니께. 아~ 이놈이 좋게 생겼어.

하 근데 코는 이러케 질질 나오고 옷은 더럽게 입고 흐흐 그런 놈이 그러고 가네.

"아 이 저 저놈 디리오니라.(데려와라)" 근게.

"아 이 못써요. 아 이 저 아고매 말썽꾸러기. 멀라고 고 것을 디리오라고."

"아 이 좋게 따듬으믄 내 자식으로 디리가."

하 하[웃음] 느닷없이 코갱이 눈갱이 허든 새끼를 디리오라헌게.

"못써요."

"아 이 디리오니라."

아 고 놈을 디리다가 옷을 준비히갖고 대감이 가 갔을 거 아니요.

"아 요 놈 묘욕(목욕) 시키갖고 오니라."

묘욕을 시키다가 아 준비히갖고 온 옷을 딱 입히논께. 질로(제일로) 넘버 원.

(조사자 : 예. 넘버 원.)

[웃으면서] 그런게.

"요 놈을 디리갈란다."

"워~ 매. 니미. 잘 따듬어 논 내 새끼는 안디리가고 아조 응 깡패 응 저 놈을 디리간다.”
갖다 이 사램을 갈쳐.
“하늘 천(天)”
허믄.
“하늘 띵.”
“땅 지(地)”
허믄.
“땅 땅.”
하 하 이거 큰일 났어. 갈칠 수가 없어. 아~무리 갈치야 하늘천 따지를 삼년을 갈쳐도 못갈쳐. [청중들 웃음]
“못씨겄다. 갖다 줘부러라.”
그리서 인자 도로 딜꼬 나와. 인자 하인이. 하인이 딜꼬 나와.
[달래는 듯한 말투로] “도령. 왜 그리여. 아 착실히 허믄 대감집이 살림살이가 도령 살림살이고. 응. 아 도령도 나중에 비슬을(벼슬을) 요로케 높은 비슬을 헐 것이고.”
“비슬허믄 멋히여.”
“왜?”
“아 백날 올라가봤자. 임금님 밑에 사람뿐이 안되야. 그런디 멀라 공부히여. 응 나 혼자 맘대로 요러케 살다가 응 죽제.”
“그러믄 어디 히봐.”
“하늘 천. 따 지. 감을 현. 누를 황. 집 우. 집 추. 넓을 홍. 거칠 황.”
아 이 쭉 외와부러. 한 번도 안배왔는디. 응.
“하 하. 고러케 잘 함서 왜 띠를(떼를) 썼어.”
“안배울라고 그랬어. 그 까짓 놈 글 배와서 뭣히여.”
(조사자 : 배짱이 두둑 허네.)
헐 수 없이 딜다주고 왔어. 대감은 인제 내외에~

"아이고매. 글도 갸가 있으니 시끌짝허니 좋더니 아 이 놈이 없어져분게 이자는(이제는) 집안이 조~용허니 절 속 맹키로 이거이 참말로 기냥."

답답해 죽을 지경이여.

"자식이 기냥 갓다가 도로 디꼬 온다마제. 자식이 어찌고 온고."

그런게. 아 이 자식이 혼자 터덕터덕 와.

"에 이 자식 같으니. 아 감서 먼 얘기 안했냐?"

"힜어요."

[놀란 듯이] "응. 먼 얘기했냐?"

"아 이 기냥. 하늘 천. 따 지. 검을 현. 누를 황. 아 이 기냥 쭈~욱 외와부러요."

[놀란 듯이] "매~ [웃으면서] 그렇게 떼를 쓰던 놈이 그러디야? 아 얼른 가서 디리꼬 오니라."

아 하인이 기냥 되아 죽것지마는 딜꼬 오란게 기냥 얼~른 가서는 딜꼬 왔어.

또 갈쳐. 안되야. 또,

"하늘 띵. 땅 띵." [전원 웃음]

"하이고매. 쭉쭉 뀐담서 왜 그지랄허냐?"

"몰라요."

아 이 큰~일 났어.

하리는 인자 정승이 어디를 갈란디.

요놈이 기냥 동네 아들(아이들)이랑 기냥 홉~씬 놀아다가 기냥 지와집을 막 뜯어갖고 새잡는다고 난리고.

응. 아그들허고 장난험서 옷을 기냥 금방 입히주므는 또 가서 시커머니 맨들어갖고 온 또 온.

하이 기냥 귀찬해 죽것지마는 시끌짝 헌께.

어디로 갈린디. 요 놈이 또 이러케 부잡허니 놀믄 못시것고.

‘요놈을 일과를 줘야쓰것다.’

음~ 꾀(깨)를. 꽤. 아시죠 꽤. 먹는 참꽤. 깨를 한~되를 요 놈을 딱 주면서,

“요 놈을 다 시어라(세어라). 나 갔다 올 동안 다 시어라.”

응. 한 이삼일 걸려야 한게. 이삼일에 고 놈 실라하믄 안 복잡허것소.

“음. 다 시어라.”

그리놓고 갔어.

“예.” 히놓고는 하~이 기냥 또 아그들 딜이다가 난리를 해.

하~ 이~ 이틀, 사흘을 그러고 있어. 대감이 오드락까지.

아 그런게 밑에 인자 그 사람들은,

“아이고매~ 도령. 우찔라고 그리여. 깨는 안시고.”

“아 가만있어. 그럴 거 잠깐이믄 시어부리지.” [전원 웃음]

(조사자 : [웃으면서] 잠깐이믄 시어요.)

“우찌게 그 놈의 것을 잠깐이믄 시어.”

“아따 염려없어. 별것을 다 걱정허네.”

그러고는 기냥 또 놀아요.

대감이 저 오다본게. 난리여. 마을이.

“워~ 매. 저 놈 시키. 또 깨는 안시고. 요 인자 가서 혼을 내야것다.”

“아 대감이 저그 오신디 어쩔 것이요.”

“응? 오신가? 자 아이~ 저울. 약저울 가져오니라.”

요~만한 약저울 안 있어.

“잉. 약저울 가져오니라.”

고 놈을 요~만치 해갖고는 요~리 부서논게.

“어~이. 자네들이 달라들어서 시어.” [웃는다]

그리갖고는 요놈을 큰 저울에다가 딱 달아. 응. 달더니 응.

“요 놈이 얼맨게. 요놈이 얼매.”

금방 이야 답이 안 나와부리요. 곱셈 히부린게. 그리놓고는 또 가서 놀아. 하 하[웃음]

대감이 기냥 미와죽겄어.

"응. 저 놈 시키. 깨는 안시고."

대감이 와서는,

"아무개야~"

"예."

아조~ 굉장히 공손해요.

"예. 안녕히 다녀오셨습니까."

절을 너~부~시 히여. 땀을 펄펄 흘리면서.

"아이. 너는 깨를 안세고. 거 먼짓거리냐."

"다 셌어요."

"어찌게 시었냐? 믿개더야?"

"믿십믿천믿믿믿믿…깨"

[웃으면서] 아이 대감이 시어봤어야 맞은지 알제. [전원 웃음] 틀린지 알제.

응. 하 그런게. 밑에 인자 그 문생들 보고,

"어첳게 시디야?"

응. 그런께 요러케 요러케 시더라고. 그래 인자 대감이.

"[박수를 치며] 됐다. 지밥은 묵것다. 응. 냅둬부라."

그나저나 돌아가실 날짜는 되고 보는게. 허다못해도 미관말직에 너놨어요.

응. 음~ 너놨어.

흐응. 그런게 인자 깐닥깐닥 올라갈 것 아니요. 요러게.

알기는 천자권이나 안께. 그런대로 기냥 요러케 올라가.

그런디 천자만 알제. 잘 몰라.

모른게. 어디까지 올라갔냐? 하믄. 과거허는디. 과거 시보 위원장이 되았어.

응. 그랬어도. 글을 잘 몰라. 모린게. 밑에 인자 시보 위원들이,

"우리 위원장은 몰 모린게. 우리들 까지 아무개를. 글 잘짓고 말고 상관없어. 떡마니 가져온 놈. 아무개는 머 주고. 아무개는 머 주고. 딱 정해부러."

흐응. 정허고는 인자. 과거를 딱~ 보고 인자 점수를 맨다고. 가짜로. 다 정 정해놨는디.

가짜로 점수를 맨다고 매고 있으믄.

그 인자 이천보예요. 그 분네가. 이천보가.

"자~ 자리들 정돈허소."

"으미? 한창 우리는 매기고 있는디. 자릴 정돈해?"

아 우게서 정돈허란께 헐 수 없이 정돈 히야제.

흐응. 정돈헌게.

"그 속에서 잘~된 놈 석장만 가져오소."

그런게 헐 수 없이 응. 잘~된 놈 석장. 상관이 없은께. 지기들은 다 이미 정해놨은께. 석장을 빼다 줬어. 고 놈 봉투에다 이렇게 집어 너.

"화장실에 좀 다녀옴세."

응. 그러고 나가. 나가더니 조끔 있다. 들어오더니.

"자 합격자를 발표허것다."

"으미? 우리가 아직 안 올렸는디? 어칳게 합격자를 발표해?"

하 하~ 나중에 도포 속에서 요리 내가지고,

"아무개. 아무개. 아무개."

천자권이나 읽어놔서. 인자 거 이름은 안게. 딱 불러부러.

어쩔것이여. 아까 잘~된 놈 석장을 빼오라 했은께.

"고것은 잘 못 된놈이요!"

헐 수도 없고.

(조사자 1 : 그니까요. 거 참.)

(조사자 2 : 똑똑하네요.)

응. 그리놓고 생각해본께.

'이놈의 새깽이들. 내가 무식헌께. 나를 둘려묵을라고. 어림반푼어치도 없제. 이놈 새깽이들. 에~기 빌어묵을 것. 오늘부터섬 독서당 안혀놓고 공부를 히야겄다.'

하~ 재주가 좋은 분이라. 아 공부가 요러케 요러케 늘어날 것 아니요.

응. 그리갖고 나중에 영의정까지 했어.

영의정을 허면서 어머니헌테 굉장히. 아버지는 일찍 작고허시고 어머니헌테 효도를 지극허니 히여.

영의정까지 헌 사램이 조정에를 갖다 오므는,

"오늘은 이러고 저러고 힜습니다."

그러고 어머니헌테 보고를 허믄.

"이일은 잘못되았다. 요러케 요러케 히라. 이일은 요러케 잘되았다."

결재를 맡어야히여. 응. 임금님 헌테 결재 맡은 거 보단 더 어려와.

아 그리갖고는 그 분네가 중국 대사를 갔어.

중국대사는 어. 중국대사는 전권 대사 아니요. 임금님을 대신해서 중국허고 협상을 허고 올 판이께.

이천보의 탄생

자료코드 : 06_06_FOT_20101218_NKS_JHW_0012
조사장소 : 전라남도 담양군 월산면 월산리 도개마을 마을회관
조사일시 : 2010.12.8
조 사 자 : 나경수, 서해숙, 이옥희, 편성철, 김자현

제 보 자 : 정회원, 남, 90세

구연상황 : 제보자는 앞서 이천보가 성장하여 벼슬하기까지의 이야기가 끝나자 어머니가 관한 이야기가 빠졌다면서 바로 이야기를 이어갔다. 고령임에도 불구하고 제보자는 이야기를 실제 현장에 있는 것처럼 자세하게 구연해 주었다.

줄 거 리 : 이천보 어머니는 거침이 없는 성격이었는데, 시집가는 길에 귀신을 위해 차려 놓은 물외밥을 치워버렸다. 그러자 귀신이 나타나 앞으로 자식을 낳으면 내가 데려가겠노라고 했다. 이를 듣고도 대담하게 신경을 쓰지 않았는데, 실제 아이를 낳으면 낳자마자 죽어버렸다. 이런 일이 반복되자 어머니가 북두칠성, 남두칠성에 빌었더니 칠성님이 빌어먹을 놈이라도 보내겠노라고 했다. 그리하여 얻은 아이가 이천보였다. 이천보가 중국 사신이 되어 중국을 갔는데, 그곳에서 골상을 보니 빌어먹을 상이라 하자 몹시 기분이 상해있었다. 이 이야기를 듣고서 어머니가 빌어먹을 놈이라도 보내라 해서 그런 것이라고 했다는 이야기이다.

근디 인자본게 얘기가 빠졌다.

그 어머니가. 어머니 얘기부텀 헐 것인디. 어먼 얘기부터 해부렀어.

(조사자 : 지금부터 해 주시면 됩니다.)

예. 어머니가 어~찌 처녀 때부터 귀덕스럽던지.

(조사자 : 먼 덕 스러워요?)

귀덕. 귀덕스러워. 기냥. 귀덕스럽던지.

옛날에는 보리방애는 도구통에다 안 찍소. 요로케.

허 도구통에다 여름인게. 활~딱 벗고는 속옷만 입고는 인자. 어 도구통에다 이러케 찧다가 본게.

사랑에 손님이 와서 말을 딱 매놨거든.

"에~기. 요놈. 되아 죽겄은께. 말이나 타고 한 바탕 돌아야 쓰것다."

그러고 기냥 말을 딱 탄게.

아 요놈이 말을 몰지 알아야 요리가자 저리가자 헌디. 몰지를 모르고 타고만 있은께.

말이 온디로 나갈라고 사랑 앞이로 나가. 음. 그런게. 허~ 손님이 본게.

아 울통을 활~딱 벗은 여자가 말을 타고 나온게.
"헤 헤"
하고 웃었어. 그런게.
"저런 가짠시런 놈. [큰 소리를 높여 성내면서] 내가 요리 오냐. 말이 요리 왔제." [전원 웃음]
고렇게 귀덕스러와.
아 근디 시집을 갔어. 시집을 갔는디. 가서 본게. 말에 없었든. 영호가. 죽으믄 안 요러케 되시오.
영호.
영호가 저쪽에가 있어.
"저 머이냐?"
인자 막 시집온 신부가,
"저 머이냐?"
"예. 저 영호는 시누가 죽어서 그래서 물외밥이라도 채려놀라고 그랬습니다."
"야들아."
자기 띰고 온 하인들을 불러.
"야들아 저 영호 띧어서 불질러 부러라."
하하[웃으면서] 아 근게 얼매나 난리것소. 응. 인자 막 시집와서 시방 방에도 안들어가고 마루에 올라서서 그 지경을 허니.
'으~매~ 귀덕스런 여자.'
고렇게 귀덕스러와.
아 그날 저녁에 잠을 잔게. 시누가 왔어.
"니가 나 물외밥 얻어 묵은 것도 뵈기 시러서 띠어서 꼬실라부렀냐?"
"야~ 헌다헌 효도헌 사람도 물외밥 못 얻어묵어. 그런디 너는 나쁜 여자 아니냐. 응. 부모 앞에 시집도 안가고 디져부렀은께. 응. 아조 죄가 많은 여잔디. 물외밥이 머시냐. 말도 안된 놈의 소리 허지마."

그런께.

"그럼 니가 시방 자식 새끼들 잘 키울 성 싶으냐?"

"음마 지랄허네. 니까짓꺼헌테 끌러간 자식은 키울 필요가 없어."

그랬더니.

"어~ 보자."

아이 그래갖고는 하~ 이 그 여자가. 애기만 나노믄 그 여자가 덜렁 오네. 와서는,

"어. 너 새끼 났지."

"오냐."

"내가 데리간다."

"그리야 잣것아. 니까지꺼 한테 끌려간것은 안키워. 나."

딱 디리가부렀어.

'하이구매~ 참말로 디리가부렀네.' [전원 웃음]

또 한나 나논께. 또 고지랄을 혀.

"데리가거라."

참말로 디리가부렀어. 또 한나 놔논께 또 고지랄이여. 아 디리가붓어.

하~ 이~ 그 뒤로는 애기가 안 생겨.

인자 뒤안에다 단을 모아놓고 [두 손 모아 빌면서] 응. 응~ 막 기냥 빌어.

빌다가 그냥 꾸벅 꾸벅 자울어. 근께. 꿈에 하늘로 올라갔어.

올라간게. 노인이 일곱이 북두칠성이. 북두칠성이 바둑을 두고 앉었어.

(조사자 : [제보자 옆에서 몇몇이 장기를 두는 것을 가리키며] 저기는 장기 두시네요.)

"인간청에서 왔습니다. 응. 자식 한나(하나) 구허로 왔습니다."

흐응. 바둑만 뒤고 앉었어. 그 자꼬 그런게. 요~리 쳐다보더니.

"자식이 없구만."

"[언성을 높이면서] 요보시오. 세상에 까막까치도 다 새끼가 있는디. 사람이 새끼가 없다니 거 뭔 말씀이요."

그랬더니.

"아 따 그거 솔찬히~ 저~그 가서 물어봐라."

'응. 어디로 가란고?'

가서 본게. 남두칠성이여.

(조사자 : 남두칠성.)

아까는 북두칠성이고 남두칠성.

"인간청에서 왔습니다. 사람하나 주시쇼."

요리 보더니.

"너는 너는 새끼가 없어."

또 인자 거그서 악을 썼어.

"아~ 이~ 까막까치도 새끼가 있는디. 사람이 새끼가 없다니 먼 말씀이요. 하나 주시쇼. 빌어묵을 놈이라도 하나 주시쇼."

그랬어. [웃으면서] 다급헌께. 빌어묵을 놈이라도.

"아~ 따~ 거 솔찬히~ 그랴. 빌어묵을 놈 한나 주마."

그리서 왔어. 그리갖고 이천보를 났어.

(조사자 : 이천보.)

응. 아까 그 중국 대사로 간 이천보.

아 그리갖고 이천보가 걍 중국대사까지 갔다 갔는디. 중국가서 본게. 골~상을 잘~본다는 사램이 있어. 골상을.

골상이란게 머인고이는 뻬를(뼈를) 싸~악 만자가면서 상을 보는 것이 골상이여. 그리서,

'헤~ 이~ 골상이나 한 번 봐야것다.'

한국에는 골상이 없은께. 인자 중국에 가서 골상이나 봐야것다.

갔어. 갔더니. 한참 등거리를 만지더니,

"에~잇~ 빌어묵을 놈을 갖다놓고 나보고 상을 보라허네."

기가 맥히여. 한국에서 아 중국 대사로 갔으므는 아 지법(제법) 똥도 크게 방구도 크게 뀐 사램인디.

'세상에 빌어묵을 놈이라니 이런 자껏을 기냥. 기냥 한국 같으믄 죽어버리것는디. 중국이라 죽이도 못허고.'

헐 수 없이 왔어.

인자 물론 조정에도 들렸겠지마는 인자 집이를 왔어. 와서는 어머니한테.

"다녀왔습니다."

인사를 허고 사랑을 가. 어머니가 괘~씸허기가 짝이 없어.

어 한국정부에서도 반다시 오므는 오늘 어뜨케 어뜨케 했다고 보고를 헌 놈이. 아 중국까지 갔다 왔으믄 얘기가 한사날 지대로 헐 거인디. 아 이놈의 새깽이가 인사만 허고 가버려.

"에~이 놈의 새끼."

매를 갖고 와서는 기냥. 뚜두릴라고 매를 갖고 왔어. 사랑으로 가서는 인자. 음~

매로 때려.

"네 이놈 응. 중국까지 갔다온 놈이 아무 보고가 없이 사랑으로 와부러."

아 근게 펑펑 울어. 매를 때린게.

"왜 우냐?"

아 그전에는 암만 때리도 안 울더니. 아 이자식이 울어.

"왜 우냐?"

근게.

"먼저는(전에는) 맞으믄 아프더니. 인자 맞으니 안아퍼. 어머니가 늙어서 곧 돌아가실라 해분디. 아이고매."

죽겄다고. 그러더니 그때게사.

"아 이~ 저보고 빌어묵을 놈이라고 헌게. 어~찌 기분이 나뻐서 어~찌서 나보고 빌어묵을 놈이라고."

[박수를 치면서] "아 하하 내가 남두칠성에 가서 하도 자식 없다길래. 빌어묵을 놈이라도 하나 도라 했더니. 너가 어따 뻿다구에다가 한나 새겨놨는갑다이."

응. 하하[전원 웃음] 걸소리죠.

(조사자 : 아니요. 이렇게 재밌는 이야기는 처음인거 같네요.)

도개마을 인근의 지명 유래

자료코드 : 06_06_FOT_20101218_NKS_JHW_0013
조사장소 : 전라남도 담양군 월산면 월산리 도개마을 마을회관
조사일시 : 2010.12.8
조 사 자 : 나경수, 서해숙, 이옥희, 편성철, 김자현
제 보 자 : 정회원, 남, 90세
구연상황 : 제보자는 연세에 비해 기억력이 좋고 목소리에 힘이 넘친 분으로, 조사자들에게 적극적으로 이야기를 해주었다. 앞서 도개마을의 지형에 관한 이야기에 이어서 쉬지 않고 다음 이야기를 구연했다.
줄 거 리 : 도개마을 인근에 위치한 동산리, 마산리, 생말, 옥녀봉, 신랑봉, 가마촌, 또개샘의 유래에 관한 이야기이다.

왜 그러냐~ 대례 마당이 [확인하듯이] 이~ 저그가 대례가 있소. 마을 이름이 대례. 응~

혼례할 때 대례 마당. 대례~ 또 저그 가서 동상리가 있소. 동산리라 부르지만 동상리여. 왜그러냐~

옛날 결혼식을 장개를(장가를) 갈라고 헌다 치며는 동상리(동상례)를 안

받습니까. 동상리를 어디서 받는 지 아시죠?

어 동상리를 어디서 받는 고이는. 옛날 선비가 사흘○을 구헐라고 서당에를 이리저리 돌아댕여. 돌아다니는데~

내가 시방 여그 틀니를 빼놔부렀어. 이빨헐라고. 그래놔서 시방 말이 헛새이 나간께(발음이 새어도(발음이 정확히 들리지 않아도) 이해허쇼이.

(조사자 : 예. 괜찬습니다. 잘 들립니다.)

인자 서당에를 요렇게 간게. 사투리라 조깨 듣기 싫죠? [조사자 전원 아니라고 손사래친다] 하 하[웃음]

(조사자 : 저희들도 머 전라도 광주 사람인데요.)

가니까 음~ 다른 사람들은 모다 와서 인사를 히여.

그런디 괜찮게 생긴 놈은 하~ 이 동쪽 평상에 가서 배를 깔고 엎졌어.

'아 저 놈을 사위를 삼았으믄 쓰것는디. 고~약헌 놈이 응.'

이 인사도 안허고 한쪽 펴 평상에 가서 동쪽 평상에 가 엎졌은께.

"그 동쪽 평상에가 엎졌던 죄로 이 눕아 한 잔 내라."

헌 거시 동상이예요.

응? [확인 차] 응.

(조사자 : [웃으면서] 그렇습니까?)

[단호하게] 응. 그리서 장개를 갈라믄 말을 타야 안허요. 응. 여가 마산리가 있고 저가 생말 있어.

(조사자 : 마산리. 생마리?)

예. 생말. 산 말이다 그 말이죠이. 생말.

또 인자 저 가서 옥녀봉이 있어.

(조사자 : 옥녀봉.)

예. 여기 남쪽에가 신랑봉이 있고.

신랑봉. 옥녀봉. 동상촌. 마산촌. 응~ 대례촌. 또 중방촌. 주 중방이 중방촌. 고 담에 가매촌.

(조사자 : 가매 가매촌.)

예. 고가매. 고렇게 있어서 여그가 인자 또개샘이 있었어요.

(조사자 : 도개샘. 도개. 예. 또개샘.)

또개샘. 그 새암은 온천으로는 안되았지마는 여름에는 시~원~허고. 겨울에는 따땃~허고.

요새가치 추울 때도 거 가서 묘욕(목욕)헌다 치믄 o직허니 뜨뜻허니 좋아요.

그런게 온천은 못되었지마는 예. 내(川)온천이요.

응. 그리가지고 그 또개새암 물이 요~리 안 흘러내리가요. 개울이.

거기가 인자 내 논으로 물 내리가는 똘인데. 아~무리 가물아도 그 똘을 깨끗허니 그 물이 내려오게 요렇게 치믄. 비가 와요.

그런게 땡땡 가문날 내가,

“또개새암 똥치러 가네. 에~ 오늘 지녁(저녁) 비오네.” 그러믄.

“미친 놈. 별소릴 다 허고 간다.” 그런디.

아~닌게 아니라 그 날 저녁에 비가 많~이는 안 올지라도 요렇게 방천이 요렇거든요.

내가 여그서 파서 요~리 올리고 요~리 올리고 헌 놈이 흘러내릴 정도로 비가 와부러.

근게 여그 가서 머 용이 들었든지. 거북이가 들었든지. 들은거 아니요. [확인하듯이] 응.

그런게 아 똘만 쳤다 하믄 그 날 저녁에 비가 와부리고. 와부리고. 그 또개샘.

아버지 부고를 받고 가는 김덕령

자료코드 : 06_06_FOT_20101218_NKS_JHW_0014
조사장소 : 전라남도 담양군 월산면 월산리 도개마을 마을회관
조사일시 : 2010.12.8
조 사 자 : 나경수, 서해숙, 이옥희, 편성철, 김자현
제 보 자 : 정회원, 남, 90세
구연상황 : 앞서 김덕령에 관한 이야기에 바로 이어서 다음 이야기를 구연했다. 제보자의 구술은 다른 어느 조사자보다 현장감 있게 관련 내용을 들려주었다.
줄 거 리 : 김덕령 장군이 여덟 살 무렵에 무등산에서 공부하고 있는데, 아버지가 돌아가셨는 소식을 듣고 집으로 갔다. 마침 가는 길이 큰물이 져서 쉽게 건널 수 없는데, 바리깨를 들고서 한발은 딛고 한발은 물을 차면서 건너갔다는 이야기이다.

(조사자 : 예. 실지 김덕령 장군이 왜 왜적을 물리쳐가지고 머 어떻게 했다는 이야기 혹시…

아 쪼끔 알아요.)

김덕령 장군이 어려서. 내가 너무 어려서 얘기까지 해믄 안되것는고?

(조사자 : [동시에] 아뇨 아뇨. 괜찮습니다.)

어려서 일곱 여답살(여덟살) 묵었을 때에 무등산에 가서 공부를 헌디.

같이 공부헌 애기가 아부지가 돌아가셨다고. 큰 물이 져갖고 시방. 근디. 물을 안건너고 저 건너에서,

[큰소리로 외치듯이] "아부지 돌아가셨다." 근게.

아~ 이 사람이 기냥 물이고 머시고 기냥 안보인게. 막 건널라고 헐 것 아니요. 근게,

"어 어 안돼. 그렇게 건너는 것이 아니여. 바리깽을 가져오니라."

바리께(바리때) 아시요?

(조사자 : 머 징검. 아니 이렇게 방어치는 거 말씀이신지.)

바리께가 절에 가므는 나무로 통을 짜가지고 물을 요렇게 안 내리갑디

여. 거그서 물 떠먹고 안 그랬습니까. 고것이 바리께여.

"바리께 내가지고 오니라."

그리갖고는 고놈을 김덕령 장군이 한 발로 딱 딛고 한 발로는 물을 딱 딱 참서 그 애기를 요렇게 옆구리에다 찌고(끼고) 건너가지고 왔다는 거시여.

(조사자 : 장군은 장군이네.)

신출귀몰한 김덕령

자료코드 : 06_06_FOT_20101218_NKS_JHW_0015
조사장소 : 전라남도 담양군 월산면 월산리 도개마을 마을회관
조사일시 : 2010.12.8
조 사 자 : 나경수, 서해숙, 이옥희, 편성철, 김자현
제 보 자 : 정회원, 남, 90세
구연상황 : 앞서 김덕령이 부고를 받고 가는 이야기에 바로 이어서 다음 이야기를 구연했다. 제보자의 구술은 다른 어느 조사자보다 현장감 있게 관련 내용을 들려주었다.
줄 거 리 : 김덕령 장군이 나막신을 신고 무등산 한 바퀴 돌았고 도는 길에 호랑이를 잡고 새를 잡았다는 이야기이다.

그러고 인자 저녁마다 무등산을 한바꾸썩(한 바퀴씩) 나막신 신고 돌아.

(조사자 : 김덕령 장군이요?)

예. 나막신 신고 돔선 호랭이 앵기므는 잡어서 들쳐매고 와.

그러다가 인자 옛날에 초가집이서 새를 요렇게 안 잡소.

아시요? 새 잡은 거?

(조사자 : 예. 알아요.)

새다리를 요러케 놓고 올라가서는 요~러케 잡고는 내리와서는 새다리 앵기고 또 요러케 잡고.

그런게 김덕령 장군이,

"거 먼 짓거리냐? 멀라 올라갔다 내려갔다 혀."

아 밑에서 훌~딱 뛰더니 새커리 한 손으로 잡고. 한 손으로 꾸욱~ 요러케. 또 앵겨갖고는 꾸~욱~ 요러케히여.

허 사방을 니짝지를(네 귀퉁이를) 한바쿠를 홱~ 돌드라여. 고렇게. 대롱대롱 매갖고.

이얘기요. 참말이요?[전원 웃음]

(조사자 : 신출귀몰한 김덕령이네요.)

김덕령과 누나의 겨루기

자료코드 : 06_06_FOT_20101218_NKS_JHW_0016
조사장소 : 전라남도 담양군 월산면 월산리 도개마을 마을회관
조사일시 : 2010.12.8
조 사 자 : 나경수, 서해숙, 이옥희, 편성철, 김자현
제 보 자 : 정회원, 남, 90세
구연상황 : 앞서 김덕령이 부고를 받고 가는 이야기에 바로 이어서 다음 이야기를 구연했다. 제보자의 구술은 다른 어느 조사자보다 현장감 있게 관련 내용을 들려주었다.
줄 거 리 : 김덕령 장군이 나막신을 신고 무등산 한바퀴 돌고, 누나는 모시베를 짜는 겨루기를 했는데, 누나가 일부러 져주었다는 이야기이다.

그리갖고는 인자 열 서너살 묵어서 초롭. 초롭아시오? 응?

(조사자 : 초롭? 초롭?)

결혼을 안허믄.

(조사자 : 초립(草笠).)

까치 요. 두루매기던지. 여 남바우던지 고것보고 초롭이라 그래.

초롭쟁이 시절에.

장성이 누님의 집이여. 인자 그 안에 또 한가지 있는디. 빠졌소.

그 안에... 누님도 훌륭허고 동생도 훌륭헌게.

"우리 둘이 전이나 한 번 해볼꺼나?"

"응. 머이요?"

"응. 너는 나막신 신고 무등산을 한바쿠 돌아오기로 허고. 나는 모 모시. 베짠 거. 모시를 요 놈을 비어가지고(베어서) 베를 짜서 놓기로 허고. 누가 이긴가 보자."

그래갖고는 인자 둘이 시합을 헀는디.

[웃으면서] 누님이 이겨. 이기게 생겼지마는 동생을 이기기가 그런게. 마지막 북을 안넣고 지다리고 있어.

어 그런게 인자 동생이 온 뒤에서 북을 요렇게 너갖고 마지막 딱 짜고는,

[웃으면서] "니가 이겼다."

실은 자기가 이겼는디.

김덕령 장군과 씨름판

자료코드 : 06_06_FOT_20101218_NKS_JHW_0017
조사장소 : 전라남도 담양군 월산면 월산리 도개마을 마을회관
조사일시 : 2010.12.8
조 사 자 : 나경수, 서해숙, 이옥희, 편성철, 김자현
제 보 자 : 정회원, 남, 90세
구연상황 : 앞서 김덕령 장군이 누나와 겨루는 이야기에 바로 이어서 다음 이야기를 구연했다. 제보자의 구술은 다른 어느 조사자보다 현장감 있게 관련 내용을 들려주었다.
줄 거 리 : 김덕령 장군이 초립동 시절에 누나가 집에 가만히 있으라 했으나 이를 듣지 않고 느티나무를 뽑아 대문 앞에 세워두고 씨름판에를 갔다. 김덕령은 어리지만 기어이 씨름판에 나가서 상대방을 한 번에 쓰러뜨렸다. 그런데 상대방

이 굴복하지 않자 한 대 때린 것이 그 자리에서 죽어버렸고, 김덕령은 날아가버렸다는 이야기이다.

그런 누님이 장성으로 시집을 갔어요. 오월 단오날.

인자 장성서 인자 씨름판을 시우고(열고) 군 군수 인자 원님이 응. 씨름판을 시우고 인자 응 놀던가벼.

"근게 내외에 씨름판 규경을(구경을) 갈라헌디. 너는 집이가 있거라이. 응."

그래서 인자 집이다가 상을 요~러케 채려놓고,

"요 놈 묵고 집이가 있거라."

흐응. 대답은 했는가? 어찐가 그랬는디. [마을 주민 한 분이 회관으로 들어온다]

인자 간 뒤에 홍. 동생이. 덕령씨가,

'나도 가야것는디.'

아 에 대문을 어쳏게 잠글 수가 없어.

그런게 느티나무를 쏙 뽑아다가 대문을 시 시워놔부렀어.(대문에 느티나무를 세워놓다)

(조사자 : 누이가? 김덕령 장군 누이가요?)

[고개를 좌우로 흔들면서] 김덕령씨가.

(조사자 : 김덕령이가.)

예. 하 하[웃음] 그리놓고는 인자 어 씨름판으로 갔단 말이요.

가서본게. 장사 한 사람이 [언성을 높이면서] 아~조 판 도 독을 못허게. 기냥 요러케 거꾸로 콱콱 박어버려.(상대방이 다시 씨름판에 설 수 없도록 땅으로 던진다) 근게,

"허~매 저 놈 새끼. 어떠케 이길 사람 없냐?"

그런디. 원처 이 놈이 기운이 시어가지고는 기냥 그래뿌린게 누가 나갈

사람이 없어.
근게 김덕령이가 나갈동 말동, 나갈동 말동. 그런게.
아 초롭잿인게 애~리디 애린게.
옛날 그랬거든요.
"여그 씨름 있소."
그러므는. 판정이 와서는,
"나오라."
고 막 기냥 사정을 히여.
"씨름 있소."
그런게. 판정이 와서 본게. [웃으면서] 초롭잿이야. 그러지만 어쩔 줄 모린게.
"나오라."고.
"나오라."고 근게.
"내가 씨름 헐 줄 알아야지라."
아 그러고는 요놈 쾌자를 입은 채 나가. 두루매기. 쾌자.
응. 나간게.
"아 쾌자나 벗어버리고 씨름을 허던지."
"내가 씨름 헐지 알가니요."
응 그러고 요로고 나간게. 장사놈이 막 가찬스럽게,
"아 이 초롭잿이가 내한테 달라드네."
우르르르 쫓아와서는 들어와서는 기냥 공중으로 훅~ 띵겨부렀어. 띵겨부린게 후루루루 날아서 쩌가서 딱 선디. 아 기냥 발 해목까지 쑥 떨어져 들어가부러.
그런게 장사놈이,
"매. 저것 봐라이."
그러고 그냥 우르르 쫓아온게. 아하~이 밀쳐분게 빵~ 떨어졌단 말이여.

(조사자 : 대단한 힘이네.)

아 그런게. 관중에서,

"아 이 그렇게 기운이 시믄(쎄면) 요 요리뿌리제. 시원찬히 밀쳐뿌렀냐?"

그 이 장사놈이 인자 원님헌테 가서,

"인자 막상 씨름이 아닌게. 인자 정식으로 응 씨름을 잡고 한번 허게 잉 인자 붙여달라."

고 사정을 히여.

하 이 원님이 승낙을 허자니 김덕령이를 알아야 말이제. 응 근게 승낙을 헐 수도 없고. 안헐 수도 없고. 머 암케라도 이겨부렀은게 기냥 그래도 쫓아내부린 놈이 나슬 것 같은디.

아~ 기냥 고렇게 사정을 허고 있은게. 김덕령이가 가서,

"졌으믄 좋게 나가."

그러고는 군밤을 하나 준게. 쭉~ 빼드러져서 디져부렀어.(죽었어)[전원 웃음]

근게 기냥 김덕령이가 우루루루 어디로 날라가버리고 없어.

그런게 인자 지기 누님이,

"아 집이가 가만 있으란게. 와서 맥없이 살인을 히놓고 에~이 쓰것냐."

(조사자 : 그러면 장성으로 시집가기 전인가요? 그 때가?)

장성으로 시집을 가고. 김덕령이는 초롭쟁이고.

김덕령 장군의 죽음

자료코드 : 06_06_FOT_20101218_NKS_JHW_0018

조사장소 : 전라남도 담양군 월산면 월산리 도개마을 마을회관

조사일시 : 2010.12.8

조 사 자 : 나경수, 서해숙, 이옥희, 편성철, 김자현

제 보 자 : 정회원, 남, 90세

구연상황 : 앞서 김덕령 장군이 씨름판에서 있었던 일에 관한 이야기가 끝나자 쉬지 않고 이어서 다음 이야기를 구연했다. 제보자의 구술은 다른 어느 조사자보다 현장감 있게 관련 내용을 들려주었다.

줄 거 리 : 김덕령 장군이 역적으로 몰린 와중에도 왜적을 날아다니면서 물리쳤다. 그러나 결국 역적으로 몰려 후송하려는데, 동행한 사람들을 업고서 순순히 서울로 날아갔다. 그리하여 김덕령을 죽이려 했으나 쉽게 죽지 않자 '만고충신에 김덕령이라' 현판을 걸어주고, 비늘을 떼어내고 저릅으로 세 번 때리면 죽는다고 하여 그렇게 했더니 죽었다는 이야기이다.

그리갖고는 인자 임진왜란이 났어요. 임진왜란이 나서.

장성따가 김문장군이. 명함을 잊어붓소. 김문장군이 진을 딱~치고 있는디.

일본놈들이 어~찌 달라들어쌌던지. 아~히 깐딱허믄 뺐기게 생겼어. 남원에서.

그런게 인자 서울에서 회의를 히여.

"장. 남원을 어떡케 지킬 것이냐?"

응. 근게 임금님께서,

"아 그 광주에 무등산 정기를 타고난 김덕령이 청년이 있담선. 그 사람을 장군으로 승격을 시켜갖고 응 남원을 지키게 허믄 어쩌냐?"

그래서 그렇게 힜어. 그렇게 히가지고는 김덕령 장군이 남원을 딱 가서는 진을 요렇게 딱~ 쳐논게. 일본놈들이 못 달라들어.

바둑 놓듯이 놔논게. 요~리 가도 죽게 생기고, 저~리 가도 죽게 생기고 못하것어.

근데 그 장군이 쫓기간 장군이 장성으로 갔어요. 그런게 장성으로 위~ 달라들어. 달라든게.

아 이사람이 생각해본게 인자사,

'애중이가(애송이가) 말이여.'

애중이가 자기보다 더 훌륭하게 되게 생겼은게. 요 놈을 꺾어버려야 쓰것거든. 근게 인자 서울에다가 모략을 허기 시작헌 것이여.

근디 이 사램이 빽(백 그라운드(Back Ground, 배경))이 좋든 게비여. 영의정 빽이여.

(조사자 : 영의정 빽.)

예. 아하 그런게. 서울서 인자 죽이기로.

"김덕령이를 죽이야 쓰것다."

"어쩧게 잡아다 죽일 거나? 하~도 용감하단디. 어쩧게 잡아다 죽일거나?" 그런게 한 대감이,

"그럴 사램이 아닙니다. 잡으러 간디. 걱정헐 필요가 없습니다."

"그러믄 괭이 가서 잡어와."

거그 거 대감 이름을 내가 잊어버렸어.

"예. 그러믄 제가 잡아옵죠."

그러기 전에 인자. 아 그 대감은 내려온디. 시방. 김덕령이가 그 내용을 알아.

'헤~에 나보고 역적이라고. 나 충신인디. 나 보고 역적이라고 죽이기로…'

큼~ 권율 장군이 삼랑지구 총 사령관이여. 근게 권율장군이 진해가서 있으니까 거 가서 하소연을 할라고 진해를 가. 간디.

군사를 여섯을 디리꼬(데리고) 가. 기냥 맨 손으로. 총도 안들고. 칼만 차고. 근게 칼은 숨키갖고 가믄 안보이것죠.

으음~ 요렇게 간게. 아 일본놈들이 본게. 아 김덕령이가 여섯을 데리고 저렇게 가거든.

"오~냐~따 저 놈 생포허자."

그러고 기냥 막 몰아(말을 몰아서 김덕령에게 간다).

근게 김덕령이는 쬐낀 놈 맹키로 막 이러케 가. 그런게,

“오~냐~따.”

그러고 인자 몰아 올려. 그러믄 요~렇게 생긴 산을 몰아 올려.

요~리 가며는 낙동강이여. 근게,

“꼼짝없이 저 놈은 우리 손에 잽히던지. 괴기 밥이 되던지 인자.”

막~ 이러케 일본놈들이 몰아 올려.

김덕령이는 요~리. 그런 줄 모르고 갈 것이요? 다 알고. 짐짓이 끄집고 가니라고 가제.

응. 가가지고는 싯을(셋을) 양쪽에 딱 찌고는(양쪽으로 부하 세명이 나눠 놓고는) 후루룩~ 날아갖고는 일본놈들 뒤에서 요러케 왔어.

(조사자 : 날라다녀 갔구만.)

예. 하 그런게 일본놈들은 인자 요~렇게 내리다 보니라고. 인자 낙동강에서 허우적 허우적 헌거 볼라고 요~러케 내려다 보고 있는디.

뒤에서 기냥 칼로 기냥 자글자글 자글자글 죽여부렀어.

그러고는 인자 권율장군헌티로 간게.

“나 진즉 알아도 내가 어쩔 수가 없네. [안타까운 목소리로] 영의정 빽이라놔서 내가 도저히 어쩔 수가 없어.” 그런게.

[힘없는 목소리로] “예. 잘 알겄습니다.”

그러고 도로 남원으로 온게. 서울서 인자 잡으로 왔어.

“묶으십쇼.”

역적은 괴철사로 묶어야혀. 응. 근게,

“역적으로 몰렸은게. 괴철사로 묶으십쇼.”

“아 묶으길 묶는가. 기냥 가세.”

“아니요. 나를 안 묶어갖고 가믄 대감이 큰일이라. 근게 묶으시쇼.”

근게 묶었어. 묶은께.

"저녁에 가십시다."

"왜?"

"저녁에 가십시다." 저녁에,

"등에 업히십쇼."

"아니. 묶 묶었는데. 멀라 입힐라 근가?"

"아니 기냥 입히십쇼."

"꽉 잡으십쇼."

"응. 귀에서 왱~허드라도 놀래시지 말고. 눈을 뜨지 말고 가~만히 계시쇼이."

하~ 그러더니 저녁에 인자 모다 안본게. [갑자기 큰 소리로] 왱~ 해갖고는,

"서울 왔습니다." [전원 웃음]

그래갖고는 인자 갔어. 임금님 앞에 갔어. 아 가서는 인자 죽이기로 인자,

"요 놈을 인자 큰~ 목나무대로 내리쳐."

장사들이. 내리치믄 목나무들이 돌라가.

(조사자 : 목나무요?)

목나무 요~러게 서꺼리같은. 목 목나무대로. 쾅~ 친다 치믄 고놈이 돈 놀아가지고는 기냥 아 이 목나무대 친 사램이 자빠라져.

"하 이놈을 어칳게 죽일까?"

큰일이 났어. 인자. 죽이기는 죽여뿌렀어야 것는디.

음~ 한쪽에서 인자 죽이지 말자허니. 죽이자 허니 안 하것습니까. 그리도 영의정이,

"나는 책임을 못지것습니다."

그런게. 헐 수 없이 죽여야혀.

"너를 어칳게 허믄 죽이냐?" 근게.

"저를 지가 시방 이 시상에(세상에) 나와가지고 힘 한 번 못쓰고 죽기가 원입니다."

"응. 그래? 그러믄 너 그대로 앉어서 힘써볼래."

대철사로 꽉 묶어놨은께.

(조사자 : 대채살이요?)

대철사. 굵은 철사 그 말이요.

"힘 한 번 써 봐."

[입안의 사탕을 깨 먹으면서] "요대로 앉어서 씁니다이."

"음~ 써봐."

[큰 소리로] "으~악~" 헌게 기냥 와수시~ 쏟아져부러. 대철사가 기냥 와수시~ 쏟아져.

"우 우매~ 저 놈 시키 봐라. 어 저거 큰일 났다." 근게.

"걱정마시쇼. 저 역적 아닙니다."

"글믄 너를 어칳게 죽이야 하냐?"

"저를 죽이실라믄 '만고충신에 김덕령이라.' 현판을 걸으시쇼."

응. 하 근게 꼭 죽여야 쓰것은게. 만고충신 김덕령이라. 현판을 딱 걸었어. 걸어놓고는,

"어칳게 죽일거나?" 그랬더니.

"요리 해서 여그서 비늘. 비늘을 석장을 띠어. 띠더니 여그를 저릅으로 세 번만 때리시오."

저릅아시오?

저릅. 저릅이란께. 대마 삼. 삼 안에 든 이러트믄 암것도 아니여. 꺼끄러운 맛도 없어.

속이 텅~비어가지고 포~도시 이러케 생긴 것이라 꺼끌 거 맛도 없어. "고 놈으로 시 번만 썰으쇼."

아 이 목나무대로 때리도 안 죽은 놈이 이 고 놈 시 번 썰은게 죽어부

러. 그런게.

"니까짓 놈이 먼 만고충신이냐."

그러고는 현판을 뜯어부렀어.

뜯어부린게. 죽은 송장이 홀딱홀딱 뛰어. 그런게.

[겁에 질린듯한 목소리로] "워 어 어 어~ 걸어오지마. 걸어오지마."

[전원 웃음]

그리서 광주 충장로가. 김덕령 장군 시호가 충장공이여. 그리서 충장로.

이천보의 생애

자료코드 : 06_06_FOT_20110114_NKS_JHW_0001
조사장소 : 전라남도 담양군 월산면 월산리 도개마을 정회원댁
조사일시 : 2011.1.14
조 사 자 : 나경수, 서해숙, 이옥희, 편성철, 김자현
제 보 자 : 정회원, 남, 90세
구연상황 : 앞서 제보자의 생애담에 관한 이야기가 꽤 길었다. 이야기가 끝나자 조사자가 이천보에 대해서 물어보니 제보자가 다음 이야기를 구연했다. 1차에 이어 2차로 제보자를 찾아가서 조사가 진행되었는데, 여전히 연세에 비해 열의가 넘쳤고, 적극적이었다. 그리고 제보자의 댁에서 조사가 이루어지다 보니 차분하게 많은 이야기를 들려주었다. 이천보 이야기는 이미 1차 조사에서 이루어졌는데도 조사자가 재차 물어보았더니 1차 때와는 다른 구성 체계와 구성 방식을 가지고 있어서 여기에 그대로 실었다.
줄 거 리 : 서울 사는 대감이 자식이 없어 충청도의 자기 집안에서 양자를 얻기 위해 선을 봤다. 마침 거지행세를 하는 집안아이가 지나가자 관상이 범상치 않아 양자로 삼았다. 이후 아이가 공부는 하지 않자 다시 돌려보냈는데, 알고 보니 영민하고 똑똑한 아이임을 알고 알고 다시 데리고 왔다. 그 아이는 운 좋게 과거에 급제한 뒤에 학문에 매진하여 영의정에 올라가고 중국 사신이 되기도 했다. 그 사람이 이천보라고 한다.
이천보 어머니는 거침이 없는 성격이었는데, 시집가자마자 시누의 영호를 치워버렸다. 그러자 귀신이 나타나 앞으로 자식을 낳으면 내가 데려가겠노라고

했다. 이를 듣고도 대담하게 신경을 쓰지 않았는데, 실제 아이를 낳자마자 죽어버렸다. 이런 일이 반복되자 어머니가 북두칠성, 남두칠성에 빌었더니 칠성님이 빌어먹을 놈이라도 보내겠노라고 했다. 그리하여 얻은 아이가 이천보였다. 이천보가 중국 사신이 되어 중국을 갔는데, 그곳에서 골상을 보니 빌어먹을 상이라 하자 몹시 기분이 상해있었다. 이 이야기를 듣고서 어머니가 빌어먹을 놈이라도 보내라 해서 그런 것이라고 했다는 이야기이다.

이천보.

(조사자 : 이천보.)

응. 이천보.

(조사자 : 예. 이천보 이야기 한번…)

이천보씨가 이를트믄 충청도 출신이십니다. 충청도 출신이신데.

에~ 거그가 인자 생~부~는 충청도에 살으시고, 인자 서울에 아~조~ 고위층에 계신 분이 손이 없으니까.

"충청도 인자 고향으로 내가 양자감을 구허러 믿일날(몇일날) 내리갈 때니 그때게 양자감을 한나(하나) 아~ 마련을 히놔라."

미리서 연락을 히노니까. [손뼉을 치며] 아들 가진 집이서는 전~부 다~듬고 씻기고. 막 히갖고 요놈을 예절도 갈치고 히갖고 좋~게 이를티믄 대령을 힛단 말입니다.

하~[웃음] 아~ 그런디 이천보는 가난허고 그럴 힘이 없어요. 아버지가. 그런게 냅~둬버렸어요.

아 근디 대~감께서는 내리와가지고는 요~로케 상을(얼굴을(양자감으로 나온 사내아이들)) 보고 있는디.

이천보가 코가 요~로케 나와가지고 심~~~난~~~헌~ 사램이 와서 요~러케 문을 열더니.

"에~ 똑같은 사람이구나."

그러믄서 문을 닫고 간게. 대~감이 본게 좋~게 따듬어 놓놈 보단 사~람은 저가 사람이구나.

"저 데리오니라."

"아 못써요. 아~ 말썽꾸러기고 아~조 코가 여~까지 나오고 아조 아조 못써요. 행여라도요."

"어~허~ 들여오니라."

데리다가 묘욕(목욕) 시키고.

"내가 옷 갖고 왔은께 입히라."

따~악~ 입히놓고 본게 일등감이여. 일등감.

"여 디리끄(데리고) 갈란다."

근데 전부 실망헐 것 아니요. 그 집이서는 깜짝 놀랠 것 아니요. 아하[웃음] 그렇게 해서 인자 갔는디.

아~ 이 분네가

"하늘 천"

그러믄.

"하낭 청."

그러고.

"땅 지."

허믄.

"따따 지."

그러고. 아하하[웃음] 공부를 도저히 안해요.

아니 대감 집인게 독서당 안혀놓고 훌~륭허니 잘 믹이고(먹이고) 잘 디리고~ 잘 가르친다.

아 고러케 공부를 안허고는 대감만 안계셨다허믄 동네방네 아그들 싹 불러다 기냥 집구석을 기냥 기왓장을 뒤집고 새잡는다고 기냥 [웃으면서] 기왓장을 다 뒤집고 난리여. 대감이

"하이고매~ 이 놈의 새끼~ 공부는 안허고 저렇게… 아~이구매~ 암

만 봐도 못씨것다. 딜다 줘부러라."

하인을 시켜서 인자 보냈는데. 아 그래도 가가 있을 때게는 집안이 씨끌짝허니 좋더니 하~ 인자 없은께.

집안이 두 영감 할멈이 땅땅 댐뱃대만 때리고 있으니. 아 이 심심해서,

"아 이놈이 디리꼬 가다가 조깨 돌아서서 디리꼬 온 것이 아니라 아조 갖다 줘버리고 오냐? 어찌냐?"

기 기다리고 있은께. 아 참말로 이놈이 디리꼬 가믄서,

"도~령~님~ [큰 소리로] 아~ 그 재산이 전부 도령 재산이고 응. 그~ 비슬이(벼슬이) 당 그 공부안해도 다~ 당신헌티 올 것이고. 먼 걱정이길래 그렇게 안했소?"

"공부히서 멋허게. 응. 올라가믄 또 올라가고. 또 올라가믄 또 올라가고. 올라가봤짜. 한 사람 밑에. 먼 그까짓 일 넘 밑에가서 심바람 노릇을 히여. 응. 그런게 안히여. 내가 하늘 천 따지를 모린줄 알아. 하늘 천. 따지. 검을 현. 누를 황. 집 우. 집 주. 넓을 홍. 거칠 황. 내가 모린지 알아. 끄트리까지 별 진. 날 주. 다 다 알어."

워~ 매~ 이 이런 분을 내가 디리꼬 갈거나? 말거나? 힜어도. 대감의 명령이라 헐 수 없이 데리다 주고 집이로 깐닥깐닥 할 일 없이 돌아온게. 대감은,

"[힘없는 목소리로] 갔다 오니라고 애썼다. 응. 근다고 너 혼자 오냐?"

[갑자기 큰 소리로] "아니요."

"응."

"아 가다가 이 애기가 이러케 이러케 되았으."

"[박수를 치며] 아~이구매~ 글씨 내가 잘 봤는디. 응. 얼른 가서 디리꼬 오니라. 아니 쉬었다 닐(내일) 가거라."

"아니요. 오늘 갈랍니다."

응. 어찌 기냥 반가운게. 던지듯 막 기냥 응. 가서 디리꼬 온게. 또 그

발작이여. 또 그 발작.

"하늘 천"

허믄.

"땅 지."

하 하[웃음] 아 다 안게 인자 추호를 갈치든지. 명심보감을 갈치든지. 소학을 갈치든지 그리 해야헐 것 아니요. 안되아요.

"하~아~ 이것을 어찔 것인고?"

응. 하리는(하루는) 대감이 어디를 갔다가 한 사나흘 오시야 생겼는디.

'그 동안 요 놈이 집구석을 다 뿌셔버리믄 어찔 것인고. 요 놈을 숙제를 줘야쓰것다.'

"응. 음~ 점보야~"

또 지극히 이 효도혀. 가서는 무릎을 딱 꿇고 안졌은께. 흥~ 깨를 한~ 되를 요러케 딱 부서줌서.

"너 요놈. 나 닐모레 올란게. 오드락 까지 요놈 시어라(세어라)."

"예."

응. 아 그래놓고는 대감이 나가신께.

"아그들아~ 이루와."

아 그래갖고는 오신 날 까지 아 그러고 있으니. 아 문생들이 볼 때는 큰일났어. 깨를 아 저 많은 깨를 언제 실라고(세려고) 인제 큰~일났어. 대감 저그 와요 인자.

"어~매~ [간곡한 말투로] 도~령~ 대감 오신께. 깨는 안시고.(세지 않고)"

"으 응. 응." 땀을 막 딱음서. "아 저 거시기 약저울허고 이러트믄 깨허고 요리 가져오니라. 응."

갖다준게. 약저울로 요~만침 요 요 요러케 안 헙니까. 사발. 고놈을 요~리 히갖고 요~러케 달더니. 요 놈을 나놔서 문생들 보고,

"어이~ 얼 얼른 시소. 얼른 얼른 시어."

어 허[웃으면서] 그리놓고는 요놈을 싸악~ 달더니.

"어 응. 오~냐~따." 다 신게.

요 요놈 곱허기 응 응. 아 그런게. 답이 나와불 것 아니요. 아하~ 대감은.

(조사자 : 똑똑하네.)

대감은

"하~ 이거~ 또 이때까지 장난만 허고 큰~일났다. 요놈이 깨를 시었는가? 안시었는가? 가 봐야지."

와서 본게. 음~ 그때서야 이럴트믄 인자. 또 또 가서 인자 그동안에 인자 틈있던가 가서 장난허다가는 인자 땀을 펄펄 딱으믄서 쫓아와선 인사를 히여.

"너 깨 시었냐?"

"예."

"믿개(몇개)디야?"

"믿(몇) 입니더. 믿천믿개믿헤…" [조사자 웃음]

하하[웃음] 대감이 시어봤으야 맞은줄 틀린줄 알죠. 으흐흐흐[웃음] 그런께.

"응. 아 알았다. 나가가라."

히놓고는.

문생들보고 "어챃게 시디야?"

그런게.

"요렇게 십디다."

"[무릎을 탁 치면서] 되았다. 응. 지밥은 챙겨묵것다."

응. 그러고 냅뒀어요. 그리놓고 비슬은(벼슬은) 먼 비슬을 주고 인자 작고를 힜어요. 세상을 떠나셨어. 그 양반이.

(조사자 : 이천보가요? 아니며는…)

아버지가. 아버지가 떠나신게. 인자 이천보께서는 인자 비슬아치가 되아가지고 요러케 인자 가서 앉었는디.

요새 문자로 고시위원장 직부터 했습갑습디다. 응. 그런게 인자 무식해요. 응. 아무리 재주가 있어도 안배와놨은께. 무식허죠.

근게 고시위원장이고 머시고 무식허니까. 고시위원들이 이러트믄 가솔히 볼 꺼 아닙니까.

그런게 음~ 시험보기 전에 합격자는 미리서 받았으니까. 응. 합격자는 미리서 정히놓고 채점을 허는 거예요. 요러케 채점을 헌게.

이 이천보 어르신께서,

"어~이~ 나 아그들 교육에 참고헐란께. 그 속에서 자~알된 놈 석장만 뽑아주소."

그런게. 필요가 없은께. 시험지는. 글안허요. 그 속에서 석 장을 뽑아준게 도포 속에다 딱~ 넣고는 밖에 나가서 요로케~ 요로케~ 댕기더니.

"자~아~ 정돈허소. 합격자를 발표헐라네."

'하하이~ 아직 채점도 안끝났는디. 어칳게 합격자를 발표헌다 헌고.'

그러더니. 싸~악~ 도포에서 끄집어 내더니.

"아~무~개~. 아무개. 아무개."

하~따~ 잘된 놈을 내라했은께.

"거 잘못 되았습니다."

헐 수도 없고. 요~ 어찔 것이요. 응. 그리놓고 생각히본게. 이천보께서.

'요놈들이 어트게 내가 무식허다고 니기들이 나를 가솔케 봐. 에~기~ 오늘 저녁부터서 공부를 헌다.'

인자 선생을 인자 뫼셔 놓고. 낮에는 정사 일을 보시고 저녁에는 인자 공부를 헌디.

재주가 있는 분이라 기냥 날로 요러케 헌게. 벼슬이 올라가고. 올라가

고. 올라가고. 올라가고. 올라가고. 올라가고. 올라가고 히갖고는 [손바닥을 한 번 치고 생각을 하더니]

영의정 우게는 머이여? 중국 대사 아니요. 중국 특명대사. 거까지 올라갔어요. 그런디.

그런디 인자 그 어머니 그 어머니 생모 이야기를 헐까요?

생모께서는 굉~장히~ 처녀시절이라고 [손뼉을 치며] 그렇게 이야기를 허죠. 인자 규수시절이라고 헐까요?

그 시절에 지실구졌다고 힐까요? 여름에 보리방아를 안 찧습니까. 도구질로. 도구질로 보리방애를 요로케 찧다가 보니까.

손님이 타고 온 말이 쩌~ 가서 매져 있으니까. 아~이~ 울통도 벗은 채. 아~하~이~ 기냥 규덕스럽께.(말괄량이처럼) 말 우게 떡 앉어서 말을 몰 지를 모린께.

말이 온디로 돌아가니라고 성황 앞이로 나가니까. 아하이~ 손님이.

그런께 대감은 안계셨든가. 어쨌든가. 손님이 보고는 피식~허니 웃을꺼 아니요. [큰 목소리로] 여그 처녀가 울통을 벗은 채 말을 타고 나온게. 피식허니 웃은게.

"저~런 나쁜 놈 같으니. 내가 왔냐? 말이 왔제. 고약헌 놈아. 응 가 이 놈아."

응. 그렇게 귀덕스러운 여잔데. 여자라고 허믄 말이 안되죠이. 훌륭한 훌륭한 여사님 보고 내가 여자라고 허믄 말이 안된디.

아 인자 아~ 결혼을 안 했습니까. 결혼을 해서 막~ 인자 시가에 가서 말 우게를 딱~ 올라서니까. 인자 예를 갖추고 올라갔겠죠이.

올라가서 요~러케 집안을 살펴보니까. 결~혼 허기 전에 일렀던 영호가 없었는디. 영호가 저~가서 한나 있어요.

(조사자 : 영호?)

저 죽 죽으며는 죽으며는 물~ 요러케 올리는 영호. 영호.

"저 머이냐?"

"당신 시누가 일찍이 죽어서 물외밥을…"

"야~들아."

당신 태워갖고 온 하인들 보고.

"야~들아. 저 뜯어서 팍 꼬실라부러. 내 앞에서 꼬실러라."

아하이~ 인자 막 시집오신 분이 갖다가 기냥 영호를 기냥 딱 꼬실라버린게. 아~ 이~ 집안이 머 되것습니까.

응. 두실두실 두실두실 안 하것습니까.

그날 저녁에 꿈을 꾸니까.

"너 시집와서 자식 새끼 날라고 왔지?"

"오냐."

"니가 새끼를 지대로 키울성 싶으냐?"

"지랄허네. 니까짓헌테 끌리가믄 키울 필요없어 자껏아."

응. 그런께.

"두고봐라."

아닌 것이 아니라 애기를 놔논게. 아 또 왔소. 와서는.

"새끼 났구나. 오냐. 오~냐~따. 내가 디리간다."

"디리가거라. 니까지꺼 한테 끌려간 거 필요없어."

아 그래서 험~[헛기침] 인자 안 가부렀습니까. 또 인자 뱄더니. 또 그 지경이어서 또 안 가부렀습니까. 또 뱃더니 또 그리갖고 또 안 가부렀습니까.

싯이(셋이) 가부린데는 인자. 수태가 안되야.

'워~매~ 인자 수태가 안된게 인자 큰일났다.'

인자 북두칠성에다 기도를 히여. 기도를 허다가 잠이 들었든가. 북두칠성님에게 인자 갔어요.

"인간청에서 왔습니다. 응. 아~ 이~ 미짐승 날짐승도 새끼가 있는디.

사람새끼가 새끼가 없어서야 되것습니까. 새끼 한나 주시쇼.” 그랬더니.

“새끼가 없는디야.”

[언성을 높이면서] “사람새끼가 새끼가 없다니 말씀됩니까?” 그랬더니.

“저~리 가봐라.”

‘어디로 가라고 허신고?’ 허고는 저리 가본게.

남두칠성이 있는 갑습디다. 남두칠성에게 가본게. 또 요~리 보더니.

“너는 새끼가 없어.”

“여보시오. 세상에 새끼가 없다니 말이 돼요? 비러묵은 놈이라도 하나 주쇼.” 그랬더니.

“하~ 따~ 솔찬히 귀덕스럽네. 그리라. 응.” 그리갖고 참말로 깼는디.

수태가 되았어요. 난(낳은)~ 분이 이천보랍말입니다.

응 어머니가 그러케 귀덕스러운게. 인자 생~모를 뫼시고 살아요.

인자 시부모 시부모님은 다 작고하셨으니까.(양부모님은 모두 돌아가셨으니까) 생~어머니를 뫼시고 산다.

그러케 어머니가 어~찌 귀덕스러싼지. 아~니 영의정까지 올라가고 외국. 응. 중국특명대사까지 된 아들보고,

“갔다 오믄 반다시(반드시) 오늘 진행사항을 고를(말을) 히라.”

응. 말씀을 드린다 치므는.

“먼 일은 잘못되았다. 바로 뜯어고쳐라. 응. 먼 일은 지법(제법) 괜찬게 했다. 그대로 히라.”

전~부 왕은 여가. 어머니가 왕이여. 응. 음~

어머니 말을 쪼끔만 안들으믄 막 때리여. 어머니가 그렇게 귀덕스러와요. 아~ 이~ 영의정까지 허고 외국 특명대사까지 중국특명대사라허믄 인자 왓따 아니요. 인자.

하하하하[웃음] 막 때려. 그러헌 분인데.

인자 중국에 가서 특명을 다 마치고 나올라고 하니까. 골~상을(관상을)

잘 본다는 사람이 있다고 그래요.

'에~ 기~ 온 짐에 한국서는 골상을 본 사램이 없은께. 중국에 와서 골상이나 봐봐야겄다.'

그러고 인자 골상을 가서 요~러케 본게. 요~리 요리 만지더니,

[갑자기 큰 소리로] "빌어묵을 놈을 내헌테 갖다놓고 골상을 보라헌다."고.

'아 이런 내기 참말로 한국에서 특명대사까지 보고 온 사람보고 빌어묵을 놈이라니. 말도 아닌 놈의 소리다.' 고.

하~ 이거 그런다고 골상 본 사람헌테 항의할 수도 없고. 하~ 이거 기냥. 할 일 없이 돌아온디. 아~ 이놈의 것이 안 잊혀요.

응. 안 잊힌게. 집이와서는 어머니헌테 인사만 허고는 그 생각땀세 기냥 그 허허[웃음] 보고를 헐라믄 어찌것습니까.

지~드~래히야헐 것인디. 보고를 안허고 사랑에가 안것은께. 어머니가 매를 들고 쫓아와요.

"너 이놈. 니까진 것이 특명대사정도 되았다고 인자 대대허니 내한테 경과보고도 없이. 이 놈. 매맞어."

그러고 인자 막 매를 때린게. 울어요.

"왜 우냐? 너. 이때까지 매를 때리도 안 울더니 왜 우냐?"

[제보자가 자신의 어머니를 떠올리면서 울먹이며 이야기를 한다] "이전에는 어머니헌티 맞으므는 아프더니 인제는 안아퍼요. 어머니 곧 작고허시므는 큰일났어요." 그러고 [손뼉을 치며 마음을 안정시키며] 울어요.

기냥 그래둡시다. 인자. 거 끝어리. 머 맺을 거 있습니까. 기냥. 그 그래뿌립시다.

이부상서가 난 묘자리

자료코드 : 06_06_FOT_20110114_NKS_JHW_0002
조사장소 : 전라남도 담양군 월산면 월산리 도개마을 정회원댁
조사일시 : 2011.1.14
조 사 자 : 나경수, 서해숙, 이옥희, 편성철, 김자현
제 보 자 : 정회원, 남, 90세
구연상황 : 앞서 이천보에 관한 이야기가 끝나자 조사자가 1차 조사 때 하지 못했던 이부상서 이야기를 들려달라고 하자 제보자가 다음 이야기를 구연했다. 제보자는 연세에 비해 열의가 넘쳤고 적극적이었다.
줄 거 리 : 어떤 노인이 남의 집살이 하는 머슴에게 밥을 얻어먹고 있었다. 어느 날 노인이 계란을 하나를 얻어 어디를 가길래 머슴이 몰래 뒤따라갔다. 노인이 계란을 묻자 닭이 부화하는 광경을 지켜 본 머슴이 먼저 집으로 돌아오니, 노인이 아버지묘를 그곳에 쓰고 가고 싶은 데로 가라고 했다. 그리하여 머슴은 중국에 가서 이부상서가 되었는데, 이런 큰 벼슬직에 오르면 조상묘가 삼십리까지 위토가 된다. 그래서 그 묘자리를 찾지 못하게 묻어버렸더니 결국 중국 사신이 포기하고 돌아갔다는 이야기이다.

이부상서는 여그 월산면 옥뫼라고 있습니다. 옥뫼.

음~ 그 옥뫼에 가서 인자 어떤 분이 음~ 고 고역(고용살이)을 해요. 넘의 집을 살아요.

넘의 집을 살고 있으니까. 어떤 노인이 인자 이러케 밥을 얻어 묵으러 다니시면서 그 일꾼헌테 붙어가지고,

밥을 돌아댕기믄서 얻어 자신 것이 아니라 일꾼한티서 얻어가지고 밥을 자신게.

일꾼은 인자 당신 밥을 냉기서 요러케 인자 그 분네를 요러케 에 주니까. 인자 밥이 조께 안 적겄어요. 적으믄,

"밥 조깨 더 주쇼."

해갖고는 인자 또 갖다 묵으면서 그 분네를 인자 배부리게 허고 허고 헌게.

하리(하루) 저녁은 그 노인께서,

"어디서 계란 한나(하나) 얻어올 수 없냐?"

"예."

가서 인자 계란 한나 얻었던지 샀던지 인자 여 인자 갖다가 준게. 밤중에 고 놈 계란을 들고 나가요. 응.

(조사자 : 계란을?)

예. 그런게. 가~만 가~만 뒤따라 볼 거 아니요. 뒤따라 가본게.

그 뒷동산이 요~러케 생겼어요. 요러케. 쪼끄만허니.

그 뒷동산으로 올라가더니 거그따가 딱~허니 술을(계란을(계란을 술로 잘못 말한 것이다)) 놓고는 요~러케….

근디 먼 디서(먼 발치에서) 보고 있다가는 인자 채래놓고는 요~만큼 물러서요.

물러서더니. 거그 계란에서,

"꼬끼요~"

고걸 헌 단 말이요. 응.

[손뼉을 치면서] "됐다."

응 그러믄서 인자. 이 분네가(고용살이하는 사람) [웃으면서] 봤을 꺼 아니요. 보고는 얼~릉 집이 와선 인자 잔디끼 허고 있은께.

그 분네는(고용살이에게 밥을 얻어 먹는 노인) 미리서 알았던지.

"아까 자네 봤지. [전원 웃음] 처 첫소리 난 자리 봤지?"

"예. 봤습니다."

"응. 거그 따가 자네 아부지를 묘을 쓰소. 응. 쓰고. 자네! [갑자기 큰 목소리로] 먼~~~~디 발길 닿는디까지 자네기냥 맴껏(마음껏) 가부리소. 믿달이고(몇 달이고) 가부리소."

아 근디 당시 중국을 갔던 갑습디다. 응.

중국을 가가지고 음~ 거가서 어떠케 해서 아들을 낳았는디.

그 아들이 아 중국에 이부상서(吏部尙書)가 되았단 말이요.

이부상서가 꽤~ 말허자믄 내무부 장관인가 머신가 그렇게 되아부렀어요.

그러니까 중국에 내무부 장관쯤 되아불믄 한국에 그까짓꺼,

"머이댜?" 헌게.

그 묘를 찾이야 안 쓰것습니까.

그런게 그 묘를 찾으로 오므는 인자 그 묘를 중심에서 두루 삼십리가 그 위토가 되아부러요.

그러믄 이 삼십리 여 여그 월산면뿐이(월산면뿐만아니라) 안 장성까지 안 퍼먹것습니까. 이 놈이. 응.

그러믄 큰일날 일이 아닙니까.

그런께 그 묘를 못찾게 안 맹글어야 쓰것습니까. 그런께.

"요~러케 말을 퍼트려라."

아 인자 하나님께서 그러셨든지. 어쨌든지. 어찧게 말이 퍼졌는가며는.

"여그로 와서 누가 인자 그 묘를 묻거든. 물로 구십리를 히서."

물 구십리뜰이 있습니다. 여가.

[앞 말을 이어서] "물로 구십리를 히서, 구름으로 다리를 놓고."

구름 다리가 쩌~가 있습니다.

"구름으로 다리를 놓고."

쩌~가서 삼만리가 있습니다.

"삼~만리를 가서."

저~가 옥뫼니까.

"옥문을 열고 봐라. 그리야 찾는다. 고렇게 말을 히라."

그런게 아무리 중국에 난다 긴다헌 사신이라고 히도,

'아 이거 물로 구십리를 가며, 구름으로 다를 놓고 어찧게 가며, 또 삼~만리를 또 어찧게 가며, 그 옥문을 또 어찧게 열며…'

아 이 도저히 못 찾을 일이거든요.

"에~기 사요나라(さよう-なら)."

히부럿단 말이여. 허 허[웃음] [전원웃음]

그리서 지금도 가며는 묘가 기냥 요~러케 생겼습니다. 저 모냥은 나어리서는 경주에 그 경주에 문화재 머 [계속 생각을 해내기 위해 뜸을 들인다] 대 마총 먼마총이요? 응? 천마총이요?

천마총과 같이 그리케 생겼더니. 아 이 시방 내가 이를테므는 아흔 한난게(91살이니까). 이~ 팔십여 년간 벌초도 안허고 냅둬버린게.

요 놈이 팩~ 짜그라지고 그 나마 소나무도 나고 멋도 나고 헌께 기냥 요놈이 요~렇게 생기갖고 인자는 이 가서 찾을랑가 안찾을랑가 모를 정돈디.

지금도 이부상서 묘가 어디~냐 허며는 [큰 소리로] 다 알아요.

응. 여그서 모르는 사람이 없어요.

응. 나 맹키로 나이묵은 사람은 이 이부상서묘 다 알아요.

예견된 박정희 대통령의 죽음

자료코드 : 06_06_FOT_20110114_NKS_JHW_0003
조사장소 : 전라남도 담양군 월산면 월산리 도개마을 정회원댁
조사일시 : 2011.1.14
조 사 자 : 나경수, 서해숙, 이옥희, 편성철, 김자현
제 보 자 : 정회원, 남, 90세
구연상황 : 앞서 이부상서 이야기가 끝나자 조사자가 전에 언급한 박문수에 대해서 이야기해달라고 부탁드렸으나 박문수는 책에 다 나와 있지 않냐 하면서 다음 이야기를 구연했다. 1차에 이어 2차로 제보자를 찾아가서 조사가 진행되었는데, 여전히 연세에 비해 열의가 넘쳤고, 적극적이었다.
줄 거 리 : 허경영이 박정희 대통령에게 1978년에 산중으로 들어가라 했는데 들어가지 않았다. 이후 대의원 회의를 하는데, 플라스틱 국기봉이 갑자기 쓰러지는 일

이 있었는데, 이후 몇일 지나지 않아 박대통령이 죽었다는 이야기이다.

토정은 말허자믄 인자 비~결 아닙니까. 비결.

그 비결에 의하며는 이 김대중 대통령도 박정희 대통령도 다 적혀져 나왔습니다.

(조사자 : [놀란듯이] 아 그렇습니까?)

예. 전두환이는 안나왔어도. [전원 웃음] 어. 예. 나왔는디. 에~ 박정희 대통령께서는,

"삼대박첨지 홍두건이라." 그랬습니다.

(조사자 : 삼대박…)

삼대박첨지.

(조사자 : 박첨지.)

예. 홍두건이라.

(조사자 : 홍두원이라.)

홍두건이라.

(조사자 : 홍두건이라.)

붉은 수건을 머리에다 두른다.

에~ 그 소리를 허경… 허경영씨가 박대통령의 자문역할을 허면서 말씀을 드렸습니다. 응.

"각하. 응. 앞으로 칠십팔년 이내에 그만두시고 저~~~어(인적이 드문 깊은) 산중에 가서 사십쇼."

"왜? 지금 내 집에서 살믄 안된가?"

"저~~~어~그 산중에 가서 사십쇼."

"응? 왜 왜 왜 그런가?"

"삼대박첨지 홍두건이라. 했습니다. 응. 어르신 깐딱 잘못허믄 빨~간 수건을 머리에 두르십니다."

[갑자기 큰 소리로] 근데 그 말씀을 이러케 뜻대로 못허시고. 칠십구년에 아 대통령에 안 나오셨습니까.

내가 대의원입니다. 취임식에 참석을 허라 해서 참석을 안 했습니까.

참석을 따~악~ 힜는디. 태극기가 내 앞에가 섰습니다.

나는 객석에가 요러케 있고. 여가 인자 가 가로맥이가 안 있습니까.

태극기가 여 내 앞에가 섰는디.

"동~해~물가…"

헌디. 아니 십이월 이십팔일이라서 기냥 난방장치를 뜨겁게 헌데.

프라스틱 국기봉이라서 이 놈이. 난방이 기냥 막 지져댄게.

외~에~ 자빠라진디. 내가,

"저 저 저 저…" 허자니.

동해물가 헌디 내가 악아지 쓸 수도 없고. 홀딱 뛰어넘을 수도 없고. 아 이 자빠라진 걸 보면서도 그 태극기를 못잡았습니다.

응. 응. 그렇게 박정희 대통령과 나허고는 쪼~끔 머시~ 가까웠는가 어찐가 몰라도.

박정희 대통령이 나를 쪼깨 이뻐라 힜거든요.

(조사자 : 네. 네. 그래서 어떻게 됐어요?)

예?

(조사자 : 그래가지고 그 태극기가 넘어져부렀어요?)

넘어져가지고 그때게 기냥 모가지가 수두룩~허니 안 도망가부렀습니까. 응.

(조사자 : 그러면 그 머 머…)

그래가지고 박대통령이 그 뒤로 안 당해부리지 안했습니까.

아 근게 마사가 그 그 그런디. 박대통령이 안 당헐것입니까.

홍두건이제. 홍두건.

(조사자 : 태극기 넘어진게 그러니까 예측을 했네요?)

그런게 신호 아닙니까. 응. 닐(내일) 모레 일이 난게.

"오늘 그만 둬라."

그런 태극긴디. 또 그 점도 모르시고. 기냥 모가지만 싹~ 안 짤랐습니까.

(조사자 1 : 글며는 머 먼 박 머리 그 빨간 두 두건…)

(조사자 2 : 삼대박첨지 홍두건?)

붉을 홍(紅). 머리 두(頭). 수건 건(巾).

(조사자 : 예. 예. 그건 어떤 뜻일까요?)

붉은 수건을 머리에다 두른다.

죽은다.

그 말 아닙니까.

(조사자 : 아~ 그런 뜻이구나. 예.)

김대중 대통령의 당선 예견

자료코드 : 06_06_FOT_20110114_NKS_JHW_0004
조사장소 : 전라남도 담양군 월산면 월산리 도개마을 정회원댁
조사일시 : 2011.1.14
조 사 자 : 나경수, 서해숙, 이옥희, 편성철, 김자현
제 보 자 : 정회원, 남, 90세
구연상황 : 앞서 박정희 대통령에 관한 이야기가 끝나자 조사자가 김대중 대통령에 대해서도 언급하자 제보자는 다음 이야기를 이어갔다. 1차에 이어 2차로 제보자를 찾아가서 조사가 진행되었는데, 여전히 연세에 비해 열의가 넘쳤고, 적극적이었다.
줄 거 리 : 김대중은 한문으로 쓰면 15획이므로 15대 대통령이 될 것이라는 것을 허경영이 예견했는데, 박정희 대통령이 김대중을 죽이려고 했다는 이야기이다.

(조사자 : 그러믄 아까 아까 어르신께서 김대중도 머 비결에가 머라고

나왔….)

김대중씨는 에~ 머이라고 나왔는고이는,

"십오대 대통령이다." 응.

"한문으로 이름을 써봐라. 열다섯이죠. 한글로 써봐라. 열다섯죠."

십오대 대통령으로 막 나올 때 대서부터, 아조 김대중씨는 십오대 대통령입니다.

근게 아까 허경만씨가 얘기를 했습니다. 응. 김대중씨 보고 한동안 안 싸우다가 김대중씨를 안 죽일라고 안 했습니까.

그럴 때게 허경영이 씨가 얘기를 했습니다.

"구때여 죽일라고 허지 마십쇼. 김대중씨는 십오대 대통령입니다. 여 보시쇼. 이름을 요러케 써봐도 십오대. 요~러케 히봐도 열다섯획. 글 안 습니까. 그런께 십오대 대통령으로 박허브렀은께. 아직 멀었습니다."

응. 응. 그랬어도 그 말은 못 듣고 김대중이를 깊이 죽인다고 응 헌디. 일본땀시 못 죽이지 안했습니까.

음. 음. 그리갖고 김대중씨는 머이라고 나왔는고이는.

"되기는 십오대 대통령이 되었는데. 여소야대가 되어가지고. 자기 소견은 지대로(제대로) 발표는 못허고 일은 뜻대로 못허고 사요나라(さよう-なら)~헌다. 응 그리갖고 머신가 평화상인가 받는다."

그렇게 나왔습니다.

(조사자 : 응. 그래요?)

좌우가 비결이 해석을 잘 못해서 그러제. 잉. 글안씁니까.

정감록의 예언

자료코드 : 06_06_FOT_20110114_NKS_JHW_0005

조사장소 : 전라남도 담양군 월산면 월산리 도개마을 정회원댁
조사일시 : 2011.1.14
조 사 자 : 나경수, 서해숙, 이옥희, 편성철, 김자현
제 보 자 : 정회원, 남, 90세
구연상황 : 앞서 김대중 대통령에 관한 이야기가 끝나자 이야기를 또 하겠다고 하면서 다음 이야기를 구연했다. 1차에 이어 2차로 제보자를 찾아가서 조사가 진행되었는데, 여전히 연세에 비해 열의가 넘쳤고, 적극적이었다.
줄 거 리 : 갑자기 기상이변이 올 것을 예견하고 가족들을 술 먹여 녹초가 되게 한 뒤에 노끈으로 가족을 묶어 두었다. 그러나 다른 사람들은 산으로 도망가서 강추위로 얼어 죽고, 가족들은 무사히 목숨을 구했다는 이야기이다.

또 애기 헐까요?

가상 난리(기상 이변)가 느닷없이 온다. 온다.

(조사자 : 가산난리?)

가상 난리가 온다. 온다.

[잠시 생각을 한다] 아는 사람은 가족을 살렸습니다. 그런디 모른 사람은 싹~ 죽어부렀습니다. 어째서 그러냐?

음~ 아는 사람은 미리서 술을 만~니 히놨습니다.

마~니 히놓고 그 날짜가 오니까 가족들을 술을 몽~땅 믹이서(먹여) 녹초가 되게 맹기라 놓고는 노끈으로 가족을 싹~ 묶었습니다.

싹~ 묶어논게. 모르는 사람들은 우둑 허니 있다가,

"난리야~"

헌께 기냥 산으로 들로 어디로 어디로 기냥 막 도망다니니라고 부산나케 나간게. 그날 저녁에 기냥 강추위가 와갖고 싹~ 얼어죽어버렸습니다.

그런디. 술을 몽땅 믹인 식구만 살았습니다.

그런게 고것이 백조일손이요. 십리견일입니다.

하나부지는 백인디. 손자는 한나(하나) 뿐이다.

응. 십리를 걸어가야 한나씩 볼 수 있다.

응. 고것이.

(조사자 : 그 이야기가 언제 이야긴가요?)

아. 정감록 비결이요. 내가 들은 애긴게 몰라요. 정감록 비결을 내가 본 적이 없으니까요.

김덕령 장군의 신이한 행적

자료코드 : 06_06_FOT_20110114_NKS_JHW_0006
조사장소 : 전라남도 담양군 월산면 월산리 도개마을 정회원댁
조사일시 : 2011.1.14
조 사 자 : 나경수, 서해숙, 이옥희, 편성철, 김자현
제 보 자 : 정회원, 남, 90세
구연상황 : 앞서 해방에 관한 이야기가 끝나자 조사자가 아기장수 이야기를 물었더니 조사자가 김덕령이라고 말하면서 다음 이야기를 이어갔다. 1차에 이어 2차로 제보자를 찾아가서 조사가 진행되었는데, 여전히 연세에 비해 열의가 넘쳤고, 적극적이었다.
줄 거 리 : 김덕령 장군이 날개가 달려 하루 저녁에 서울과 광주를 왕복했으며, 추월산 신랑봉으로 말을 타고 왔는데, 그곳에는 말발자국이 패인 바위와 담뱃대 놓은 자리가 지금도 있다는 이야기이다.

김덕령 장군이 날개가 났다 그러더만.

(조사자 : 아 김덕령 장군 말고 또. 다른 이야기?)

다른 이야기는 잘 몰라.

김덕령 장군은 저녁밥을 광주에서 자시고 그러고 서울 가서 날라가서. 서울 가서 내~ 대감들 집이서 놀다가 광주 와서 저녁에 주무시고.

예. 그랬다 그래요.

그러고 여기 여 추월산에서 김덕령 장군이 여그 여 저~가서 또 산이 있습니다마는. 여그 여 앞에 있는 산이 신랑봉입니다.

(조사자 : 예. 신랑봉.)

예. 신랑봉으로 요~렇게 말을 타고 왔~음~서(오면서) 요~러케 멈췄다는 말 발자쿠가 바우가 요러케 폭~ 패인 자리가 지금도 있습니다.

(조사자 : 예. 신랑봉에~)

신랑봉 상봉에 가서. 예.

내가 거그를 안내를 헐 수 있을란가. [웃으면서] 헬리콥타나 올라갈… [전원 웃음]

제가 담뱃대 논 자리허고. 그 말굽자리를 봤습니다. 지 눈으로(제 눈으로 직접 봤습니다.)

(조사자 : 아. 예. 담뱃대 자리도 있어요?)

예. 담뱃대허고 예.

용면 유래

자료코드 : 06_06_FOT_20110114_NKS_JHW_0007
조사장소 : 전라남도 담양군 월산면 월산리 도개마을 정회원댁
조사일시 : 2011.1.14
조 사 자 : 나경수, 서해숙, 이옥희, 편성철, 김자현
제 보 자 : 정회원, 남, 90세
구연상황 : 앞서 김덕령에 관한 이야기가 끝나자 조사자가 이무기가 용이 된 이야기를 해달라고 하자, 다음 이야기를 구연했다.
줄 거 리 : 이무기가 용이 되어 올라갔다고 해서 용면이라 불렀다는 이야기이다.

인자 그것은 인자 이 얘기를 들어놔서 지가 인자 조깨 수선헙니다.

(조사자 : 예. 인자 그냥 고담이라 하시고.)

어찌냐? 허므는 이무기가 인자 용 되아서 올라갔다.

응. 응. 그리서 용면 아닙니까. 용면.

(조사자 : 아~ 예. 용면이 그래서 그러구나.)

그래서 용면인데. 지금 저 저수지가 크~게 안 있습니까.

이무기가 살아라(살았으니까)고 그런가 어찐가. 예.

강강도술래의 유래

자료코드 : 06_06_FOT_20110114_NKS_JHW_0008
조사장소 : 전라남도 담양군 월산면 월산리 도개마을 정회원댁
조사일시 : 2011.1.14
조 사 자 : 나경수, 서해숙, 이옥희, 편성철, 김자현
제 보 자 : 정회원, 남, 90세
구연상황 : 앞서 사돈 이야기가 끝나자 조사자가 강강술래에 대해 물어보니 제보자는 이야기가 길다고 하면서 다음 이야기를 구연했다. 제보자는 연세에 비해 총기가 좋으시고 목소리 또한 힘이 넘쳐 있었으며, 조사자들에게 많은 이야기를 들려주려고 했다.
줄 거 리 : 이순신이 부녀자들에게 강강술래를 추게 하여 결국 왜적을 물리쳤다는 이야기다.

요 애기가 조깨 깁니다.

(조사자 : 예. 천천히 하시게요. 힘드시니까요.)

그럴까요.

(조사자 : 예. 천천히. 힘드셔서.)

강강도술래가 먼 말인고이는.

강건너.

강도들이.

강도들 같은 왠수들이.

파도를 넘어서 온다.

그 소리가.

"강강도 수월래~"

응. 강 강 물 강(江) 자. 바다 건넌디 물 강 자 히놨은게. 강강 물 강. 강할 강(剛) 자. 도둑 도(盜) 자. 원수 수(讐) 자. 예. 넘을 월(越) 자. 파도를 넘어 온게. 올 래(來) 자 그래서.

"강~ 강~ 도 수~월~래~"

그럽니다. 그러믄 [박수를 치며] 요것이 어디서 나왔는가는 잘 아시죠?

(조사자 : 몰라요.)

이순신 장군께서 일본놈들을 해적을 다 죽이니까. 서울에서,

"이순신 장군이 역적이다. 잡어오니라."

그런게 이순신 장군을 서울로 안 잡아올렸습니까.

올리니까. [언성을 높이면서] 아 일본놈들이 이순신 장군 서울로 잽히갔은께.

"죽이라~"

히갖고는 한국 해군을 싹~ 안 죽이부렀습니까. 남도 해군을. 다 죽이부린게.

서울에서,

"아 이순신. 너 우선 일본놈들이나 쫓아불고 다시 와서 죽이던지 말던지 허게. 가 쫓아불고 오니라."

근게. 이순신 장군이 내려와서 보니까. 남자들 싹 죽어부리고 없고. 에 여자들만 있어.

그러니까 [손뼉을 치며] 술을 몇 십석을 비벼 너. 너가지고는(넣어서) 여~자들 보고,

"전~부 식칼을 날~카롭게 갈아갖고 나오니라."

헌게. 절반은 식칼을 들고 나오고 절반은 안들고 나왔어요. 안들고 나온게.

[언성을 높이며] 그러자 인자 일본놈들은,

"인자 한국 해군 다 죽였은께."

"인자 이순신이 또 왔다네."

근게.

"고 놈 생포허로 가자."

글고 인자 막 몰고 올라고 그럴 거 아니요.

"내가 전 부 고 놈들 그림으로 그리라 그랬어요."

일본 놈들이 대~군을 몰고 인자 한국을 최종 인자 상륙작전 응 무장을 허고,

"나오니라."

그러고는 나와서 보니까. 요놈을 생~포를 헐라고 나와서 보니까.

아 여자들이 여자들이 뱃전으로 요러케 요러케 군장을 맞추면서 안에서,

"강~ 강~ 도 수~월~래~"

"음마~ 저것들 자껏들이 잉. 맨손으로 헌게. 자껏. 우리가 무장헐 것도 없고. 맨손으로 가서 생포를 해부러야 쓰것다. 맨~ 여자들인게."

한 가운데만 이순신 장군만 섰고. 태극기 요~러게 시우고 서 있으니까.

아 그러더니 인자 요러케 온단 말이요.

오니까. 처음에는,

"강~ 강~ 도 수월래."

그러며는,

"가운데서는 빵빵 돌고 가상에서는 뱃전을 요러케 칼로 요로케 조사라. 군장을 마차라. 요러케."

[갑자기 빠르게] "강 강 도 수월래."

"강강도 수월래."

그런게 인자 빨리 빨리 히야쓰거거든.

"강강도 수월래."

"강강도 수월래."

빨리 빨리 히야쓸 거 아니여.

일본 놈들은 생포허것다고 이놈을 헤엄을 쳐갖고 파도를 넘어서 요로케 요로케 와서 뱃전을 막 잡으믄 손가락을 [웃으면서] 탁탁 짤라부러. [전원 웃음]

그러니께 풍덩~ 풍덩~ 풍덩~ 풍덩~ 아이 기냥 일본 놈들이 다 디져부렀어.

인제 전부 괴기 밥이 되아부러.

응 그런게 인자 이순신 장군이 그 분네들은 몰라요. 술이 걍 어~찌 고래야꾸가 되어부렀던지.

[웃으면서] 손구락이 앞에가 떨어진지 어쩐지 모르고,

"응 그러구나."

허고 있었어요.

그러다가,

"자~아 여러분들 수고하셔습니다. 응. 앞에 손구락이 믿말씩(몇 말씩)이요."

그러니까 요로게 본게 손구락이 믿말씩이 기냥 앞에가 쏟아졌어요.

"응. 일본놈들 다~ 죽였습니다. 인자 대한민국. 아니. 이씨 조선왕국 만세."

이랬을 꺼 아니것습니까.

내가 그 끄트리에다가 요 요놈을 또 넣어요.

고렇게 시방 내가 썼서 넣거든요. 너놓고 끝으리에다가,

"자아~ 여러분 수고허셨습니다. 응. 그러니 추어탕이나 한 그릇씩 잡수십시오. 그 추어탕은 사흘만 잡수시믄. 남자가 혼자 못 주무시는 추어탕입니다."

[웃으면서] 내가 그렇게 썼놨어요.

바보와 엽전 세닙

자료코드 : 06_06_FOT_20110114_NKS_JHW_0009
조사장소 : 전라남도 담양군 월산면 월산리 도개마을 정회원댁
조사일시 : 2011.1.14
조 사 자 : 나경수, 서해숙, 이옥희, 편성철, 김자현
제 보 자 : 정회원, 남, 90세
구연상황 : 앞서 한국전쟁에 관한 이야기가 끝나자 조사자가 묘자리 쓴 이야기를 물었다. 제보자는 집안 묘자리 이야기를 한 뒤에 이어 부모님에 대해 이야기하면서 눈물을 흘렸다. 조사자들이 잠시 당황해 하면서 분위기 전환을 위해 바보들에 관한 이야기를 들은 적이 있는가를 물었더니 다음 이야기를 구연했다. 제보자는 연세에 비해 총기가 좋으시고 목소리 또한 힘이 넘쳐 있었으며, 조사자들에게 많은 이야기를 들려주려고 했다.
줄 거 리 : 바보가 삼년간 고용살이를 하고 엽전 세닙을 받아서 가는데, 세 사람이 나타나서 엽전을 달라 하자 모두 줘버렸다. 그러자 마지막 사람이 노인으로 변해 착한 바보에게 평생 먹고 살만한 금덩이를 주었다는 이야기이다.

바보 얘기 하나 할께요.

(조사자 : 예. 바보가 머시 어쨌단 이야기.)

한 사램이 음~ 아~ 남의 집이 고용살이를 갔습니다.

가서 삼년을 넘의 집에 살고. 엽전 세~닙을 받았습니다. 예. 엽전 아시죠?

응. 엽전 다섯 닙이라야 일 전으로 안 봐줍니까.

고 놈을 삼~년을 살고 세 닙을 받았으니. 바~보~지~요~이~. [전원 웃음]

헤 헤[웃음] 고 놈을 받어갖고 요~러케 오니까.

어떤 점~잔은 사람이 요러케 나타나더니,

"나 엽전 한 닙만."

응.

"나 나 삼년 넘의 집 살아갖고 시 닙 받어갖고 온데요."

"너는 시 닙이나 있구나. 나 한 닙도 없어."

한 닙을 줬어요. 주고는 또 조끔 간게. 아까보단 더 어긋허는 사램이 나오더니.

"나 엽전 한 닙만."

"나 시방 시 닙 받어갖고. 나 한 닙 저~그서 줘버리고 두 닙 뿐이여."

"너는 두 닙이고. 나는 한 닙도 없어."

또 한 닙을 줬어요. 주고는 또 저~만큼 가니까. [언성을 높이면서] 또 인자 무~서웁게 생긴사램이 참말로 나오더니.

"네 이 놈. 엽전 한 닙만 줘."

"[웃으면서] 나 인자 삼년 넘의 집 살아갖고 인자 아 시 닙 받어갖고 오다가 두 닙은 뺏기부리고 한 닙 남았어요."

"[언성을 내면서] 너는 한 닙이라도 있거든. 나는 한 닙도 없으니 내놔."

줘부렀어요. 주고는 나서니까. 활~딱 변해요. 어.

(조사자 : 바보가?)

그 노인이. 활~딱 변해 점~잔은 풍채가 되더니.

"아까 두 번 내가 그렸다. 이. 니 마음씨를 좀 볼라고 그랬다. 너 굉장허니 마음씨가 훌륭허구나. 어. 아 그런다고 기냥 한 닙까지 다 줘버리고 너는 하나도 없이 기냥 어찔라고 그걸 다 줘버렸냐?"

"히 히 히 히~"

웃으니까.

"아나. 응. 요 놈 가지믄 너 평생을 편히 살 것이다."

금덩이를 요~만헌 놈을 줘요. 응. 그리서 기냥 바보가 하~[웃으면서] 부자되어 부렀다. 그런 그런 뜻이죠이.

(조사자 : 진짜 잼있네요.)

[웃으면서] 그러니까 내 선고(돌아가신 제보자 아버지)가 나보고,

"그렇게 될 수도 있는 법이니 너 살림살이 없어졌다고 울지말어라."
그런 애기여.

추월산의 김덕령 요새

자료코드 : 06_06_FOT_20110114_NKS_JHW_0010
조사장소 : 전라남도 담양군 월산면 월산리 도개마을 정회원댁
조사일시 : 2011.1.14
조 사 자 : 나경수, 서해숙, 이옥희, 편성철, 김자현
제 보 자 : 정회원, 남, 90세
구연상황 : 앞서 바보에 관한 이야기가 끝나자 조사자가 풍수에 관한 이야기를 재차 물었는데, 제보자는 조부모와 부모에 관한 이야기를 한참동안 했다. 이야기가 끝나자 조사자가 추월산 호랑이에 관한 이야기를 해달라고 하자 제보자는 추월산에 대한 이야기를 하겠다고 하면서 다음 이야기를 구연했다. 이야기는 제보자가 실제 그곳을 가보고 느끼는 상황을 현장감 있게 들려주었다.
줄 거 리 : 김덕령 장군이 추월산 상봉에서 진을 치고 왜적을 물리쳤다는 이야기이다.

또 하나 헐까요? 추월산 애기.
(조사자 : 예. 그 머 호랑이 이야기. 호랑이에게 사람 잡혀간 이야기…)
음~ 그런 그 그런 애기도 인자. 그것은 인자 상황헐 수도 있는 애긴디.
추월산에 특이헌 애기 하나 할께요.
제가 인자 스물~네~살인가 묵어서 인자 면에서 호적 서기를 헙니다.
(조사자 : 호적서기?)
예. 그러니까 인자. 광주 지방 법원에서 호적서기는 인자 한 달에 한 번 씩 월례회의를 헙니다.
음~ 근디 월례회의를 추월산 뒤에 보리암 절에다가 딱 붙여놓고. 거그서 하리(하루) 저녁을 잡니다.
자는데. 또 인자 소리 소리허는 애기 하나 할게.

아 보리암 절이 어칳게나 이러케 낭떠러지에다 옹삭허니 지어놨던지.

그런 줄을 모르고 저녁에 인자 제가 나와서 소변을 요러케 보고 음~ 잤는디.

아침에 나와서 본게. 소변 본디가 요~러케 이러트믄 낭떠러지 주위시키는 벽이 안 있습니까.

그 벽 우게가 내가 용용~히 서서 소변을 봤으니. 떨어지믄 수~천길인디.

내가 소변보다 아~차~! 했더라믄 거그서 떨어져서 기냥 가리도 안 남았을 것인디.

아 하나님께서 붙잡아 주셨던지 어쨌던지 아 기냥 무~사히 소변을 보고 안 자고 나왔습니까.

회의를 마치고 그 이튿날 인자 여까지 온 짐에 추월산에 한 번 상봉에 올라가보자.

그래갖고 인자 거그서 상봉을 요~러케 포~도시 올라와서 요러케 오니까.

딱! 허니 김덕령 장군이 거그서 진을 치고 일본놈들을 물리치셨던 장소라 그런데.

사람 한~나(하나) 꼭 댕길만침 요~러케 바우 틈에를 요러케 지대 놨어요.

거그를 요러케 요러케 줄지어서 오지요.

호적서기가. 이를테믄 전라남도에 한 삼십여 명 안 되것습니까. 삼십명도 더 되지요이.

근게 군 구별로 허니까. 인자 이 근방. 광주지방법원 범위 내에서만 허니까. 한 이십명이나 되았던가 어찌던가 모르겠습니다.

거그가 인자 줄지어서 요러케 오는데.

딱 한 질이(길이) 한 질이 딱 짤라져가지고 밑에는 딱 하나만 슬만큼 요러케 생기갖고는. 요 밑에는 인자 수~(한없는) 낭떠러지.

그러니까 거그를 어찧게 가것습니까. 우리가 싸~악 허리띠를 끌렀죠. 끌러가지고는 전~부 이서가지고는(이어서) 인자 아 앞에 내리간 사람 깡깡 묶으고 고 놈 잡고 요~러케 내리가믄.

그 사램이 풀어주믄 다음 사램이 내리가고 내리가고 그런디. 인자 차츰 차츰 요러케. 한나 뿐이 못간게. 요러케 인자 간게.

또 굴이 나와요. 바우로 굴이 나와요. 그리서 누가 무서운디 그 굴 속을 쑥 들어가것습니까.

그 속에서 쪼깨 몸을 날래게 쓴 사램이 인자,

"내가 들이갈게."

들이가더니. [큰 목소리로] 저~어~ 하늘에서,

"싹~들(모두) 올라와."

그래요.

"음~ 미~ 어찧게 올라오란고?"

그리서 인자 차근차근 들어가서 보니까. 요 놈이 쭈~욱~ 안에 뚫어져 가지고는 거가서는 우에로 사람 한 나.

거 저 옛날 두루박 샘 안 있습니까이. 응. 두룬박 새암 독으로 요로케 고지를 싸노므는 요러케 요러케 니(네) 활개로 안 올라갑니까.

그와같이 생겼어요. 안이.

[감탄의 목소리로] "아~하~"

그러고는 요러케 인자 니 발로 요러케. 요러케. [웃으면서] 오 올라간게. 또 인자 요~러케 온디.

저~그 저~그가 말허자믄 독학허기 좋을 만큼 굴이 한나 있다헌디. 거근 못가봤어요.

응. 거가 쩌~그 저가 있다고 가르쳐줘요. 저그 저가 있다고.

거그서 여그를 보므는 마당 저 지붕우게서 마당 내리다 본놈 맹키입니다.

응. 저~그 추월산 상봉 요러케 요로케 생 안생깃어요. 거가서 보믄 삼각점이 있습니다.

응. 측량헐람선(측량하면서) 삼각 요러케 히갖고 가운데 뽕~ 요러케 짚으로 맨그라져갖고 거그따가 측량대 대고 측량 시작허는.

그런게 여그도 측량을 헐라믄 거그서 재와야 진짜 측량이제.

먼~디다 넘의 지붕우게서 잰것이 측량입니까. 그건 아그들 흙발짓이제.

응. 음~ 그리께 해서 추월산이. 추월산입니다.

추월산. 가을 추(秋) 자. 달 월(月) 자. 뫼 산(山) 자.

이여송이 맥을 자른 칼고개

자료코드 : 06_06_FOT_20110114_NKS_JHW_0011
조사장소 : 전라남도 담양군 월산면 월산리 도개마을 정회원댁
조사일시 : 2011.1.14
조 사 자 : 나경수, 서해숙, 이옥희, 편성철, 김자현
제 보 자 : 정회원, 남, 90세
구연상황 : 앞서 추월산과 김덕령에 관한 이야기가 끝나자 주변 마을 지형에 관한 이야기를 했다. 옥녀봉을 비롯해 담양 주변 마을의 지명과 결혼할 때 쓰는 물건과 관련된 지명이 언급되었다. 마침 조사자가 가마는 없는지를 묻자 다음 이야기를 구연했다.
줄 거 리 : 이여송이 훌륭한 인물이 나오지 못하도록 맥을 잘랐다 해서 칼고개라는 이야기이다.

곡(고개) 하나는 아~조 훌륭헌 사램이 나올 거 같으니까.

이여송이가,

“못묵는 감 찔러나 부러라.”

고감에(고개의) 맥을 딱 짤라부러서 칼고갭니다.

율곡의 유언에 따라 물리친 이여송

자료코드 : 06_06_FOT_20110114_NKS_JHW_0012
조사장소 : 전라남도 담양군 월산면 월산리 도개마을 정회원댁
조사일시 : 2011.1.14
조 사 자 : 나경수, 서해숙, 이옥희, 편성철, 김자현
제 보 자 : 정회원, 남, 90세
구연상황 : 앞서 이여송이 언급되자 조사자가 이여송이 담양까지 왔었는지를 물었다. 그러자 제보자는 밑에 사람 시켰을 거라고 하면서 '이여송 이야기를 하나 더 할까요?'라고 하면서 다음 이야기를 이어갔다. 제보자는 연세에 비해 총기가 좋으시고 목소리 또한 힘이 넘쳐 있었으며, 조사자들에게 많은 이야기를 들려주려고 했다.
줄 거 리 : 이여송이 조선을 탐낼 것을 미리 예견하고 제자들에게 유언을 남겼는데, 유언에 따라 이여송을 물리쳤다는 이야기이다.

이여송이는 율곡선생께서,

"인자 십년 후며는 일본놈들이 우리나라를 침범한다. 응. 침범허면. 일본놈들이 이여송이헌티 쫓겨간다. 쫓겨. 이여송이가 일본놈들을 쫓아놓고는 욕심을 부린다. 한국 쪼끄만헌게 요놈 욕심을 내갖고 임금님을 탑낸다."

율곡선생은 미리 아시고. 이여송이가 틀림없이 일본놈을 쫓아버리고는 우리나라를 탐낼 것이니. 이여송이를 쫓아버리는 것을 돌아가실라면서 제자들에게 가르쳐주십니다.

예~ 제자들 보고. 제자들은 율곡 선생이 곧 운명을 허시게 생겼은게. 안가고 기다리고 있습니다. 왜? 담은 민분(몇분)이라도 더 더 살으시도록 안갑니다.

율곡선생은 가고. 갈 시간이 되았는디.

"왜 안온가?"

허고 답답허십니다.

시간이 여력이 허용이 안되니까. 제자들이 모다 갔습니다. 가니까 율곡

선생이,

"[힘없는 목소리로] 왜 인자사 와? 조깨 빨리오지."

잉. 바빠요. 인자 돌아가실 시간은 되고 허니까 바쁘니까.

아~ 장부칼을 내주시면서,

"두 번 씰(써야할) 곳이 있제."

"예."

"압록강 한 가운데서 솟아난 물. 흑룡강 물맛과 같이."

"예."

"백로 간과 백마 간은 맛이 같지."

"예."

가족들은,

'아 돌아가실라면서 저 먼 말씀이실까?'

그럴꺼 아니요.

제일 대답허는 제자들도 묘허고. 허 허[웃음]

'먼 말씀일까?'

음~ 어 어먼 얘기허다가 또 잊어부렀소.

응~[생각을 해냈다] 바둑 뒨 것도 미리서 다. 이여송이가 바둑 뒤자고 헐 것인게. 바둑뒨 것도 미리서 다~ 가르쳐주셔.

[웃으면서] 아 잊어부렀어. 지금 전화올란디. 중로가 맥혀부렀어.(전화올 시간이 되어 전화에 신경 쓰다가 이야기 줄거리를 잊어버렸다)

(조사자 : 어쩌까? 이여송.)

아 그리가지고는 인자 이여송이가 인자 [갑자기 이야기가 생각이 나서] 음~

"큰 항아리 속에서 울으믄 용 울음소리와 같지."

"예."

아 인자 이여송이가,

"나라를 다스릴라며는 정법을 익혀야헌다. 그런디 왜놈들한테 니기들이 혼난 것은 응 바둑을 될지 모른 것이여. 나허고 바둑내기를 헐까나?"

그런께.

"예. 좋습니다."

제자들이 가서 임김님 헌티다 음~

"임금님 바둑을 뒤자 그래요. 그런게 우리가 요러케 가서 말을 헐라요. 음~ 상감께서 햇빛에서 바둑을 뒤자고 허시니. 응~ 어찌냐? 그러믄 그러자 헐 것 아니요. 그러믄 내가 햇빛을 개리는 양산을 바치… 양쪽에서 바칠 것 아닙니까. 바치고 있을 때. 바둑이 임금님도 많이 두실지 알지마는."

그 말이죠이.

"임금님께서 뒤시다가 어려우믄 멈추십시오. 그러믄 내가 양산을 구멍을 뚫어가지고 햇빛을 딱 쬐이믄 거그 따가 노시쇼." [전원 웃음]

"오케이(OK)"

고렇게 딱딱허니까 이여송이가,

"그 놈의 양산구멍 당장 막다."

역불로 여그서 그런 줄도 모르고. 당장 맞다. 인자 지가 졌죠. 응. 그러니까.

"용이 되야 헌 것이다. 근디 니기 임금은 용이 아니여."

그러믄 인자. 아까,

"큰 항아리 속에서 울으믄 용 울음소리와 같다."

응. 근게. 근게 율곡 선생이 얼~매나 훌륭하십니까.

"오닐(오늘) 저녁에 밤 삼경에. 이 이여송이 방 옆에서 주무시다가 밤삼경에 큰 항아리를 우리가 대령을 헐 것이니. 그 속에 들어계셔. '어훙. 어훙' 허시쇼."

아 이 그대로 임금님께서 안 허시겠습니까.

아 이여송이가 자다 들은게.

"용이 어디서… 이건 먼 소리?"

"낮에 장군이 허신 말씀을 들였더니 마음이 아프신갑습니다."

"쓰~ 얼굴은 용이 아니었는디. 울음소리는 용이다. 어?"

또 인자 이여송이가 실패를 허지 않었습니까.

'헤~ 이 놈의 자식들. 요 놈의 자식들. 음~ 혼~을 조깨 내야 쓰것다.'

"백로간이 조금 먹고 싶다."

백로가 어디가 있어서 간을 어디 어디 어디 허것습니까.

백마간허고 맛이 같다고 안 했습니까. 이율곡 선생이. 응~

얼~른 백마를 뚜두려 잡으다가 간을 내다 준게.

아 이놈이 묵어 봤든가 어쨌던가.

"언제 바로 구해왔을까? 묘허다. 아니 가만있자. 배가 깐질깐질 아프다. 흑룡강~물을 묵어야 쓰것다."

흑룡강 물 맛이 어칳게 다른지 몰라요.

압록강 한 가운데서 솟아난 물이 맛이 같다고 아 율곡선생이 말허지 않았소.

가서 푹~ 찔러다 주니. 하~이고 언제 또 떠왔을까?

"이 사램들 묘혀. 응. 쌈은 헐지 모른 것들이 어칳게 또 빠르기는 혀."
[전원 웃음]

"아니. 계~수나무~ 냄새를 맡… 향내를 맡고 싶다."

아까 에~ 율곡 선생 장두 칼 자루가 계수나무 자루여.

그런게 탁! 뽀개서. 요 놈을 뽀개서 향을 피워준게.

'음~매~ 어뜩케 달나라에 가서 계수나무를 따왔을까?'

응. 참말로 [웃으면서] 달나라에 갔는가. 어찌게 이얘기 아닙니까.

또 인제. 또 이~ 이얘기를 허다가 본게. 또 이얘기를 잊어부렀네요.

먼 애기까지 허다가 말았는고.

음~ 압록강. 음 흑룡강 [이야기가 어디서부터 이어갈지를 생각한다] 인자 저 거시기…

(조사자 : 백로간. 백마간.)

예. 백로간. 또 인자 계수나무.

또 애기허다가 나올란가 모른게. 우선 진행을 헙시다.

'에~기 요놈들 어쩔 수가 없다. 내가 기냥 가야쓰것다. 자껏. 가는 마당에 고이 좋게 갈 것이냐~ 이 놈들아. 삼천리나 쫙~ 짤라버리야. 자껏들. 요것들이 산이 산세가 좋아가지고. 요것들이 재주 있는 놈들이 뽈뽈 나와싸서.'

아까 인자 오성 대감 애기도 안 했습니까.

오성대감 애긴 쪼끔 있다 허게요.

'음~ 재주 있는 놈들이 뽈뽈 나와싼게 내가 맥을 탁 짤라부러야제.'

그래갖고 인자 맥을 전국에 다니면서 인자. 물론 인자 아 이 군사들이 만은게 인자. 응. 시키겄죠.

음~ 그러고는 인자,

"어~ 오늘 저녁에는 인자 가야겄다."

한게. 송별연이 안 있것습니까. 송별연을 헐라고 본게. 얼른 중국에 가서 인자 이여송이 마누래를 업어 왔습니다.

업어다가는 기냥 환~장을(화장을). 하 하 한식으로(한국식으로) 싹 바까버린게. 그리놓고는,

"술잔을 채워라."

이여송이가 본게는 어찌나 지 마누래와 같은디. [전원 웃음]

한복 입어놔서,

"니가 기냐?"

물어 볼 수도 없고. 응. 아~ 이 술잔을 치다가 어찌다가 잘 못했든가. 기냥 한국 어떤 대감이 기냥 그 여자를 젖꼭지를 콱 뽋아버린게.

상에다가 이마빡을 콕 찍어갖고 피가 났습니다. 음~

이여송이가 인자. 어쩔 수 없이 오래 머물다가는 야들한테 까딱허믄 내가 죽제. 내가 일본 놈을 쫓았어도 야들헌티 이길 재주가 없어.

얼른 빠이빠이.

그리고는 인자 아 중국으로 가서 본게. [웃으면서] 마누래가 이마에 빵구가 나붓제. [전원 웃음] 나서 갖고 흉이 졌어.

"왜그래?"

"[큰 소리로] 뭘? 한국에서 니기미 뚜두러 맞을 띠기는 암말도 안해놓고는…"

"그치. 자넨 거 같애." [전원 웃음]

이성계와 삼인산

자료코드 : 06_06_FOT_20110114_NKS_JHW_0013
조사장소 : 전라남도 담양군 월산면 월산리 도개마을 정회원댁
조사일시 : 2011.1.14
조 사 자 : 나경수, 서해숙, 이옥희, 편성철, 김자현
제 보 자 : 정회원, 남, 90세
구연상황 : 오전 조사를 마친 뒤에 제보자를 모시고서 점심을 함께 했다. 다시 조사를 하기 위해 마을로 돌아오는 길에 제보자가 차안에서 이성계에 대한 이야기를 언급했다. 조사자들이 자리 정돈을 하고 이야기를 꺼내기 위해 이성계에 대해서 물으니 제보자가 다음 이야기를 이어갔다. 제보자는 연세에 비해 총기가 좋으시고 목소리 또한 힘이 넘쳐 있었으며, 조사자들에게 많은 이야기를 들려주려고 했다.
줄 거 리 : 이성계가 왕이 되는 꿈을 꾸고서 명산대천에 기도를 드리고 다녔다. 전라도의 도마산, 불태산, 무등산에 기도를 드린 뒤에 가려고 하는데, 꿈에 삼인산에서는 왜 기도드리지 않느냐고 했다. 그리하여 이성계가 삼인산에서 기도를 드렸고, 그로 인해 삼인산을 몽선산이라 부르게 되었다는 이야기이다.

이태조 이성계씨가. 이성계씨 보고 고려조 역신이라고 안 헙니까. 근디 역신이 아닙니다.

왜 그러냐? 내가 경솔허니. 잉. 임금에 대헌 해명까지 헐 내가 이유가 있을까마는.

이태조. 저 이성계씨 보고 고려조에서,

"몽골을 쳐부러라. 응. 군인을 몰고 가서 몽골을 쳐부러라."

헌게. 이태 이성계씨가 저녁에 꿈을 꾼게.

거 다 역사에 있는 소린디. 이얘기햐?

인자 허물어져 가는 집에서 삽을 석자루를 짊어지고 나왔어요. 꿈에.

"이상허다."

무학대사보고 물었어요. 응. 무학대사.

"내가 간밤에 이런 꿈을 꾸었는디. 어~쩌~서 그런 것이지?"

[큰 목소리로] "어~ 당신이 임금이 되야. 삽을 싯을 요리 놓고 당신 몸뚱이를 요~리 히두믄 임금 왕(王) 자 아닌가. 전국 명산 대천에 기도허구 다녀."

응. 그런께 인자 기도를 허고 다녀요. 요러게. 다니다가 추월산에서 여저 도마산으로. 도마산에서 불태산으로. 불태산에서 무등산으로 가서.

거그서 저녁에 쉬어요. 기도를 다 허고 쉬는데. 삼인산에서 산신이 와가지고,

"왜 나는 기냥 지내갔냐?"

"잘못되았습니다. 내일 가서 기도 올릴께요."

응. 그리가지고 기도를 올렸더니,

"오케이(OK)"

그래서 몽선산이다. 꿈에 선인이 나와서 가리쳐주었다. 해서 몽선산이다. 그런 것입니다.

남대문에 암시된 조선의 멸망

자료코드 : 06_06_FOT_20110114_NKS_JHW_0014
조사장소 : 전라남도 담양군 월산면 월산리 도개마을 정회원댁
조사일시 : 2011.1.14
조 사 자 : 나경수, 서해숙, 이옥희, 편성철, 김자현
제 보 자 : 정회원, 남, 90세
구연상황 : 앞서 이성계와 삼인산의 이야기가 끝나자 조사자가 지리산에 관련된 이성계 이야기가 있는지를 물었더니 그에 관한 이야기는 못들었다고 하면서 다음 이야기를 구연했다. 제보자는 연세에 비해 총기가 좋으시고 목소리 또한 힘이 넘쳐 있었으며, 조사자들에게 많은 이야기를 들려주려고 했다.
줄 거 리 : 이성계가 개성에서 서울로 도읍을 옮긴 뒤에 무학대사를 시켜 남대문을 세웠다. 그리고 남대문에 푸를 창(蒼)을 썼는데, 이는 조선이 28대 임금까지 나오고 망함을 암시한 것이라는 이야기이다.

(조사자 : 혹시 이성계. 이 몽선산 말고 이성계에 관한 머 지리산하고 관련된 그런 이야기 들으신거는?)

지리산허고 관련된 이얘기는 못들었습니다마는. 이성계씨가 개성에서 서울로 도읍을 안 옮겼습니까.

그때게도 무학대사의 훈수를 받어 갖고 ○○맹키로 남대문을 안 지었습니까.

남대문을 딱~ 히노니까.

무학대사가 남대문 자리도 가리쳐주서 인자 거그따 남대문을 세왔는데.

음~ 남대문을 딱 세워노니까. 무학대사가 푸를 청(푸를 청에는 아래와 같은 부수가 들어있는 한자가 없고, 푸를 창(蒼)있다) 자를 딱 씁니다. 문에다가. 대문짝에다가.

푸를 청 자는 수무 심(풀 초(艸)) 밑에 여덟 팔(八)허고. 점(丶)을 한나 찍고 임금 군(君)을 헙니다. 그런디 점을 안 찍고 기냥 임금 군만 했습니다.

그런게 그런가보다 허고 세상은 그대로 넘어갔어요.

[큰 목소리로] 나중에 본게. 스물 야닯(여덟) 임금만 지내 묵고,

"빠이. 빠이."

그래서 푸를 청자를 써 놓는 것입니다. 그 말입니다.

(조사자 : 어 특이한 이야기네요.)

[웃으면서] 내가 너무 아는 소리를 히서. 허 허[웃음]

이성계와 무학대사

자료코드 : 06_06_FOT_20110114_NKS_JHW_0015
조사장소 : 전라남도 담양군 월산면 월산리 도개마을 정회원댁
조사일시 : 2011.1.14
조 사 자 : 나경수, 서해숙, 이옥희, 편성철, 김자현
제 보 자 : 정회원, 남, 90세
구연상황 : 앞서 이성계 이야기에 이어서 다음 이야기를 구연하였는데, 이 이야기는 익히 알려진 이야기지만 제보자는 생략하여 구연한 것이다.
줄 거 리 : 이성계가 무학대사에게 돼지같이 생겼다고 하니, 무학대사가 돼지가 보면 돼지 같고 사람이 보면 사람 같다는 이야기이다.

(조사자 : 그리고 아까. 아까 저기 뭐야?)

그리고 인자 이성계씨가 무학대사보고,

"당신은 어찌 되아지 가치 생겼어?"

돼지. 응. 그런게. 무학대사가 얼~른 대답을 허기를,

"허 허. 돼지가 보믄 돼지 같고. 중이 보믄 중 같으고, 사람이 보믄 사람같으지." [전원 웃음]

응. 응.

(조사자 : 아 그렇게 이야기 했답니까.)

예. 그렇게 무학대사허고 이성계씨허고 다정했어요.

도깨비는 대빗자루

자료코드 : 06_06_FOT_20110114_NKS_JHW_0016
조사장소 : 전라남도 담양군 월산면 월산리 도개마을 정회원댁
조사일시 : 2011.1.14
조 사 자 : 나경수, 서해숙, 이옥희, 편성철, 김자현
제 보 자 : 정회원, 남, 90세
구연상황 : 앞서 강강술래의 이야기가 끝나자 조사자가 어렸을 때 강강술래를 하셨는지를 물었더니 그렇다고 했다. 조사자가 마지막으로 도깨비에 관한 이야기를 물어보니 다음 이야기를 구연했다. 제보자는 연세에 비해 총기가 좋으시고 목소리 또한 힘이 넘쳐 있었으며, 조사자들에게 많은 이야기를 들려주려고 했다.
줄 거 리 : 장에 갔다가 저녁에 오는 길에 도깨비가 씨름하자고 해서 지면은 죽는다. 그러나 이겨서 나무에다 묶어두고 다음날 보면 대빗자루라는 이야기이다.

도깨비. 어렸을 때 내가 도깨비를 보기도 했어요. 누 눈으로 본 것이 아니라 저~그서 노는 것을 봤어요.

인제 들에서.

들에서 요러케 요러케 불이 왔다갔다 왔다갔다 왔다갔다 그래요.

그것을 도깨비불이라고 헌디.

나중에 들은께 아니라고 그래요.

음~ 근디 도깨비가 무슨 수가 있는고는 장에를 갔다가 저녁에 와요.

저녁에 오므는 도깨비가 씨름을 허자고 달라들어요.

그러믄 씨름을 히갖고 어칳게 해서 술에 취해갖고 헌 사람헌테 달라든게. 인자 어 술짐에 어뜩해 어뜩해 해서 인자 지므는 고 놈 죽은 놈이고.

안 지고 어칳게 도깨비를 이기가지고 요 놈을 꽉~ 어디 지르나무나 어 나무에다가 꽉 잼매놓고.

그 이튿날 아침에 가서 보므는 먼~ 막가지나 대빗지락이나 먼 그런 것이여.

엇저녁에는 사~램맹키 있는 놈이 와서 덤벼서 요놈을 꽉~ 잼매놨는

디. 아침에 와서 본게. 그 지경이여.

고것이 도깨비여.

그런게 말이 아닙니까. 말이.

도마산 유래

자료코드 : 06_06_FOT_20110114_NKS_JHW_0017
조사장소 : 전라남도 담양군 월산면 월산리 도개마을 정회원댁
조사일시 : 2011.1.14
조 사 자 : 나경수, 서해숙, 이옥희, 편성철, 김자현
제 보 자 : 정회원, 남, 90세
구연상황 : 앞서 조와 종에 관한 이야기를 간략히 하자 조사자가 도마산을 물으니 다음 이야기를 구연했다.
줄 거 리 : 큰 말이 펄떡 뛰는 산이 도마산이라는 이야기이다.

도마산은 음~ 글자 그대로 큰 말도 뛰는 도 자. 말 마(馬) 변에 큰 태(太) 자를 헌 자가 큰 말 뛰는 도 잡니다.(제보자가 설명한데로 한자를 찾으면 태(駄)자이다. 월산면 도마산의 한자 명은 '陶馬山'이다)

도 자에다가 인자 뛸 마 자. 큰 말이 뛰는 말보고 말 마 변에 에~ 클 거를 헌 자가 도마… 아니 도마산.

그런게 큰 말이 홀딱 홀딱 뛰는 산입니다. 이 산이. 그래서 우리 월산면이,

"북~편에 도마산~"

학교 교가가,

"남에 신랑봉."

그럽니다.

(조사자 : 신랑봉.)

예.

초중반사의 터

자료코드 : 06_06_FOT_20110114_NKS_JHW_0018
조사장소 : 전라남도 담양군 월산면 월산리 도개마을 정회원댁
조사일시 : 2011.1.14
조 사 자 : 나경수, 서해숙, 이옥희, 편성철, 김자현
제 보 자 : 정회원, 남, 90세
구연상황 : 앞서 도마산의 유래에 관한 이야기가 끝나자 제보자가 전에 언급한 적이 있는 초중반사에 대해 재차 물었다. 그러자 그에 관한 이야기를 간략하게 구연했다.
줄 거 리 : 초중반사라는 명당자리가 제보자의 집 목련나무 밑이라는 이야기이다.

(조사자 : 초중반사는요?)

초중반사. 초중반사는,

추월산하 십리허에~

추월산 밑에 십리 떨어진 곳에. 그 말이죠이.

십리허에.

대~로가 사관허고.

큰 길이. 우리 마을 큰 길이 막 아 이리저리 있습니까. 큰길이 사통 오다리 되고.

또. 음~ 서출동문서하며.

서쪽에서 물이 나와가지고 동쪽으로 흘러내려서. 남쪽으로 부벼 살펴서 나가는 것이 안보인 것이 [손뼉을 치며] 초중반사다.

응. 초중반사가 여가서(이 부근에) 큰~ 명당자리가 있다고 그리가지고 손님들이 겁~나게 옵니다.

옛날에 갓쓴 어른들이 마~니 와요. 많이 와서,

"여가 기다. 저가 기다. 여가 기다. 저가 기다."

사방에다 히놨는디.

지금 내가 무식헌 표현으로 봐서는 우리 집 목련나무 밑에가 기단 말

이요.

다섯 장군이 나온다는 오장산

자료코드 : 06_06_FOT_20110114_NKS_JHW_0019
조사장소 : 전라남도 담양군 월산면 월산리 도개마을 정회원댁
조사일시 : 2011.1.14
조 사 자 : 나경수, 서해숙, 이옥희, 편성철, 김자현
제 보 자 : 정회원, 남, 90세
구연상황 : 앞서 초중반사에 관한 이야기가 끝나자 이어서 젊은 시절 마을을 위해 일하다가 살림이 어려워져서 집을 팔려고 했는데 마을사람들이 말렸는데, 정작 굶어죽을 만큼 어려웠는데 어느 누가 쌀 한말 주지 않았다는 이야기가 이어졌다. 이어 조사자가 추월산 방장산에 대해 물어보니 다음 이야기를 구연했다.
줄 거 리 : 추월산 밑에 있는 오장산은 다섯 명의 장군이 난다고 한다.

(조사자 : 머 좀 궁금한게 있어서.)

예.

(조사자 : 이 추월산을 방장산이라고도 하나요?)

예. 예. 그린께. 방탕산이란 건 어디서 그런지 모른디.

(조사자 : [제보자가 자신이 말한 산 이름과 달라서 다시 알려준다] 방장산.)

방장산.

(조사자 : [혼잣말로] 방 방 방장산이 아닌가?)

오장산도 되고.

(조사자 : 오장산?)

예. 오장산은 장군이 다섯 분이 난다는 산이 오장산 아닙니까.

(조사자 : 그게 추월산이죠?)

추월산 밑에요.

(조사자 : 아. 추월산 밑에.)

지금. 지금. 저 거시기 천주교 공원 묘지가 오장산입니다.

(조사자 : 아~ 예. 예. 여기서 쫌만 올라가면 기잔아요.)

요 바로 요 요 얼마 안되아요. 사 사킬로 못되아요. 하 하[웃음]

(조사자 : 다섯명이 장군이 난다고.)

난다고. 그리서 오장산입니다. 그 자리에다가.

그 자리에다가 천주교 공원묘지를 맨글았습니다.

(조사자 : 그 뒤에 다섯 장군이 나왔다는 이야기는 들으셨나요?)

[한숨을 쉬면서] 그렇게 까지는 못들었습니다마는. 음~

애마회두 명당터

자료코드 : 06_06_FOT_20110114_NKS_JHW_0020
조사장소 : 전라남도 담양군 월산면 월산리 도개마을 정회원댁
조사일시 : 2011.1.14
조 사 자 : 나경수, 서해숙, 이옥희, 편성철, 김자현
제 보 자 : 정회원, 남, 90세
구연상황 : 앞서 오장산 이야기에 이어 다음 이야기를 이어서 구연했다.
줄 거 리 : 사랑하는 말이 고개를 돌리는 애마회두 명당터가 있다는 이야기이다.

또 여그 밑에 온다 치며는. 또 면~터라고 있습니다. 미영터.

거기가서 애마회두가 있습니다.

(조사자 : 면터에 애마…)

애마회두. 응. 사랑하는 말이 고개를 요러게 돌렸다~하는 애마회둡니다.

사랑 애(愛), 말 마(馬), 돌아갈볼 회(回), 잉~ 머리 두(頭).

(조사자 : 애마회두.)

예. 애마회두가 있는데. 거가 명당이라고 허니까.

요~러케 있습니다. 요~러게 좌향이. 요~러게 있다고 해야쓰것구만. 요러케 있습니다.

여그서 여그까지 기냥 묘~가~ 수~백개가 있습니다.

(조사자 : 수~백개.)

예. 행여나 여 어딘가 허고 막 써놔서. 있습니다.

군수동의 명당자리

자료코드 : 06_06_FOT_20110114_NKS_JHW_0021
조사장소 : 전라남도 담양군 월산면 월산리 도개마을 정회원댁
조사일시 : 2011.1.14
조 사 자 : 나경수, 서해숙, 이옥희, 편성철, 김자현
제 보 자 : 정회원, 남, 90세
구연상황 : 앞서 애마회두 명당터 이야기에 이어서 명당에 관한 이야기가 계속되었다.
줄 거 리 : 군수동에 어떤 노인이 애기를 데리고 와서 먹고 살다가 노인이 죽자 대충 장사를 지내고 묻으러 가는데, 횃불이 꺼지는 바람에 아무 곳에 묻었다. 그런데 그 자리가 알고 보니 말 인중에 해당하는 명당자리여서 사람들이 그곳을 탐냈다는 이야기이다.

그런디 그 건네마을이(애마회두(愛馬回頭) 명당의 건너마을) 군수동입니다. 군수.

(조사자 : 군수동.)

예. 군수동. 그 군수동에 어떤 노인이 애기~를 다리고(데리고) 와서 얻어 묵고 삽니다. 응.

(조사자 : 아~ 예. 군수동예요?)

예. 얻어 묵고 산디. 옛날 왜정 때.

그 노인이 그 마을에서 세상을 떴습니다.

그러니가 애기가 혼자 있으니까 면~에다가,

"횡려사망인이다."

그러고 보고를 안 했습니까. 근게 면에서,

"치상을(초상을) 마을에서 해부러라."

근게 낮에는 바쁜게 못허고 저녁에 저녁밥 묵고 차분허니 인자 요 놈. 그작저작 그작저작 아 여 여 걸인인디 얼매나 좋게 쌌것습니까.

그작저작 싸가지고 지게에다 짊어지고 아 인자 믿이(몇이) 가는데.

아 인자 해가 꾸물히갖고 비가 올라는데. 아~주 깜깜허니 어둡습니다.

거그를 후라시가 없을 때라 이를테믄 등불. 호롱불을 가지고 요러케 요러케 간디.

아 거그를 막 간게. [손뼉을 치면서] 불이 딱 꺼져버립니다.

그런게 아~무데나 버리고 기냥 거긋다 글경글경 묻었습니다.

묻어놓고 본게. 말. 요~러케 허는 말 인중에다가 딱 써부렀단 말이요. 에~ 인중에다.

"아~ 이~고매. 진짜는 동냥치가 들렀구나."

응. 응. 그리가지고는 그 애기보고,

"논을 서른마지기 사줄 것이니, 다른 디로(곳으로) 이장헐래?"

그런게 애기가,

"내가 못되믄 이보담도 더 못될랍디여. 응. 어르신들께서 히주신 것을 서른마지 아니라 백마지기를 사준들 내가 함부로 팔 것습니까. 그대로 뫼실랍니다."

그러고는 서울로,

"빠이. 빠이."

해부러서 시방. 매년 성묘는 왔다갔다 허는지 모르것는디.

그 자리가 탐을 내서 그 난리들인거야.

(조사자 : 허~ 진짜 잼있는 이야기다. 탁 부섰는데. 인중에다가. [제보

자 웃음])

박정희 집안 명당

자료코드 : 06_06_FOT_20110114_NKS_JHW_0022
조사장소 : 전라남도 담양군 월산면 월산리 도개마을 정회원댁
조사일시 : 2011.1.14
조 사 자 : 나경수, 서해숙, 이옥희, 편성철, 김자현
제 보 자 : 정회원, 남, 90세
구연상황 : 앞서 군수동의 명당자리 이야기에 이어서 명당에 관한 이야기가 계속되었다.
줄 거 리 : 박정희 대통령 아버지가 형편이 어려워 샛방살이를 하다가 엄동설한에 세상을 떠났다. 아버지 초상을 치르고 산에 묻으러 갔으나 묻을 곳을 찾지 못해 돌아오니 사람들이 송장이 다시 들어오는 법은 없다 하여 아무 곳에 묻었더니, 그곳이 '군왕지지터'였다. 그래서 박정희가 대통령이 되었다는 이야기이다.

그런게 임자가 따로 있습니다.

예~ 박정희 대통령 아부지가 어. 어~찌 형편이 옹삭허던지. 샛방에서 살았습니다.

샛방에서 살믄서 [큰 목소리로] 엄~동설한에 눈조차 홉씬 온디. 아이~ 세상을 떠났습니다.

그런디. 어쩌것습니까. 없는 살림살이에 어 어 어뜩게 지대로 치상을(초상을) 치것습니까.

눈은 장설같이 쏟아진디. 헐 수 없이 기냥 지게에다 짊어지고 저~리 산에 가서 글경글경 묻을라니 바우땜세(바위 때문에) 도~저히 묻을 디가 없어요.

하리(하루)내~ 피죽꾸리도 못묵고 해림에(해 저물녘에) 도로 짊어지고 내리온게.

[손뼉을 치면서] "나갔던 송장이 다시 들어온 법이 어디가 있냐? 암디라도 가서 버리부러."

응. 그러니까. 암디라도 가서 부린다는 것이. 해필이므는. 이름을 불러도 될까요?

넘의 집안 애기를.

(조사자 : 예. 괜찮습니다.)

장모씨 집. 이르트며는 명당산이라고 그그가(그곳이) 군왕지지다.

말허자믄 응. 그 산에서 왕이 나온다는 군왕지지(君王之地).

[손뼉을 계속 치면서] 아 이 그 자리를 잡을라고 부자가 이를티믄 풍수를 홉~씬 디리고(데리고) 찾을라도 못찾어요. 넘의 자린디 찾을 것이요.

응. 못찾은디. 해~필 군왕지지에다가 박정희 대통령 각하의 아부지~를. 아니 하나부지(할아버지). 하나부지를 거그따가 홱~ 부리버렸었던 갑습니다.

부리고 [손뼉치며] 아~ 이 박정희 대통령 됐습니다.

응. 그런게. 아 글안혀도 생명이 여러 명인디. 살림살이도 없는 분이 또 애기 뱄다헐까 무서운게. 띠어부릴라고.

응. 기냥 장. 으 으 소금덩어리를 묵고 띠어버릴라고 허고 어찌고 어찌고 했으나 안 떨어지고 박정희 대통령이 나왔습니다.

그리서 박정희 대통령이 일본군에 갔다가 만주군에 갔다가 인자 한국군으로 요러케 와서 인자 국가적으로 최고인 인자 의장이 안 되았습니까.

그러는 동안에 장모씨 집이 내가 이름을 부르믄 안되것지요이. 응.

(조사자 : [웃으면서] 안됩니까?)

예?

(조사자 : 안됩니까?)

그 집이서 언제 내가 그러디야? 그러믄 어쩔 것이요.

응. 그런디 손수희씨 거시기 저 토 토지 선정 거시기에 나와있습니다.

[손뼉을 치며] 장택상씨.

(조사자 : 장택상.)

예. 장택상씨가 국회부회장까지 지내고 허고 글안했습니까.

그~분~네~ 아부지의 산이다.

응. 그 산에다가 해필 갖다가 여 이 히놨으니. 풍수들이 나중에 보고사,

[손뼉을 치며] "들어왔어요."

"머? 파내라히요."

파내라고.

"하~ 이~ 전 것이 없는디 어첳게 파내요. 응 파낼 자리가 없습니다. 어. 넙떡지 쭈구리고 앉을 자리가 없는디. 어디다가 파내요."

[언성을 높이면서] "이놈의 자식. 안파내? 그러믄 우리가 에~ 옮길 자리도 주고 인부삯도 주고 그러고 히줄게. 파내."

"예. 그러것습니다. 그러것습니다."

허다가 박정희 대통령께서 국가적인 최고의 위원장이 되셨습니다.

응. 아~ 그리가지고는 경부고속도로를 낼라면서 장택상씨 사랑채로 고속도로가 나갑니다. 하[웃음][전원 웃음]

그런게. 깜짝 놀래가지고는 장택상씨가 얼~른 기냥 들 귀를 요~만~치 띠어가지고는 박. 인제 그때게는 각하가 아니고 최고의 의장이지요.

최고의 의장헌티다 바치믄서,

"요~러~케 띠어 왔습니다. 응. 우리 집은 조깨 비끼(비켜) 주세요."

그런게.

"아 기냥 말씀만 허셔도 내가 기냥 비키 드릴 거인디."

그러면서 그 마을을 요~러케 비키 가버려서 지금도 고속도로가 그러케 났나 몰라요.

요~러케 보였다 그것이여. 예. 고속도로가 가다가 그 마을 가서 요~러~케 가부린다고.

응. 그게 책에 있는 소리여. 다.

음~ 그 장씨 집에서 손수희씨를 고소를 힀어요.

“언제 우리 집이 그래가니 니가 고따구로 이름을 딱딱 배겨놔.”

“사실 내가 틀리믄 니기들이 고소혀.”

응. 고소를 못허고 말아요. 지금까지 그 책을 내가 갖고 있다가 시방 내 손녀가 볼란다고 가져가더니 안가져와요.

오성대감의 지혜

자료코드 : 06_06_FOT_20110114_NKS_JHW_0023
조사장소 : 전라남도 담양군 월산면 월산리 도개마을 정회원댁
조사일시 : 2011.1.14
조 사 자 : 나경수, 서해숙, 이옥희, 편성철, 김자현
제 보 자 : 정회원, 남, 90세
구연상황 : 앞서 박정희 대통령의 명당 이야기가 끝나자 이어서 노무현, 김대중대통령의 서거 이야기와 이명박대통령 선거 이야기가 나왔다. 점차 제보자가 지쳐 보이자 조사자가 건강을 염려했으나 제보자는 괜찮다고만 했다. 잠시 후 조사자가 오성대감 이야기를 듣고 싶다고 말하니 다음 이야기를 구연했다. 제보자는 연세에 비해 총기가 좋으시고 목소리 또한 힘이 넘쳐 있었으며, 조사자들에게 많은 이야기를 들려주려고 했다.
줄 거 리 : 중국에서 한국의 지혜를 탐구하기 위해 문제를 내어 답을 보내라 하자 대감들이 고민하고 있는데, 어린 오성이 나서서 팔(捌)자를 써서 해결했다는 이야기이다.

오성대감은 얼~매~나 이 양반이 재주도 많고 벼슬 부자여. 응 비슬 부자여가지고.

어리서부터서 대감의 아들이니까. 조정에를 기냥 들랑날랑해요.

근디 그 분네가 여덟살 자셨는디.

중국에서 한국의 지혜를 탐구하기 위해서 글을 보냈어요.

"재주 있고. 구변 좋고. 힘세고. 칼 잘 쓴 자가 먼 자냐?"

그러고 보냈어요. 보낸게 서울에 만조 백관이 끄~득~ 끄~득~ 허고 연구를 허니라고 앉었어요.

앉었은께. 오성대감이. 여덟살 자신 이가. 음~ 거그를 들어와서.

"머~슬 생각허니라고 또 그러고 있소."

그런게.

"오라. 오라. 너는 저그 가서 놀으라."

"헤 헤. 나보고 물어보믄 대~번에 갈쳐줘불제."

근게. 한 쪽에서는,

"물어보자."

고. 한쪽에서는,

"아 저런 아이한테 멀 물어봐."

여덟살뿐이 안 묵었은께. 그러니까,

"밑져야 본전 아닌가."

"아따 실(쓸) 때 없는 소리 허지마."

그래도 인자 또 또 믿었던지.

"아 이봐. 재주좋고. 구변 좋고. 힘세고. 칼 잘 쓴 자가 먼지 아니?"

"헤 헤. 그까지꺼 몰라서 그 그 그 그 그 대감들이 끄득끄득~ 에~끼~"

"너 알것냐?"

"아 그것을 몰라. 세상에 쉬운 자를. 응."

"그러믄 어디 여그따 써봐."

"고렇게 쉽게 장지를 채려."

응. 장지 아시죠? 한지에서도 아~주 좋은 질. 소지를 올릴 때게만 쓰는 종이.

"장지를 차려."

응. 그런께.

예? 장지를 몰라요?

(조사자 : 예. 알아요.)

예. 그래서 인자 거 거그서 장지를 못구하겄습니까.

장지를 얼른 친게.

"먹을 갈아. 큰 비루에다가 홉~씬 갈아."

아~ 막 갈것습니까.

"갈아도 용상 먹으로 갈아."

용상 먹이. 개똥 먹이 있고. 용상 먹이 있습니다. 용상 먹은 아~무리 써도 번지지를 않고 이것이 향기롭습니다.

개똥 먹은 퍽퍽해갖고 더~럽게 냄새가 나고.

"용상 먹으로 갈아."

인제 장지에다가 쓸란게 용상먹으로 갈아야 안 쓰것습니까.

용상먹으로 인자 요 놈을 홉~씬 갈아 놨습니다.

"대 붓을 챙겨."

붓 요~만헌 놈이 있습니다.

"대 붓을 챙겨."

근게 대 붓을.

"예. 여깃습니다. 여기 있네."

여기 있다 그랬던가 어쨌던가.

음~ 담엔 기냥 머 머 먹을 먹을 먹을…

"[붓을 잡는 시늉을 하면서] 음~ 으 으 으 으 으 에이~"

히부린게. 요쪽 줄에 앉은 대감들이 기냥 막 도망가져부렀어이.

"하~이코매~ 저 방정맞은 것이 그리기나 헐 것인디."

시원찬허니. 또.

"으 으 으 으~ 에~"

히부린게. 요쪽에선 첨벙첨벙허니 [웃으면서] 대감들이,

"하이고매~ 허지 말자헌게. 맥없이. 이거시 머시여. 관복을 싹 배려버렸으니."

"관복은 빨믄 된가. 뭔 자를 써놨는가 보소이."

"[화를 내면서] 여덟 팔자가 아닌가. 여덟 팔."

"[박수를 치면서] 옳다. 여덟 팔자. 갖은 여덟 팔(捌) 자가 재주 재(才) 변에. 입 구(口)허고. 힘 력(力) 허고. 선 칼 도(刂) 있구나."

그리서 야덟 살에 야덟 팔자를 오성 대감이 마춘 것이여.

(조사자 : 여덟 팔 자에 머 머가 있다고요?)

재주 재 변에. 재주 재. 재주 재 [바닥에 한자를 쓴다] 요러케. 입~ 구. 요러케. 힘 력~. 요~리 선칼 도. 요~러케. 응.

어디 [조사자가 수첩에 적은 한자를 보면서] 어디 봅시다.

(조사자 : 예. [펜과 종이를 제보자에게 주면서] 다시 한 번 써줘보셔요.

[종이에 한자를 적는다] 요것이 갖은 야닯 팔자. 갖은 여덟 팔 자.

(조사자 : 갖은 여덟…)

예. 갖은 여덟 팔 자.

고것을 중국에서 지혜를 탐구허니라고 했든 거이요.

오성을 이긴 한음부인

자료코드 : 06_06_FOT_20110114_NKS_JHW_0024

조사장소 : 전라남도 담양군 월산면 월산리 도개마을 정회원댁

조사일시 : 2011.1.14

조 사 자 : 나경수, 서해숙, 이옥희, 편성철, 김자현

제 보 자 : 정회원, 남, 90세

구연상황 : 앞서 오성대감의 지혜에 관한 이야기가 끝나자 제보자는 오성대감 이야기를 더 하겠다고 하면서 다음 이야기를 이어갔다.

줄 거 리 : 오성대감은 짓궂은 사람이어서 한음대감 부인을 탐하려 했으나, 이를 부인이 알고서 되레 오성대감을 골탕 먹였다는 이야기이다.

그럼 오성대감 얘기 쪼깨 더 할까요?

이 얘긴 허기가 부끄러운 얘긴디.

(조사자 : 저희는 좋아요. [웃는다])

오성대감이 어찌 장난을 좋아하던지. 서울에 미인은 다 따묵어요.

(조사자 : 아이구 힘도 좋네요. [제보자가 웃는다] 힘도 좋구마.)

다 따묵어요. 그거조차(남자 성기) 크더라여.

(조사자 : 예. 그거 조차도 커요.)

근게 다 따묵어요. 음~ 그런디. 한암(한음) 대감 부인은 못 따 묵어요.

(조사자 : 한암대감?)

한암대감. 같은 대감. 같은 대감인디. 한암대감 부인은 못 따 묵어요.

어~찌 얌전허던지 못 따묵어버려요. 다른 대감 마누래는 따 묵을 수가 있는디. 한음대감 마누래는 못따묵어부러요.

그러니까 이~쁜 처녀를 구히가지고,

"너 한음대감 부인이(부인의) 몸종이 자진해서 되아라. 월급은 내가 주마."

응. 그런게.

"가서 거거를 잘~봐라. 응. 그리갖고 내한테 알려라."

그런게 아~ 이. 이~쁘게 생긴 것이 예절도 바르고 인자 그런 처녀가 와서 어 무료로 봉사를 허것다 헌게. 받어들였어요.

받어 들였드니. 얼~매나 착실허니 응 충성을 다하던지.

아 기냥 쉽게 맽겨부렀어. [목소리를 낮춰서] 여그를. 그랬더니 거그를 유~심히 보고 가서는 오성대감헌티다가 보고를 힜어요.

"거가 요러케 요로케 생겼습디다."

그런게. 오성대감이 한음대감 보고,

"에~ 이~ 엊저녁에사 포~도시 성공했다."

한음대감이,

"내~ 안식구가~ 그럴 사램이 아닌데. 먼 소릴까?"

응. 하 하[웃음] 그런게. 와서 말을 했을 거 아니요.

"엊저녁에 그랬어?"

허 허[웃음] 그런게. 피식허니 웃으면서,

"내일 같이 점심을 허게 집으로 같이 오라."

고. 응. 그런게. 인자 또 한음이. 인자 그랬을 꺼 아니요.

"내일은 우리집이 가서 점심을 같이 허게."

근게 좋아라 그랬을 거 아니요. 인자 오성이 그 이튿날 같이 갔어요.

오성이 장난이 어찌 좋아헌 분이라놔서 음식도 자기 앞에치를 안묵어요.

고것을 한~음 부인께서 잘 아세요. 응. 그런께 상을 그렇게 알~맞게 놨어요.

딱 놔가지고. 한음. 아니 오성이 시자 홍시. 홍시를 즐겨해요. 즐거허니까.

상을 요러케 괼 때게 한음… 오성을 바꿔서 놔요. 오성. 왜? 오성대감이 언제든지 음식을 남의 앞에치를 갖다 묵제. 자기 앞에치를 안묵어요.

근게 그 버릇을 미리서 아니까. 요놈을 바꿔서 딱 놨어요.

아하하[웃음] 그런게. 상이 들어오니까 오성이 얼~른~. 하 하 하[웃음] 오성이 그렇게 영리해도 한~음 부인헌테는 졌어요.

얼~른~ 시자를 갖다고 요리 묵은게.

"아이고매. 불이야."

똥이 기냥 한~나(하나가득) 들었어요.

(조사자 : 똘. 돌?)

똥 똥이.

(조사자 : 똥이. [전원 웃음])

예. 헤 헤 헤[웃음] [박수를 치면서] 그런게.

"아이구 구려."

그런게. 옆방에서 한음 부인께서,

"입이 거칠며는 똥이 들어간 법입니다."

그랬어. 그리서 한음 부인헌테 오성이 졌다. 그랬게 꾀가 많고 그렇게 비슬이 높은 사람도 한음부인한테를 졌다.

사돈 오면 뱀을 잡는다

자료코드 : 06_06_FOT_20110114_NKS_JHW_0025
조사장소 : 전라남도 담양군 월산면 월산리 도개마을 정회원댁
조사일시 : 2011.1.14
조 사 자 : 나경수, 서해숙, 이옥희, 편성철, 김자현
제 보 자 : 정회원, 남, 90세
구연상황 : 앞서 오성대감 이야기가 끝나자 제보자는 약간 상기된 모습을 보이면서도 괜찮다고 했다. 조사자들도 조사를 더 하고 싶은 욕심에 사돈이 바뀐 이야기를 물어보니 바로 다음 이야기를 구연했다.
줄 거 리 : 사돈이 오면 담장을 허물어 그 속에 있는 뱀을 잡아 떡을 해준다는 이야기이다.

옛날에 사 사돈이 오믄. 사돈이 오믄 옛날에 강담으로 많이 살았습니까.

(조사자 : 감담이요?)

강담이요. 돌만 요러케 요러케 해서 제주도는 돌만 요러케 안 쌉니까. 고것보고 강담이라 그래요.

돌만 쌌다히서 강담.

(조사자 : 강담.)

예. 강담에서 뱀이 살아요. 뱀이.

(조사자 : 아 그러죠.)

예. 뱀이 살면. 사돈이 오면 굉~장~히 친근한 사이 아닙니까. 그런께 강담을 허물어요. 그리서 뱀을 잡을라고. [조사자들이 놀란다]

그리갖고 뱀을 잡음서. 떡을 허믄서. 떡에서 짐이 안나요.

그럼 배암 꽁지를 딱 짤라갖고는 떡 시루 우게다가 요러케 놔두므는 배암 꽁지에서 물이 댕강댕강 떨어져가지고 떡으로 떨어질 것 아니요.

그 떡이 움마여. 맛이 있는 떡이다.

그래서 사돈이 오며는 강담을 얼른 허물어서 뱀을 잡어서 떡을 히주는 것이다.

(조사자 : 그 떡이 그러게 맛있다구요?)

예. 맛있고. 영양가가 풍부허고. 음~ 예. 그 놈이 근게. 뱀은 함부로 없애지 마라. 그 말이요.

사돈네 오믄 잡는 것이제. [웃으면서] 암때나 잡는 것이 아니다 그 말이여.

도개마을의 새마을사업

자료코드 : 06_06_MPN_20101218_NKS_JHW_0001
조사장소 : 전라남도 담양군 월산면 월산리 도개마을 마을회관
조사일시 : 2010.12.8
조 사 자 : 나경수, 서해숙, 이옥희, 편성철, 김자현
제 보 자 : 정회원, 남, 90세
구연상황 : 앞서 이야기가 끝나자 조사자가 제보자의 인적사항에 대해 조사했다. 제보자의 주소를 확인하면서 다시 도개마을이 형성되는 과정을 물어보자 제보자는 자연스럽게 이야기가 시작되었다.
줄 거 리 : 제보자가 면장을 하면서 살림이 거덜나자 죽으려고 했으나 어머니로 인해 마음을 다잡아먹었다고 한다. 그리하여 도개마을에서 농사짓고 원예, 축산업을 하면서 집안을 일으키고, 새마을사업을 주도하면서 마을을 발전시켰다는 이야기이다.

(조사자 : 그러면 여기 도개마을 들어오셔가지고 그게 인제 그 서서히 마을분들이 이러게 들어오시게 된건가요?)

그 인자 물론 인자 요렇게 자진해서 들어오신 양반도 있고. 또 인자 내가 권히서(권해서) 요로콤 온 양반도 있고.

왜 그랬냐하믄 내가 인자 자랑을 너무 히선 안되야.

(조사자 : 아뇨. 많이 하십시오.)

민선 면장을 두 차례 했소.

(조사자 : 아~ 민선 면장님을요. 아 예.)

두어 차례 허면서 살림살이가 거덜나부렀어요. 응.

그래 인자 살림살이가 거덜나버린 것은. 아~ 그때게는 예산이 없고 면내 사업을 히야헐 곳은 많고.

또 가~난헌 할머니들도 많고. 그런게 내가 담은 음식이라도 요렇게 나눠주고.

내 여비 들이가지고.

면에서 월급은 줘도 여비가 없소. 응. 그런게 내가 도로 중앙으로 쫓아댕길란게. 내 재산으로 쫓아댕기믄서 사업도 유치허고.

어찌고 어찌고 그러다 본게. 아~ 기냥 살림살이가 거덜나부렀어.

내~아만(내것만) 거덜난 것이 아니라. 빚을 솔찬히 져.

아~ 이 면장을 헐 땐게. 친구들 보고 빚쪼깨 도라허믄 안 주것소.

아 그런디. 오일육(5 · 16) 군사혁명이 나가지고 하리(하루) 아침에 요짓뿌린게.

아 이것이 나는 거지되고 빚쟁이들은 독촉이 심허고.

그리서 내가 죽을라고 유서를 딱 썼어. 요렇게 써놓고는 막~ 인자 수면제를 한 주먹을 먹을라고 요렇게 헌게.

"아버지 어머니가 바가지 들을라고 너는 죽을라고 그러냐!"

응. 딱! 그 말이 때리더란 말이요.

'대체 그렇구나. 내가 바가지를 들으믄. 면장 꽤나 했은께. 한 숟구락 들람도 두 숟구락 들 수 있겄는디. 내가 죽어부리믄 아버지 어머니가 바가지 들고 댕기고. 아들 새끼는 아홉이나 두었는디. 잉~ 구물구물 구물구물 헌디. 에 이거 못씨것다. 사람생기고 돈 생깃냐. 돈생기고 사람생깃냐. 응~ 그 까짓 놈의 것 다시 노력허믄 내가 또 빚도 갚고 응 또 인자 다시 갱생을 하겠지.'

고러고 인자. 탁 기냥 작파하고 육십이년에 인자 원예를 히야 안 쓰것소.

근디 밭이 두~마지기 백이 없어. 다~ 팔아묵어부리고. 그 밭 두마지기를 어머니헌티서 인자 승낙을 얻어야 써.

"근게 어머니 오이 한 개 십원 가것지요."

"아 십원이사 가지."

"그러믄 한 나무에 열 개는 열것지요?"

"열 개만 열라디."

"글믄 한 나무에 백원 씩 안 나오요. 응. 그러믄 열 주믄 얼매(얼마), 백주믄 얼매, 천주믄 얼매 아니요. 고 놈 두마지기 오이를 심읍시다."

"너는 계산부텀 허드라."

"아 계산을 허믄 수지가 맞으믄 허고 안 맞으믄 말아야지요."

그랬더니.

"아 고것은 너 알아서 히여."

그러시길래.

"예. 감사합니다."

그러고 거기따 인자 오이를 안 했습니까. 했더니.

(조사자 : 육십이년도예요?)

예. 아 여그 담양에는 그런 디 온상헌 디가 없어요.

(조사자 : 그러니까. 그런 생각을 헌다는 것이 대단허시네요.)

아 근디 광주서 중국사람들이 해요.

그래서 인자 광주를 댕기면서 중국사람들헌티 배와갖고 해요. 근게.

(조사자 : 광주 어디에가 중국 사람이 있었나 봅니다.)

중국사램이 드문드문 있었어요.

그 사램들헌테 배와갖고 헌게. 나는 늦지요. 글믄 사월 이십오일이 중상일이여.

광주에서 서리가 인자 안온 날이여.

그런게 삼월 이십오일이 된게. 광주사람 전~부 범퍼에다 낼 것 아니요. 온상에서.

그런디. 그때게는 비니루도 없고. 하우스도 없고 그런게.

대막가지로 요롷게. 열십자로 요롷게 해놓고는 종우로 요렇게 딱 덮어서 흙으로 딱 눌러논단 말이여.

(조사자 : 종이도 귀했것네요.)

[웃는다] 근디 오월 삼일날 기냥 종~일토록 비가 와부렀어요.

그런디 여 종우가 싹~ 쳐져부렀지. 그리갖고는 새벽에 소내기가 서리가 기냥 싹~ 와부렀어요.

근게 광주에서 전~부 범퍼에다 댄 사램 싹~ 고실라져 죽어버렸어.

나는 그때까지 안허고 있었어요.

안허고 있다가 요놈을 인자 그 뒤에 딱~허니 범퍼에다 내논께.

[웃으면서] 자~알~ 되아가지고. 광주에치가 싹~ 없어져가지고 나 혼자 요놈 독점을 헌게. 돈 꽈리나 모아집디다.

그리서 이자도 쪼깨씩 개리면서. 아그들 인자 날~마덩 학교 갈라믄 울고 가.

십원씩 도라헌디. 십전씩. 십전씩 도라헌디. 없어서 못준게. 울고가.

고 놈을 십전씩 나놔줄 수가 있고. 이자도 쪼깨석 개릴 수가 있고.

어찌고 어찌고 헌께. 포~도~시 인자 숨을 쉬자 쉬었단 말이요.

(조사자 : 예. 오이 오이하셔가지고요.)

헌디. 그 때게 질~로(제일로) 필요헌 것이 필요해요. 그런디는 도입비로 해갖고 요~만치를 나놔준게. 거 어따 쓸디도 없고.

아 이 퇴비는 만이(많이) 맨글라니(만들려고 하니). 자원이 있어야 만이 만들죠.

아~ 이 지붕을 기냥 볏짚으로 이어버린게. 전~부 볏짚이 지붕으로 올라가부린게. 퇴비 맨들 건데기가 없어.

그나마 산야천야 뜯어다 맹글어야 헌디. 전~부 일본놈들이 싹~ 잡아가부려서 놈의 자 징역, 징병 아 기냥 싹~ 잡아가부러서 사람이 없제.

그런게 퇴~비를 맹글 수가 있어(만들 수가 없다).

그래서 인자 [바닥을 손으로 두드리면서] 퇴비를 맨글어야 쓰것는디.

'요것을 어뜨게 허냐. 축산을 장려해야 것구나.'

그래서 인자 친구들 보고,

"요~리 와서 여 원예를 허면서 축산을 허세."

그리갖고는 인자 모다 친구들이 모여 들기 시작했어요.

그리갖고는 인자 축산 장려에다 머에다 인자 머 요렇게 요렇게 인자 육십이년서 부터서 쭈~욱 허니 요렇게 인자 헌디.

육십삼년까지 인자 내가 집을 못이었소. 아 거지가 되어부렀으니 어치케 집을 이것소.

(조사자 : 아~ 육십삼년… 그러셨것네요. 진짜.)

어. 못이은게. 아 썩은 쇠국이 떨어져. 아 요렇게 귀~허신 손님이 오시며는 아 반가운 것이 아니라 얼른 우산을 챙기서 썩은 쇠를 막어야써.

응. 그러니 쓰게 생겼소.

'지붕 개량을 해야쓰것다. 에~이 빌어묵을 거 빚진짐에 만~원만 더 얻어가지고 지붕개량을 허자.'

그리갖고는 인자 만원을 빚을 얻어갖고는 지붕개량을 안 했소.

했더니 아 이것이 보기도 좋고 화재의 위험도 없고 퇴비도 많이 맨들 수가 있고.

아 이것이 퇴비를 많이 맨들어서 논에다 낸게. 논이 걸어져가지고 인자 산성화가 안되고.

산성화가 안된게. 거 인자 병충해가 덜 생긴게. 어 이 농약값이 적게 들고.

아 이것이 일석오조가 일석십조가 된단 말이여.

(조사자 : 그럼 그 무렵에는 머 새마을사업이며 뭐 그런게 전~혀 없을 때라.)

아 그런 것은 없고. 이얘기를 헐게. 들어 보소. [조사자 웃는다]

그러자 인자 내가 히놓고 본게.

"아 이것이 이렇게 좋아. 에기 이놈."

육십사년에는 내가 인자 군 농협에 가서,

"돈 이십만원만 빌려주쇼."

"멀라(무엇을 하려고) 그러요?"

"아 내가 지붕 개량을 히놓고 본게. 그~렇게나 좋~소. 응. 우리마을 지붕개량 시킬라고. 응. 그러니 좀 빌려주쇼."

"머다 어 어서 허라헙뎌?"

인자 그 안에 면장께나 히놔서. 헤 헤[웃음] 쪼끔인자.

"어서 허라헙뎌?"

"아니 내가 어디다 나눠줄라고."

"당신은 어찌 그런 짓거리를 잘허요."

"아 그런게. 내가 히본게 좋은게. 응 글라고."

긋더니.(그러더니) 이십만원 줍디다.

고 놈을 인자 집집이 갖고댕김서 만원씩 나놔줘.

"요놈 갖고 지붕개량허소. 허소."

나놔줘. 그런디 [손바닥을 치며] 후~딱 들어줘야제. 잉. 왜 안들어주냐.

지붕을 요렇게 기와로 덮을라면. 처음 모냐 지붕을 초가 지붕을 이을 때게 기와장을 니(네) 귀에다가 언거놨어야 한다던가?

그런디 안히놨으니 인자사 느닷없이. 잉. 기와를 언그믄 망헌다. 그리서.

"별 얘기 다허고 있네. 그런 미신 지키지 말고. 응. 아 내가 지붕 개량해도 안 망허고 잘 안 산가. 그런게. 응. 히어(해). 히어."

내가 맥 업시 빌고 댕기믄서 이십집을 안 했습니까. 개량을. 힜더니.

아 이십집이서 일년 지내놓고 본게. 좋은게.

[박수를 치면서] "아~ 좋~다. 좋다."

히싼게. 오십집이서 또 얻어도라게. 그래서 또 인자 군 농협에 가서,

"오십집. 오십만원만 더 주쇼."

그랬더니.

"아~따 어찌 그런 짓거리만 하고 댕기요." [전원 웃음]

"아니 모냐는 얻어오라고 안했어도 내가 얻어다 나놔줬는디. 인자 그 분네들이 좋다 그런게 인자 얻어오라혀. 그런게 인자 믿고 주쇼." 그랬더니.

"그러요? 그러믄 드리제."

그리고 오십만원을 줬어. 인자 싸~악 바꿔버렸어. 인자. 그랬더니 아 그때게 기와집이 굴뚝이 배끼진 마을은 우리 마을뿐이거든.

글안허고 저~ 월평리가 기와집이 믿(몇) 집 있고. 장개방가 기와집이 한 집 있어. 거그는 천석꾼. 천석꾼이라 기와집이 있고. 그러고는 전~부 초가집.

면장과 창신계

자료코드 : 06_06_MPN_20101218_NKS_JHW_0002

조사장소 : 전라남도 담양군 월산면 월산리 도개마을 마을회관

조사일시 : 2010.12.8

조 사 자 : 나경수, 서해숙, 이옥희, 편성철, 김자현

제 보 자 : 정회원, 남, 90세

구연상황 : 도개마을 새마을사업에 관한 이야기에 이어서 다음 이야기를 구연했다. 제보자는 총기가 좋으며 언변도 탁월하여 그 당시의 상황을 생생하게 그리고 자세히 조사들에게 구연했다.

줄 거 리 : 1967년 당시 전남농업진흥원에서 도개마을을 새마을 시범마을로 지정하였는데, 그 당시 제보자가 면장을 하면서 창신계를 조직하여 마을을 가꾸고 나무를 심는 등 마을을 위해 헌신한 당시의 상황을 이야기한 것이다.

그런데 인자 육십 칠년에 농촌진흥에 저 저 거시기 전라남도 진흥원에

서 우리 마을을,

"시범마을로 만들어주마." 그래서 인자,

"감사합니다."

그러고 인자,

"그러믄 보조를 얼매나 줄~란가~?" 그랬어.

"그랬더니 보조를 인자 시가진가(세 가진가), 니가진가(네 가진가). 시어보쇼. 한나는(하나는) 빙아리(병아리)를 만이(많이) 키워서 마을에다 놔나서 요렇게 키우라고 육축장 지라고(지으라고) 돈이 나오고…"

(조사자 : 유 유축?)

육축장. 응.

"[앞의 말을 이어서] 한나는 지하보 맨글아서 물을 많이 쓰라고 공동세척장도 맨들고 그러라고." 지하보를 맨글어서 그 지하보가 저~그 냇가에서 요렇게 나와가지고 이 친구 집 마당으로 히서 요렇게 나온디. 참~ 좋은 물이 나온단 말이요. 그 지하보 맨글어달라고.

"또 하난 과수원을 집. 과수원이 아니라 집 뒤에다 과수나무를 심구라고."

한 집이(집에) 니 나무썩을 줘요. 이렇드믄 사과, 배, 대추, 감. 니 가지썩을 인자 예순 집썩을 줘.

아 그때 야든 집이 되았는디. 아 예순 집을 주니. 스무 집을 어쩔 것이요? 뉘 집은 빼고 뉘 집은 줄 수가 없어.

그래서 내가 그대로 구헐라 헌게. 못 구허것어요. 얼른 못 구허것어. 그리서,

"에~기. 복숭아 나무를 기냥."

스무 집을 구해가지고는 근게 팔십 주지요. 그 놈 팔십주를 거기다 기냥 막 섞었어. 섞어가지고는 기냥 한 집이 니 주 썩을 나놔줬어.

나놔줬더니. 나중에 도에서 인자 보조를 줬은께. 어찌게 히놨는가 보러

왔을 거 아니요.

와서는 인자 병이라 집도 인자 병아리도 잘 키우고 있은께,

“오케이(OK)”

또 인자 지하보도 인자 이 친구 집이가서 본게 물이 꿀꿀꿀꿀 나온게,

“오케이(OK)”

응 그러고는 인자 과실 나무를 어떻게 심었는가~ 헌다. 박원만이 어머니. 박원만이 어머니가 마침 요~리 회관 앞을 지내가. 지내간게.

“아주머니. 과실 나무 심었소.”

“안 심었어요.” [전원 웃음]

“어 왜 안심어요?”

“말로만 들었지. 안 심었어요.”

아 같은 말이믄 치짐있게 고렇게 말을 헌께.

먼 말인고는 저 앞에 산을. 응. 창신계를 맨글어가지고 산을 이십칠정도를 샀어요. 이 마을에서.

창신계를 맨글아서. 고것은 또 인자 오십구년부터 시작헌 일인디. 시방 이얘기가 빠졌소.

응. 그 얘기로 소급헐꺼라? 아니 요 감나무 얘기부터 해야것구나.

(조사자 : 예.)

[웃으면서] 아 그래서 거그따가 안심다 딱 그 얘기여.

“아 거그 말고. 집집이 네 주썩 안 보냈소.”

“오~ 고 놈은 심궜어라.” [웃는다]

그런게 도에서 나온 이들이,

“참~ 말이 이상허다.” 그것이여. 응~ 응.

“안 심궜어라. 말은 말대로제 안 심궜어라.”

“치짐있게. 먼 깔투까리가 있는게 아니냐?”

(조사자 : 아~ 말이 좀~ 네.)

그러면서, “요런 사람들 이끌고 나가니라고 애~ 깨나 쓰요.”

응. 나보고 인자. 그러믄 인자 저 창신계 발 애기를 헐거라.

음. 오십구년에 그때 맥없이 꽹과리 징 장구만 치고 두부 먹고 정월 보름에 노요. 그래서 내가,

“수도 뛸라믄 보리밭에 가서 뛰어야 다 수확이 된 것이고. 마당 딴딴헌 놈 간디 멀라 뛰냐. 보리밭에 가서 붓고. 먹어부린 놈 보다도 저축을 히갖고 마을 기금을 맨글자.”

그랬더니. 들어주요.(들어주지 않는다) 질로(제일로) 부잣집이 이성훈씨, 또 인남귀 아버지 인정섭씨. 또 최해봉씨.

그때게 인자 정해원씨 집이가 고리 니(네) 집이 부잣집인디.

정해원은 내 종젠게. 반대를 안하지마는 이 이성훈씨, 인정섭씨, 이를테믄 저 거시기 최해봉씨가 부자 시(세) 집이가 반대를 해요.

“거그는 벼 한~가마니씩을 내라~”

그랬거든. 근게 한 가마니 내기가 싫은게. 반대를 혀.

그래서 인자 마을 사람들 전~부 다 대부리고 댕김선.

“꽹과리를 치믄서 여 이를테믄 어 굿친 사램이나 구경헌 사램이나 전~부 뒤 따라라.”

그러고 보리밭을 싹~ 기냥 요 꾀 꾀 꾀. 요 볿은 것이 아니라 기냥 요렇게 요렇게 걸어가도 하도 많은 수가 걸어간게. 뛴 놈 보단 잘 볿아지것소.

그런게 사흘 동안에 온~마을의 보리밭을 싹~ 볿았어.

그 동안에 싹~ 가자(가져와라) 그런게 안가자(가져오지를 않아). 한 집도.

나 혼자 애기허믄 걸소리라(거짓말이라) 헌디. 마을어른들 다 계신게. 나 걸소리 아니것죠이.

(청중 : 나 잠오네. [전원 웃음])

잠와. 그럼 누웠어. 하 하[웃음] 내가 내가 너무 목청을 크게 하지라. 시방.

(조사자 : 아니요. 너무 좋습니다.)

아 그래서 인자 보리밭을 다~ 볿았는디. 그때까지 안가져오길래. 질~로(제일로) 그 집에(부잣집 네 집 중에서) 빡신 집이 이성훈씨 집이요.

그 양반 작고했은께. 내가 헌 소리가 아니라.

이성훈씨 집이를 인자 그 싸~악 딛고(데리고) 디리(들어) 갔어. 그래 내가 인자 면장할 때게.

"면장도 지소주임도 오니라. 학교장도 오니라. 우체국장도 오니라."

기냥 싸~악 오라다가 기냥 마당에서 막 곧 열한시경에 들어갔은게. 곧 점심 때는 되고.

옛날 풍습으로 그렇게 치배꾼이 와서 마당에서 놀며는 치배꾼들을 그 집이서 대접을 허거든요.

아~근디 이성훈씨 이 꼬꼽헌 양반이 가~만히 계 계산을 히본게. 치배꾼조차 아 이 기냥 기관장들조차 기냥 전~부 대접을 헐라믄 배꼽이 배보다 안 크것소.

벼 한~가마니 갖고는 안되것제.

(조사자 : 저기 치배꾼이라고 한가요?)

꽹과리 치고 머허고 그~ 치배꾼. 하 하[웃음] 그런게 인자 안되것은께 내한테 오더니. 여 열두시가 되았어. 인자.

"아 지금이라도 나락 한 가마니만 내믄, 기냥 딛고(데리고) 나갈란가?"

"아~ 딛고 나가지요." 그랬더니.

"그러믄 치배꾼 데리꼬 오소."

응. 그래서 인자 어 어 딛고 나간게.

"여 유사 한가마니. 아무 놈이라도 한가마니 가지 가소."

우리가 거그서 지~일루(제일로) 큰 한가마니 그냥 응 짊어지고 안 나왔소.

나왔는디. 때는 되았는디. 어디로 갈 것이요. 헐 수 없이,

"내 집으로 싹~ 가자."

그래가지고 내 집으로 가서 싹~ 점심을 대접허고는,

"인자 그만 둘게. 가져오니라."

그 인자 지일로 거신 집이서 내불었은께 인자. 누가 항의할 사램이 없제.

근디.

"없이야 될라므는 우리 집이 마당굿이 정재굿이나 쳐줘라." 그거시여. 글안허요.

"그래야 액맥이가 된다." 응. 근게 정재굿이나 쳐.

그래서 인자 집집이 댕김서 인자 응 막 펴주기 위해서 인재 정 액맥이 해주기 위해서 막 집집이 들어댕긴다. 막~

"꽹꾀래 꽹꽹. 꽹꾀래 꽹꽹."

그러고 막 돌아댕긴 것이여. 아 인자 아조 할당이 없어. 가난한 집. 거그도,

"우리 집도 조깨 쳐주쇼."

그러므는 여 그릇에다가 쌀을 요렇게 장꽝에다 놓고 부엌에다 놓고 응. 새암에다 놓고 글안허요.

우리 동네는 집집마다 새암이 거저 있다 시피 해요. 아~조 지하수가 좋은게.

그런께. 시암굿. 정재굿. 장 에 장독굿. 응 칠란게. 집집이 오라헌게.

다~ 인자 저~그 가난한 집도 다~ 들어가서 인자 싹~ 친게. 다~ 인제 [두 손을 그릇정도 크기로 벌리면서] 요만씩 내. 싹~ 계원이여.

그리서 창신계를 맨들었어요.

(조사자 : 그렇게 해서 창신계를 만드셨구나.)

그때게 열 석섬 여덟말이 모였어. 벼로 열 석섬 여덟말이 모였는디.

아~ 저 앞에 산이 뻘거숭이요. 이십칠정도가.

인자 우리 동네 요렇게 돈 모은지 알고 그 산을 사가라 그것이여.

“사갈라며는 일정액 벼 한섬씩을 도라.”

그러믄 이십칠정본게. 이러듯믄 스물 일곱석이라야한디. 아 열석섬 여덟말 뿐이 없는디.

어뜩케 절반뿐이 없는디. 어뜩케 사겄어.

“응. 사자.” 내가 면장을 헌게.

“밑에 개간헌다고 보조비를 타가지고 개간은 우리 마을 사람들이 허고, 보조금 갖고 요놈 산을 사믄 안 쓰것냐!”

[웃으면서] 그리갖고는 인자 그 산을 샀단 말이요. 샀는디.

아 우리가 거그따 조련도 헐라. 아 소나무가 요롷게 뻑 올라오믄 쏙~ 뽑아가버려.

땔감이 없은께. 모다들(모두들). 쏙 쏙 뽑아가버려. 근게 마을 사람들이 지켜야해 요놈을.

당번으로 지켜야혀.

그러믄 내가 가서 지킬 때에는 기냥 실실실실 모다 피헌디.

머던이(어떤 사람) 같이 일을 헌이가(일을 같이 한 사람) 지키러 가므는,

[언성을 높이면서] “너는 어디서 나오냐? 이 놈. 니 산에서 나무허냐? 나쁜 놈 자식 같으느니라고.”

응. 그런께. 아~ 아~ 말을 못허고 와부러. 근게,

“우리는 못지키것네. 잉. 자네 혼자 지키소.”

나 혼자 이십칠 정보를 어뜩케 지켜. 내가 망원경을 샀어. [전원 웃음] 사갖고 요렇게 요렇게 보고 쫓아댕긴디.

아 이십칠정본게. 아 솔찬히 면적이 널룹것소(넓다).

그런게 여그 와서 지키믄 저~그서 또 뽑아가부리고. 하 이거 혼자 담

박질험서 어쩌 댕기것어. 근게,

'오~라~ 어그짝 빠져서 다 유지는 못허것은께. 십일정은 팔아버리자.'

응. 그리서 십일정은 팔아버리고 인자 요쪽으로 히서 육정만.

응. 그러믄 십일정 판디는 절터도 있는디고. 약수터도 있소.

지금도 절터는 지금 절터는 황무지로 묶여있고. 약수터는 지금도 약수가 졸졸 나오요.

거그서 하여튼 병만 나스믄 병나믄 거가 묵으믄 나서뿌러.(병이 낫는다) 그런 약수터가 있고 그래요.

(조사자 : 그 약수터 이름이. 뭐 따로 이름이 있습니까?)

우리 신랑봉 약수터죠. 신랑봉.

(조사자 : 신랑봉 약수터.)

예. [목이 말라 사탕을 먹는다]

(조사자 : 절반은 팔아버리시고. 그래가지고?)

인자 십육정은 지금까지 지금까지 요렇게 지탱을 허고 있어요. 저~ 앞에가서 창신계 비라. 비석이 있고. 거 비석 뒤에 자세허니 내력이 요렇게 있습니다.

(조사자 : 그래가지고 그 나무들은 지금도 해가지고 수익사업을 하고 그러시나요?)

나~무는 지금도 가꾸고 있고. 그 밑에다가 밭을 [옆 청중을 바라보며] 오정인가? 응? 시방 확실히 안재봐서 모른디.

오정을 개간을 힜어. 마을사람들이 나눠서 벌고 있다가.

응. 그 흙이 좋다고 누가 조깨 흙을 파간다고 히서 그러라 히갖고 흙을 파내고는 시방 요 요렇게 생깄어. [다시 청중들을 보면서] 아직은 안 벌제?

(청중 : [멀리서 작은 목소리로 말하기에 들리지 않는다] 벌고 있어요.)

버는가? 어~ 내가 인자 잘 거식헌게. 벌고 있는게비요. 응. 마을사람들이 나놔서 벌고 있고.

경작료를 쬐께씩 받어요. 많이 안 받고. 쬐깨씀 받어갖고 응. 창신계 운영자금으로. 그런게 [옆 청중을 바라보면서] 지금 자금이 한 오천만원 있는가?

한 오천 만원 있어요. 근게 고 놈으로 창신계. 말허자믄 새로운 것을 창조허는 계란 말이요.

근게 머시던지 새로운 거이 나오믄 그 돈으로 이렇게 딱 히서 응. 잡어댕기고. 잡어댕기고. 인자.

(조사자 : 그 천구백오십구년 그 무렵에 이 마을에 사람들이 많~이 들어오셨나보죠? 부잣집도 세 집이나 되고.)

근게 인자 내가 사십팔년에 와가지고 깐닥깐닥 모여든게. 오십구년에 한~ 오육십호(50~60집 정도) 되았을 것이요.

상수원 유치 과정

자료코드 : 06_06_MPN_20101218_NKS_JHW_0003
조사장소 : 전라남도 담양군 월산면 월산리 도개마을 마을회관
조사일시 : 2010.12.8
조 사 자 : 나경수, 서해숙, 이옥희, 편성철, 김자현
제 보 자 : 정회원, 남, 90세
구연상황 : 앞서 도개마을 지명에 관한 이야기가 끝나자 조사자가 샘굿을 쳤는지를 물었더니 제보자가 다음 이야기를 이어갔다. 제보자는 총기가 좋으며 언변도 탁월하여 그 당시의 상황을 생생하게 그리고 자세히 조사들에게 구연했다.
줄 거 리 : 상수원을 광암리에 유치하려 했으나 마을이 단합되지 않자 제보자가 나서서 신기리에 유치하기까지의 과정을 이야기한 것이다.

(조사자 : 그러며는 옛날에 샘굿치고 그럴 때는 징발 있고 그럴 때는 또 개샘 가갖고 반듯이 굿을 쳤겄네요?)

인자 또개새암은 공동 새암인게 안쳤고. 집집마다 샘이 다 있어요. 여 두룽박새암.

그런게 인자 새암굿 치고 정재굿 치고 장~똑굿 치고.

(청중 : 샘 그게 여러 번 변했소.)

응?

(청중 : 여러 번 변했어요.)

응.

(청중 : 두룽박새암 허다가 수도새암 허다가 상수도까지 세 번, 네 번 자꼬 이러게 변해왔어. 결론은 인자 상수도가 들어왔죠. 세~번 변해가 지고.)

상수도는 에~ 상수도는 [잠시 물로 목을 축인다] 상수도는 쩌~ 우게가 있소. 우리 마을 상수도는.

그런디 요새는 인자 저~ 거시기 가서 신기리 가서 담양읍 상수도를 히던 것을 인자 우리 마을도 그 그 물을 보내준게.

우리 마을 상수도가 있고. 또 인자 군에 상수도가 있고. 시방 둘을 쓰요. 우리 마을에서.

신 신기리 상수원은 우리 마을 것이 아닌게 이 얘기를 헐 필요가 없습니까?

(조사자 : 이야기 해 주십시오. 괜찮습니다. 꼭 이 마을 것만 안하시고요. 다른 마을도 괜찮습니다.)

아~ 음~[목을 가다듬고] 담양군에서 인자 처~음으로 상수원을 맹글라고 음~ 군에서 회의를 헌다고 헙디다.

내가 주진이(눈치가) 없어. 허 [웃으면서] 부르도 안헌디 떡~허니 갔어.

가서 본게. 월산면 광암리에다가 헐란다고 그러요. 그리서,

"실례헙니다." 그랬더니.

"뭘 말이요?"

아~ 이. 방청석에서 느닷없는 주 주먹만헌 것이 이 이렇게 [웃으면서] 손을 든게.

"먼 소리냐?"

응. 서울서 왔다고. 똥을 크 크게 뀔 줄 안디. 왠 주먹만헌 것이 머이라고 달랑거린게.

"먼 소리여?" 반말로.

"예. 오늘 오만분의 일 갖고 오셨소?"

"응." 그러믄,

"아 에~ 그러면 지금 담양군 상수원에 대해서 걱정이 많으신. 수고가 많으십니다. 그러나 광암리는 [큰 소리로] 적지가 아닙니다."

"건방진 놈 같으니. 니가 누구냐?"

"허어~ 말씀을 삼가하시소. 내가 월산면 산 놈입니다. 월산면서 나가지고(태어나서) 월산면서 자라난 놈이라서 월산면 내용을 잘 압니다. 거그는 적지가 아닙니다." 그랬더니.

"니가 머시여? 식수 면적이 거가 제~일 좋은디."

"식수 면적은 좋을~ 갑시(좋을지 모르지만) 거그다가 당신네들이 선정은 못헙니다."

[언성을 높이면서] "왜? 저런 나쁜 놈 같으니."

"[안타까운듯이] 허~어~ 나가(내가) 아니다 안 나갈게. 회의나 허시쇼."

글더니 회의를 혀. 히가지고는 거기따 허기로 허고 추진위원회를 조직을 헌디.

아~ 나를 거그따가 한 사람을 집어넣소.

"나는 반대여. 빼불어." 그래도 후배 친구들이,

"아 머이라 해쌌가. 같이 허세."

"안되야. 거긴 안되야."

"왜 안되야?"

"아 이 안되아."

아 그래갖고 기필해갖고 인자 아 인자 사흘만에 인자 싸~악 추진위원이 모여 가지고는 인자 거그를 가자헙디다.

"나 안가. 아 안되아."

"왜에~?"

"아 가봐. 된가."

아~ 차로 기냥 쌔~까~먼히 요렇게 기어간게.

[언성을 높이면서] 마을에서 아주머니들이 기냥 똥바가치에다 똥을 한~나씩 들고는 오기만 허믄 차에다 찌클라고 기냥 줄줄~허니 섰어. 기냥.

그러니 어떡케 가것소 거그를. 못가고 돌아서서는 왔소.

와서는 인자 그 뒤에 각 단 그 마을 유지들 각 단 조깨 군으로 불려. 하나씩~ 하나씩~ 똥구먹을 훅~훅~ 불어.

[전원 웃음] 불어가지고는 인자 얼~매만큼 불었은께. 인자,

"가자."

"안되아."

근게. 아 인자 똥구먹을 불어 놨는디.

"아 안되아." 하~ 간게.

똥구먹을 불어놨어. 똥바가치는 안들고. [전원 웃음] 꽹과리하고 징을 갖고 있다가 말만헐라그믄 주둥이에다 [전원 웃음] 꽹꽹꽹꽹… 히부린게 말을 헐 수가 있어야제.

그런게 인자 군수가 내한테 와서는,

"아 여. 참말로 안돼에~."

"내가 거짓을 하고 다녀. 맥없이(맥없이 말하진 않았다). 어 군에서 중대헌 회의를 헌디. 내가 건방지게 멀라 그런 거짓소리를 허고 댕겨."

"글쎄요. 그때 말을 들을 것인디. 그러믄 어따 허믄 좋것소."

"신기리에따 혀."

(조사자 : 신기리?)

예.

(조사자 : 근데 어~째서 광암마을 사람들은 그렇게 반대를 했을까요?)

내가 인자 또 그렇게 까지 말허믄 그 마을 인심을 내가 어 오선헌게. 그 얘긴 그만 헙시다.

응. 쉽게 말해서 갑이 오케이(OK)허믄 을이 노(NO). 병이 오케이허믄 정이 노!

마을이 단합이 안돼. 응. 안된게.

도~저히 거기선 먼 그런 것을 못헐디여.

(조사자 : 의견이 합일이 안된…)

그러니께 내가 아까 그 자리에서 그 소리를 어떻게 하것습니까.

남의 마을을 갖다가 대~중석상에서 내가 응 악평을 허것습니까. 어쳏케.

(조사자 : 신계리며는 월산면 신계린가요?)

예. [물을 마신다] 입 입 축일란게.

"그러믄 인자 신계리에다 하쇼."

"신계리는 어찔까라?" 근게 일을 그렇게 헌 것이 아니여.

월산면 총무 계장이 내 당질이여. 응 근게 내 당질보고.

"내 당질이 신계리하고 아주 아삼육이야. 근게 내 당질 보고 가서 좋은 사업 하나 가져오께. 도장들 전부 갖고 나오소." 그러믄.

"아 먼 사업인간디?"

"좋은 사업 가져오께. 아 도장만 찍어."

응. 그러믄 도장을 싸~악 찍을 거이다.

그러믄 나중에 빵고 나믄 내 당질이 야단이 나부러.

"왜 그런 사업을 우리 마을에 갖다 줬냐?"고 야단이 나불어.

"그런게 군수님은 나중에 토지 감정사가 오므는 토지가격이나 짱짱~허니 해주라."

고 그래라고. 응. 그러믄 거그가 산이 요러케 생겼어.

요러케 생기가지고 요기가 인자 골차기(골짜기) 논밭이 있는디.

하~ 이 놈의 것이 일출이 열 한시 되야 햇빛이 쪼~끔 비칠랑 말랑. 오후는 두시 되므는 해가 가부리제. 근게 이 놈의 곡식이 되것소. 지대로.

포~도시 가꿔노믄 산~ 속 동물들이 기냥 싹~ 와서 [입을 크게 벌리면서] 아~함 히부러.(산 속 동물들이 곡식들을 먹는다)

그런 땅인디. 아 이 놈의 돈을 톡톡허니 주며는 그 사램들이 부자가 안 되아버리것소.

응. 그런게 인자 고렇게 허라고.

그랬더니. 대차 고렇게 히갖고는 도장을 하리(하루) 저녁에 받어와부러.

응. 그런게 마을에서 아는 게 아니라 야단이 나것소. 야단이 난게,

"가만 있어. 인자 쏟아진게."

하 이 나중에 토지가가 인자 푸~북허니 나부린게.

아 이 그 눔 비신박토가 아 기냥 톡~ 노믄 사게 되고 광주다 집을 사고 담양다 집을 사고 기냥 막 부자가 기냥 수두룩허니 되아부러.

응. 고렇기 히서 먼 일을 헌 거시제. 무턱대고 기냥 암디라도 쑤석쑤석 헌다고 응 저그 거북이가 나온 것은 아니여.

도개마을의 영농사업

자료코드 : 06_06_MPN_20101218_NKS_JHW_0004
조사장소 : 전라남도 담양군 월산면 월산리 도개마을 마을회관
조사일시 : 2010.12.8

조 사 자 : 나경수, 서해숙, 이옥희, 편성철, 김자현

제 보 자 : 정회원, 남, 90세

구연상황 : 앞서 상수원 유치에 관한 이야기가 끝나자 제보자는 가족에 대한 이야기에 이어 아들 한 명이 연탄가스에 중독되어 죽은 이야기를 들려주었다. 이야기가 끝나자 조사자들이 말을 잇지 못하고 있으니, 제보자가 나서서 '또 하나 이야기할께요' 하면서 다음 이야기를 구연했다. 제보자는 총기가 좋으며 언변도 탁월하여 그 당시의 상황을 생생하게 그리고 자세히 조사들에게 구연했다.

줄 거 리 : 새마을사업 무렵 제보자가 군 농협의 지원을 받아 마을의 영농사업을 하게 된 그 당시의 상황을 상세히 이야기한 것이다.

또 한나(하나) 애기헐께요이.

농협 담양 군지부에서 우리 마을이 인자 시법마을이 되아가지고 어 인자 조깨 뻔덕뻔덕 살고 있은께.

자기도 인자 머인가 훌륭헌 잘 살고 싶은 마을로 만들고 싶은게. 사업계획서를 히갖고 내한테 왔습디다.

나허고 인자 친구간이고 학교는 내 후배지마는 담양동학교 같이 나오고 그랬은게. 응.

내가 어디서 담양동학교를 나왔는고이는 월산학교가 나보다 일년이 늦어요.

내가 삼학년이믄 이학년. 응. 그런께. 내가 월산학교를 못댕이고. 담양동학교를 댕이는디. 거그를.

(조사자 : 담양 동 학교라 그럽니까?)

동 동. 동녘 동 자.

(조사자 : 예. 담양동… 여기가 뭐 초등학교, 중학교 같이 있는…)

중학교는 딴 디로 그 뒤에 생기고.

(청중 : 담양동학교가 지금으로 말하믄 초등학교제.)

(조사자 : 예. 담양동초등학교네요.)

그 때게는 담양공립보통학교지요.

동 동도 아니고 그 때게는 담양공립보통학교.

(조사자 : 예. 여기를 나오셨다구요. 예.)

예. 이십오회.

(조사자 : 이십오회. 예. 졸업하실 때가 몇 년도셨어요?)

근게 에~ 천구백삼십오년.

(청중 : 근게 월산학교가 이 [제보자를 가리키며] 양반 입학한 후 일년 후에 생겼단 말이지.)

(조사자 : 그런 것 같네요. 예.)

인자 군 농협 조합장이 사업계획서를 갖고 내한테로 와서,

"여 계획서가 어찐가?"

그래서 찬찬히 본게. 계획서는 잘~맨들았습니다.

"계획서는 좋네. 신계리에다 허믄 어찌것는가?"

"신계리는 안되네."

"왜?"

"거긴 지도자가 없네."

"하재풍이 안 있는가?"

"하재풍씨는 선비제. 지도자가 아니네. 지도자와 선비와 다른 점을 자네는 모른가? [언성을 높이면서] 지도자는 밀었다. 잡어댕겼다. 헌 힘이 있어야 헌 것이네. 잉. 하재풍씨는 만고품은 호인이여. 헤 헤 좋을대로. 그런 사람이라 지도자가 아니여."

그래도 기필코 거그따 허요.

'허 허. 실패작이다. 너!'

응. 그런디. 그 뒤에 인자 군 농협에서 도에다가 인자 보고를 힜을 것 아니요.

근게 도에서는 인자 중앙 회장이 도에 왔든 갑습디다. 도에. 온게 보고

를 히어.

"담양서는 이런 계획이 왔다."고. 근게.

"오케이(OK). 고것이 모샤비(모샤브(Moshav)) 농법이다."

그런게 그냥 전남일보. 전남매일에다가 기냥 대서특필을 해부렀어. 그리야.

"모샤비 농법." 그런게. 아 도지사가 깜짝 놀랄 것 아니요.

"아 이런 담양군수는 멋허고 자빠졌간디. 모샤비 농법이 담양에 생긴지도 모르고…" 어 그런 어. 전화로,

"멋허고 자빠졌냐! 모샤비 농법이 월산면가 생긴단디."

"예? 모샤비 농법이 머여?"

"아 저런 미친 놈 봐."

[웃으면서] 그렇게 해사 했을라고. 내가 허는 말이제.

(조사자 : 모 모새기 농법이?)

모샤브 농법.

(조사자 : 모새비?)

모샤브.

모샤브. 모샤브 농법이 인자 사회주의 농장. 사회주의 농장. 인자 선진국에서 허는 농법이 모샤브 농법이여.

하~ 그리갖고는 인자 도에서 구지사가 인자 위원장이 되고. 유관기관장이 구위원이 되어가지고는 느닷없이 하리(하루)에 기냥 쌔~단차가 그때게는 굉장히 이 기관장만 타고 댕긴 차여. 하~ 그런디. 쌔~단차가 쌔~까~만이 신기리를오요. 오길래 내가 주서없이(눈치없이) 따라갔어.

[웃으면서] 따라가서 본게. 산으로 들로 이러듬 바다로 어디로 어디로. 바다는 아니고 이러드믄 애깔로 어디로. 음~ 각 분야별로 응. 하천담당은 하천으로. 산림담당은 산으로. 인자 농경지담당은 논바닥으로. 인자 이렇게 싸~악 흩어져가지고는 사업계획서를 세우니라고 난리여. 난리여.

그래가지고는 인자 오후에 싸~악허니 이 담양군 농협으로 모여갖고는 고 놈을 종합평가를 허고 있어.

내가 또 주저없이,

"음~ 이의가 있습니다." 그랬더니.

"당신이 누구요?"

그래도 아까 중앙에서 온 사람 안 같으고.

"당신이 누구요?"

"예. 월산면 산 사람입니다."

"응? 어찐다고?"

"여러분들이 오늘 수고를 많~이 하셨습니다. 응. 그러나 헛수고 했습니다."

"왜?"

"우리 농촌은 아직도 수준이 낮으니까. 머슬 요렇게 허믄서 가~만 가~만히야. 머헌가? 머헌가? 들여다 봐감선 쓰것으므는 따박 따라서 허고 허고. 그런다. [언성을 갑자기 높이면서] 그런디 느닷없이 쌔단차가 쌔~카만이 와가지고는 산으로 들로 기냥 막 냇가로 요렇게 기냥 막 히흘어져가지고 머 머슬 헌가 막 기냥 요렇게 적어갖고 간게.

마을사람들이 시방 놀래갖고 어 어[언안이 벙벙한 상태로 된 마을 사람을 흉내낸다] 요렇게 되붓다. 그러니 그 사람들이 받아들어야 헐 능력이 있어야 말이제. [다시 언성을 높이면서] 돈을 쓸지 안 사람이 돈을 가져야 헌 것이제. 아~이 쓸지 모른 놈이 돈을 갖고 어쳏게 쓴다냐."

"응. 일리가 있네. 응 그러믄 오늘 얘기는 그만허고 다음에 도에 가서 얘기를 허자." 그러고,

"빠이빠이." 해부렀단 말이여.

도에 가서 어떡케 얘기가 되았는고는 내가 안 봤은게. 모른디. 돈이 [팔을 크게 휘두르면서] 요~만치 놔와부렀어. 요만치.

하 근디 마을사람들이,

“[놀라서 뒤로 넘어지듯이]어구매! 그 돈을 우리가 어찧게 써갖고 어찧게 갚으라고. 못 써!”

그러고 돈을 한 푼이라도 가져가요. 안 가져가.

근게 군 농협장이 내한테 와서,

“어이 돈 좀 가져가게 해줘.” [전원 웃음]

“아 근게 안된다고 내가 그만치 말헌게. 응. 그러세. 그까짓거 돈 못 나눠쓰것는가.”

내가 또 떡~허니 신계리를 안 갔소. 가서는.

“싹 내오쇼(나오시오). 정회원이가 왔소. 도장들 싹 갖고 나오시오.”

그랬더니. 절반은 도장을 [웃으면서] 갖고나오고, 절반은 안 갖고나왔어. 그래도 정회원이를 못믿겠던가 안갖고 나왔어.

“도장들 싹 찍으시오.”

“어 어따가 찍어?”

“아 돈이 요 요만치 나온게. 요놈 싹 받아들여.”

“아 이 쓸지 모르것소.”

“어 허. [손으로 바닥을 치면서] 당신네들이 돈을 도라그랬소? 멋허라 그랬소? 어 갖다 쳐맥긴게. 받어갖고 이자먹어 시킨대로 잘허믄 부자되야. 그런디 잘 못해갖고 실패해서 나중에 당신네들이 변살헐라허믄 힘에 겨와. 그럴때게는 내가 앞에 서서 서~푼도 당신네들은 부담없이 맹글아줄게. 싹 찍어.” 그랬더니.

“하 그러믄 찍지요.”

도장을 싹 찍어서 인자 갖다가 사업을 안 허요. 헌디 요놈을 할 지 안 놈이라야 허제.

헐지를 모르는 놈한티다가 기냥 돈을 요렇게 갖다 줘버리논께. 아 이사람들이 둥게둥게둥게둥게 해도 살림이 기냥 절반으로 졸아들어부렀어. 요

살림살이가.

절반으로 졸아져버린게. 군 농협에서는 인자 캅캅헐 거 아니요.

캅캅헌게. [웃으면서] 요 놈을 공문을 월산농협에다가 떡~ 머이라고 내려보내는고는.

내가 인자 또 주저없이(눈치없이) 농협에 요렇게 들여다본게.

직원이 암도없어(아무도 없어).

"으디로 갔냐?" 그런게.

"회의를 헌다." 그려.

또 회의를 주저없이 요러게 들어갔소. 내가 대의원을 헌게. 잉. 또 인자 대의원을 허믄 멀 간섭하는 것은 아니지마는 쪼깨 알아본 것은 알아볼 필요가 있어.

근게 인자 요~리 들어가서 본게.

아 그 놈을 거시기를 월산 단위조합에서 왔더라고. 지시가 왔어.

그런게 곡심들을(고민들을) 허고 있어. 절반은 많이 줄었는디.

"여그서 어쩔 것이냐?"고.

"걱정헐 것 없어. 나 따러." 내가 인자 이사. 감사를 딱 데부리고(데리고) 군 농협에를 가요.

가서는 조합장은 안따라와. 응. 어찌서 안따라왔는가는 몰라요. 가서는 전문. 전문을,

"전무님." 온지가 얼마 안되아요.

"전무님. 조합장실로 갑시다."

"먼 말씀 여기서 허시오."

"아니요. 조합장 앉혀놓고 얘기를 히야여. 갑시다."

그러고 인자 위~ 요러케 온게. 그래서 그랬던지 어쩌던지 따라 옵디다. 조합장허고 전무허고 앉혀놓고 쭉~ 인자 막상 얘기를 했어.

"응. 이리놓고(일을 이렇게 해놓고). 월산단위조합에서는 밀어.(단위조

합으로 일을 미뤄) [갑자기 언성을 높이면서] 당장 군조합에서 해결안허믄 니일(내일) 내가 서울 올라가. 올라가믄 니기들 모가지 싹 띠어불 것이여."

[숨을 고르면서] 너무 건방지지라이. 근게.

(조사자 : 그만큼 힘이 있은께. 밀어붙이신거잖아요.)

그런게. 내가 중앙에 가서 싸웠단 얘긴 조깨있다 헐께요이. [전원 웃음]

그건 내 자랑인께 빼부러야 쓰것그만.

(조사자 : [웃으면서] 아니요. 아니요. 아닙니다.)

[웃으면서] 아 인자 음~ 전무님은 온제가 얼매 안되아서 나 보고 그럽디다.

"아니…" 위원이라고 대의원인게. 나보고 인자,

"위원님. 그래서 담은 믿칠(며칠)이라도 내가 생각헐 여유를 줘야제. 아 저는 금시초문인디. 니일 서울로 가시믄 어찧케 됩니까. 그지 말고 일주일만 여유를 조깨 주시쇼. 저도 생각을 조깨 해봐야지요."

"응 그러시요. 그러믄 일주일 후에 내가 가기로 허고 응 약속을 합시다."

그리고 왔어. 왔더니. 일주일만에 전무가 내 집을 왔습디다.

"절반은 살아있다근게. 절반은 우선 단위조합으로 냉기고(넘기고) 절반 빚진 놈은 우리가 처분을 헐란게. 그렇게 허믄 어쩌것소."

"어 그것은 좋제. 그렇게 허쇼."

"그러믄 요 놈 절반을 어쩌 단위조합에서 받도록 말씀 좀 해주쇼."

"응. 그것은 내가 얘기헐게."

음~ 그리가지고는 인자 고 놈 절반을 월산 단위조합에서 받을라 한게 벌벌벌벌 놀래. 그래서,

"놀랠 거 없어. 요놈은 현에 재산이 있은게. 여그서 요 놈을 잘 키우믄 좋고. 못 키울티믄 팔아서 갚어브러."

"대충 그렇게 허믄 쓰것소이."

그래갖고 그냥 팔아서 갚어브렀어. 그냥. 괴안허니 안 되부렀소.

그 좋은 사업을 선정을 잘못해갖고 그렇게 실패를 했다 그말입니다.

도개마을이 형성되기까지

자료코드 : 06_06_MPN_20101218_NKS_JHW_0005
조사장소 : 전라남도 담양군 월산면 월산리 도개마을 마을회관
조사일시 : 2010.12.8
조 사 자 : 나경수, 서해숙, 이옥희, 편성철, 김자현
제 보 자 : 정회원, 남, 90세
구연상황 : 제보자는 연세에 비해 기억력이 좋고 목소리에 힘이 넘친 분으로, 조사자들에게 적극적으로 이야기를 해주었다. 앞서 도개마을의 인근의 지명에 대한 유래를 설명한 뒤에 이어서 쉬지 않고 다음 이야기를 구연했다.
줄 거 리 : 도개마을은 일제강점기에 형성된 마을로 제보자가 처음 입촌하였다. 제보자는 동산리에 사는 사람으로부터 도개마을의 땅을 사게 되었고, 이후 땅이 좋아 농사가 잘되었다. 그래서 농작물을 지키기 위해 농막을 짓고 살면서 점차 이 마을로 들어오게 되었다는 이야기이다.

그런디 여 다 계신게 말이제. 내가 그 소 헐랜게 들어보쇼.

여가 황무지 뜰입니다. 황무지 뜰에 음[목을 가다듬고] 여 여그 가서 일본사램이 누에를 키울라고 뽕나무를 조깨 심그고 누에를 키웠어요.

음~ 그 사램이 인자 누에를 키우다가 인자 광주 박노해씨 노해씨헌테 팔고 이사를 갔어.

그런디 박노해씨가 인자 키우다가 [마을사람이 책을 가지고 마을회관으로 들어오자] 어 책 좀 갖고 오냐. 어 알고 갖고오구나.

응 그래서 박노해씨 한테서 인자 김옥희씨가 샀어요.

그래가지고 김옥희씨가 일본놈 시대에 자작상전으로 히갖고.

자작상전. 이를테믄 그 밭을 일본놈들이 배분을 히줘요. 융자를. 융자를 히준 놈 갖고 밭을 사서 뽕나무 키워갖고 누에만 키우믄 염불헐 값도 라고.

그것이 자작상전이여.

(조사자 : 자작상전이요?)

예. 그렇게 히서 부자가 되았어요. 그 분네가.

부자가 되았는디. 내가 사십팔년에 요~리 이사를 왔는디. 그 분네가 사십팔년에 이사를 가부리요.

(조사자 : 그 분이 일본 분이신가요?)

아니. 저 동상리 마을에 살다가 여그 와서 누에를 키웠는디. 부자가 되았어.

근디 어찌서 가부렀냐허믄. 사십팔년에 여순 반란 사건이 안 났습니까. 여순 반란 사건 공산당들이,

"부잔께 돈을 내라." 그것이여.

그러믄 자그만치 백만원 지금은 천만원만 내라했으믄 가만히 줬을란가 모른디. 일억 이상을 도라… 요새 돈으로. 모냐 돈으론 일억이 아니었지마는.

일억 이상을 도라근게. 고 놈을 줬다허믄 경찰이 죽이게 생기고. 안주믄 공산당이 죽이게 생기고.

아 그런게 논밭이 그 분네가 예순마지기가 있어. 예순마지기가.

예순마지기 등기를 내한테(나한테) 갖다 줘.

"좌우간 자네가 응~ 살만침(사고 싶은 만큼) 사고. 남은지기는 이렇든 팔린 데로 나헌테 돈을 주소. 응. 나 저리 신두안으로 이사가야쓰것네."

신두안이 어딘지 아요? 저 충청도 지금 삼군 참모 기지로 된디가. 고리 이사갈란다고.

기냥 내헌테 다 등기를 싹~ 맡겨놓고는 인감 도장까정 맽기놓고는 가

부러.

그래서 인자 내가 조깨 사고. 또 고놈 인자 팔아서 요렇게 해서 어~ 돈 생긴데로 주고. 주고.

그리서 인자 사십팔년에 내가 인자 여그를 오게 된 동기는 내 전답이 저~가 있어요.

저그 내 집 밑에 고~리가 내 전답이여.

(조사자 : 거기 거기도 여기 도개죠?)

예. 도개. 전답이 여긴디. 여가 인자 황무지.

(조사자 : 여기 글머는 아~조 사람이 없었습니까?)

응?

(조사자 : 사람이 하나도 안 살았어요?)

아 요 근게 여 잠실 있고. 응. 잠실 있고. 인자 내가 이사 오고. 그리고는 인자 없었지요.

그리갖고는 인자 음 [목을 가다듬고] 아 이 [좌우 청중들을 가리키면서] 이 친구들 보다 인자사 나중에사 내~ 나중에사 이사온 이들이고.

응. 아 그리갖고는 음. 내가 인자 내 전답이 여근디. 뽕나무 밭허고. 자태나무. 아카시덩쿨. 모다 그런게. 여가 사람이 인~거 허단 말이요.

인~거 헌게. 아~ 이 나락을 요렇게 벼를 벼를 비어서(베어서) 요렇게 뉩히노으믄 도둑놈들이 싹~ 가지가부러.

응~ 그런게. 도둑을 막기 위해서 내가 여그다가 농막 삼아서 집을 지은 거시여.

그런 것이. 여그다 집을 지어논게 동산리까지 운반헐 필요가 없고. 아~조 편리허고. 응. 내 논 물이 논으로 들이간게. 마당 논이 인자. 응. 좋아져부리고.

첫논 되아부리고.

아~ 그래서 여그와서 인자 큼~ 내가 인자. 어~ 또 토질이 얼매 좋냐

하믄.

아~ 이 내가 보통학교 삼학년 때.

삼학년 때 무수를 무우. 무우를 한 개씩 갖고오라 해요.

아 그래서 여그 밭에서 먼 내가 개리도 안고 기냥 한 개를 쑥~ 뽑아 갖다 줬어.

아~ 그랬더니 아그들이 전~부 한 개씀 가져왔소. 고놈을 무게를 달고 지게미로 재고 그 뺌뿌를 재고 생~ 야단허더니.

나중에 일본 사람들이 아 느닷없이,

"정회원" 이러고 불러. 내 이름이 제이카이갱. 일본 말로.

"제이카이갱." 그러고 불르길래.

"하~이" 그리고 내가 나간게.

"니기 무시가 일등이다." 아 그리갖고는 운동화.

그때게는 운동화가 참 귀헐 때게예요.

부잣집의 아들만 신을동 말동 했어.

아 근디 나를 운동화를 할 컬레 줘요. 어~ 요렇게 땅이 좋은 디여. 여가.

영농사업과 새마을 훈장

자료코드 : 06_06_MPN_20101218_NKS_JHW_0006
조사장소 : 전라남도 담양군 월산면 월산리 도개마을 마을회관
조사일시 : 2010.12.8
조 사 자 : 나경수, 서해숙, 이옥희, 편성철, 김자현
제 보 자 : 정회원, 남, 90세
구연상황 : 앞서 마을의 영농사업에 관한 이야기에 이어서 다음 이야기를 바로 구연했다. 제보자는 총기가 좋으며 언변도 탁월하여 그 당시의 상황을 생생하게 그리고 자세히 조사들에게 구연했다.
줄 거 리 : 새마을사업 무렵 제보자가 농기업자금의 지원으로 축산을 일으켰고 이후 새

마을훈장 금면장을 받기까지 그 당시의 상황을 상세히 이야기한 것이다.

또 하나 얘기를 헐 께요.

(조사자 : 예. 물도 좀 드시고요.)

대의원이 담양군 열 둘입니다. 근디,

"대의원은 새마을 사업 향도적인 역할을 히라." 그랬어요.

아 근디 머슬 해야 향도적 역할을 헐 것이여. 내가 생각을 허다가,

'오 얏 따. 협동 저 축산. 협동농장을 하나 맨들자.'

그리가지고 고는 인자 축산 협동농장이 수북가서 쫄~딱 망헌 농장이 하나 있었어요.

어찌서 망했다는 얘기까지 헐 까요?

거그 허고 있는 것을 본게 잘못헙디다.

"그렇게 헌 것이 아니여. 요렇게 저렇게 허라고."

아무리 가르쳐줘도 잘 못히갖고. 아 인자 그러자 느닷없이 국방부에서 아 담양 농협 감사가 나왔습니다.

그러니 국방부에서 시금탐탐허죠. 농협인게. 아~ 이 쪼작쪼작쪼작쪼작에 본게. 아 군인들 일이나 잘 보제. 이 예산을 어떡게 알 것이요.

[웃으면서] 하 이 볼지는 모르지마는,

"아 이 순 면 그 농장으로 돈이 많이 나갔소." 근게 점심 묵고는 인자 오후에 또 가서 농협에 가서,

"봐봤자. 요것은 잘 모른게. 그 돈 많이 헌 어찧케 잘했는가 구경가세."

위~ 갔어. 거그를. [언성을 높이면서] 가서 본게. 축사만 있지. 소가 한~마리도 없어.

근게 이 나쁜 놈의 새끼들!

"돈 가지간 날 부터서 연체이자로 몇월 몇일까지 상환. 위약시는 전부 감방."

그렇게 엄명이 내리부렀어. 아 그랬더니 연체이자가 십구점 오프로여(19.5%).

"허~ 매 요 놈을 기냥 삼년 전에 가져온 십구점 오프로는 연체이자로 싹~ 계산을 허믄 배보단 배꼽이 더 커불것소."

믿칠(몇일) 못 갚고 있은께. 열 명이 했는디. 열 명이 스믄 똥~ 깨나 뀐 사람들인디.

아 이 사람들 전부 기냥 감방에다 싹 너넣고 갚으라고 허니.

아 열 명이 부잣집이 감방에서 논을 파니. 논 값은 논 값으로 받것소, 똥값으로 받것소.

글안으믄 열 집이 기냥 폭삭 망해부럿어.

이 이 논밭이라도 팔아야 어칳게 풀이라도 쒀서 입이라도 보르것는디. 하 하[웃음] 못팔고 있는 놈을 내가 인자 가서 사자고 헌게. 고마워라 헐 것 아니요.

"얼매도라 그러요?" 내가 물은게.

"얼매 주실라?" 응. 나보고 얼매 줄라냐고 물어. 그러니 내가 기냥,

"너무 싸게 헐 수는 없고." 속상한 놈을. 응. 나는 이득볼라고 삼선(사면서).

"요 놈을 적당한 가격에 암만(얼마)주믄…" 근게.

"감사하다."고. 그래서 인자 안 싸게 샀소(싸게 논을 구입하였다).

싸게 샀으면 고 놈을 갖고 갔으면 대의원 열 두집이 허자고 얘~기를 허니 한 사람이나 들어주요.(이야기에 동의한 사람이 한 사람도 없다)

아 쫄~딱 망한 놈의 논을 사와서 허자고 허니 대의원들이 들어줘야 말이제.

그 중에 지~일로(제일로) 안듣는 사램… 친구가. 수북면 출신 대의원이 지일로 안들어줘요.

내가 조합원 1호여.

"이 놈을 이렇게 이렇게 히서 그 사램들이 실패를 혔은게. 요렇게 요렇게 허믄 성공을 헌다."

아~무리 얘기를 해도 그 사람이 인자 축산을 모린게. 모르니께. 그 망헌 사램헌테 친구들이 인자 가서,

"어이 회원이가 이러고 저러고 얘기헌디. 어쵛게."

"어이 자네는 빠져. 자네는 빠져."

[웃으면서] 그런게. 그 사램이 빠진다 헌게. 다른면 출신이 헐란다고 허것습니까. 싸~악 자빠라져부러.

근디 나는 무엇을 한번 시작한다고 하믄 깊~이 인자 요 놈이 내가 망허다라도 그냥 밀어내는 성질이 지랄같은 성질이 있어.

(조사자 : [웃으면서] 정말 좋은 성격이시네요. [제보자 웃음])

"그러믄 내 재산 여그따 전부 담보로 히놓고 밑지믄 나 혼자 싹 물리고 남으믄 열 둘이 나눠먹기를 허자."

"[웃으면서] 그랬더니. 고렇게도 못헌다고 어치고 허것는가. 그러믄 우리 보고 어찌라 허는가?"

"서류던지 중앙이던지 내가 알아서 헐게. 자네들은 여긋다 도장만 찍어."

응. 그래갖고 내가 서류를 요~만치 맨들어가지고 도장을 찍으라 해서 도장을 싸~악 받었소.

받아가지고는 인자 군을 통해서 도로 전달을 히여. 고것이 도에서 서울로 올라갈라믄,

"하~ 이 야. 잘 좀 히달라."

히야 올려주제. 올려줍니까. 서울로 올라가믄 접수계에서부터서 요 놈이 국장헌티까지 올라갈라믄 또 여가 조깨 꿀이 조깨 묻어야 올라가고.

내가 기냥 바로 기냥 서울로 올라가서 국장헌티로 직접 기냥 대의원 빠치만(배지(badge)) 단다치믄 기냥 장관들이건,

“어~ 이~.” 그러기만 허지 누가,

“어디 갈라냐?”고 물어보도 안해. 근게 촌에서 암것도 아닌 대의원이 이~ 그러지마는 서울가므는 아~ 다~

“어 여~ 여~” 아 근게 국장헌티 가서,

“아 내가 사업 계획서를 썼는디. 올라왔소. 도로 전화하쇼.” [웃으면서] 근게 국장이.

“아 회원이가 사업계획 올렸담서 왜 안보이냐? 직접 내한테로 보내. 고놈 접수계에서 요렇게 요렇게 계장, 과장 히갖고 올라올라믄 언제 올라올지 모린게. 직접 내헌테로 보내.”

근게 [웃으면서] 사흘만에 올라왔어요. 거까지 올라갈라믄 삼년이 걸려야 올라간답니다.

(조사자 : [웃으면서] 삼년이 삼일만에 올라갔군요.)

응. [물로 목을 축이면서] 아 이 국장이 찬찬히 보더니,

“에~이 난 머이다고. 안돼. 요것은.”

“응? 왜?”

“전국에다가 백~여 군데에다가 했는디. 다 실패. 응 그런게 안돼. 그래서 인자 이 사업은 안키로해부렀어.”

“허~어~이. 어찌서 실패헌지 아냐? 응. 당신보고 혔다는 것이 아니라 당신 자리에 과거에 앉었던 분들이 잘못히갖고 [큰 소리로] 그렀어.”

“왜? 아 주믄 나헌티다 줬어야제. 아 이 정치헌 놈들헌티다가 꿀 한 되 묵고 다 줘놓고 사후지도관리라도 철저히 혔어야제. 아 기냥 냅두고 있다가 돈 안 개린다 치믄 형무소에다 잡어다 놓고 돈받고 그렇게 히다가 성공을 헐 것이냐. [강하게] 나를 주어. 돈을. 그러믄 내가 대한민국에 기후풍토 좋고 강우량 좋고 산야가 좋아서 수자원 풍부하고 머땜세 안된다고 허냐?”

내가 시~범농장을 만들라하드마.(시범농장을 만들려고 한다) 그랬더니.

"당신은 당신 마을인게."

인자 우리 마을에 술도 많이 피우고 그랬거든요. 인자 그 소리를 아까 빠졌소마는.

"당신 마을인게 그렇게 혔소. 그런디 대의원들은 당신이 어떡케 리더(leader)를 헐라 그러요."

"리더가 먼 소리여? 나 우리 마을 '차렷! 앞으로 가' 히볼 일이 없어. 응. 아 그런디. 우리 마을은 수준이 조깨 낮은게. 내가 설득을 헌디. 시간이 걸렸다 그랴. 대의원들은 나보다 수준이 높은게. 하늘 천(天)허믄 땅 지(地)헐 것인디. 먼 걱정이냐." 이랬더니.

"당최 당신허곤 말을 못혀."

"그러믄 정 그러믄 인자…"

일주일을 내가 찾어댕겼어. 일주일을. 요 놈을 간다치믄.

"요 놈이 또 온가."

그런가 어찐가 응 한~참 일허다가는 어디 갔다온 놈 맹키로 살짝 나가선 안와부러.

'나 뵈기 싫은게. 안오구나.'

그래 또 나왔어. 나와서 그 이튿날 또 가. 나와서 또 떡허니. 출근이나 헌 놈 맹키로. 옆에가서 앉었고. 앉었고. 그런게. 미와(미워) 죽겄지요. 응. 그런게 일주일만에.

"그러믄 금년엔 자금이 다 나갔은게. 내년이나 봅시다."

"예. 농축산 자금은 다 나온지 아요. 군에까지 나왔더만." 응. 그런게.

"재축사업자금 안 있소."

"그 자금은 또 어찌 알고 그러요?"

"아 얻어묵을라 놈이 저 집이는 쌀밥 묵고. 저 집이는 보리밥 묵은지를 알아야 쌀밥도 얻어묵고, 보리밥도 얻어묵은 것이여." 그랬더니.

"아 따~ 잘 아시는 분이. 그럼 고렇게 잘 알면서. 그 자금은 내가 알아서 허는 것이 아니고."

"고것은 장관님이 알아서 허는 것이요. 내가 그것을 모르가니. 알아. 알지만 장관님 오신지가 얼매 안되아서 정회원이를 몰라. 응. 그런게. '아 회원이가 이러게 사업계획서를 올렸는디. 어칳게 했으믄 쓰것소. 아 이 여시같은 놈이 재축자금 도라고 그 놈 도라고 그런디. 내가 어뜩게 허것소.' 그러믄 장관님이 '그 놈 줘도 괜찬냐?' 하므는 '아 사람 놈은 쓰 쓸 만해라.' 그리야 장관님이 나를 줄거 아니냐." 그런게.

"빼도 못허마." 그러더니. 갖고가 서류를. 갖고들어가서 한~참 있더니 나오더니,

"들어가 보시쇼." 그래서 내가 들어간게. 허 어~ 장관이 일어서서 악수를 청하더니,

"얼매가 필요허요." 응. 그래서,

"재축자금 천오백허고 농 농기업자금 오백만 주시쇼." 그랬더니.

"재축자금 천오백은 송아지를 백마리 사것다. 그 말이지요?"

"예."

"또 농기업자금 오백은?"

"아 고 놈이 살쩌서 팔아묵을라믄 아 사료값이 오백이 있어야쓰것소."

"응~ 대충 그러것소. 고 놈만 이천만 주믄 허요?"

"예."

"그러믄 니일(내일) 내려보낼께. 안~심허고 가시쇼." 응. 그래서 내가 그러믄,

"대가축계장이나 보고 갈라요."

왜 그러므는 대가축계장이 서류를 과장한테로 국장헌테로 올려야헌디. 내가 그냥 대가축계장을 찾어보도 안했은께. 잉. 장관보고 그러므는,

"감사합니다. 대가축계장이나 만나고 갈랍니다." 그랬더니.

"기냥 가시쇼."

(조사자 : 대가축계장이 뭐야? 뭐 뭐예요?)

아 소 같은 큰 가축. 큰 가축을 관리하는 계장.

(조사자 : 예. 대~가축~계장.)

예. 기냥 와부렀단 말이요. 인자 바로 온 것이 아니라.

대의원 사무처에 가서 인자 내가 일을 보고 있소. 그런게 나를 찾는다고 그리여.

'누가 나 여그 있는 줄 알고 찾을까?'

그러고 전화를 받은게. 전남 축전과장이여.

"어쩐 일이요?" 근게.

"아 먼일을 어첳게 보고 댕기간디. 대가축계장이 나보고 죽일 놈 살릴 놈 기냥. 응. 막~ 욕을 하믄서 일도 지랄같이도 헌다 그러면서 기냥. 하~ 나 멋도 모르고 기냥. 디~지게 혼나부렀소."

"응. 그래요. 예. 미안하요. 내가 그냥 대가축계장 알아서 할게."

흐응 그러고는 대가축계장한테 내가 간 것이 아니라. 전화로 잉. 근다고 장관이 보지 마라고 히서 안보고 갔다고 헐 수도 없고.

"아~ 하~ 계장님. 정회원이요. 예~ 아니 나 찾으셨담서요?" 그런게.

"아니요. 그런 것이 아니라."

"내가 곧 갈께요. 내가." 그랬어. 그랬더니,

"아니 그런 것이 아니라 머 물어볼 말이 있어서 그런 건디. 이러틈 전남 도로 히서 물어봐서 인자 안게. 안오셔도 되아요." 그래서.

"아 미안해서 어찌까라."

"아 이 별말씀을요."

고렇게 히서 인자 서울서 내가 담양에다 전화를 했어요.

"내가 내일 오후에 담양을 도착헐 거이니. 이러틈은 전부 모여 있어라."

글고 인자 오후에 안 내려오요. 내려오믄 나보고,

"애썼다."고 인자 그 악수를 청해야 헐 거 아니요. 전~부 쌩고롬해 있어.

"왜들 그리여? 나보고 애썼다고는 못헐지언정 거 먼 짓거리들이여." 그랬더니. 회장이,

"요리 오시쇼. 내랑 조용허니 말헙시다."

내가 인자 내 재산을 담보로 헌다고 안했소. 그런게 회장이. 회장이 날 믿었은게 그랬던지 어쨌던지.

"하~ 이~ 한번은 언약을 했으믄 그만이제. 먼 담보를 헐라믄 돈이 겁나게 들어가고. 그 분네가 벼슬을 헌게. 나 돈 벌어 먹어서 좋고. 그럴라믄 몰라도 하 헛돈을 멀라 써라. 응. 그런께. 기냥 언약으로 넘깁시다."

"아 그러믄 더 좋죠."

고것이 말 실수가 되앗던 것이여. 응. 그 말이 인제 담양읍에 퍼진게.

"아~ 따~ 니기들 큰일 났다. 회원이가 얼~매나 꾀가 많은 놈인지 아냐! 니기들 허고 싶은디로 쭉~ 빨아브러. 그러믄 인자 물을(돈을 갚아야 할) 연구들이나 히여."

그럼 인자 변상헐 거이 걱정이 된게 이 쌩고롬 히갖고 있다는 것이여.

[역정을 내면서] "에~끼 이 나쁜 친구들 같으니라고. 그렇게 속아지들이 얕어. 나를 일이년정도(1~2년 정도만) 지키봤냐. 응. 그러믄 좋은 수가 안 있냐."

"먼 수?"

"아 그러믄 회원이 놈. 주둥아리로만 말허게 허고. 니기들 중 총무도 내고, 재무도 내고, 응. 농장장도 내고. 그래서 회원이란 놈을 발작을 못 허게 맨들어놓고 니기들이 돈갖고 써."

"대충 그 수가 좋것네." [전원 웃음]

응. 그리갖고는 인자. 인자 안 농장을 허요. [박수를 치면서] 헌디. 서울에서는 인자 걱정이 머시냐 허믄.

다른 사람들은 실패하믄 자껏 갖다 가둬가지고 돈을 빼낼 재주가 있는디.

하 이거 대의원들은 열 두명이나. 한 놈도 아니고. 열 둘을 갖다 가둘라믄 대통령 결재를 맡어야 헌디. 대통령이,

"여 머시냐?"고 결재를 히주것어.

그런게 이것이 큰일이여. 실패를 히부리믄 요 새끼들 [웃으면서] 죽이도 살리도 못허고 이거 큰일이여.

그런게 걱정이 태산이여.

그런게 늘~ 와서 봐. 늘 와서 봐.

하~ 근디 항~시 백 마리는 꾸릭꾸릭 섰거던. 왜 백마리 뿐이냐?

하~ 이 요 놈을 백 마리를 키우믄 아~ 이~ 이 눔이 늘어날 것 아니요.

그 때게는 일년에 백 마리가 이백 마리가 될 수 있도록 이런 늘어나니 좋은 때여.

"그런디 나놔 묵자. 이 놈만 놔두고 나놔 묵자."

봄에는 이바낀게. 여름에는 바캉스 구경. 가을에는 담풍을 보러댕기고. 겨울에는 솔순난게.

아 니(네) 차례썩을 황소 한 마리썩을 돌라 묵으니. 열 두 마리여. 내야까지(내 것까지).

내야는 빼고 헐 수도 없고. 내야까지 열 두 마리씩 없어져 부린게.

막~ 열 두 마리 키워노믄 딸꾹 딸꾹히브린게. 일년에 마흔 열 한 마리가 없어져분게.

아 이것이 백마리가 이백마리 될 놈이 도로 백마리~ 도로 백마리~ 지자리(제자리) 걸음뿐이 못해요.

그리도 정부에서는. 인자. 특히나 이를테므는 축정국장이 걱정이 태산인디.

하~ 이~ 와서보믄 항시 백마리는 탤싸 큰 놈이 백 마리쓱 있은께.

"오케이(OK)" 그래가지고는 회~장헌티는 새마을 훈장 금면장. 우리들 헌티는 협동장을 싸~악 달아줘요.

(조사자 : 그 때는 몇 년도예요?)

칠십사년도에 시작을 히갖고 칠십육년도에 혀 협동장을 달아줍디다.

그러다가 그러다가 칠십구년에 전경환씨가. 전두환씨 동생.

전경환씨가 아~ 외국서 송아지를 홀치기 갖다 쫙~ 찌끄러버린게. 소끔(소값)이 기냥 막 떨어지요.

그리서 내가 축정국장헌티 전화를 힜어.

"아 소끔이 날로 이렇게 떨어진디 어쩔꺼나?" 그랬더니.

"인자 확실허니 성공을 힜은께. 인자 빚도 다 갚아부리고. 당신네들 재산인게. 알아서 팔아버리든지 말든지 알아서 허쇼."

그리서 싸~악 팔아서 나놔버렸어요. 나놨은께. 그때게는 인자 하나 앞에 인자 저 거식이 야덥마리(여덟마리) 얼매씩 남것소.

백마리를 요 놈 나눈게.

글믄 응. 지금은 하나 소 한 마리에 팔백만원가요. 응. 보통. 보통.

좋은 놈은 이천만원까지 가지마는. 팔백만원가.

글믄 야덥마리 남짓헌께. 으 을매여(얼마야)? 응. 팔팔은 육십사.(8×8=64) 육천사백만원씩 요렇게 나놔갖는 폭 아니것소.

그러믄 회원이 일전을 더 주자고 해야 쓰것소. 기냥 회원이 고 놈이 오프로 더 묵을게미 눈이 빼리갖고 나눠버려야 쓰것소. 나는,

"고 놈 하나 앞에 백원씩 냉겨놓자. 그리서 친목계 맨글자."

"실때없어.(쓸데없어) 응. 고놈 어떤놈이 먹어불라고. 싸~고 갈께."

흥. 고지랄들이라고. 고지랄들이여. 사람들이. 응.

근디 지금 거의 다 죽어부렀소. 그 사람들이. 지금 믿이(몇이) 살았지마는 거 다 죽었어.

내 죽은디 안가부렀소. 어 문병을 가야허고 어 조문을 히야지마는 아이 그 때게 서푼쓱 백원씩 냉겨놨더라믄 고놈갖고 안 가것소. 그런디,

"나쁜 놈들이 전~부 함께히서 니기들 다 묵어붓은께. 내가 갈 필요 없다."

응. 나도 안가부렀어. 내가 잘했단 소리가 아니라 못된 놈의 짓거리를 힜지라이.

(조사자 : 아이고 아이고 아닙니다.)

(청중 : 잘못했제.)

[웃으면서] 대단히 잘못 힜제. 이.

(조사자 : 지금 여기 어르신과 갑장인가요?)

근게 나보다는

(청중 : 나기는 내가 먼제 낳제.)

(조사자 1 : 그러면 갑이 무슨 띠인거에요.)

(조사자 2 : 21년생이면?)

나는 닭띠. 신유생. 여기는 임술생이고.

(조사자 : 막내가 몇살입니까? 막내가)

잘 모르겄소.

(조사자 : 우리 선생님 뵈니까 새아을사업 이야기를 해서 그런지 박정희 대통령과 얼굴 상이 비슷하신 것 같아요?)

요 그 애기를 할까요.

인자 내가 육십칠년에 시범마을로 해갖고 육십칠년에 시범마을로 해논게. 지붕개량은 내가 아까 했제. 시범마을로 해논게 견학반인가 그냥 막 버스고 택시고 그냥 날마도 거기 이야기 해줄라고 그러다가 차차 도에 알아지고 중앙에 알아지고 중앙에서 헤리콥터로 도개마을에 공중촬영을 헐란게.

(조사자 : 그 자료들이 있을까요? 그때 찍은 사진들이 있으세요?)

쪼금 나한테 있는디. 요새 집을 뜯어블고 다시 짓니라고 살림살이를 쟁겨놔서 자료도 있고 서울 성균대에서 성균관대학 말고 성균대학 있죠. 성균대.

(조사자 : 성균관대학교 말고.)

성균대학교 말고. 성 성결 성결대? 아니 석자디. 아니 성균 뭐이라 한디. 거기서 내한테 새마을사업에 대해 이야기를 허라고, 그서 내가 두 시간씩 이틀을 했어요.

두시간씩 이틀을 했어. 봉투를 하나 줍디다. "아 내가 대접해야 한디?"

근게 아니 여기 물보르라고 줍디다. 봉투를. 이와 같이 히여. 요렇게 네 시간을 힜어. 고놈을 사진도 전부 다 찍어서.

또 책으로 맹그라서 내한테 보내왔는디 고놈도 못찾고. 그리서 사진도 신문에 난 놈도 에려놓고 책에 난 놈도 에려놓고 어찌게 어찌게 조께 인자 있어요.

육십구년 유월 구일날. 육십구년 유월 구일날.

(조사자 : 육십구년?)

예. 육십구년 유월 구일날. 인자 내무부에서 나를 인자 간담회에 참석허라고 연락이 왔어요. 통지가 왔어. 그리서 간담회를 갔더니.

대학교수 세 분, 도 지방과장 세 분, 군수 세 분, 읍·면장 세 분, 농민 다섯 사람. 인자 저 향군 소대장 다섯 사람.

그리서 스물 두 명이 모아서 인자 간담회를 헌디.

손수희 지방국장이 십계항을 초안을 잡았습니다. 응.

푸른 동산 가꾸기. 마을 안길 넓히기. 새마을 아니 저 거시기 이 저 마을 하천 둑쌓기. 쥐없는 마을 만들기.

응. 머이라고 열 가지를 이렇게 만들어갖고는 고놈을 축조심리를 헌답시고. 아 이 대학교수한티다 바통(bâton)을 요렇게 넘겨.

그런게 대학교수가 사회를 보면서 어~이 지방과장 마치는 거여.

"일항. 여 어찌요?"

"예. 좋습니다." [박수를 몇 번 친다] 또,

"이항."

"예."

"군수 말해봐요."

"예. 좋습니다." [박수를 몇 번 친다]

"삼항. 응 또 인자 교수님 말해봐요."

"예. 좋습니다." [박수를 몇 번 친다]

"사항 쥐없는 마을 만들기."

"예. 좋습니다." [박수를 몇 번 친다] 그리서 으음~,

"월권 좀 주쇼."

"그랬더니 먼 말이냐?"고.

"농촌을 잘 살게헐 간담회면 농민들의 의견을 먼저 듣고 취사선택을 히야헐 일이요? 교수님. 응. 지방국장님. 군수님. 왔다갔다 히서 옳소! 박수. 옳소! 박수가 어 그 정당허요 시방. 먼 일을 고 고롷고 허니(하면서) 멀라 우리 바쁜 디 오라했소. [손으로 바닥을 두드리면서] 지일로(제일로) 급헌 것이 지붕개량 사업이여. 응. 우리 마을 공중 촬영 히갖지? 초가 초가집이 한나나(하나) 있었소? 그런거 볼라고 공중 촬영을 히갖지. 멀라고 히갖어."

[잠시 숨을 고르고] "자아~ 내가 얘기를 헐게 들어봐. 어느 때 대학교수들이 농촌을 어떻게 히서 잘 살게 만들것이냐. 간담회를 헌다고 그리서 내가 일을 허믄서 라디오를 이렇게 틀고 일을 헌디. 하~ 어떤 어른인지 몰러. 그 어른이 '농민들은 무식해서 수해시설을 가추지 못허고.' 그래서 내가 라디오를 팍 꺼불란디 말았다. [조사자 웃음] 응. 왜그러냐. 물론 못 배웠은께. 무식혀. 그러지마는 벙어리가 말은 못해도 속은 노랑노랑헌 거시여. 응. 농민이 지금 말은 못히도. 어째서 수해시설을 못갖췄냐. 융자받

을라믄 오프로를 상납히야혀. 보조받을라믄 삼십프로, 사십프로 상납히야혀. 고놈 상납해서 되아도 걱정인디. 안되므는 고 본전 생각나. 이거 매꿀(매울) 길이 없어. 그런께 아에 참여를 안헌 것이여. 응. 똑똑허니 알고들 말을 혀. 내가 왜정 때 애길 헐 께 들어볼라?" 근기 히보라혀.

(조사자 : [웃으면서] 힘이 좋으셔서 쩌렁쩌렁 울려. [전원 웃음])

"내가 왜정 때 면서기를 이십이년에. 사십이년에 들어갔소. 들어가기는 군에는 사십년부터서 댕겼소."

다녔지마는 만으로 만으로 이십 이십세가 못되아요. 글안혀요. 이십이년 일월 이십구일인게.

그런게 사십구년 일월 이십구일이 되아야 만 스무살이 된게. 인제 면서기를 그때까지 못허고 있다가 인자 연령이 되아서 인자 면서기를 댕긴다 말이요.

"아 그런디 사십일 사십이년에 큰~비가 와갖고는 동상리가 기냥 난리가 나부렀소. 응."

[옆 제보자를 가리키며] 이 사람이 우춘에 산디. 이 친구 집 앞에로 기냥 냇가 요~렇게 돌아간 놈이 [물길을 틀듯이 손으로 표현한다] 요~렇게 허면서 집도 기냥. 사람도 아 기냥 피해가 막심했단 말이여.

고 놈을 일본사램들이 인자 보수공사를 히준다고. 그 사업도 해필 내가 막~ 면서기 되아가지고 맡었소. 그런게 헐 지를 잘 모르죠이.

포~도시 이렇게 저렇게 일을 헌디.

아 그 공사를 일본 놈들이 일을 깨깟허니 헌단 말이요.

그 공사를 면장헌티다 청부를 딱 시킵디다.

시키더니 어~디서 업자를 디꼬(데려) 와서,

"이 사람헌티다 하청을 시키라."

그리여. 그런게 우리는 머 알아야제? 응. 그런게. 도에서 시킨데로 기냥 거기따 하청을 시켰단 말이여.

아 이 이사람이 일을 꼽꼽허니 잘해요.

우리가 말 헐 것 없이 잘혀. 그러믄 그때그때 돈이 나와요. 글믄 주고 주고. 요렇게 혔어.

인제 쬐께 남었어. 돈이.

고 놈 정산하게 놔두고 면장 직사인을 통장을 갖고 오라헙디다.

그래서 면장 직사인을 내가 건방지게 갖고 갔어. 간게.

"정산서를 내라." 그리여.

"아 나 인자서 면서기 들어와서 잘 모르요." 그랬더니.

"그리여. 우리가 써줄게." 한~나잘(한나절) 내~ 썼어요. 써주더니.

"도 회계과로 가라."고.

"도 회계과가 어디다?"

[웃으면서] "그럼 우리가 안내헐게 가자."

고. 회계가에 가서는 그 그 문제가 갖고댕기믄서 결제를 싹 맡어.

응. 내가 갖고 가믄 어째 그렇게 허것소.

응. 그 분네가 갖고 가서 기냥 결제를 싹~ 맡어갖고는,

"돈이 나온다."

고. 나는 요~만치 [네 주먹정도의 크기] 나올지 알았어. 글안허요. 자꾸 나왔은께.

[놀래듯이 큰 소리로] 하~이~ 돈이 [손을 크게 원을 그리면서] 요~만씩 나와요.

"어매매매~ 나 시방 빈손으로 왔어. 나 책보 한나(하나) 사갖고 올께." [전원 웃음]

인자 나와서 책보를 포~도시 쌌어.

어 요놈을 포~도시. 책보 큰 놈을 샀는디. 포도시 쌌어.

아~ 하~ 요 놈을 들고 나온디. 무거와서. 쬐깐헌 놈의 땅깨가 어찌 고놈을 [전원 웃음] 들고 나오것소. 포~도시 들고 나온디.

아 이분네가 삥~들어가믄서,

"빠이. 빠이." 해.

"아 이 어차피 내가 오늘 담양을 못가요."

차가 없어. 기차가 댕기다가 일본 놈들이 쇠가 귀헌께. 철로를 뜯어 가부러서 인자 기차가 안댕긴게. 저녁에 올래야 올 수가 없어.

"근게 어차피 내가 담양을 오늘 저녁 못가니까. 저녁밥을 나허고 같이 먹고 그리야제. 그냥 가시믄 쓰것소." 근께.

"너 내 집이 가서 묵제. 뭘."

아 댐배 한 값을 못 사주고 돈을 요만치 안 갖고왔소.

지금 놈은 고만치 주게 생겼으믄 니가 요~만히 히야 주제. 안줘.

새마을사업과 박정희

자료코드 : 06_06_MPN_20101218_NKS_JHW_0007
조사장소 : 전라남도 담양군 월산면 월산리 도개마을 마을회관
조사일시 : 2010.12.8
조 사 자 : 나경수, 서해숙, 이옥희, 편성철, 김자현
제 보 자 : 정회원, 남, 90세
구연상황 : 제보자가 개인 신변에 관한 이야기를 하면서 이렇게 거짓말(옛날 이야기)을 많이 해서 되레 조사자의 시간을 뺏은 것은 아닌지 염려했다. 그러나 조사자가 절대 그렇지 않음을 재차 강조해서 말씀드렸더니 그러면 또 이야기를 해도 되겠는가를 묻고는 다음 이야기를 구연했다.
줄 거 리 : 제보자가 1969년 당시 새마을사업 때문에 박정희대통령을 만나고 이후 훈장을 수여받았으며, 마을을 위해 길을 넓힌 사연 등을 상세히 이야기한 것이다.

우선 여기 새마을사업 그 애기부터 헐께요.

인자 아까 육십구년 유월 구일에 저 서울에서 간담회를 했다고 애기했죠.

음~ 칠십일년 칠월 오일에 인자 나를 인자 군수가 서울을 가자고 헙디다. 그리서 간게. 도지사가 나와서,

"안녕히 다녀오시라."고. 봉투를 줘.

(조사자 : 도지사께서.)

예. 그리서,

"먼 일인고? 응. 어찌서 도지사가 이러케 나와서 있냐?"고. 서울을 간게.

"왜 도지사는 안왔냐? 응. 군수만 오고 도지사는…"

근게 군수가 머이라 머이라 헙디다. 머시 바뻐서 못왔다고.

그래서 인자 나를 월간경제동향보고회의 석상에다가 딱 앉혀놔.

월간경제동향보고회의. 근게 대통령을 위시해서 한국에 경제계 거물들 백명. 정부요인, 여야 요인, 또 이를트믄 학계 요인.

그리서 백명을 앉혀놓고 내가 백일번. 담양군수가 백이번. 요렇게 인자 명찰을 딱 채와주고는 앉어서 인자 회의를 혀.

헌데 인자 앞으로 우리나라 경제를 어치고 어치고 히야 부자로 잘 산다고 응 그것은 내가 무식헌게 잘 못알아 듣고.

그 보고 회의가 열한시 오십분에 끝났단 말이요. 근게 인자 박정희 대통령께서,

"어디 그러믄 어 정회원씨 요리 나오세요."

그래서 내가 앞으로 간게. 당신이 내려오시더니,

"요리 올라가시오."

"아 이~ 지가 어찧게 그 높은 자리로 올라갑니까."

각하께서. 그때께는 각하라 했어. 각하께서.

"어 그대로 앉어 계시믄 지가 여그서 보고를 올릴께요."

"어. 지가 높은 자리가 아니고."

말허자믄 대통령 석이 아니다 그 말씀이여.

"회의를 주재헐라고 자리를 높이 맨글었제. 저가 높은 자리가 아닌게. 아 올라가시란 말이요."

아 이 각하께서 요러게 등을 미신디. 어쳏게 안 올라갈 재주가 있것소. 그리서 헐 수 없이 올라가서 만조백관을 앞에다가 요러케 히놓고 앉었은게. 다리 에헤헤에~[전원 웃음] 아 그리지마는,

'내가 밑지야 본전이다. 니~미 까지꺼 응 농민 이하로 더 떨어질디가 있냐. 멋허냐.'

그러믄서 내 마음 스스로 가라앉햐. 이놈을 가라앉히므는. 그러자 인자 군수가,

"영~화를 준비힜는디 어찔까요?" 그런게. 대통령께서,

"민뿐(몇 분) 걸리는데."

"십칠분 걸립니다."

"어디 돌려봐."

근게 인자 우리나라를 공중촬영허고 집집이 댕김서 촬영을 헌 놈을. 그리고 인자 꽹맥이 치믄서 나락을 모으고 고것도 인자 시작을 힜어.

인자 고 놈부터 히서 보리밭 볿은 거 머헌거 다 인자 나와. 각 상 이러케. 요러케 싹~ 나오고.

인자 지붕개량 헌 것도 나오고 인자. 마을 안 길 넓힘서 싸운 것도 나오고 인자. 다~ 나와.

응. 마을 안길 내면서 싸왔다는 얘기 내가 안했지요?

그거 까진 얘기허믄 맥없이 마을사람 흉하지 헌게 기냥 허지 말고. 질~로(제일) 반대허기는 임남규씨가 질~로 반대했어. 응. 간단허게 얘기헐게.

다~ 널찍허니 냈는디. 임남규씨 아버지 임정섭씨라고 그 양반이 도치 도지사헌티가서. 귀는 꽉~ 묵어가지고는 당신 말만허제. 넘의 말은 알아듣도 못혀.

그러니까 기냥 도지사헌티 가서 악을 악을 막 쓴께. 도지사가 깜짝 놀래가지고는 아 이 말을 히줘도 알아듣도 못혀면서 어 소리만 지르고 야단헌게.

헐 수 없이 인자 담양 군수보고,

"여 먼 소리냐?" 응. 그런게 인자 담양 군수는 인자 부랴부랴 인자.

다~ 길을 널찍~허니 냈는디. 그 집만 요러케 안냈어. [청중들 둘러보며] 여 다 있은께. 내가 거짓말이여? 응. 안냈어. 요러케. 요러케. 아 그런게.

아 소구루마를 그 집이서 끌고 요~리 히서 요~리 나가서 요~리 인자 요~리 앞으로 요~리 나가서 들에 가서 일을 허고는 인자 빈 구루마로 요러케 들어와.

들어옴선 일꾼이 인자 하나막대기 가서 인자 앉것어. 안져서는(앉아서는) 꾸벅꾸벅허고 자울고 있은게. 소가 인자 오래댕기나서 요 놈이 졸졸졸졸~ 와가요.

요~리 와서는 인자 아 이 좁은 것은 생각안허고 저만 기냥 조깨 좁은디로 가믄 될란가 하고는 요~러케 가부린게.

아 이 기냥 하나막대가 벽에다 기냥 콱~ 찍어부러. 아 기냥 일꾼이 벽에다 기냥 헤딩을 해갖고는 죽어부렀소.

그리서 그 치상비야. 인자 그때게사 담을 뜯고 응 그리갖고 완성을 힜어.

거짓 소리를 허믄 여그서 기냥,

"거짓말" 헐 것인데 암말도 안헌게. 거짓말은 아니것지요.

고러케 히서 새마을 사업을 끝을 냈는디.

인자 인자 대통령 앞에 가서 인자 그런 소리는 안허고. 안허고 인자 간단간단허니,

"어칳게 해서 당신이 어떡게 마을 지도 사업을 했냐?" 그렇게 물으시길래.

“예. 제가 면장을 몇 년을 했습니다. 허면서 가산을 탕징해 가지고 절망 상태에 빠지게 되아서 헐 수 없이 흙과 싸우니라고 요러케 노력을 허다보니까 협동을 이루어야 쓰것길래. 협동을 이루다 보니까. 지가 모르닌 새이에(사이에) 자동 지도자가 되았습니다.”

응. 그랬더니.

[큰 소리로] “옳제. 진짜 지도자구나.”

(조사자 : 박정희가요?)

예. 그러더니. 인자 그 외 장관들도 모다 물어보고 어찌고 어찌고 헌 약(이야기) 다 생략허고. 박정희 대통령이,

“그러믄 앞으로 당신 마을에 어떡게 발전을 허고 싶냐?” 그러시길래.

“예. 지금 돈이 없어서 닭을 만이 키우고 있습니다. 근디 돈만 좀 융자를 해주시믄 단기○사업을 히보고 싶습니다.”

“그렇제. 그리여. [잠시 생각하더니] 농림부 장관.”

“예.” 허고 나온게.

“아니 가만있자. 내무부 장관.”

“예.” 두 장관이 앞에가 섰어. 섰은게.

“앞으로 회원씨가 사업계획 올리거든 착실히 봐죠이.”

“예.” 그리서 인자.

“총무처 장관.”

“예.” 허고 나온게.

“훈장 어찧고 되았소?”

총무처 장관이 나 훈장 줄 것을 생각도 못혔제.

(조사자 : 그러것죠.)

처음이라. 새마을 사업 헌 사람들헌테 처음으로 훈장을 인자 말씀을 헌게. 총무처 장관이,

“다음 달에 거행허도록 허것습니다.”

"허어. 이~러케 바쁜 분을 다음 달에 훈장받으라고 올라오라고 허것어? 오늘 오후 세시에 청와대에서 뵈에요." [전원 웃음] 그런게.

(조사자 : 박정희 때 이야기다. 진짜.)

딱 열 두시여. 그 때가. 그런게 세시간 뿐이 안남았지요이.

아하~ 총무처 장관이 나를 디리다가(데려가서) 식당에다 놓고는,

"진지 자시쇼이."

"아 같이 묵읍시다." 그랬더니.

"아 나는 세시까지 될란가 몰라. [바닥을 두드르면서] 큰~일나."

(조사자 : 그렇죠. 그렇죠.)

응. 조서 꾸밀라. 응. 결재맡을라. 요놈 결재 맡아가지고 인자 제작소에 갖다가 훈장 매껴야제.

"응. 까딱허믄 큰~일나요. 근게 나 밥 못묵고 일해야쓰것소."

"아 이 미안해서 어찌꺼라?"

"아니요. 아니요. 내 사명인게."

응. 그리고 기냥 가부렀어요. 나는 그냥 밥을 묵고 차~분~허니 세 시까지 놀고 있다가. 세시가 곧 된디. 아 총무처 장관이 오더니,

"아 얼른 갑시다. 시간이 없소. 시간이."

부~산나케 인자 장관들허고 인자 요러케 위~헌게. 청와대 인자 집무실로 요러케 들어. 어찌 혼비백산 들어갔던지. 아 인자 갔으믄 총무처 장관이,

"지금 부터서 훈장 수여식을 거행허것습니다."

근게 대통령께서 요~리 요~리 보시더니,

"아 카메라 맨도 없이?"

허 허[웃음] 어찌 바쁘던지 카메라 맨도 안 디꼬 들어가부러. 그때서 인자 카메라맨 딜로 가. [전원 웃음] 근게 대통령이 나보고,

"달걀 그건 어따가 팔았소?"

"예. 아 닭을 쬐께 키운게. 광주로 가자니. 차를 몰자니. 이거시 그렇고. 백양 관광지로 가자니 아 이 차로 한차도 못되고. 리아카로 가자니 시간이 너무 걸리고. 응. 골란합니다."

그랬어. 거그 막○○이 먼 차라해야? 막내자구식 말허자믄. 쬐~깐한 택~시만한 짐차 안 있소.

"고거 얼매지?" 아 이 장관들이 고것을 알아봤시야 말이제.

"고 고것이 얼매지라?" 어찌고 있은께.

아 이 카메라를 딜꼬 와부러서 응 기냥 수여식을 히부러서 하마트라믄 고 놈 탈 번 혔는디. [웃으면서] 못타부렀어. 기냥. 가격만 말했으믄,

"내가 사줄게." 그랬을 것인디.

(조사자 : 어 언능 나스셔서 "가격이 얼마입니다." 이야기 하시지 그러셨으셨어요. 하 하[웃음])

아 그래가지고는 인자 훈장 수여식을 요러케 헌디.

어이 잠깐이믄 요 핀 같은게 요~리 히갖고 요 놈 덮을 거 아니요. 한~참 계셔.

'왜 이러케 계신고?' 그랬더니. 카메라 보고 두 번 찍으라고. [전원 웃음]

(조사자 : 완전히 박정희 일화구만.)

그러고 계시던 게비여. 두 번을 찍은 게사 인자 응 놓고는 악수를 청해요.

악수를 요~리 본게 요것이 기여. 시방.

(조사자 : [제보자가 보여주는 사진을 보며] 아~ 그러세요.)

요것은 빼찌고. 훈장은 요렇게 응.

아니 요것이 나는 몰랐어. 멋인지. 근디 요리~

(조사자 : 무궁화네. 무궁화네.)

가상에 가서 파란 줄이 두 줄 아니요. 한 줄은 석류장. 두 줄은 목련장

그런갑습디다.

난 목련장이 머신지 석류장이 머신지도 몰랐어.

[한참 생각에 잠기다가] 타갖고 인자 음~ 나온게. 또 인자. 음~ 조상호 비서실장이 오라그래서 간게. 내헌테허고 군수헌테허고 봉투를 한 장씩 줘.

그리서 본게. 거가서 응 세종대왕이 들어있어.

'아~ 갈 여비를 주시는 구나.'

근디. 여비치고는 만히여. 그리서 고놈을 갖고 그때 내가 삽을 갖고 왔제. 삽을 갖고 왔어. 집집이 한나씩 가라썩 해. 나놔디리부렀어.

근게 인자 고 뒷얘기는 조깨 쌉쓰럽한 얘긴디. 응. 아 어디를 어디를 친구허고 갔단 말이요.

갔더니 친구가 나를 소개를 히여.

"국민훈장 목련장을 탄 친구."라고 긍게.

"아이고매. 사람 둘은 죽여도 쓰것네." [전원 웃음] 그리서.

"아 거 먼 말씀이요. 같은 말씀이믄. 어찌 그렇게 허쇼." 그런게.

"아 이러트믄. 이러트믄 둘은 죽이도 기냥 오직히야 그랬거냐. 그러고는 묵과를 혀주더라."

고.

"어디서 그렇게 말을 히요?" 그런게. 그런 것이요.

"내가 석류장을 탈라고 내깜냥에 죽~을 힘을 써도 못타. 그런디 어쳏게 당신은 목련장을 탔소? 아 따매 참말로 목련장은 그렇게 훌륭한 장이다 그말이요."

"아 그러믄 쬐깨. 쬐깨 낫습니다. 그러제. 먼 사람 둘을 죽여. 허허 [웃음]"

(조사자 : 그 만큼 대단하단 말이겠지요이.)

이를테면 그러것지마는 고러케 내한테 말헌게. 내가 대답을 허것소.

정회원의 생애담

자료코드 : 06_06_MPN_20110114_NKS_JHW_0001
조사장소 : 전라남도 담양군 월산면 월산리 도개마을 정회원댁
조사일시 : 2011.1.14
조 사 자 : 나경수, 서해숙, 이옥희, 편성철, 김자현
제 보 자 : 정회원, 남, 90세
구연상황 : 제보자는 지난 1차 조사에 이어 찾아갔다. 조사는 이미 제보자에게 다음에 오면 이천보, 이부상서, 박문수 등의 이야기를 해달라고 당부해두기도 했다. 이에 조사자들은 정회원댁으로 찾아가서 거실에서 조사자 이루어졌다. 조사를 하려 하자 제보자의 아드님이 아버지 건강이 좋지 않으므로 너무 무리하지 말 것을 당부했다. 이어 자리를 정돈한 뒤에 조사자들은 특별한 요청을 하지 않았는데, 제보자 자신에 관한 이야기를 자세히 구연했다.
줄 거 리 : 정회원 제보자가 조부님 밑에 자라면서 겪은 일과 성장과정 그리고 학업에 관한 이야기이다.

어려서부터서 저를 세 살 적부터서,

"너 글배와라."

그러신거 같애요.

세 살 먹은 놈이 글을 이렇게 지 음~ 조 조부님이 이러트믄 아조 기냥 음~ 손자 욕심이라그럴까. 굉~장히 기냥 쎄요.

왜그러냐 안다치면 그 양반이 삼~대 독자시거든요.

그런게. 손이 있어야 쓰것다. 옛날에는 주먹은 가지웁고 법은 먼게.

기~냥 당신이 스무살 되도록 까지 아홉 살에 기냥 어버이를. 아버지를 여의시고. 이러케 이렇듬 나오시니까 재산은 조깨 있고 그런게.

일가들이 보숭보숭 뜯어 묵을라고 그럴 거 아닙니까. 뜯어먹을라근게.

인자 믿살(몇 살) 자셔서 또 인자 옥과가 이를티므는 인자 처가 아 아 아니. 어머니. 어머니 친정이 인자 옥과시니까. 여그 여 옥과요. 옥과시니까.

보성서 옥과로 옮기셨든갑습디다. 옥과로 옮기~고 인자 친정은 덕을

못까고 인자 증조할머니께서 옮기셨는디.

아 친정에서 또 달라들어서 뜯어묵을라 근게.

“아이고 음~ 이거 안되것구나.” 그러자.

인제 열 일곱이 되셔가지고 인자. 내 조부께서 열일곱이 되셔가지고 인자.

담양 월산으로 인자 결혼을 허셨단 말이죠. 신평송씨 집안으로.

그런께 인자 처가 따르셔서 요~리 오셨든갑습니다. 그런게 오신제가 음~ 천팔백 응 팔십이년엔가 요리 오셨단 말이요.

그런게 우리가 믿에(몇 대) 안되아요. 믿에 안된디. 여그 온께. 경주이씨가 세도거든요. 응.

(조사자 : 아. 경주이씨가요?)

예. 경주이씨가 세도 집안인게. 경주이씨헌테 되~게 보대끼어. 보대끼니께.

내 조부께서는 좌우간 손~자를 마니 둬야쓰것구나.

응. 흥~ 그리갖고 명당을 손자 많은 디로 써가지고 저~그 보성 저그 거시기 음~ 구산리 허고 음~ 진시리에다가 아~조 손자 많을 자리에다가 묘를 이러케.

증조 하나부지(할아버지). 고조 하나부지 묘를 인자 거그 따가 뫼셨단 말입니다.

그리갖고는 기냥 [웃으면서] 손자들이 불커를 헙니다. 인자는 응. 네.

그런께 내 조부님께서는 손자를 기냥. 나 그런 분 드물다고 봐요.

내가 손자를 키워본게. 조매 못 때리것습디다. 응. 애비 애미 눈치보니라고 조매 못때리것어.

근디 우리 하나부지는 그것이 아니여. 저~녁마다 손자를 데리다가 기냥 막~ 잘못헌 놈은 매타작을 히도 보통으로 기냥 헌 것이 아니고. 에~ 빼짝 걷어올려놓고 몽침(목침) 우그다 시어놓고는(세워놓고는) 기냥 회초리로 기냥 터~져라~허고 기냥 사정없이 때린 양반이여.

(조사자 : 할아버지가?)

예.

예.

(조사자 : 엄하게 키우셨군요.)

[큰소리로] 예~ 굉장허니 엄허지요. 그런디 아 이 못난 놈은 안맞어요.

(조사자 : 못난 놈은. 잘란 놈만 맞구나.)

하 하[웃음] 못난 놈은 안맞은게. 내 큰 어머니께서 미워라히여. 당신아들은 저~녁마다 교대히가면서 홀딱 홀딱 뛰고 맞은디.

아 이~ 조카놈은 회원이란 놈은 안맞은고. 하나부지께서,

"회원아 이리오니라. 이리오너라. 응. 응~ 이리오너라. 이리오너라. 내 옆에서 자거라이."

응. 자는 버릇까지 다 갈쳐야한게. 자는 버릇. 이르트믄 움적거렸다가는 이눔 기냥. 이를 갈았다가는 몽침으로 발디기를 콱~ 때리부리죠. [전원 웃음]

아~조 기냥 굉~장허니 무섭게 가르쳤단 말이요. 그리도,

"회원아. 회원아."

밤~ 식사만 끝나믄,

"회원아."

내 집이 이를티믄 큰 집허고 우리집허고 요러게 나란히 있고 여가 사랑채가 있어요. 할아버지께서 사랑채에서,

"회원아."

"예."

"글 읽어. 이리와."

흐응~[웃음] 그리갖고는 인자 글을 요러케 읽은디.

"네~ 살에 소학을 띠어야 헌다."

제가 세 살이라도. 세 살이라도 두 살 뿐이 안되요. 왜그러냐허믄 석달 스무 아흐렛날 출생이거든요. 지가.

(조사자 : 예. 애문살이라고. 지난번에.)

예. 흐~[웃음] 그러니까 세 살이라해도 두 살 뿐이 안된 놈을 갖다가 이틀티믄 갈치면서,

"응. 오성대감은 여덟 살에 여덟 팔(捌)자를 알아냈단다."

응 여덟 팔 자 아시죠?

(조사자 : 어떻게 알았답디까?)

예?

(조사자 : 오성대감은 여덟 팔 자를 어떻게 알았어요?)

그 얘기 또 조끔 있다 헐께요. 그러케 내 할아버지께서는 인자 손자 욕심이 많으셔가지고 나를 인자 막 요러케 갈친디.

인자 지 또 인자 어~ 아부지 인자 선고라고 안헙니까? 지 선고도 인자. 한문 글을. 또 지 선고 이얘기를 헐라믄 지~대름(길다) 헙니다.

음~ 지 선고가(제 아버지가) 응. 음~ 인자 천구백. (아니라(생략된 말)) 천팔백구십구년생입니다.

그런디. 기냥 천구백십사년에 한일 합방인가 머신가 안 했습니까.

그러니까 내 인자 선고가 에~ 열 대여섯살 안 먹었것어요. 응. 열 대여섯살 묵으니까.

"아이고 응. 세상은 서룹게 되았지마는. 좌우간 인자는 베끼졌은께(바뀌었으니) 일본말을 배와야 쓰것다."

싶으셨던지. 내 할아버지께서는,

"일본 놈은 안된다. 일본 놈은 싸~악 쎄리(때려) 죽이야헌다. 그런디 일본놈 통~시를 배와야? 안된다."

그런디 내 인자 선고께서는 응. 때는 인자 헐 수 없은께. 일본 말을 배와야 쓰것다 허고 정읍으로 갔던갑습디다.

정읍으로 가서 인자 머리깎어불고 학교를 다녀. 다닌게 인자 할아버지께서는 아 하 아들이 없어져부렀으니 식음을 전폐헐 거 아니요.

응. 그런게 인자 식음을 전폐허고 누워계신게. 큰 아버지께서 인자 사~방을 댕김서 찾으러 댕긴다. 정읍가서 있은께. 와서는,

"[낮고 부드러운 목소리로] 가자. 가자. 응. 아버지께서 식음을 전폐허고 계신게. 너~어~ 집이 가서 말씀을 드리고 댕기자."

"아 머리를 활~딱 깎었는디. 아부지께서 나 가믄 죽인다고 헐 것인디. 응? 어찌요?"

그런께.

"아니 내가 가서 말씀 드리가지고 응. 너 다시 학교를 오게 맹글게. 가자. 가자."

히싼께. 헐수 없이 형님 말이라 기냥 순종해서 따라온 근께. 문 아케(앞에) 막 들어온께.

[큰 목소리로] "도장에다 가다놔(가둬놔)."

[손뼉을 치며] 가둔게 기냥 거~란. 이르트믄 요~만한 저 거시기 소끌로 기냥 문 열도 닫도 못허게 쾅쾅~ 히놓고는 밑에다가 구멍만. 혀 혀 형무소 머 저 저 저 요강허고 밥그릇만 들랑날랑허게 문을 요러케 창살을 뜯어가지고는 고리히서,

암디라도 머리는 상투머리 잉. 머리를 요~러케 잡어가지고 요러케 요러케 해서 상투를 포도시 맹글고 고것 보고 상투머리라 그래요.

"상투머리 되도록까지 너 거그서 달싹말고 있어." [전원 웃음]

아하 그런게. 아 목욕을 허게 생겼소. 어쩧게 생겼소 이것이. 징역도 보통 금고 이상 징역이제. 음~ 먼 징역입니까. 이것이.

큼~ 아 그렇게 히가지고 상투머리를 허게 된게사 포~도~시 나와서 이러트므는 인자 수염도 못 깎고 옛날에는 글안했습니까. 상투도 모 못 깎고.

인자. 신체발부는 수지부모(身體髮膚 受之父母)라 안합니까.

응 모든 것은 부모헌티서 받은 것인게 절대 깎으나 버려서는 안된다 그런게.

아 인자 씨커~머니 때조차 기냥 들래들래(덜렁덜렁) 히갖고 인자 나와서 그렇게 히서 고상을 혔다요.

그래논게. 또 거기에 따라서 내 애기를 헐라믄 하~래내(하루내내) 해도 못다헌게 기냥 내 애기는 그만두고요.

그러헌 처지라. 아 이러트믄 인자 응. 우리 집이 인자 대대로 글안습니까.

그래서 인자 한문을 이러케 내 이 선고께서 이를티믄 또 인자 한~문을 열씸히 배와가지고는 또 선생질~ 서당. 서당 선생을 헌단 말이여.

근게 마을일은 내 선고가 전~부 도맡아헙니다. 응. 마을에 진흥사업이고. 일본사램들이 농촌진흥회를 조직해가지고 진흥사업을 헌디. 그것도 내~ 아버지가 허고.

인자 또 내 조부님허고 내 외조부님허고 두 분이 서둘러가지고 또 그 애기를 헐라믄 굉장히 깁니다.

그런게 인자 간단허니. 두 분이 서둘러가지고 마을 공동재산을 만들어가지고는, 인자 어 훈하계인가? 동호촌명 계를 창신계를 만들었어요.

그 계를 만들어가지고 그 계의 재산을 이~만치 맹글어가지고 고~놈으로 마을 아그들의(아이들의) 응 교육비로 충당헌다.

응. 그런 거시기를 내 조부님허고 외조부님허고 인자 두 분이 이러케 서둘러서 맨글았는디.

잉. 내 외조부님 애기를 헐라믄 또 인자 태산 같습니다. 그런게 인자 놔두고. 그 애기 허기 위헌 것이 아니니까. 시방 이애기도 시방 쓸데업는 애기를 시방 너무 질게(길게) 헙니다.

아 하 아 하[웃음] 그래서 인자 내 인자 선고께서 어 인자 갈친디로 인자 지가 가서 인자 붓글씨도 조깨 쓰고 인자 늘~ 이란습니까.

그래서 지가 열 살 되도락 배운 것이 명심보감을 배왔습니다.

(조사자 : 아~ 열 살 때.)

예. 명심보감을 배우고. 인자 담양 동학교로. 지 얘기를 해선 안된디. 그러죠?

(조사자 1 : 아니요 아니요.)

(조사자 2 : 괜찮습니다.)

지 얘기 허다가는 하래 걸려부러요.

(조사자 : [웃으면서] 하래 걸려요.

예. 인자 음~

(조사자 : 아까 예. 그 하나님이 어째서 좋은 분이신가? 그 얘기 해주신다고 했잖아요.)

그 얘기는 또 인자 내가 어 모다 뫼시고 헐랍니다. 응. 그러지마는 기냥. 얘기니까 해둡시다이.

음~ 다섯 살인가 여섯 살인가 제가 먹었을 때.

음~ 학실히(확실히) 모르것어요. 다섯 살인가 여섯 살인가 먹었을 때. 지~ 어머니께서 굉~장히 가심앓이가 심해요.

가슴앓이병.

그러니까 식모를 둬요. 식모는 열대 열댓살 안 먹었것습니까.

그 식모가 이를트믄 우리 일을 우리 어머니를 이러케 인자 같이 이병~ 간병을 히놓고는 저녁에는 나를 보듬고 자요.

그 여 열대여섯살 묵었은께. 나는 인자 대여섯살 묵었은께. 보듬고 안 자것습니까.

아 근디 열 대여섯살 묵은 놈을 성희롱을 허고 있어요. 응. 그런께.

아 아 암만해도 성이(성기가) 가만히 있것습니까. 아 어린놈도 몽치믄 안 그럽니까.

(조사자 : 아~ 어린애도 그렇구나.)

예. [조사자 기침] 아 그런게. 아 그런다치므는 아 지헌테다 댈라고 혀. 댈라고. 그러믄 내가,

"으~응~"

잠뜻헌데끼~허면서 기냥 요쪽으로 돌아누우믄, 또 요쪽으로 팔딱 넘어와서는 또,

"으~응~"

요러케 허고. 아 아 먼 철딱서니가 있어서 쬐깐헌 놈이 그랬겄습니까. 하나님께서 다,

"요~놈. 응. 그러믄 안된다."

그러셨으니까. 지가 그런것 아니요.

아 일곱 여덟살 묵은 놈이 또 인자. 에~음~ 그시기가. 지 대밭이 요러게 있고. 대밭 저쪽에 가서 이 이 이를티므는 처녀가. 이쁜 처녀가 있습니다.

"아 회원아 회원아. 이리와. 응. 깜밥 줄게 이리와."

그러믄 또 깜밥 얻어묵으러 안 갔습니까. 갔더니 골방에다 안혀놓고는 아 성희롱을 허자허네.

"야 야 너는 경주이가고. 울 어머니도 경주이씨고. 응. 너는 항렬조차 높아가지고 너허고 나허고 연애허다가 만약 결혼을 허게 되믄 울 어머니가 너보고 '고모~' 그럴 것이냐? '아짐' 그럴 것이냐? '미느라(며느리야)' 그럴 것이냐?"

"너는 별 소릴 다허드라이."

"아 그런 것도 모리고 아 어뜨게 성희롱을 헌다냐?"

(조사자 : 어린 나이에도… 어른신 진짜 똑똑하셨네요.)

아 그래갖고는 인자 열 두 살. 열 시(세) 살. 내가 인자 또 여 열 살 부터서 애기를 헐까요.

열 살에 에 헤헤[웃음] 순서가 없습니다. 아 그리다가 내 얘기로 끝나버리믄 오늘 야단이요.

(조사자 : 중간 중간에 옛날 얘기 해주시믄 됩니다.)

그래요. 여~ 열 살에 담양동학교로 인자 어~ 소이~ 대천~ 때를 따라야 헌다고 인자. 할아버지께서 그렇게 완강허신 양반이. 할아버지께서 일본놈들이 상투깎자고 허믄,

"이놈들 응~ 죽이삘라믄 죽이라. 응. 상투를 깎다니. 응. 이놈들. 신체발부는 수지부모다."

허[웃음] 그런 양반이여. 그런디 어쳏게 되아서 이러트믄 나를 열 살에 학교를 보낼라고 허셨든지 어찌든지.

열 살이라야 아홉 살 뿐이 더 됩니까. 인자 열 살에 갔단 말이요. 갔더니. 아 대~라 큰 열대여섯살 묵은 사람도 요러케 겁~나게 왔는디.

책을 내놓고 읽어보라 그래요. 어 인자 면접에. 아 명심보감 읽다간 놈이 그까짓꺼 한글이 그거 글이것습니까. 머시것습니까.

한글은 어려서 이를티므는 아 내 인자 선고께서,

"재주있는 사램은 아침에 밥먹다가 배와버린 것이고. 조깨 미련헌 놈은 열흘이믄 배운것이다. 너 히봐라."

아 대충 밤으로 다 배워버렸거든요. 응.

"기역 니은 디귿 리을, 가나다라마바사…"

아 그거 고것만 잘허믄 외와버리므는 요리요리 붙이불므는 될놈으거. 아 밥묵다 외와부렀제. 그런 것을 머.

(조사자 : [감탄하면서] 진짜 천재시네요.)

[웃으면서] 아니요.

(조사자 : 아무리 그래도 못하거든요.)

아하하하[웃음] 아 그런것인디. 아 책을 보고 읽으란게. 줄줄줄줄 읽을 것 아니요.

그런게 불합격이여. 이런 놈이 불합격이 어디가 있다요? 응. 하~ 이 개뿌러질놈의 불합격.

아 그런게 갈치기는 갈쳐야쓰것든가 인자 내 선고허고 어 큰 백부허고 내 백부가 요~러케 인격이 조깨. 넘들보단 조깨 훌륭허니 생겼어요.

그 두양반이 나를 데리고 수북면. 담양읍은 사키로(4km)지만 수북면은 육키로가(6km) 넘습니다.

아하~ 그리 갖다가 인자 응. 거그를 어찌 가는고이는 거가서 우리 일가가 선생으로 계시니까.

그 빽으로 인자. 거그로 어떻게 인자 사바사바 헐라고 가셨든가 어쨌든가 인자 나를 디꼬 고~리 가셔서.

어 담… 동… 보통학교죠. 그때게는 인자. 담양보통학교에서 불합격 맞어갖고 왔는디. 이 어첧게 조깨 봐달라고 그런게.

또 책을 내놓고 나보고 읽어보라고. 아 또 줄줄줄 읽은게.

"아~ 이~ 너~ 일학년은 안되것고 이학년으로 할거나? 삼학년으로 할거나?"

"알아서 허세요."

근게.

"글믄 기냥 이학년으로 허자."

그리서 인자 이학년으로 아 수북으로 안 다닙니까.

아~ 이~ 쬐깐헌~ 것이 혼자 그나마 여 질이 아조 솟아봅니다. 깐~치고개를 넘어서 무너머 고개를 넘어갈라믄 아조 기냥 굉장허니. 호랭이가 왔다갔다 허는 때입니다.

[조사자가 잠시 자리를 비운다] 아 거그를 넘어서 가며는 지금 왕따라 그러지요.

(조사자 : 왕따?)

예. 홍[웃음] 가다가 보며는 샛모래라는 마을, 수북면 마루리란 마을,

그 저 거시기 이~ 계~백이란 마을인가? 또 아니. 이~ [생각을 한다] 그새 또 홍청망청해요.

인자 계백이란 마을. 니(네) 마을을 지내서 갑니다.

아 그런디 월산면 촌놈이 아 머시든지 일등이거든요. 공부도 일등. 글씨도 일등. 여트믄 다른 일도 일등.

아~ 이 어찌서 기냥 다른 길도 촌 학교라 촌 학교라 헌 것이 만해요. (많아요) 음~ 상품 준 것이 열가지나 되요.

인자 수는 적고 이 기부는 많이 들어오고 그런게 인자 상품 준 것이 열가지여.

열 가지를 전~부 일등을 허니. 미와 죽을 것 아니요.

(조사자 : 그러것네요.)

예. 그런게 왕따여. 왕따. 그리도 지가 씨름도 잘허거든요. 쬐깐헌 것이. 응. 그런게. 절~때 집이 와서는 학교에 가서 저 일러본 적이 없어요.

"응. 내 힘은. 내가 감수해야제. 뉘한테 내가 의탁혀. 응. 덤벼라. 어떤 놈이던지 덤벼라."

응. 그리갖고 거까지 이틀트믄 아 이학기를 마쳤어요. 마쳤는디.

인자 삼학기는 겨울이 돌아오니까. 음~ 그 무너머 고개가 눈이 지금과 같이 쌓이거든요.

그러믄 나는 땅개같은게. 응. 가다가는 눈에 파묻혀 죽어버린께. [전원 웃음] 어 인자 담양동학교로 전학을 헌거예요.

이학년 이틀티믄 삼학기에. 응. 그리갖고 담양동학교를 다녔습니까.

수북면서는 모다 일등했는디. 담양동학교 간게. 내가 이등이나 삼등뿐이 못해요. 응.

(조사자 : 어르신보다 더 아무진 사람이 있었나보내요.)

더 야물기도 헐 뿐만 아니라 말허자믄 자기 아버지가 면장이여. 면장인게 책을 마니 사다준게. 상식을 일반 상식을 내가 가를(그아이를) 못따라가요.

응. 그런게 가가 항시 일등. 가라고 허서 안되았소마는 그 친구가. 그 친구도 시방 작고히부리고 인자 떠 떠나부러서 업습니다마는.

그 친구가 일등. 내가 이등 아니면 삼등. 사 사 그 친구도 또 인자 저 거시기 광주학생독립운동사건에 기냥 희생당해부렀어.

지금 애국잔가 머신가로 지금 안 그렇게 되아 있거든요.

음~ 아 그렇게 히서 담양 인자 동학교를 인자 마치고.

그만히야죠. 어. 지가 인자 목포 상업학교로 지원을 힜어요. 왜그랬냐허믄. 광주고등보통학교를 나오면 취직질(취직길(취직을 할 수 있는 기회))이 목포상업학교보다 못허거든요. 그런께.

"에~잇~ 목포상업학교로 가야것다."

그리고 갈라보니까. 일본사람 교장이 말려요.

"너 목포상업학교 누구 아는 이 있냐?"

"아무도 없어요."

"그럼 안돼. 응. 그 목포상업학교에서 백명 모집해. 일본놈 오십명. 우리 한국사람 오십명 헌디. 음~ 한국사람은 천육백명이 온다. 그러믄 삼십대 일이 넘는디. 너~허고 재주가 같은 사람이 있을꺼 아니냐. 그러믄 기왕이며는 빽으로 따라 갈 것 아니냐. 응 너는 소사빽도 없담서. 아 안된다."

"아 이 빽으로 헙니까?"

지가 고집이 쎄거든요.

"빽으로 헙니까. 실력으로 허제."

"아 글시 실력으로 허믄 니가 일등이지마는 응. 빽으로 보믄 니가 꼴등 아니냐. 근게 틀려."

"안가요. 기필 가요."

기~필 안 갔습니까. 간디 수험번호가 지가 십번이요.

일찍허니 접수를 히부렀든가 어쩌든가. 십번이요.

그런게 천육백명 모은디서 십번인게. 이것이 시험 봤다허믄 채점으로 시야가 굴거지고 굴거지고 안 했것습니까.

첫날 학과 시험에다가 그 이튿날 인자 신체검사, 구두 시험인디. 구두 시험을 다~ 다섯과목인가 여섯과목인가 보고 마지막 교장이 앉었는 자리에 내 앞에는 구번까지는 갖다노아서 혀를 널름널름히여.

어~찌 어렵게 냈던지. 일반상식을 어찌 어렵게 묻던지. 혼나부렀다고.

"워~매~ 머이라고 물을란고. 나는 나는 일반상식을 내 친구만 못헌게. 떨어졌는 갑다."

그러고는 안 들어갔소. 들어간게. 아 나보고는 그런 소리 안물으고.

"너 임호 아냐?"

"예. 압니다."

"어떡케해서 아냐?"

"상하촌 산게 압니다."

임호가 누군고이는 광주학생독립운동사건 때 목포상업학교에서 주도적 역할을 허는 여 바로 우리 이웃마을 월평에 사는 임호란 말입니다.

응. 거그를 아냐? 그것이여.

(조사자 : 지금은 돌아가셨지요?)

왜정 때 학교 독립운동허다가 옥사해부렀어요. 옥사.

그랬는데.

"거그를 아냐?"

"예."

"어떻게 아냐?"

"아니 상하촌 산게. 이름은 압니다. 얼굴도 모립니다."

"그래야. 나가거라."

아 이거시 구두시험이여 머이여?

"나가거라."

아 요러케 요러케 나와서 아 그리도 쬐끔 예법을 배와서 나와서 문을 탁 닫는 것이 아니라, 돌아서서 두 손으로 요로케 응 요로케 닫을라고 근게.

"너 이 학교에 학교에 기부 백원 헐래?"

아 이 쫌버라진 놈이,

"백원은 너무 과합니다." [전원 웃음]

"응 알았다. 가거라."

아 그리서 인자. 아 또 또 이 얘기가 빠졌습니다.

시험을 볼라 앞날 저녁에 수험번호를 타고 이를티믄 인자. 음~ 저녁에 자고 있은게. 꿈에 시험지가 나왔어요.

아~ 다 아는 문제지 거 그 아는 문제지만 아 또 인자 깨서. 다시 책을 볼라고 또 요~만치 갖고 왔소. 응. 다시 재확인을 했어요.

허고 가서 본게. 그 이튿날 [손뼉을 친다] 어려운 문제는 전~부 꿈에 나왔던 거이요.

그러니 그까짓 놈의 것이 문제가 있었겄습니까.

아 근게 전~부 하나님께서 응 나를 한나 한나 다 도와주시고 안 그러십니까.

응. 아 그리서 인자 와서 교장선생보고 얘기를 한게,

"[손뼉을 치며] 아 틀렸다. 이 쫌버러진 놈아. 응. 백원헌다 히놓고 나중에 안해도 괜찬은 것을 갖다가 너는 기냥 곧이 곧대로 기냥 '백원이 과합니다.' 히부렀으니. 잉. 백원이라도 낸다고 허고 너를 들여줘야. 명분이 있을 꺼 아니냐. 그 교장이 왜 월산리. 월평리 잉. 똑같은 월산면 그 놈을 갖다가 그나마 재주 있 께나 또 갖다가 노며는 이 학교에 또 독립운동 선동자가 될 것 같은디. 이 놈아. 응. 고 놈을 면헐라고 헌게. 너보고 기부 백원을 허라헌거 아니냐. 그런디 고 놈 조차 못허것다 히(해). 요 놈아. 틀려부렀다.”

“허이구매~ 틀려부렀으믄 어찌꼬.”

그러고 있은께. 일본 오까야마끼다까시 상업학교에서 입학통지서가 나와요.

아~ 목상 교장헌티 편지를 했죠.

“난 귀교에 지원한 사실이 없어. 요거 먼 일이여?”

답장이 머이라고 온 거이는.

“내가 전임 학교다. 응. 너를 이 학교에 못들여줘서 못~내 아쉬워서 내가 그리 소개를 힜으니 너 그 학교를 간 것이 오히려 여그보단 나슬(나을) 것이다.”

고 놈을 교장헌테 비춘께.

“[손뼉치며 기뻐하면서] 야 야 너 참말로 할 틴게. 뱃심 좋~다. 일본학교를 가만히 앉어서 합격해부르다니. 얼른가거라.”

할아버지께 말씀드린께.

“내~둥(계속) 일본놈들 다 죽여야 헌단게. 아 이놈이 또 일본 간다허네.” [전원 웃음]

아 하 하[웃음] 또 인자. 그 이듬해 목포상업학교를 또 안 갔습니까. 허 또 갔더니. 인자 다 제처놓고 구두시험을 보러간게. 교장이.

“너 작년에 왜 거리 안갔냐?”

“지 가정 형편이 그래서 그럽니다.”

“왜?”

“저를 여그따가 허 허가 히주시면 지 부모가 여그와서 구멍가게라도 히서 지 학비를 델 것인디. 응 일본으로 갈 학비가 없어서 못 갔습니다.”

인자 그렇게 핑계를 안 대야쓰겄습니까.

할아버지가 일본은 못간다고 해서…[전원 웃음] 허 허 그랬더니.

“그러믄 극비생으로 히주마.”

"아니 되도록이며는 요리 조깨 해주세요."

그랬더니.

"아~따~ 여그보담 거가 났단 말이야~. 그린게. 너 극비생이믄 어찐지 아냐? 응. 너 서~푼도 안들이고 어 학교 졸업히여. 그런게 그리혀."

(조사자 : 그 교장은 한국인이예요? 일본인이예요?)

일본사람입니다.

그런게 일본이 제일이다 그것이죠.

아하이~ 내 얘기 허다가 오늘 해 넘어 가믄 어찔까요? 여. 머식허것는디.

(조사자 : 어른신. 어르신 이야기 들으러 왔습니다. 인자 중간에 오성이야기도 해주시고.)

예~ 오성얘기는 조금 있다 헐께요. 이천보 얘기도.

(조사자 : 이천봉 이야기도 사실 들어야 것습니다.)

아 그래서 인자. 음~ 고 고리 갈란다고 헌게. 또 못가게 허시니까. 지가 일년간 인자.

그러자 지가 잉~ 열 살에 이학년, 삼학년, 사학년, 오학년, 육학년 인자 졸업헌 년 그 이듬핸게(이듬해이니까) 열다섯살 아닙니까.

열 다섯살에 가서 떨어졌제. 열 여섯살에 가서 떨어졌제. 열 일곱에는 집이서 농사를 지었습니다.

그러믄 아 화가나서 살 수가 있습니까. 다른 동창생들은 다~ 뻐기고. 광주고등고학교를 댕긴다고 뻐기고 댕긴디.

나는 촌놈 농사꾼이 되아부렀으니. 이것이 팔자가 기박허지 않습니까.

아 일본이라도 가야쓰것는데. 하나부지께서 못가게 허시고,

"하나부지. 저~ 집이서 농사 못짓것습니다. 어 어~ 어떠케 외국이라도 나가야지. 어떡케 살것습니까."

"글라믄 너 중국가거라. 응. 응~"

"예."

아 그라고 중국을 간답시고 휠~휠~ 나는 기냥 갔습니까. 무턱대고 기냥.

중국을 어칳게 가는지조차 알아보도 않고 만주로 돌아서 요~리로 가믄 기찻질로 빵빵 돌아가믄 갈것 같어서 안 갔습니까.

그 동안에 시방 얘기가 겁~나게 빠져부렀습니다. 음~ 그 그런 얘기를 기냥 제쳐부립시다. 실때없는 얘기 인자 헐 것이 아니고.

인자 하나님이 봐주셨다는 얘기를 허다가 보며는 열두서너살에 음~ 또 인자 처~녀허고 또 같이 보통학교를 다닌단 말이요. 한 마을 처녀허고.

아 그런디 지금 여 만화교. 시방 다리가 싓(셋) 안 있습니까. 요러게. 제~일로 먼텀(먼저) 있었던 다리.

아 그 밑에 다리 밑에를 들어가자고 혀.

"너 멋허게 거 공부허러 학교나 가제. 실때없이 다리 밑에를 들어가자고 허냐?"

그런게.

"아 이리 따라와봐. 따라와봐."

아~ 이~ 따라가서 본게. 음~ 동쪽에 요 요 요 요 다릿발이 요러케 섰어요. 요~리 기어올라가더니.

올라가서 본게. 둘이 누워서 마치 연애걸믄 좋게 생겼어요. 여가. 그래서 인자 연애걸자고.

[큰소리로] "야~"

(조사자 : 우리 어르신이 상당히 많이 인기가 많으셨네요.)

몰라요. 쪼깨 인기가 있는 것은. 순허고 맨만허고 쬐간허고 이 이런 심바람 잘허고. 응 그런게. 에 아그들이 전부 저를 좋아해요.

처녀들 건들도 안허고. 다른 아그들은 건들어 싼게 복잡헌디. 회원이는 건들도 안허고 순탄허니 한쪽에서 피식피식 웃고만 자빠라졌고 그런게. 기냥 쪼깨 인기가 있어요.

아 그런게 그 처녀가 아~이~ 밥만 묵으면 학교로 뽀로로 간 것이 아니라 꼭 내 집으로 와서 나를 데리꼬. 인자 나보담 한 살 더 묵었으니께.

나를 디리로 오믄 졸래졸래 가서는 거 가서 연애를 허자해.

"야~"

아까 말과 같이.

"너 그나마 경주이가로 우리어머니보다 항렬조차 높은 거시. 응. 울 어머니가 너보고 응. 너는 열 네 살 묵고 나는 열세살 묵었은게. 잉. 생각히봐. 너 애기 밴다."

응. 근게.

"먼 그새 애기 밴다냐?"

"아무개 어머니는 열 네 살에 애기 뱄어. 어. 너 지금 내가 너허고 장난허믄 너 대~번에 애기 밴다. 응. 나도 애기 밸만허다. [조사자 웃음] 그 그 그런게 큰일나. 우리는 공부헐 때여."

그런게 아~ 그런 여잔데. 해~필이며는 그 여자 아버지가 저를 욕심냈던지. 이. 그 여자허고 저허고 인자. 아~ 이를티므는 한 살 씩이니까 궁합도 좋아요.

응~ 궁합도 좋으니까. 음~ 그 여자 아버지가 조깨 숭악(흉악)합니다. 응. 꾀가 많애가지고 사기질을 많이 치고 어찌고 그런 사램인디.

우리 아부지는 너~무나 순허셔가지고 이를티믄 그 아부지 허고 다정허니 지냈어요.

다정허니 지냈는디. 그 그분네가 딸이 둘이여. 인자 아까 나허고 연애걸자 헌 딸허고 그 밑에 딸허고 두 두딸허고 아들 한나 있는디.

고놈 셋을 디리고 만주를 갔습갑디다.

나는 그런지도 모리고 내 아버지께서는 인자,

"만주를 가서 중국을 못가게 생겼으믄 신경으로 가서 이 주소로 들어가거라."

그러시길래.

"누굽니까?"

물어보도 않고 기냥 아버지 말씀엔 절대 복종을 허는 사람이라.

"아~ 이~ 누굽니까?"

물어보도 않고는 아 편지봉투를 딱 간직허고 안 갔습니까.

가다가 차 속에서 들으니까.

"중국은 어림반푼아치도 없다."

그런게 신경으로 헐 수 없이 갔어요.

신경으로 가서 기차에 막~ 내리니까. 누가. 내가 이불보탱이허고 책가방허고 책허고 요러고 들었는디. 누가 이불보탱이를 뒤에서 잡어당겨.

아 요~리 돌아본게, 아~이~ 그 처녀란 말이요. [조사자 웃음] 나보고 연애하잔 처녀여.

'워~매~ 요놈의 집구석에 내가 또 다시 왔네. 워~매~ 요 놈의 집구석인줄 알았더라믄 안올 것을. 여 큰일났네.'

(조사자 : 싫으셨나보다. 예. 그 처녀가 싫으신 거였죠?)

싫어요. 아 연애를 팡팡해부서 걸고 댕겼거든요. 다른 남자허고. 그리 가지고 나를 빵을. 고놈 인자. 그 남자헌티서 돈을 벌믄 나를 빵을 막 사줘요.

"안묵어 더러운 놈 빵. 응. 너나 잘 쳐묵어."

그려도.

"아~ 이~ 가자. 가자."

했어. 또 기필 내 주둥이를 막을라 헌게. 그랬든지 어찌든지.

"가자. 가자."

히서. [큰소리로] 날~마다 빵만 얻어묵고 댕기믄서 [전원 웃음] 살았거

든요. 하 하[웃음]

아 그런디. 아 그여자가 이불보퉁이를 챙기더니.

"니기 집이냐?"

내가 인자 기분이 나쁜게 그럴 것 아니요. 그랬더니.

"왜~에~ 그리게도 미웁냐?"

"미워. 자껏. 더럽게도 또 만났네."

아 그러지만 그 여자가 이불보따리 뺏어가부렀으니. 헐 수 없이 졸졸졸 따라가야 안 쓰것소.

또 그 애기를 헐라믄 지다름헌게(길어지기에) 그만 헙시다.

응. 그런 것이 아~ 이~ 가서 보니까. 만주에는 학교가 있어야지요. 응. 신경은 인자 막~ 점령히가지고 인자 한~창 계발 과정이라나서 학교가 없어요.

생긴 것이 신경고등부기학교가 생깁디다.

'엣~따~이~ 거그라도 들어가자.'

허고는 인자 쪼깐헌 것이 열여덟 살 묵은 것이 인자 뽀로로니 들어가서 본게. 내가 지~일로(제일로) 땅깨여.

응. 다~아~ 서른 살 묵은 사람들이고. 난 열여덟살 묵은 쬐~깐한 것이 거가서 찡겨가지고 어~ 그런대로 공부를 헌 것이. 그래도 어 이`삼등 갔던게비 어쨌던가 몰라요.

음~ 그리가지고 단기 속성과여. 6개월간. 6개월간 졸업을 막~ 졸업식을 헌게. 은행에서 사원모집. 그런게 거그 학교에서 위~ 안 가겄습니까.

갔는디 학과시험에 회원이도 들었는디. 구두시험에 빵점이여.

"아~ 이~ 야~ 너 어째. 떨어져서. 너를 사무원으로 어찌 쓰것냐."

"사무원은 필요없습니까. 아 이 붇다리로(능력으로) 사무원을 보제. 키로 봅니까."

"아 그러기는 그리여. 그러지마는 아 너무 거시기 헌게. 너 접수 볼래?"

“[언성을 높이면서] 왜 접수봐. 나만 못헌 놈은 니미 인자 저 저 서기고 나는 접수보고. 더럽게 심바람 허고 댕이여? 못히여.” [전원 웃음]

또 안 나왔소. 좋은 놈의 은행을 기냥 안 나왔소. 나온게. 또 인자 어디 회사에서 시험본다고 히서 또 안 갔소.

아 거그서 또,

“아~구~야~ 너 넘 적다. 응. 또 머 볼래?”

“[언성을 높이면서] 아니여. 더른 놈들 니미….”

아 그래 저래 본게. 나만 못헌 놈은 싸~악 들이가분디. 나는 꼴치로 아~ 이~거 키가 적다고 안 들이줘.

아 또 그 뒤에 저 거시기 백화점에 갔더니 거그서도, 어. 또 제약회사에 갔더니 거그서도.

“어. 약제사 할래? 안히여. 마 더럽네. 사무원이나 히줘야제.”

에~ 그러고 나온게. 헐 수 없이 직업소개소로 소개를 부탁허로 갔어요. 갔더니.

“너 일본말 헐 줄 아냐?”

“예. 같이 히봅시다.”

그런게. 아 지가 일본 말을 혀라. 제법 돌아가던가 어쩌던가.

“어 괜찬게 헌다.”

고 그랬거든요. 음~ 하나님께서 맨들어 주셨으니까. 헤 쪼끔 혀도 돌아갔던가 어쨋던가 몰라요.

“음~마~ 음~ 마~ 너 이 괜찬게 잘헌다. 아 거 거 가만있거라.”

어디로 전화를 헌게. 어떤 사램이 옵디다. 일본사램이. 오더니,

“어~ 김이 어찌고. 나 난데스까.”

그런게. 마 말 아~ 얘기를 해본게.

“음~마~ 요것봐라. 너 가자. 응.”

가서본게 대~기업이여. 이를티믄 집내장도~ 이~백평이나 널룬게 아

니라. 제과공장, 제빵공장, 음~ 배달원 머 머. 아~ 이거시 대기업이란 말이요.

거기에 저를 사무를 보라고 그래서 요~리 본게 사무가 배축식 문서여.

'에~기 자껏.'

싸~악 뜯어 고치고는 부기식으로 요놈을 깨~깟허니 새것 사다가 아 전부 전화 아끼고. 그런 거 샀다고 머이고 내한테 싹 다 맽긴게.

내가 인자 그 집이 집 주인이 되았단 말이요. 응 하 하[웃음] 아니 그 집이 딸이 또 인자 나보다 한 살 밑엔디. 이뿌~게 생겼어. 일본 여잔디. 그 여자가 나보고,

"오빠. 오빠."

하믄서 부기를 갈쳐도라고 지가 가계는 인자 거들어 준다고.

"그리라. 니가 봐라."

응. 그러고는 가계는 갸한티 다 맽기고는 나는 인자 문서. 응.

요 놈 주문 받을라. 이러트믄 배달시킬라. 이러트믄 원료 공급을 히줄라. 어쩔라.

내가 기냥 요 머신디 이러케 바쁘고 몰라요. 팔자가 그렇게 바뻐요.

(조사자 : 부지런 하신거죠.)

하하하[웃음] 아~ 고러케 인자 바쁘고 거식헌디.

"첫 머냐. 너 첫달에는 견습생이니까. 십 십 십원을 주고. 다음 달 부터서는 삼십원썩을 주마."

그럽디다. 그러믄 그때게 면 서기 초급이 이십원입니다. 응. 아~ 이~ 다음달 부터서는 내가 면서기 보담도 군수 월급쯤 되것다 싶은께. 아 이 재미가 있습니까.

'오~ 냐~따~ 이놈의 거. 에~ 은행이고 지랄이고 그냥 여가 편허고 좋을란가 모르것다.'

어 그러고 인자. 요로고 있는디. 만주는 신경은 기후가 참~ 지랄헙니

다. 음~ 낮에는 햇빛이 뜨거와서 젖곳을 입어야 해가 조깨 가려진다고해서 젖곳입지. 더위는 없어요.

고렇게 뜨거운 햇살에 요~리 밑 그늘로 들어오믄 [입술을 가리키면서] 여가 시푸럽니다. 어. 기후가 그렇게 더러와··· 곤란해요.

그러니까 밤에는 월~매나(얼마나) 차겠습니까. 차니까 반다시(반드시) 욕조에 몸을 따숩게 해가지고 얼~른 두툼헌 요 이불 속으로 쏙~ 들어가서 자야 안 쓰것습니까.

아 그런디. 그러자 자기 어머니가. 말허자고 하믄 딸 어머니가 음~ 믿일(며칠) 되도 안했지요. 지가 들어간지가 믿일 되도 안했는디.

"이 가게가 자네 가게가 될는지 몰라."

"거 먼 말씀이요? 내가 언제 돈 벌어서 이러케 큰~ 기업을 언제 산다요?"

"자네같이 착실허고 어 똑똑허고 허므는 돈~ 쉽게 벌리는 법이여."

"천만에 말씀이요. 어 내가 복조가리가 있이야. 응. 요 요런 가게를 내가 처신허제. 어쳏게. 나 복이 없는 사램이요. 나 호주머니가 텅텅 비어있는 사람인게 안되요."

또 그 얘기를 헐라믄 한~정이 없습니다. 내가 [휴대폰이 울리면서 확인하고 전화를 받지 않고 이야기를 계속 진행한다].

음~ 그렇게 해서 음~ 나보고 느닷없는 소리를 허길래. 말도 안된 소리다 했는디.

저녁에 욕조에. 욕조도 요러케 해서 둘이 앉으믄 맞을 만한 욕조가 가정마다 에 있었습니까. 옛날에.

음~ 거 나혼자 요러케 앉어서 요 요 요러케 묘욕을(목욕) 허고 있는디. [언성이 커지면서] 아~ 그 처녀가 빨가벗고 들어옵니다.

"에~ 잇~ 못된 것 같으니. 아 남녀가 유별헌디 요런 못된 거 봐라."

그런게.

"아 사랑에는 국경이 없다."

네.

"요런 못된 것. 너는 일본사램이고, 나는 하 하 한 조선 사램이고. 요런 못된 것 봐라이. 얼른 나가."

"아따 내둥 저 거시기 사랑에는 국경이 없다고 헌게 그런가. 일본에 조선 사램이 마니 들어와서 일본여자 데리꼬 마니 사네. 잉. 국경이 없어."

"지랄허네 자껏. 안나가!"

나는 머시 큰일인고는 내 할아버지께선 [조사자 웃음]일본 놈을 싹 죽이야 한다고 했는디. [웃으면서] 아 요 놈을 딜꼬 갈라믄 인자 나까지 안 죽이브리것습니까.

그런게 하나부지가 무서운게. 으 처녀고 지랄이고 씰디 없어요.

"[화를 내면서] 안가!"

아 요것이 뿌적뿌적 들어요. 아 들어오더니 내 성을 만짐선,

"매~ 좋게 생…"

"[역정을 크게 내면서] 저런 망극 봐라이."

'자껏이 인자 만… 어 어매 내빼야 쓰것네. 저 자껏. 요러다 큰일 났네. 요 내가 깐닥깐닥허다 요것 헌티 홀기며는 큰~ 일이… 어찌꼬? 에~잇~ 내일 아침에 내빼야지.'

아 그러고 그 이튿날 아침에 기냥 보탱이를 싸갖고 나온게.

"[큰 소리로] 먼 일이냐?"

그것이여. 그럴 것 아니여. 응.

아~이~ 부기로 싸~악 요로케 개안허니 해놨것다. 이 이 이러트므는 전화도 잘 받어가지고 어 거래도 충~실허니 잘허고 기장도 잘해놔서 아~조 기냥 깨깟허니 히논게.

'아 이 요 새끼. 떨굴가 무서운 놈의 새끼가 느닷없이 기냥 보퉁이를 싸갖고 내뺀다.'

고 허니 깜짝 놀랠껏 아니요. 아~ 아~니. 아버진가 사장인가는 응. 저그서 귀경만(구경만) 허고 있고. 어머닌가 딸허고는 둘이 기냥 날 응 양쪽에서 틀어잡고 막 실갱이를 헌디.

아 혼자 어찌것습니까. 여그. 큰~일이제. 응. 갔다가 거그선 마차뿐이 없습니다. 인자 전철이나 택시가 없어요. 마차가 기냥 주로 교통수단이여.

"마차! 마차!"

히놓고. 막 거시기 헐라허믄 아 이~ 보탱이를 가지가버리고 가지가버리고.

'요 놈 보탱이를 놓고 내빼버릴 꺼나? 어쩔거나?'

응. 아 추접스럽게 내 보탱이. 내 이불허고 내 책허고는 갖고 도망가야 쓰것쓴게. 고놈 땀시 못 내빼고 아 이 실갱이를 허다 허다가 인제 자기네들이 질만헌게.

마찬(마차는) 지달려 섰고. 어찌것습니까. 헐 수 없이 마차에다가 인자 타게 놔두고는 인자 막 기냥 둘이 따라옵디다.

따라오더니 처녀는 펑펑 울고 이럴터면 즈그 어머니는,

"응. 어이~ 어이~ 어이~"

내가 인자 머이라고 핑계를 대논거이는,

"눈이 덜 좋으니까. 가서 눈 치료허고 올께요."

그랬더니.

"아~ 이~ 집이서 댕기믄서 치료허제. 멀라 가냐?"

"아니~ 왔다갔다 허믄 매우 바쁜디. 잉. 나땀세 여기 일이 터득거린게 사람 한나 쓰시쇼. 어 그리고 나는 차분허니 가서 한 사날(한 사나흘) 눈 치료허고 오리다."

그랬더니.

"그리믄 꼭 올란가? 꼭 올란가? 꼭 와. 꼭 오소이."

그리더니 봉투를 줘요. 아 이놈의 봉투가 아~ 이~ 내가 보름도 못혔으니까 요 놈이 납작히야 헐 것인디. 요로케 두툼해요.

'먼 놈의 봉투가 요로케 두툼허다냐?'

아 오다가 갈린 뒤에 마차에서 요~리 까본게. 아 돈이 삼십원이나 들었어요.

'워~매~ 한달에 삼십원 주마. 허더니 보름도 못했는디 삼십원이나 줘.'

아 이 놈의 돈으로 봐서는 돌아서믄 쓰것는디. [전원 웃음] 그 놈의 처녀 땀세.

'오랏~ 가자.'

아 그리고 집이로 온게. 고향이 그립습니다. 고향이 그리워. [눈에 눈물이 고이면서] 그래서 고향으로 안 내리왔습니까.

내려올람서 급작시리 내려오니까. 집이로 전보를 쳤어요.

"지금 갑니다."

전보를 치믄. 아버지께서는.

'저 돈 보내준게 있은께. 고 놈 갖고 온 갑다.'

그러실 것이. 그러신거시 아니라. [큰 목소리로] 전송우편으로다가 돈을 벼락같이 부치셨던가. 밤중에 아 잔게. 머시 땅!땅!땅! 그리서 내다본게.

아 전송 위채(우편)가 왔단 말이요.

'워~매~ 아~ 갑니다.'

했으므는 냅두시제. 멀라 또 돈을 밤중에 보내셨는고. 아 고 이튿날 고 돈 찾어갖고 가야 안 쓰것습니까. 위채를 갖고 올 수도 없고.

아 헐 수 없이 하루를 더 멈춰가지고 인자 돈 돈 찾어갖고 그러고 왔어요.

해방될 무렵

자료코드 : 06_06_MPN_20110114_NKS_JHW_0002
조사장소 : 전라남도 담양군 월산면 월산리 도개마을 정회원댁
조사일시 : 2011.1.14
조 사 자 : 나경수, 서해숙, 이옥희, 편성철, 김자현
제 보 자 : 정회원, 남, 90세
구연상황 : 앞서 정감록 예언에 관한 이야기가 끝나자 다음 이야기를 이어서 구연했다. 제보자는 연세에 비해 총기가 좋으시고 목소리 또한 힘이 넘쳐 있었으며, 조사자들에게 많은 이야기를 들려주려고 했다.
줄 거 리 : 음력으로 칠월 팔일날 해방된다는 말이 돌았다고 하며, 해방 될 무렵 자신 주변의 상황을 상세히 이야기한 것이다.

예. 인자. 그 머라그럴까요? 에~ 유행허는 말. 해방되던 해도,

"호매드랍시 칠팔칠팔. 군왕 잎사귀 여덟 팔자가 써졌네."

먼 소린지 알 수가 있어야지요.

[갑자기 언성을 높이면서] 아 그러더니 음력 칠월 팔일날 해방이 안 되았습니까. 예.

아 그런게 봉안 이파리도 알고 아~이 떠돌아댕긴 말도 다 안게.

"칠팔칠팔."

아 이 칠팔을 아 요놈을 알아들은께.

"칠월 팔일날 해방된께. 그때까지만 숨만 잘 쉬어라."

그랬어야 한단 말이제. 무턱대고,

"칠팔칠팔" 헌게.

"칠팔이 머이단가?"

"몰라."

응. 응.

(조사자 : 그때 그 얘기가 막 떠돌았어요?)

막 떠돌았어요. 나보고도,

"아이. 너 칠팔이 머이냐?"

"몰라아~"

그랬더니 나는 칠월 음~ 이를트믄 아니 팔월 십삼일날 저녁에사 알았습니다. 해방될 것을.

왜그랬냐허믄.

내 큰 아버지께서 음~ 십팔일. 십삼일날 저녁에 인자 내일 군인으로 나갈란 놈. 그 날 저녁에 송별연을 헌다고 시방. 술을 묵고,

"[박수치며 노래 장단을 맞추면서] 각대 후루 소도 이사마시꾸~"

일본놈 노래를 막~

(조사자 : 무슨 노래? 그게 무슨 뜻이예요?)

각대구루수는,

"이기고 돌아와라. 용감스럽게."

응. 고러면서 인자 막 송별연을 술을 믹이고(먹이고) 인자 글안습니까.

한창 그러고 있는디. 내 큰아버지께서,

"회원아."

"예."

나가니까.

[목소리를 낮추면서] "내일 모레 소화가 손든단다."

응. 깜짝 놀랬지요. 저도. 아 시방 군인으로 나갈라고 난린디.

"[한껏 목소리를 낮추면서]예? 누구 들을까 무섭습니다."

"[계속 낮은 목소리로] 나도 야 야 읍에서 가만히 들었다. 응. 너 그런줄만 알아라이."

"예."

"아~이. 그런게 저 술 그만 묵고 갈려라이(파장하라(모두 집으로 돌려보내라))."

[웃으면서] 아 (송별연자리에(생략된 말)) 들어가서 내가 그러케 얘기를

허거습니까.

내 큰아버지께서 갈려라고 허신다고 헐 수도 없고.

“아 그만 갈리자. 니일(내일) 인자 잠자고 우리가 송별을 히야 안 쓰것냐. 기냥 갈리자. 갈리자.”

“아 가만있어. 더 놀고.”

“아~따 니일 니일 일도 생각히야제. 나 자고 싶다. 간다이.”

응. 그리고는 인자. 안 갈렀습니까. 갈려놔서는 인제 큰 아부지허고 둘이 앉어서, 큰아부지허고 나허고 응 [잠시 생각하다가] 연령이야 말헐 수 없죠이.

우 우리 큰 아부지는 아~조 인자 내~ 선고보담도 더 나이 많으시니까. 그러지만 나허고 지~일로(제일로) 이얘기를 좋아하십니다이.

어 어린디 어째 그러셨는지 몰라요. 어린디.

좌우간 밤 열두시가 되아도 어 이얘기를 해주십니다. 근디 이약 이약허면서 큰 아버지가,

“모레 참말 그럴까요?”

“니일 봐라. 니일. 활딱 변할 꺼 아니냐.”

대처 인자 그 이튿날 데꼬 나갑니다. 응. 데리꼬 요~만치 면사무소 가까이 나온게.

일본놈 그 자 주재소 주임인가 머시 자전거를 타고 오더니,

“에~ 잠깐 중지.”있은께.

“대기. 잉. 명령이 있드라까지 집이가서 모다 있어라.”

[큰소리로 웃으면서] “하~ 왔구나~ 만~세~!”

“만세.”

히갖고는 인자 그런게 내 종제가 근데 내 외종제가 일본놈들한테 혼~났거든요. 응. 외종제가,

“죽이러 간다~”

응. 그리서,

"아니여. 그런다고 불쌍한 놈들 죽이봤자. 머허냐? 냅둬. 지기들 기냥 아까운 목숨. 지질로 쫓겨나게 냅둬. 너 너는 간섭하지마."

[목을 가다듬고] 고렇게 히서 쪼끔 넘보담 일찌기(일찍이) 인자 알았을 뿐이지.

그렇게 모르고 지냈어요. 모르고 지냈어. 그런디 박헌영씨는 그랬다고 안허요.

박헌영씨는. 광주에선가? 먼 공사판에서 일을 허믄서 따끔따끔 오냣따 곧 일본놈들이 망헌다. 그리싸서 다른 사람들이,

"저새끼는 내~디 일본놈들헌티 죽을라고 저 먼소리를 헐까?"

어. 어느 때 된게.

"니일 모레 해방된다."

"응? 먼소릴까?"

"아 쟈 죽을라고 시방. 아 또 감방에 갈라고 시방."

응. 아~ 그리갖고는 그 분네가 인자 우리나라가 해방이 되니까 서울로 올라간게 공산당이라고 몰아서 북한에 가서 그 분네가 김일성이헌티 쫓겨가지고 죽어부렀습니까.

(조사자 : 그렇죠.)

한국전쟁 당시 경험담

자료코드 : 06_06_MPN_20110114_NKS_JHW_0003
조사장소 : 전라남도 담양군 월산면 월산리 도개마을 정회원댁
조사일시 : 2011.1.14
조 사 자 : 나경수, 서해숙, 이옥희, 편성철, 김자현
제 보 자 : 정회원, 남, 90세

구연상황 : 앞서 남자에게 필요한 것에 대한 이야기가 끝나자 이어 다음 이야기를 이어 갔다. 제보자는 연세에 비해 총기가 좋으시고 목소리 또한 힘이 넘쳐 있었으며, 조사자들에게 많은 이야기를 들려주려고 했다.

줄 거 리 : 6·25 전쟁 당시 월산면에 군인과 인민군 사이에 치열한 싸움이 벌어지는 와중에 제보자와 주변인들이 죽을 고비를 겪었던 이야기이다.

걸소리는 내 뱃속에가 있은게 인자 갖고 댕김서.

거짓소리를 내가 언제 써묵었는가 얘기 하나 할까요?

거짓소리라고는 천하 헐 줄 모릅니다마는 언제 한 번 써묵었어요.

아~군이 부산서 진군을 헙니다.

응. 오전에는 요 모릿등에서 읍에다가 포를 쏘고. 읍에서 월산면에서 포를 쐈습니다.

쓥~ 점심 때가 된게 포소리가 멈춰요.

이럴 때가 어려울 때 아닙니까.

'응. 여 어려울 땐디. 여 큰일 났네. 어째서 그럴까?'

그러고 있은께. 그때게는 우리 집이 마을이 아니고 내집 한 집만 달랑 있어갖고. 이 이를티믄 우 울타리도 요~러케 생겼은게.

저~그 큰 질(길)에서 보믄 우리 집이 환~하니 보입니다.

그런게 우리 집이 사람이 왔다갔다 헌게. 우리 집이다 기냥 총을 뚜루루루루~ 헌디. 워~매 큰일났어요.

방공호 속으로 식구들 들어갔어요. 들어갔더니 방공호에다가 총을 대고는,

"손들고 싹 나와."

그리서 손들고 싹~ 나오니까. 저~아래서 내외를 잡어갖고 옵디따. 응 [조사자가 안타까운듯 혀를 찬다] 사람을 잡어갖고 와.

(조사자 : 그때가 언제 언제…?)

진주. 진주. 진주 첫날입니다. 첫날.

(조사자 : 음. 맥아더가…)

맥아더가 상륙히가지고 진주 첫. 아니 상륙히갖고 다시 한바탕 후퇴혔다가 아 인자 아군이 인자 몰코 올라온게 여형 인자 저 사램들이 산으로 안 도망갔습니까.

그런게 그 때가 어 언제든고? 이를티므는 가을 무렵이니까. 응. 벼를 한 살 빌 때게(벨 때) 이 그 일이 생겼죠.

음. 아 인자 그렇게 한나를(하나를) 인자 둘이를 디리꼬 온 군인이 인자 우리를 조사를 허면서.

그러자 그 안에 이를티믄 맥아더 장군이 상륙혔을 때게 동상리라고 이 건너마을 아그들이 학생들이 태극기를 기리다가(그리다가) 고놈이 탄로나 가지고 몽땅 안 죽어부렀습니까.

죽으니까 내 아우가 중학교 시절인데 요 놈이 겁에 질리가지고(질려서) 아 붉은기를 만들었는 갑습디다.

고 놈이 내 아우 책상 속에서 나왔습니다. 붉은 기허고 그 병을 소지헐라며는 머리카락 같은 것을 요러케 철사에다 똘똘똘 몰아서 병을 요러케 소지헌 거 안 있습니까.

고 놈허고 두 개가 나왔어요. 나온게.

"내놔라. 총을 내놔라. 요건 총을 소지헌 것 아니냐."

"아닙니다. 요건 병 소지헌 것입니다."

"쓸데없어. 이 놈아. 총 내놔. 안 내놔. 죽여. 너."

그리고는 우리 오…. 그러자 한 사람이 내게로,

"어떠케 허믄 쓰것냐?"

고 상의허러 왔습니다. 동상리 산 사람이. 그 사람 숭을(흉을) 보자믄 얘기가 길고 그런게. 숭은 놔두고. 음~

그 사램이 죽게 생겨쓰고 어려웁게 생겼으믄 내한테 오고 걱정을 허고. 내가 선거에 나오므는,

"노케바리. 니 놈 새끼야 안 찍어줘."

그런께 [감정이 격앙되어서] 사람놈의 새깽이요~ 짐승놈의 새깽이요. 그런 것이 또 인자 죽을 지경인게. 또 내한테 와서,

"어칳게 허믄 좋것냐?"

허고 인자 그 사람허고, 우리 형제허고 너이(넷) 남자. 남자 너이허고 인자. 내에~ 선고던지 어머니던지 가족들은 전부 여자들이나.

노인들은 놔두고 우리 젊은 놈 닛만(넷만) 요리~ 딜꼬 나갑니다. 저~ 리 큰 질로.

나가서는 질(길)들이 요러케 배꼈(바꼈)습니다마는. 옛날에는 질들이 요~로케 인자 커브길(curve -)이 되었고. 여 가서 하수구입니다.

그 하수구 우에다가 우리 너이를 요러케 무릎을 꿇쳐놓고 이를티믄 너이 이마빡에다가 총구를 딱 대고 응. 내 아우를 조져댑니다.

"네 이놈. 중학교까지 댕긴 자식이 붉은기를 기려(그려) 이 놈 자식아. 죽일 놈아. 이 놈아."

발로 툭 차므는 도골 궁굴러 가가지고 깨고랑에 도골~ 글믄 깨고랑이 철퍽철퍽헌께. 아 이 내 아우가 흙짱아치가 될 거 아닙니까.

(조사자 : [웃으면서] 흙짱아치.)

하 하[웃음] 그러니까 내가 거 보고만 있것어요.

"야~ 가 지(제) 아웁니다. 응. 지가 대로 말씀드릴께요."

"누가 너보고 말허라 했어?"

탁~ 쳐분게 기냥 나도 도~골~ 궁구러분게. [웃으면서] 아니 이것이 기냥 흙범벅이 돼. [전원 웃음] 아 아이 그렇다고 말 수도 없고.

도로 기어 올라와서 음~ 아 또 내 아우는 아 이 말을 조깨 지대로 해야 한단 말이제. 걸소리도 해야 한단 말이제. [답답한다는 듯이 큰 소리로] 아 걸소리도 헐 줄 몰라. 야는(아우는).

그런게 아 이 옳은 소리를 헌게.(자신이 했던 행동에 대해서 그대로 말

하니까) 기냥 밤낮 채이고. 곧 죽게 생…

아 너이 이마빡에 대고 있으니 빵~헸다허믄 너이 다 죽제. 아 한나만 죽이것습니까. 어찌것습니까.

아 하 일촉즉발이여. 아 하 하 이 순간이란 말이여.

"지가 말씀드릴께요."

그랬더니.

"너는 어디까지 배왔냐?"

응. 얼른 걸소리를 히야제. 어 학교 쪼끔 나왔다고 허믄 쓰것습니까.

"저는 낫놓고 기역자를 못기립니다."

"그럼 어디 말해봐."

기냥 머이라고 헸던지 기냥,

"[큰 목소리로] 내가 함~바트라믄 쟈들헌티 죽을 뻔헸다가 용~케 시방 아군이 진주허신다고 해서 환영차 나오는 길입니다."

헤. 걸소리를 되게 히부렀지이.

(조사자 : 잘하셨지요.)

예?

(조사자 : 잘하셨어요. 그때게.)

[웃으면서] 그때게 써묵으라고 거짓소리를.

그리갖고 그 뒷얘기가 지대룹니다. 예. 지대로여. 쪼끔히여?

(조사자 : 예. 쪼끔하세요.)

아~ 그런게 군대장이던가? 음~ 근게. 싸~악 요리 돌아서요. 요~리. 한사람이 요~리 돌아서,

"니기 참말로 좋~은 군대장 만나서 이 자리에서는 살려준다. 응. 앞으로 니기 알아서 히여. 꾀돌이. 인자 막상 맹키로 걸소리 실실 히가면서 잘 히여 이 놈아."

하 하[웃으면서] 어쩌서 내가 걸소리 헌 지까지 알아요. 음~ 그래서,

"예. 감사합니다."

그러고는 요~러케 간게. 저~그 가서 소대장이 있다가 음~ 소대장인지 내가 알 턱이 있어요.

"소대장님헌티 가라."

고 히서 가란갑다 혔제. 소대장이,

"그 따우 것들 멋다 들이꺼냐?"

응.

"그따우 것들 멋하러 데리고 오냐?"

그 말이여.

예. 아 그런디 소대장님은 요러케 길로 나오시고 나는 인자 요러케 간게. 에 안 만났것소. 만내서 내가,

"수고허십니다. 얼매나 수고허십니까? 부산에서 여까지 공산당 잡어 죽이믄서 오시니라고 수고허셨습니다."

"당신 누군데. 응?"

"예. 저 담양읍에 이를티므는 애국허신 분들헌티 가서 물어보시쇼이. 정회원이가 어떤 사람인가 물어보시쇼이. 내가 이때까지 담양동리적성 군민회에 총무로 있다가 이러케 되았습니다."

그랬더니.

"그래? 그러믄 너 시방 그러케 니가 당했으므는 여그 공산당들 이름 주소 적으봐."

"아 지가 암디라도 주소쓰믄 되것는디. 옆에 둘이가 있는디."

그 넘이. 내 아우는 인자 설마 까묵기야 했삽디여. 그러지마는 아 옆에 두 놈은 주댕이가 어찌 되분 놈들인디.

"이 회원이가 말히갖고 니기들 죽게 되았다."

"그럴까 무서운게 말을 어첳게 허것습니까. 사~흘만 말미 히주실랍니까. 그럼 지가 명단을 싸~악 지금 대강은 압니다마는 확실히 모린게.

어먼 놈(엉뚱한 놈) 죽일까 무서운게. 내 싸~악 정확허니 조사히다 드릴께요."

"내가 너를 살린다 했어. 응. 사흘은 텀턱시럽네."

"응. 그럼 담양읍내에서 김동원씨, 정용영씨, 김만철씨…"

"머? 김동원씨가 담양분이야?"

"예."

"담양분이십니다. 그 양반이 동~리적성군민회 회장을 지내셨고. 응. 전국 예비군 연대본부장이십니다."

"너가 알기도 잘안다."

"예. 지가 그 양반 일을 심바람을(심부름을) 힜으니까요."

"글믄 그 양반헌테 가서 너 물어보믄 알아?"

"예. 물어보셔요. 회원이란 놈 물어보시믄 잘 아십니다. 저를 기냥 굉장히 사랑하셨던지 그러거든요.

그랬더니.

"그래."

그리고 있는디. 저그서 군인이 뛰어오더니,

"소대장님. 응. 저 가서 물자가 쌀이야. 의복이야. 머이야. 홉~씬 있어요. 저그 옮깁시다."

"사람이 있어야 옮기제."

전~부 입산을 히부러서 사람이 없어요. 우리 너이 뿐이 없제. 그런게 아 말허기는 딱허고 무식허기는 허고 이~ 옆에 사램이 기냥 간이 벌렁벌렁 헐 것 아니요.

아 그런디 짐꾼이 없다 헌게,

"지가 한 짐 건너다 드리죠."

그런게.

"그럴라?"

응. 그런게. 내가 또 인자.

"지가 한 짐 건너다 드릴께요."

그런게.

"당신은 지게질을 안했것는디."

"예. 그러지마는 시 시 시골에서 산게 방법은 알아요."

"응. 그런가. 아. 갑시다."

응. 인자 허쇼를 히요. 어찌서 그런고. 아까는 히라를 허더니.(반말을 하였으나 존칭으로 말투가 바뀌었다) 응[전원 웃음]

하 그래서 인자,

"그러고 이 둘은 어찌라?"

내 아우는 흙짱아치고,

저 저 감우란 사람은 그 나쁜 사람은 그나마 간에가 붙었다. 쓸개에 붙었다. 하는 통에 인민군이 내뻴라하믄선 납~쭉허니 뚜두러 패부러서 몸이 자근자근허다 말이요. 곧 디지게 생깄어.

음~ 허 그런게,

"어 이 둘은 어찔까요?"

"끝까지 따라 댕겨야지."

그리서 인자 너이 인자 안 갔습니까. 가서본게 기~냐~앙 제~실이 우리집보다 더 큽니다.

거그가서 천장까지 닿더락 쌀이야 의복이야 머시야 기냥 꽈~악~ 쟁여져갖고 있은께.

군인들이 기냥 시 신도 안 벗고 질근질근 올라가서는 기냥 뒤적뒤적허고는 나보고 인자.

"당신도 머하나 가지쇼."

아 내몸도 시방 사냐? 죽으냐? 헌 판에 무시 욕심나것습니까. 거그서. 우선 내가 급헌것이 내 아우 흙짱아치. 와이샤스 한나를 요러케 히갖고,

"우선 우게다 걸쳐라. 이. 니 흙짱아치 되아 쓰것냐."

음~ 그러고는 아~ 그 분네가 쌀 한가마니. 팔십키로그람짜리. 내~가 팔십키로그람짜리 한 가마니를 지고.

그때게 내가 그러니까 스물 다섯 살인가 어~ 글안습니까.

그런게 지게질을 헐지 모르고 몸은 약허지마는 그리도 깜냥에 쌀 팔십키로를 짊어지고 이르트믄 이키로를(2km) 가도 무건지를 몰라요. 이놈의 것이.

응. 무겁들 안해요. 응. 그러고 가다가 보니까. 인자 둘이는 담요를 걸치고 온 사람. 응 축음기를 요러케 인자 짊어지고 온 사람. 인자 그래요.

[목을 가다듬고] 고러케 가다가 보니까 길갓에가 까졌어요. 깐~다 소리는 마니 들었으되, 어청게 깐 것인지는 귀경(구경)을 못했거든요.

아~니 질갓에가 수~북허니 까졌소.

'워~매~. 저런게 깐다 허구나.'

홱~딱 홱~딱 까졌어요. 요러케. 응. 죽은 송장들이.

'하~아~ 그런게 깐다 허는 거구나.'

그러고 인자 소대본부에다가 갔다두고. 해가. 인자 글안것습니까. 해가 곧 넘어갈라혀.

"소대장님. 저 어떡케 해요?"

음~ 응. 집이는 가고 싶고. 응~ 올라니 해는 넘어가고.

"저~어~ 조깨 늦더라도 '회원이~'허믄 총쏘지 마세요."

그런께.

"실때없어. 회원이고 머시고 저녁에는 쏴야혀. 응. 근게 한 번 용서히준게. 산으로 가던지. 너야 인자 응 닐(내일) 나오던지 알아서혀."

"예. 그러믄 낼 뵈올께요."

응. 그러고는 인자 지게를 짊어지고 와요. 왜? 군인들이 막~ 사방간데서 꾸역꾸역 나온께.

"어떤 놈이냐?"

그러믄 쌀갖다 주고 온다 안 히야 쓰것소. 그런게 지게를 짊어지고 요러케 오니까.

내 집에서 보므는 저~그서 시방 응 저것이 응 질이 저~렇게 있는디. 저~가서 방아질거리가 있거든요. 마을이.

거그를 나오믄 인자 내 어머니, 아버지. 모다 인자 내 식구들이 인자 저~ 가서 금방 가더니 총소리는 빵빵 났제. 이놈이 기냥 간이 콩만헌게.

엥~ 해가 넘어간 줄도 모르고 인자 지탈고(기다리고) 인자 저그만 쳐다보고 있는거여.

응~ 응. 내가,

[큰 소리로 외치면서] "어머니"

허고 그런게. [박수를 치면서] 어머니께서 노인이 홀딱홀딱 뛰시면서,

"살아오냐. 살아와. 아이구매야. 아이구매."

(조사자 : 엄마 이야기만 나오면 이렇게 그렁그렁 하시네. 우리 어르신.)

그럭말입니다. 느닷없이. 그리서 거짓소리 한 번 쓰여봤어. 하 하[웃음]

남자에게 필요한 것

자료코드 : 06_06_MPN_20110114_NKS_JHW_0004

조사장소 : 전라남도 담양군 월산면 월산리 도개마을 정회원댁

조사일시 : 2011.1.14

조 사 자 : 나경수, 서해숙, 이옥희, 편성철, 김자현

제 보 자 : 정회원, 남, 90세

구연상황 : 앞서 용면에 관한 이야기가 끝나자 조사자가 1차 조사 당시 차안에서 들려주었던 이야기를 기억하여 벌소리, 노끈, 칼을 언급하자 조사자가 다음 이야기를 이어갔다. 제보자는 지금도 외출할 때면 실제 가위, 노끈을 가지고 다닌고 한다.

줄 거 리 : 남자라면 항상 노끈 서말과 칼 한 자루를 가지고 다녀야 하는데, 노끈은 뭔가를 묶기 위해서 그리고 칼은 뭔가를 자르기 위해서라는 이야기이다.

남자는 음~

(조사자 : 한 번 보여주세요.)

거짓소린 인자 내 뱃속에가 있고. 응.

노끈 서말허고 이러트믄 칼 한자리(한자루)는 갖고 댕기라헌디.

나는 인자 노끈도 아니고 요 요것 요 요거. [전원 웃음]

또 인자 카 칼이 아니고 가위를 갖고 댕겨요. 가위.

(조사자 : 항상 가지고 다니셔요?)

예. [조사자들이 놀란다] 예. 꼭 갖고 다녀요.

아 거 시(세) 가지 것은 그러제. 응.

노끈 서말은 어느 때 먼 일 있을란가 모른게. 거 묶어야 헐 것 아니요. 그런게. 노끈 서말 허고.

칼은 어느 때 머슬 짤르고 어찌히야한게(어떻게든 해야 하기에) 칼허고는. 근게 가위로 짜르고. 이를테믄 요 놈으로 묶을라고.

(조사자 : 그리고 또 하나. 세 번째가?)

거 거짓소리요. 거짓소리.